筒井康隆コレクションⅣ

おれの血は他人の血

日下三蔵・編

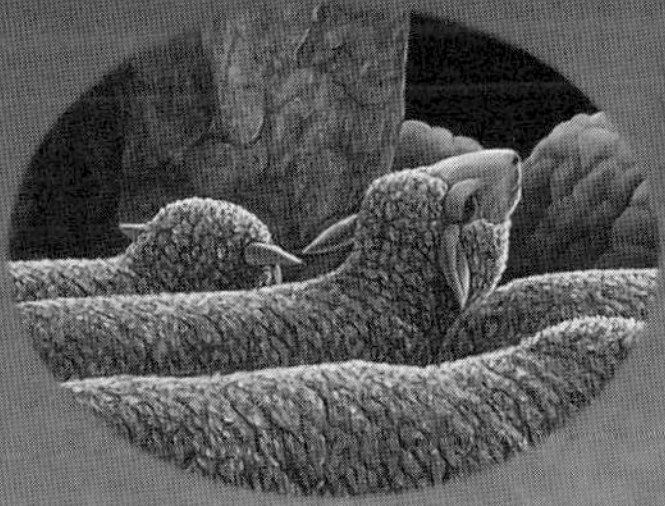

出版芸術社

筒井康隆コレクションⅣ　おれの血は他人の血

目次

PART Ⅲ

単行本&文庫未収録短篇

PART Ⅳ

筒井康隆・イン・NULL4（9号～臨時号）

10号

臨時号

DAICON REPORT

装幀・装画　泉谷淑夫

PART 1

おれの血は他人の血

1

いやな予感がした。

その三人組が店へ入ってきた時からだ。彼らの服装を見て、彼らがやくざではないと判断する人間がいたらお眼にかかりたいくらいのものだ。彼らはそれぞれ三種類のやくざの典型だった。

だから三人が、おれのまうしろのボックスで悪ふざけをはじめた時も、おれはカウンターに顔を伏せるようにして背を丸め、バック・バーの前に立っている房子と、気まずくビールのやりとりをしていた。

裏通りのバーによくある、奥へ細ながい店だ。黒ラッカーでぎらぎら光るちいさなドアを押して入ると右側がカウンターで、こっちにはパイプの椅子が十本並んでいる。左側には六人掛けのボックス席が三つ続いている。

カウンターとボックス席の間の通路は、チーク・ダンスができる程度の幅しかない。それでもこの町の裏通りのバーとしては、これでも広い方なのだ。

照明は比較的明るいのに、女たちはいずれも暗い感じがする。女たちというのはママを含めてのことだ。もっとも、おれは明るい健康的な女というのは眩《まぶ》しすぎて性《しょう》にあわないから、その方がいいわけである。

女たち五人の中でもいちばん暗い感じがするのはカウンターの中にいる房子で、だからおれは彼女がいちばん気に入っている。顔立ちと表情は妖婦を思わせるが、からだつきの方は男っぽくて胸もぺしゃんこだ。声はアルトで、せりふまわしはぶっきらぼうだ。ところが客に向かって喋《しゃべ》るぶっきらぼうなせりふをよく聞いていると、不思議なことにちゃんとお世辞になっている。少なくとも馬鹿ではない。

　おれがいつもカウンターにかけるのはこの房子と話すためでもあるが、もうひとつの理由はおれが安サラリーマンだからである。ドアに近いところにかける理由は、ビールしか飲まないため遠慮しているのだ。つまりおれのまうしろの三人組は、入ってきてとっかかりのボックス席を占領しているのだ。

　いちばん小さい男が三人組の兄貴分らしいが、この男の声はあまり聞こえないからたいした悪ふざけはしていないらしい。その方が凄《すご》みと貫禄を出せると思っているのかもしれない。あるいはあとのふたりの暴れかたに圧倒されているのかもしれない。

　暴れているうちのひとりが、ひと眼で酒乱とわかる赤ら顔の大口、片方がプロレスの悪役まがいにつるっ禿《ぱげ》の金壺眼《かなつぼまなこ》、身長二メートル弱という非人間的な男だ。いちばん若い蘭子という女がこのふたりの間にはさまれて、さんざいたぶられていた。一見女子短大在学中といった上品さが、彼らふたりの野卑な嗜虐《しぎゃく》欲をそそるのだろう。

　おれはビールのグラスを握りしめ、中身を睨《にら》み続けながら低い声で房子に訊《たず》ねた。「連中、いつもくるのかい」

「はじめてよ」房子は唇をほとんど動かさずに答えた。

　それから、おれが注《つ》いでやったビールを、眉をしかめて飲みほし、俯向《うつむ》いた。

溜息《ためいき》とともに、唇の端から声を洩らした。「可哀そうだわ。蘭子」うわ眼づかいに、ちらとおれを眺めた。

　あなたじゃ、とても無理ね、なんとかしてやってほしいんだけど、彼女の眼がおれにそう語りかけていた。おれは、その通りだよ、という眼を彼女に向けた。そうだよ、おれじゃどうにもならないよ、そういう視線で彼女に答えた。彼女は下唇で、そうね、といった。

おれの身長は一メートル六十九だから、日本人としての標準に近い。だが痩《や》せぎすで肩の骨が尖《とが》っている。だから貧弱に見える。誰の眼にもそう見えるだろうし事実そうなのだが、平凡で、善良で、小心で、あまり有能でないサラリーマンだ。やくざの三典型をたしなめたりする度胸はない。まして喧嘩《けんか》など、できるわけはない。そして彼らをたしなめれば当然喧嘩になるのだ。おれが彼らとの喧嘩に勝てるだろうなどと、房子が思う筈《はず》はない。房子以外の誰だって、そう思う筈はない。そんなことを思うやつはいない。

「あっ。いやです。やめてください」蘭子が悲鳴をあげた。

「あっ。いやです。やめてください」卑猥《ひわい》に蘭子の口真似をして、赤ら顔がげらげら笑った。

「あっ。ママ、助けて」

「あっ。ママ、助けて」

「いや。いや」

「いや。いや」げらげら笑った。

店内装飾の経費を切りつめたらしくて、この店のバック・バーには鏡がない。振り向かない限り、おれの方からは連中がどんなことをしているのかわからない。もちろんおれは振り返ったりしない。

喧嘩に勝てるかどうかはともかく、おれには蘭子を助けてやらねばならぬ理由はまったくない。この店へやってきたのは今夜でたしか五度めである。いつもひとりでやってくる。その都度金を払っている。たいした金額ではないが必ず払っている。この店の女のうちの誰かに惚《ほ》れているというわけでもない。房子にだけは愛用の万年筆に対する程度の興味を持っている。だから惚れているわけではない。むろん抱きたいと思ったことはある。他の万年筆よりはおれの愛用の万年筆を使いたいと思う。つまりそれと同じことだ。

　おれがこの「マーチンズ」というバーへくる理由は、おれの会社の連中が、ここへはこないからだ。同僚、上役、気のあうやつはひとりもいないし、おれはひとりで酒を飲むのが好きだ。景気のいいおれの会社の連中、特に営業、現場関係の連中は、得意先や下請先の人間と一緒に、どこのバーへ行ってもひとりやふたり必ずいる。といってもこの町のバーは全部で三十軒足らずだが。

「マーチンズ」は開店してまだ間がないから客も少なく、そして今夜までは、他のバーへ行くと必ずお眼にかかれるような、この町のやくざたちもこなかったのだ。やくざがこないということも、おれが「マーチンズ」にくる理由のひとつだった。

　蘭子がまた、悲鳴をあげた。

「まあ、そんな可哀想なことを。ねえ、もう堪忍してやってくださいな」ママがおずおずとそういった。ママも連中のボックスへひきずりこまれているらしい。

「なんだ。したっていいだろ」プロレスの悪役が、鈍重な声でゆっくりといった。「男がこういうことをするために、女を置いてるんだろうが」

　そうではないといえば、どういってからまれるかわからないので、ママは黙りこんでしまった。

連中の悪ふざけはますますその度を加えはじめた。時間はまだ早い。だからまだ客も少ない。店内の客はおれと三人組、それにおれより早くからきていちばん奥のボックスでビールを飲んでいる貧相な中年男、全部で五人だった。

　五人いる女のうち、ひとりはまだ出勤していないか休んでいるかどちらかで、残りのもうひとり、夏江という女は、中年男にかじりついたまま、おびえの色を眼にあからさまにして三人組のボックスをちらちらとうかがっている。

　三人組の不満は、女の数が少ないことに理由があった。この町は新興都市で、だからこの町のバーはいずれも店の広さや客の数にくらべ、ひどく女の数が少ない。だいたい男のバーテンさえ、かぞえるほどしかいない。

布地の裂ける音がした。

蘭子がすすり泣きはじめた。

帰ろうか、と、おれは思った。だが、帰るきっかけがつかめなかった。

「ね、お願いですわ。よしてやってくださいな」ママがふたたび、泣かんばかりの口調で懇願した。「どうしてそんなに蘭子ちゃんばかりいじめるのです」

「蘭子ちゃんばかりだって。他に女がいるのか」赤ら顔が詰《なじ》った。「それともママ、お前もいじめてほしいのか」

ママは沈黙した。

「よせやい」ママをいじめては具合が悪い、さすがにそう判断したのか、小男が笑いながらいった。「こんなばばあ、いじめたって面白くない」

「ま、ごあいさつね」ママが笑った。

顔を歪《ゆが》めた彼女の作り笑いが、おれにははっきりと想像できた。

蘭子がひっと叫んだ。

何をされたかは想像にあまりあった。房子が顔色を変えたからだ。

ママが小男に頼んだ。「ね、やめてくださるように、お兄《にい》さんからこのかたたちにいってくださいな」

「女の子が足りねえんだよ。たったひとりじゃなあ」小男は面倒臭げに答えた。「お前みたいなばばあは女のうちには入らない。そうだろ。だとしたら女一人に男が三人だ。いじめたくもならあ。だって男はそういう時、女をちやほやしたりしねえ。女をいじめるんだ」

ママは、しばらく黙っていた。

やがて彼女は、カウンターの房子に声をかけた。「房子ちゃん」

房子が、身をこわばらせた。

「お願い。このボックスにきて頂戴」

房子は、はっきり答えた。「いやよ」

2

たまたま有線放送の音楽の途切れめだったから、房子の声はやけに大きく響いた。

店内が一瞬、しんとした。

赤ら顔だかプロレスだかのどちらかの立ちあがる気配がした。

ママがあわてて、もう一度房子にいった。「どうしていやなの。こっちへきて頂戴。お願いよ」

返事をしてからずっと顔を伏せたままだった房子が、頭を起してまともにボックスを睨み据えた。「だってわたし、絹川さんのお相手してるのよ」

ついにおれの名前が出た。いやなごたごたにひきずりこまれるだろうと思い、おれはげっそりした。

また、全員がしばらく黙った。

「この店じゃ、カウンターの客にも女がサービスするのかい」やがて小男が、さりげない調子でママに訊ねた。「そういうのは、女のたくさんいるバーでもなかなかできないことだな」

「そうだそうだ」通路に立ちあがった様子の赤ら顔がいった。「カウンターの客よりは、ボックスの客が偉いんだ。なあ、そうだろ」彼はよたよたとおれの傍へやってきて、カウンターに肱《ひじ》をつき、房子を見つめた。「ボックスの客の方が偉いんだぞ」

房子が顔をそむけながらいった。「わたしはバーテンとして雇われてるのよ」

熟柿《じゅくし》のような臭いは、おれの鼻の奥も突きあげた。

赤ら顔は房子のことばを聞いていなかった。

「カウンターの客なんかにサービスすることはな

いぜ。さ、姐《ねえ》ちゃん、来なよ」カウンター越しに、房子の二の腕を摑《つか》んだ。「くるんだよ。さあ」

房子はその手を、振りはらおうとした。

赤ら顔の肱が、おれの前のビールのコップを押し倒した。

おれはハンカチを出し、ゆっくりと背広の袖口を拭った。

赤ら顔はおれの動作をじろりと横眼で見た。それから、おもむろにおれの方へ向きなおり、世にも奇妙な動物を見る、といった眼つきでおれに笑いかけてきた。

「なあ。お前、どう思う」しばらくおれの顔を眺めまわしてから、彼は詫《わ》びようともせずに話しかけた。「カウンターの客には、女のサービスなんて、いらねえだろ。な、そうだろ。おいおい、返事ぐらいしたらどうなんだよ」

おれの口の中には、苦いものが拡がった。落ちつけ、落ちつけと、おれはおれの血に向かって叫んだ。怒るな。怒ってはいけない。怒ってはいけないのだ。

だが、フィルターを一枚ずつ重ねていくように、眼の前がじわり、じわりと暗くなっていくのを、おれはどうすることもできなかった。指さきがどうしようもなく顫《ふる》えはじめていた。

「その通りです」と、おれは彼に答え、小さくうなずいた。顫えている指さきを、赤ら顔に見られまいとするためだった。

おれの反応を、幾分かの期待とともにじっと眺めていた房子が、ありありと失望の色を浮かべて、また俯向いてしまった。

赤ら顔は軽蔑《けいべつ》の色を浮かべた。

失望の色と軽蔑の色に責め立てられたおれの血が音を立てて逆流していた。痙攣《けいれん》に近いほどはげしく顫えているハンカチを持ったおれの指さきを、もう、赤ら顔の眼から隠しておくことはできなかった。

彼は大っぴらに高笑いをして見せた。「なんだ、こいつ。ふるえてやがら」

そして赤ら顔は、おれの左の顳顬《こめかみ》を人さし指で軽く小突いた。

おれの精神とおれの肉体が分離しかけていた。もうだめだと、おれは思った。恐れていた事態がやってきて、おれにのしかかってくるのを、おれはどうすることもできなかった。おれの血に成りゆきを委《ゆだ》ねるしかない、おれはそう思った。

おれは肩の力を抜き、眼の前が暗くなっていくにまかせた。その一方ではまだかすかに自制しろ、自制しろと叫ぶ声が、遠くの山脈《やまなみ》から聞こえ続けていた。自制できる、などといった、そんな、なまやさしいものではないのだと、おれは沙《さ》漠《ばく》の彼方《かなた》へつぶやき返した。次第に海原を彼方へ去っていくその声が途絶えた時、おれはゆっくりと立ちあがった。そして赤ら顔に向きなおった。

眼を丸くし、息をのんでいる房子。

赤ら顔の意外そうな表情。

それらをちらと見たのが最後だった。眼の前は真の闇となり、そしておれの意識はおれから逃げ去った。


意識が回復してきた。

おれは、何をやったのだろう、こんどはいったい、どんなことをやったのだろう、眼の前のフィルターが一枚ずつ剝《は》げ落ちて次第に周囲が明るくなってくるにつれ、おれは恐れに似た気持でそう考えはじめていた。

まさか、人を殺してはいまいな。

ママ、蘭子、房子の、恐怖に色蒼ざめた顔が順にあらわれ、次に視野が左右いっぱいに拡がり、急に店内がくっきりと見えはじめた。

カウンター用の太い鉄パイプの椅子がごろごろころがり、バック・バーの酒瓶《さかびん》はほとんど割れ、ソファには血糊《ちのり》がべったりと附着していて、床いちめんビールの泡《あわ》だらけである。おれが茫然として突っ立っている場所は店の中央、通路のまん中だった。

おれはのろのろと、破壊の跡を見まわした。なぜか三人組の姿は、すでに店内には見あたらなかった。いちばん奥のボックスで飲んでいた、あの貧相な中年男も消えていた。

おれはもういちど、ひとかたまりになって店の奥、通路のはずれの便所の入口あたりで立ちすくんでいる四人の女に視線を戻した。

「ひい」

おれが顔を向けるなり、女たちは身ぶるいして抱きあい、おれから眼をそむけた。

彼女たちが恐れているのは、おれだった。それに気づくなり、おれまでが激しい恐怖に見舞われた。だいたい恐怖というものは、どちらかといえば本人にとっては未知のもの、えたいの知れぬものによって呼び醒《さ》まされることが多い。未知のものを恐怖する自分の心それ自体におびえるわけだ。ところがおれの場合は、自分のしでかした行為や結果が即ち未知なのだ。自覚せずにやった自分の行動をあとから恐怖するなんてことが、おれ以外の誰にできるか。夢遊病者にはできる。だが奴《やっこ》さんたちは、必ずしも何かおかしなことをしでかすとは決っていない。ところがおれの場合、何かやったという確率は百パーセントなのだ。そういう局面でなければ意識は失わないのだし、だいたい何をやったかは周囲の状況を見ればわかる。

おれはおずおずと女たちに訊ねた。「おれは何をした」

房子が眼を吊《つ》りあげた。はなれた処から首だけこちらへつき出して罵《ののし》りはじめた。それは敵意というより、蛇に対する反感、不吉なものに対して誰でもが持つ呪《のろ》いの表現に近いものだった。

「なに言ってるのよ。自分で半殺しにしておいて。なぜあんな無茶をやったのよ。いくらやくざだって、相手は人間なのよ。あんたは気ちがいだわ」

助けを求めていた房子があべこべにおれを罵るのだから、よほどひどいことをしたに違いなかった。しかし「半殺し」ということばを聞いて、おれは幾分ほっとした。少なくとも殺してはいないらしいからだ。

おれはさらに、房子に訊ねた。「あの三人はどこだ」

房子は怒りと恐れで身を顫わせ続けながら、吐き捨てるようにいった。「なに、とぼけてるの。あんたが自分で店の外へ投げ出したんじゃないの。いったい、どんな投げかたをしたと思ってるの」

「か、帰ってください」房子のそのことばで何かを思い出したらしく、ママが身顫いし、唇を蒼くしながらヒステリックに叫んだ。「あの人たちの仲間が仕返しにくる前に、早く店を出ていってください。これ以上のごたごたはもういやです。店をつぶされてしまいます」今にも泣き出さんばかりだった。

女たちがおれを凝視する眼つきは、おれを人間以外の何かおぞましい悪霊、気ちがいじみた野獣、気も狂わんばかりの恐ろしい姿かたちをした妖怪とでも思っているかのような眼つきだった。しかも、怖さのあまりおれの姿から眼をそらすことができないといった様子でもあった。

彼女たちの視線を背に感じながら、おれはゆっくりと入口に近づいてドアを細めにあけ、首だけ出して路地を見た。おれが抛《ほう》り出したという三人の姿は、すでにそこにはなかった。だが、あたりの石畳には点点と鮮血がとび散っていた。

細い路地の両側には、この店と同じような間口の狭いバーがぎっしり並んでいる。路地の中ほどに立ってこそこそと囁《ささ》やきあったり、半開きのドアからおそるおそる身をのり出してあたりをうかがっていた近所の店の女たちが、おれを見ていっせいに眼を丸くし、ぱっと散ってそれぞれの店へ駈けこんでしまった。ディズニー映画に登場する臆病な森の小動物たちを、おれは連想した。

店の中をふり返ろうとした時、いつのまにか背後にきていた房子が、おれの胸に手をかけ、無理やり路地へ押し出そうとした。

「入らないで」

「ママにあやまらなきゃ」おれはつぶやくようにいった。「店のものをだいぶ壊したし、それに」

「それどころじゃないわ」房子が疳高《かんだか》く叫んだ。「あの連中の仲間がやってきたら、あんた殺されるわよ。早く逃げなさいったら」地だんだを踏みかねない様子で彼女はいらいらと首を振った。

「じゃ、せめて勘定だけでも」

「いらないわ。だからもう、二度とこのお店へこないで」

おれの鼻さきへ黒いドアがはげしく叩きつけられ、そのショックでおれの細いからだは一瞬びりりと痙攣した。たいへんな力だな、などと思いながらおれはしばらく、茫然としてそこに佇《たたず》んでいた。

3

やがておれは足を商店街の方へ向け、バー「マーチンズ」の白いアクリル行燈《あんどん》をあとにした。歩くにつれ足がしぜんと早くなった。たしかにあの三人組が仲間と引き返してくれば、もっと面倒なことになる筈だった。おれはそれを恐れた。彼らの復讐《ふくしゅう》ももちろん恐ろしいが、彼らに対しておれが今度はどんなことをするか見当がつかないことを、それ以上に恐れたのだ。

路地を出ると路地よりはいくらか明るい商店街だった。

商店街の人混みを通り抜ける間、おれは周囲の人間からじろじろと顔を見られた。よほどひどい顔をしているに違いなかった。痛みは身体《からだ》のどこにも感じないから怪我はしていないらしい。しかし、顔の皮膚を動かして見るとあちこちがこわばっていた。凝固した血がこびりついているのだろうと思い、歩きながら顔を拭ってみると、やはりハンカチに赤黒い血の塊りが剝落《はくらく》していた。

たとえ顔に血がついていようと、さほど不審がられることはない筈だ、と、おれは思った。この商店街ではやくざの喧嘩など日常茶飯事だからだ。どこかでやくざに因縁をつけられ、叩きのめされたのだろうと想像してくれる筈だった。

しかし連中がおれを追ってくることを考えた場合、あたりの人間に顔を見られるのは、やはりまずかった。おれは商店街をいそいで抜け、この町の中央を南北に走っている大通りへ出た。

大通りには人通りが少なかった。

ふつう、これだけ幅のある大通りなら、両側にはずらりとオフィス・ビルが立ち並んでいる筈だが、できたばかりの小さな町だからビルはちらほらと建っているだけで、あとは喫茶店、電気屋、雑貨屋、花屋といった安普請の商店が庇《ひさし》を並べている。八百屋まである。しかしいずれも七時頃には店をしめてしまう。暗い大通りをおれは北へ歩いた。町のはずれにあるアパートの、小さな部屋へ帰るためだ。

空《から》のタクシーが何台も車道をすっとばしていった。歩道ぎわに停《とま》って客待ちしているのもあった。だが、おれは乗らなかった。いつもなら乗って帰る。だが今夜だけは乗るわけにはいかなかった。この町のタクシーが暴力団の組織の一部であることをおれは知っていた。運転手に密告《たれこ》まれてはたまらない。

似たような理由でバスにも乗らなかった。こんな顔をして乗ったのでは、他の乗客ぜんぶに憶えられてしまうだろうからだ。

まだ開いている喫茶店もあったから、入って顔を洗おうかと思ったが、それもやめた。やくざ連中が捜査を始めた場合、おれが帰っていった方角を推理されることになるからだ。

なんのことはない、臆病な森の小動物じみているのはおれ自身だった。ふだんのおれ、正気を保っている間のおれ、無意識で暴れていない間のおれは、おれという男は、人一倍臆病なのだ。

繁華街から遠ざかったので、おれは住宅や空地の多い裏通りを歩いた。約二十分歩き続けてアパートに戻った。

アパートは、コンクリート四階建てで外観だけは立派だ。このアパートの建設を請負ったのはおれの勤めている会社だ。その伝手《つて》でここの四畳半の一室を借りたのだ。管理人は会社と無関係のようだ。

おれの会社は山鹿建設といって、主にビルの建設を請負っている。本社は東京にあるが、こっちの支社の方がビルもずっとでかいし従業員も多い。東京の下町で育ったおれは大学を卒業してすぐ、東京の本社へ入社した。就職して一カ月ののち、この支社へ赴任させられた。

なぜ本社よりも支社の方が大きいかというと、ここ数年この町の周囲に化学工場や研究所が多く建てられたため町そのものも急激に発展し、ビル建築の需要がどっと増えたためである。最初は現場事務所だったのが、しまいには本社より大きくなったのだ。

天井の四十ワットの螢光灯をつけ、おれは溜息をつきながらふとんの上に横たわった。敷きっぱなしのふとんは、ひんやりしていた。

この町へ赴任してきてまだ二カ月も経っていないのに、またおれ自身も充分気をつけていたのに、とうとういちばん恐れていた、暴力を必要とするトラブル、おれにとってもっとも性質《たち》のよくないトラブルがだしぬけにあっちの方からやってきたのだ。

もしあの三人のうちの誰かが死んだりしたらと想像し、おれはぞっとした。もし死んだらおれは傷害致死ということになるのだ。過剰防衛というのはあたらない。なぜならあの三人は、おれに対して何ら暴力をふるっていないからである。

おれは眠れなくなってしまった。

起きあがり、冷蔵庫をあけてみた。ビールはなかった。食いものの一片さえなく、なさけない気分でおれはまた横になった。

小さな町のことだから喧嘩のことが会社に知れるかもしれなかった。しかし暴力沙汰の喧嘩は、現場の連中だって始終やっている。まず馘首《くび》にはなるまいと思ったが、やっぱり心配だった。

眠れず、といって、することもなかった。おれはのっそり起きあがって裸になり、部屋の隅の洗い場でからだを拭いた。あちこち調べたが、やはりどこにも怪我はなかった。三人のやくざを半殺しの目にあわせながら、自身にはかすり傷さえ受けていないのだ。

いったいお前は何者だ、と、おれはおれの内部の、しかもおれの知らないもうひとりのおれに訊ねた。

お前は兇悪な暴れん坊なのか。

それとも、暴力を前にしてはじっとしていられなくなる、正義の味方なのか。

やくざたちに見つかるのを恐れて会社を休むというわけにはいかないから、しがない独身の一サラリーマンであるおれは、次の日も平常通り出勤した。

山鹿建設の支社は例の大通りに面している。おれのアパートの方から南に向って歩いていけば、昨夜喧嘩したあの繁華街のだいぶ手前にある。東京本社が小さな三階建てなのに比べて、この支社の建物は堂堂たる六階建てだ。これくらい大きな建物はこの町にまだ三つ、四つしかない。社長をはじめ重役連の多くはたいていこの支社の方にいる。いずれもこの町にでかい家を建てて住んでいるのだ。よくは知らないが、どうせ妾宅《しょうたく》の一、二軒ずつだって持っているだろう。

山鹿建設の社長は山鹿虎一郎という小肥りの男だ。この町がまだ村だった頃、村一番の大地主の家に生まれたという話だ。

おれはこの社長に二、三度しか会ったことがない。会ったといっても会社の玄関とか廊下とかで顔を見かけたことがあるだけで、話をしたことはもちろん声をかけてもらったこともない。当然だ。おれはこの支社の総務部の一経理課員に過ぎないのだ。

さいわい昨夜のことが会社の誰かに知られている気配はまったくなかった。バー「マーチンズ」の女たちにもおれの勤め先は教えていないから、やくざが会社へのりこんでくるといったことはまず、ない筈だった。当分の間、繁華街へ行かなければ、そのうち時効になるだろう、そう思った。おれはなるべく気にしないことにした。自分で恐れているほどのことではないのだろうと思いこむようにした。

総務部は山鹿ビルの一階にあり、部屋は総務課と経理課に区切られている。おれのデスクは、現金受渡窓口担当の女事務員の隣りで、経理課には保利という狸みたいな顔の課長以下八名の課員がいる。

4

いつも通り山のような伝票や計算書に取り組んでいたおれは、昼少し前、相当高額の数字が帳簿から脱落しているのを発見した。だが、その時はまだぴんとこなかった。こいつはまた余分な仕事がふえそうだわいと思いながら、おれはすぐ立ちあがって課長のデスクへ行き、声をほんの少しひそめて報告した。

「課長。税務署提出用の計算書とこの仕訳帳に、これだけ数字の違いがありますが」

課長のエロー・オーカーの顔が少し蒼ざめた。

「その仕訳帳、どこから出した」

「そこの書類ロッカーです」

しまった、という顔をした。「それは仕訳帳じゃないぞ。君」

さすがにおれにも、事情がのみこめた。

おれはどぎまぎした。「なるほど。そうでした。ぼくの間違いです」

「それをよこしたまえ」課長は仕訳帳をおれからひったくり、自分のデスクの抽出《ひきだ》しに入れて鍵をかけた。

おれはおどおどしながら自分の席に戻った。悪いものを見てしまった、と思い、今後課長からずっと睨まれ続けるのかとも思ってげっそりした。

この会社の経理は以前からずっと、旧式で保守的な会計原則を貫いている。だから自然と秘密積立金ができてしまったりして、帳簿は非常にややこしい。元帳にしたって補助元帳を含め何種類もあるから、二重帳簿を作っても公認会計士でさえ見破れないくらいだ。その秘密の元帳を、課長はうっかりして他の帳簿といっしょにロッカーへ入れていたのである。

さて、私腹を肥やしているのは誰か。

おれは課長の、疑いと惑いにあふれた刺すような視線を背中に感じながら、そしてともかく仕事を続けているようなふりをしながら考えはじめた。保利課長自身だろうか。そんな筈はない。では総務部長の川島か。それとも経理担当重役の足田か。

その時、おれの机の上の電話が鳴った。

机の上に、電話は二台ある。社内電話と、社外直通電話である。鳴ったのは社内電話の方で、かけてきたのは重役室付秘書の木島はま子である。

おれの方から重役室へはかけにくい。だからいつも彼女の方からかけてくる。

「お昼、ご一緒しません」澄んだ声だった。同僚の女事務員に話しかけるのと同じ調子で、はま子はそういった。

「うん。そう思ってたところだ」おれも同僚の男子社員に喋《しゃべ》る口調でそういい、保利課長が席をはずしているのを見届けてから声を低くした。「話がある」

「あ、そう。じゃ、宇野でね」彼女も声を低くしてそういい、次に大声を出した。「では、のちほどね」

「宇野」というのが食堂の名前である。

おれは社内電話の受話器を置いた。おれと彼女の仲は、まだ社内の誰にも知られていない筈だった。

受話器を置くなり、その隣りの社外直通電話が鳴った。

「はい。山鹿建設の経理課です」

「絹川さんですね」しわがれ気味の男の声だった。銀行関係者の口調ではなかった。

この直通電話の番号は、取引銀行の者以外知っている人間はあまりいない筈だし、この電話に出るのがおれだということを知っている人間は尚《なお》さら少ない。

「どなたです」

「昨夜、例のバーにいた者ですがね。沢村と申します。ちょっと、お話ししたいことがございまして」

おれはちょっと考えてから、念の為《ため》にたしかめてみた。「例のバー、といいますと」

「マーチンズですよ」

間違いなかった。店のいちばん奥にいた貧相な中年男のことをおれは思い出した。

いやな予感がした。

おれはそっ気なく訊ねた。「どういうご用件ですか」

「ぜひお願いしたいことがあるのです」

「どんなことです」

「外でお眼にかかれませんでしょうか」男の声は気味悪いほどていねいだった。

おれが黙っていると男はさらにいった。「おいそがしいところ、まことに恐縮ですが、お昼休みにでも」

「この電話をどうして知ってるんです」

「それは、まあ」男は答えなかった。

「昼休みには先約があります」と、おれはいった。「四時に外出する用がありますから、そのあとで逢いましょう」

「では、どちらで」

「それはそっちで決めてください」

男はしばらく考えこみ、やがて場所を指定した。「では、北町一丁目の交叉点から百メートルほど南に、シャム猫という喫茶店があります。そこでお待ちしています」

北町一丁目というのは、例の繁華街にいちばん近いところだ。まずいなと思ったが、そっちで決めろといった手前いやとはいえない。

「いいでしょう」

「では、四時過ぎにお待ちしております」男は電話を切った。

机の抽出しの奥にサングラスを置いていたことを思い出し、あれをかけて行けばいいだろうと思いながら受話器を置いた時、またベルが鳴った。電話ではなく、昼休みを告げるベルだった。おれは立ちあがり、会社を出た。

「宇野」という和食堂はすぐ隣りのビルの地階にあって、ここへは山鹿建設の連中はまず絶対にといっていいほどこない。なぜこないかというと、このビルの会社は一階の銀行、二階の化学薬品会社など業種的に見て建設会社よりはずっと上品な会社ばかりで、「宇野」は昼食時そういった上品な連中だけでいっぱいになり、建設会社の柄の悪い社員が入っていってもなんとなく居心地が悪く、暗黙のうちに差別されているような気になって、小さくなっていなければならないからだ。だから誰もここへはこようとしないのだ。

早くきたため「宇野」は空いていた。もうしばらくすればいっぱいになる筈だが、店が広くて客がおとなしいから比較的静かである。値段が高いせいもあって若い社員はあまりこない。しかしおれも木島はま子も独身者としては高給だし、うまいものには目がない方だし、会社では上品社員の部類に入るから気安くここにくる。おれとはま子が親しくなったのは、この店で会ったからである。

はま子はまだ来ていなかった。おれは隅のいい席を占領してはま子を待った。

はま子は東京の女子短大を卒業してから秘書の学校へ二年間通い、そこを優等で出てこの会社へ入った娘である。歳はおれよりひとつ上で二十四歳である。彼女は、感情よりは理性で行動する女だし、色が白く背が高く、おれ好みの暗さも持っていた。ひとつ歳下のおれと交際するようになったのも、おれの性格と自分の性格のあらゆる面を仔細《しさい》に検討し比較した結果ではないかとさえ思える。これを計算といってしまってはみもふたもない。表情やことばからは、何を考えているのかまったくわからないようなところがあった。

はま子を愛しているのかどうか、おれにはよくわからない。女性との交際《つきあい》が今までなかったからかもしれない。寝た女はふたりばかりいるが、愛などというものからはずいぶん離れた場所で寝てしまった。はま子の場合は、それとはだいぶ違う。しかしまだ、愛かどうかはわからない。おれにはまったく、わからないのだ。

休日に、会社の車が空いているからそれに乗ってドライヴに行こうといい出したのははま子だが、コースを決め、車を運転し、温泉地へ行く途中車の中で今夜は温泉宿へ泊ろうといい出したのはおれだった。

「考えさせて」その時はま子はそう答えた。

「そうかい」おれはあっさりとひきさがった。

「じゃ、まあ、今日は泊らずに帰ろう」

はま子はくすくす笑った。「考えさせてっていうのは、今夜だけは勘弁してっていうような、そんな一時のがれの意味じゃないのよ。温泉宿へつくまでの間、考えさせてっていったのよ」

あきれたことに、はま子はそれから車の助手席で真剣に考えこんでしまった。温泉地へ着くまでの間、口もきかずにぼんやりと窓の外の景色を眺めながら思いに沈んでいた。

心の中のさまざまな葛藤を処理し、いろいろな計算をやっているのだろうと思い、おれは彼女を考えこむままにさせておいた。

車が温泉郷に入った時、はま子はいった。「いいわ」

おれはうなずいた。「こっちは男だから、君ほど考えこみはしなかったがね」おれはそういって笑った。「だけど、それほど衝動的に言ったんじゃないいぜ」

「わかってるわ」

「何時間考えこんでいたか知ってるか。四時間半だぜ」

「ごめんなさい」

「いいのさ」悪いわけはなかった。

おれたちは温泉旅館に泊った。部屋は彼女の好みで洋室にした。アベックにはどうせホテル並みのサービスしかしてくれないのだから、洋室の方がよかったのかもしれなかった。

彼女はベッドを仔細に点検した。「あまりいいベッドじゃないわ」

「君がそのベッドを、魔法で最高級品のベッドに変えてくれる筈だろ」

さすがに顔を赤くした。

だがその夜彼女によって、ベッドは最高級品に変った。魔法を使ってではなく。

5

はま子とはその後も数回、市内のホテルに泊っている。

二度めの時、彼女ははっきりといった。「あなたを愛しているわ」

悪いとは思ったが、おれは何も言わなかった。ぼくも君を愛しているよ、彼女にそうささやき返すことは、簡単に、じつに簡単にできそうな雰囲《ふんい》気《き》だった。だが、それだけに、おれはためらった。女はよく、愛してしまいそうになるのがこわい、などと言うが、もともとああいう感情は男性のものだ。それも、女なら誰でもが持っている危険性を知っている程度に馬鹿でない男性のものだ。

彼女はおれに答えを強制しなかった。それも計算済みだったのだろう。

彼女と泊ったのはホテルだけである。会社の人間の眼がどこにあるかわからないから、彼女のアパートへ行ったことは一度もない。もちろん、彼女をおれの、あの湿気と異臭に満ちた四畳半へつれこんだことも一度もない。

ライト・グリーンのスーツを着たはま子が「宇野」に入ってきた。少し混みはじめていた店内の視線は、一瞬彼女に集中した。彼女はためらわずおれの前にきてうなずきかけ、おれと向きあって椅子にかけた。

しばらく、おれたちは黙っていた。

店の中がさらに混んできた。

ある程度の大きさの声で喋っても、もう盗み聞かれる心配はないと見きわめたらしく、恰好のいい指さきで湯呑茶碗を弄《もてあそ》びながら、はま子が訊ねた。「お話って、何」

「二重帳簿を発見した」と、おれはいった。

社内でのことは、どんなことでも一応は彼女に話すようにしている。得るところが多いからだ。話したための危険より、話さなかったための危険の方が大きいからでもある。

「保利課長ひとりで悪いことをしているとは思えないんだ。川島総務部長が保利課長を抱きこんだのか、それとも元兇はもっと上層部にいて、経理担当重役足田金一が私腹を肥やしているのか」

「当然そうでしょ」はま子は大きな黒い瞳で、いつものように真剣におれの顔を見据えながらいった。「帳簿がもうひとつあって、足田専務がそれを知らない、なんてことは絶対にないわ」

「なぜ、そう思う」

「わたしね、今までにあの人ほど頭のいい人って、他に知らないの」

「では彼がやっているのか」

「とすると、おかしいわ」白い額にたて皺《じわ》が寄った。可愛い皺だ。「足田専務が、川島部長に知れないように保利課長を抱きこめるかしら」

「部長と課長と、両方とも抱きこんじまうとまずいのか。悪いことは三人でやればいちばんいいっていうぜ」

「でも、川島部長は常務派なの」

「派閥があったか。そのことは考えなかった。すると常務派に知れた場合、足田専務は失脚だね」

「そういうことになるわね」

「すると保利課長は、足田専務派ってことになるのか」

「今はね」はま子は苦笑した。決して醜い苦笑ではない。「あの人はだいたい、どうにでもなる人なのよ」

「では専務は、川島部長に知られないで保利課長を抱きこめるじゃないか」

彼女は少し考えてからうなずいた。「そうね」

またひとつ、おれは利口になった。そして物知りにもなった。派閥争いはどんな平社員にも関係してくるということと、おれの会社に派閥争いがあるということだ。まだまだ知らないことはいっぱいありそうだが、赴任してきて二カ月目だからこれはしかたがない。はま子と交際しはじめる前、つまり一カ月前のおれは、今のおれと比べたら赤ん坊みたいなものだった。はま子がいなければ今でも赤ん坊だ。

「気を配っててくれないか」おれは彼女に頼んだ。「このことを知っているのは誰と誰で、知らないのは誰と誰で、うすうす勘づいているのが誰と誰で」

「すぐわかると思うわ」そう言ってはま子は、またおれを凝視した。「それがわかったらどうするの」抑揚のない事務的な口調で、彼女はいった。「黙っているの。社長に報告するの。あなたもそれに加わるの」

「ふうん」おれは嘆息した。「方法は、その三つだけかい」

「もうひとつあるわ」

「恐喝することを言ってるんだとしたら、えらく平然とした態度だね」照れて、おれは笑った。「歳のわりには、すれているつもりだが、そこまでは」やらない、と、言おうとしておれは真顔に戻った。はま子はまだ笑っていなかったからだ。

「そこまではまだ考えていない」おれは真剣にそういった。「何も考えていない」彼女の眼を見つめ、おれはゆっくりとうなずいて、念のためにもう一度くり返した。「ほんとに、まだ何も考えていないんだ」

彼女はさらに、ウェイトレスが和定食を運んでくるまでの間ずっと、おれの表情を観察し続けた。

「こんなぜいたくばかりしていたのじゃ、とても貯金できないわ」和定食を食べ終ってすぐ、はま子がそういった。

おれは彼女の眼を盗み見ながら、話題をねじ曲げようとした。「だけど、ぜいたくできるのは独身時代だけかもしれないぜ」

「一生、ぜいたくをしたいわ」

おれは立ちあがった。「出ようか」

はま子はおれの勢いに、少し驚いていた。

その日の午後、おれは銀行での用をいそいで済ませ、タクシーで北町一丁目へ行った。「シャム猫」の入口ぴったりに車をつけさせ、胸ポケットに用意した流行遅れのサングラスを出してかけ、顔を伏せ加減にして店へ入った。

ほとんど同時に、誰かが壁ぎわの席から声をかけてきた。「絹川さん」

どきりとし、そちらを見るより先におれは店内を一瞥《いちべつ》した。ボックス席が二十いくつかの店の中に客は数組だった。おれはやや安心したが、サングラスはとらなかった。

昨夜「マーチンズ」にいたあの中年男と向きあうと、彼はすぐ、背を丸くしておれの顔をのぞきこむようにし、訊ねた。「わたしの顔を、憶えていらっしゃいますか」にやりとした。

苦労人の丁重さではなく、やくざの丁寧さで、それもやくざが堅気の人間に話しかける時の馬鹿丁寧さだ。おれは身をこわばらせた。こわばらせたついでに、警戒していることを露骨に見せた方がいいと判断して身を引き、褐色のレンズ越しに彼をしばらく眺めまわした。

「昨夜、マーチンズの、いちばん奥の席に、たしか、おひとりでしたね」おれはゆっくりとそう答えた。

彼は苦笑し、電話してきた時と同じ声に戻った。「どうせのこと警戒の眼で見られるのなら、身分を明かしてしまいますがね。わたし、実は左文字組の幹部です。幹部の沢村です」幹部という肩書きが気に入っているようだった。

「ほう」おれは無関心なそぶりで煙草をくわえた。

この町に、左文字組、大橋組というふたつの暴力団の組織が存在することは、同僚たちの話を盗み聞いて知っていた。もちろんおれは、知らないふりをした。

「そんなものがあるのですか」投げやりに、おれはいった。「そんな、やくざ組織が」

沢村はまた苦笑し、芝居がかった仕草で、まあまあと掌をおれに向けた。「この町に来られてから、まだ間がないご様子ですが」

「二カ月です」

「そうでしょう」彼はひとり合点に、ふん、ふんとうなずき続けてから、やがて首を傾けた。「それにしても、あなたは山鹿建設の社員でしょう。そんなことを、今まで全然ご存じなかったというのは、やっぱりおかしいですね」

「ちっとも、おかしくないでしょう。ぼくは経理課員ですからね。現場へも行ったことがない。現場では、そういった連中との交渉もあるでしょう。しかし、ぼくは無関係です」

沢村はにやにや笑いを続けたままでいった。

「ところが、無関係じゃなくなってしまいましたね。昨夜から」

「何がいいたいのです」おれはせいいっぱい、語気を強めた。

沢村は笑いを消し、背をまっすぐにし、おれを睨み据えた。貧相な中年男の姿が消え、暴力団の幹部相応の貫禄があらわれた。なるほど、と、おれは思った。

「説明させていただきましょう」もったいぶって、沢村は喋りはじめた。「この町には左文字組、大橋組という、ふたつの組織があります。いわば二大勢力です。当然、縄張り争いが起ります。両方とも組長が大地主ですから、町の外では空地の利権争い、町のなかではシマの争奪戦、毎日のように組員たちがいがみあっています。早い話、血の流れない日がありません」

「そんな状態を、どうして警察が取り締まらないのです」

「新しく市になったばかりで、警察力はないも同然です。その上警察署長は左文字組が抱きこんでます」沢村は、やくざっぽい、拗《す》ねたような笑顔を見せた。たまには参る女もいるだろうと思える笑顔だ。「もっとも大橋組の方では、市長と税務署長を手なずけていますがね」

「まるでダシェル・ハメットだな」

軽蔑したような表情で、沢村はおれを見た。

「それは何ですか」

「なんでもない」

「珍しいことじゃありません。絹川さんは東京育ちらしいからご存じないでしょうが、日本の中小都市ってのは、たいてい似たり寄ったりです。わたしは自慢じゃないが、ほとんど日本全国流れてきていますので」ひひひひ、と、彼は笑った。

おれは指さきで卓上を叩いた。「いそぐんですがね」

「お仕事中でしたな」沢村はまた、卑屈に背を丸めた。

6

「申しおくれましたが、わたしは昨夜、あなたのご活躍、拝見させていただきました。大橋組の連中との一件、初めから終りまでです。おみごとでしたね」ゆっくりと、頭をさげた。「驚きました」

「あれは大橋組のやくざでしたか」一瞬、吐息が出た。

悪い連中とかかわりあったものだ、ふたたびおれはそう思い、自分の血を呪《のろ》った。「しかし連中の方は、どうしてあなたを知らなかったのです。左文字組の幹部なら、大橋組の者にだって顔は売れてるんでしょう」

「あの三人は流れ者です。今は大橋組にいますが、この町へきたのは二、三日前です。だからあの店が左文字組のシマだってことも知らなかったんでしょう」

「マーチンズ」も、ちゃんと暴力団の縄張りになっていたのだ。

「そういえば、ぼくが飲みにいった時は、いつもあなたがいたようですね。あの夏江というホステスがあなたの女ですか」

「野暮はいわないでください」笑った。「ですから、わたしが始終あそこにいることを知ってる連中は、今まで一度も来なかったでしょう。一度もね」

彼ははじめて凄《すご》んで見せた。ほんとに凄かったので、おれはまた、なるほど、と思った。

「じゃあ今では、あの三人組からぼくのことを聞いた大橋組の連中、ぼくのことを左文字組のやくざであなたの手下だと思っているでしょうね」

「でしょうな」眼を細めた。

おれは舌打ちした。「厄介だな。ぼくはまじめなサラリーマンですからね。ごたごたに巻きこまれるのは困る」

おれの気持のわかる筈のない沢村が、おれのいうことを信じないのは当然だった。

「おかしいじゃないですか」と、彼はいった。「絹川さんほどの腕っぷしの人が、そんなにびくびくなさるのは。まともに喧嘩もできない癖にやたら強がる若いやつは、いっぱいいますがねえ」

やくざの考えかただ。

「あなた、見たでしょうが。ぼくはかっとなると滅茶苦茶をやる。それが怖いんです。暴力団の連中の暴力がこわいんじゃない」ゆっくりと、おれは説明した。「ぼくは、かっと逆上すると人を殺し兼ねない。自分で、それがこわいんです。その辺のところは、わかるでしょう」

「まあ、そういうことがあるってことはわかりますがねえ」ちっとも、わかっていなかった。「それにしても、自分がこわいなんていうのは聞きはじめですな。いや、まったく、たいしたもんだ」

誤解したままで沢村は感服し、大きくかぶりを振った。「いやもう、たいしたもんだ。うちの若いやつに聞かせてやりたいですな。おそらくそれが、ほんとの勇気ってやつでしょうね」かぶりを振り続けた。

喧嘩する人間は自分がこわくないから喧嘩するのであって、相手がこわいから嚙《か》みついていく。もちろんこんなものは勇気ではない。相手がこわくないから喧嘩するというのは無知な人間のやることだ。どちらにしろ喧嘩は勇気と無関係で、そもそも勇気なんてものも、あるのかどうかわからない。自分に勇気があるという錯覚だけがあるのではないか。だが、そんな議論の通じる相手でないことはわかっている。おれは黙りこんだ。

沢村は声をひそめ、本題に入ろうとした。「その勇気を見込んで、お願いがあるんですがね」

「勇気じゃない。乱暴なだけだ」

「ま、ちょっと待ってください」

「あなたの頼みというのはわかっています。ぼくの腕っぷしを左文字組に貸せっていうんでしょう。おことわりします」

「睨みをきかせてもらうだけでいいんですが」

「睨みをきかせるなんて凄い芸当は、ぼくにはとてもできませんね。それに、それだけですまないことが必ず起ります」

「ただ、あなたが傍についててくださるだけで、大橋組は手出ししないと思いますよ」

「ぼくが傍についてるって、誰の傍についてるんですか。あなたのですか」

「いやいや。とんでもない。組長です。うちの組長です。組長はいつだって狙われてるんですが、シマを見まわるのは夜です。夜だけ組長についてもらえればいいんです」

「やくざの親分の用心棒じゃないですか。おことわりします」

「ごたごたに巻きこまれるのはいやだとおっ

しゃったが、そのごたごたがあっちから近づいてくるのをぼんやり待っているより、ごたごたのど真ん中へとびこんでいった方がずっと、すっきりしますよ」

「それはあなたの考えかたです」

「報酬は充分出します」沢村は次第にけんめいになって頼みはじめた。「組長がシマを見まわる三時間、つまり午後八時から十一時までの間の、たったの三時間です。だから昼間は、あなたは今まで通り会社に出勤なさってりゃいいんです。いいアルバイトじゃありませんか。報酬は、昼間のあなたのサラリーの十倍出しましょう」

「十倍」おれは唖然とした。

自分でいちばん迷惑に思っているおれの無意識内の兇暴性が、夜の世界では、おれのまともな能力の十倍の値打ちがあるのだ。茫然とせざるを得ない。

おれが考えこんだのを見て脈ありと早合点したらしく、沢村がうなずいて内ポケットに手を入れた。契約金でも寄越すつもりだろう。

おれは強くかぶりを振った。「とんでもない。やくざの用心棒になった男を、会社がそのまま雇っておくと思いますか。ぼくは堅気の人間で、まだ綺麗なままだ。汚れたくありませんね」

「黙ってりゃ、会社にはわからないでしょう。たとえ誰かに夜のあなたを見られたとしても、昼間のあなたと同一人物だとは誰も思いはしませんよ。よく似た顔だと思うぐらいです。昼間のあなたは、えらく真面目だそうですからね」

「よく調べてあるんだな。だがぼくは、昼だって夜だって真面目ですよ」

「そうでしょうかね」沢村はおれの眼をのぞきこんだ。「昨夜の喧嘩っぷり、あれはどう見たって、しろうとの喧嘩じゃありませんよ」

「喧嘩のしかたに、プロもアマもないでしょう」

「あります」沢村は、いやにはっきりと断言した。「わたしの眼に狂いはない。それに絹川さん、そんなにご自分が汚れていないと思うのなら、どうして急に四年前に流行《はや》ったサングラスをひっぱり出してかけはじめたんです」

「昨夜の連中に見つかりたくないからです」

「そうでしょう。もし昨夜の三人のうちの誰かが死んでいたとしたら、あなたは殺人罪だ。今だって充分傷害罪は成立します」

「警察は左文字組が抱きこんでいる。だからぼくを生かすも殺すも、ぼくの返答次第というわけですか」怒りで、口の中に苦みが拡がった。

沢村はまだ、おれの怒りに気づかぬ様子でにやりと笑った。「そんなことするくらいならむしろ、あなたが山鹿建設の社員だってことを大橋組に教えてやります」くすくす笑った。「どうなると思います」

「えらいことになるだろうな」と、おれはいった。「連中、まっ昼間から脇差《どす》を持って乗りこんでくるかもしれないな」眼の前が、じわり、じわりと暗くなりはじめた。おれを狂気へ導くフィルターだ。「あんた、おれを脅迫しているな」

「だって連中があなたを捜しまわっていることは本当なんです。だからこそ」沢村はまだおれの怒りに気づかず、身をのり出した。「だからこそ、同じことならたとえ夜だけでも左文字組の中に身を置いた方が、昼間のあなたの身分を隠すことにもなるだろうって言ってるんです」

沢村のしつこさに、おれの怒りは血を逆流させはじめていた。テーブルの上に置いた指さきが顫《ふる》えはじめた。

やっと気がつき、沢村はあっと仰天して中腰になった。「おっとっ、とっ、とっ、と。そ、その顔はいけません」腰を浮かしたまま、彼は声をうわずらせた。「指をふるわせちゃいけません。それはあんたが怒る前のやつだ」

「もう怒っている」

「絹川さん。絹川さん」悲鳴まじりに彼はいった。「ま。ま。理性的に。理性的になってください」

フィルターがはずれ、おれは苦笑した。やくざから理性的になれとたしなめられたのははじめてだ。

おれは深呼吸をした。「心配するな。もう大丈夫だ」

「どうしても、だめですか」なさけなさそうに彼はいった。

「どうしても、いやだ」立ちあがった。

「脅迫してるんじゃなく、ほんとうに絹川さん、あなた、そのままでは、後悔することになりますよ」

やっぱり脅迫してるんじゃないかと思いながら、おれは彼に背を向け、「シャム猫」を出た。

大通りは、すでに薄紫色の夕闇に包まれていた。西に面したビルや商店の壁が夕陽に染まり、その陽ざしを浴びて歩道を行く人間たちの足どりにやや疲労の色が深かった。町の風景全体に疲労の色があった。夜になれば少しは活気をとり戻す筈だ、と、おれは思った。夜にならないと活気の出てこない人種は、たしかに存在するのだから。

7

大通りを、北へ歩きはじめた。

「シャム猫」は北町一丁目にあり、会社は北町三丁目にある。歩いてもさほどの距離ではない。しかし本当はタクシーに乗った方がいい。大橋組の連中に見つからずにすむからだ。しかし北行きのタクシーに乗るには歩道橋を渡って反対側の歩道へ出なければならない。西側の歩道は昨夜の現場のすぐ近くだ。夜の野獣どもがそろそろ徘徊《はいかい》しはじめる時間でもある。おれは歩くことにした。すれちがう人間に顔を見られないよう背を丸めて歩き続け、北町二丁目まできた時、おれは「マーチンズ」の房子に出会った。見つけたのはおれが先だった。

黒いセーターに黒いスラックスをはいた房子は、スーパー・マーケットの大きな紙袋を抱いていた。おれは彼女の前に立ち、褐色のレンズ越しに切れ長の眼をのぞきこんだ。「やあ。ぼくだ」

「絹川さん」おれに出会った不運を呪って、房子は低い声で何かをぶつぶつと呟《つぶ》やきながら周囲を見まわした。「こんなとこ、うろうろしてちゃ駄目じゃないの」

「話したいことがある」おれは早口でいった。「訊《き》きたいこともある。そこのスナックへ、ちょっとつきあってくれないか」

傍《そば》にあった「アニマル」というスナックを指してそういうと、房子はほんの二、三秒ためらった。だが、すぐにうなずいた。人眼の多い大通りで押し問答する危険性に、すぐ気づいたらしい。

「こんなとこで話していて大丈夫かしら」四人掛けボックスが四つしかなく、あとはカウンターがあるだけの明るい店内を見まわして、房子が不安がった。

「ここへくるのは高校生ばかりだよ」

「とにかく早くして頂戴」房子はおれの顔を見ようともせず、早口でいらいらといった。「お店があるんだから」

「そんなにいらいらされては話もできない。三十分だけ、時間をくれ」

「あなたのために、大変な迷惑よ」さほど怒った口調ではなく、彼女はそういった。「とにかくわたし、あなたみたいな乱暴者の話なんか聞きたくないの」

吃《ども》りがちなそのいいかたで、おれは房子が、昨夜おれがふるった暴力には自分にも責任の一端があると反省しているらしいことに気づいた。おれをけしかけたのは自分だと思っているらしいのだ。

「その、乱暴のことだ」おれはうなずいた。「おれがやった、あの、乱暴について説明したい」

「わたしに弁解したってしかたないじゃないの」

ボーイがきたので、おれたちはコーヒーを注文した。と同時におれは、「シャム猫」では何も飲まなかったことを思い出した。

「いいわ。そんなに喋《しゃべ》りたいなら三十分だけ」

ボーイが行ってしまうと、房子は腕時計を見ながらそういった。「ほんとに、三十分よ」

少し考えてから、おれは喋り出した。「ぼくには前から妙な癖がある。癖というか病気というか、なんだかよくわからない。精神病の一種かもしれない。いちばんよく似た症状の病気には癲癇《てんかん》があるが、あんなにしばしば発作は起さない」

「あなた癲癇なの」

「ただの癲癇なら苦労しない。あれは要するに自分のからだの調子が悪い時などに発作を起してぶっ倒れ、勝手に泡を吹いているだけだ。他人に迷惑はかけない。ところがぼくのはそうじゃなくて、腹を立てた時に意識を失う」

「あなたのいいたいことがだんだんわかってきたわ」嘲笑をちらと見せた。「ふだんはおとなしいけど、発作が起った時にだけ乱暴を働いてしまうっていうのね」かぶりを振った。「信じないわ。そんな都合のいい病気なんて、今まで聞いたことないもの」

「まあ、待てよ」

「でも、そういう言いわけなら何度も聞かされたわ。ふだんおとなしい人で、いざ逆上したりお酒を飲んだりすると物ごとの見さかいがつかなくなる人はざらにいて、そういう人は必ずそんな弁解をするわ。あれは無意識でやりました。あれは酒がやらせたことですのでご勘弁を。何をやったかまったく記憶にありません。ぜんぶ嘘よ。あれはヒステリーなのよ。男のヒステリーよ。あなたのだってそうよ」喋り続けた。

ボーイがコーヒーを運んできた。房子は口を閉じた。

「おれに話をさせてくれるのか、くれないのか」

コーヒーをすすりながら、おれは腕時計を見た。

房子は溜息をつき、黙ってコーヒーを飲みはじめた。

「実をいうと、怒って逆上してそのために意識を失ったことは、あれがはじめてじゃない。二度あった。そのどちらも、酒を飲んではいなかった」おれはふたたび、ゆっくりと喋りはじめた。

「二度というのは五歳くらいの餓鬼のころと高校生時代に一度ずつだ。最初は小学校へ行く前だった。おれの家は東京の下町にあった。どぶ川が流れていたり、野良犬が多かったり、やたらあちこちに抜け裏があったりするような下町だ。近所には歳上の子供が多かった。ある時おれは、その悪童連中から寄ってたかっていじめられた。子供というのは残酷で、誰かひとりを犠牲者に決めてしまうと、皆で徹底的に痛めつける。その日はおれが犠牲者にえらばれた。その時だ。いじめられている最中、はげしい怒りに襲われた。まだ忘れていない。おれに覆いかぶさっている悪童連中の顔がだんだんぼやけていったのをね。悪夢みたいに今でも思い出す。そして意識を失った。いつどこで意識を回復したかは憶えていない。いや、意識を失ったとか回復したとかは正確な表現ではないな。おれにとってはその通りなんだが、事実は無意識のうちに行動していたんだから」

「何をしたの」

「家にとんで帰ったそうだ。血相変えて店さきへ駈けこんで、細身の刺身包丁を一本握り、とって返そうとしたらしい。おれの家は料理屋だったんだ。料亭じゃなく、一杯飲み屋に毛をはやして少し上品にした程度の小料理屋だ。店さきには家族や、奉公人の板前や出前がいた。皆があわてて、家から駈け出ようとするおれを押さえつけた。あとで聞かされた話だが、おれはとても子供と思えない力で皆をはねのけようとしたそうだ。押さえつけられてしまってからも、子供と思えぬ声で罵《ののし》り、気ちがいのようにわめいた。医者がきて鎮静剤を二、三本注射した。一本ではきかなかったんだ。すべて家族の誰かれに聞かされたことで、おれにはそんな記憶はまったくないんだ。五歳だから憶えていなくて当然かもしれないが、意識をなくす直前の記憶があるし、強烈な体験だから断片的にでも憶えていて不思議はない。とするとやっぱり、正常な意識を失っていたとしか思えない」

「強烈な体験だったからこそ、記憶喪失みたいになった、とは言えないの」

「精神分析でいう、精神的外傷《トラウマ》ってやつだ。おれの家族はそう説明した。おれも、そうだろうと思った。その後もその時のことは、何かあるたびに家族から聞かされた。うんざりするほどだ。おれがいかに血走った眼をしていたか、どれほど兇暴な顔つきだったか。そしていつも結論は同じだ。お前には兇暴性が潜在している」

「ふだんはおとなしかったの」房子はそう訊《たず》ねた。おれの話を、すでに信じていた。

「だからよけい、そう言われた。だが、とにもかくにもおれ自身が自覚せずにやったことだ。だからこそその頃のおれはまだ、皆の話に対して半信半疑でいられた。ところが、そのうちに否応なく、そいつを信じなければならなくなった」

「また、やったのね」

「そうだ」のどがからからになっていた。おれはコーヒーを飲み、水も飲み乾《ほ》し、また喋りはじめた。

8

「高校へ入ってすぐの頃だ。どこの高校にもいるが、その高校にも札つきの不良学生のグループがあった。その連中に、おれは言いがかりをつけられた。上級生に挨拶しなかったという、おかしな言いがかりだ。もちろん、おかしいからこそ『言いがかり』なんだけどね。奴らは、おびえている新入生のおれを運動部室へつれこんだ。最初のうち、おれは連中のつける難癖におとなしくあやまり続けていた。そのうちに、あやまることばがなくなってしまった。これはあたり前だ。悪いことは何もしていないのだし、言いがかりそのものが無茶苦茶だし、だいいち語彙《ごい》の貧弱な高校一年生に、殴られないですむような、気のきいた詫《わ》びことばがそんなに続くわけはない。むこうだってそう思って難癖をつけてくるわけだ。おれはとうとう黙ってしまった。連中はそれを待っていた。そして、さっそくおれを殴りはじめた。ひとりずつ、おれを殴った。連中は六人いた。六人めの不良に殴られた時、おれは怒りでぐらぐらっ、とした。そして眼の前がまっ暗になった。子供の時の記憶がちらりと蘇《よみがえ》ったけど、意識を失う寸前のことだから、どんな結果になるかを想像することはできなかった」

黙って聞いている房子の眼にまた、蛇に対する嫌悪感に似た光が走った。無理もないと、おれは思った。どんな常識家であっても、男なら少しは暴力へのあこがれを抱いているものだが、この房子はそういう心理とは全然無縁のようだった。女である上、暴力を憎んでいる様子だったからだ。

「気がついた時は、医務室のベッドの上だった。ベッドの傍には、おれの兇暴さを目撃した体操の教師がいた。シロクマという渾名《あだな》の、シロクマによく似た教師だ。このシロクマも君と同様、おれが無意識の状態で暴れたということをなかなか信じようとしなかった。だから、シロクマの話とか、シロクマが他の教師や学生に喋った話のまた聞きとか、シロクマ以外の教師や校医の話だとかをつなぎあわせて、事件の全貌をおれがすべて知るには二、三日かかった。まず最初、おれがつれこまれていた運動部室の前を、このシロクマがたまたま通りかかった。シロクマのことばでいうと、その時、運動部室の中からだしぬけに『野獣が咆哮《ほうこう》しているのに似た罵り声と、女のかなきり声に近い悲鳴と、断末魔ではないかと思わせるような絶叫が、一度に』起った。シロクマはしばらく立ちすくんでいたらしい。そのうち、声が聞こえなくなった。物音だけが続いているので恐るおそる戸をあけ、中を覗《のぞ》いた。するとおれが、つまり、ふだんはおとなしい絹川という一年生が、札つきの不良学生六人を相手に大あばれを演じていたんだ。もっともその頃にはもう、さんざ痛めつけられた六人は、とっくに喧嘩する気をなくしていて、というより、すでに全員が身動きもできないくらいの大怪我をしていて、骨折や打撲でなかば失神状態だった。だが、おれはまだ怒り狂っていた。君も見ただろう。マーチンズであの三人を半殺しの目にあわせた、あれと同じことを六人の不良学生にやったわけだ。つまり、すでにぐったりしている六人を、さらに痛めつけていた。見ていたシロクマが『あれ以上やられたのでは死ぬ』と判断した程度にだ。シロクマはあわてておれをとめようとした。だが、おれの腕のひと振りで四メートル半もぶっとばされた。そこで、いそいで職員室へとって返して体育の教師もうひとりを交えた応援三人をつれてきて、四人がかりでおれをとり押さえ、医務室へかつぎこんだ。校医はおれの様子に仰天して鎮静剤を打ちまくった。おれが正気に戻ったのは、それから半時間ほど経ってからだ」

「相手の不良学生たちはどうなったの」房子は無表情を装ってそう訊ねた。

「さいわい六人とも命には別条なかったらしい。だが、リーダー格の不良だけは足を悪くして片輪になったそうだ。すぐに退学したそうだから、それ以後は会っていない。おれの方は、学校から咎《とが》められたり、罰せられたりすることはなかった。非は不良どもにあった。この場合、連中が札つきであればあるほど、おれにとっては好都合だったことになる。それにおれはふだん成績もよく、おとなしかった。ただ、事件のことが学校中に知れ渡って、おれは学友からひどく恐れられるようになってしまった。退学になった不良のリーダー以外の五人も、おれを怖がって転校しちまった。高校在学中、おれは皆から怖がられていた。あまりいい気はしなかった。それ以来自分でも、自分自身が怖くなった。その事件のためにおれは、自分の潜在的な兇暴性をはっきり自覚しなければならなくなった。二度あった事件のどちらの場合も、もしおれをとり押さえてくれる人間がいなかったら」おれは周囲をちょっと見まわしてから声を小さくした。「おれは人を、殺していたかもしれないんだから」

房子は眉をあげた。「それ以後は、何もなかったの」

「昨夜まではね」おれはうなずいた。「なぜなら、おれは、人を殺したりしては大変と思うものだから、それ以来極端に臆病になって、できるだけトラブルを避けるようにしたんだ。だから何も起らなかった」後悔しながら、おれはくり返した。「昨夜まではね」

「昨夜まではね」と、房子もいった。

「君に出たらめを喋ったところで、どうにもならない。ぼくの話を信じたかい」

「信じるわ。でも、わたしが信じたところでやっぱり何の役にも立たないでしょ」

「いや、君には信じてほしかった」

「なぜ。わたしが好きだから、なんて言い出すんじゃないでしょうね」

おれは苦笑した。「信じてくれない限り、君は昨夜のおれの乱暴について、話してくれないだろうからな」

少し同情の籠《こも》った眼で、彼女はおれを見た。

「どんな乱暴をしたか、あなたの記憶にはないわけね」

「そうだ」

「聞いてどうするの」

「おれの身にもなってくれ。この次には人を殺すかもしれないいんだ。これでは困る。一種の病気だろうとは思うが、こんな病気が頻発《ひんぱつ》しては心配で夜も眠れない。機会があれば医者にも見てもらうつもりだ。そのために、病状を聞いておきたい」

「ひどい病状よ」房子は憂鬱そうにあたりを見た。「思い出したくないわ」

「君しか教えてくれそうな人間は思いつかないいんだ」

房子は話しはじめた。「あなたに言いがかりをつけてきた、あの赤ら顔の男は憶えてるわね」

「うん」

「あなたは最初、立ちあがってあいつの胸を両手でつかんだの。そして、そのままその腕を真上にいっぱいのばして、あいつを完全に頭の上にさしあげちゃったの」

おれはその情景を思い浮かべようとした。「五月人形の、熊をさしあげてる金太郎みたいにか」

「熊をさしあげてる金太郎みたいによ」と、彼女はいった。「あなたにあんな馬鹿力があるなんて、わたし、思わなかったわ」おれのからだを、ゆっくりと眺めまわした。

「ふだんなら、そんな力は出ない。それからどうした」

「わたしはびっくりして、カウンターの中を店の奥の方へ逃げたの。逃げてよかったわ。あなたはあの男をカウンター越しに、バック・バーめがけて投げつけたの。エスクレメントオって叫んで」

「それはなんだ」

「知るもんですか。あなた、知ってるでしょ」

「そんな外国語は知らない。赤ら顔はどうなった」

「大怪我よ」房子は、思い出したくないという表情で、押し出すように話し続けた。「洋酒の瓶《びん》が粉微塵になって、あいつ、顔がずたずたになったわ。血と、それから、いろんな色のリキュールで、すごい顔になったわ。だんだら模様の」

「のびたのか」

「のびちゃったわ。カウンターの中で」

「あとの二人は、その間どうしていた」

「あなたが赤い顔の男を投げると同時に、あなたにとびかかってきたわ。あなたは小さい方の男をドアの方へつきとばしておいてから、あの禿《はげ》の大男のみぞおちを殴りつけて、唸《うな》っている大男の首をつかんで頭を壁に叩きつけたの」否定的に唇を歪《ゆが》めた。「何度も、何度もよ」忌まわしげに、かぶりを振った。「あの大男、可哀想に、頭が割れて血まみれになってたわ。わたしたち、店の奥からあなたに、もうやめて、もうやめてって、何度も叫んだのよ。小さい方の男も、やめさせようとしてあなたのからだに、うしろから武者振りついてたけど、あなたは猛《たけ》り狂って、すごい眼をして、大男の頭を壁に、エスクレメントオって叫びながら」

「その、エスクレメントオっていうのはなんだ」

「知るもんですか」

「しかし、それでよく死ななかったもんだな」嘔《おう》吐《と》感がこみあげてきた。

「最後には死んだみたいになったわ。床へのびちゃったの。小さい男は、ぺこぺこあやまり続けてたわ。それなのにあなたは、かかえあげて壁へ叩きつけたり、テーブルの上へ投げつけたり」房子はまた、かぶりを振った。「赤い顔の男が、半死半生でカウンターの中から這《は》い出してくると、それもかかえあげてつきとばしたのよ。ビール瓶は割れるし、血はとび散るし、もう滅茶苦茶」眼を閉じ、頭を顫わせた。「地獄みたいだったわ。

それが三十分ほども続いたのよ」

「三十分もか」

「もっと短かったのでしょうけど、わたしはそれくらいに感じたわ。でもあなたは、ちっとも疲れたように見えなかったわよ。エネルギーの塊りだったわ。怒りのエネルギーのね。壁ぎわの床に積み重なったまま、ぴくりとも動かなくなってしまった三人を、あなたはひとりずつかかえあげて、ドアをあけて、敷石に叩きつけるようにして抛《ほう》り出しちゃったの。『エスクレメントオ』『エスクレメントオ』ってね」

「いったいそれは、なんだろうな」

「わからないわ」

「ラテン系の外国語みたいだな」

「そしたら、奥のボックスにいた沢村さんが、ほら、憶えてないかしら、夏江さんのお客さんの、中年の」

「憶えてる」

「あの人、ほんとは左文字組の人なのよ。あの沢村さんがすぐ外へ出て、倒れてる三人の様子を見て、虫の息だけど、まだ死んではいないって教えてくれたわ。それから、あの三人のことを、流れ者だけど今は大橋組にいる連中だっていってたわ。沢村さんはすぐに逃げたわ。大橋組の人たちがきたら厄介だからって」

「おれが正気に戻ったのは、その直後か」

「しばらくしてからよ。それまでは、何かぶつぶついいながら店の中を歩きまわってたわ。わたしたち、あなたに頼んだのよ。大橋組が仕返しにくるから、早く逃げてくれって。でもあなたは、耳に入らないようだったわ」

「あの三人を誰がつれて行ったか知らないか」

「わからない。あの辺をいつも歩きまわってる大橋組の人じゃないの」

「そいつらは、おれの顔を見たかな」

「誰もドアを開けなかったから、見てないんじゃないかしら」

「あれ以後、大橋組の連中は『マーチンズ』にやってきたか」

「もちろんよ。一時間ほどしてから十二、三人やってきたわ。相手があなたひとりだと聞いてびっくりしてたわ。はじめは信じなかったくらいよ。それから、あなたの住所や会社や、いろんなことをしつこく訊《たず》ねたわ」

「どう答えた」

「わたしたち、知らないっていったわ。絹川って名前だけしか知らないってね。だって、ほんとにそれだけしか知らないんだもの」

「人相も訊ねたろう」

「ママが教えてたわ」

「警察はきたか」

「こなかったわ。電話しなかったの」

おれは少し、ほっとした。

「訊《き》くことは、それだけ」と、房子がいった。

「三十分以上経ったわ」

「すまなかった」伝票をとり、おれは立ちあがった。「いずれ、必ず礼をする」本当に、そのつもりだった。

「お礼なんかいいわ」そういってから、はっとした身ぶりで彼女はおれを見た。「お店へはこないでね」

「もちろん行かない。しかし『マーチンズ』の電話番号は知ってるよ」

「じゃ、先に出るわ」ガラス・ドアを押しあけ、暮れ残った街頭へ房子はひと足先に出ていった。

ドアの横のレジでコーヒー代を支払いながら、こんなに暗くなってきているのにまだサングラスをかけていたのではかえって人眼につくと思い、おれは眼鏡をはずした。そしてもう一度、歩道を眺めた。

房子がふたりの男に両方から腕をとられ、歩道ぎわに停車している乗用車の中へ無理やりつれこまれようとしていた。黒いスラックスの細い足をけんめいにふんばって抗《あらが》い、何か叫んでいた。

おれは「アニマル」からとび出し、房子が中へ押し込まれようとしている淡緑色のセドリックの後部ドアへ走った。誰かがおれの背広をつかんでひき戻し、羽交《はが》い締めにした。決して強い力ではなかったが、それだけでおれは動けなくなった。房子が後部シートへ仰向けに押さえつけられながら足で宙を蹴り、おれに何か叫んだ。その眼がはっきりと、おれに助けを求めていた。

「はなせ」

背後の人間を蹴りあげようとした時、頭の天辺《てっぺん》へ垂直に激しい打撃を受けた。羽交い締めにしているのとは別の、もうひとりの人間が振りおろしたものは、よほど堅くて重いものに違いなかった。打撃は続けさまに二度加えられた。最初の打撃でおれは膝《ひざ》を折り、二度めで意識を失った。

9

気がつくなり、口の中の強い薬品の臭いに嘔吐を催しながら、眼の前にいた沢村へおれは質問した。「房子は」

「奴らがつれて行きましたよ」沢村は、ちょっとうろたえた表情を見せてからそう答えた。

「大橋組か」

横にいる若い医者の顔色をちら、とうかがい、沢村は二、三度小きざみにうなずいた。

そこは病院のベッドの上だった。北町二丁目の「服部《はっとり》病院」だろう、と、おれは想像した。外科専門の病院はそこしかないからだ。

「これだけはっきり口をきくのなら、軽い脳震盪《のうしんとう》だろう」と、医者が軽薄な調子でいった。「頭蓋底骨折じゃない」

医者のことばを無視し、沢村はおれにいった。

「連中は七、八人いたんです。あんたひとりをつかまえるのに七、八人やってきたんだ。連中、あんたをよっぽど怖がっていますな。だからこんな、ひどい殴りかたをしたんだ。あんたもつれて行かれるところでしたよ。わたしがうちの若い者五人と一緒に、あんたをとり戻さなければね。うまいところへ通りかかったもんです」おれの感謝のことばを期待して、彼は小鼻を動かした。

「房子はとり戻せなかったんだな」

おれがそういうと、彼はいやな顔をした。「奴ら、車ですばやく逃げたんです」

「そいつら、どこにいるんだ」

「本部ですか。房子をそこへつれて行ったかどうかはともかく、場所だけは知ってますよ」うわ眼を使っておれを見た。「行くつもりですか」

「行かなきゃな」おれは眼を閉じた。房子には借りがあった。たとえ借りがなくても、救出に行く人間はおれ以外にない筈だ。「かけあって、彼女をとり戻してくる」

「あんたが貰い受けにくるだろうと予想して、連中はあの子をつれて行ったんだ」と、沢村はいった。「連中、あの子をあんたの女だと思ってますからね」彼自身もそう思っていた。

「房子はおれの女じゃないよ」おれはかぶりを振った。「だけど、行かなきゃな。おれの女でないにしろ、連中の思う壺であるにしろ」

「今、動いちゃいけないな」と、医者がいった。

おれは医者をじっと見つめ、ゆっくりといった。「いや、帰ります」

医者は露骨に顔をしかめた。「じゃ、勝手になさい。あとで神経障害が出ても知りませんよ」病室を出て行った。

「若先生も、ああおっしゃってるんだ」と、沢村はいった。「やめた方がいいですよ」

「若先生っていうと、今のは服部院長の息子かい」

「そうです」

「プレイ・ボーイで、藪《やぶ》だという評判だぜ」

「どっちにしろ、しばらく動かない方がいいでしょう。なんだったら、あの房子という女の子のことは」沢村は意味ありげな流し目をおれに送った。「左文字組で話をつけてあげてもいいですよ」

「条件つきでだろう」おれは彼から顔をそむけた。

「取引、といえばお気に召しますか。あんたはビジネスマンだから」と、沢村がおれの背中に言った。「こういう掛け引きはプロのわたしらにまかせた方がいいと思いますよ。あんたがひとりで乗りこんでいって、何かいいことがあると思いますか。予想できることは悪いことばかりじゃないですか。最悪の場合は、ほら、あなたがこわがってた、人を殺す、といったことにも」

　おれは寝返りをうち、沢村の眼を見つめた。沢村は眼をそらせた。思った通り、房子の誘拐は彼のたくらみだった。おれを尾行し、おれが「アニマル」で房子と話しはじめたのを見とどけ、大橋組に電話をし、おれの眼の前で房子を連れ去るようにけしかけたのだ。

「おれが掛けあいに出かけて話がこじれた場合、喧嘩になり、人死にが出るかもしれないっていうんだな。かっとなったおれが、また大あばれをして誰かを殺すかもしれない、そういいたいわけだな」おれは沢村を見つめたままで、彼が言いかけたことを最後まで言ってやり、うなずいて見せた。「おれはたしかに、自分が人を殺す羽目になることをおそれている。それは本当だ。そこであんたたちがおれのかわりに大橋組へ行き、何らかの方法で話をつけ、房子をとり戻してきてくれる。ただしそのためには、おれが左文字組の親分の用心棒をしてやることを約束しなきゃいけないと、こういうわけだ」一気に喋っておれは天井を見あげた。しぜん、うつろな笑い声が出た。

　これがこいつらのやり口だ、と、おれは思った。今後はこいつらの仲間の誰ひとり信用してはいかん、自分にそう言いきかせながら、おれはもう一度ゆっくりとうなずいた。「そうするより他になさそうだ」

沢村は大仰《おおぎょう》に感心して見せた。「絹川さんはもののわかった人だ。決断が早い。それに義理を大切にする人だ。それからまた、たったひとりの女のためにからだを張ろうとするなんて並みの人間にできることじゃない。感心しました。大親分の素質があります」

「誤解もはなはだしい」おれは苦笑した。「褒《ほ》められたって、ちっとも嬉しくないよ」立ちあがった。

ベッドから起きあがったおれを、沢村は意外そうに見た。「わたしたちが、かわりに行くって言ってるんですよ。どうして寝てないんです」

「かわりに行くのなら、どうして早く行かないんだ」服を着ながら、おれは沢村を睨《にら》みつけた。「房子が怪我でもしてた場合は、早く行かなかったあんたが悪いんだと、おれはそう思うぜ」

「行きますよ」ドアに向かって歩き、ドアの手前で彼は振り返った。「連絡は、どこへすればいいんです」

「会社にいる」

「これからまた、会社へ行くんですか」

「そうだ」

「じゃ、あとで会社へ電話します」出て行った。

「服部病院」の支払いは、沢村が済ませてくれていた。おれは北町二丁目の裏通りに面した病院のビルを出て、そのまま街灯の少ない裏通りを歩き、会社に戻った。退勤時刻を一時間ほど過ぎていた。当然もう誰もいない筈の経理課の事務室には明りがついていて、あまり会いたくないやつがひとりだけ残っていた。

「絹川君か」保利課長が狸づらをデスクの彼方《むこう》からこちらに向けて煙草をふかしていた。

彼の机の上はきれいに整頓されていた。おれの帰りを待っていたのだろう、とおれは思った。その通りだった。

「話がある」彼は立ちあがった。「まだ何か仕事が残っているのか」

「は、ほんの少し」

「明日でもいいいんだろう。ちょっと出よう」

「はい」

やくざから電話を待つ、などとは言えない。おれは課長と一緒に会社を出た。

大通りで拾ったタクシーに、保利課長は「霧島へ」と命じた、タクシーは中央の大通りを南へ走り出した。

危険だな、とおれは思った。料亭「霧島」はバー「マーチンズ」と同じ南町六丁目にあり、しかも「マーチンズ」同様大通りの西側にある。

タクシーの中で課長はひとことも喋らなかった。おれも黙っていた。お互いに、相手が何を考えているかはわかっていた。もちろん考え方は違っている。だから料亭で話しあっても問題が解決できるかどうかはまったくわからない。しかしおれは、譲歩できる線をすでに心に引いていた。

バーやクラブや小料理屋が並んだ裏通りにある「霧島」の玄関へ、タクシーはぴったりと門に車体をすり寄せて停った。おれはほっとしながら、課長に続いて「霧島」の広い三和土《たたき》へ入った。「霧島」は山鹿建設の部課長級が接待や会議に使う料亭で、おれは一度も来たことがなかった。

「君、小遣いがいるだろう」六畳の間に落ちつき、ビールを運んできた仲居を遠ざけると課長はさっそくそう切り出した。

話を早く終らせる必要に迫られていた。おれが画した一線の許容範囲内にある話だったから、おれはうなずいた。「ほしいですね」課長の眼を見つめ、おれはそう答えた。

「少ないが、十万円ある」クラフトの安物封筒を、彼は机の上に置いた。「これを君にあげる理由は、わかっている筈だ。わからないなら、考えてくれ」

「わかっています」おれは無造作に封筒を受け取って内ポケットへ入れ、ビールを飲み乾《ほ》した。たしかに、少ない金額だった。

ビールを注いでくれる課長の顔に安堵《あんど》の色があった。

おれは皮肉をいった。「お気が済みましたか」

渋い顔をした。

コップを机にとんと置き、おれはゆっくりといった。「ただし、派閥争いとは関係したくありませんので、どうぞそのおつもりで」

わざとらしく、彼は眼を丸くした。「ほう。派閥争い。うちの会社にそんなものがあるのかい」にやにや笑った。「企業小説の読み過ぎじゃないか、君」

「ないのなら結構です」おれはうなずいた。

課長はビールを飲み乾し、天井を仰いで考えこんだ。彼の背後にある床の間の狸も、天井を仰いでいた。おれは課長のコップにビールを注《つ》いでやった。

やっと話題を見つけたらしく、課長が話しかけてきた。「君、結婚は」

おれはわざと大袈裟《おおげさ》に驚いて見せ、おどけて立ちあがる気配を示した。「そうらきた。課長の仲人好きは有名だからな。そういうお話でしたら、ぼく、失礼させていただきます」腰を浮かせ、膝をずらせた。

「おいおい。まだ料理が出るんだよ」

「いえ」おれは真顔に戻った。「まだ会社に仕事が残っていますし、それに」腕時計を見た。「友人から電話がある筈なんです」にやりと笑い、課長にうなずきかけた。

「そうか。女の子か。ま、恋びとがいるのなら、縁談の話はやめる。だからせめて料理を食っていけ。十分かそこいらで解放してやるよ」

結局、二十分で解放してもらい、課長を残しておれはひとり「霧島」を出た。

顔を伏せ、おれは裏通りをいそいで歩いた。明るい商店街を避け、大通りへ通じる路地へ入り、路地を出て大通りの西側の歩道にたどりつき、空いたタクシーを物色した。空いたタクシーはなかなかこなかった。「霧島」からタクシー会社に電話させればよかった、と思った時、右側と背後で軽い靴音が響いた。おれは歩道を左側へ逃げた。十数メートル北へ逃げた時、誰かが足にとびついてきた。膝をかかえこまれ、おれは俯伏《うつぶ》せに倒れた。少なくとも二、三人の男がおれに覆い被《かぶ》さってきた。さらに数人の靴が両側からおれの脇腹を蹴った。靴のひとつが、おれの頬骨を蹴りあげた。身動きもできず、おれはされるままになっていた。男たちの荒い、熱い息が首筋にあたり、耳たぶをかすめていた。十人足らずいる筈と思えるのに、彼らは無言だった。彼らのけんめいさが感じられ、おれの頭は恐怖でしびれた。痛みは、まったく感じなかった。殺されるかもしれない、と思った。

「押さえつけたか」やっと、ひとりがそう訊ねた。

「押さえつけた」

「手を縛れ」

彼らはコンクリート・タイルの上へおれを俯伏せに押さえつけたまま、おれの両手首を背中にまわして縛りあげた。

まだ、怒りは湧かなかった。恐怖だけがあった。男たちはおれのからだを仰向けにした。見知らぬ顔が十幾つ、おれを見おろしていた。傍らでは会社帰りらしい二、三の通行人が立ちすくみ、眼を見ひらいておれを見つめていた。

「なんだ。簡単だったじゃないか」まだ十代と思える若い男がうすら笑いを浮かべてそういった。

「人違いじゃないのか。こいつ、ただのサラリーマンだぜ」

おれの胸を押さえつけていた手をはなし、ティーン・エイジャーが立ちあがって靴をおれの脇腹にのせた。たったそれだけの侮辱で、おれの中のどこかにひそんでいた怒りが稲妻のように折れ曲りながら意識の表面へとび出してきた。

「なんて顔、しやがる」

ティーン・エイジャーが靴さきでおれの顎《あご》を突きあげた。闇が近づいた。おれは、おれ以外の何者かの意志と力で、縛られた手をぐいとよじった。たちまち紐《ひも》がゆるんだ。結び目からゆっくりと片手を抜いた時、おれは盲目になっていた。一瞬後、意識もけしとんだ。

10

河岸《かし》のマグロのように、コンクリート・タイルの上へ人間が、あるいは俯伏せあるいは仰向き、ごろごろころがっている情景が、まず、おれの眼にとびこんできた。ひっくり返っている人間の数は、あわてて計算したところでは十一人だった。数で驚くよりも、そのうちの三人が警官の恰好をしていることでおれは驚いた。仲裁に入った警官まで、おれは叩きのめしてしまったらしい。

周囲を遠巻きにとりかこんでいる数十人の通行人の中からおずおずと出てきた沢村が、横から及び腰でおれの顔をのぞきこみ、おれの正気の有無を確かめようとして手をのばし、指さきをおれの眼の前でひらひらさせた。「あの、気がつきましたか」

「死んだやつはいないか」おれはあたり一面、路上にとび散った鮮血の中に倒れ伏している連中ひとりひとりの様子を観察しながら、ゆっくりと沢村に訊ねた。「誰も殺していないか」

おれが口をきくなり、沢村はおれの右腕をしっかりととらえ、野次馬に混って見ていた子分たちの方へ眼くばせした。すぐ、四人の若い男がばらばらととび出してきて、おれの肩や、もう片方の腕をつかみ、ぐいぐいと車道の方へ引っぱりはじめた。

「そんなことより、早く逃げましょう」と、沢村がいった。「警察がやってきたら厄介なことになります」

事実、街の南の方からはパトカーのサイレンが近づいてきつつあった。

だがおれには、誰かを殺していないかどうかの方が気がかりだった。同じ追われるのでも、やくざと喧嘩したサラリーマンとして追われるのと殺人者として追われるのでは大変な違いだった。いちばん気になったのは、おれを怒らせるきっかけを作ったあのティーン・エイジャーだった。おれは沢村たちにつれ去られながらも首をねじ曲げて乱闘のあとを振り返り、彼の姿を求めた。彼を最もひどく痛めつけている可能性があったからだ。

派手なシャツを着た彼が、奇妙な具合に身をくねらせ、血だまりの中にぶっ倒れているのが眼に入った。

「あ」おれは彼の方へ引返そうとした。「あいつだ」

「やめてください。もう、やめてくださいよ」沢村が裏声を出してそう叫んだ。おれがまだこの上、彼をどうにかするつもりだと誤解したらしい。

見ていた通行人たちがわっと叫び、あわてふためいておれから遠ざかろうとした。彼らの態度からおれ自身のひどい暴れかたが想像できて、おれは悪い予感に身がすくんだ。

「さ、早く。早く」沢村たちは力まかせにおれを引っぱり続けた。

むろん、正気の時のおれが彼ら五人にさからえるような力持ちでないことはいうまでもない。おれは彼らの車の後部座席に引きずりこまれてしまった。

「殺していないかどうかが心配なんだ」Uターン

し、大通りを南へ走り出した車の中で、おれは横に坐った沢村にいった。

　車が、現場へ急行するパトカー数台とすれ違った。

　沢村は馴れなれしくおれの膝を叩いた。「なに、ひとりやふたり、殺していたって大丈夫。組長から警察署長に、うまく頼んでもらいましょうや」おれを手中のものにしたという満足感が、彼のにやにや笑いのなかに読みとれた。

「しかし、あれだけ大勢の目撃者がいたんだぞ。あの中にはおれの会社の人間もいた筈だ。少くとも二、三人はな」

「だけどその人たちは、会社の同僚の絹川さんというおとなしい人が、やくざ八人と警官三人を、二、三分でぶちのめしたなんてこと、たとえ自分たちの眼ではっきり見ていたとしても、信じないと思いますよ」

「そうですよ」おれを挾む形で沢村とは反対の側に坐っていた若い男が、おれに媚《こ》びるような口調でいった。「兄貴に似た顔つきの人は多いし、あそこはわりと暗かったし」

「兄貴」呼ばわりされたことに文句を言っている余裕は、おれにはなかった。

「なに、いざとなりゃあ、絹川さんに似たやつを、うちの若いやつの中から探し出して自首させます。はは、ははは」沢村が浮きうきした調子で身をゆすった。有頂天になっていた。

　おれの怖れや悩みはまったく理解できない連中だった。こういう男たちと知りあってしまったことが、おれの身の破滅につながらないわけがなかった。

　車は南町を二丁目まで下り、「南町ロイヤル・ホテル」という三階建ての連れこみホテルのかどを左折した。おれとはま子が一夜を過したこともあるホテルで、まだ九時にはなっていないと思えるのに、はや各室の窓には明りが点《つ》いていた。

「房子はどうした」おれは沢村の浮わついた気分を押さえつけるように訊ねた。「とり戻しただろうな」

「あ」やっと思い出した、という身ぶりをし、沢村はおれを横眼でうかがった。「それが、まだ」

「約束した筈だぞ」おれは大声を出した。

「連中、ひどく態度を硬化させていましてねえ」沢村は首をすくめ、溜息をついた。「あんたを襲ったことでもわかるでしょう。とにかく大橋組では、あんたの身分を教えるか、あんたをつれてくるか、そのどちらか以外は房子を渡さないといってるんです」

「じゃあ、話はつけられなかった、ってわけじゃないか」

沢村は黙りこんだ。

「おれが直接乗りこんでいった方が、話は早かったわけだ」

「あんたがさっき、あの八人を叩きのめすまではね」沢村はぼそぼそと、低い声でいった。「あれでますます、話をつけにくくなった筈ですよ」

「おれが悪かった、っていうのか」

「いいえ」沢村はぴくりとシートから身を浮かした。「ま、こっちが早く話をつけてしまわなかったのも悪いわけですがね」

「どっちが悪かったなんていうのは水掛け論だ。おれは嫌いだ。もう、ビジネスの真似ごとをやっている段階じゃない。よそう」おれはすでに、腹をくくっていた。

「は。よしましょう」沢村がほっと溜息を洩らした。

「話はつけますよ」と、やがて彼はいった。「必ずね」

車は古めかしい造りの屋敷が数軒並んでいる街かどに停車した。和風の構えの門に「左文字」という標札のかかった一軒が、組長の邸だった。

「ははあ。足田専務の邸の隣りだったか」あたりを見まわして、おれはそうひとりごちた。専務の邸へは、勤務時間中に彼の私用を言いつかって一度来たことがあった。

「絹川さんをおつれした」沢村が玄関の間に詰めている数人にそういった。「組長にそう伝えてくれ」

「絹川」「絹川さん」というささやきが男たちから洩れ、中のひとりが腰をかがめて奥へ告げに入った。たった一日でおれの噂《うわさ》はこの連中の間に、たっぷりと味つけされて伝わっているようだった。

広い三和土《たたき》の隅に置かれた籐《とう》の涼み台で待たされている時、ふと玄関の格子戸の間から門の方を見て、おれは胸を大きく鳴らした。若い男ふたりに見送られ、庭の方からまわってきて門を出ていった人物のうしろ姿が、川島総務部長にそっくりだったからである。背広の太い縞模様は、たしかに今日の昼間、経理課へ入ってきた時に彼が着ていた背広のそれと同じ柄だった。

直属上司とやくざの親分の関係をあれこれ想像している時、三十過ぎと思える色の白い和服姿の男が奥から出てきて玄関の間の中央に坐り、おれに一礼した。「お初にお目にかかります。わたしが左文字です」

意外に若い親分なので、おれは少し茫然とした。籐椅子からゆっくりと立ちあがり、おれは彼にうなずき返した。「あ、そうですか。わたし、絹川です」

親分じきじきの出迎えにも恐縮した様子を示さないおれに、彼は一瞬むっとしたような表情を見せ、すぐ、酷薄そうな赤い唇の端に笑いを浮かべた。「ま、奥へどうぞ」

「いや、ぼくはここで結構ですがね」

沓《くつ》脱ぎ石の横に立っている沢村が、はらはらしながら左文字とおれを見くらべた。それから、勢いこんで喋りはじめた。「南町六丁目の交叉点近くで、絹川さんが大橋組の連中八人と殴りあっているところへ通りかかったんです。いや、殴りあい、と言っていいかどうか。とにかくその、すごい乱闘でした。絹川さんは八人を片っ端から投げとばし、蹴りあげ、殴りとばし、踏んづけ、全部のばしてしまいました」

「全部。八人全部か」左文字はおれの顔を凝視したまま眼を光らせた。

「とめに入った警官三人を加えたら、十一人です」沢村は売りこみに熱中しているセールスマンさながら、眼を見ひらき、手ぶり身ぶりを加えて喋り続けた。「この人が荒れ狂っている間、わたしたちは通行人といっしょにぼんやり眺めていることしかできませんでした。押さえに入ったりしようものなら、殴り殺されるおそれもあったからです」

「そんなに、ひどかったか」おれは呻《うめ》いた。

語彙《ごい》が貧弱で表現のあけすけな沢村がそんなにまではっきり言うのだから、おれの暴れかたは事実、例によって血に餓えた殺人狂のようなひどさだったのだろう。ということは、連中のうち少くとも二、三人を叩き殺している可能性がさらにふえたということだった。

「お強いんですな」見くだすようなうす笑いを浮かべて、左文字がいった。内心のおびえを見すかされまいと虚勢をはってか、わざと子分を褒めるような口調だったし、喧嘩の強いやつに頭のいいやつはいないのだとでも言いたそうな顔つきだった。

馬鹿と思わせておいた方が気を許すかもしれないと思い、あらぬ方へ眼をやり、おれはぼんやりとつぶやいた。「房子のことが心配だ」

「例の、バーの女のことです」不審げに首をかしげた左文字へ、横から沢村がそう説明した。

「ああ、そうか」左文字はじろじろとおれを観察してから、奥へ通すほどの人間ではないと判断したらしく、子分のひとりにいった。「ちょっと、署長に来てもらってくれ」

左文字の背後に控えていた若い男が立ち、奥の間から警察署長らしい初老の男をつれて戻ってきた。署長は外人めいた彫《ほ》りの深い顔立ちをしていた。赤ら顔は今まで酒を振舞われていたためらしく、眼もうるんでいた。

「あ。あんたがそうかね」顔立ちに似合わぬ下卑た声で、彼はおれにいった。「今、本署から電話があったよ。あんた、えらいことをしてくれたね。大橋組の若いやつがひとり、今さっき病院でとうとう死んだよ」

11

あのティーン・エイジャーだな、すぐにおれはそう思った。

やっぱり殺したか。

脳天に巨岩の直撃をくらった以上の衝撃を受け、おれは立ちすくんだ。ついに人殺しになったのだ。

「ま、それはいいさ。虫けらだ。それよりもあんたは、とめに入った警官のひとりの、利き腕をへし折ったそうじゃないか」にやにや笑いを続けたままで、署長は舌打ちをした。「これの方はやはり、警察の中でも、いきり立つやつがいると思うよ。ま、なるべく押さえるがね」

できるだけの貸しを作ろうとしているのに違いなかった。このままでは彼らから、いいように利用されてしまうおそれがあった。そんな話が通じない男であると思わせる必要があった。

彼の話が聞こえぬようなふりをし、おれは俯向《うつむ》いたままでまた呟《つぶ》やいた。「房子のことが心配だ」

左文字が顔をしかめ、吐き捨てるようにいった。「女のことしか頭にないのか」

沢村が、はっとした様子でおれの顔色をうかがった。おれは彼の期待にそむかぬことにした。

「偉そうないいかたをするな。おれはあんたの子分じゃないんだぞ」血相を変え、手足を顫《ふる》わせて見せた。

ちょっとした演技が、自分でも驚くほどの効果を発揮した。左文字があわてて腰を浮かし、その場にいた数人の男全部がさっと立ちあがった。

「ま、まあ、まあまあ。まあまあまあまあまあ」沢村がけんめいにとりなしはじめた。「組長。絹川さんは、ご自分のなさることにあれこれ言われることがお嫌いでして」おれの肩と胸に手をかけ、唾をとばしてなだめた。「き、絹川さん。絹川さん。ま、そんなに怒らないでください。怒らないでください。あなただって、今、うちの組長と喧嘩したら、損でしょうが。損でしょうが。考えてください。考えてください」

おれは左文字を睨み続けた。

おれの視線にたじろぎ、左文字がわざとらしい豪傑笑いをした。「わはははは。これは、わたしが言い過ぎた」手をさしのべ、おれを宥《なだ》めるように掌を上下させた。「ま、絹川さん。その、房子さんって女性のことは、わたしにまかせてください」

「この沢村って人も、そう言いましたよ。まかせておいてくれってね。でも、助け出せなかった」おれは膨れっつらをして見せた。「おれがまた連中と喧嘩してしまった今となっては、よけい話がつけにくくなった、この人はそう言ってるんですがね」

「だから今、この人を呼んだんですよ」左文字は親分面で、警察署長の方へ顎《あご》を振った。「この人に頼みましょうや」

すでに打ちあわせができていたらしく、署長が頰を撫《な》でながら答えた。「ま、不法監禁だから、刑事を何人か行かせて取り戻すことはできる」

「当然、大橋組はかんかんになって怒るでしょうな」左文字があいの手を入れた。

「そう。今後ことあるごとに警察に楯《たて》つくだろうし、今まで以上に左文字組を目のかたきにするだろうな」

「でもまあ、絹川さんは左文字組にとって大事なお人だ」左文字がおれを横眼で眺め、恩着せがましく言った。「ま、そのくらいのことは覚悟しましょうや。絹川さんのために、ひとつそのご婦人をとり返してきてあげてください」

今度は本気でむかむかしたが、おれは黙っていた。

「絹川さんもこれからは、わたしのために力を貸してくださるそうだし。ははは、はははははは」左文字は軽薄な口調でおれを小馬鹿にし続けた。

「ぼくがあんたの用心棒をやるのは、房子が無事に戻ってきてからの話だ。無事にだぞ」おれはそういってから、沢村に向きなおった。「房子をとり戻したら連絡してくれ。会社で待っている」


格子戸をあけ、玄関を出て行こうとしたおれに、警察署長が声をかけた。「おいおい。ずいぶん勝手だな。あんたは人を殺してるんだぜ。おれにひとことぐらい挨拶があってもよさそうなものじゃないか」

「正当防衛だったことを証明する方法を考えるとか、ぼくの身代りを探すとか、どっちでもいいから早くやってくださいよ。挨拶はそれからにします」そう言い捨て、石畳に靴音を響かせておれは門の方へ歩き出した。

「ものの言いかたを知らんやつだ」署長がいきり立って叫んでいたが、さほどの大声ではなかった。

「ねえねえ。絹川さん。絹川さん」沢村が追ってきた。「困りますよ。わたしの立場がないじゃないですか。組長や署長にはもうちょっと、お芝居でもいいから愛想よくしてやってください」

「あれで、せいいっぱいだ」と、おれは応じた。

「ひどい親分もいるもんだな。あれでも組長か。

よくまあ、あれで組員の統率がとれるもんだ。今、あの組長がおれのことを皆にどんな風に喋《しゃべ》っているか教えてやろうか。あの絹川って若い野郎は世間知らずの馬鹿だ。しかし腕が立つから利用価値はある。腹の立つこともあるだろうが辛抱しろ。どうせサラリーマンだ。われわれとはものの考えかたが違う。話が通じないのはあたり前だ。言いたいことを言わせておけ。いずれ用がすめばこの署長が、殺人罪で逮捕してくれる」

「組長の悪口は、それぐらいにしてください」沢村が少しきびしい声を出した。あきらかに彼自身が、左文字に強い不満を抱いていた。

大通りへ向かって歩き続けるおれのあとを、沢村はどこまでも無言でついてきた。

「どこまでついてくるつもりだ」

「タクシーののりばまでお送りします。もういちど会社へ戻られますか」

「あんたが今日、おれにそう訊《たず》ねるのは二度めだな」

「そうですな。ところで絹川さんのお宅はどちらです」

「知られてたまるものか」

「嫌われたものですな。こっちとしては、今後の連絡のことがありますからね」

「そっちの電話番号を教えろよ。こっちから連絡をとるよ」

「わたしは出歩いてますから、ほとんどあの邸にはいないんですよ」左文字邸の電話番号を、沢村は教えなかった。「今夜は会社で夜あかしなさるおつもりですか」

「そうならないよう、早く房子を救い出してやってほしいもんだね」

「刑事たちが踏みこむのは、連中が彼女をどこに監禁しているか、その聞きこみをやって確証を得たあとですからね。大橋組はあちこちに事務所を持っています。町はずれにもある。彼女を救出するのはだいぶ遅くなってからですよ」

「いつまででも待つよ」

「あの娘に惚《ほ》れていますか」

「そう思いたきゃ、そう思ってもいいよ」

「さっきはどうして、馬鹿の真似なんかしたんです」

「馬鹿の真似をして見せたからこそ、左文字の本性がわかったんだ。もっとも、悪人だってことは会う前からわかっていたがね」

「そうですかねえ」沢村は真剣だった。「わたしは、馬鹿でないことを見せた方が得だったと思うんですがねえ。あの場合、絹川さんとしては」

「おれのことを心配してくれて、ありがとうよ」

おれは沢村の肩をたたき、大通りの歩道ぎわに停車していたタクシーにとび乗った。「じゃあな」

「あのう、もひとつ聞きたいことがあるんですが」沢村が肩を丸めて車の中をのぞきこみ、口ごもりながら訊ねた。「エスクレメントオって、なんのことですか」


会社へ帰る前に、おれは服部病院へ寄った。夜勤の看護婦がひとりだけ眠そうな顔で残っていたが、このニキビ娘はうまい具合に、昼間おれがここで手当てを受けたことを知っていた。

「診察は九時までなんですよ」

「やっぱりそうですか。頭が痛み出したから来たんだけど、なに、我慢できないほどじゃないから、また明日にします」

「悪いわね。そうしてくださる」

「それじゃ」いったん帰る様子を見せ、おれは思いついたように彼女を振り返った。「ああ、さっき、怪我人が大勢かつぎこまれただろ。あれはなんだい。喧嘩かい」

「ええ。やくざ同士の喧嘩らしいわ。いやねえ、この町。やくざが多くって」彼女は顔をしかめた。

「死んだやつも、いるんだろ」

「そうなのよ」話し好きらしく、べらべら喋りはじめた。おれが彼女とたいして歳が違わないため、気を許しているようだった。若さで得をすることも、たまにはあった。

「まだ、二十歳前の子だったわ。わりと可愛い顔をした子よ。どうしてあんな子がやくざになったのかしら。運びこまれてしばらくしてから死んだの」

「打撲傷か何かで死んだのかい」

ニキビ娘は、かぶりを振った。「ほかの怪我人は、みんな打撲傷だったけど、その子だけは違ったわ。短刀で胸を刺されていたの」

12

おれはいったんアパートへ戻り、背広を着替えた。十一人の大の男を二、三分でぶちのめしたという話のわりには、背広は汚れていなかった。

アパートから会社までは、裏通りを歩いた。おれを殺人者として窮地に陥れようとしているのは誰かを考えながら、おれは歩き続けた。自分が人殺しではなかったことを知ったため、幾分は気も落ちつき、考えるゆとりができていた。

夜間警備員の許可を得て経理課の部屋に入り、電話を待ちながらおれは自分のデスクで仮眠した。房子の薄っぺらな胸を短刀でずたずたに切り裂いている夢を見て、おどろいて眼を醒《さ》ました時はすでに明け方だった。

おれは東京にいる伊丹という友人に手紙を書いた。

「元気ですか。

ぼくの方はあいかわらずだ。無味乾燥の数字ととり組んでいる。君の方は雑誌の編集という味のある仕事だから羨《うらや》ましい。

ところで早速だが、エスクレメントオという単語の意味を教えてほしいのだ。最近ある人から聞かされた単語だが、どういう意味かわからない。本人に訊《き》けない事情があるので君に訊くわけだ。君はラテン語をやったし、ラテン系の国のことばに詳しいから、おそらくこの、ラテン系と思えることばも知っているだろう。もし、隠された裏の意味があるのなら、それも教えてほしい。

返事を待ちます。ではまた」

速達の封書にして会社の近くのポストに投函《とうかん》し、戻ってくると電話が鳴っていた。

「はい」

「あ。絹川さん。わたし」房子の声だった。

おれは肩の力を抜いた。「無事だったか。怪我はないか。今、どこにいる」

「無事よ。今、沢村さんと一緒なの」

「ひどい目にあわされたか」

「ううん。あの人たち、わたしには何もしなかったわ。あなたをおびき寄せるために、わたしを誘拐したのね」

「助けにいけなくて、悪かった」

「いいえ。来ない方がよかったわ」

あいかわらずのぶっきら棒な口調に、おれは苦笑した。「ご挨拶だな。沢村とかわってくれ」

「やあ、絹川さん」沢村はいった。「約束は果たしましたよ」

「わかっている。借りは返すよ。だが房子には、何も言わないでくれ」

「そうですか。じゃあ、そうしましょう」

「会社が終ってから、行けばいいか」

「ぜひ、お願いします」

「じゃあ、そうしよう。勤務時間中に会社へ電話してくるのはやめてくれ」

「非常の時以外は、かけないようにします。ところで、このお嬢さんはどうします」

「自宅へ送ってくれ。それから、護衛をつけてくれ」

「自宅から、出さないようにしますか」

「あたり前だ」

「大橋組の連中はかんかんです。絹川さんも気をつけてください」

「昨夜から、いやにおれのことを心配してくれるんだな」

「絹川さんが好きになっちまってね」

「気持の悪いことを言わないでくれ」

女の経理課員がふたり出勤してきたので、おれは受話器を置いた。経理課の部屋を出てエレベーターで六階へ昇り、重役室へ入っていくと、はま子が重役たちの机にダスターをかけていた。

「あら」はま子が片方の眉をあげた。「ここへ来ちゃだめよ。重役さんのご出勤は十一時頃だけど、それまでにもここへはいろんな人がくるんだから」

おれとはま子は、窓から斜《ななめ》にさしこむ朝の陽ざしの中で軽くキスをした。

「調べてほしいことがあるんだ。川島総務部長と左文字組の組長の間に、どんな関係があるのか」

おれがそういうと、はま子は眼を光らせた。

「どんな関係だと思うの」

「ぼくの想像では、利害関係じゃないかと思う。大っぴらにできない利害関係だ。それからついでに、足田専務が左文字組と何か関係していないかも調べてほしいんだ」

「家が隣りにあるという関係よ」

「それは知ってる」

「むずかしいけど、やって見るわ」桜色の唇を噛《か》み、はま子はうなずいた。やがて顔をあげ、白い歯を見せた。「その、眼の下の疵《きず》はどうしたの」

昨夜、靴で蹴りあげられた時の疵だ。

「机のかどにぶつけた」おれはそう答えた。

昼過ぎ、それまで誰かと電話でこそこそ話しあっていた保利課長が席を立ち、おれの傍《そば》へやってきて意味ありげに狸づらを近づけてきた。

「山下さんが呼んでるよ」おれの疵をじろじろ見

ながら、彼はそういった。

「はい。行ってきます」うなずいて、おれは経理課の部屋を出た。

昼飯は食べないことにした。のどを通らないことがわかっていたからだ。

山下営業部長は自分のデスクでおれを待っていた。「君、昼飯は」

「もう食べました」

「そうか。それなら喫茶店へ行こう」

山下部長は鼻歌で古いジャズ・ソングを歌いながら、会社を出て大通りを横断し、さらに歩道を南へ折れた。ひと昔前のモダン・ボーイといった風貌の彼に「月光価千金」という歌はよく似合っていた。

おれは彼のあとから「ニコルス」という喫茶店に入った。「ニコルス」でも古いジャズ・レコードをかけていた。

「君、その疵はどうした」ウェイトレスにコーヒーを注文してから、彼はおれにそう訊ねた。「机のかどにぶつけました」

「ふうん」彼はじろじろとおれの上半身を眼鏡越しに舐《な》めまわした。「ところで君、昨夜どこかで喧嘩しなかったか」

「いいえ。なんですか、その、喧嘩っていうのは」

「いやね、昨夜、君によく似た男がやくざと喧嘩してるのを見たって人がいるんだ。見た本人も、おそらく君じゃないだろうといってるけどね」

「どうしてです」

「その男はやくざ十人ほどと、警官を三人、投げとばして気絶させたそうだ」

おれはげらげら笑った。「ぼくに、そんなことできるわけがないでしょう」

山下部長も、にやにや笑った。「ま、そうだろうねえ」

保利課長が目撃し、この男に喋ったのだろうか、と、おれは想像した。

「お話というのは、そのことですか」

「いやいや、とんでもない。もっと重要な話だ」

彼は身をのり出し、声をひそめた。「君、営業の仕事をやる気はないかね」

「はあ」人事異動のある時期でもないのに、どうしてそんなことを訊ねるのかと思い、おれは少しとまどった。

「じつは昨日、現場に立ちあっていたうちの若い部員が、事故でたて続けに二人、怪我をした。片方は一カ月、もうひとりは三週間の重傷だ」

いやな予感がした。「それは単なる事故ですか」

「そうだよ」不審げに、彼はまばたきをした。「なぜ、そんなことを聞くのかね」

「現場にはいろいろと、揉《も》めごとが多いんでしょう」

おれの臆病を嘲笑するかのように、山下部長が苦笑してかぶりを振った。「営業部員には、関係ないよ」


「営業の仕事も面白いとは思いますが」と、おれは答えた。「しばらく考えさせてください」

「とにかく営業部の人手が足りなくて困っている。重役が人選をぼくにまかせてくれた。ぼくはすぐ、君に眼をつけた。若いし、いちばんのやり手だそうだからね。なるべく早く返事してくれ。すぐ、重役に報告して辞令を出してもらうから」

「保利課長は了解してるんですか」

「ん。まあね」彼はことばを濁した。

保利課長の方からこの男に、おれの引き抜きを頼んだに違いなかった。おれを経理課に置いておけなくなったためか、と、おれは考えた。おれは、この山下部長が言うほどやり手ではないからだ。

この男も専務派だな、と、おれは思った。

「とにかく君、総務から営業へというのは、これは出世コースだからね」彼はそういって、照れたように笑った。

13

「山鹿建設の山下さん」と、レジの女が叫んだ。

「山下さんいらっしゃいますか。お電話です」

山下部長が苦笑して立ちあがった。「毎日のように来てやっているのに、あの娘まだおれの名前を憶えやがらねえ」女なら誰でも自分の名を知りたがる筈《はず》とでも思っているようだった。あいにく女にとって、惚れた男以外の男性はたいてい名なしの権兵衛なのだ。

「うん。おれだ。何」受話器を握っている山下の手が少し顫えた。「本当か。よし。すぐ行く」

テーブルに戻り、眼を丸くしたままの彼が早口でおれに言った。「現場でトラブルがあった。ぼくはちょっと行ってくる」

「お気をつけて」おれは皮肉たっぷりにそういった。

山下は「ニコルス」をそそくさととび出し、店の前でタクシーを拾った。

山下部長の分と二杯のコーヒーをゆっくり時間をかけて飲み終え、会社に戻ってから、おれは営業部へ電話をした。

「営業部です」坂本とかいう、ずんぐりした若い部員の声だった。

「経理の絹川だけど」

「何だ」

「現場でトラブルがあったそうだな」

「喧嘩だ」

「原因はなんだ」

「建築中の土地の問題だ。土地の所有権を主張しているふた組というのが大橋組と左文字組だ」

「建築を山鹿建設に頼んできたのはどっちだ」

「大橋組だ。ところが、土地は以前から左文字組のものだった。これは本当らしい。ところがいつのまにか書類の上では大橋組のものになっていた。左文字組では売った憶えはないというんだ」

「書類というのはつまり、登記所の」

「そうだ。不動産登記簿だ。去年大橋組が買ったということになっている」

「勝手に登記簿を細工できるのは、どういう人間だ」

「よほどの権力者だろうな」

大橋組が市長と税務署長を抱きこんでいるという沢村の話を、おれは思い出した。

「トラブルはまだ、続いているのか」

「乱闘だ」

「ありがとう。参考になった」受話器を置き、おれは考えこんだ。

やがて考えるのをやめ、ひと仕事終えた時、はま子が電話をしてきた。「お話ししたいことがあるわ」

「ぼくもだ」と、おれはいった。「会社が終ってすぐに会おう。南町はどうだ」

「あそこで」はま子は少しためらった。「南町ロイヤル・ホテル」へ行くには、早過ぎ、明る過ぎる時間だったからだろう。

「いいわ」と、彼女は答え、受話器を置いた。

彼女の決断の早さを、いつか恐ろしく思う時がくるのではないか、おれはそんなことを考えた。

午後四時だった。

午後五時に、保利課長が自分のデスクへおれを呼んだ。「山下さんの話、承知したのかね」

「返事を少し保留させていただきました」

「君の意志次第だからね」狸づらがおれを見あげた。早く厄介ばらいしたい様子がありありと見てとれた。「経理的な手腕はあるし、ほんとはいてほしい。しかし君にとっては営業部へ行った方がいいのではないかと思うよ。うん」

おどおどせず、専務に頼んで辞令を出してもらえばあっさり片がつくのに、と、おれは思った。

「しかし現場に立ちあわなきゃならないのがどう

もねえ」おれは弱よわしげに笑って見せた。「トラブルに巻きこまれて怪我するのはいやだし」

「君が思ってるほど荒っぽくはないよ。現場の連中のことなら」臆病なやつめ、と嘲笑したそうに狸の眼が細くなった。昨夜目撃した暴れ者がおれではないことを自分に納得させているようでもあった。

退勤時刻きっかりにおれは会社を出て「南町ロイヤル・ホテル」へタクシーをとばした。連れこみホテルで待ちあわせをする時は男性が先に行っておいてやるべきだと思ったからだが、ホテルの部屋のダブル・ベッドで寝そべって彼女を待っている間によく考えてみると、必ずしもそうとはいえないような気もしはじめた。

「川島総務部長と左文字は親戚《しんせき》だったわ」部屋へ入ってくるなり、はま子はそういった。「総務部長の妹が左文字と夫婦なの」

「共通の利害で結ばれているかい」

「いろいろとね。主に土地のことや建物のことで」

「そうだろうな。足田専務との関係はどうだ」

「最初、専務はあの土地と家を左文字から売ってもらったの。ところが支払いのことで話がもつれて、今は喧嘩してるわ」

そんなことまでどうやって調べたのかを訊ねようとしたが、彼女は自慢話以外のことをしたがっている様子だった。おれは質問を控え、彼女と一緒に風呂に入った。白い肌が湯気にゆらめき、次第にピンクに変りはじめるのをおれは楽しい気分で眺めた。いつまでもこんな楽しさが味わえるかどうかわからなかったので、おれははま子の裸身を心ゆくまで見つめた。

「青痣《あおあざ》だらけだわ」おれのからだを見つめていたはま子がそういった。「それも机のかどにぶつけたの」

おれは答えなかった。

彼女もそれ以上は訊ねなかった。湯槽《ゆぶね》に浸ったままで、彼女は天井を見あげ、ほっと溜息をついた。相手が期待通りの反応を見せなかった時によくする、彼女の癖だ。

「君はよく、それをやるな」

「悪い癖でしょ」はま子は少し赤くなった。「父のがうつっちゃったの」

「いや。可愛い癖だよ」

情事が終った時は、もう夜になっていた。

「もう、帰るの」服を着はじめたおれに、はま子が裸身をシーツにくるんでベッドからそう訊ねた。

「ちょっと、用があるんだ」ネクタイの結び目ごしに、おれはウインクした。

「話って、何だったの」

「話す時間が、なくなっちまったよ」

「ゆっくり話す時間、作ってくれる」

「時間を作るよりも、金を作った方がいいと思ってね」

「危い橋を渡ってるんじゃないでしょうね」

「君は心配しなくていい。もう少し休んでから帰りたまえ。ホテル代はおれが払っておく」

はま子は無表情におれを眺め続けた。

14

はま子との待ちあわせに「南町ロイヤル・ホテル」を選んだのは、左文字邸まで歩いて数分の場所にあるからだった。

左文字の邸の前までくると、門の傍に停めてある黒いセドリックの中に左文字とふたりの幹部が渋い顔で乗っていて、沢村が車の傍に立っていた。

「お待ちしていましたよ」恨めしそうな眼つきで、沢村がそういった。むろん、遅かったではないかと咎《とが》めているわけである。「会社が終って、すぐ見えるとおっしゃっていたものですから」

「組長がシマを見まわるのは八時からだって、あんたはそう言ったぜ」

「何はともあれ、さ、どうぞ」

沢村と一緒に、おれもセドリックの助手席へ乗った。車は幹部のひとりが運転した。幹部用の金バッジをつけていないのは、沢村だけだった。

昨夜と同じような柄の和服を着た左文字はむっつりと黙りこんでいて、おれに声をかけようともしなかった。いつまでもおれには話しかけないでほしいものだ、と、おれは思った。

車は大通りへ出て北へ走った。

沢村が小さな婦人用らしいコルト拳銃を出し、銃把《じゅうは》をおれに向けて突き出した。「持っていますか」

おれは顔をそむけた。「見たくもないね」

ふん、と、運転している鼻の潰《つぶ》れた幹部が鼻を鳴らした。鼻としての機能は失っていないらしい。

車は南町六丁目で左折した。「マーチンズ」や「霧島」のある繁華街だ。セドリックは車体の幅ぎりぎりしかない路地をわがもの顔に走り抜け、通行人を追い立て酔っぱらいを立ちすくませた。会社の人間に車を覗《のぞ》きこまれて顔を見られるのをおそれ、おれはあわててサングラスをかけ、顔を伏せた。

最初に入ったのは「えん」という豪勢なクラブだった。マネージャーやバーテンがおれたちにぺこぺこした。おれにまでぺこぺこした。おれは胸がわるくなった。隅の方に得意先の接待をして営業部の連中が三人いた。女たちとふざけるのに夢中で、おれには気づかなかった。

次は小ぢんまりしたバーだった。大きさは「マーチンズ」ぐらいだが、女の数が多く、いかにも高い勘定をつきつけられそうな店である。ここには大橋組のちんぴらふたりがまぎれこんでいたが、鼻の潰れた幹部が凄んで脅かし、追いはらってしまった。

最後にやってきたのは「村雨《むらさめ》」という馬鹿でかい料亭だった。ここには警察署長以下、市の有力者四人が待っていて、左文字が着くなり宴会を始めた。おれたちは廊下で見張りをさせられた。

「屈辱の一夜だ」おれは苦笑しながら沢村にそう話しかけた。「一夜どころじゃない。こいつがこれから毎晩続くのかと思うと、ぞっとするぜ」

沢村が悲しそうな眼でおれを見た。

鼻の潰れた幹部が、じろりとおれたちを睨んだ。よほどおれに反感を持っているらしい。

便所へ行って戻ってきた警察署長を廊下でつかまえ、おれは訊ねてみた。「昨夜の殺人事件、犯人の捜査は続けてるのかい」

署長は顔をしかめた。「自分が犯人の癖して、何言ってやがる」

「まだそんなこと言ってるのか。わかってないんだな。被害者は短刀で刺されていた。おれはあいつをぶん殴っただけだ。病院へかつぎ込まれるまでの間に、誰かがあいつを刺したんだ」

「お前は刺してないのか」

「おれが短刀など振りまわさなかったってことなら、そこにいる沢村が証言してくれるよ」

「本当か」

「本当です」と、沢村が横から言った。彼も眼を丸くしていた。「じゃ、いったい誰が刺しやがったんだろう」

「係の刑事に、そう言っとくよ」署長がにやりと笑った。「だけど、それを本格的に調べようとすれば、あんたのこともばらさなきゃならなくなる。会社へ刑事が訊ねて行くが、いいかね」

「それは困りますよ、署長」と沢村がいった。「殺人事件は絹川さんと無関係ってことにしておいてあげてください」

「じゃ、余計な指図はするな」署長はおれを睨《にら》みつけ、おれのからだを押しのけた。さすが警察署長だけあって力は強く、おれは一、二歩よろめいた。

おれ自身で真犯人を捜すほかなさそうだ、と、おれは思った。以前のおれならそんな馬鹿なことは考えもしなかっただろうが、昨夜あたりからは考え方までがいささか乱暴になってきているようだ。

宴会が終ったのは十一時半だった。

「約束では十一時までだったな」料亭の前庭にある駐車場まで左文字を送ってから、おれは沢村にそういった。「もう、帰らせてもらうよ」

「あ、ちょ、ちょっと待ってください。訊いてみます」

沢村が、すでに車に乗ってしまっている左文字と車窓越しに何か話しあっているのも見て見ぬふりで、おれはすたすたと「村雨」の門を出た。繁華街を出るまでサングラスをかけたままの方がいいか、とった方がいいかと考えながらバーの多い路地を歩いていると、沢村が駆けてきておれに追いついた。

「サングラスをはずさないでよかった」

「は。なんですか」息を切らしていた。

「まだ、何か用があるのかい」

「わたしはこれから『マーチンズ』へ行きますが、一緒に飲みませんか」

「いや。やめておこう。嫌われているんでね」

「房子に会えますよ」

「馬鹿な。出勤しているのか」おれは店と店の間の暗い場所へ沢村をひきずりこんだ。「アパートから出すなと言っておいただろう」

沢村がせきこんだ口調で弁解した。「彼女が出勤したいって言ったんです。それに、護衛をつけてあります。心配いりません。もともと『マーチンズ』は左文字組のシマです」

「そのシマってやつがあてにならない」

「いや、大丈夫です。一緒に行きましょう」

「おことわりしよう」

「わたしとじゃ、飲めませんか」沢村が悲しそうにいった。

「明日はまた会社だ。おれはふた役やってるんだぞ」

「そうですか。それじゃ」沢村はポケットから封筒を出した。「今、お渡ししておきましょう。三十万円入っています。例の金の前渡し分です。あと半分は一カ月後にお渡しします」

「もうくれるのか。気前がいいんだな」おれは封筒を受けとり、中をあらためずに内ポケットへ入れた。「おれがこれだけの金を受けとっていることを、他の連中は知っているのか」

「はあ。幹部はたいてい」

「やっぱりそうか」おれはうなずいた。鼻の潰れた幹部が反感を抱くのも当然だという気がした。

「あの若いやつを刺したのは大橋組の連中ですぜ」おれの顔色をうかがいながら沢村がいった。

「なぜそんなことをいう」

「絹川さんが、もしおれたちを疑ってなさるのなら困ると思いましてね」

「あんたは正直だな」そこまでは考えていなかった。

「はじめて褒めてもらいましたね。大通りまでお送りしましょう」

助かった、おれは内心そう思った。また大橋組にとりかこまれたのでは昨夜、一昨夜と同じことになる。

商店街で三人の少年が酔っぱらいに言いがかりをつけていた。

「大橋組のちんぴらです」と、沢村がおれに耳打ちした。

ちんぴらのひとりがおれたちを見て眼を丸くし、他のふたりの腰を小突き、こそこそとささやきあってから逃げ去った。

「どぶ鼠め」と、おれはいった。

沢村がくすくす笑った。「お気を悪くされちゃ困りますがね、われわれの仲間じゃサラリーマンの人たちのことをどぶ鼠っていってるんです」

あの連中は沢村を見て逃げたのだろうか、おれを見て逃げたのだろうかと考えた。おれの顔はまだ知られていない筈だった。だが、こんなことをしているうちには、こういう具合にして次第に顔が売れていくに違いない。変装法を考えなければならなかった。

大通りでタクシーを拾って沢村と別れ、おれはアパートに戻った。昨夜よく眠っていないので頭が重く、舌がざらざらしていた。上着を脱ぎ、ひんやりした布団の上へぶっ倒れた。最初の晩は無事にすんだ。しかし、こんな晩がいつまでも続くわけがないことはわかっている。だが、その時のことは考えないことに決めていた。一昨夜以来、おれははじめてぐっすりと眠った。

15

川島総務部長は総務部の部屋の一隅に部長室という名の密室をひとつ持っている。部員たちがそこを密室と呼ぶのは、その部屋が本当に密室だからだ。窓がなく、ドアはひとつだけ、しかも壁としてはコンクリートである。床はリノリュームだが、その下だってどうせコンクリートだろう。入ると息が詰まりそうになる。もちろん換気は行き届いているから、いわば気のせいである。

「や。いそがしいのに、すまんな。呼びつけて」部屋へ入るなり部長はおれに親しげな笑顔を向け、デスクの彼方《むこう》で立ちあがった。「ま、掛けたまえ」

おれと部長とは密室の中央にある応接セットで向きあった。この応接セットでどれだけ多くの密談が交されたことか、と、おれは想像した。

「いいアルバイトをしてるそうだね」黒縁の眼鏡をまともにおれに向け、川島部長は開口一番そういった。大声でいったところをみると、こちらに衝撃をあたえるつもりだったらしい。「昼は真面目なサラリーマン、夜は用心棒。洒落《しゃれ》てるね」

おれは驚かなかった。左文字の義兄なら、知っていて不思議はない。

「やむを得ない事情がありまして」と、おれはいった。それがどんな事情かも彼は知っている筈だった。「お叱りを受けるのは覚悟しています。解職になっても文句は言いません」昨夜したばかりの覚悟である。

「まあ待ちなさい。解職にするなんて、まだ言ってないじゃないか」川島部長はにやりと笑った。カモシカに似た細長い顔がさらに長くなり、何かを反芻《はんすう》しているかのように口がもごもごと動いた。「まあ、そりゃあ、たしかに褒められたことではないけどねえ。殊に君は経理課員だろ。やはり真面目さと信用が大切だからねえ。対社外的にも、社員が用心棒のアルバイトをしているとなると、やはりまずいしねえ」

彼はあきらかに、おれをいたぶって楽しもうとしていた。自分だってやくざと親戚の癖にと思い、おれはいらいらした。もっとも、そのことはしばらく知らぬふりをしたままで通すつもりだった。

さらに三分ほど、彼はねちっこく叱言《こごと》を続けた。

「よくわかりました」叱言の途中でおれは大声を出し、あべこべに彼を驚かせた。「明日から用心棒をやめます、といいたいところなんですが、どうしても一カ月だけは続けなければならない義理があるんです。ですから、やめなかった場合にぼくの処置をどうなさるおつもりか、それをはっきりおっしゃってくださった方がありがたいんですが」

川島は、典型的な若手社員の反抗に出あった時の典型的な中年社員の典型的なうろたえぶりを見せた。「そうか。そうか。しかし、まあいい。その話はいいんだ。実はその、また別の話があって来てもらったんだ。そのことはまあ、ぼく以外、会社では誰も知らないし、その話はもういい。じつはだね、君に頼みがあるんだ」

おれはあからさまに苦笑してやった。彼はその頼みというのを無理やりおれに引き受けさせるため、前もっておれを脅《おびや》かそうとしたわけである。つまり、あまり大っぴらにはできぬことをやらせようとしているのだ。

「悪事以外なら何でもやります。部長命令ですからね」ゆっくりとそう答えた。

「正式な命令じゃないよ」うわ眼を遣った。「それでもやってくれるかい」

「社用ではないのですか」

「といって、私用でもないねえ」

おれがまたいらいらした表情を見せると、彼は急に身をのり出して声を低くした。「経理課に、二冊目の仕訳帳がある筈だ」

おいでなすったと思いつつ、おれは次第に眼を見ひらいた。「ははあ。そんなことは知りませんが」

うなずいた。「わかってる。君が知らないってことは知ってるよ。だが、あるんだ。必ずある」

背を伸ばし、川島は自信ありげにうなずいた。「その仕訳帳と、それに関係した書類、破棄されたか破棄される筈の伝票、いずれも誰かの認印《みとめいん》の押されたものがいいわけだが、そういったものを集めてほしい。集めることが不可能なら、どこにあるか探ってほしい」

「スパイをやるわけですね」

「二重帳簿の摘発をやるんだ。会社の為になるんだよ」

「上層部にまで波及しそうな横領事件でしょうか」

「保利君ひとりでできるわけがないじゃないか。まあ、どのあたりまで波及するかはわからんがね」彼はまた反芻をはじめた。

「いや、ぼくが言いたいのはむしろ、どのあたりまで波及しようがぼくには興味がないってことです。つまり、もし派閥争いみたいなものがあるとすれば、ぼくはどちらにも味方したくないってことです」

「えっ。じゃ、やってくれないのか」

「いいえ。仕事としてやりたいのです」

「ああ、そういうことか」川島は誤解してにやりとし、デスクに戻って金の勘定をはじめた。「そういやあ、そうだね。調査には金がかかるだろう」白い封筒に入れた金を、彼はおれにつき出した。

受けとりながら、念の為に訊ねた。「いくら入っていますか」

「とりあえず二十万円だ」

保利課長に十万返したとしてもまだ十万残っている、という勘定しやすい金額だ。むろん、保利課長に貰った十万円は別にしてである。急に誰も彼もがおれに金を払いはじめたのでおれはおかしかった。皆が、すべては金次第という考えに急にとりつかれ出したようにも思えた。金だけで動く人間がいかに多いかという証拠だ。自分の席へ戻ったが、うまい具合に保利課長は外出からまだ帰っていなかった。課長の留守を見すまして、部長はおれを呼びつけたのである。

昼過ぎ、房子から電話がかかってきたのでおれはぎくりとした。「おれの会社をどうして知った」

「会社は知らないわ。知っていたのは電話番号だけ。そこ、会社なのね」

「どうしてこの電話番号を知った」

「昨日、沢村さんがダイアルしてるのを横目で見ていて憶えたの」

「何の用だ」

「わたしが助かったのと引きかえに、あなた、左文字組の用心棒することになっちまったのね」いつものぶっきら棒な口調ではなかった。泣きそうな声を出していた。

「気にしなくていい。沢村が喋《しゃべ》ったのか」

「あの人、わたしをあなたの恋人だと思ってるわ」

「それも、気にするな」

「ごめんなさいね、ほんとに」

「もとはといえばおれが悪いんだ。それより身のまわりを警戒しろ。護衛はついているだろうな」

「頼りないちんぴらみたいなのがふたり、ついてるわ」

「ほとぼりがさめたら、また『マーチンズ』に行くよ」

押し出すような声で房子はいった。「待ってるわ」彼女としては珍しいぐらいのせりふだ。

保利課長は二時過ぎにどこかから戻ってきて、汗を拭きながらおれにいった。「銀行へ行ってきてくれ」

つまらない用事だったが、おれ自身、背広の内ポケットに六十万円もの現金を抱いているのが気になっているところだったのですぐに出かけた。

取引先の大井銀行は山鹿ビルの並びの六軒ばかり南にある。

「ぼくの金じゃないが、とりあえずぼくの金ということにして口座を開いてくれ」

顔馴染の女子行員にそういって五十万円をさし出すと、いかにものみこんだような顔で彼女はウインクした。絶対にウインクには向かない顔があるということを、おれは発見した。

「絹川さん」

普通預金の通帳を受けとった時、誰かがおれの肩をなれなれしく叩いた。振り返るとこの銀行の支店長だった。いつもならおれには流し目をくれたことさえない男だが、今日はどうした加減か笑顔つきの大サービスである。

「あなたに紹介してほしいって人が奥にいるんです。ちょっと来てもらえませんか」

支店長の紹介とあればことわるわけにはいかない。おれは支店長のあとから上顧客《とくい》用の応接室に入った。

蓬髪《ほうはつ》で長身痩軀《そうく》の初老の男が正面に腰かけていた。和服を着て金の握りのステッキを持ち、眼の底が黄色く光っているという、どう見てもただ者ではない人物だ。ソファのうしろには、こちらはひと眼でやくざとわかる黒い背広の若い男がひとり、胸の銀バッジを光らせて立っていた。

「絹川さんをおつれしました」支店長はそういってからおれに向きなおった。「こちら、大橋様です。大橋組の会長の、大橋源一郎様」

ではごゆっくりといって支店長は部屋を出ていった。そういう打ちあわせになっていたのだろう。

「大橋です」初老の男は、腰かけたままだが丁寧に一礼した。

「はあ」おれは茫然と突っ立ったままで、ひょいと頭を下げた。

「ま、どうぞ。そこへおかけになりませんか」

大橋の指した肱掛《ひじかけ》椅子に腰をおろし、おれは彼と向かいあった。

「うちの若い者とあなたの間で、誤解やいき違いから揉《も》めごとがあったらしゅう承っておりますが」大橋がゆっくりと喋りはじめた。「何度もあなたにご迷惑をおかけしたそうで、申しわけなく思っとります」えへん、と咳《せき》ばらいをし、彼は茶を飲んだ。「話を聞いてみると、どうやらうちで面倒を見ている流れ者連中が先にあなたに言いがかりをつけたらしい。それがもとで、ま、いろいろとあったそうだが、なにぶんこのわたしが話を聞かされたのは今朝がたのことでしてな。もっと早くに知っておれば、堅気のあなたにつきまとったりはさせなんだのです」

堅気、というところで大橋はやけに力を籠《こ》めた。おれが左文字組の用心棒になったことを知っていて、どうやらそれを責めようとしているらしい。

「そんなに丁寧におっしゃられたのでは、こっちはちょっと困ります」おれは真顔で応えた。「先に手を出したのは、こっちですからね」

「いやいや。事情をよく訊いてみると、それも無理のないことじゃったらしい。そうだな、伊藤」大橋が若い男に声をかけた。

伊藤、と呼ばれた幹部らしい男が、無理やり微笑を浮かべ、不承不承へえと答えた。

「あなたのお知りあいのご婦人を攫《さら》ったのは、あれはうちの者の知恵じゃなかったそうで、誰かに電話でけしかけられてやったことらしいのです」

「知っています」おれは笑った。「誰が電話したか、その見当もついていますよ」

「ほう」黄色く光る豹《ひょう》のような眼で大橋はおれを睨み、少し声を大きくした。「それを知りながら、あんたはなぜ左文字の用心棒などをなさっておられるのじゃ」

「そいつは逆ですよ」おれも大橋を睨み返そうとしたがうまくいかず、あきらめてそっぽを向いた。「用心棒をやらなきゃならん羽目になったのは、その電話が原因なんですよ。ご婦人を取り返してもらう交換条件としてね」

「そうでしたか」大橋は大きくうなずき、また茶をすすった。「それで事情が呑みこめました」茶碗を音高く茶卓に戻し、彼は微笑した。「事情がわかった以上、うちの組の者には、あなたには手を出さぬよう、よく言い聞かせておきましょう。あなただけではなく、あなたが用心棒をしている時の左文字にも手を出すなと言っておきます」

話のわかる男である。

「だからぼくにも、大橋組のちんぴらには」おれはあわてて言いなおした。「大橋組の者には手を出すなと、そうおっしゃるわけですね」

「そうです。こちらから手を出さぬ限り、ということにしてもよろしいです」

「ところが、おことばを返すようですが、じつはぼくにはもうひとつやらなきゃいけないことがあるので、ご期待に副《そ》えない場合があるかもしれません」

「ふうん。それをお話し願えませんか」

「いいですよ。大通りでぼくを捕えようとして、刺し殺された少年のことですが」

「望月《もちづき》のことです」首をかしげた大橋に、うしろから伊藤がささやいた。

「彼を刺したのはぼくじゃない。ところが警察ではぼくだと思っている。ほんとの犯人は他にいるのです。ぼくはそいつをつきとめなきゃいけない。ぼくの勘では、真犯人は彼と同じ大橋組の人間だと思う。むろん、違うかもしれませんがね。しかし、真犯人を捜す途上で、大橋組の人たちと接触し、摩擦を起すってことは充分考えられるのです」

「言いがかりじゃねえか」伊藤が怒鳴った。「いい加減なことをいうな。会長が下手に出てらっしゃるのをいいことにして、つ、つけあがりやがって。て、手前《てめえ》で刺しときながら、大橋組に濡れ衣《ぎぬ》をき、着せやがって。か、会長はな、腹に据えかねるが、そ、そのことだけは眼をつぶろうって言ってらしたんだぞ。だからひとことだって、そのことはおっしゃらなかっただろうが。そ、それをなんだ。貴、貴様は」喋っているうちに自分で興奮しはじめ、顔を朱鷺色《ときいろ》に染めた伊藤がソファのうしろからおれの横までやってきた。

こいつに殴られたら片輪にされる、と、彼の頑丈そうな体格を見ておれは思った。

16

おびえが表情に出たらしい。

興味深そうにおれの反応をじっと観察していた大橋が、おや、という顔つきをした。からだがでかいだけで頭の方は大したこともなさそうな伊藤を、おれが恐れていると見て、意外だったのであろう。

ふだんのおれは、比較的痛みに弱い。怪我をするのが嫌いだ。怪我が好きというやつはいないだろうが、ときどき剃刀《かみそり》で切ってしまった傷口から出ている自分の血などを見て、すうっと気が遠くなりかけたりもするくらいだ。だから当然、殴られるのも嫌いだし、殴られるという予感がするだけで気分が悪くなる。

おれは黙りこくって、伊藤がおれを怒鳴るにまかせた。何か言い返せば声の顫《ふる》えを彼に気づかれるおそれもあった。

「やめろ。伊藤」やがて大橋がいった。笑っていた。おれに対する丁寧さもいく分かなくしていた。「そのことは、それでは、こっちでも調べさせて貰いましょう。とにかく、こっちから手を出さぬ限り、うちの若い者は痛めつけないでいただきたい。あなたは、いったん怒り出すと大変乱暴なことをなさるお人、という評判です。これ以上片輪がふえては困ります」

何人かは、片輪になったらしい。

そのことを思い出したためか、一瞬伊藤がはっとした様子で身を引いた。興奮もやや醒《さ》めたようである。

「あなたとて、ごたごたがお好きじゃないでしょう。会社へお勤めなんじゃやから」大橋はゆっくりと立ちあがった。「こちらから手は出させませんん。そのかわりあなたも若い者に手を出さぬと約束していただきたい。あなたにとって不利な約束ではないと思うが」

おれも立ちあがった。「じゃ、約束しましょう」そういってから、苦笑とともにおれはつけ加えた。「ぼくの行動を阻止しないという条件でね」

言うべきことは、はっきり言っておくに限る。

伊藤をしたがえて大橋が出て行った。おれはしばらく応接室に残って煙草を一本だけふかした。一緒に出るところを見られたのではまずいからだ。

銀行へ行けと、さほどの用でもないのにおれに命じたのは保利課長だ。銀行では大橋が待っていた。専務一派と大橋組の関係を、おれはいろいろと想像した。

銀行を出ると夕闇が迫っていた。またいやな夜のはじまりだ、とおれは思った。おれの意志に反した夜のはじまりだ。

退社していったんアパートに戻ると、伊丹からの返事がはがきの速達で届いていた。出版社に勤めているだけあって達筆である。そのかわり、それ一字だけ書かれていたとしたらどうしてもそうは読めない字も三つ四つあった。

「手紙、なつかしかった。

字や文体でわかる。張り切ってやっているらしいな。

ところで、君にエスクレメントオなどといった人間はどこのどいつだ。男か女か。

女に言われたのだとしたら、おそらく振られたのだろう。男だとしたら、君に大変な敵意を持っているやつだ。

エスクレメントオはイタリヤ語で『糞《くそ》』の意味。罵言《ばげん》だ。

マフィアの親分でデ・ロベルティスという世界的に有名な悪党がいた。この男は『エスクレメントオ』と叫ぶたびに人を殺したと言われている。

それほど、はげしいことばなのだ。

くわしい事情を知りたいな。何かまた、教えてやれるかもしれないよ。

返事、待っています」

おれはすぐ返事を書いた。

「心配してくれてありがとう。

なに、ある程度は予想していたことなので、さほど驚かない。

事情は、今のところちょっと話せない。だが、一段落すれば、いずれ話す時がくるだろう。もったいぶっているわけではない。いつかきっと、すべてを話す。

頼みがある。デ・ロベルティスというギャングについて、知っていることがあればもっと教えてほしい。こちらで調べたくても、地方の新興都市だから調べようがないのだ。

お願いだ。勝手だが早く知りたい。

返事を待っている。書くのが面倒なら、会社に電話してくれてもいい」

おれの机の直通電話の番号を書き加え、速達の封書にした。大通りに出てポストに投函《とうかん》し、その場でおれは南行きのタクシーをつかまえた。どことどこのタクシー会社が左文字組と関係しているかを、おれはすでに沢村から聞かされていた。

沢村から得た知識は他にもある。警察署長が樋口という名であること。警察内部には彼に反感を持っている者が多いこと。夏江の話によれば房子が高額の貯金をしているらしいこと。組員の数は現在左文字組の方が大橋組より百人ばかり多いが、左文字組の方は次第に減りつつあるということ。拳銃は持っていると使いたくなるものであること。この町で拳銃を持っていないのは狂気の沙汰であること。今のおれに役立つような情報はほとんどない。沢村は利口だから、大事なことだけは隠しているのだろう。

今夜は「マーチンズ」へ行って一杯飲もう、とおれは思った。飲まずにいられない気分だった。ポケットには十万円ある。

左文字邸の前までくると、なんとなくあわただしい雰囲気がみなぎっていた。組員や、組員ではなさそうな男や、どちらかわからない男などがあわただしげに玄関を出入りしている。玄関の間では左文字が何か怒鳴っていた。沢村の姿は見えなかった。

「どうしたんだ」門前に駐車したセドリックの横に立っている、例の鼻の潰《つぶ》れた男におれは訊《たず》ねた。

彼はおれをじろりと睨んで答えた。「警察署長が、南町一丁目の自宅の前で、さっき殺された」

「どうやって殺されたんだ」

「パトカーをおりて、玄関まで歩いている途中、近くのビルのどこかの窓からライフルで狙撃された。いちころだ」

「誰が撃ったんだ」

「ライフルを持ったやつだ」

顔のわりには洒落《しゃれ》たことをいうと思い、おれは彼をじろじろと眺めた。彼もおれを、じろじろと眺め返した。洒落たことをいったという自覚は彼にはなかった。

開かれたままの玄関から三和土《たたき》に入ると、玄関の間に立ちはだかって組員にあれこれと用を言いつけていた左文字がおれを見て命令した。「あんたも、わしについてきてくれ」そそくさと奥へ入っていった。

「どこへついていくんだ」三和土にいた幹部のひとりに、おれは訊ねた。

「料理屋だ」と、彼はいった。「そこで大橋組のやつらと話しあいをやる」

「沢村はどうした」

「組長の用で、どこかへ出て行ったよ」

左文字が着物を着替え、仙台平の袴《はかま》をはいて出てきた。緊張で頬が片方ぴくぴく痙攣《けいれん》している。おれは左文字と同じ車に乗った。組員たちがさらに二台の車に分乗してあとからついてきた。葬式だ、と、おれは思った。

おれたちの車が乗りつけた料亭は「霧島」だったので、おれはおやおやと思った。「霧島」がどちらの組のシマなのか、おれにはわからなかった。玄関にはすでに両方の組員がずらりと並んでいて、全員が左文字に頭を下げた。左文字は奥の間に通り、おれは例によって他の組員たちと一緒に前の廊下に立たされた。小学校の頃、いたずらが過ぎて叱られ、叱った教師のポケットにネズミの死骸を入れたため廊下に立たされた時のことをおれは思い出した。

大橋組の幹部たち数人も、おれたちと睨みあうようにして廊下に立っていた。伊藤もいた。彼は軽蔑するような表情でおれを一瞥《いちべつ》し、眼をそむけた。おれがうす汚いドブネズミにでも見えるのだろう、とおれは思った。

組員たちの会釈にうなずき返しながら、幅一間ほどもある玄関からの廊下を足田専務がやってきた。おれはあわてて顔を隠した。サングラスをかけているし、下っ端社員だから、彼がおれの顔を憶えている筈はなかったが、逆に今顔を憶えられ、会社で出くわして、なぜやくざが会社にいるなどと騒がれてはまずい。

談合が始まって三十分ほどした時、四、五人の男がどやどやと廊下をやってきて伊藤に報告しはじめた。大橋組の連中らしい。

「税務署長が狙われた。拳銃だ。弾丸はそれたらしい」

伊藤が顔色を変え、座敷に入っていった。

「腹黒いぞ。左文字」やがて、大橋源一郎の怒鳴る声が聞こえた。

左文字も、疳高《かんだか》い声で怒鳴り返した。

廊下の組員たちが、さっと身構えた。

足田専務の大声もした。双方をなだめているらしい。もうひとつのおれの知らない大声は、大橋組と関係のある誰かであろう。やはり両方をなだめていた。

座敷の声が低くなった。騒ぎがおさまったらしい。

沢村がやってきて、おれの横に立った。税務署長を狙撃したのはこいつだな、とおれは思った。

「誰と誰が来てるか、わかるかい」と、おれは彼に低い声で訊ねた。

沢村は座敷の声に耳をすまして、ひとりずつ声の主をあてていった。「組長、大橋、それからおたくの会社の足田専務。種田運送の社長も来てますな。それから、あれは」

おれの知らない大声は、市長だった。

17

座敷ではさらに二度、つかみあい寸前にまで口論が高まった。そして二度ともおさまった。だが、三度めはおさまらなかった。

「左文字。お前のような話のわからん男と話しあっていてもしかたがない」大橋が叫んだ。「今までの取り決めは全部無効だ。帰れ」

帰れといったところを見ると、この料亭は大橋組のシマらしい。おれは危険を感じて大橋組の連中の様子をうかがった。全員無表情だが、いつ乱闘になってもちっとも不思議ではない雰囲気が猛烈に立ちこめ、廊下中を眼に見えぬ火花がパチパチ踊り狂っている。

座を蹴った左文字ががらりと襖《ふすま》をあけて廊下へ出てきた。おれはいそいで彼の前に立ち、玄関まで前ばらいの役を務めた。こういう時は、うしろをついて歩く方が危険だし、おっかないから度胸もいる。おれは度胸など持ちあわせていない。

十一時だった。料亭の玄関で沢村に合図をし、おれは左文字組の連中と別れて裏町を歩きはじめた。沢村があとから追ってきた。

「なんです」

「喜んでお供します」

「『マーチンズ』につきあってくれ」

「房子が会社に電話してきたよ」

「電話番号を教えたのは、わたしじゃありませんよ」

「いや、あんただよ。あんたがダイアルするのを横から見ていて憶《や》えたらしい」

「頭のいい女だ」

「税務署長を殺ろうとしたのはあんただろう」

「いいえ」沢村はきっぱりとかぶりを振った。

「殺《や》る気はなかった。初めからね」

「左文字は殺《や》れといったんじゃなかったのか」

沢村は黙りこんだ。

「口をすべらしたな。親分の言いつけに従わなかったことが、おれの口からよそへ洩れたらどうする気だい」おれはそう訊ねた。

「絹川さんの口からですって」沢村は怪訝《けげん》そうにおれの顔を見あげた。「あなた、自分をそんなに口の軽い人間だと思ってるんですか。わたしは口をすべらしたなんて、これっぽっちも思っちゃいませんよ」

「左文字組の中で、左文字を嫌っている組員は、あんた以外に」

何人ぐらいいるんだと訊ねようとした時、沢村がおれを突きとばした。おれはすぐ傍のバーのドアに激しくぶつかって転倒した。

女の悲鳴がした。

「何しやがる、このあま」沢村が、短刀を持った若い女の腕をねじあげていた。

「おれを刺そうとしたのかい」ふっとんだサングラスを拾いあげながら、おれは立ちあがった。

「そうです」沢村が、女の腕をさらにねじあげた。「やい。なぜこの人を刺そうとした。言え。言わんか」

女はハイティーンのようだった。痩《や》せた娘で、蒼ざめた顔を苦痛に歪《ゆが》め、泣いていた。ながい髪が乱れ、幽霊のように顔の両側に垂れていた。

「ここでやるな」おれは沢村にいった。「人だかりがする」

「ふてえあまだ」

「本当におれを刺そうとしたのか」

「そうです。ふてえあまだ」

「狙われるおぼえはないが」

おれたちは娘を「マーチンズ」につれこんだ。

「この娘《こ》、このあいだ死んだ望月っていうちんぴらの情婦よ」カウンターのうしろから出てきた房子がそういった。「この店へ、あなたのこと聞きにきたわ」

「ふてえあまだ」と、沢村が言って娘をボックスのソファにかけさせた。「絹川さんを刺そうとしやがった」

房子がおれの隣りに坐った。ママや他の女たちは、いちばん奥のボックスでぼんやりしていた。不景気らしい。

「復讐する気だったんだろうが、彼を殺したのはぼくじゃない」おれは娘にいった。「彼は誰かに刺されたんだ。おそらくは、病院に運びこまれるまでの間にだ」

娘は黙っていた。

「弁解なんか、することはありませんよ。腕をへし折ってやります」沢村が怒鳴った。

「無茶苦茶いわないで」房子が沢村を睨んだ。

「人間を、なんだと思ってるの」

「こいつは絹川さんのおっしゃることを信じていない。また、やる気だ」娘の腕をねじあげた。

「折ってやる」

ふふん、と鼻を鳴らして娘が苦しげに身をよじった。

「やめてったら。恋人を殺されたんだから、わたしだって復讐する気になるわ。信じないのもあたり前よ」と、房子がいった。

「望月は、大橋組の誰かにやられたんだ」おれはまた、娘にいった。「心あたりはないか」

娘の眼がカウンターの方を見つめたままで、ぎら、と光った。

「あるんだな」おれは訊ねた。「教えてくれ。おれも犯人を捜してるんだ」

「うちを、望月から横取りしよう思うてた人がいる」娘は関西弁だった。

「うぬぼれるな。女のことで兄弟分を殺したりするもんか」沢村がせせら笑った。

「なんて名前だ」

娘はそっぽを向いたまま、低い声で答えた。

「幹部の、伊藤いうひと」

「なるほど。あいつか」おれはうなずいた。

「伊藤を知ってるんですか」沢村はおれに訊ね、すぐ、あわててかぶりを振った。「乗せられちゃいけませんよ」

「いいよ、いいよ。もう、はなしてやれ」と、おれはいった。

娘が意外そうに、さっとふり向いておれを見つめた。

「はなしてやっていいんですか。またあなたを狙《ねら》いますよ」

「狙わないさ」おれは娘にうなずきかけた。

娘はまた、おれから眼をそらせた。

「行け。二度とやったら、ただですまんぞ」沢村が娘の手をはなし、ドアを顎《あご》でしゃくった。

「尾《つ》けてくれ」娘が出て行ってすぐ、おれは沢村に頼んだ。「住所と名前を調べてほしいんだ」

「わかりました」やっと納得した、という表情で、沢村は背を丸め、店を出ていった。

沢村は出て行ったきり、一時間経っても、二時間経っても戻ってこなかった。おれはながい間、それに気がつかなかった。房子と夢中で話しあっていたからだ。連休一日目の前夜だったから、遅くなるのを気にせずに飲めたからでもあり、金の心配なく飲めたからでもある。

話しあっているうち、房子が本気でおれに惚《ほ》れているらしいことがあきらかになってきた。はまた子を本気で愛しているのかどうか、自分でまだよくわかっていないおれには、それは別に困った問題ではなかった。万が一の時は、房子のいう通りにしてもいいと思った。房子は、一緒にこの町を逃げ出そうとおれにいったのだ。

逃げ出すためには借りを返す必要があった。沢村への借りを返し、望月を刺したやつを見つけ、川島総務部長からの借りを返し、そのためには保利経理課長にも借りを返さなければならなかった。

「それならせめて、明日とあさって、二日間だけでもこの町を脱出しない」房子はいった。「レンタ・カーを借りて。あなた、運転できるんでしょ」

「ドライヴか」

「そうよ」

「行ってもいいな」

用心棒にも連休があるのかどうか聞きそびれていたことを思い出し、そのついでに、やっと沢村の帰りが遅いことにも気がついた。

堅気の馴染《なじみ》客ひと組が帰って行き、客がまたおれひとりになった。沢村を待って、おれは房子とビールを飲み続けた。一時を過ぎ、一時半を過ぎた。

おれに電話がかかってきた。

「わたしです」と、女の声が関西弁でいった。

「君か。どうした」と、おれは叫んだ。

「さっき、あなたと一緒にいた人が刺されはりました」娘の声は、やけにのんびりしていた。

「そこはどこだ」

「南町四丁目の交叉点の、ひと筋南を東へ二百メートルぐらい入った、左側の公衆電話からかけてます」

「そこにいろ。すぐ行く」電話を切り、おれは一万円札を一枚房子に渡しながらいった。「ドライヴはおあずけになりそうだ」

「どこへ行くの」房子は蒼ざめた顔で訊ねた。「あなた、顔色が変ってるわ。行かないで。危険なことするんでしょ」

勘の鋭い女だと思いながら、おれは彼女の痩せたからだを押しのけて店を出た。

18

沢村は右の肩の上に座布団をあてがい、畳の上へ仰向けになってうんうん呻《うめ》いていた。

「誰にやられた」娘を振り返り、おれは訊ねた。

「伊藤さんよ」娘は唇をわなわな顫わせながらも、口調だけはあいかわらずのんびりとそう答えた。

「ここへ帰ってきたら、伊藤さんがまっ暗な部屋の中でわたしを待ってはったんです。わたし急に襲われて、助けて言うて叫んだんです。そしたらこの人が助けにとびこんできてくれはりましたの。この人、わたしのあと尾けてきはったんですか」

それには答えず、おれは訊ね返した。「なぜ救急車や警察を呼ばなかった」

「いや、そいつはおれが呼ぶなって、その娘に言ったんだ」沢村が呼吸を乱すまいとしてゆっくりとおれにいった。「たいした怪我じゃない」

「服部病院へかつぎこむ」おれは娘にいった。

「君、大通りへ出てタクシーをつかまえろ。ここの下までつれてきてくれ」

「はい」娘が部屋をとび出していった。

うす暗い螢光灯に照らし出された六畳ひと間の殺風景な部屋の中をおれは見まわした。

「この部屋が、あの娘の住まいか」

「ここで、望月というあのちんぴらと同棲してたんでしょうな」と、沢村がいった。「あの娘、さんざふらふらと町なかを歩きまわりやがって、尾けるのにえらく骨が折れましたぜ」

「あまり喋《しゃべ》るな」

「いや。たいしたことはありません。大丈夫です。この部屋のドアに紙が貼《は》ってあるのを見ましたか。藤井信子。あれが娘の名前です。それだけ確かめて戻ろうとしたら、部屋の中であの娘が助けてと悲鳴をあげた。わたしはとびこんだ。伊藤でした。奴なら顔も知っているし、腕が立つってことも知ってます。素手じゃ負けると思ったから、さっき娘からとりあげた短刀を抜いて脅《おど》した。ところが奴は平気でおどりかかってきて、わたしは逆手をとられ、じたばたしてるうちに短刀をとりあげられて刺されました」

「伊藤は逃げたのか」

「さてね。逃げたのか、娘を追ったのか」

「もう喋るな。じっとしていろ」

信子という娘が戻ってきた。おれは彼女に手伝わせ、そっと沢村を抱いて木造アパートの階段をおり、タクシーに乗った。信子も乗りこんできた。

「すみません。わたしも一緒に行かせてください」

「伊藤がこわいのか」

「こわい、いうより、嫌いですの。またきっと戻ってきますわ」

「じゃ、一緒にくるさ」服部病院へ、と運転手に命じてから、おれは信子に訊ねた。「伊藤に追いまわされていたのか」

「はあ。望月さんと一緒にいる頃から、ずっと」

信子は「望月さん」ということばを言いにくそうに言った。

「さっきも、逃げまわっていたのか」

「はい。この辺、二、三十分ぐるぐると逃げまわってたんです」

その間、沢村がよく貧血を起さなかったものだとおれは思った。まだ肩の上へあてがったままの座布団には、血がぐっしょりと浸みこんでいたからだ。

「ゆっくりやってくれ」

だが運転手は、苦にがしげに答えた。「シート、血で汚さねえようにしてくださいよ」

おれは怒鳴りつけた。「だから、ゆっくりやってくれといってるんだ」

服部病院は、もちろん閉まっていた。おれはドアをがんがん殴りつけ、しまいには靴で蹴りながら一町四方に響くような声で叫んだ。

「急患だ。あけろ」

夜勤のニキビ娘が鬼のような顔をしてドアをあけ、何か言おうとした。

「病院をぶち壊されたくなかったら院長を起せ」

言うひまをあたえず、おれは沢村をかつぎこんだ。「息子の方でもいい」

眼を丸くした看護婦が奥へ駈けこんでいった。

おれを本もののやくざと思ったに違いなかった。

おれと信子は沢村が手当てを受けている間、待合室で待つことにした。沢村が治療費を持っているかどうかわからなかったし、やくざに健康保険はないから、どうせ高い金を請求されるにきまっていた。

待っている間に、おれは「マーチンズ」へ電話をした。房子だけが、ひとりで待っていた。

「さっきの娘を、今夜君の部屋へ泊めてやってくれないか。大橋組の男につきまとわれている」

「あなたも来るの」

「送って行く」

「それならいいわ」

アパートの場所を聞いて受話器を置いた時、診察室からプレイ・ボーイのジュニアが渋い顔で出てきておれにいった。「今、疵口《きずぐち》を縫った。しばらく動かしちゃいかん。今夜はここへ泊めなさい」

「疵は深手ですか」

「深手ではない」

眼の玉のとび出そうな手術費をふんだくられ、おれたちは大通りに出た。午前三時に近い時間なので、タクシーはなかった。房子のアパートは北町一丁目である。歩くことにした。大通りを歩いていくと、たまに出会うのは酔漢ばかりで、素面《しらふ》のアベックはおれたちだけだった。房子のアパートは鉄筋四階建ての堂堂とした建物で、彼女の部屋は最上階にあった。

ドアをノックすると、すでに帰っていた房子が顔を出した。「どうぞ」

「いや、ぼくはこれで帰る」

「どうして。あなたも泊っていかない。どうせ、タクシーはもうないでしょう」

「そうだな。じゃ、泊めてもらおうか」

「お邪魔します。ご厄介になります。すんまへん」ことばだけは丁寧だがいっこうに気兼ねのない様子で、信子もおれのあとから部屋に入ってきた。

高級マンションの一室といってもおかしくないほどの部屋で、その効果は主に房子の飾りつけによるものだった。信子の部屋とは雲泥の相違があった。房子は自分のシングル・ベッドで、信子は床のカーペットの上にマットレスを敷いて、おれはソファで寝た。

すぐにうとうとしかけた。その時毛布にくるまった信子が、唐突におれに話しかけてきた。

「あのう、拳銃、手に入りまへんやろか」

「伊藤を殺《や》る気か」

「はあ」

おれは苦笑した。「早合点しない方がいいぞ」

「よう考えました。望月さん刺したの、やっぱりあの人です」

「そんなに、望月に惚れていたのか」

突然、信子が大声で泣きはじめた。しばらく泣き続けてから彼女はいった。「あの人のええとこ、わたしにしかわからしまへん」

房子がくすくす笑った。

信子はながい間泣きじゃくっていたが、やがて鼾《いびき》をかきはじめた。その鼾は次第に大きくなった。おれは立ちあがり、スタンドを点灯した。信子は目醒《めざ》めず、鼾だけがますます大きくなった。

おれは房子と、しらけた顔を見あわせた。

房子がサイド・テーブルの棚をあけた。「お酒、飲まない」

「飲もう」

おれと房子は、信子の鼾を肴《さかな》にしてブランデーを飲んだ。朝の六時頃まで飲み続け、へべれけになり、おれたちはふらふらと立ちあがってそれぞれの寝床に戻った。夢も見ず、おれは眠った。

頭に杭《くい》を打たれたような気がして、おれはとび起きた。無神経などこかの誰かがドアを乱打していた。窓を見ると陽はほぼ垂直に射していた。房子がはね起きた。信子も、眼をこすりながらのろのろと起きあがった。

「見て頂戴」と、房子がおれにいった。「ドアの穴。それ、魚眼レンズなの」

ドアに寄り、魚眼レンズを覗きながら大声でおれはいった。「若い男だ。歌手の上島ひろしを、いったんぺしゃんこにしてから鼻の下だけながく引きのばしたような顔だ。バーゲンで買ってきたらしい八千円くらいの背広、これは黒白チェックだ。背はよくわからないが顔色が抜けるような白さでないことは確かだ。レンズのせいではなくて垂れ目だ」

聞こえているらしく、男が苦笑した。

「それ、左文字組の人よ」と、房子がいった。「わたしの護衛をしてくれた人だと思うわ。憶えがあるの」

おれはドアをあけた。「誰に用だ」

「あなたです」と、ちんぴらは答えた。

「おれがここにいることを、どうして知ったんだい」

「沢村さんが、おそらくここだろうと」

「あの野郎」

「喧嘩《でいり》です」と、彼はいった。「来ていただけませんか」

「約束が違うぞ。午後八時がおれの出勤時間だ。行くのはいやだ」

「そうですか」

「ほう。あきらめが早いな」

「そうおっしゃるだろうと、沢村さんも言ってました」

「朝早くから起しやがって」

「もう午後です」

「用はそれだけか」

ちんぴらが金を出した。「沢村さんから預ってきました。手術代を立て替えてくださったそうで」

「それはいいんだ。おれに責任があるからな。沢村はもう退院したのかい」

「はい。さっき本部に戻られました」

「おれは定刻に、その本部とやらへ行く。沢村にそう伝えてくれ」

ちんぴらが帰って行った。おれは女ふたりに、今日一日部屋から出ないことを約束させ、房子の作ったハム・エッグとトーストを食べてからアパートを出た。

大通りへ出ると陽ざしが強く、眼がくらくらした。大橋組系統の会社のタクシーが歩道ぎわにうずくまっていた。淡褐色のいやらしい車だ。

おれは乗りこんでから、嚙《か》んで含めるように運転手にいった。「大橋組の組長の、大橋源一郎の自宅へやってくれ」うなずいて見せた。「そこが本部なんだろ」

19

大橋源一郎の邸宅は南町四丁目にあって、予想に反し旧式な西洋館の周囲に芝生が拡がっているというバタ臭さだったが、鉄柵で作った門や玄関前のポーチのあたりをうろうろしている組員たちのゴリラのような顔や、鼻のへしゃげた黄色い顔のために、その効果は半減していた。

鉄柵の前で五分、ポーチで十分待たされ、豪勢なフランス風の応接室へ通されてからさらに二十分待たされた。

あいかわらず嚙みつきそうな顔をした伊藤をしたがえて、大橋が出てきた。

「なんぞご用かな」おれの正面の肘掛椅子にどっかり腰かけてそう訊《たず》ねた。昨日とはうってかわったよそよそしさだ。

「お人ばらいをお願いします」

おれがそういうと、伊藤が仁王のような顔をした。「生意気いうんじゃねえ。腕っぷしだけで大きな顔ができると思ったら大間違いだぞ」

「ほう。いつからそうなったんだい」

大橋がにやりと笑い、けんめいに凄みことばを考えている伊藤へ手をひらひらと振って見せた。

「よかろう。ちょっと席をはずしなさい」

「会長に指一本触れて見ろ」伊藤がおれに指をつきつけた。

「ただじゃおかないんだろ」おれは彼を睨み返した。「親分思いだな」

頬を顫《ふる》わせ、握りこぶしを顫わせながら伊藤が出ていった。大橋は無表情なままでおれを見つめ続けている。昨日よりは幾分弱よわしく感じられた。金の握りのステッキを持っていないからだということに、おれは気がついた。

「望月殺しの調べは進んでいますか」

「調べさせていますよ」いささか馬鹿丁寧に大橋が答えた。

「今の男にですか」

「今の男は伊藤といいます。伊藤に調べさせると、何か都合の悪いことがありますかな」

「あります」と、おれはいった。「あの男が、望月の情婦だった信子という女に気があったらしいことがわかりました。あいつはその女の部屋へ昨夜しのびこんだ。女が外から帰ってきたのでいきなり襲いかかった。女が悲鳴をあげたので、女を見張っていたわたしの知りあいがとびこんでいった。伊藤はその男を刺しました」

「知りあい、というのは左文字組のお人ですかな」

「そうです。命はとりとめましたがね。しかし、ああいうことがあったのでは、ぼく個人としてもこっちの組のひととしばしば摩擦を起すことになって、あなたとの約束を果たせなくなります」

「望月殺しの犯人を、伊藤でないかと疑ってらっしゃるのですな」

「強いてそうだとは言いません」

大橋はしばらく考えこんだ。腕組みして首を傾《かし》げたわけではなく、あいかわらずおれを見つめ続けていたから、考えこんでいるのか、眼をあけたまま眠っているのか、しばらくはわからなかった。

「伊藤に自首させたら、左文字組から手をひいていただけますかな」やがて彼はそういった。鼻息を立てて腕組みをした。

「そんなことができますか」

大橋は笑いもせずに答えた。「新しい警察署長は、わたしの知りあいです」

「そうではなく、伊藤を納得させることができますか」

大橋はぼそりと言った。「それはあなたの心配なさることではありますまい」そっぽを向いた。

言われてみればその通りである。だが、伊藤はあきらかにおれに反感を持っているから、彼を自首させることなど、とてもできるとは思えなかった。

「もし、そんなことができたら、一カ月後に左文字組とは縁を切ります」特に契約期間を定めたわけではないから、いつ用心棒をやめてもいいわけである。もっとも、沢村がいろいろと画策して容易にやめさせてくれないだろうことは充分想像できた。万が一話がこじれたら、受取った三十万円を突っ返せばいいと考え、おれは大橋と約束をして彼の家を出た。いい気分ではなかった。借りばかりがどんどんふえていくような気分だった。そういう気分にさせる世界なのだろう、と、おれは考えた。

かんかん照りだった。いったんアパートへ戻ろう、とおれは思った。連休一日めで、時間はたっぷりあったから、歩くことにした。だがすぐに後悔した。汗びっしょりになったのだ。おれは洗濯が嫌いなのである。

アパートの階段を登っている途中で、おれのよく知っている香りがぷんと匂った。まさか、と、おれは思った。はま子は男のアパートへやってくるような女ではない筈だ、そう思った。だが、やはりはま子だった。彼女はおれの部屋の前にじっと佇《たたず》んでいた。

「いつからそこにいた」

「一時間前からよ」おれに何も言わせまいとするかのように、彼女はあわただしくうなずいた。

「早く部屋の中へ入れて頂戴」

「じろじろ見られたか」鍵を出しながら、おれは訊ねた。

「穴のあくほど見られたわ」

「そんないい恰好してくるからだよ」敷きっぱなしの布団を丸めて部屋の隅へ押しやり、畳の上に正座した彼女と、おれは向きあった。「用がなければこない筈だが」

「警告にきたの。馬鹿な真似はやめて頂戴。お願いよ」

「それは用じゃない」おれは笑った。

「重役連中が、あなたの噂《うわさ》をしてるわ。あなた、いったい何をやったの」

おれは逆に訊ね返した。「重役連中が、どんな話をしてるんだ」

「あなた、どうして営業部に誘われたのを断ったの」

「まだ断っちゃいないよ。考えておく、といっただけだ。断った、と誰が解釈してるんだい」着替えながらおれは訊ねてみた。

「山下営業部長と足田専務、保利課長もだわ。足田専務は今、営業部へ行くようあなたに辞令を出したものかどうか、考えてるわ」

「なぜ考える必要がある。おれは平社員だよ。行かせたければおれの気持を確かめたりせずに、さっさと辞令を出せばいいんだ」

「あなたの意志で行かせたように見せかけたいんですって」

「どうしてだ」

「常務派の人たちから、痛くもない腹を、ううん、痛い腹をさぐられるのが厭なんでしょうよ」

おれは笑った。はま子も吹き出した。

「痛い腹をさぐられちゃ、痛いだろうなあ」

「福田常務は、あなたを自分の派へ引っぱりこむように、川島総務部長に指令してるわよ」

「おれはいつからそんな、重要人物になったんだい」

「わかってる癖に。あなたがあの帳簿を見つけた時からよ」

それだけではない筈だ、と、おれは思った。だが、黙っていた。

「どうして何も教えてくれないの」わたしはあなたに、いろんなことを教えてあげたのよとは、彼女は言わなかった。だがあきらかに、そう言いたそうな眼をしていた。「教えてくれた方が、あなたに役立ちそうな情報を提供してあげられるの」

「そうかい」

彼女は溜息をつき、天井を見あげた。

また借りがふえそうだ、と、おれは思った。営業部へ行かされてしまったのでは、川島総務部長からの借りを返せなくなってしまう。ほんとは、なんとか理由をつけて保利課長に十万円を返してしまってから、行動に移りたかったのだ。だが、時間はあまりなさそうだった。

「時間がない」おれは立ちあがった。ちょうどうまい具合に、会社にやり残した仕事があったことを思い出したのだ。もっともそんな仕事は、思い出そうとすればいつでも思い出せる。

「どこへ行くの」

「会社だ」

「そう」

意外なことに、はま子はさほど失望した様子を見せなかった。もっとも彼女が、せっかくの連休なのにといって泣き顔を見せるなど、まったく考えられないことだったが。

ひとりで映画を見てくるというはま子と一緒に

タクシーを拾い、大通りを南へ走り、おれだけが北町三丁目で降りた。裏口にまわって警備員に経理課室を開けてもらい、おれはさっそくいやらしい探偵ごっこを始めた。古い伝票の束を調べはじめたのだ。

その時、おれの机の電話がなった。

20

電話は東京からだった。

「おそらくいないだろうと思ってかけたら、いたな」伊丹である。「休日出勤か」

「やあ」と、おれは答えた。「まあ、そんなところだ。そっちは休みかい」

「商売柄、休みなんてあってないようなもんだ。元気らしいな」

「元気すぎて弱っている」

「どういう意味だ」

「言った通りの意味だ」

「何か複雑な状態に置かれているらしいな」

「わかるかい」

「勘でわかる。よほどの用がなきゃ、手紙なんてくれない男だからな、君は」

「その通りだ」

「何があった」

「複雑すぎて、ひとことじゃ言えないよ」

「ふたことでも、みことでもいい。どうせこれは会社の電話だ。いくら長く話してもいいぞ」

「残念だが、今ちょっと手がはなせない用をしている」

「じゃ、手っとり早く言おう。マフィアのことを書いたノン・フィクションがうちの社の書庫に三冊あった。おれは以前その中の一冊を読んだために デ・ロベルティスのことを知っていたんだ。『アメリカのマフィア』という本だ。君からの手紙で、さっそくその本を読み返してみた。他の二冊も読んだが、これにも名前だけ出ていた。この、デ・ロベルティスという男は、頭がいいだけでなく、大変な暴れ者だったそうだ。十数人を相手にひとりで格闘して、全部ぶちのめしてしまったこともある。その上拳銃の使い手としても超一流だったという。ほかの親分連中やギャングたち、自分に背いた子分たちまで、情容赦《なさけようしゃ》なく片っ端からぶち殺した兇悪なやつだ。アメリカで悪事の限りを働き、しまいには密輸に関係して日本にまでやってきた。そしてこの男は、ギャング仲間に狙撃されて東京で死んでいる」

「それはいつ頃の話だ」

「死んだのは一九四九年、五十六歳だったと書いてあるな」

「一九四九年といえば、おれの生まれた年だ」

「ほう。そうかい」

「そいつが死んだ時のことを、もっと詳しく知りたいんだが」

「この本にはそれだけしか書いてない。だけど、この本の著者に聞けばもっと詳しいことがわかるだろう。さいわいこの著者はわが社と関係が深い人だ。あるいは警察で聞いてもいいしな」

「調べてくれるかい」

「乗りかかった舟だ」

「ありがたいな」さらに共通の友人のことをふた言み言話しあってから、おれは電話を切った。

怪しげな伝票類は、書類ロッカーの片隅からひとかたまりになって出てきた。あの仕訳帳が入っている課長の机の抽出《ひきだ》しには鍵がかかっていた。だが、保利課長の頭の悪さを物語るかのように、その上の抽出しには鍵がかかっていなかった。おれは難なく手に入れた帳簿と伝票類をクラフトの大型封筒に入れて会社を出た。すでに、また例によっていやな夜の始まる時間になりかけていた。休日のオフィス街の裏通りはひっそりしていた。銃弾がおれを襲った。銃声がビルの壁に谺《こだま》すると同時に、おれははねあがり、地べたに叩きつけられていた。激痛に眼がくらんだ。左の肩を射抜かれていた。額をコンクリートの道路へいやというほど打ちつけていて、どちらかといえばむしろその方が痛かった。起きようと思えばすぐにはね起きることができたかもしれなかったが、第二の銃弾を怖れて、おれは俯伏《うつぶ》せに横たわったままじっとしていた。眼の下を、夕闇の中にどす黒く光って見えるどろどろした液体が流れていた。おれの血だった。血を見たため、怒りを呼び醒ます余裕もなくすうっと気が遠くなった。

目醒めたのも、やはり激痛のためだった。気を失っているのをいいことに、服部院長の息子が荒っぽくおれの左肩をほじくり返していたのだ。

「荒療治はやめてくれ」おれは呻きながらいった。「麻酔をかけなかったろう。ひどい先生だ。おれは痛みに弱いんだぞ」

「毎日のように自分がかつぎこまれるか他人をかつぎこむかしているような物騒な男が、痛みに弱い筈はないだろう」医者が冷たくそういった。「我慢しろ。手術はもう終ったよ」

ふたりの看護婦がくすくす笑った。血まみれのガーゼを扱いながら笑うような女は女じゃないとおれは思った。

「誰がおれをここへかつぎこんだ」

「あんたの会社の警備員だ。銃声に驚いて外へ出て見るとあんたが倒れていて、その傍《そば》に男が立ち、あんたに拳銃を向けていたそうだ。とどめでも刺すつもりだったんだろう。警備員の姿を見てその男はそのまま逃げてしまった。それで通りかかったタクシーを停めて、あんたをここへ運びこんだ。あの警備員はあんたの命の恩人だぞ。今度会ったら礼を言っとけ」

「警備員は警察へは連絡しなかったのか」

「会社のお偉方の指示を求めてからにするとか言ってたが、なあに、警察にはこっちから連絡したよ。あんたには迷惑かもしれんが、報告しとかないとこっちに迷惑がかかるのでね」

「まあ、しかたがないな。ところでおれの持ちものはどうなっている」

「服ならそこにある」

「封筒はなかったか。大型の封筒だ」

「そんなものはなかったぞ。警備員も、何も言ってなかった」

では奪われたのだ、とおれは思った。

医者と看護婦が出て行きかけたので、おれはあわてて叫んだ。「頼むから麻酔をかけてくれ。痛くて眠ることもできない」眠ったふりさえしていれば、警察の連中の訊問《じんもん》も先へ延ばすことができるだろうと考えたのだ。

医者は出し惜しみをするような様子で、麻酔をかけてくれた。おれはぐっすり眠った。

真夜中の一時ごろ、房子がひとりで見舞にやってきた。

「下着や何かを買ってきたわ」

「それはありがたいな。おれがここにいることをどうして知ったんだ」

「約束の時間にあなたがあらわれないので、左文字組ではだいぶあなたを捜したらしいわ。会社へも訪ねていって、それでここにいることがわかったの。わたしのところへは、あの何とかいう男の歌手に似たちんぴらが教えにきてくれたわ。沢村さんが、お大事にって。それから、この病院の費用はまかせてくださいって」

「沢村の怪我はもういいのか」

「あのちんぴらの表現だと、ゆるゆる動きまわっているそうよ」

爆笑したため肩がきりきりと痛んだ。「この病院の医者がおれのことを警察へ連絡した。それなのに警察からはまだ誰ひとりやってこない。なぜだろうな」

「それどころじゃないんでしょ。昨夜から今夜にかけて町のあちこちで小さな喧嘩があって、今もまだ続いてるの。左文字組と大橋組の、ちんぴら同士の鞘当《さやあ》てよ」

「警察ともあろうものが、そんなことに振りまわされているのか」

「警察内部もうまくいってないらしいわ。前の樋口警察署長の一派だった連中と、今度の鯉沼という署長の一派との反目が激しいらしいの。現場で口論したりして、いがみあってるらしいわ」

「ところで、おれを撃ったやつに大事な書類を奪われたんだが」

「伊藤の仕業だろう、って沢村さんは言ってるそうよ」

「おれもそう思う。沢村に頼んでほしいんだ。なんとか取り返してくれって」

「電話しとくわ」小さな果物籠と下着を置いて、彼女は帰っていった。

翌朝目が醒めた時、肩の痛みはすっかり薄らいでいた。すぐにも起きあがれそうだった。

九時ごろ、はま子がやってきた。「だから危いことはやめなさいっていったでしょう」いくぶん疑わしげに房子の持ってきた果物籠を眺め、その隣りに少し大きいめの果物籠を置いて彼女は言った。「なぜ撃たれたの」

「誰かさんにとって、おれが重要人物だからさ。生きていられては困るくらいのな」

「まさか。ほんとに殺そうとしたなんて考えられないわ。脅かしとは思わないの」

「脅かすだけなら拳銃を使うほどのことはないだろう。重役連の反応はどうだ」

「わからないわ。今日は連休二日目だから、みんな家にいるか遊びに行ってるかよ。でも事件のことは、重役全員に報告が入ってる頃だわ」

「社長にもか」

「もちろんよ」

「社長の反応は想像がつくか」

「頭を痛めてるでしょうね。会社の内紛が表面化したと思って」

「重役たちと社長の関係は」

「派閥争いとは無関係よ。社長の立場はひどく弱いの」

「この町一番の大地主の家に生まれたんだろう」

「以前は大地主だったわ。でも今は専務や常務の方が大地主でしょうね。社長は陣取りごっこのトップ争いからはずされちゃったの。三、四年前からね。悪いことに山鹿建設の次期社長は、この町一番の大地主でなきゃならないらしいの」

「どうしてだ」

「誰かが新しい建物をこの町のどこかへ建てようとしても、地面を売ってくれる人がいないからよ」

「なぜ社長は土地をなくした」

「左文字組と大橋組に土地をだまし取られたからよ。可哀想よ」

「いやに社長に同情的だな」


はま子は顔を赤くし、あわてて立ちあがった。

「また来るわ。持ってきてほしいものある」

「平和と自由だ」

「ちょっときざね」

はま子が出ていって三十秒後に、院長の息子の若先生が眼鏡を光らせて入ってきた。「今出ていった女性は、君のところの見舞客かい」

「そうだ。いい女だろ」

「いや。うしろ姿をちらと見ただけだが、あの女性、はま子さんじゃなかったか」

「ほう。はま子を知ってるのか。あんたとはどういう関係だい」

「親が決めた許婚者《いいなずけ》だ」

21

おれは肩の痛みをこらえ、ベッドの上で上半身を起した。「よく聞こえなかったんだ。もう一度言ってくれ」

「親同士が勝手に決めた許婚者だ、そう言ったんだ。おれの父親と彼女の父親とがね」

「院長と、彼女の父親とは友人か」

「昔からのな」医者は冷然とおれを見おろして答えた。「今度はこっちからの質問だ。さっきから、はま子だとか彼女だとか、いやに親しげな言いかたをしているが、君とはま子さんとはどういう関係だね」

嘘八百を並べ立ててやろうと考え、喋《しゃべ》りかけた時、病室の窓の下で銃声が起った。二発、続いて三発。聞き耳を立てると大通りらしい方角からも拳銃を撃ちまくっているらしい音がのべっぽんぱんと響いてくる。白昼の町なかで撃ちあいが始まったらしい。おれはベッドからおりて窓際に寄り、三階下の裏通りを見おろした。医者もおれの肩越しに地上を見まわしはじめた。

病院の門の横の植込みに男がふたりいて、数十メートル彼方の通りの中央に停車しているフォルクスワーゲンに向けて弾丸を撃ち続けていた。ワーゲンのドアが開き、サングラスをかけた男がとび出してきて、弾丸を撃ちながら通りを横切ろうとしたが、すぐ頭蓋の半分を撃ち砕かれて中風《よいよい》式の踊りを演じ、病院の低い石塀《いしべい》に身をたたきつけてひっくり返った。穴だらけになったワーゲンがあたふたと二丁目の方へバックした。

病院の向かい側のオフィス・ビルの二階の窓が開き、ライフル銃を持った男が植込みめがけてぶっ続けに銃弾を叩きこんだ。植込みの二人が尻に火がついたように猫じゃ猫じゃを踊りながらまろび出てきて通りを三丁目の方へ逃げ去った。

大通りの銃撃戦はさらに本格化したらしく、のべつまくなしの銃声は機関銃を思わせるほどになった。

房子の持ってきた下着の包みを破りながらおれはいった。「退院する」

「どうせ、また来るんだろう」と、医者が応じた。「勝手にすればいいよ」

穴があき、血がにじんだ上着を着て、おれは服部病院を出た。三丁目と二丁目のちょうど中ほどの大通りへ出ると、北町一帯には硝煙の臭気が立ちこめていた。銀行の玄関前に男がひとり倒れ、腹から噴き出る血を両手で押さえながら両足をエビのようにぴんこしゃんこと伸ばしては折り曲げていた。流れ弾で頭髪を半分がた吹きとばされた主婦らしい女が滝のように血の流れ落ちている頭をかかえ、痛い痛いと泣きわめきながらおれの傍をすり抜け、裏通りへ駈けこんでいった。大通りに通行人の姿はなかった。停車したままの車が通りのあちこちに散らばっているだけだった。時おりそれらの間を縫い、大橋組だか左文字組だかの組員たちの乗っているであろう車や、そしてパトカーが、気ちがいじみたスピードで駈け抜けて行く。大通りに面したビルや商店はすべて正面のシャッターをおろしていた。時おりビルの二階、三階の窓から、大通りのどれかの車に身をひそませているらしい相手に向かって拳銃や猟銃の弾丸を撃ちこもうとする男の姿がちらちらと覗《のぞ》いた。

商店のシャッター前の庇《ひさし》を縫い、おれは這《は》うようにして北町二丁目の交叉点に出た。交叉点の南側では、例の「アニマル」というスナックから四、五人の男が勢いよくとび出し、歩道際に駐車してある大型の外車に押しあいへしあい乗り込もうとした。乗り遅れたひとりが首を撃ち抜かれた。血の噴きでる喉笛《のどぶえ》が、ぴーっとけたたましい音を立てた。

血のにじんだ服をきてこんなところをうろうろしていれば、いずれはおれも狙撃されて死ぬことになるだろう、そう思いながらも、おれは交叉点を西側へ横断することに決めた。呼吸を整え、薬局の立看板の蔭から車道へ駈け出るなり弾丸がとんできた。駈け続けるおれの足もとでアスファルトがぷす、ぷすといやな音を立てた。弾丸がおれのからだにめりこむ時も同じような音がするに違いないと思うと、頭髪が逆立った。

南から乗用車が一台、猛スピードで走ってきた。避けようとして立ち止ったりすれば、狙撃の対象として恰好の目標になる筈だった。おれは駈け続け、乗用車の数十センチ前方を駈け抜けた。そのまま走り続けた。背後で轟音《ごうおん》がした。火の粉がおれの頭や肩に降りそそいだ。西側の歩道にたどりつき、オフィス・ビルの玄関前の柱型に身をひそめて振り返ると、あの乗用車が停車していたダンプ・カーに激しく追突して燃えあがっていた。おれに気をとられてダンプに気がつかなかったのだろうと思い、念のために信号灯を見た。信号は青だった。おれは自分の良心を慰めた。

北町一丁目の房子のアパートへ行くために裏通りへ入ってからも、大通りからは絶え間なしの銃声、轟音が響いてきた。裏通りのあちこちからも悲鳴、罵声《ばせい》、駈ける靴音、ガラスの割れる音などが聞こえ続けていた。悪夢だ、と、おれは思った。ジキルとハイド的な二重生活を送ってきた今までは夜の間だけが悪夢だった。だが今や悪夢はまっ昼間の世界にまでのさばり出てきたのだ。

見憶えのある鉄筋四階建てが見えてきた。そのあたりは、やや静かだった。だがその静かさはやや異様でやや不気味だった。階段を四階まで登る間も静寂は続いていた。四階の廊下に出てはじめて、おれは異常を確信した。廊下の両側の各室のドアはぴったり閉ざされていたが、それは人がいない為ではなかった。あきらかに皆がおれの靴音におびえ、ドアの内側で息をひそめていた。ただひとつのドアだけが細い隙間を見せていて、そこにはおれを窺っている眼があった。その眼は女の眼で、そのドアは房子の真向かいのドアだった。

房子の部屋のドアには鍵がかかっていず、把手《とって》には血がついていた。部屋の中央は血溜《ちだま》りになっ

ていて、藤井信子が仰向けにひっくり返ってい
た。額を射抜かれていた。下半身は裸だった。暴
行され、殺されていた。

房子は自分のベッドの上で死んでいた。昨夜病院へおれを見舞にきた時と同じ服装だった。唇の端が苦痛にめくれあがっていた。胃の上部を撃ち抜かれていた。苦しんだろう、と、おれは思った。眼を見開いたままだった。おれは指さきで彼女の柔らかなシャッターをおろした。

ベッドの足もとには伊藤が死んでいた。胸を射抜かれ、一瞬のうちに成仏《じょうぶつ》したらしく、頬には薄笑いが浮かんでいた。ズボンを膝《ひざ》までずりおろしていた。陰茎は勃起したままだった。

どた、と、おれの背後でまた誰かが倒れた。おれは振り返った。ドアの手前に、見知らぬ中年女が俯伏せていた。向かいの部屋の女に違いない、と、おれは思った。おれのあとからおそるおそる部屋を覗きにやってきて、部屋の中の様子を見て気絶したに違いなかった。

22

一一〇番にダイアルすると、事件過剰で心ここにあらずとばかりうわずった声が叫んだ。「なんだなんだ」

「殺人だ」と、おれは怒鳴った。

「また殺人か」

「三人射殺された。処理能力はあるか」

「警察を馬鹿にするか」

「そんなら来てくれ」おれはアパート名と階数とルーム・ナンバーを彼に教えた。

「あんたの名は」

「発見者だ」

「名前を聞いてるんだ。行くまでそこにいろ。死体には手を触れるな」

「いや。ここにはいない。すぐに行かなきゃなら

んところがあるんでね」

若い男が何ごとかわめきはじめたのを聞き流し、おれは受話器を置いた。向かいの部屋から覗きにきた中年女は、まだぶっ倒れたままだった。棒のようにぶっ倒れたらしく、ぶっ倒れるついでに額を上り框《がまち》へひどくぶっつけたらしく、顔を血で染めていた。河馬を思わせる彼女の臀部《でんぶ》をまたぎ越し、おれは廊下に出た。誰もいなかった。

アパートを出ると、大通りの方からタクシーが逃げるように走ってきた。うまい具合に、例の大橋組系統のウンコ色のタクシーだったので、おれは狭い裏通りの幅いっぱいに両腕を拡げて停車させた。

「誰も乗せねえよ」平べったい顔の運転手がわめいた。「おれ、帰るんだ」

イナゴの大群のように銃弾が飛び交っている町なかで車を走らせたくない彼の気持はよくわかった。大通りから聞こえてくる銃声は、ますます激しさを加えていたからだ。

「大橋組の関係者だ」おれは彼に顔を近づけ、気が進まなかったが、はじめてタクシー相手に凄《すご》んで見せた。「組長の家までやってくれ。そんなら大通りへ出なくても行けるだろ」

運転手は顔を歪《ゆが》めて顎《あご》をしゃくった。さほど凄くはなかったらしいが、どっちにしろ乗せてくれるらしいので、おれは後部シートへころげこんだ。運転手はドアを閉める前に発車させた。

「乱暴な運転だな」

「こんな時に、家を出てうろちょろする方がずっと乱暴だ」運転手が叫び返した。「どいつもこいつも、気が違ったのよ。そうに違いない」

タクシーは誰もいない裏通りを何度も折れてどたばたと駈けまわった。

「どうしてこんなに、ややこしい走りかたをするんだ」

「南町六丁目の商店街やバー街を避けるためだ。

あそこは今、修羅場になってる」

「あんた、見たのか」

「あそこにある『えん』というでかいクラブから電話で呼ばれたんだ。『えん』は左文字組のシマだから行くのは気が進まなかったけど、行って見たんだ。そしたら撃ちあいをやっていて、大橋組の連中が四人ばかり車の中へ逃げこんできた。その連中は『えん』に乗りこんで左文字組の若いやつを追っぱらったんだけど、また逆襲を食らって逃げ出してきたとか言ってた。タクシーを呼んだのは、北町六丁目のはずれにある工事現場へ行くためだった。そこでも揉《も》めごとが起っていて、本部からすぐそっちへ行けという指令があったらしい」

北町六丁目の工事現場は山鹿建設がビル建築を請負っているところで、山下部長が二、三日前から事故やトラブルの絶え間がないと洩らしていたところだ。

「で、現場へ行ったのか」

「行った」溜息とともに彼はいった。「いやもう、地獄みたいなものだったよ。おれ、こわいから遠くで車を停めて、連中にはそこで降りてもらったがね。それでも、建築中のビルの鉄骨の七、八階建てくらいの高さから弾丸にあたって墜落していく人間の姿は見えたよ。撃ちあいだけじゃない。ブルドーザーとかパワーショベルとかって建築用の機械があるだろう。あれを使って人間を追いかけまわしたり、建築中の鉄筋に体あたりしたり、機械同士がぶつかりあったり、大変な騒ぎさ。しまいには、ほら、なんていう機械かね、ローラーの表面に鉄のイガイガが刺《とげ》みたいにいちめんくっついたやつ」

「タンピング・ローラーか」

「あの車が全速力でこっちへやってきた。おれはあわてて逃げたよ」恐怖がぶり返したらしく、彼は身顫《みぶる》いした。

南町四丁目の大橋邸に近づくと、また銃声が高くなってきた。

「あそこでも撃ちあってるんだ」運転手が泣き声を出した。「ここで降りてくれ」

「全速力で、撃ちあいのど真ん中を突破してくれないか。あとで話の種になるだろう」

「死んじまったら、話の種もくそもあるもんか。おれは行かない。あんた、車を降りて、ひとりで行ってくれ」

おれは大橋邸の二ブロック北でタクシーを降りた。タクシーは乱暴に向きを変え、猛烈な音を立ててタイヤを宙に浮かせた。

あたりは高い塀の並ぶ住宅街だった。人影はなく、ただ銃声だけが響いていた。時おり流れ弾が地面に穴をあけ、塀をほじくり返していた。おれは背を丸め、道路の左側の塀の下を大橋邸へと走った。

前方右側の塀の上で人影が動いた。松の木の繁み越しにこちらへライフルを向けていた。おれはあわてて伏せた。ライフルの銃弾が二発、塀にめりこんだ。おれの頭上数センチのところだった。感電したように足がのび、おれはぴんと立ちあがり、その勢いでまた走り出した。

成金趣味の邸宅の、鉄格子で作った門の前を駆け抜けようとした時、門柱の蔭から手がのびておれの肩をつかんだ。おれは横倒しになって門柱の蔭へころがりこんだ。

沢村だった。「いけませんよ。こんなところでうろうろしてちゃ。あんた、丸腰でしょうが」

沢村の背後には、やはり門柱にへばりついて、例の男性歌手に似たちんぴらがレヴォルヴァーを構えていた。

「房子が殺されたぞ」おれはゆっくりと、詰《なじ》るように言った。「藤井信子もだ。強姦されて殺されていた。それからその横で」

「伊藤が死んでいたんでしょう」沢村は悲しげにうなずいた。「知っていますよ。伊藤を殺《や》ったのはわたしです。わたしが行った時はもう、房子さんも、あの信子って女も殺されていた。わたしは一発で伊藤の胸をぶち抜いた」

「どうしてあんたは、房子のアパートへ行ったんだ」

沢村は横にいるちんぴらを顎でさした。「この衣笠が、房子さんのアパートへ入って行く伊藤を見かけたんでさあ」

おれは衣笠に怒りの眼を向けた。「お前、女たちの護衛じゃなかったのか」

衣笠は唇を顫わせ、無言で手にしたレヴォルヴァーに眼を落した。

「伊藤のあとから、部屋の前までは行ったらしいんですがね」沢村は衣笠に軽蔑の眼を向けた。「中で銃声がして、房子さんが悲鳴をあげた。それでこいつ、中へ入って行けなくなって、ドアの前で顫えてやがったんでさあ」

おれは衣笠の胸ぐらをつかんだ。「言え。何が聞こえた」

「ドアの前まで行ったら銃声がした。それから」衣笠は蒼い顔をふらふらさせた。「房子さんの悲鳴が聞こえた」

「死ぬ時の悲鳴か」

「死ぬ時の悲鳴だ」

「それからどうした」

「おれ、恐ろしくて立ちすくんでたんだ。中で伊藤が怒鳴っていた」

「なんと言って怒鳴ってたんだ」

「よくわからなかったけど、おれは自首なんかしない、って叫んでたよ。望月を刺したのはおれだとも言ってたよ。そしたら信子って女が何かわめき返した。伊藤は、おれの言うことを聞けって、信子に怒鳴りつけた。それからどたばた音がして、信子の悲鳴が聞こえた。助けて、って叫んでいた。そしたら伊藤が、誰も助けになんかくるもんか、あの絹川はおれが射ち殺した、おれはもう、やけくそなんだって、そう叫んで」

「で、お前は助けに入っていかなかったのか」

衣笠はまた顔を伏せた。「相手があの伊藤じゃ、勝ちめはないよ」

「臆病者め」と、沢村がつぶやいた。

おれは衣笠の胸から手をはなした。「それからどうした」

「おれ、アパートの前の公衆電話から、本部へそう報告したんだ」

「盗まれた書類ってのは、これでしょう」沢村がおれに、クラフトの大型封筒を渡した。「伊藤が持っていましたよ」

なんだって伊藤のやつ、これを奪って逃げたんだろう、そう思いながらおれは中をあらためた。帳簿と伝票類は無事だった。

「あ。伏せろ」と、沢村がいっておれの肩を押さえた。

おれはうずくまりながら背後を振り返った。さっきの場所から移動したらしく、向かい側の塀の上に今しがたおれを狙撃した男がライフルを構えていた。

沢村が男めがけて拳銃を撃った。男は叫びもせず、ライフルを抱きしめたまま塀から路上へ転落してきた。ええい、と叫び、衣笠が門柱の蔭から道路へとび出した。走りながら、路上に横たわった男へ拳銃を二発撃った。男は芋虫のようにうごめき、ライフルを構えて衣笠に発射した。衣笠は腹を撃たれて前へかがみ込み、かがみ込んだまま何かわめいてまた拳銃を撃った。二発めが男の胸にくいこんだ。男は大声で叫びながら身をくねらせ、またライフルを撃った。衣笠の肩にあたった。衣笠はきりきり舞いをしてからいったん倒れ、あああとわめきながらゆっくりと立ちあがり、男めがけて拳銃を乱射した。男は頭部をなくしてしまった。弾丸を撃ち尽してしまうと衣笠は道路へ俯伏せに倒れ、そのまま二度と動かなかった。

23

　大橋邸の方角から聞こえ続けていた銃声が突然途絶えるのと、大通りの方向からパトカーのサイレンが響いてくるのがほとんど同時だった。

「馬鹿野郎め」無表情に衣笠の死体を眺め続け、やがてそうつぶやいた沢村が、おれをうながした。「警察です。逃げましょう。大橋を殺《や》るのはあとまわしだ」

「大橋を殺《や》れという命令を受けて、ここへきたのか」

「そうです。このあたりにうちの若い者二十人ばかりが散らばっていて、いっせいに大橋の邸へなだれこむ予定だった。ところが抵抗がはげしくて、今まで釘づけにされてたんです」

「この邸の中を通って逃げよう」

　おれたちは鉄格子を乗り越え、どこの誰の家だかわからないでかい邸の前庭へ逃げこんだ。

　塀の下の植込みの間を走りながら沢村はおれに訊《たず》ねた。「絹川さんはまた、どうしてこんなところへやってきたんです」

「大橋源一郎に会うためだ。伊藤の不始末の責任をとらせるつもりだった。組員の不始末は組長の責任だからな」

　沢村は苦笑した。「大橋は伊藤の乱行をどうにもできなかったんです。伊藤が殺されたと知ったら大橋は喜びますよ」

「あの狸爺《たぬきじじ》い」おれは舌打ちした。「おれと伊藤を、わざと嚙《か》みあわせるつもりだったな」

「誰ですかあっ。そこにいるのは」ヒステリックな女の声が邸のポーチからとんできた。「すぐに出て行きなさい。出て行かないと、犬をはなしますよ」

　百坪ほどの芝生の彼方にあるその赤煉瓦作りの邸は、広い建坪を持ったぜいたくな作りの平屋だった。ポーチに立っている中年女の眼鏡が、陽光でぎらぎら輝いていた。

「待ってくれ。出て行くから裏口を教えてくれ」沢村がそう叫び、植込みから芝生へ進み出た。

襲ってくる、と勘違いしたらしく、女がまっ赤な口を大きく開いて息をのみ、地味な色のスカートをひるがえして邸の裏手へ逃げこんでいった。犬が吠えはじめた。

「いかん。犬をはなすつもりらしいぞ」沢村が逃げ戻ってきた。

おれたちは塀の下を、さらに裏手へ駈けた。数匹の犬の金属的な咆哮が背後に迫った。ふり返ると犬は五、六匹いて、いずれも眼球を真紅に染めたグレートデーンだった。

「噛み殺される」沢村が悲鳴をあげ、その場に立ちすくんでしまった。

「人間を、なんだと思ってやがる」憤りがおれの胸を満たした。「これじゃ殺人だ」


じわり、と、眼の前が暗くなった。遠ざかる意識の中で、顫えている沢村の手からいそいで拳銃を奪い取っているいる自分の姿をおれはわずかに認めた。先頭の、いちばん巨大な、まっ黒の一匹が、おれの腹にとびつこうとしていた。

意識は遠ざかり、意識はまた近づいた。なぜか今までのように、おれから意識が完全に失われることはなかった。拳銃を発射するたび、その衝撃でわれに返りそうになり、そのたびに血みどろになってはね返り躍りあがっている犬の姿を認め、おれに向かってあらたにとびかかろうとしている兇暴な犬の姿を見ては怒りとともにまた意識を失いそうになるのだった。なぜ意識を失ってしまわないのかと拳銃を撃ち続けているおれの頭の片隅で何者かがそう考え、不思議がっていた。何度も屈辱感を味わっては意識を失いしているうち、特に意識を失わなくても、もうひとり別の、兇暴な方のおれの行動が可能になったのだろうか。

自分をとり戻すのに、さほど時間はかからなかった。灌木の繁みと芝生に犬の血がとび散り、かっと大きく口をあけ、あるいは白い牙《きば》を嚙みしめた六匹の犬の死体が、おれの周囲に散らばっていた。花芯《かしん》の赤い、黒い花びらのようだった。

「神わざだ」息をとめていた沢村が、ながい吐息とともにそういった。「一発も無駄弾がなかった。六匹射殺するのに十秒とかからなかった」眼を丸くし、おれを凝視した。「絹川さん。あんたいったい何者です」

しばらく茫然と佇んでいたおれは、ゆっくりとかぶりを振って沢村に答えた。「誰だかよくわからないよ」足もとに落ちていた封筒を拾いあげ、おれは拳銃を沢村にさし出した。

沢村は何かにおびえたように、一歩あと退《ずさ》った。「それはあなたが持っていてください」うなずいた。「その方がいい。その方がずっといい」

「そうかね」おれはしぶしぶ、まだ銃身の熱い拳銃を背広のポケットへ落しこんだ。「あんたは持っているのか」

沢村は以前おれに見せた婦人用コルトを出した。「まだ、こいつがあります。わたしには、これが相応でしょう」彼は油紙の重い包みを三つばかり出し、おれに渡した。「これが弾丸です」

デ・ロベルティスという男が、拳銃の使い手としても超一流だったことをおれは思い出した。おれが生まれた年に死んだというそのマフィアの親分は、いったいおれとどういう関係にあるのだろう、おれはそう考えた。死霊が誰かに乗りうつるという非現実的なことが実際にあるのだろうか。のんびりと考えこんではいられなかった。塀の彼方で呼び子が高鳴り、足音が走っていった。おれと沢村はふたたび邸の裏手へと走った。勝手口のくぐり戸を見つけ、ひっそりした裏道へ出て、おれたちはさらに駈けた。

なぜ、走りまわっている。

おれはそう自問した。あたふたと駈けまわっているのはなんの為だ。山鹿建設の社員としてか。それとも左文字組組長の用心棒としてか。よく考えてみればどちらでもなかった。絹川良介という男が、あちこちで貸してもらった借りを返そうとしてじたばたしているだけなのだ。

大橋の邸の西側をぐるりと迂回《うかい》し、おれたちは南町二丁目の通りへ出た。その通りを今度は東へ突っ走った。左文字組の本部である左文字邸へ行くためだった。だが、そのためには例の、この町を南北に縦断している大通りへ出なければならなかった。

大通りに近づき、「南町ロイヤル・ホテル」のあの毒どくしい色の外壁や看板が見えはじめると、予想していた通りそこではまだ撃ちあいが続いていて、絶え間なしの銃声がビルの壁に谺《こだま》していた。通りの手前のビルの通用口から、下半身にズボン、上半身は裸に晒《さら》しを巻いただけの男が抜き身の日本刀を振りかざし、血まみれでとび出してきた。彼はおれたちの眼の前で剣舞のような恰好をして見せ、俯伏せにばったり倒れた。後頭部がなくなっていて、そこからは白い脳漿《のうしょう》が粥《かゆ》のように吹きこぼれていた。

気分が悪くなり、おれはふらりとして道路ぎわに駐車しているトラックの荷台に凭《もた》れた。沢村がいそいでおれを支えた。

「どうしました」

「吐き気がする」

「え。吐き気、ですか」彼は不思議そうにおれを見つめた。おれに同居している気の弱さと粗暴さを、どうしても理解できないといった眼つきだった。「じゃあ、吐いちまいなさい」

おれはトラックのタイヤに反吐《へど》をぶちまけた。ほとんど何も食べていないから、反吐といっても黄褐色の液体だけだった。

「通りを横断しなくちゃ」ハンカチで唇を拭いな

がら、おれはそういった。「横断する度胸があるか」

「やってみましょう」沢村がコルトを構えた。

おれも沢村から貰ったオートマチックの八連発に弾丸を充塡《じゅうてん》した。通りの向こうの「南町ロイヤル・ホテル」では、誰かが三階の窓から車道めがけて猟銃を撃ち続けていた。あれはこの間、はま子と寝た部屋だ、とおれは思った。沢村が交叉点へとび出した。おれも続いてビルの蔭から車道へ駈け出た。信号灯は銃弾で壊れていた。銃声が高まった。弾丸がおれめがけて雨あられと飛んできた。身を伏せることも、停車して車道のあちこちに散らばっている車の蔭に身をひそめることもできなかった。弾丸は四方八方から飛んできたからだ。おれの前を走っていた沢村がついにたまりかねて、車道の中央であさっての方向を向いて停っていたトラックの荷台の下へもぐりこんでいった。おれはそのまま駈け続け、「南町ロイヤル・ホテル」の玄関へとびこんだ。恐怖で舌がざらざらしていて、その舌は口の中いっぱいに膨れあがっていて、息をすると舌と一緒に心臓が口からとび出しそうだった。

帰るに帰れず、しかたなく銃撃戦がおさまるのを待ってホテルのロビーに集っていた数人の男女の客が、おれを見るなりわあと叫んで廊下を奥へ逃げ去った。おれはロビーの中央にある小さな噴水の傍のソファに腰をおろし、息をととのえた。おれがどんなひどい恰好をし、凄い顔をしているかは、ロビーの壁に嵌込《はめこ》んだ大きな姿見を見てはじめてわかった。最初は自分と思わなかったくらいだ。

おれがのろのろと拳銃を上着のポケットに入れ、左手に持っていた大型封筒をかかえなおして立ちあがった時、頭上から聞き憶えのある声が降ってきた。

「お兄哥《にい》さん。そこ動くな」

24

幅の広い二階への階段の最上段に、三人の男が立ちはだかっておれを見おろしていた。彼らの背後にステインド・グラスの大きな窓があるため、逆光線だった。だが、たとえ彼らの顔は見えなくとも、その三人の背恰好ですぐにおれは彼らが何者かを悟った。

おれは呻《うめ》いた。なぜか自分に対する腹立たしさのようなものを感じた。昔自分が苛《いじ》めて泣かせた弱虫小僧に十数年後出会った時のような気恥かしさもあった。しかし一方では、もちろんこの三人への腹立ちも自覚していた。そもそもこの連中とかかわりあったのがきっかけで、こんな騒ぎの中へ巻きこまれる羽目になったのである。巻きこんだのはこの連中だし、巻きこまれた方はおれではない、もうひとりのおれだったのだ。

「どうだい。おれたちを憶えてるかい」まん中にいる小男がライフルを腰に構え、銃口をおれの顔あたりへ向けながら、落ちついた声でそういった。

その右隣りに立つ、二メートルほどの高さのつるっ禿《ぱげ》のシルエットが、ふ、ふふう、ふふうと不気味な笑い声を洩らし、肩を揺すった。よくはわからないが拳銃を構えている様子だった。

左端に立っているのが大口の赤ら顔であることはあきらかだった。口もきかず、笑い声も立てなかった。沈黙がおれへの憎しみの大きさをあらわしていた。刃渡り二尺何寸かの日本刀を、抜き身でぶら下げていた。

小男が階段を降りはじめた。他のふたりも階段を降りはじめた。ロビーのシャンデリアの明りの中に、彼ら三人の顔が浮かびあがった。あの赤ら顔の右の眼は潰《つぶ》れていた。小男の左頬にはひと筋深い疵《きず》ができていて、そのため彼の唇の端は醜く吊《つ》りあがり、まくれ返っていた。そして禿の大男は鼻が潰れていた。

三人はおれの前に立った。

「こんな顔になっちまったんだよ。おれたちはね」恨みっぽい声で小男がいった。「お前さんのお陰でね。どうだい。おれたちが誰だかわかるかい」

この世のものとも思えぬ顔つきの三人がおれを見つめる気味悪さに、おれは身顫いした。ゆっくりと眼を伏せ、つぶやくようにおれは詫びた。「すまなかった」一瞬おれは、本心から彼らにすまないことをしたと思ったのだ。

「すまなかった、だと」赤ら顔が、腹の底からしぼり出すようなしわがれ声でそういいながら一歩前へ出た。「す、すまなかった、だと。おれはな、片眼になったんだぜ。瓶《びん》の破片が眼に入ってな。か、片眼に。片眼に」泣きはじめた。

赤ら顔の表情は忿怒で醜く歪《ゆが》んでいた。鬱血してさらに赤くなった顔はほとんど紫色になり、今にも毛穴から血を噴き出しそうだった。日本刀を持つ手が、ぶるぶる顫えていた。

つるっ禿の金壺眼《かなつぼまなこ》は、いかにも鈍重そうな表情の中に、けだものじみた殺意を秘めて唸《うな》り声をあげた。「撃ち殺してやる」

「いや。撃ち殺しちゃいかん」と、小男がおれを睨《にら》み据えたままで言った。「こいつがおれたちにどんなことをしたか考えてみろ。そうだろ。一発で撃ち殺すにゃ、もったいない。いたぶってやるんだ。一時間も二時間もな。そして片輪にしてやるんだ」おれの鼻さきに指をつきつけた。「こいつがおれたちにしたようにな」

「それがいい」赤ら顔が牡蠣《かき》のように潰れた白い片眼と、大きく見開いた血走り眼をおれに近づけた。「死ぬよりもひどい目にあわせてやるぜ」

「よし」小男が赤ら顔にいった。「そいつの拳銃をとりあげろ」

赤ら顔はうなずき、おれにいった。「手をあげな」

おれは右手に大型封筒を持ったままで両手を肩の高さにあげた。

「もっと高くあげるんだ。よし。そのままでいろ」赤ら顔がおれのポケットに手をのばそうとした。

おれは顔をあげて低く言った。「待て」

おれの声に、赤ら顔はびくっ、として手をひっこめた。その表情に一瞬おびえが走った。しかしすぐに、恐れることは何もないと思いなおし、おびえた自分に腹を立て、歯を剝《む》きだしておれを睨みつけ、わめきはじめた。

「ま、待てたあなんだ。待てとは。お、おれに命令するのか」そうわめきながらも彼はあきらかに、ふたたびおれのポケットへ手を出すのをためらっていた。

「よく聞いてくれ。おれは大橋組の組長と約束した。お前らだって聞いてる筈《はず》だぞ。そっちで手を出さない限り、おれも絶対に大橋組の者には手を出さないってな」ひとこと、ひとことを区切って、おれは言った。「お前らは組長にさからってまで、おれに仕返しをする気か」

三人はしばらく黙りこんだ。

やがて、のんびりした声でプロレスの悪役が応じた。「だけど、お前が死んじまったら誰との約束だって無効になるんじゃないのかい」

「違《ちげ》えねえ」小男と赤ら顔が笑った。

「いたぶったあとで殺しゃいいんだ」赤ら顔が小気味よげにおれを横目で見た。

「それにおれたちは、大橋組の組員じゃないんだからな」小男も、真顔に戻ってそういい、自分を納得させるようにうなずいた。

「じゃ、拳銃はいただくぜ」赤ら顔は大変な用心深さで、びくびくしながらおれから拳銃を奪った。

「どうやっていたぶる気かは知らないが」おれは

ゆっくりと言った。「そいつはやめてくれないか。おれは侮辱されると、前後がわからなくなって、また前のように暴れ出すんだ」

「おどかしても無駄だ」小男は勝ち誇ってライフルの銃口を上げ下げした。「今度は前みたいにはいかないない。お前が暴れ出したら、こいつを一発お見舞するぜ」

「わかっている。おれだってライフルは恐ろしいよ。正気の時はな。ところがいったん逆上すると、ライフルを突きつけられていようがどうだろうが暴れ出すんだ。つまり、ライフルなんか眼に入らなくなってしまうんだ」おれは無駄と知りながらも、けんめいに説明した。死ぬのはいやだが、それ以上に、人を殺したくはなかったのだ。

「ほう。そうかい、そうかい。じゃ、その時こそライフルをぶっぱなして、あの世へ送りこんでやるよ」小男は鼻をうごめかせた。

「それもよかろう」おれは溜息をついた。「だけど、おそらくあの世へ行くのはおれひとりじゃないだろうぜ。お前らのうちのひとり、あるいはふたりを道づれにするだろうな。これは本当だ」

三人は不安げに身じろぎした。

禿頭が心から不思議そうに訊ねた。「お前は拳銃を持っていないいんだぜ。どうやっておれたちを道づれにする気なんだ」

「そいつはわからんよ。怒って逆上して、正気を失った時のおれに聞いてみないことにはね」

「なあ兄貴」大男が、小男におずおずと進言した。「やっぱり、いたぶったりせずに手っ取り早く一発で片附けちまった方が」

「なにをびくびくしてやがる」また、赤ら顔がわめいた。「凄んでやがるだけだ。そんなことでこわがるとでも思ってやがるのか。この野郎」彼はおれの肩の傷口を、日本刀の刃先で突いた。

ずきん、と、忘れかけていた痛みが頭にひびいた。傷口と知って、わざと突いたな、そう思うなりおれの意識は怒りに赤く燃えはじめ、暗い室内がじわり、と、さらに暗くなった。

意識を失ったらそれきりだ、とおれは思った。二度と意識をとり戻すことはない筈だった。彼らに襲いかかり、彼らのうちの誰かを傷つけるか殺すかして、そしておれ自身もライフルによって、あるいは拳銃か日本刀かによって、この世に別れを告げる筈だったからだ。

25

六匹のグレートデーンを十秒足らずで射殺した時ほども意識が遠ざからぬうち、はや、おれはライフルを持った小男を蹴倒していた。今度ははっきりと、自分の敏捷《びんしょう》さを自覚することができた。腕力を振《ふる》っている間の自分を、おれは次第に客観的に眺めることができるようになってきているらしかった。

胸板を蹴られ、ぐふ、と叫んで鼻から洟《はな》をとび出させ、シャンデリアめがけライフルをぶっぱなしながら小男が仰向けに倒れると同時に、おれはやや鈍重な禿頭が、おれに拳銃を向けようとしているその腕をねじりあげていた。

「やあ。やあ」

肝をつぶしたような声をはりあげ、赤ら顔がおれの背後へまわろうとした。うしろから斬りつける気だな、と思い、おれが恐ろしさに顫えた時、おれの精神から完全に乖離《かいり》したおれの肉体は、おれがどの程度の力を出しているのかまったく自覚できない馬鹿力でもって、禿頭の巨体を赤ら顔に叩きつけていた。しかも禿頭を投げとばしたあとのおれの右手には、いつの間にか今まで禿頭が握っていた筈の拳銃が握られていた。手品を見ているような、夢のような気分だった。怒りはまだ完全におさまっていず、だからおれの意識は朦朧としたままだった。ひどく酔っている時に似た精神状態だった。

「ええええええええええ」赤ら顔が満面をふたたび鬱血させ、起きあがるなり刀を振りかざした。おれはその懐《ふところ》へとびこみ、彼の手首をつかんでいた。そして彼の胸に、おれの背をあてがった。

「エスクレメントオ」と、誰かが叫んだ。おれの声ではなかった。あきらかにおれの咽喉《のど》から出た声だ。だが、それでもそれはおれの声ではなかった。野卑で、肉食獣的で、ぞっとするほど酷薄で、しかも一種の淫猥《いんわい》な色を伴った荒あらしい太い声だった。

おれの口からその叫びが洩れるとともに、赤ら顔のからだが階段の方へふっとんだ。彼は仰向けになり、背骨を階段の四段目と五段目に叩きつけ、頭を下にしたままで大きく苦痛の呻き声をあげた。

「あ、ん、あ、ん、あん、あん」真紅の口を開き、ぱくぱくさせた。それ以上の声は出ない様子だった。犬の遠吠えに似ていた。

行動しているおれの肉体とは何の関係もなく、おれ自身はただおどおどと、他のふたりの様子をうかがっていた。小男が起きあがり、ライフルを構えようとしていた。禿頭は床に寝そべったまま、おれの足もとをじっと眺めている。とびかかる隙を狙っているのだ。危い、と、おれは思った。おれの肉体は、誰の意識によってあやつられているのかわからない今のおれの肉体は、この危機を知っているのだろうか。もはやおれの意識は醒《さ》めきってしまっていた。とても朦朧状態でいられる場合ではなかった。だが、だからといって自分のからだを自由に動かせない以上、どうしようもないのだ。

禿頭が両手を前に突き出し、蛙跳《かえると》びでおれの足につかみかかった。おれの足は彼の顎を蹴りあげた。おれのからだを思いのままにしている人物が、ライフルの銃口をぴたりとおれの頭に向けている小男のことをたとえ知っていたとしても、そうする他はなかったであろう。

銃声は、続いて二発、ほとんど同時に起った。首のど真ん中から血潮を約五十センチの宙へ噴きあげ、あさっての方向へライフルをぶっぱなしながら倒れる小男を、おれは眼の隅で捕えていた。何がどうなったのか、おれにはわからなかった。

その間におれの肉体の方は、仰向けに倒れている禿頭の顔面を自分の靴で踏んづけていた。どれくらいの強さで踏んづけたのかは自覚できなかったが、おそらく力まかせにやったのであろう。靴をどけようとすると、彼の顔面が靴の裏にくっついてなかなか離れなかったからだ。あとで見るとおれの靴の裏には禿頭の折れた前歯が二本、深ぶかと突き刺さっていた。すでに鼻が潰れていた禿頭の顔は、もはや人間のそれではなくなってしまっていた。吐き気がしたが、吐けなかった。気を失いたかったが、意識ははっきりしていた。たとえ気絶したところで、おれの肉体はお構いなしに暴れ続けるのだ。

動かなくなった禿頭をそのままにして、おれは階段の方へ駆けはじめた。やはり動けないで呻き続けているあの赤ら顔を、さらにおれは痛めつけようとしているのだ。もうひとりのおれの残酷さ、怒りのはげしさに、おれはあらためてぞっとした。

階段の中ほどまで駆けあがったおれは、仰向いている赤ら顔の脇腹を蹴った。

「う」

鋭く呻いて、頭を階下に向けたままの赤ら顔が寝返りをうち、俯伏せになった。おれは彼の、すでに階段のかどでひどく打って今にも折れそうになっている筈の背骨を、どしっと踏んづけた。

「ふん」赤ら顔がのけぞった。

おれは赤ら顔のやや薄い髪をつかみ、ぐいと彼の顔を起した。黒眼が吊りあがり、ほとんど白眼になっている彼の片眼に、おれは小指と親指をのぞく三本の指を突っこんだ。

「いやああ、あ、あ、あ、あ」赤ら顔のからだがエビのように跳ねた。

眼窩《がんか》いっぱいに開いたおれの指さきが、彼の頭蓋骨の内部で、彼のたったひとつの眼球をつかみ、そしてひきずり出そうとした。血はさほど出なかった。半透明の液体がおれの掌にべったりと流れ出ていた。そしておれは彼の眼球をえぐり出し、赤ら顔を盲目にした。赤ら顔のからだから力が抜け、彼は失神した。おれが彼の髪から手をはなすと、彼は吹き出した白い泡を口の周囲にいっぱいくっつけたまま、ずるずると階段をすべり落ちていった。

啞然とし、おれはもはや気絶することさえできなかった。眼の前に見えるもの、おれの演じた行為があまりにも超現実的だったからであろう。ともすればこれが現実の出来ごとなのだと思いこもうとするおれの醒めた意識が、おれには恨めしかった。

「危いところでしたな」入口の方で沢村の声がした。

彼はコルトを構え、広い三和土《たたき》に入ってきた。小男の咽喉を一発で撃ち抜いたのは彼のコルトだったらしい。

だが彼の姿をひと眼みるなり、おれは上着のポケットに入れた拳銃を出して構え、猛然と彼めがけて突進しはじめていた。おれの肉体を操作しているその人物は、沢村を敵と思ったらしい。

「ああ」おれは声のない悲鳴をあげた。「違う。その男はちがう」

「ふわ」沢村はしゃがみこみ、コルトをぽとりと股《また》ぐらの間に落した。頰が引き攣《つ》った。両腕をのばし、おれを押しとどめる仕草をしながらかぶりを振った。「旦那。旦那。おれだよ。おれですよ。沢村、沢村ですよ」

自分の意識と自分の肉体を取り戻そうとして、おれはもうひとつの意識、もうひとつの肉体とけんめいに戦った。立ちどまろうとし、おれはあらゆる試みをした。手足を突っぱろうとした。からだに、おれの意志を伝えようとした。

立ちどまれ。この男は敵ではない。この男まで殺してしまってはいけない。落ちつけ。気を静めろ。

おれは立ちどまった。手足に自分の感覚が、はげしい疲労感とともに戻ってきた。おれはぼんやりと沢村を見つめ、今まで気がつかなかったふりをして、ゆっくりとうなずいて見せた。「やあ。あんただったのか」まだ、完全に自分の声に戻ってはいなかった。

沢村はうずくまったまま、泣くような甲高い声をあげておれを詰《なじ》った。「どうしておれにつかみかかろうとしたんです。あ、あんたは、怒ると敵味方の区別もつかなくなるんですかい」

「すまん。おどかして悪かった。暗くてよくわからなかったんだ」

「眼と鼻の先じゃないですか」と、彼は叫んだ。「お、おれは恐ろしかった。顫えあがっちまった。あ、あんたの今の顔は人間の顔じゃねえ。いったいまあ、どうしてあんな凄い顔ができるんです。あんた自分で一度、怒っている時の自分の顔を見りゃあいいんだ。あんただって顫えあがるに決っているから」

いつまでも続く沢村の泣きごとに幾分うんざりし、おれはロビーにとって返し、赤ら顔に奪われた自分の拳銃を拾いあげ、それを右のポケットに入れ、禿頭から奪った拳銃を左のポケットに入れた。小男のライフルは持ち歩くには目立ち過ぎるため、奪うのをやめた。本当は、小男の死体の傍へ行くのが恐ろしかったのだ。最後におれはまた封筒を拾いあげた。

入口まで戻ると、沢村はまだしゃがみこんだままで何やらぶつぶつとつぶやいていた。眼がうつろだった。

「さあ。もういいじゃないか」と、おれはいった。「行こうぜ」

沢村は恨めしげにおれを見あげた。「小便を、ちびってしまったんです」彼はやぶれかぶれのような大声で、投げやりにいった。「ああ、そうですよ。笑うんなら笑ってもいい。おれは小便をしちまった。恥も見栄もねえ。やっちまったんだ。ほんとにこわかったんだ」泣き出した。

海千山千のこのやくざに失禁させるほどの恐ろしさがおれの内部にひそんでいることを知り、おれはまた吐き気に襲われ、沢村の蒼い顔からあわてて眼をそむけた。

26

交叉点ではまだ撃ちあいが続いていた。

おれがホテルのロビーにいる間も、銃声はやむことなく続き、それどころか次第に激しさを加え続けていたのである。

おれと沢村はホテルの廊下を歩いて裏通りへ出る入口を見つけようとした。こういう連れこみホテルでは、必ずひと眼に立たぬ裏口がある筈だったからだ。おれがこのホテルではま子と会ったのは二度だけだし、いつも別べつに入ったから表玄関しか利用しなかったのである。

ドアが開いたままになっている個室があり、中ではアベックが並んでベッドに腰かけ、途方に暮れていた。昨夜からの泊り客だろう、と、おれは思った。休日だと思ってのんびり朝寝しているうちに銃撃戦が始まり、出られなくなったのだ。ちら、と見ただけだが、女は房子に似ていた。おれは誰にともなく腹を立てた。

　裏通りに面した小さな入口を見つけ、棕櫚《しゅろ》の鉢植の蔭にかくれてパトカーを一台やりすごしてから、おれと沢村は通りにとび出して左文字邸へと駈けた。あたりは硝煙にけぶり、火薬の匂いが立ちこめていた。屋敷街に入っても、まだあちこちで銃声が聞こえた。行きずりの塀の彼方の和風の邸を見あげると、ひとりの男が二階の出窓に腰をかけ、庭めがけてライフルを撃ちまくっていた。

　左文字邸には、居残っている組員の数が少なく、その僅かな数の組員が常に車で出入りしていて、いかにもあわただしげだった。左文字は玄関の間まで出てきていて、居ても立ってもいられぬ様子だった。

「何している。北町六丁目の工事現場を早く押さえてしまわなきゃ、駄目じゃねえか」

　おれたちが入っていった時、彼は戻ってきたばかりの組員の報告に、苛立《いらだ》ちを隠そうともせず罵声を叩きつけていた。「建設機械を全部奪えェ。わかったか。すぐ行ってそうしろ」青筋が額をのたくっていた。

「来てくれたか」おれの顔を見て、左文字はややほっとしたような表情を見せた。「絹川さん。あなたはここにいてください」多少は我が身も不安だったらしい。

　彼の身を護るために駈けつけたわけではなかったが、おれはしばらく彼の傍について、ふたりきりになれる機会を待つことにした。

　沢村が報告した。「抵抗が激しくて、大橋の邸へは近づけませんでした」

「それで、逃げて帰ってきたのか」

「パトカーが来やがったんで」沢村は不服そうに答えた。

「一緒に行った連中はどうした」

「まだ、みんな足どめをくらっています。衣笠は死にました」

「どいつもこいつも、すぐに逃げてきやがる」左文字は吐き捨てるようにいってから、泣き顔でおれに訴えかけた。「まったく頼りにならねえ奴ばっかりで。察してくださいよ、絹川さん」

こんな奴が組長じゃ、幹部連中も大変だろうと思い、おれは沢村に同情した。

「なんだなんだ。まだ行かねえのか。なに愚図ぐずしてやがる」三和土《たたき》で何かこそこそ相談しあっている四人の組員を、左文字が怒鳴りつけた。「早く行け」

「ねえ、組長」沢村が横から助け舟を出した。「この四人で工事現場は、ちょっと無理でしょう」

左文字は唇を噛み、沢村を睨んだ。「あちこちに人数を分散させ過ぎていると言いたいわけだな。おれの作戦がそんなに気にくわんのか」まった、おれに話しかけてきた。「つれていった子分をまとめることもできねえで、そいつらを抛《ほ》ったらかしにして自分だけ逃げて帰ってきて、作戦のせいにしやがる」

沢村があわてた。「いや。そうは言ってません」

「工事現場には他の連中も駈けつけてる筈だ」左文字は怒鳴った。「行ってそいつらに加勢してもらえ。沢村、お前も行け」

「あっしも」沢村はなさけなさそうな顔をした。「だって、あっしは」

「いいから、行け。今のうちに先手を取らなきゃ駄目なんだ」

門のあたりで銃声と罵声がした。

「ほらみろ。せっかくお前らを大橋の邸へやって先手を取ったつもりでいたら、今度はあっちから来やがったじゃねえか」

「それじゃ」沢村は名残り惜しそうにおれを見た。「じゃあ絹川さん、組長を頼みましたよ」

沢村と四人の組員が駈け出ていった。玄関の間に正座した和服姿の左文字の周囲に居残っているのは例の鼻の潰れた幹部と二人の三下、それにおれだけになってしまった。

　門のあたりの騒ぎがおさまると、今度は隣りの足田専務邸の方で銃声が起った。

　左文字が腰を浮かした。「足田の家から、塀を乗り越えてやってくるつもりだ」臆病そうに、眼を丸くしていた。「お前、様子を見てこい」ひとりの組員が駈け出ていこうとし、左文字はその背中へ言わずもがなのことばを投げつけた。「様子を見たら、すぐ報告に戻ってくるんだぞ」

　鼻の潰れた幹部の眼と、おれの眼が合った。彼は笑わず、むっつりしていた。

　腕組みをしたままの左文字は、それからも銃声が聞こえるたびに腰を浮かし、肩をぴくとはねあげ、身じろぎし、腕を組みかえた。あれで、いざという時に立ちあがれるだろうか、と、おれは思った。

「塀を越えて裏庭にまわりました」三下が戻ってきて報告した。「奥座敷の連中と撃ちあっています」

「何人やってきた」

「三人か四人、いや、五、六人いるかもしれません」

「馬鹿野郎」鼻の潰れた幹部が嘲笑した。「あの銃声で、そんなにいるもんか」

　門から乗用車が入ってきた。やがて玄関の戸を開け、ふたりの組員が三和土へ負傷者をかつぎこんできた。腹をぶち抜かれた負傷者は土気色《つちけいろ》の顔をし、血泡を吹いていていた。

「こら、台所へまわれ」左文字が中腰になり、顔色を変えて叫んだ。「玄関を血で汚すつもりか」

「すみません」ふたりは負傷者をつれ去った。

　鼻の潰れた幹部が肩で溜息をついた。裏庭からの銃声は時には高くなり、時にはまったく途絶えた。だが、いつまでも続いた。日が暮れかけてきても、まだ続いていた。女中らしいふたりの女が、おどおどしながら夕食を食膳にのせて運んできた。おれは自分が朝から何も食べていないことを思い出した。昨日食べたものだって吐いてしまっている。胃はからっぽだった。左文字が酒をすすめたがそれはことわり、おれは飯をむさぼり食った。食欲のないらしい左文字が、あきれたような顔でおれを見た。

その間にも組員たちはのべつ出入りし、興奮して報告し、助勢を求め、泣きごとを言い、強がって見せ、手柄を自慢し、痛そうに怪我を見せたりした。車の出入りもひっきりなしで、大勢の負傷者が勝手口へ次つぎとかつぎこまれている様子だった。そして夜になった。

夜に入って、銃声はますます激しくなった。あたりがひっそりし、空気が澄んできたために尚《なお》さらよく響くのかもしれなかった。だが、いくら銃声が高かろうと、あれだけ刺戟の強い経験をしたあとであろうと、暖かい部屋と疲労と腹いっぱいの食事のため、おれは眠くなってきた。こんな鉄火場のまっただ中で眠くなる自分の無神経さには少し驚いたが、睡魔は理屈なしに襲ってきた。おれは矢も楯《たて》もたまらず、畳の上に横たわった。

「何かあったら起してください」

「何かあったらだと」左文字が嚙みつきそうな表情でそういった。彼にとっては現に彼自身の勢力範囲がこの町から消滅するかどうかの瀬戸際なのだ。

鼻の潰れた幹部が、いささか見なおしたという顔つきでおれを見た。ふたりの三下の方は、これはもうはっきりおれへの畏怖《いふ》をあからさまにし、眼を見ひらいている。

女中たちが、炊き出した握り飯を玄関さきへ運び、戻ってきた組員たちに振舞っているその騒ぎを夢うつつに聞きながら、おれは左文字の横で少しうとうとした。

眼を醒《さ》ました時、銃声はさらに近づいていた。ふたりの下っ端はいなくなっていた。

「どうかしましたか」と、おれは訊ねた。

不機嫌に黙りこんでいる左文字にかわって、鼻の潰れた幹部が答えた。「また二、三人、裏庭に入ったらしい。表の方へもだいぶ来ている」

「あの連中じゃ、表は食いとめられねえぞ」不安を隠そうともしない声で左文字がつぶやいた。三下ふたりを門の方へ行かせたらしい。

肩から血を流した男と、銃弾で頭髪を半分がたむしりとられた男が無念の形相凄《すさ》まじくころげこんできた。「組長。残念だ」

「どうした」

「樋口方だった刑事ふたりが寝返りやがった。大橋組の連中と一緒になって撃ってきやがったんだ」

左文字は立ちあがり、怒気鋭く叫んだ。「誰だそれは」

「堅田と倉敷だ」

「あいつらか」左文字は鼻の潰れた幹部を振り返った。「おい鴇田《ときた》。よく憶えておけ。どこかで会ったら容赦するなよ」

「ぶち殺してやる」低く唸《うな》るように鴇田がそう言った。

27

急に銃声が途絶えたかと思うと、下っ端のひとりがライフルをかかえて駈け戻ってきた。「弾丸がなくなりました」

「そのかわり、あっちも弾丸を撃ち尽したらしいじゃないか」にやりとして鴇田がそういいながら部屋の隅に積みあげてある実弾二十五個入りの紙箱をとり、弟分に渡そうとした。

門で喚声があがった。

もうひとりの三下がおびえきって逃げ戻ってきた。「殴りこみだ」

「洒落《しゃれ》たことを」いったん腰をおろした左文字が、また立ちあがろうとした。今度は立てなかった。

「組長。奥へ」鴇田が叫んだ。

「わかっている」

早口で、わかっている、わかっているとくり返しながら、彼はなかなか立たなかった。鴇田が彼を助け起した。

腰が抜けて立ちあがれない左文字を、おれは笑えなかった。おれもぼんやりと坐りこんでいたからだ。夢から醒めたばかりで、周囲のどたばたじみた動きがなんとなく現実のものという気がしなかったためだ。

玄関のガラス戸が蹴破られた。ガラスが割れて散乱する派手な音とともに日本刀を抜き身のまま振りかざした男が数人乱入してきた。おれは帳簿の入った封筒を、いそいで、積みあげてある座布団のいちばん下へ突っこんだ。そして隅にあった火のけのない火鉢を持ちあげ、あたりに灰を撒《ま》き散らした。肩に怪我をしていた男と、頭髪が半分しかない男は、たちまち先頭の男の刀で横なぐりにされ、胴から血を噴いて倒れた。鴇田がその男を拳銃で倒した。

「やあ」

「とえ」

刀を持った男ふたりが畳の間に駈けのぼってきた。

「ふわ」左文字がまた倒れた。

鴇田が拳銃を乱射しながら叫んだ。「組長。組長」

三下のひとりが左文字を助け、奥の間に通じる襖《ふすま》を開いて廊下へつれ出した。弾丸を撃ち尽した鴇田は拳銃を捨て、撃ち殺した男から日本刀を奪い、振りまわしはじめた。

部屋の隅で火鉢を抱きしめ、立ちすくんでいるおれに、左文字を追おうとしたひとりが行きがけの駄賃とばかり斬りつけてきた。おれは火鉢を頭の高さにさしあげた。がち、という音がして火花が散った。なまくらだったらしく、火鉢にあたった日本刀が中ほどからぽっきり折れた。男はからだ全体で火鉢にぶつかってきた。火鉢と壁の間に勢いよく頭をはさまれ、一瞬、意識が朦朧とした。視野が赤く染まった。怒りのため、そこから先はおれのからだが、もはやおれの意志通りには働かなくなった。

おれは膝《ひざ》で男の股間を蹴りあげた。男が呻《うめ》いて背を丸くした。その頭の上へ、おれはいったん高だかとさしあげた火鉢を、力まかせに叩きつけた。

「ぎえ」

男はさらに身を屈《かが》めた。おれはまた火鉢を頭上はるかにふりかぶり、ふたたび勢いよく振りおろした。ずぶ、といういやな音がした。男は畳に膝をついた。その脳天へ、おれは三たび火鉢を叩きつけた。男は仰向けに倒れた。

火鉢を投げ捨て、おれは倒れた男を見おろした。男は鼻の穴から、白いぬるぬるしたものを顎《あご》のあたりまで流していた。ぽっかり開いた口からはみ出すほど、口の中いっぱいに白いものを頬張っていた。その白いものが、彼の頭から陥没した脳味噌であることがわかり、おれは顫《ふる》えあがった。

ついに人を殺した、と、おれは思った。望月を刺したのはおれではなかったし、赤ら顔は片輪にしただけだ。だがついにおれは、おれのからだを自在にあやつっている誰かが殺人を犯すところをはっきりと目撃したのだ。それが自分の罪になるのかどうか、そこまで考える暇もなく、おれは意識を失った。むろん意識を失ったところで、おれの肉体は、おれの内部にいるもうひとりの誰かの意志によって暴れ続けるに違いなかった。徐徐に意識を失っていくおれの眼に、殴りこんできた連中と刀で大立ちまわりを演じている鴇田の姿が、悪夢のようにゆらめいていた。

気がついた時、おれはいつの間にか左文字邸の、どうやら裏庭らしい広い場所で暴れまわっていた。築山《つきやま》のあるその庭の芝生の上は一面血みどろ、あたりには人間がごろごろ横たわっていて、ちらと見たところではその半数以上が死体だった。地べたには肉片がとび散り、もげた腕や指らしいもの、頭髪、その他わけのわからぬ人間の部分品でいっぱいだった。内臓のようなものも落ちていた。折れた刀の鋒《きっさき》が地面に突き立っていた。真紅の薬莢《やっきょう》が散乱していた。おれ自身は右手に日本刀を抜き身で持ち、左手に拳銃を握り、庭木や喬木《きょうぼく》の繁みの間を縫って走りまわり、殺戮《さつりく》の対象を追い求めていた。

やがておれは自分の意志で立ちどまった。相手がひとりもいなくなったため、からだがしぜんにおれ自身のもとへ戻ってきたのだろう。煌煌《こうこう》と明りのついた八畳と十畳のふた間続きの広い座敷へ縁側からのぼっていくと、そこには左文字と鴇田と他に三人の組員が茫然と立っていて、いずれも野獣を見る眼でおれを見た。とばっちりをくわないよう、今まで縁側からおれの暴れかたを見ているだけだったらしい。

「殴りこんできた連中は全部やっつけましたか」と、おれは庭の死体の数をかぞえながら左文字に訊《たず》ねた。

「いや。半分ぐらいは逃げましたよ」と、左文字が答えた。言葉遣いや態度が、がらりと変っていた。

「絹川さん。お怪我は」

「ない筈です」

おれは自分のからだを見まわした。背広は血まみれで、ところどころに肉片が附着し、もう使いものにはならなかった。靴下も血のりがべったりで、そのため足が畳からはなれなくなるほどだった。

「わたしの洋服をお貸ししろ」と、左文字が組員のひとりにいった。「ワイシャツや靴下もな。女どもにそういって出させなさい」

「へえ」

組員のひとりがおれを左文字の寝室へ案内した。途中、廊下から広い台所を見ると、板の間には十数人の負傷者が横たえられていて、看護する者が誰もいないまま彼らはすべて抛《ほ》ったらかしにされていた。包帯でぐるぐる巻きにされているのはいい方で、中には運びこまれたままの姿で血を吐き、唸り、七転八倒しているやつもいた。

左文字の寝室は八畳ほどの広さの洋室で、ダブル・ベッドが部屋の奥の両端にひとつずつ置かれていた。ベッドの間に四人の女がうずくまり、片方のベッドの上にひとりの女が横たわっていた。うずくまっている四人が女中、ベッドの上にいる女が左文字の妻らしかった。

おれたちが入っていくと女たちがいっせいに悲鳴をあげて抱きあった。

「わ。ひ、ひい」

おれの血みどろの服を見て、ベッドの上の中年女が強烈なオレンジ色のネグリジェの裾を尻までまくりあげ、真紅のパンティをむき出しにして他の女たちの上へころがり落ちた。

「奥さん」と、おれを案内した三下が中年女にいった。「絹川先生に着替えを出してあげてほしいんですが。あの、組長がそうしろと」

味方とわかったとたん、中年女が立ちあがってわめきはじめた。どうしてそんな血まみれ男を寝室へつれてくるのか、驚いたではないか、女のいる寝室へノックもせず、そんな姿で入ってくるとは何ごとか、おどかすつもりだったのか、面白がってやってるのか、それとも悪意があるのか。

おれは彼女を黙らせようとし、脱いだ血まみれの上着をくしゃくしゃに丸め、左文字の妻の胸に押しつけた。「じゃ、お願いしますよ。これを捨ててください」

彼女は肉片のくっついたおれの上着を見おろし、口をぱっくり開いた。

「あー、あー、あー」

気を失い、横ざまにぶっ倒れた。彼女の頭はベッドの足にぶつかり、鈍い音を立てた。

28

左文字の服に着替え、玄関の間でひとりぼんやりしながらおれは考えた。この部屋で頭の天辺《てっぺん》に火鉢を叩きつけ、おれは男をひとり殺した。その男の血痕はまだおれの眼の前の畳から完全に拭い去られてはいない。

その男だけではない。裏庭で何人斬り殺し、撃ち殺しているかわからないのだ。意識をなくしているさなかではあったが、殺していることは確かである。してみるとおれは、客観的には「自分で自分が人間を何人殺したかさえわからない殺人鬼」ということになる。おれはうっすらと笑ってみた。誰かが見れば血に餓えた笑いに見えるかもしれない笑いかただ。

「へえ。そうかい」と、おれはつぶやいた。「お前さん、殺人鬼になったのかい。たいしたものだねえ。臆病なお前さんが殺人鬼。出世したものだねえ」

おれはやけくそになっているのかな、と、思った。もちろん、違う、違うとも、と、おれは思いなおした。おれは、人間を何人か殺したため、あと何人殺そうが同じだなどと思いこめるような人種ではない。それはよくわかっていた。現におれは騒ぎがおさまり、死体が運び去られ、掃除が終ったばかりのこの玄関の間にすぐ戻ってきて、自分が隠しておいた帳簿の封筒をとり出して後生大事にかかえこんでいる。そんな小心な男がやけくそになど、なれるわけがない。

あたりにはまだ血の臭《にお》いが立ちこめていた。おれは気をまぎらせようとし、はま子のことを考えようとした。だが、ここではま子のことを考えては彼女に失礼だと思い、他のことを考えようとした。何も考えつかなかった。

奥から左文字が、たったひとりで出てきておれにいった。「家内が失礼しましたそうで、あいすみません」

彼女に無礼なことをしたのはおれの方なのである。あきらかに卑屈になっている左文字の顔を、おれはしばらく眺めた。そして、ふたりきりになった機会を逃すまいとした。

「左文字さん。お話があります」

「ほう。何でしょう」

「用心棒の役を解いてください」

きらら、と左文字は眼を光らせた。「大橋組の方から、もっといい話がありましたか」

彼らしい邪推だった。おれはかぶりを振った。

「そんな話はありません。あってもご免だ」

「じゃあ、謝礼分だけの働きは、もう、したとおっしゃるので」

おれは思わず彼の顔を眺めまわした。すでに、彼が暴力団の親分であるとはどうしても思えなくなっていた。「そんなことは言ってない。貰った金は返す。今日は持ってきていないから、明日返す」

「ま、まあ、まあ」左文字はあわてておれを宥《なだ》めはじめた。「何かお気にさわりましたか。それなら勘弁してください。絹川さん。わけを聞かせてもらえませんか。なぜやめてしまわれるのか、そのわけを」

「用心棒をやる気は、もともとなかった」と、おれは説明した。「房子の身の安全と引き替えに用心棒になった。ところが房子は殺されてしまった。殺したのは大橋組の人間だが、彼女のボディ・ガードをしていたのは左文字組の人間だ。衣笠というその男は房子が襲われているのを見ながら顫えていたんだ」

「衣笠。ああ、あいつですか」左文字は苦にがしげに唇を歪《ゆが》めた。「申し訳ありません。お詫びにわたしが、あいつを叩っ斬ってやります」どこまでも無責任な男である。

部下に責任をなすりつけて知らん顔の汚職役人みたいな男が親分では、子分たちもたまったものではあるまい、と、おれは思った。そう思うのはもう六度めか七度めだ。この話を沢村にせず、直接この左文字にしたのは、そうしなければ沢村が弟分の責任をとらされ、詰め腹を切らされるに決っていたからだ。

おれは、かぶりを振った。「衣笠は死んだ。責任を感じたんだろうな。まるで自殺みたいな死にかただったよ」

責任ということばを強めて、おれは左文字にそういったが、彼には通じなかった。

「沢村はまた、どうしてあんな男に護衛をさせたんでしょうな」案の定、沢村に責任をなすりつけはじめた。

「沢村に責任はないよ」おれは語気鋭く言った。また、疑いの色が左文字の女のような切れ長の眼に浮かんだ。「沢村がお気に入りのようで」

「責任を追及しているんじゃない」おれは幾分顔を火照《ほて》らせていった。「用心棒をやる理由がなくなった。だからやめると、そう言ってるだけだ」

「でもねえ。絹川さんに今やめてしまわれちゃあ、こっちはちょっと困るんで」ねちっこく、左文字がうわ眼を遣いながらいった。「こういう時ですからねえ」

おれはむかむかして黙りこんだ。それ以上何か喋《しゃべ》れば、怒鳴り出してしまいそうな気がした。

午前二時に近い時刻だったが、遠くではずっと銃声が轟《とどろ》いていた。他に騒音がなく、そのためか銃声は澄んでいた。

鴇田が奥から出てきて左文字にいった。「川島さんからお電話です」

「うん」左文字は奥へ行こうとして立ちどまり、おれを振り返った。「とにかく、その話は金を返してからにしてほしいね」鴇田の手前、急にぞんざいな口調になってそんな捨てぜりふを残し、彼は廊下へ出た。どうやら、おれがすでに金を使ってしまっていると判断したらしい。

こんな時間に川島総務部長からなんの電話だろうと考えていると、引き返してきた左文字が鴇田にやや急《せ》きこんで命令した。「川島の家の近くで撃ちあいが始まったらしい。物騒だから誰か来てほしいと言ってる。お前、行ってくれ」

鴇田が潰《つぶ》れた鼻を左文字に向け、次いでおれに向けた。「あたしが行ってしまうと、残るのはこの絹川さんと、あと、奥の間にいる三人だけになっちまいますが」

「ううん」左文字は不安げに身じろぎした。「ここへはもう誰も来ないと思うんだが」

「おれが行こう」おれは立ちあがった。「車があったら、貸してほしい」

「行ってくれますか」不安そうな表情のままで、左文字はちょっと考え、やがてうなずいた。「若いのをひとり、つけましょう」おれが逃げ出さぬよう、監視させようというわけだ。

さっきおれを寝室へ案内した吉田という若い男と一緒に、玄関先に停めてある車へ乗りこもうとすると、シートが血のりでべとべとしていた。おれは助手席に乗ることにした。吉田は運転に自信があるようだった。車が走り出すと顔の半分が夜気でこわばった。助手席の窓ガラスが銃弾で破れていたのだ。

車は銃声に近づき、大通りへ出た。大通りを北へ右折してすぐ、逆方向から走ってきた黄色いタクシーがおれたちの背後でタイヤをきしませてUターンし、拳銃をぱんぱん撃ちかけてきた。射撃にはまったく自信がなかったが、しかたなく窓から首を出して拳銃で応戦していると、一発がまぐれでフロント・ガラスに命中した。タクシーは追ってくるのをあきらめ、歩道ぎわで停車した。

大通りには、他にもあやしげな車がうろうろしていた。何のつもりか、通りの幅いっぱいに円を描いてぐるぐるまわっている車もあった。いつ撃ちかけてくるかわからず、物騒なことこの上もない。

おれは吉田にいった。「おい、どこかから早く横道に入れよ」

「横道に入ると、よけい危いんです」吉田は答えた。「前後を車でふさがれて挾み撃ちになります。昨日はそれで六人やられました」

パトカーが二台おれたちを追い抜き、もはや路傍の撃ちあい如きに構ってはいられないといった慌てかたで北へ駈け去った。工事現場での乱闘がどのような騒動に発展しているかは想像もつかない。

「警察はどうして近くの町の警察に応援を求めないんだろうな」

吉田はにやりと笑った。「そんなことしたら、警察内部の仲間割れがばれてしまいますよ。現場じゃさっき警官同士が撃ちあっていたそうです」

「しかし、こんな状態が何日も続いたんじゃ、いずれ機動隊がやってくるぞ」

「だから、そうなるまでに大橋組の一派は全部やっつけとかなきゃならない。それで躍起になってるんです」

「あっちだってそうだろうが」

「あっちだってそうです」

南町五丁目の交叉点からひと筋北の道を、おれたちは左折した。左折してすぐ右側に小学校があり、誰もいない筈の校舎の中からは銃声が響いていた。子供の頃、休日のがらんとした教室や廊下で撃ちあいごっこをして遊んだ記憶が蘇《よみがえ》った。

しかしここでは本もののやくざが教室や廊下で本

ものの撃ちあいを演じているのだ。

小学校の裏が川島邸だった。鉄格子の戸がついた洋風の門前へ車を横づけにした時、すぐ近くで銃声が轟き、運転席の吉田ががくりと頭をのけぞらせ、ごぼり、ごぼりと音を立てて喉笛《のどぶえ》から血を噴きはじめた。

29

頭を伏せた。それでも狙い撃ちされるおそれは充分あった。二梃の拳銃にありったけの弾丸をこめ、吉田の死体を胸の下に抱きこみ、破れた運転席のガラス窓越しにおれは校舎の二階の窓めがけて続けざまに三発撃った。撃ってすぐ、車をとび出した。門柱の蔭に身をひそめ、鉄格子戸の錠前を撃ち砕き、閂《かんぬき》をはずした。鉄格子戸から玄関のポーチまでは五メートルあった。おれは鉄格子戸を足で蹴りあけ、敷石の上をポーチへ走った。玄関の戸にとびついた。玄関の戸にも鍵がかかっていた。鍵を撃ち砕こうとしている時、頬を銃弾がかすめ、戸の曇りガラスが割れた。屋内でかすかに女の悲鳴が聞こえた。

ロビーに立ち、奥に向かっておれは叫んだ。

「誰かいませんか。左文字組から来た者ですが」

ロビーの右手に二階への階段があり、左手が奥への廊下だった。廊下の両側にひとつずつあるドアは閉ざされていたが、突きあたりの部屋のドアは開いていた。部屋には明りがついていた。

誰も出てこなかった。

おれは靴のまま上へあがり、グリーンのカーペットを敷きつめた廊下を通って突きあたりの部屋に入った。広い書斎風の洋間の床にガウン姿の川島総務部長が倒れていた。拳銃を握っていた。黒縁の眼鏡が鼻の下にひっかかっていて、カモシカに似た顔がさらに長くなっていた。顳顬《こめかみ》を撃たれていた。撃たれた瞬間の驚愕と恐怖が死に顔にへばりついていた。

川島の胸にすがりついて泣いていたブルーのネグリジェの女が顔をあげ、おれを睨《にら》みつけた。左文字そっくりの顔をしていた。妹だな、と、おれは思った。互いの妹を互いの妻にしたらしい。

女は怒鳴った。「どうしてもっと早く来てくれなかったの」

おれは部屋を見まわした。書類が散乱していて、ポーチに面したガラス・ドアが砕けていた。

「殺《や》ったのは、大橋組のやつですか」

川島夫人は頷《うなず》き、すぐ、かぶりを振った。「そうよ。でも、やらせたのは足田専務よ。わかってるわ」切れ長の眼が、さらに吊《つ》りあがっていた。

「保利の声が聞こえてたわ」

「保利課長が、連中と一緒にここへ」おれは手にしている封筒に眼を落した。「そうですか。ところで、あなたは今保利課長の声が聞こえたとおっしゃいましたが、どこにいらっしゃったんですか」

「二階の寝室に隠れてたわ」そういってから、弁解するように早口で喋り出した。「だってわたしは左文字の妹よ。見つかったら殺されるわ」憎にくしげにおれを睨み、また叫んだ。「どうだっていうの。隠れてたからいけないっていうの」

兄貴とよく似てるな、と、おれは思った。

「あんた、左文字組の人じゃないわね」川島夫人が、はじめておれの言葉遣いに気がついて、いそいで立ちあがり、おれと向かいあった。「誰なの」

手に、川島の持っていた拳銃を握りしめていた。

おれは封筒を傍《かたわ》らのテーブルに置いた。「連中が捜してたのは、これですよ」封筒を指さきで叩いた。「大橋組のやつらじゃ、どの書類が何なのかわからない。それで保利課長もやってきたんでしょう。とにかくこれをお渡しします」

これでひとつ借りを返した、と、おれは思った。借りた相手が死んでいようと生きていようと、それは問題じゃない。

川島夫人は拳銃をおろし、かぶりを振った。

「そんな書類、もう、いらないわ」

「ご主人が欲しがっていらっしゃった書類ですよ」

「じゃあ、あなた、絹川さんね」

「そうです」おれはゆっくりと頷いた。「では、ぼくはこれで失礼します」

彼女は叫んだ。「行かないで」顫えていた。

彼女には何の用もなかった。「まだ、行かなきゃならないところがありますので」

「行っちゃ駄目。あなた左文字組の用心棒でしょう。それに、川島の部下じゃないの」

「しかし川島総務部長は死んじまった」

「そうよ」川島未亡人は、眼を光らせた。「ねえ、お願い。それならその書類を、朝いちばんに福田常務に届けましょう。わたしと一緒に。ね。だから、それまではわたしとここにいて頂戴」きいきい声の命令が、もっと耳ざわりな鼻声混りの哀願になり、おれに近づいてきた。

おれは一歩後退した。

「ねえ。わたしを護って」おれにすがりついてきた。

おれは軽い悲鳴をあげ、彼女を突きとばした。左文字組長がすがりついてきたような錯覚に襲われたためだ。

未亡人がまた眼を吊りあげた。「突きとばしたわね。わたしをなんだと思ってるの。このちんぴら。不良社員」わめき散らした。「出て行こうとしたら、撃ってやるから」また銃口をおれに向けた。悲鳴をあげたのがお気に召さなかったらしい。

「しかたがない。福田常務のお宅までお送りしましょう」

彼女はとまどい、自分のネグリジェに眼を落した。「あら、今すぐ。この恰好で」

「なんでしたら、お着替えになってても結構ですよ」おれは無表情を装ってそういった。「ただし、その間に逃げちまうかもしれませんがね」

「このままで行くわ」彼女はあわてておれに近づいた。おびえていた。

おれは苦笑した。「コートを着るぐらいの時間なら待ってあげます」

「逃げないわね」

「逃げません」

いったん寝室に戻った彼女は、すぐにミンクのコートを羽織り、妙なしなを作りながら出てきた。テーブルの上の封筒をとって乳房の上あたりで抱きしめ、彼女はおれに訊ねた。「車できたの」

「門の前に停めてあります。しかし玄関を出ると小学校の方から狙《ねら》い撃ちにされるおそれがある。それでも行きますか」

「じゃ、わたしの車で行きましょう。ガレージに置いてあるの。ガレージからは裏へ出られるわ」

おれは念を押した。「外がどんな有様か、ご存じなんでしょうね。常務の邸は会社の近くだ。あそこまで行けるかどうかわかりませんよ」

「じゃあ、どうしろっていうの。死体と一緒に、ひとりきりでこの家にいろっていうの」また、わめき出した。「大橋組の連中がこの書類を捜しに引き返してきたらどうするの。行くわよ。どんなことがあったって、ここにいるよりはましだわ」

「そうですか」臆病なおれに、彼女の気持はある程度わかった。

地下へ降り、ボイラー室を抜けてガレージへ出た。うずくまっていた車は猛烈な真紅のムスタングだった。

「わたしが運転するわ。あなたは乱暴そうだから」と、彼女はいった。

車を大切にするにも時と場所がありそうなものだと思いながら、おれは言い返した。「どっちみち瑕《きず》だらけになりますよ」

助手席に腰をおろすと、彼女のつけている香水がぷんぷん匂い、頭痛がした。ガレージから裏通りへ出た。裏通りはひっそりしていて、誰も撃ちかけてはこなかった。だが、撃たれずに走れたのは大通りへ出るまでの数十メートルだけだった。

　南町六丁目の交叉点はまさに修羅場だった。南西の角には見憶えのある左文字組の黒いセドリックが鼻さきを信号灯の柱にぶつけたまま停《とま》っていて、嵐のような銃弾を浴びていた。うす暗がりの中のあちこちで火花が散っていた。北東の角のオフィス・ビルに立て籠《こも》って各階の窓からライフルや拳銃を撃ちまくっているのが大橋組の連中らしい。弾丸がなくなりかけているらしく、ダイナマイトを投げているやつもいた。三台停っているパトカーのうちの一台が火を噴いていた。さらにもう一台にダイナマイトが命中し、爆発が起った。助手席のドアが吹っとび、中から両足のない警官がころがり出た。火炎が立ちのぼり、街かどは真昼の明るさになった。

　パトカーの他にも、動かなくなった車は交叉点の中央部に四、五台いた。そのため前進できなくなり、川島未亡人はいそいでムスタングをいったん後退させた。

　ばらばらと黒いセドリックの中からとび出してきた数人の男が拳銃を構えたままでムスタングをとり囲んだ。川島未亡人が悲鳴をあげた。おれは拳銃を構えた。だが構えたところで撃てないだろうことはわかっていた。

「こりゃあ、ここでお陀仏《だぶつ》かな」と、おれがいった。

　川島未亡人が股《また》の間から臭い湯気を立てはじめた。

　沢村が助手席の窓にとびついて叫んだ。「絹川さん。おれたちです」

　おれはドアを開けてやりながら叫んだ。「工事現場へ行ったんじゃなかったのか」

「今まであちこちで仲間をかき集めてたんです」

　助手席に入ってきた。「乗せてください」

　乗れとも言わぬうち、五人の男が後部座席に乗りこんできた。車の中は身動きすることもできなくなってしまった。

「だめ。乗れないわ。そんなに乗れないったら」未亡人は鮮紅色の声でわめき続けた。

「姐《ねえ》さん。早く出してください。狙い撃ちされています」沢村がいった。「北町の方へ行ってください」

彼女は罵《のの》り続けながら故障車の間をすり抜け、交叉点を左折した。北へ走りはじめたムスタングは、奇跡的に無瑕だった。

「あそこでセドリックのエンジンをやられちまったんです」沢村が説明した。「この車に乗れなきゃ、あの交叉点で皆殺しになってるところでした」

「わたし、工事現場へなんか行かないわ。途中で降ろすわよ」と、未亡人が叫んだ。「わたし、行くところがあるんだから」

叫び終ったとたんフロント・ガラスが割れ、彼女は運転席でエビのようにはねた。身をくねらせながら、彼女は泣きわめいた。「痛あい。痛あい。死ぬ。死ぬ」

おれはあわてて横からハンドルを握った。彼女は腹を撃たれていた。

「いったん、車を停めてください」沢村がいった。

「停めたら危険だ」おれは叫び返した。

しかし彼女があばれまわるため、運転は不可能だった。おれはしかたなく車を停めた。沢村とおれがあばれ続ける未亡人を抱きあげ、後部席へ抛《ほう》りこんだ。

「お前たち、姐さんを押さえつけていろ」

後部席の五人がわいわい言いながら彼女を自分たちの膝の上へ押さえこんだ。

「わ。すごい血だ」

「こりゃあもう駄目ですぜ、このひと」

「いや。死ぬのいや」彼女がまたわめきはじめた。

「こら、お前余計なこというな」

「お前がいらんことをいうからだ」

「いいさ。おれ、この女に恨みがある」

「おれもだ。以前こき使いやがったものな」

どうせ死ぬ女と思い、全員が急に薄情なことを言いはじめた。

30

「あばれるから、早く楽にしてやりましょう」

「腹をやられたら苦しみ抜いて死ぬんですぜ、姐さん。早く死ねばそれだけ楽です」

「いや。いや。殺さないで」

「あ。小便してやがる」

「これはひどい」

「小便と血と、香水の匂いだ」

車を少し前進させた時、今度はタイヤを射抜かれてしまった。ムスタングは鼻づらを九十度東へ向けた。右側の「シャム猫」の窓から、何人かが散発的に撃ち続けていた。

黄色いタクシーが北と南からやってきて停り、両方から撃ってきた。

「わ。挾み撃ちだ」

死が確実に迫っていた。後部席の五人が大きく悲鳴をあげ、怪我人のからだをシートの凭《もた》れ越しにこちら側へ投げこみ、応戦しはじめた。おれも拳銃を出し、真正面の「シャム猫」と南側のタクシーを狙って撃った。もだえ苦しんでいた未亡人の額に赤い穴があき、たった一時間だけ後家さんだった女は、ぴくりとも動かなくなった。おれはさらに撃ち続けた。だが、狙いは定まらなかった。沢村と尻をくっつけ、足をからませあい、腹の下には死体をかかえこみ、さらに後部席から運転席へ身をのり出して撃ち続けているやつの胸の下から窓越しに撃つといった状態では、満足に狙えるわけがなかった。銃弾が車の中へとびこんでくるたび、今死んだ、もう死んだと思いながら撃ち続けた。弾丸がなくなってしまうと同時に、あっちからも撃ってこなくなった。

「出ましょう」と沢村はいった。

「やつら、弾丸がなくなったふりをしてるんじゃありませんか」と、後部席のひとりが言った。

「だとしたら、尚さら逃げなきゃあ」沢村がとび出し、車道の西側へ走った。

背中に穴があくのを覚悟して、おれもすぐ彼に続いた。さいわいどこからも、誰も撃ってはこなかった。後部席の五人も背を丸めてあとから走ってきた。商店の庇《ひさし》の下を、おれたちは北へ駈けた。北町一丁目の交叉点を東へ渡ってから裏通りに入り、人影を見るたびに傍らの塀《へい》にへばりつきながらさらに北へと走った。肩の傷がやけに痛みはじめた。

銃声にかわってダイナマイトの爆発音があちこちで轟《とどろ》いていた。工事現場の乱闘が町全体へ波及してきたに違いなかった。裏通りのあちこちに呼び子が鳴り、靴音が走った。夜が明けはじめていた。明けはじめた夜は硝煙にくすんで紫色だった。空気が冷たかった。

服部病院の前庭に駈けこみ、植込みの蔭でおれたちはひと息ついた。

「手当てをしてもらったらどうです」沢村がおれの肩を指した。「ここ、服部病院ですぜ」

左文字から借りた背広の肩あたりに、じっとりと黒い血がにじんでいた。傷口が拡がっているのだ、と、おれは思った。

だが、おれはかぶりを振った。「まだ朝の六時だ。とても起きてはくれないよ」苦笑した。「とめるのを振りきって、自分から勝手に脱け出てきたんだものな。今さら手当てしてくれといって戻ったりはできない」

服部院長の息子が、はま子と婚約者同士になったといういきさつを、彼から聞いておきたい気がしたが、一方では聞きたくない気もした。はま子はただ、そのことをおれに話す機会がなかっただけなのだと、そう思っておきたかった。

「おれは会社へ行く。ちょっとやっておくことがあるんでね。それに会社へ行けば救急箱もある」

「そうですか。なるほど」沢村はおれが彼らと一緒に工事現場へ行かないことを咎《とが》めようとはしなかった。

山鹿建設の裏口の前で、おれは沢村たちと別れた。呼鈴を押すと、寝ぼけ眼《まなこ》の警備員がくぐり戸をあけ、おれを見るなり大きく口をあけた。

「あ、き、絹川さん。お怪我はもう」

おれは初老の警備員の肩を押し、ビルの中に入った。「あんたはぼくの命の恩人だそうだね。ありがとう」

「い、いえ。そんなことは」おどおどし続ける人の好さそうな警備員を、おれは睨みつけた。「おとといの夕方、おれが会社にいることを誰に電話した」

「えっ。いえ。そんな。なんのことですか」

おれは自分で自分の行為にぞっとしながら拳銃を出した。

「保利課長です」警備員は悲鳴をあげて何十センチかとびあがり、べらべら喋り出した。「あなたの行動に気をつけているようにと、前から言われていましたので、それであの晩、あなたが経理の部屋にいらっしゃることを保利課長のご自宅へ、で、電話しておいたんです。すぐそのあと、まさかあなたが、撃たれるなんて、そんなこと思っていなかったので、それで、銃声がしたのですぐ裏口へ出て見ましたらあなたが倒れているし、傍に男が立っていてあなたに拳銃を向けていましたので、わたしは思わずその、大声を」

「そうか。大声をあげたために、そいつは逃げたんだね」

「はい」

「そのお蔭で命拾いしたんだ。ありがとう」おれは拳銃をポケットに納め、警備員の肩を叩いた。

「脅かして悪かった。忘れてくれ。ぼくも忘れる」

とても忘れられるものか、といった恨めしげな顔でおれをうかがいながらも彼はうなずいた。

「また調べものをしたい。経理課室をあけてくれないか」

「え」ためらった。これ以上のごたごたはご免だという表情だった。「はい。それじゃ、どうぞ」

経理課室へ入りながらおれは警備員にいった。

「おれがまたここへきたことを、保利課長に報告した方がいいぞ」

「へ」怯《おび》えの色が彼の頬を走った。

「そう命令されてるんだろ。一応しておきなさいよ。ぼくの方はちっともかまわない。もっとも保利課長が今自宅にいるかどうかはわからないがね。ま、いなくてもいずれ連絡はつく」

「は。あの、それでは」混乱して警備員はやたらにうなずき、立ち去った。


おれはまず鍵のかかっていないドアひとつで通じている隣りの総務課室へ入り、救急箱をロッカーから出して傷の手当てをし、新しい包帯を巻いた。次に職員の履歴書の綴りを探し出し、木島はま子の履歴書を見た。その履歴書には彼女の父親の名が書かれていなかった。ずいぶんずさんな履歴書だなと思い、これでよく就職できたものだと思いながら、次に職員の戸籍謄本の綴りを見た。木島はま子の戸籍謄本だけがなかった。

おれは経理課室に戻り、自分の椅子に腰をおろして、誰かがあらわれるのを待った。

保利課長自身がやってくるか、あるいは大橋組の誰かが代理としてやってきて、おれの口を割らせようとするか、それはわからなかった。だが誰がくるにしろ、まさかおれを殺しにやってくる筈はあるまい、おれはそうたかをくくってさらに待ち続けた。

保利課長がやってきたのは九時前だった。うとうとしていたおれは、ドアが開く音にいそいで瞼《まぶた》をこじ開け、背をたてなおした。保利課長は幽霊のように髪を乱していた。影がうすく、顔は二十年ほども老けこんでいた。彼は両手をおれにさしのべ、よたよたしながらおれに近づいてきた。

「お願いだよ。絹川君」犬のような眼つきと哀れっぽい声で、彼はおれに頼みはじめた。「あれを返してくれよ。でないと、わたしは口をふさがれるのだ。君、足田専務というのは、君が思っている以上におそろしい人なんだよ。もしあれが、常務派の手に入ったら、わ、わたしは、こ、殺さ、殺され」がくり、と膝を折り、彼はおれにひざまずいた。「捜しまわったんだ。君を。やっと、君を、見、見つけ」俯伏《うつぶ》せに倒れた。動かなくなった。

背中に穴があいていて、血が背広に拡がりつつあった。数分前に撃たれた傷だった。おれはそっと彼を抱き起した。死んでいた。狸のような眼は見ひらかれたままだったが、すでに光はなかった。

警備員がドアの向こうで立ちすくんでいた。

おれは立ちあがり、彼に命じた。「警察に電話しとけ」

警備員が宿直室に去ると、おれはポケットから十万円の入った封筒を出した。使いこんだ分は、おれの給料で補充しておいたのだ。おれは封筒を彼の背広の内ポケットに入れた。

借りは返したよ、と、おれはつぶやいた。「あんたはおれに、なぜその金をくれるのかという理由をはっきり言わなかった。もし口止めされてさえいれば、おれは帳簿を持ち出さなかったし、あんたは殺されなくてすんだかもしれない。気の毒に」

もちろんそれは言いわけだった。事態がこんなにややこしくなっていなければ、いや、それであれば尚さらのこと、おれは二重帳簿をあばこうとしていたに違いなかったのだ。しかしこの男に対してだけは、おれはなぜか非常に悪いことをしてしまったような気がした。この課長は小心なだけで、顔つきほど腹黒くはなかったのだ。

小心なのはおれも同様だった。これで借りをふたつ返した。あと幾つ残っているのだろうなどと考えながら会社の裏口を出るおれの耳に、宿直室で電話をかけているあの善良な警備員の声が響いてきた。

「あ、社長様ですか。今また会社で事件がありまして。はい、警察へ電話する前にあの、ちょっとご報告をと思いまして。は。専務ですか。ええ。専務と常務にも今しがたお電話を。はい」

31

おれが自分のアパートへ戻ったのは朝の九時過ぎ、つまり二日続きの連休が終って会社が始まりかけている時間だった。もちろん、定刻に出社する気など、とうになくしていた。やぶれかぶれになっているわけではなく、会社へ行ったところで今ごろは上を下への大騒ぎになっているだろうし、とても仕事のできるような状態ではないと想像できた上、おれはといえば心身共に、なまこのようになっていたからだ。つまり、からだはぐにゃぐにゃ、脳味噌だってなまこ並みの働きしかしなくなっていたのだ。

部屋へ入るなり、おれは身を顫わせながら左文字から借りた洋服を手早く脱ぎ捨て、くしゃくしゃに丸めてダスト・シュートへ投げこみ、部屋の隅の洗い場で全身を水で拭き、もういちど傷の手当てをした。そのあとは、布団を敷くのがやっとだった。銃声やダイナマイトの爆発音を遠くに聞きながらおれは眠った。

目醒《めざ》める直前、あの赤ら顔の眼球をほじり出して、むしゃむしゃ食べている夢を何度も見た。眼を醒まし、食いこそしなかったものの、眼球をほじり出したことはまぎれもない事実だったのだと悟り、ぞっとした。誰かがドアをはげしく叩いていた。

「絹川。いるか。いたら開けろ」伊丹の声だった。

「いるぞ。ちょっと待て」からだを布団からひっぺがすのがひと苦労だった。むしりとらなければ頭が枕から持ちあがらなかった。

伊丹は眼を丸くして廊下に立っていた。

「この町はいったい、どうなってる。何ごとが起った」おれの顔を見るなり、彼はそういった。

「その怪我はどうした。会社をなぜ休んだ。今、ちょっと寄ってみたら、お前の会社はえらい騒ぎになってるぞ。知ってるのか」

「まあ、中へ入れよ」おれはのろのろと彼にいった。「いちどに返事はできない」

「わあ、疲れた疲れた」伊丹は布団の上にぶっ倒れ、背のびをした。「昨夜からぶっとおしで車を運転してきた。くたくただ」

「東京から車できたのか」

伊丹は起きあがった。「訊《たず》ねるなといわれても訊ねるぞ。お前は今までおれに何も話してはくれなかった。今、ぜんぶ話してくれ。何がどうなっている。通りじゃやくざ同士が撃ちあっていて、建設機械とダイナマイトで町をぶち壊している。お前の会社では社員同士が何派かにわかれて撃ちあいをしている。おれはお前に、ニュースを持ってきた。だが今日は、お前がいきさつを話してくれん限り、おれも喋《しゃべ》ってやらんからな」

「まあ落ちつけよ。話してやるさ。タバコを持ってるか」

「ああ」

おれは布団の上へ、伊丹と並んで仰向けに寝そべった。今までのことをすべて話し終るには小一時間かかった。

「君はどこで生まれたか、知ってるか」おれの話を聞き終ってから二、三分考え続けていた伊丹が、やがてそう訊ねた。

「生まれた病院か」

「そうだ」

「たしか、成南大学の附属病院だった筈だ」

「生年月日は一九四九年八月十三日だな」

「そうだ」おれは起きあがった。「それがどうした。どこで調べたんだ」

「おれは成南附属病院へ行ってきたんだよ。デ・ロベルティスが死んだのは一九四九年の八月十六日。つまり君が生まれた三日後だ。死んだ場所は成南附属病院」

「警察病院じゃなかったのか」

「密輸の取り引きをしていたら話がこじれて、波止場でギャング仲間に拳銃で撃たれた。六発、弾丸をくらった。常人なら瀕死《ひんし》の重傷だ。ところがこの男は自分で車を運転して、すぐ近くにあった成南附属病院へころがりこんだ。深夜だった。手当てを受けたがだめだった。朝がたになって死んだ」

「待てまて。それがおれの誕生とどういう関係があるんだ」

「君はその三日前、同じ病院の産科で生まれた。ところが十六日の深夜になって君は黄疸《おうだん》にかかった。ひどい黄疸だ。つまり新生児溶血性疾患にかかったんだ」

「なんだ、それは」

「母子不適合というのを知っているか」

「Ｒｈマイナスの血液がどうとかいうやつだろう。おれが、それだったのか」

伊丹はうなずいた。「君のパパはＲｈプラスで、君のママはＲｈマイナスだった。で、君はＲｈプラスだった。どういうことになるかわかるか」

「知らん。調べてきたんだろう。教えてくれ」

「Ｒｈマイナスの女性がＲｈプラスの胎児を持つと、胎児のＲｈプラスの血液が臍帯《せいたい》を通じて母親の体内に入る。ＲｈプラスがＲｈマイナスに混ると貧血などの副作用が起きる。逆の場合はどうってことはないんだがね。つまりＲｈマイナスにとってＲｈプラスは悪い血であり、異物であるわけだ。異物が入ってきたというので、ママの血液はこれに対抗する抗体を作る。抗Ｒｈ抗体というんだそうだ。この抗Ｒｈ抗体が、もういちど胎児の体内に逆流する。こいつは胎児の血液を害する。つまり血球のまわりにとりついて血球をこわす。これが新生児溶血性疾患だ。赤ん坊はたいてい、生まれて数日後に黄疸になる。君は三日めに黄疸になった。ほっとけば脳性小児麻痺《まひ》になってしまう。交換輸血が必要だった。つまり赤ん坊だった君の血液の九十パーセントを、健康な血液と入れかえる必要があったのだ。君の血液型はＡ型だった。君のパパがＡＢ型でママがＯ型だったんだ。悪いことに、このＡＢＯ方式でも君の場合は母子血液不適合だった。実際はどちらが原因になったのかよくわからないが、おそらくＲｈマイナスが原因だったのだろうと、その時の医者は言っていた」

「その時のおれの医者に会ったのか。まだその附属病院にいたのか」

「いや。その医者は、当時はインターンだったそうだ。血液交換をやった専門医は、そこにはもういなかった。だが、そのことはあとで話すよ。とにかく君の血液型はＡ型だった。ところが深夜のことで、Ａ型の血液が集らなかった。病院の保存血液はＢ型やＡＢ型がやたら多くてＡ型が数本しかなかったんだ。一本二百ｃｃだから、血液交換にはとても間に合わない。日赤病院にもなかったし、都内の商業血銀はほとんど閉店していて誰もいない。病院の従業員から献血してもらおうとしても、やはり深夜のために人が少なくてだめ」

「Ｏ型は万能供血者だろ。Ｏ型の血液はなかったのかい」

「昔も今もそうだが、病院や血液銀行でいちばん不足している血液はO型で、その次がA型なんだ。しかもO型の中には、A型、B型に輸血すると強い凝集反応を起す場合もある。危険なんだ。とにかく産科が君のことであたふたしている時、同じ病院の外科にデ・ロベルティスがころがりこんできた。そしてすぐ危篤状態になった。手のうちようがなく、死ぬことは確実だった。そしてこの男の血液がA型だった」

おれは両手を握りしめた。「おれが、デ・ロベルティスの血を貰ったというのか」

「そうだ」

おれたちはしばらく黙っていた。

伊丹がまた喋り出した。「君をとりあげた産婦人科の医者が、外科病棟にA型の患者がいて、そいつが死にかけていることを知った。そこで外科の医者に相談をもちかけた。どうせ死ぬ患者なら血を寄越せといった。うまい具合にこの外科医はその産科医に対していやといえない立場にあり、ちょいとした借りもあった。そこで外科医は考えた。本来なら献血者の承諾を得なきゃならんところだが患者は口をきける状態ではないし、まず第一にどう見てもあきらかにギャングだし、いずれは死ぬ運命だ。警察にもそう連絡済みだ。警察からやってきた連中もひと通り調べを終って帰ってしまっているし、あとは死ねば死体をひきとりにくるだけだ。輸血したため少しだけ死期を早めたというぐらいじゃ警察は文句もいうまい。そう思って輸血を承知した。外科病棟へ君をつれてきて、専門医ふたり、看護婦ふたり、インターン三人が四時間、朝までかかりきりになってデ・ロベルティスのからだから君のからだへ直接輸血というやつをした。その直後、デ・ロベルティスは死んじまった。だけど警察は文句を言わなかった。警察の担当者は外科医から事情を聞かされた時、笑ったそうだ」

「よく調べたな」

「最初に警察へ行き、古い記録を調べ、それから病院の外科へ行き、当時のインターンのひとりだった医者に会い、そして産科へ行って古いカルテを見せてもらって、君の名前を見つけたんだ。まだ驚くことがあるぞ。その時の外科医の行方を捜したら、そいつは独立してこの町で開業していた。外科病院をな」

「なんていうんだ」

「服部という医者だ」

「じゃ、服部病院の院長か」おれは啞然とした。

32

窓の外は戦場のような騒がしさになってきた。事実戦場だ。戦争と違うところは突撃の喊声《かんせい》と飛行機の爆音が聞こえない点だけだった。

「しかしそれだけじゃ、おれのこの異常体質を全部説明したことにはならないぞ」おれはやや苛《いら》立《だ》ってそう叫んだ。「おれの血がデ・ロベルティスの血だからといって、おれの精神の一部や肉体が時たまデ・ロベルティスのそれにとってかわるという事実の、科学的に合理的な解答をしたことにはならん」

「もちろんだ。で、君はその解答を誰かからあたえてほしいのか」いささか悲しげな眼つきで伊丹はおれを見た。「その解答をあたえてくれる人間が、どこかにいると思うのか。おれの独断だが、いないよ。いてたまるものか。現代の科学じゃ、君のからだの上に起ったことは超自然現象と同じで解答不可能だ。そう思わんか」

「思う」おれはうなだれた。「誰も信じないだろうな」

「おれだけだ」伊丹はうなずいた。「おれは信じよう。君の出生の秘密をあばいた責任上、信じなきゃしかたがない」

「どうやって信じるんだ。教えてくれ。おれだってまだ信じられないんだ。君はどんな説明で自分を信じさせたんだ。単にそれが事実だからと思いこむことによってか」

「そうだなあ」伊丹は切れ長の眼を螢光灯のあたりにさまよわせた。「血液が人間の性格とどの程度関係しているかということなら、一応は調べてみたよ。古いところじゃヒポクラテスがそんなことを言ってる。カントもだ。気質を四種類にわけて、多血質、黒胆質、黄胆質、粘液質と名づけている。この分類のしかたは比較的最近の性格学にまで尾を引いているから、それだけの説得力があったんだろう。近代になってくると、クライルとか、カールソンとか、キャノンとかいった学者が、感情の変化と血液や尿の化学的変化を比較して、関係があることを証明しようとしている。日本じゃ慈恵医大の高良武久という先生が、精神的変化に伴う血液内の燐《りん》化合体の量的変化を測定している。気質と血液型の関係は、これはもう血液型が発見されて以来ずっと研究されてきたことで、日本じゃ古川という人が学説を発表して、学界ではいまだに賛否半ばしているそうだ。他にもヒルシェという学者は血液耐糖試験をしているし、ヘルツという学者はアドレナリン等の植物神経毒による試験をしている。まずおれの考えでは、血液が人間の性格に影響をあたえることは確かだが、どの程度かということはまだわかっていないのじゃないかと思う。しかし俗に血が逆流するなんて言いかたがあるように、感情の動揺がはげしい時は誰でも血の流れの早さや温度が変化することを体験している。ある人間が、本人の知性では判断できないような行動をした時、あれは血がやらせた、なんてことを言う。知性と性格とは全然別ものだし、知性と感情も比例しないから、おそらく芸術的素質とか兇暴性とかいったものは脳細胞だけに含まれているんじゃなくて、血液とか内分泌腺に大きく関係している筈《はず》だ。ま、ここまではいわば常識の範囲内だが、ここから先、君の事例を考えようとするとどうしても論理の飛躍が必要になってくる。だからおれが考えても君が考えても同じことだろう」

「考えたくない」と、おれはいった。「おれの頭は空想には向いてないんだ。なぜ腹を立てた時だけデ・ロベルティスがおれに乗り移るか。なぜ最初のうちはデ・ロベルティスによって脳まで占領されておれが意識を失っていたのが、次第に意識を失わずにすむようになったか。人体内の血液なんてものは比較的短い期間に全部入れかわる筈なのに、なぜ今になってもデ・ロベルティスが残っていておれのからだを思いのままにするのか。そんなことをまともに考えていた日には、おれは単純だから発狂してしまう」立ちあがった。「おれはこれから服部病院へ行って院長に会ってくる」

「会ってどうするんだ」

おれは背広を着た。着られそうな背広はそれ一着きりだった。あとは血まみれ、鉤裂《かぎざ》きだらけの背広だ。一着などは左文字の家で捨ててきている。

「いいか。たとえ善意から施した処置にせよ、おれがこんな異常体質になった責任は医者にある。医者とは言うまでもなく専門家だ。おれのかわりに、おれのからだに起ったことを考えるべき人間はその医者だ。どうすればまともなからだになるか、それを考えるべき人間もその医者だ。考えさせる。服部病院へ行って院長に会って、否《いや》が応でも考えさせてやるんだ」渋い顔をしている伊丹に、おれは強くうなずきかけた。「けしからんことがある。血を入れかえておきながら、おれの親にそのことを黙っていた。兇悪なギャングの血を輸血したもんだから、わざと黙っていたんだろう。もしそのことをおれの父親だか母親だかに喋《しゃべ》っていてくれさえしたら、おれの発作的狂暴性の原因に誰かが思いあたった筈で、今ごろおれはこんな事件に巻きこまれずにすんでいたかもしれない」

「お前らしい考え方だな」伊丹はちょっと苦笑してから真顔に戻った。「いや。もちろんそれは正論だ。医者には会うべきだろう。お前が服部病院長と対決する場面につきあえば、おれの職業的好奇心も満足する。だから決して反対はしないよ。しかし今は危険だ。外へは出ない方がいい。病院へ行ったところで、とても落ちついて話しあったりできる状態じゃないだろう。怪我人の山にきまっている」

「いや。ところが行かなきゃならんのだ」おれはかぶりを振った。「しなきゃいけないことは他にもいっぱいあるからな。どうだ。つきあってくれるか」

「木島はま子の素姓をただすこと。銀行へ行って金を出すこと。その金を左文字に叩きつけて返すこと。そうだろう」伊丹はにやにや笑いながらいった。

「そうだ」おれは笑わなかった。

「お前らしいな。まったく、お前らしいよ」かぶりを振りながら伊丹は歌うようにそういった。「しかたがない。こうなったらとことんつきあってやる。取材もできるしな」どっこいしょ、と彼は布団の上に上半身を起した。「だがその前に、何か食うものはないか。腹がぺこぺこだ。どうせ外へ行っても何も食えないぞ」

おれは鍋《なべ》を火にかけ、大量のラーメンを作り、ありったけのベーコンと葱《ねぎ》をぶちこんだ。おれと伊丹はそれを全部むさぼり食った。おれは元気をとり戻していた。伊丹がきたからだろう、とおれは思った。

伊丹の乗ってきたワーゲンは、アパートの駐車場に置かれていた。伊丹の性格そのままの色に塗られたワーゲンだ。

「近いところから先に行こうぜ。最初はどこだ」助手席のおれに伊丹が訊ねた。

「銀行だ。大通りに面しているから、早く行かないとやくざどもにぶち壊されてしまう」

だが銀行はすでに、半分がたぶち壊されてしまっていた。

ビルの壁面が壊されて裏通りから大通りへ出るたいていの路地が瓦礫《がれき》の山だった。その山の彼方に、大通りを南へすっとばして行く巨大なドラグ・ショベル・カーの姿が見えた。運転席の屋根に登った男がダイナマイトをかかえ、もうひとりの男に一本ずつ点火させては抛《ほう》り投げていた。苦労して大通りへ出、銀行に近づいてみると、銀行の正面の壁面と玄関はダイナマイトで吹きとばされていて、店内が丸見えだった。店内では数人の男の銀行員が書類を抱いて右往左往していた。とても、預金を請求できるような状態ではなかった。「ニコルス」は燃えあがっていた。

南から、荷台に男たちを乗せたリア・ダンプが走ってきた。男たちは猟銃を撃ちまくっていた。マカダム・ローラー車がダンプに体あたりをした。リア・ダンプの運転席が燃えあがり、荷台をはねあげた。男たちは傾斜した荷台をずるずると滑って道路にころげ落ちた。落ちながら撃ち続けている男もいた。

「バックだ」と、おれは叫んだ。「今来たところから裏通りに入ろう。恐ろしくて走れたものじゃない」

「気ちがいだ」車を後退させながら伊丹がいった。「ちょっと待ってくれ。写真をとる」車を停めた。

「よせ」と、おれはいった。「見つかったら、ただじゃすまないぞ」

「二、三枚、撮るだけだ」彼はニコンを出して五、六回シャッターを切った。

裏通りへまわっておれの会社の裏口へさしかかった時、短刀を持ったやくざ二人がひとりの男を追って裏口から駈け出てきた。男は契約書のような書類の束を抱き、片手にレンチのような工具を握って短刀を防ぎながら逃げてきた。片方のやくざが男の腹部に短刀を突き立てた。男は気ちがいじみた仕草でレンチ様の工具を何度もやくざの頭に振りおろした。男は営業部の坂本だった。そのすぐ傍を走り抜けてからふり返ると、坂本とやくざは折り重なって路上に倒れ、もうひとりのやくざが、あたりに散らばった書類をかき集めていた。

「知っている男か」と、伊丹が訊ねた。

おれは答えた。「ああ。よく知っている男だ」

この事件のことを記事にするつもりだろうか、とおれは思いながら伊丹の横顔をうかがった。記事にするつもりでいることは彼の眼を見てすぐにわかった。だが、おれのことまで書く気でいるのかどうかはわからなかった。おれはそれが気になった。しかし、訊ねたりはしなかった。

33

服部病院の玄関前には、通りの両側に十数人の負傷者が横たえられ、四、五人の男が走りまわっていた。なんとなく騒然とした雰囲気だった。

「車は、このあたりで停めた方がいい」

「そうだな」伊丹はワーゲンを病院から二十メートルばかり離れた路上に停めた。

ワーゲンを降り、伊丹とふたり病院の玄関に向かって歩いていくと、新たに負傷者をかつぎこんできた男の怒鳴る声が聞こえてきた。「なに。医者がいない。病院に医者がいないって、そんな馬鹿なことがあるか」

おれは伊丹と顔を見あわせた。

玄関さきで二、三人の男が咽喉《のど》の破れそうな声で会話を交していた。

「いつからいないんだ」

「ついさっきからだ。逃げやがったらしい。この町を見限ったんだろうぜ」

「若い方の医者もいないのか」

「親子ともだ」

「まだ遠くへは行っていないだろう。捜せ」

待合室にも数人の患者が寝かされていた。ここにも怒鳴り続けている男がいて、例のニキビ娘が泣きながら説明していた。

病室のある二階から、幽霊のように蒼い顔をした木島はま子が降りてきた。

「絹川さん」おれが声をかけると、彼女は小さくあっと叫んで駈け寄ってきた。「いつ、病室から脱け出したの」

「ずっと以前だ。何しにここへきた」

はま子は、ちらと伊丹を見た。「あなたが心配だから、見舞にきたのよ」

「婚約者に会いにきたのじゃないのか」

彼女は表情も顔色も変えなかった。「婚約者ってなんのこと。それよりも絹川さん、あなた例の帳簿を会社から持ち出したのね」

「ああ」

「それ、今、どこにあるの」

「『シャム猫』のすぐ前の大通りに猛烈な赤さのムスタングがエンコしていて、その中には死体になった川島総務部長の奥さんがころがっている。帳簿は彼女が持ってる筈だよ。それがどうした」

「あなたが撃たれたのは帳簿が原因なのよ」

「そんなことはわかっている。それよりも、医者がどこへ逃げたか知らないか」

「知らないわ」

伊丹がニキビ娘の肩を押さえて訊ねていた。

「先生はいつ病院を出た」

「二十分か三十分、前です」彼女はまだ泣いていた。「ひどいわ。わたしだけ抛って逃げるなんて」

「なぜ逃げた」

「患者同士が喧嘩したりして、治療ができなくなってしまったんです。お金も払ってくれないし。それで先生たち、怒って車で逃げちゃったんです」

「どこへ逃げた」と、おれは訊ねた。

「わかりません」

「先生たちがいつも遊びに行くところとか、先生たちのいちばん近い親戚とか、何か心あたりはないか」

「ありません。わかりません」また、わっと泣きはじめた。

気がつくと、はま子がいなくなっていた。

「はま子」と、おれは叫んだ。「はま子。どこだ」

伊丹がいった。「さっき君に、帳簿のありかを訊ねていたな」

おれはとびあがった。「違いない。あれをとりに出て行ったんだ」

「危険だ。行ってみよう」

おれと伊丹は病院を駈け出た。


そのまま走り続けて北町一丁目の交叉点に出ると、一階に「シャム猫」のあるビルを、クレーン車が巨大な砲丸をふりまわしてぶち壊しているまっ最中だった。

その彼方にムスタングが鼻づらをこちらに向けて車体を傾けていた。右側半分がへしゃげていた。開いたままになっている左側のドアから、はま子が出てきた。見憶えのある茶色の封筒を胸に抱きしめていた。こちらへ駈けてこようとした。足をもつれさせて転倒した。おれは車道へ駈け出た。

車体の前後にでかいタイヤを五輪ずつつけたタイヤ・ローラー車が、おれのすぐ前を南へ走っていった。ローラー車にそんな速力があるとは思えないほどのスピードだった。

はま子が轢《ひ》かれていた。

おれは声とは思えない悲鳴をあげた。

駈け寄ると、つい今しがたまではま子だった物体が、押し潰《つぶ》され、柔らかな車道に半分めりこんでへしゃげていた。血と脳漿《のうしょう》の中に黒い髪が大きく拡がっていた。それが彼女の顔だった。知的な美貌は一瞬にして崩れ、醜悪な平面になっていた。おれが愛撫したあの豊かな乳房のふくらみはどこにも見られず、ぺしゃんこだった。おれを愛するために彼女が使った愛すべき腰の部分もぺしゃんこで、ただスカートを突き破って骨盤の折れた一片が白くのぞいているだけだった。あの、ぴちぴちと肉の締まった太腿《ふともも》や尻の弾力的な白い皮膚は、破れてはじけて見えなくなり、赤い肉と白い脂肪がひらべったく圧縮されてスカートの下からはみ出し、拡がっていた。誰かが野獣のように咆哮していた。あたりに響きわたるような声だった。気がつくと、それはおれの声だった。それに気がついてからも、おれは吼《ほ》え続けた。吼え続けずにはいられなかった。

伊丹が耳もとで叫び続けていた。「絹川。しっかりしろ。しっかりしろ」

その声が遠ざかった。おれは瘧《おこり》のように痙攣《けいれん》しながら周囲を見まわした。あたりは土砂とコンクリートの粉末がもうもうと舞いあがり、いちめん灰色にくすんでいた。砂けむりの彼方に黄色く塗られたタイヤ・ローラー車の姿が見えた。おれにとって今や単なる建設機械ではなくなったそのタイヤ・ローラー車は、数十メートル南の道路上で向きを変えようとしていた。

「やめろ。絹川。やめろ」

おれの肩をつかんだ伊丹の手を振りきって、おれは駈けた。すぐ横でダイナマイトが炸裂《さくれつ》し、おれの片側の頬が焼けた。だがおれは走り続けた。おれのからだは、また、おれのものではなくなっていた。だが怒りは、今までと違ってその怒りは、あきらかにおれ自身の怒りだった。

タイヤ・ローラー車の運転席は高く、とびつこうとしたが失敗した。地べたに叩きつけられた。

走り出したタイヤ・ローラー車と並んで、おれも駈けた。タイヤ・ローラー車が、ムスタングの横を走り抜けようとした。おれはムスタングの屋根にとび乗り、そこからさらにタイヤ・ローラー車の運転席にとび移った。

「なんだ」運転していた男がおれの顔を見て叫んだ。「お前はなんだ」

見憶えがあった。左文字組の男だった。彼を睨《にら》みつけながら、おれは咽喉をふるわせた。

「ええ、ええ、ええ」声が出なかった。

「ええす、くれ、めんとおおおおおお」

わっ、と男は叫んだ。恐怖で瞳孔が拡がっていた。めくら滅法に、おれを殴りつけようとした。おれは彼を殴った。男の顔が歪《ゆが》み、下顎《したあご》が前へとび出た。おれは彼の顔面を叩き潰した。何度も、何度も、彼の顔面に拳固《げんこ》をめりこませた。下唇がちぎれ、顎のあたりまで、だらりと垂れていた。さらに殴り続けた。歯が折れてとび散った。殺されることをはっきりと悟ったらしく、男は合掌していた。

34

気を失うことができたらどんなに楽だろう、と、またおれは思った。血と、自分自身が犯している殺人に、おれは馴れはじめていた。そのために気を失えなかったのだ。

気を失えない理由はもうひとつ、眼の前ではま子を殺されたからでもあったろう。あのはま子の無残な死にざまを見た以上は、少しぐらいのことで気を失えなくなったのも当然かもしれなかった。

運転席の床にころがった男の死体をぼんやり見おろしながら、ではおれは、はま子を愛していたのか、と考えた。今はもう、なかば道路のアスファルトにめり込んでぺしゃんこになっている、かつては美しかったあの肉体だけではなく、ほんとにはま子のすべてを愛していたのだろうかと、そう考えた。彼女が死んだ今、じつは愛してなんかいなかったのだと、そう思いこんだ方が心は傷つかずにすむ。だが、そう思いこみたくはなかった。おれの心に大きな空白ができていた。じっと見つめていると発狂しそうになる空白だった。

おれは彼女を愛していたのだ。

おれはそう思った。空白を見つめているよりは、怒り狂った方がよかった。ふたたび怒りが湧《わ》きあがってきた。その怒りがおれ自身のものか、デ・ロベルティスの血によるものなのかは、もはや判別できなかった。

「ええすくれめんとおおおおお」

おれはタイヤ・ローラー車の運転席に立ちあがり、なかば自分の意志でそう絶叫した。叫ばずにはいられなかった。叫びながらおれは、おれが顔面を叩き潰した男の死体を、高い運転席の上から路上へ蹴落した。死体は、ひどくゆっくりと道路に落ち、高速度撮影をした映画のように、アスファルトの上でのろのろとバウンドした。おれのからだが、まだ完全におれのものではない証拠だった。デ・ロベルティスがあばれている時は、周囲の動きがいくぶんゆるやかに見えるからだ。

振り返ると、南町の方で火の手があがっていた。いつごろから燃えはじめたものかはわからなかったが、すでに炎は勢いよく天を焦がしていた。もうもうたる黒煙と火炎は大通りのはるか東側からあがっていた。左文字の邸のあるあたりだった。

周囲ではまだ、破壊に次ぐ破壊が続けられていた。「シャム猫」が一階にあるビルの壁面は、唸《うな》りとともにふりまわし叩きつけられたクレーン車の砲丸によって完全になくなってしまい、二階、三階で逃げまどっている人間の姿が丸見えになっていた。その隣りの花屋はマカダム・ローラー車でぺしゃんこにされ、さらにその隣りの小さな文房具店では小火《ぼや》が起っていた。

硝煙と砂埃《すなぼこり》にけぶる瓦礫の上を、建設機械と人間が走りまわっていた。建設機械のすべては今や破壊の機械と化していた。この世の情景ではなかった。地獄の情景だ。そして殴り殺した男の返り血を顔に浴びているおれ自身の姿も、その情景の一部分なのだ。心身共に悪鬼になれたら、と、おれは思った。冷たい風のように、理性が戻ってきたからだ。

おれがタイヤ・ローラー車を運転して南へ向かおうとした時、北からタンデム・ローラー車が追ってきておれの横に並んだ。運転席の男が埃でまっ黒になった顔をおれに向け、赤い口をぱくぱくさせていた。よく見ると沢村だった。彼は車をさらに近づけてきた。

「今しがた現場事務所に電話がありました。本部が焼き打ちされたそうです」

おれは黙ってうなずいた。

「警察も、それから税務署もです。現場近くでは、さっき種田運送の社長がタンピング・ローラー車に轢かれて、穴だらけのせんべいになって死にました。それから市長は、北町四丁目の自宅で誰かに撃たれて死にました。おれと一緒に現場に行ったあの若いの五人も、よくわかりませんがみんな死んだようです」

「死ねばいいのさ」おれの声と思える声がそういった。「みんな死ねばいい」笑った。はま子が死んだというのに、まだ生き残ってる人間がいるというのは不自然だった。

ぞっとしたようにおれを見つめ、沢村が訊ねた。「絹川さんはどこへ行くつもりですか」

「大橋の邸だ。この車でなら行けるだろう」

沢村はうなずいた。「行けるでしょう」ついてくる気らしい。

おれと沢村は建設機械を並べ、大通りを南町四丁目近くまで走らせた。路上の死体を次つぎにぺしゃんこにした。まだ生きている怪我人も混っているかもしれない、などと思いながら。

　大橋邸へ右折しようとしていると、さっき南へ走り去るのを見かけたドラグ・ショベル・カーが火災の黒煙を逃がれてこちらへ駈け出てきた。運転席には左文字と鴇田が乗り、運転席の後部にはふたりの組員がしがみついていた。運転しているのは鴇田で、彼はおれたちの車のあとを追って横道に入ってきた。大橋邸を襲うつもりらしい。

　タイヤ・ローラー車の高い運転席からは、塀《へい》越しに大橋邸の芝生を眺め渡すことができた。おれの前を走っていた沢村が車の向きを変え、塀に体あたりをし、タンデム・ローラーで押し倒して芝生に入っていった。おれも、後続のドラグ・ショベル・カーもそれに続いた。組員は邸内にほとんど残っていないらしく、おれたちはどこからも撃たれなかった。

　旧式な西洋館の玄関からふたりの男が駈け出てきて、ポーチの柱の蔭に隠れながら叫んだ。「待て。待て。撃つな。大橋さんは話しあいに応じるそうだ」

　おれたちは、車を玄関の数メートル手前で停《と》めた。

　その時、ドラグ・ショベル・カーから芝生におり立った組員のひとりが、男たちを指さして叫んだ。「堅田と倉敷だ。組長。寝返って安富たちを撃ちやがった刑事っていうのは、こいつらですぜ」

「この畜生」鴇田が運転席からとびおり、ベルトの拳銃を抜きながら刑事たちの方へ駈け進んだ。

「裏切り者。お前ら、殺す」

　ふたりの刑事は鴇田の形相の凄《すご》さに一瞬顫《ふる》えあがり、女のような悲鳴をあげてポーチの横の植込みの中へ逃げ、邸の裏手にまわろうとした。恐怖のあまり、二人とも足をもつれさせていた。鴇田はひとりを撃ち、もうひとりを追って邸の横手へ駈けこんだ。撃たれた刑事は喬木の繁みに顔を突っこみ、片足を宙に引き攣《つ》らせた。

銃声に、二階の窓から組員らしい男がふたり顔を出し、ライフルを撃ってきた。左文字の組員がひとり倒れて芝生を掻きむしった。すでに運転席からおりていたおれと沢村は、いそいでポーチへ駈けあがり、玄関へとびこんだ。沢村は勝手もわからぬ癖に、まっすぐにのびた廊下を奥へ走っていった。おれは以前通されたことのあるフランス風の応接室へ入った。応接室には誰もいなかったが、続き部屋のドアが開いていて、そこは邸の横手の日本庭園を見渡せるサン・ルームだった。金の握りのステッキを持ち、大橋源一郎が揺り椅子に掛けていた。

彼はゆっくりと振り返っておれを一瞥《いちべつ》し、つまらなそうな顔をしてまた庭園を眺めた。「あんたか」

「そうだよ」と、おれはいった。「あんたは一の子分の伊藤に自首しろと命じた。伊藤はやけくそになった。伊藤がやけくそになっておれを殺そうとするのを、あんたは知っていたんだ。そうだろ」

大橋は、ふんと鼻を鳴らした。「あの男が、わしの死んだあと、大橋組を支配できるのは自分しかおらんと勝手に決めた様子だったのでな。あんたに殺してもらおうと思うたんじゃわ」

「弁解かい。逆におれが殺されたとしても、それはそれで好都合だったんだろう」

彼方の庭園の築山の蔭から、刑事が駈け出てきて倒れた。手に拳銃を握っていた。続いて胸を押さえた鴇田がよろめき出てきて、倒れている刑事に拳銃の弾丸を撃ちこみ続けながら近づき、膝《ひざ》を折り、そして死体の上へ折り重なった。

大橋はそれがあたかも日本庭園の景色の一部ででもあるかのような無感動な眼で、一部始終を眺めてから、ゆっくりと訊ねた。「それで、伊藤は死にましたか」

「死んだよ」

老人は溜息をついた。溜息をついて肩を落すと急に影が薄くなった。「そうでしたか。そりゃあ、よかった」

「おれが殺したわけじゃないがね。しかし、おれも殺されかけたよ。それだけじゃない。あいつは女もふたり殺した。ひとりはおれがよく知っている女だった」房子のことを思い出し、同時に、たちまちはま子のことを思い出しそうになりました、おれの手が顫《ふる》えた。彼女たちが殺されたのはおれのせいなのだ。

「それが言いたくて、来なさったか」

「言うだけじゃなくて、殺したいくらいだ。あんたをな」

大橋は顔をねじ曲げてつくづくとおれを観察し、しばらくしてから枯葉を踏んだ時のような音をのどの奥から出した。「ほう。ほんとにわしを殺したいらしいな。あんたは、自分がわしを殺せる気分になるのを待っとる。しかし、武器を持っておらんようじゃな。どうやら素手で、わしを殴り殺すか絞め殺すか、それができる気分になれるのを待っとるらしいな」

その通りだった。「この騒ぎの元兇はあんただ。殺されて当然だろう」

彼はまた庭の方を向いた。「いや。元兇はわしではないよ」

あいかわらずかさかさした声で大橋がそういった時、おれの背後で左文字の声がした。「じゃ、わたしだって言うのかい」

35

「絹川さん。そこ、どいてもらいましょう。この老いぼれだけは、どうしてもわたしが殺《や》りたいんでね」応接室からのドアの前に立った左文字は、小型の拳銃を構え、勝ち誇った顔でそう言った。

「この騒ぎの元兇は、わしでもなければ、もちろんその男でもないよ、絹川さん」と、大橋が庭を向いたままの姿勢でおれにいった。「そんな男に、こんな騒ぎなど起せるわけがない」

無視され、軽蔑《けいべつ》されて、左文字はまた逆上した。「あっさり殺してやろうと思っていたが、どうやら苦しみの多い殺しかたをしてやった方が面白そうだな。その憎まれ口を後悔させてやるためにもな」

「そう。せいぜいそういった男じゃよ。あんたはな」大橋はうなずいた。「しかし勝負だけは、最後にならにゃわからんぞ」

老人とは思えぬ勢いで大橋は振り返った。手に金色の拳銃を持っていた。それが彼の持っていたステッキの、金の握りの部分だと気がついた時、ふたつの拳銃がほとんど同時に火を噴いた。鳩尾《みぞおち》を撃たれた左文字があまりの激痛に眼球を半分がたとび出させ、へらへら笑っているような表情をして見せた。やってくる自己の死を、いつものようにく軽くうす笑いで否定しようとしてうまくいかず、たちまち怒りも欲望もけしとばし、泣き顔になり、子供のようにいやいやをし、いやいやをしながら倒れ伏した。大橋も右の胸を撃ち抜かれ、揺り椅子の中で弱よわしく断末魔の呻《うめ》きを洩らしはじめた。

おれは彼に近づいて薄っぺらな肩を押さえた。

「元兇というのは誰だ。誰だというんだ」

大橋源一郎は何か言いたそうに口を開き、そのままの表情で呼吸をしなくなった。蠅《はえ》が一匹、彼の口の中へとんで入って灰色の舌にとまった。

廊下へ出ようとしてドアを開くと、うす茶色の煙がとびかかってきた。ひと息吸いこんだだけで猛烈に咳《せき》の出る猛毒入りの煙だった。あわてて部屋に戻り、サン・ルームのガラス・ドアを開いておれは庭に逃げ出した。開いたままの玄関からも煙が噴き出ていて、靴をとりに戻ることはできなかった。芝生の上には左文字の組員がふたりとも死体になってころがっていた。

ふたたびタイヤ・ローラー車の運転席によじのぼった時、沢村が走ってきた。「組長を知りませんか」

「死んだぞ。大橋も死んだ」

沢村は立ち止って茫然とした。これから何をしたらいいのか、急には思いつかぬ様子だった。そんな沢村が、おれは急に哀れになった。

「この家に火をつけたのはお前か」

彼はゆっくりとかぶりを振った。「いや。組長でしょう」

「やりそうなことだ。乗れよ」

「へえ」彼は急にぺこぺこし、恐縮しておれの傍によじのぼってきた。「で、これからどこへ」

「会社だ。会社へ戻る」

「はあ。また会社ですか」ぼんやりと沢村がそうつぶやいた。戻る場所のあるおれを羨《うらや》んでいるようにも聞こえたが、どうやら何もかもどうでもよくなってしまったらしく、魂が抜けたような声だった。

タイヤ・ローラー車を運転して大通りに出ようとすると、南から拡がってきた火が、すでに四丁目、五丁目あたりまでの、通りに面したビルや商店を襲っていた。黒煙の中を突破することは無理だった。おれは裏通りを抜けようとした。裏通りはごった返していた。今まで家の中にひっそりと隠れていた市民たちが火事におどろき、家財道具を家の中から運び出したり、車のある者は車へ荷物を積みこんだりしはじめていた。

「だけどね、旦那。いや、絹川さん」黙っていた沢村が、急に話しかけてきた。「どこの町へ行ったって、わたしは食いはぐれるようなことはありませんぜ。どこの町だってここと似たようなもんですからね。へえ」強くうなずいた。

南町六丁目までくると、行く手の繁華街のあちこちから火の手があがっていた。しかたなく右折し、おれは大通りに出た。猛火が南から北へと燃え拡がっていた。火と煙に追われるように、おれはタイヤ・ローラー車を北へ走らせた。もはや大通りに人影はなく、山のような死体だけがころがっていて、ほとんどの建物の前部の壁面が崩れ去り、少しだけ残っていた壁には、あのクレーン車の砲丸によって顔を叩き潰《つぶ》された男が、己れの潰れた脳味噌を接着剤にして立ったままへばりついていた。

会社の前までやってきたが、玄関のあたりは崩れた壁と横転したクレーン車のために道を塞《ふさ》がれてしまっていたため、おれはタイヤ・ローラー車を横道へのり入れ、裏口にまわった。会社の裏口近くには伊丹のワーゲンが停っていたが、伊丹の姿はあたりになかった。おれは裏口から会社の廊下へ入っていった。靴下の裏側に血がつき、ずるずるした。

「ここもひと騒動あったようですな」と、ついてきた沢村が、書類が散乱し椅子や机のひっくり返ったオフィスを見まわしながら言った。

「騒ぎはもう、おさまったらしいな」

エレベーターは動かなかった。おれたちはところどころに血溜りのある階段をのぼった。一階、二階は無人のようだった。三階に、死体がふたつあった。

「うちの若い者です」片方の死体の顔をのぞきこんで沢村がいった。

もうひとりは山下営業部長だった。頭をレンチで割られ、胸に千枚通しが突き刺さっていた。よほど憎まれていたらしい。

四階まで来た時、さらに上の階で銃声がし、わめく声が聞こえてきた。

「お。まだやってますぜ」沢村が立ちどまり、白眼を見せた。

途切れとぎれのわめき声と乱れた靴音が、階段をゆっくりとおりてきた。

「ブルドーザーを持ってこい」どた。「こんな会社なんか」どた、どた。「大橋組なんてものは」どた。

「福田常務の声だ」おれは四階と五階の間の小さな踊り場で立ち止った。

五階の廊下に福田常務が仁王立ちになり、おれたちを見おろした。「来たか。本社の馬鹿ども。ひひ、ひひひひひ」眼がまっ赤に充血していた。

「社長は殺したぞ」猟銃を持っていた。「足田専務万歳」

「気が狂ってます」と、沢村がいった。

「お前らも死ね。みんな死ね」恍惚《こうこつ》とした表情を浮かべ、彼は猟銃の銃口をおれたちに向けようとした。「その階段で死ね」

沢村が拳銃で福田常務を撃った。派手なチェックのチョッキが、見る見る赤く染まりはじめ、常務は恍惚とした表情のまま、ゆっくりと前へ倒れた。

階段を踊り場までころげ落ちてきた常務の手から猟銃をとりあげ、沢村はぞっとしたようにつぶやいた。「鴨《かも》撃ち用の散弾銃だ。こんなものでやられた日にゃあ、痛いばかりでなかなか死ねません」

「じゃあ、これで撃たれて、まだ死にきれないやつが上にいるかもしれないぞ」

沢村は散弾銃をおれにつきつけた。「持って行きますかね」

おれは眼を閉じ、かぶりを振った。「おれがいちばん殺したいやつ、そいつが上の階にいる筈だ。だけど、これ以上人殺しはしたくないんだよ」はま子を殺された瞬間の腹立ちは、思い出そうとすればいつでも思い出せそうな気がした。

おれたちは五階にのぼった。五階にはパネルで間仕切りされた小さな応接室がいくつもある。だが、どこにも人かげはなかった。

ビルの最上階の六階へのぼると、とっかかりの重役室から呻《うめ》き声が聞こえてきた。呻き声の主は足田専務だった。突き出た腹部いっぱいに散弾をくらい、ぽつぽつとあちこちから血を噴き出させた足田専務は、自分の椅子にかけ、呻くたびに鼻下のちょび髭《ひげ》をうごめかせながら、ゆっくりと近づいてくる死神の足音を聞いていた。

「死ぬのかね」と、彼はおれの顔を見てそう訊ねた。「わしは死ぬのかね。本当に」

おれはうなずいた。「そうだよ」

「政界に出ようと思っていた」彼は涙を流した。「これからって時だったのに。わしはだまされていた。だまされて、こんな騒ぎに巻きこまれて、こんな馬鹿な」ぐっ、と呻いて彼は椅子の上でのけぞった。「こんな馬鹿な、死、死にかたを」かぶりを振った。「気ちがいに撃たれるなんて」力なく笑った。「あの気、気ちがい」死んだ。

おれは秘書用の机にちらと眼をやり、はま子のことを思い出しそうになってあわてて眼をそむけ、沢村をうながして廊下に出た。

36

廊下のつきあたりが社長室である。

ドアを開くと、部屋の中央のソファに腰をおろしていた山鹿虎一郎が、おれを睨《にら》みつけた。胸と腹から血を流していた。肱掛椅子では服部病院の院長が死んでいて、その足もとでは彼の息子が死んでいた。

「やっぱり、ここへ逃げてきていたんだな」と、おれは医者たちの死体を顎《あご》でさした。「可哀想にな。あんたの友人だったばかりに巻きぞえをくらったんだ」

「君は誰かね」と、山鹿社長が訊ねた。

「絹川良介。名前を誰からも聞きませんでしたか」

山鹿社長は天井を見あげ、ほっと溜息をついた。はま子も同じ癖を持っていたことを思い出し、またおれの胸が痛み出しそうになった。

「あんたのお嬢さんといい仲だった男ですよ。あんたは勝手にその若い医者を婚約者と決めていたようですがね。はま子に無断で」

山鹿社長はゆっくりと訊ねた。「はま子はどうした」

「死にましたよ。あんたに殺されたみたいなもんだ。いったい、どんな死にかたをしたと思いますか」

「言わんでくれ」山鹿社長が涙を浮かべはじめた。

「いや、言ってあげましょう。彼女はおれの眼の前で死んだんです」おれははま子の死にざまを形容詞たっぷりに話してやった。

山鹿社長は嗚咽《おえつ》を洩らした。

「大橋が教えてくれましたよ。この騒ぎの元兇はあんただってね。考えてみりゃあ、実際に勢力争いをしていた連中は、こんな騒ぎを起したって決して得はしない。損をするばかりなんだ。どこかに漁夫の利を得る第三者がいなきゃならなかった。ぼくはそれに気づくのが遅かった。だが、気づいたあとは簡単に元兇がわかってしまった。重役たちに派閥争いをさせることができるのは、あんたしかいなかったんだ。おまけにあんたは東京の学校に行っていた自分のひとり娘の山鹿はま子を呼び寄せ、入社してくるよう命じ、重役室付秘書にしてしまい、内部工作をさせ、重役同士の対立を煽《あお》らせた。思う壺でしたね。重役たちが町のふたつの暴力組織とそれぞれ関係があることを知っていたあんたは、当然こんな騒ぎになることを予想していた。そしてこの町の土地をひとり占めする気だったんだ。親思いのはま子は、あんたのためにけんめいに働いた。経理関係に不正があることを勘づいて、ぼくに接近してきた。ぼくにからだまであたえた。そしてぼくが経理の二重帳簿を発見すると、ぼくに恐喝をそそのかすような態度までとった。あなたはぼくの名前を知らなかったか、忘れているからしいですな。だからはま子がぼくを派閥争いに巻きこもうとしたのは、彼女自身の判断でしたことだったのか、それともあなたの命令によるものだったのか、そこまではわからない。どちらです」

「わしだよ。君のことは、はま子から聞いていた」と、山鹿社長はいった。「はま子はただ経理課にいる若い社員といっただけで、君の名前までは教えてくれなかったがね。しかしわしは、はま子が君を愛しているらしいことをうすうす勘づいておったよ」

「言うな」今度はおれが悲鳴まじりにそう叫んだ。「じゃ、おれを経理課から引き抜いて営業部へ行かせようとしたのは誰の考えだ」

「わしだ」と、山鹿社長は答えた。「専務を通じてな。君の腕っぷしが強く、暴力組織にも関係しているらしいことを、はま子が探り出してきてわしに報告した。わしは君に営業部へ移らせて例の町はずれの工事を担当させ、現場のいざこざをもっと派手にさせてやろうと考えた」

「そしてぼくが死ねばいいと考えたわけだな。川島総務部長に、ぼくに二重帳簿を持ち出させるようそそのかしたのもあんたか」

「常務を通じてな」うなずいた。

「その二重帳簿を、あんたのために手に入れようとして、はま子は死んだ。あんたは自分の娘まで捨て駒にしてしまった。みんな、あんたが動かしているひとり将棋の駒だったわけだ。ぼくなどは歩に過ぎなかった。これで何もかもわかりました。納得しましたよ」

遠くにパトカーや消防車のサイレンが聞こえていた。二台や三台といった数ではなさそうだった。三十キロ以上離れているとなりの町から、やっと駆けつけてきたらしい。

おれは沢村をふり返った。「さ、行こうか」

沢村は顎をしゃくった。「どうせ死にます。楽にしてやらないんですかい」

おれはためらった。

だが山鹿社長は、自分で舌を嚙《か》んでいた。

会社の裏口から道路へ出ると、もう火は一ブロック彼方のビルを燃えあがらせていて、火炎は轟《ごう》ごうとボイラーのような音を立て、黒煙と、白《はく》塵黒塵《じんこくじん》があたりに舞い踊り、眉が焦《こ》げそうなほどの熱さだった。

ワーゲンに乗りこんだ伊丹が、いそいで車を出そうとしているところだった。おれは大きく手を振り、叫びながら駆け寄った。伊丹は幽霊を見たような表情で眼を丸くし、助手席のドアを開けた。助手席の凭《もた》れを倒して、あとから走ってきた沢村を後部座席へ押し込み、おれは助手席に乗りこんだ。

「死んだかと思ったぞ。今までどこにいた」と、伊丹が車を走らせながら訊ねた。

「そっちこそ、今ごろまでどこで何をしていたんだ」

「この馬鹿野郎。お前を捜しまわっていたんだ。あちこち駆けずりまわってな。それからついでに、写真も撮《と》った。火事はもちろん、撃ちあいも、殴りあいも、建設機械同士の一騎討ちも撮ることができた。特ダネだ」彼は喋りながら、車をどんどん北へとばした。

「おいおい。どこまで行く気だ」

「お前のアパートだよ。火事から逃げ出すんだろ。荷物を持って避難しなきゃ全部焼かれちまうぜ」

「冗談じゃない。おれはこんな町になんか、もう一刻もいたくないんだ。アパートにはろくなものは置いていない。全部燃えちまったっていい。靴も途中で買う。鉄道沿いの国道へ出るまで、どんどん西へ走ってくれ」

「じゃ、このまま東京へ帰るつもりか」

「そのつもりだ」

「わたしは途中で、どこの駅でも結構ですからおろしてください」と、沢村がいった。

さいわい町から出はずれるまで、パトカーや消防車にはまったく出会わなかった。おれたちは整備されていない街道をどんどん西へ行き、数十分後に国鉄の線路沿いの道路へ出て、さらにその道を西へ走った。

古い城下町の駅で沢村が車をおりた時は、もう夜になっていた。

「絹川さん、あんたにお詫《わ》びしなきゃならんことがあるんで」別れぎわに沢村は、腰をかがめてそういった。

「おれを騒ぎに巻きこんじまったこと。房子のことでたくらんだこと。その他にあやまることが何かあるか」

沢村はおれの胸のあたりを見ながら眼をしょぼしょぼさせた。「とんだご迷惑をおかけしました。それだけが言いたかったんで」

「すんだことだ」と、おれはいった。「もう何もかも終ったんだ。あんたとも、もう会うことはないだろう」

「お元気で。旦那」彼はそう言い、背を丸くして田舎駅に入っていった。

おれが言った通り、それ以来おれは一度も彼に会っていない。

37

東京の実家に戻ったおれは、しばらくの間何もしないで過した。事件のことは新聞などで大きく報道されているようだったが、おれは見なかった。あの町の名を聞いただけでもはま子のことを思い出し、気が狂いそうになってしまうからだ。

伊丹が二、三度電話をかけてきた。

「元気を出せよ」

「ああ。そっちはどうだ」

「例の写真の載った号、見てくれたか」

「いや。悪いが見たくないのでね」

「そうだろうな。おれはあの写真を撮った手柄で写真の方のデスクになった」

「おめでとう」

「一度会わないか。いつでも電話してくれ」

「ああ。いつかするよ」

だが、なかなか彼に会う気にはならなかった。

警察がやってきたのは事件後一カ月以上経ってからだった。あの時あの町にいた人間全部に話を聞いてまわっているということだった。おれは何も知らないと答えた。騒ぎが起ってすぐ町の外へ逃げ出したのだといっておいた。むしろ刑事らから得た情報で、警察が事件を単なるやくざ同士の喧嘩としか見ていないこと、山鹿建設のビルが丸焼けになったことなどをはじめて知ったぐらいだ。どうせ事件の直接関係者はほとんど死んでしまっている。おれのことを憶えているちんぴらやくざの生き残りが何人かいたところで、騒ぎにまぎれて町を逃げ出し、沢村と同様また日本のどこかの町で与太っているに違いなかった。


その後おれは都内の小さな商事会社へ勤めはじめた。トラブルを避け、真面目に、目立たぬように勤めて今に至っている。おれの中のデ・ロベルティスが暴れ出すことはまずないだろうと思える、おだやかな環境であり、毎日である。

はま子のことはいつまでも忘れることができなかった。無理に思い出そうとしないために、かえっていつまでも忘れられないのではないかとおれは思った。だからといって、故意に思い出を蘇《よみがえ》らせたりしようものなら、半狂乱になり、たまらずに酒を飲んだりして、またおかしな事件を起すに決っている。時間にまかせるしかなかった。

すでにある程度は復興しているであろうあの町へは、むろん、その後一度も行っていない。あの町の銀行には五十万円を預金したままだが、そのままにしてある。取りに行く気は毛頭ない。東京にいて引き出せないこともないが、そんな気にさえならないのである。

「植草甚一のブックランド」より

植草甚一

まあ仮定だが、ぼくなりの確信でもって、こいつはフランス人が読んだら大喜びするに違いないと思ったのが、筒井康隆の『おれの血は他人の血』（河出書房近刊）を三分の一くらい読んだときの気持で、それから三分の二までになったとき、ますますそんな気持になった。

じつはゲラ刷りで読んだのだが、残りの三分の一になったとき、こいつはマフィアの縄張り争いのパロディなんだなと思った。このへんがフランスの読者にとっては意見がまちまちになるところだろう。

フランス人を持ちだしたのは、これは推理小説ではないけれど、フランスの推理小説みたいに、ある一つの着想を浮かべた作家が、それだけにいどんで枝葉には目もくれないのに似ているからだ。日本の読者を引き合いに出さなかったのは、推理小説ファンなのにフランス物がきらいな者が多いからである。どうしてフランスの推理小説が面白くないんだろう。それはいいとしても、そういう人が筒井康隆はうまくなったなあ、こんどのは特別いいねえと言いそうなのが、ぼくには不思議なんだ。

ある地方都市の盛り場にあるバーが最初の場面で、土建会社の経理課員で絹川というのが三人組のヤクザにからまれる。ふだんは小心な絹川のことだから何をいわれても我慢しているが、ヤクザの一人が彼の頰っぺたを突っついたときだった。その瞬間カメラのフィルターを重ねていくように目のまえが暗くなりだし、怒るな、怒ってはいけないと自制するんだが、意識をうしなってしまった。

やがて意識が回復するが、見るとバーのなかは血だらけでビールびんは割れ、椅子なんかこわれている。無意識のうちに「エスクレメントオ」という彼自身にも意味不明の言葉を口にしながら三人のヤクザを半殺しにしたうえ、外へ放り出したのだった。

はははあ、こいつは「ウォルター・ミッチーのシークレット・ライフ」のパロディなんだなと思った。説明するまでもないが、これはジェームズ・サーバーの有名な短編でダニー・ケイ主演で映画化され、「虹を掴む男」という邦題で封切られたとき評判になったが、小心な空想ずきな青年が女房といっしょに車でショッピングに行く途中で、交通信号が赤になった。そうして緑になるまでにウォルター・ミッチーは、西部劇の英雄で早射ちの名手ビリー・ザ・キッドに変身してしまう。あのときのダニー・ケイは忘れられないなあ。

ところが筒井康隆の『おれの血は他人の血』はウォルター・ミッチーのパロディかもしれないが、それに輪をかけているんだ。半殺しにしたのは大橋組のチンピラだったが、絹川の腕っぷしに見とれていたバーの客の一人に左文字組の幹部がいて、親分のボディガードになってくれないかと頼みにやってくる。夜の八時から十一時まででいい。会社の給料の三倍出すからというんだが断わった。けれど向こうはしつこい。

そんなときまた大橋組の八人と乱闘して、やっぱり無意識のまま平げてしまうが、このときは警官三人が巻きぞえをくった。ぼくは筒井康隆のヤクザ物が本誌に出た「夜も昼も」のときから大すきだった。こんどは左文字組と大橋組の大喧嘩で、いやいやながらボディガードになった絹川が会社内部の陰謀にまで気が付きはじめる。なぜ「エスクレメントオ」と叫ぶのか、そこまで話すと、あとで読むときつまらなくなってしまう。とにかく一昼夜にわたるヤクザどうしの市街戦は、その徹底主義からいってもマフィア小説の向こうを張ってみたんだろう。

PART II

男たちのかいた絵

夜も昼も

　縞田が入っていった時、沢半組の事務所にはもう伊勢しかいなかった。事務所といっても、そこは組長沢村半四郎の自宅であり、三畳の玄関の間と、それに続く六畳の、組員たちの溜《たま》り場が事務所と称されているだけである。

「遅かったじゃないか」兄貴分の伊勢が、六畳の間に置かれたいくつかの菓子折から顔をあげ、縞田に咎《とが》めるような眼を向けた。それから縞田の姿をじろじろと眺めまわした。

「うん」縞田は顔を赤くして俯向《うつむ》いた。人からじろじろ見られるとすぐ顔を赤らめるのが、自慰をはじめた中学二年の頃からの、彼自身ではどうにもならぬ反応だった。

　そんな時彼は、つい右の掌を鼻さきにあてて、くんくんと臭いを嗅《か》いでしまうのだ。その部分はいつも、特に強く精液の臭いがするように思えた。自分にさえそう思えるのだから、他人にはきっと、自分のからだ全体から立ちのぼっているあの青くさい臭気がはっきりわかるにちがいない、そう思うたび、彼の顔はまたひとりでに赤くなった。

　床の間の前の菓子折は、右から順に千円、二千円、三千円、四千円と、金額によって分けて置かれている。

「他の連中はみんな、もう挨拶まわりに行ったぞ」伊勢はそういって、千円の菓子折と、四千円の菓子折をひとつずつ縞田の前へ置いた。「茜町《あかね》の方へ行ってくれ。千円の方が、和泉《いずみ》洋装店の若旦那、四千円の方が松本商会の大将だ」

「わかりました」縞田は褐炭色の風呂敷に菓子折をひとつずつ包み、事務所を出た。

和風の大きな邸が並んだその一画を出るとすぐ、大通りのバス停である。縞田は茜町方面行きのワンマン・バスに乗った。茜町はふたつ目の停留所で、そこから先の明神町、丸弥町などは、沢半組と仲の悪い鳴戸会の縄張りになっていた。

和泉洋装店は茜町バス停の前にあるが、縞田は先に松本商会へ行くことにした。そっちへ渡す菓子折の方が大きいからである。

松本商会は狭い路地に面しているが店の間口は広く、道路にまではみ出して商品の扇風機や掃除機が並べられている。親爺《おやじ》はいちばん奥の、カラーテレビやステレオが置かれている前で客と立ち話をしていた。

「やあ。どうも」

縞田が近づいていって笑いかけた時、小柄で顔色の青い親爺は一瞬露骨に迷惑そうな表情を見せ、すぐにあわててそれを隠そうとした。

中年の客が縞田を見て眉を少しだけひそめた。

「それじゃ、また」親爺にうなずきかけて、客は店を出て行った。

「今夜、賭場《とば》を開きますので、お知らせにきました」縞田はさっそく、親爺にそういって菓子折を風呂敷ごと渡した。「ご挨拶のしるしに」

菓子折の大きさを見て、親爺の頬が怯《おび》えにふるえた。彼は縞田が小脇にかかえている小さな風呂敷包みをちらと見てから、受けとった菓子折の大きさを目測した。さらにもう一度両方を見比べてから、ぼそぼそとつぶやくようにいった。「それはどうも、いつもご丁寧に」ちょっと頭をさげ、救いを求めるように眼球だけを動かして彼は周囲を見た。

誰かに誘われて、いちど沢半組の賭場にやってきた堅気《かたぎ》の客には、その次の開帳を、千円の菓子折持参で知らせに行くことになっていた。もし来なかった場合、次は二千円の菓子折を持って挨拶に行く。それでも来なければ三千円、その次は四千円という具合に、品物の大きさと金額を際限なくエスカレートさせて行く。五千円になると、そんな大きな菓子折は作れないので別の品物になる。一万円以上の品物になると、縞田のようなちんぴらではなく、幹部級の組員が持って挨拶にやってくるのだ。相手はだんだん気味悪くなってきて、ついにはいやいやながら賭場へやってくるという寸法である。

松本商会の親爺が賭場へ来たがらないのは最初来た時に二、三十万円負けているからだった。無論いんちき賭博だから負けるのがあたり前なのである。堅気の客から金を巻きあげてこそ組員たちが食っていけるのである。

「今夜は木更津という旅館でやります。場所を知っていますか」縞田は親爺の怯えぶりを細めた眼で観察しながらそういった。

「今夜ねえ」親爺は口ごもりながら答えた。「今夜はちょっと、寄りあいがあってね」

また来ないつもりだな、と、縞田は判断した。

「まあまあ。場所ぐらいは一応、知っておいてください」

低い声でそういうと、親爺は顔を伏せた。縞田のさりげない脅《おど》しが、気の弱い親爺にはびんびんと応えているのだ。縞田の陰茎が、こころもち勃《ぼっ》起《き》した。縞田は親爺に木更津旅館への道を教えながら、ズボンのポケットに右手を突っこんで陰茎をゆっくりとしごきはじめた。彼のズボンのポケットは、陰茎を素手で握りしめるために底を破いてあった。

縞田が賭場への道を喋《しゃべ》り終えると、親爺はうなずいてからもう一度、細い声でつぶやいた。

「でも、今夜はどうせ、同業者の寄りあいがあるから」

その寄りあいは何時に終るのだ、まさか一時や二時までやるわけではなかろう、賭場は朝がたまでやっているんだぜ、そういってやろうかとも思ったが、堅気の連中をそこまで怯えさせることは固く戒められていた。

「そりゃあ残念ですね。それじゃまあ、気が向けば来てやっておくんなさい」

縞田はそう言い捨てて店を出た。陰茎はまだ膨張していて、鬱血した亀頭がズボンの裏地に擦れて痛いため、ポケットに突っこんだ右手でその部分を握ったまま歩かなければならなかった。

和泉洋装店はその近所でいちばん高級な婦人既製服や洋品雑貨を扱っている店で、街かどにある上ショー・ウィンドウが大きく、だから店内は明るかった。若主人の和泉は店にいなかった。中学を卒業したばかりらしい少年の店員が、隣りの喫茶店でもう一時間以上も和泉が友人と話しこんでいることを縞田に話した。縞田は右隣りにある『モロッコ』という喫茶店に入っていった。

和泉と話していたのは彼の同窓生らしく、ふたりの会話には変てこな呼び名や渾名《あだな》がいっぱい混っていた。和泉に会釈してから縞田は隣席に腰をおろし、コーヒーを飲みながらふたりの話をぼんやりと聞いた。和泉に同窓生の友人がいることを、縞田は特に羨《うらや》ましいとは思わなかった。彼は今、怒張したままの自分の陰茎をもてあましていたのだ。

和泉は縞田がやってきても迷惑そうな表情は見せなかった。むしろ縞田のような人間と知りあいであることを、友人に誇っている様子だった。こういう素人《しろうと》は、はっきり口止めしておかない限り、賭場のことをべらべら人に喋ってしまうおそれがある。

自信に満ちあふれ、高慢な口調で喋り続けている和泉のぶよぶようだ腫《ば》れた顔を見ながら縞田は、こういう世間知らずを死ぬほど脅しつけてやったらどんな反応を示すだろうかと考えた。この若僧のような我の強いインテリほど、ちょっと凄《すご》んでやっただけで気絶するほど怯えるにちがいないと思い、その時の和泉の様子、声、表情を想像し、縞田はふたたびズボンの中で陰茎を強くしごきはじめた。亀頭の先端が湿りはじめていた。

和泉の友人が帰っていった。縞田は和泉の前の椅子に移り、菓子折を渡した。右手がポケットから出せないため、左手で風呂敷包みを和泉の前に押しやった。

「今夜また、賭場を開きますので」

「あ。今夜は行けないんだ。今の話聞いていたろ。おれ同窓会の幹事なんだ」

聞いてはいなかったが、本当のようだったので、縞田は賭場を教えなかった。

和泉は細くした眼を縞田に向け、秘密を共有する者同士の馴れなれしい口調で訊《たず》ねた。「今夜もまた、バッタマキかい」

「そうです」

「壺振りはやらないの」

「丁半はやりませんし」知ったかぶりしやがって、と、縞田は思った。

和泉はぬけぬけと訊ねた。「で、賭場はどこだい」平気な顔でタバコを出し、口に銜《くわ》えた。

「じゃ、ごめんなさい」縞田はすぐにそう言い捨てて立ちあがり、自分の伝票だけを摑《つか》むと、振り返りもせず入口の方へ歩き出した。

あ、という顔で自分を見送っているであろう和泉の視線を背に感じながら、彼は『モロッコ』を出た。カウパー腺液《せんえき》で右掌がねとねとしていた。帰りのバスに乗っている間に、なんとか鬱血をおさめなければならない、と彼は思った。だが、事務所に戻ってくるまで海綿体の脹《は》れはひかなかった。

六畳の間には、伊勢の他に四人の若い組員がいて、なんとなく殺気立っていた。

「何かありましたか」縞田は伊勢に訊ねた。

伊勢はじろりと縞田に横目を使ってから、早口に喋り出した。「今夜、鳴戸会の殴り込みがあるかもしれん。さっき賭場の近くで、工藤たちが乾《いぬい》を摑まえた」

「はあ」縞田はうなずき、壁ぎわにあぐらをかいた。

乾というのは鳴戸会の幹部のひとりである。賭場の近くで摑まったというからには、警察へ密告するつもりで場所をさぐりにきたと考えることもできた。

ふつう、組同士で密告《たれこ》みあいをしたりすれば、両方共痩《や》せ細って共倒れになるのが落ちだが、最近の沢半組と鳴戸会の仲の悪さはそんな汚い泥試合にまで発展していたのである。

乾を取り戻すため、鳴戸会が殴り込みをかけてくるだろうということも充分想像できた。こちらが乾を捕えておくかぎり、あっちが警察へ密告することはできないのだからな、と、縞田は考えた。だから少なくとも警察の手入れの心配はないだろう、彼はそう思った。

だが、恐ろしいのは警察の手入れよりも殴り込みの方であることを縞田は思い出した。手入れで命を失ったという話はまだ聞いたことがない。しかし、賭場への殴り込みで死人や怪我人の出ないわけがなかった。

殴り込みがあれば、おれは死ぬかもしれんぞ、縞田はそう思った。拳銃を持っているのは組長はじめ幹部連中だけである。縞田たちには脇差さえあたえられない。

日本刀でばっさり斬られて、今夜あたり死ぬことになるかもしれんな、そう考えるなり背筋にぞくぞくと恍惚《こうこつ》感が走り、彼はずっと勃起したままだった陰茎を、またもてあそびはじめた。壁に凭《もた》れ、眼をうつろにし、縞田は自分の死ぬ様子をあれこれと想像しながら次第に深く自慰へ没入していった。

「あ。こいつ、また、マス搔いてやがる」

縞田の前に立った多見山が、彼のズボンの膨《ふく》らみとその上下運動に気づいて、眼を丸くしながらそういった。他の連中はいっせいに薄笑いを浮かべ、すぐにそっぽを向いた。多見山だけがいつまでも縞田の前に立ちはだかり、顔をしかめ、汚物を見る眼で彼を見おろしていた。

一瞬、顔を赤らめてもじもじし、手の動きをとめた縞田は、やがて顔色をもとの蒼白《あおじろ》さに戻した。それからゆっくりと怒りの眼を多見山に向けた。恥をかかされたための怒りではなく、享楽を中断させられたための怒りだった。彼の眼の鋭さにどぎまぎし、多見山はすぐ顔をそむけて玄関の間に去った。

縞田は誰も見ていないのを確かめてから、左手でハンカチを出し、右掌にねっとりと付着したカウパー腺液を拭った。射精はしなかったが、気分を壊されたために陰茎は小さくなっていた。

「さあ。そろそろ現場の方へ出かけるか」伊勢がそういった。「他の連中はもう先に行って準備してるんだ。縞田、お前この風呂敷包み持ってきてくれ。多見山、お前は残ってくれ。そして、こっちに見えた客人を、木更津旅館の方に案内してきてくれ」

「わかりました」

縞田の持たされた白っぽい風呂敷包みは、細長く、重かった。脇差が入っているのかなと、縞田は想像した。

木更津旅館は事務所から約一丁離れた裏通りの、小さな和風旅館である。縞田たちが着いた時にはもうだいぶ暗くなっていて旅館の窓には明りが点《つ》き、近くの街頭には組員たちが見張りに立っていた。見張りの人数はいつもより多かった。おれも見張りに立たされるだろう、と縞田は思った。彼はいつも見張り役か、あるいは門の前に立って、やってきた客を奥へ案内する役だった。

賭場は旅館の一階の奥の間三部屋をぶち抜いて設けられていた。その夜、沢半組は一階を全部借り切っていた。二階はふつうの宿泊客があった時のために空けてあるが、変な連中がうろうろしているため、泊りにくる客はひとりもいない。

伊勢が縞田から風呂敷包みをとりあげ、奥の間へ持っていった。縞田たちには玄関に近い一室で旅館の夕食が出た。料理は不味《まず》く、量も少なかったが、縞田は満腹した。酒も出たが、縞田は飲むふりだけをした。彼は一滴も飲めなかったのだ。

「お前たちは玄関の前で見張りだ。客人が見えたら丁重に奥へご案内する。わかったな」奥から戻ってきた伊勢がそういって、肩をゆすりながらまた部屋を出て行った。なぜか、ひどく張り切っていた。

「兄貴は、乾の見張りをやるんだよ」と、ひとりがいった。

「乾はどうしてあるんだ」

「布団部屋へ押しこめてあるらしいな。今は幹部の誰かが口を割らせようとしてるんだろう」

縞田はまた、背後の床柱に凭れてズボンのポケットに右手を入れた。彼はいつも、わざと流行遅れのだぶだぶのズボンを穿《は》いているのだが、陰茎が急激に勃起すると、やはりあちこちに擦れて気持が悪い。

どんな風に折檻《せっかん》されているのだろうと想像し、乾の顔を思い浮かべようとしたが、うまくいかなかった。乾をよく知らないのだ。

ゆっくりと陰茎をしごき続けている時、ひとりが立ちあがった。

「さあ、行こうか」

縞田たちは門の付近に立った。星がなく、あたりは暗い。

幹部数人に囲まれて、組長がやってきた。沢村半四郎という、まるで役者のような名前だが、本人はすでに初老で、鼻が醜く潰《つぶ》れたいがぐり頭の小男である。縞田たちの挨拶に会釈も返さず、彼は憂鬱そうな表情で奥の間へ入っていった。初老期の鬱病ででもあるのだろうと縞田には思えた。

四つ辻の見張りがタバコの火を振った。縞田たちは門の中に入り、黒塀《くろべい》の裏側に身をひそめた。靴音が近づいてきて、通り過ぎていった。巡回の警官で、まだ若かった。

「イモだ」と、誰かがいった。

やがて、ちらりほらりと客がやってきた。縞田たちは交代で彼らを奥へ案内した。

多見山が意気揚揚と数人の客を案内してきたのをきっかけに、奥の間では賭博がはじまった様子だった。縞田たちは少し緊張した。

殴り込みがあるとすればいつごろだろう、と、縞田は考えた。他の連中のように酒を飲んではいないため、夜風がうそ寒い。彼は両手をズボンのポケットに突っこみ、肩をすくめていた。右ポケットの底が破れているからどうしても陰茎を素手で握ることになる。彼はまた、自分が殺されている悲痛なシーンを思い浮かべた。

いつもだと、見張りをしながら自慰に耽《ふけ》り射精をすると、そのあと寒さがひどくこたえる。発汗し、それが蒸発して冷えるためであろう。しかし今日は昼間からまだ一度も射精していないため、気分が暗鬱だった。少し暖かくなってきている筈だから、以前ほど寒くはあるまい、そう思い、縞田は陰茎をしごきはじめた。たちまち右手が粘液にまみれた。脊髄《せきずい》に寂寞感《せきばくかん》がしのびこんだ。縞田は少し前屈《まえかが》みになった。風が彼のながい頭髪を、彼の蒼白い頰にへばりつけた。

あるいは弾丸《たま》にあたって死ぬかもしれないぞ、縞田は断末魔の絶叫を吐いてのけぞっている自分の姿を、閉じた瞼《まぶた》の裏に描いた。その時、急に絶頂が近づいた。

彼はあわてて自慰を中断した。

「ちょっと、小便をしてくる」

片岡という男にそういうと、片岡は、あきれた顔つきで縞田のズボンの膨らみを眺め、早くやってこいという風に顎《あご》をしゃくり、そっぽを向いた。

裏通りを数歩歩いて縞田は旅館の横の暗い路地へ入り、立ち止り、ズボンのチャックをおろして陰茎を出した。彼は薄い肩を黒塀で支え、支えていない側の肩をこころもちそびやかせ、やや前屈みの姿勢で亀頭をぐいとしごき、射精した。その瞬間、彼はがくくと、膝《ひざ》を少し曲げ、次いで小さな尻をふるふると顫《ふる》わせた。しばらくそのままの姿勢でオーガズムの余情を味わい、それから小便をし、小便で黒塀にへばりついている精液を洗い落した。

掌をハンカチで拭っては臭いを嗅ぎ、また拭いながら、縞田は門の前へ戻った。多見山が縞田を捜していた。

「どこへ行っていた」多見山は縞田の手にしたハンカチを、しかめた顔でちらと見てからそう難詰するようにいった。

「おれに何か用か」縞田は多見山の問いに答えず、逆に訊ね返した。

「どこへ行っていた、と、訊ねてるんだ」

「おれに何の用だ、と、訊ねてるんだ」

多見山はしばらく縞田を睨《にら》みつけてから、低い声でいった。「伊勢の兄貴がお前に、布団部屋へ来てくれっていってる」

「そいつを早く言わなきゃいかんじゃないか」縞田は玄関の方へ歩き出した。

「えらそうにいうな。せんずり掻きに舐《な》められてたまるか。どうせそこら辺でこそこそとせんずり掻いてやがったんだろう。見張りもしないでマス掻いてやがったこと、あとで兄貴に報告してやる」多見山は縞田の背に、口汚くわめき続けた。「せんずり呆《ぼ》けのうすら馬鹿め。淫水の臭いをぷんぷんさせやがって。阿呆」

縞田は知らぬ顔で旅館に入り、奥にのびた廊下をまっすぐ進んだ。つきあたりが布団部屋である。木戸を開くと中は三畳間ほどの板の間で、片側には余分の布団が眼の高さほどに積みあげられている。正面には裏庭に面したガラス窓があって、その捩《ね》じ込み錠はながい間掛けられたままらしく、錆《さ》びついていた。

両手両足を縛られて隅にうずくまった乾を、拳銃を持った伊勢が見張っていた。伊勢は縞田を見て、ほっとしたような顔つきをし、すぐまた頬をひき締めた。

「このいやな野郎と面つきあわせていると、気がむしゃくしゃする。ちょっと隣りの部屋で一杯ひっかけてくるから、その間見張りを交代してくれ」伊勢は拳銃を縞田に渡した。

緊張に耐えきれなくなったのだろう、と、縞田は思った。

伊勢からねだったらしいタバコを口に銜えている乾が、にやりと笑った。たしかに、伊勢が弱音を吐くほどの気迫が、乾にはあった。でぶでぶと肥満した男だが、背は低く、色が白く、力もさほど強そうではなかった。だが整った顔に、さすが幹部と思わせるだけの威厳のようなものがあった。

伊勢が出て行くと、縞田は拳銃を点検した。ルガーのオートマチック八連発で、安全装置はかかったままだった。これじゃ、伊勢が乾に馬鹿にされるのはあたり前だ、と思いながら縞田は安全装置をはずした。

「こら。わけもわからずに素人が拳銃をいじりまわすんじゃねえ」乾が叫んだ。

縞田は乾を睨みつけた。縞田が安全装置をはずすのを見ていたらしく、乾の顔色が変っていた。急に怯えはじめた様子で、声も顫えている。幹部の誰かに痛めつけられたらしく、彼の唇の端は切れて、まくれあがっていた。

「えらそうないいかたをするな。鳴戸会のちんぴらどもとは、わけがちがうぞ」あの唇の切れた部分を、もう一度拳銃の尻で殴りつけてやろうか、と縞田は思った。だが残念なことに、乾の貫禄は手足を縛られていてさえ彼に勝《まさ》っていた。

縞田はわざと拳銃のあちこちを撫《な》でまわし、ぎくしゃくした手つきでもてあそんだ。

「拳銃を持たされたのは、はじめてだ」けけけ、と、彼は笑ってみせた。

本当は今までに数回持たされたことがあったし、標的めがけて試射したこともある。機構は充分承知していた。

殴った以上の効果があり、乾はふるえあがった。「やめろ」眼を強く閉じ、横を向いてしまった。「ええと、弾丸はどこから装塡《そうてん》するのかな」

乾が絶叫した。「安全装置をはずしたままで、それをやるな」タバコを床に落した。

「いちいち、うるさいやつだな」縞田は立ちあがり、乾に近づいた。「おれに指図するな。おれに命令するな。今度したら撃ち殺してやる」彼はゆっくりとタバコを拾った。

「おれを殺したら、まずいことになるぞ」

「なるかどうか、撃ち殺してやろうか」

「おれを殺したら、まずいことになる」

「知るもんか。こっちはちっとも、まずくない。お前が逃げようとしたら、撃ち殺してもいいと言われている。だから、お前が逃げようとしたから撃ち殺したといえばいいんだ」

「おれは、逃げようとなんか、していないじゃないか」もしかしたら殺す気ではないか、と、疑いはじめたようだった。

縞田は右手で拳銃を構えたまま、左手で乾の手足の紐《ひも》の結び目をほどいた。「こうすればお前が逃げようとしたことになる」

「馬鹿なことをするな」眼を剝《む》いた。

「さあ。逃げてみるか」縞田は乾の顔に銃口をつきつけた。「逃げてみろよ。逃げなくても、撃つかもしれんよ」

「いい加減にしろ」乾は結び目をとかれても手首と足首に紐を巻きつけたままじっとしていた。

「馬鹿なことをするな」

「どうせおれは馬鹿だ」縞田はいった。「そうか。馬鹿とぬかしやがったな。撃ち殺してやる」兇悪《きょうあく》な表情には自信があった。

「馬鹿とはいっていない」

「さあ。逃げろ。どうせ撃ち殺してやるんだぜ。じっとしたまま殺されたいか」

「いやだ」また唇が顫えはじめた。

「じゃあ、逃げろ。逃げられるかどうか、やってみろよ。ぶっぱなしてやるから」

乾は銃口を見つめた。もはや威厳も貫禄もなかった。死の影におびえ、のべつ身顫いしているかのようなはげしさで、全身をふるわせていた。彼は縞田の殺意を信じていた。

縞田は拳銃を左手に持ちかえ、右手をポケットにつっこんだ。矢も楯《たて》もたまらなくなっていた。すでに固くなっている陰茎を握りしめ、拇指《おやゆび》で亀頭の先端をなでまわした。


乾が、怪訝《けげん》そうに縞田の顔を眺めた。

縞田は乾に訊ねた。「死にたいか」

また乾の顔が歪《ゆが》んだ。「死にたくない」

「殺してやる」

「殺されるのはいやだ」膿《うみ》のような洟《はなみず》を出していた。「なぜ殺されなきゃならない」

「殺される前というのは、どんな気分だ」

「なんともいえない気分だ」全身を硬直させた。

「やめてくれ。殺すな。殺す理由がないじゃないか。そうだろう。助けてくれ」

「もっと怖がれ」縞田は勢いよく陰茎をしごいた。

乾は縞田の自慰に気がつき、眼を丸くした。

「あ、こいつ。何してやがる」

息遣いをせわしくさせながら、縞田はいった。

「見ればわかるだろ。せんずりだ。終ったとたんに、ぶっぱなす」

「気ちがいだ」乾は信じられないといった眼つきで縞田を凝視した。

「さあ、もっと怖がれ。怖がるんだ」縞田はあえぎながらいった。「その色の白い、ぶよぶよとたるんだ頬をぶるぶると顫わせて、もっと怯えろ。女みたいな声をあげて命乞いしろ。さもなきゃ、今すぐ撃つぞ」

乾が叫びはじめた。「だ、誰か、誰かきてくれ。こ、この男は気ち……」

大きく開いた乾の口の中へ、縞田は銃口をつっこんだ。「やめろ。人を呼ぶと引きがねを引く」

「ひやめれふれ」泣き出した。

縞田は乾の口から銃身を抜いた。「指さきがしびれてきた」次第に虚脱したような顔つきになり、眼をうるませた。「指さきの感覚がない。これじゃ、終るまでに引きがねを引いてしまう」

「死にたくない」乾は大きな眼から涙を流して、洟をすすりあげた。「死ぬのはいやだ。殺さないでくれ。こんな馬鹿な死にかたは、いやだ。こ、こんな悪夢みたいな死にかたは絶対にいやだ」

「どんな死にかただって、悪夢さ」縞田は照れたように、ひひ、と笑った。「そうか、そうか。悪夢だと思うか。死ぬ前ってのは、やっぱりそういう気分か。おれが想像していたのと同じだ。じゃ、どんな死にかたがいいんだ」鼻息が荒くなった。

「どうしてそんなことをいうんだ」乾は頬いちめんを涙で光らせ、わあわあ泣いた。「そんなことを言わないでくれ」

「いや。教えてくれ」縞田は、もはや立っていられぬといった様子で、膝をなかば折り曲げ、上半身をがくん、がくんとはげしく前後させながら訊ねた。「ぜひ教えてくれ。なぜこんな死にかたがいやなんだ」

「こ、ここは布団部屋だ。こんなところで死ぬのはなさけない。電球が暗すぎる。百ワットと取り替えてくれ。明るいところで死にたい」

「そうか、そうか。明るいところで死にたいか」

縞田は何度もうなずいた。「だが、ここで死ぬんだ」

「わあ」大声で泣き出した。

「でかい声で泣くな。人がくる」

乾は、極度の恐怖に、発狂寸前の眼をしていた。「どうせ死ぬんだ。泣かせてくれ」

「静かに泣け。馬鹿野郎」

乾は声を殺し、女のような声をあげ、ひぃー、ひぃーと咽喉《のど》を鳴らして泣き続けた。整った顔が醜く歪み、下唇が突き出ていた。

拳銃を握っている縞田の左手が、がくがくと顫えた。それまでは乾を脅しているだけだったが、もはや指さきの痙攣《けいれん》は自分で制御できぬほどになっていて、いつ本当に引きがねを引いてしまうことになるか彼自身にもわからなかった。

「う、撃ってしまう」縞田は驚き、早口でそう呟《つぶや》きながら右手首を勢いよく動かした。「あ、撃ってしまう」

「わ」死を前にし、乾は一声叫んで、一瞬、すべての鬱屈した重苦しい感情を意識へ噴出させたかに見えた。そして無表情になった。それは一種の失神状態ともいえた。

乾のその顔を見て、縞田はぐゝゝっと呻《うめ》き、腰を折り、ズボンの中へ射精した。床に膝をつき、恨めしげに乾の顔を見つめたままひくひくと頰を痙攣させた。

やがて彼はゆっくりと立ちあがり、拳銃を持った左手をだらりと下げ、乾から遠ざかった。

「もう、やったのか」と、乾が真顔で訊ねた。

「ああ、もう、やった」縞田は溜息とともにそう答えた。

乾は唖然とした。「おれを殺すんじゃや、なかったのか」

「もう、その必要はない」

「せんずりのために、おれを脅したのか」

「そうだ」縞田は精液にまみれた右手を、ズボンのポケットから出し、その手で上着のポケットからハンカチを出した。

　乾はくすくす笑った。

　縞田は顔を赤らめ、ハンカチで右手を拭った。

　乾がげらげら笑った。「ズボンの中へ、出しちまやがった」

「そんなに笑うなよ」縞田は恥ずかしげにいった。「お前だって、命乞いをして泣いたくせに」

　今度は乾が顔を赤らめ、俯向いた。それから、つぶやくようにいった。「手を洗ってこいよ」

　ズボンの中も、ハンカチも、背広のポケットも、拳銃の銃把《じゅうは》も、そして手も、精液にまみれてねとねとだった。だが縞田はかぶりを振った。

「お前を見張ってなくちゃな」

「部屋の中が青臭いんだよ」と、乾はいって顔をしかめた。「せめて、窓をあけてくれ」

「だめだ」縞田は床に腰をおろした。「お前が逃げるかもしれん」

「逃げたら、それこそ撃ちゃあいいんじゃねえか」

「もともと、撃つ気など、これっぽちもありゃあしないよ」

「とにかく、臭くてたまらないんだ」

「いい気になるな」縞田はとびあがるように立ちあがり、乾の頰を銃把で殴りつけた。もう、平気で殴ることができた。

　乾は床にぶっ倒れた。倒れている乾の口もとを、縞田はさらに三回殴りつけた。乾の口の周囲は血まみれになり、彼は失神した。少し離れた床の上に拳銃を置き、縞田は乾の手首と足首の紐を、しっかりと結びなおした。ふたたび拳銃をとり、壁ぎわにうずくまり、ぼんやりした眼で床に転がっている乾を眺め続けた。

　乾が呻き声をあげた。顔をしかめ、眼を閉じたままで呻き続けた。

　伊勢が戻ってきて、横たわっている乾と、ぼんやりしている縞田を、丸くした眼で二、三度見くらべた。「いったい、どうしたんだ」

「生意気なことを吐《ぬ》かしやがったもんで」

「生意気なことだって」伊勢は縞田を見つめた。

「こいつはもともと、生意気なんだよ。幹部だもんな」幹部だから生意気なのは当然だと思っている口調だった。「おれにだって生意気なこと、ずいぶん吐かしやがったよ。それでどうしたんだ」

「ぶん殴ってやった」

「ぶん殴った。お前がか」見なおしたように縞田をじろじろと見た。

この男は、いくら乾から馬鹿にされても、やつを殴ることができなかったんだ、と、縞田は思った。彼はうなずきながら立ちあがった。拳銃を伊勢に渡した。「それじゃ」

拳銃を受けとりながら、あきれたような顔で伊勢はもういちど訊ねた。「本当に、お前がやったのか」倒れている乾の口のあたりを見てから、少し怯えた眼で縞田を見なおした。


縞田は無言で布団部屋を出た。

便所の戸は玄関の横の、眼につかぬ暗い廊下に面していた。だが中に入ると比較的明るくて広く、大きな洗い場もついていた。流しの上の小窓からは旅館の前庭を見渡すことができ、首をつき出すと門のあたりもうかがえた。門では多見山たちが肩をすくめて見張りを続けていた。

縞田はハンカチを出して水で洗い、洗ったハンカチを手拭い掛けにぶらさげ、それからズボンを脱ぎ、さらにパンツも脱いだ。丸めたパンツでズボンの裏に付着した精液を拭きとり、そのパンツを屑籠《くずかご》に捨ててから、手拭い掛けにかかっている旅館の名が入った日本手拭いで下腹部と陰茎を拭った。拭い終り、下半身まる出しのまま、ゆっくりと石鹸《せっけん》で手を洗った。

門の方で、四、五人のわめく声がした。続いて誰かが悲鳴をあげ、ぎゃっと叫んだ。

多見山の声が玄関の間で響いた。

「殴り込みだ」

彼の靴のままの足音が、廊下を奥の間へどたどたと走っていった。走りながら多見山は殴り込みだと叫び続けていた。

便所の小窓から覗《のぞ》くと、門の方で日本刀が一本、刃を光らせて宙に躍っていた。黒い人影がのけぞった。

黒塀の彼方《かなた》で銃声が響いた。散弾銃の発射音らしく縞田には思えた。それからすぐ、何人かわからぬほどの人数が門からなだれこんできて玄関へ走った。吠えるような喚声をあげていた。

「客人から、先に」

「裏口から」

「逃げてくれ。逃げてくれ」

「組長。組長」

奥の間の方角からそんな声も聞こえてきたが、喚声や怒号の方が大きくて、よく聞きとれなかった。

植込みの多い前庭を、二、三人が、やはり二、三人の男に追いまわされ、悲鳴をあげて逃げまどっていた。追っている二、三人のうちのひとりは長い日本刀を持っていた。

縞田は窓の外の情景を見ながら、またオナニーをはじめた。

逃げていたひとりが日本刀で腰を斬られ、植込みの手前に倒れた。

「兄貴。兄貴」

地べたをのたうちまわりながら、そう叫んでいた。片岡の声だった。

片岡を残し、前庭には誰もいなくなった。

奥の間では叫喚が、まだ続いていた。

片岡は倒れたまま、足で何かを蹴《け》るような恰好をし、それを数回続けてから動かなくなった。彼が動かなくなるとほとんど同時に、縞田は射精した。

今度は、陰茎と手を水道の水で直接洗い日本手拭いで拭いた。それから手拭いを水で洗い、搾《しぼ》った手拭いでもう一度下腹部を拭った。

窓ガラスの割れる音がした。続いて銃声がした。あきらかに拳銃の発射音だった。縞田は窓から前庭を眺めた。

裏庭の方から、旅館の横手をまわって駈けてきた乾が、植込みの蔭に身をひそめた。縞田はむき出しの下半身をそのままに、便所からとび出した。

廊下には誰もいなかった。縞田は廊下を奥へ駈けた。蹴破られた障子が賭場の方へ倒れ込み、縞田が駈けながら見ると賭場には沢半組の幹部のひとりが横たわり、腹から噴き出ている血を両手で押さえ、畜生、畜生と叫んでいるだけだった。騒ぎは縁側の雨戸を蹴破って裏庭の方へ移っている様子だった。

布団部屋にとびこむと、伊勢ひとりが、まだ銃口からうすく煙の出ている自分の手にした拳銃を、眼を見ひらいて眺めながら顫えていた。窓枠《まどわく》がはずれ、桟が折れ、ガラスが割れていた。

「逃げた」茫然としたまま、伊勢がいった。「あいつ、おれが拳銃を持っているのに、平気で逃げやがった」

「撃ったのかい」と、縞田は訊ねた。

「撃ったけど、安全装置をはずすのに手間がかかったもんで」そこまで喋ってから伊勢は縞田の姿を見て、ぽかんと口をあけた。「お前、その恰好は」

「便所にいたんだ」と、縞田はいった。それから、伊勢に手をつき出した。「兄貴、その拳銃、おれに貸してくれ。乾を追っかけていって、殺《や》ってくる」

「お前がか」名残り惜しそうに、伊勢は拳銃を眺めた。拳銃を持っている限り自分の身だけは安全なのだという錯覚に陥っているらしく見えた。

「拳銃を持っていながら乾を逃がしたんだぜ、兄貴は」

「うん。逃がした」

「それが知れると、まずいだろ」

「まずいな」

「だからおれが殺ってくる。もしやれなくても、おれがずっと拳銃を預かっていて、乾を見張ってたことにすりゃいい」縞田は伊勢の手から、ひったくるように拳銃をとりあげた。

銃把には、まだ精液の臭いが残っていた。

伊勢は、ほっとした表情でうなずいた。「安全装置をかけたままだったのが悪かったんだ。おれが安全装置をかけておいたんだ」

「ここにいてくれ」縞田はそういって、布団部屋を出た。

廊下に立ち、裏庭の騒ぎに耳をすました。

多見山が、玄関に近い六畳の間から廊下へ這《は》い出てきて、四つん這いのまま便所の方へ逃げた。今までそこに隠れていたらしく、縞田が通りがかりに六畳の間を覗くと、布団がぎっしり入っている押入れの襖《ふすま》が開けっぱなしになっていた。

便所に入っていくと、縞田を鳴戸会の誰かだと思ったらしく、多見山があわてふためいて大便所へ隠れた。

縞田は流しの上の窓から、乾が隠れている植込みめがけて銃弾を一発だけ発射した。乾が植込みのうしろからまろび出てきて門の方へ逃げはじめた。縞田は狙いをさだめ、さらに一発、乾を撃った。乾はズボンの尻のあたりからうす煙をあげてのけぞり、からだについた汚いものを振り落そうとするかのように、その場でとんとんと二度とびあがり、次に片足をあげ、片足をあげた姿勢のままゆっくりと横の黒塀にぶつかっていって倒れ伏した。

縞田はむき出しの陰茎を二、三度しごいてから拳銃を背広のポケットに入れ、多見山が隠れている大便所の戸をノックした。「多見山、出てこい」

「誰だ」

「おれだ」

「なんだ。縞田だったのか」

多見山が戸を開けて出てきた。彼は縞田の恰好と、彼の怒張した陰茎を見て、ちょっとのけぞるような様子を見せた。だが、すぐに居丈高になって軽蔑《けいべつ》の笑みを浮かべた。

「なんだ、その恰好は。こんなところで何している。隠れてたのか」

「隠れていたのはお前だろ」

「ふん」多見山はちょっと肩をそびやかしてから、不安そうに周囲を見まわした。「今、ピストルの音がしたな」

「ああ、こいつの音だよ」縞田は背広のポケットから拳銃を出し、銃口を多見山の腹に向けた。

「なぜそんなものを持ってる」多見山は眼を輝かせた。「おれによこせ」

多見山の出した手を、縞田は銃身ではらいのけた。「いや。おれが持っておこう」

「なぜお前が、そんなものを持ってるんだ」

「お前を殺すためさ」

「なぜお前が、おれを」多見山は泣き笑いのような表情をした。「冗談いうな」

「冗談じゃない」

「それじゃ、今の音は」真顔になった。「お前がこいつを撃った音か。何を撃った」

「人間を撃った」縞田ははじめて、にやりと笑った。「死んだよ」

多見山は顫えはじめた。

「何人死んだって一緒だ」縞田はそういった。

「誰が殺したかも、わかりゃしない」

「悪かった。おれが悪かったよ」多見山がすすり泣いて、頭を二度下げた。「殺さないでくれ。生意気いったのを許してくれ。これからあんたを兄貴分にして立てる。いや、子分にしてくれ。こ、子分、子分」

縞田はゆっくりと陰茎をしごきはじめた。次第に息を荒くしながら、彼はまたにやりと笑い、多見山に訊ねた。「おれがマスを掻き終るのを見とどけてから、脳天に一発とどめをぶちかまされた方がいいか、それとも、どてっ腹に一発ぶちかまされて苦しんでいるお前を見ながら、おれがマスを掻いた方がいいか、どちらがいいか」

恋とは何でしょう

繁華街から出て、立ち並ぶ倉庫群のとっかかりを暗い突堤の方へ折れていったふたつの影があった。ちいさな影と、でかい影であった。星はなかった。

「なあ、兄貴」と、でかい方がいった。「組長はほんとのところ、おれなんかどうでもいいと思ってるんじゃないのかな。だからおれを人質にしたんじゃないのかな」

「心配するな、種《たね》」と、兄貴と呼ばれたちいさな男がいった。「どうでもいいような男を高柳の連中が人質としてひき取るわけがなかろう。あっちの人質は高柳の息子なんだぜ。お前は高柳の息子と同じ値打ちがあるってことなんだぜ。だからあっちも承知したんだ」

「そうかなあ」種と呼ばれた大男は、低い声でぼんやりと、そうつぶやいた。

「そうだとも」ちいさい男は強くうなずいて見せた。

「でも、兄貴はおれのことが心配だろ」種は丸い眼でちいさい男を見おろし、声を顫《ふる》わせた。「おれのことを、心配してくれるんだろう」

「そりゃ、心配だよ。あたり前だ」ちいさい男は種のでかい尻を叩いた。

倉庫の入口に点《つ》いている常夜灯の前で、ふたりは立ちどまった。

「十時だな」ちいさい男が腕時計を見て、そういった。「高柳の息子も、うちの事務所へ着いただろう。さあ、早く行かないと、また揉《も》めごとが起る」

「うん、うん」大男の種が、小きざみにうなずいた。「早く行こう」

突堤にいちばん近い倉庫の角に、事務所があった。カーテンをひいたガラス戸とガラス窓から、室内の灯が洩れていた。でかい影とちいさい影がガラス戸に近づき、ちいさい方が指でガラスを軽く叩いた。

男の黒い影が中からカーテンを引き、ガラス戸を開いた。ふたりが事務所へ入っていくと、また、ガラス戸は閉ざされ、カーテンが引かれた。

「来たな」色の浅黒い、眼球の少しとび出た男がにやりと笑った。

事務所の中には六人の男がいた。正面の事務机に向かって眼玉男、ソファにふたり、壁ぎわに立ってふたり、あとひとりは眼玉男の背後に突っ立っていた。

「これはこれは、お兄哥《にい》さんがたお揃いで」種をうしろに従えて、ちいさな男が男たちの視線を浴びながら事務机の前まで進んだ。「約束通り十時に来たぜ。あんたの弟も、うちの事務所へ行っただろうな」

「付き添いと一緒にきっかり十時、そっちの事務所へ行ってる筈《はず》だ」人質の兄貴の高柳がとび出た眼球で、種の巨軀をちいさな男の肩越しに眺めながらいった。「でかい男だな。種っていうのがそいつか」

「そうだ」ちいさな男は、種の前に立ちはだかったままでうなずいた。

「で、岩屋というのがお前か」

「そうだ」と、ちいさな男が答えた。

「ふん。そうか」高柳は、なおも種をじろじろ観察し続けた。「で、お前たちは恋びと同士ってわけか」

男たちがいっせいに、押し殺した声で笑った。

種が不安そうに、岩屋の方へ身をすり寄せた。岩屋が肩をそびやかせた。彼は高柳を睨《にら》み続けていた。

高柳は種の表情と動作を観察し続けた末、岩屋にうなずきかけた。「そうか。その男、低能だな」

「こいつは低能じゃない」岩屋は高柳を見つめたままでいった。「こいつを馬鹿にすると承知しないぞ」

「おい」高柳の背後に立っていた筋肉の塊りのような男が無表情なままでいった。「こういう場所で凄《すご》むな」

岩屋は筋肉の塊りと高柳を見比べた。やがて、ぎょっとしたように身をこわばらせた。「なんだ。お前らだって恋びと同士じゃねえか」

部屋中の男たちが、いっせいに身じろぎした。

「あ、兄貴い」種がまた不安そうに岩屋の背を小突いた。

その時、事務机の上の電話が鳴った。

一同の注意が受話器へ集中している間に、岩屋はふり返り、種にささやいた。「心配するな。びくびくするんじゃねえぜ」

「おい。お前だ」電話に出た高柳が、受話器を岩屋につきつけた。「そっちの事務所からだよ」

「おれだ」と、岩屋は受話器にいった。

「今、高柳の息子がこっちに着いた」と、電話の声がいった。「そっちも、種を置いて戻ってこい」

「わかった」岩屋は受話器を置き、高柳を睨みつけた。「それじゃ、こいつをひき渡す。おれは帰るぜ」

「なぜそんなに、おれを睨みつけるんだ」高柳が鼻で笑った。「そんなに心配か」

「ああ、心配だね」彼はまた、筋肉男と高柳を見比べた。「いっとくが、種には指一本、触れないでもらいたい」

筋肉の塊りは、ゆっくりと身動きした。「そういう口のききかたはするなって、さっきいっただろ」

岩屋はかまわずに続けた。「取引は明日の早朝だ。その取引がこの前みたいに揉めないで無事終れば、正午におれがまたここへやってきて、こいつをひき取る。だが、その時にだ」岩屋は種を顎《あご》でしゃくった。「こいつが疵《きず》ものにされていたら、結果は取引がうまくいかなかったのと同じことになるんだぜ。わかってるか」

「それは、こっちにだって言えることだ」高柳は片足を事務机にのせた。「ところで、疵ものってのはどういう意味だい」

「わからなきゃいい」男たちが笑おうとする前に、岩屋はそういった。それから種を振り返った。「じゃ、明日また、迎えにきてやるからな」

種の分厚い唇が歪《ゆが》んだ。「帰っちまうのかい、兄貴」涙ぐんでいた。

ソファに腰かけていたひとりが、吹き出しそうになってあわてて横を向いた。岩屋は男たちを睨《ね》めまわしながら出ていった。彼が出て行くのを見守っていた種は、部屋のまん中に立ちすくみ、巨大なからだを持てあましてもじもじし、不安そうに男たちを見まわしてから、高柳にいった。

「どっかへ、すわらせてくれよ」

「椅子をやりな」

ひとりがパイプの椅子を種の前に押しやった。種が掛けると、ちいさな椅子が悲鳴をあげた。高柳は種の、はちきれそうなズボンの尻のあたりを凝視していた。

「よし。お前らはもういい。清《きよし》だけ残れ」やがて、高柳は男たちにそういった。そして背後の筋肉男を振り返った。「吾朗も、もういい。帰れ」

「え。おれもかい」吾朗は心外そうに高柳を見つめた。

高柳は彼から眼をそむけた。

吾朗は高柳と種を見比べ、唇を嚙《か》んだ。

「それじゃ、兄貴」清という男だけを残し、他の連中がぞろぞろと出て行った。

いちばん最後に事務所を出て行こうとした吾朗が、ガラス戸の手前で高柳を振り返り、もじもじした。「なあ、兄貴」

「なんだ」

「その大男に、ちょっかいを出さねえ方がいいと思うぜ」

高柳は語気鋭く吾朗にいった。「お前、おれに指図するのか」

吾朗はしょげ返って出て行った。

清がガラス戸に錠をおろし、カーテンを引いて、ソファにうずくまった。背の高い、痩《や》せた男で、さっき種の泣き顔を見て吹き出しそうになったのがこの男だった。彼は皮ジャンパーを着ていた。拳銃を出し、ちょっと点検してからまたポケットへ入れた。

「ここにいてくれ」と、高柳が清にいった。

「ああ、わかってるよ」清はごろりと、ソファに寝そべった。

高柳は立ちあがり、種にうなずきかけ、奥の部屋へのドアに向けて顎をしゃくった。「こっちへこい」

「え、なんだい」種は椅子にかけたまま高柳を見あげ、不安そうに清を見た。それから、のろのろとドアに視線を移した。「奥の部屋へ行くのかい」ゆっくりと立ちあがり、うなずいた。「そうか。奥の部屋があるんだね」顔を歪め、無理やり笑顔を作って高柳に笑いかけた。

高柳はドアを開き、先に入れという風に、また顎をしゃくった。

「うん、うん。入るよ、うん」種は何度もうなずきながら、また、ちらと清をふり返り、わざと安心しきった様子で奥の部屋へのドアをくぐった。

宿直室らしい畳敷きの四畳半だった。部屋の隅にはカバーの黒くなった布団が二、三枚たたんで積んであった。

「ここは、泊るところだね」部屋を見まわしながら、種はそういった。眼球が少し奥へ引っこみ、まん丸くなっていた。「ねえ。そうだろ」

「ああ、そうだよ」うしろ手にドアを閉めてしまうと、急にやさしい声で高柳は種の背中を叩いた。「さあ、上にあがんなよ」

上り框《がまち》に腰をおろし、種は靴を脱いだ。高柳も、立ったままで靴を脱いだ。

畳の上へあがると、うす暗い電灯はほとんど種の鼻さきの高さにぶら下がっていた。種は手持無沙汰に、四畳半のまん中に突っ立った。

「いいからだをしてるな」高柳が、種の前へまわって彼のからだを見あげ見おろし、平手で彼の胸をぽんぽんと叩いた。

「そうだろう」種は口をあけて、にやりと笑った。「力だって、あるんだぜ」

「ほう、そうか。力もあるのか」高柳は種の腕のあちこちを摑《つか》み、摑んでは種の顔を見あげて彼の表情をうかがった。「なるほど、たいしたもんだ」

「ひひひ」照れて種は笑い、ひゅうと音を立てて息を吸いこんだ。

高柳は種の背広のボタンをはずし、ワイシャツのボタンをはずしはじめた。

「何をするんだい」種がおびえた眼で高柳を見おろした。「なぜ、ボタンなんかはずすんだい」

「お前の裸が見たいんだよ」高柳はにやにやしながら、種の背広を脱がせた。「裸を見るだけだ。だから、いいだろう」

「う、うん。い、いいとも」種は救いを求めるように、何もない四畳半をきょろきょろと見まわした。「でも、変なことはしないだろうね」

「ああ、変なことはしない」高柳はくすくす笑った。「何もしないよ」種のワイシャツを脱がせはじめた。

「ワイシャツも脱ぐのかい」

「ああ。ワイシャツもだ」高柳は息をはずませながらいった。「だって、ワイシャツを脱がなきゃ、裸が見られないだろ」彼は種の上半身を、裸にしてしまった。「いいからだだ」高柳は惚れぼれしたという眼つきで種の肉体を眺めた。少し、肉がだぶつき加減の種の腹を指さきでつまんだ。それから種の背後へまわった。

「いいからだだな」彼はそう言いながら、いそいで背広を脱いだ。「ほんとに、いいからだをしている」ワイシャツも脱いだ。

「少し寒いよ。おれ」と、種がいった。

「あたためてやるよ」高柳は種の背後から彼を素肌で抱きしめた。

　高柳のからだは汗ばんでいた。一方、種の背中にも冷や汗が流れていた。ふたりの肌と肌が、少しずるりと滑ってからぴったりと密着した。男同士の皮膚と皮膚は、少しの摩擦ですぐ熱を持った。

「どうだ。あたたかいだろう」鼻息を荒くしながら、高柳がいった。

「うん。うん。でも、もうやめてくれよ」おろおろ声で、種は身をよじった。

「どうしてだ。だって、こうしているといい気持だろう」高柳は前にまわした手を、種のズボンのベルトにかけた。

「あ、いけないよ」種は弱よわしい仕草で、その手を振りほどこうとした。「そんなことしちゃ、いけないったら」

「からだ全体を、ぴったりとくっつけあおうじゃないか。その方がいい気持だから」種のズボンのベルト金具をはずし、さらに前ボタンをはずしながら、高柳は彼の耳にうしろからそうささやいた。

「兄貴に叱られちゃうよ」種が泣きそうな声を出した。「兄貴が怒ると、こわいんだぜ」

「へえ。あの男、そんなにやきもち嫉《や》きなのか」種のズボンをずり下げようとしながら、彼はいった。「でも、黙ってりゃわからないさ」

　高柳の手でずり下げられようとするズボンを、種はけんめいに引っぱりあげようとした。「許してくれよ。堪忍してくれよ。それ以上何かしたら、おれ、また馬鹿力を出してしまうよ」

　高柳が手の動きをとめた。「お前、そんなに馬鹿力があるのか」

「そうだよ。いつも、そんな気じゃないのについ馬鹿力を出してしまうんだ。そしてひとに大怪我をさせちまうんだ。殺しちまったこともあるんだ。いつも、そんな気はちっともないのにさ」

高柳は種の胴に巻きつけていた腕をはずし、彼の正面にまわって向きあった。「じゃ、そんな馬鹿力を出さなきゃいいじゃないか。そうだろ。力を出さないようにすればいいんだ。抵抗しなけりゃいいんだ」種の丸い眼をのぞきこんだ。「お前、おれが嫌いかい」

種は俯《うつむ》いてもじもじし、はずされたままのズボンのベルト金具をいじりまわした。

高柳はゆっくりと、その浅黒いからだを、種の頑丈な胸に押しあて、彼の背に腕をまわした。ふたりの胸部と腹部が密着し、冷や汗と冷や汗がねばりついて、また、ずるりと滑った。高柳は種の黒褐色をした両の乳首に、自分の両肩をこすりつけるような動作をした。種が洟《はな》をすすりあげた。

「どうだ。いい気持になってきただろ」自分の技巧を誇るような口調で高柳がいった。

そのことばで、はっとわれに返った様子を見せ、少しあわてた種が遠慮勝ちに高柳のからだを自分からひき離そうとした。「わかっちまうよ。兄貴にわかっちまうよ。兄貴には、すぐわかるんだよ。おれのしたこと」

「わかるもんか」

「わかるんだよ」

「わかったって、怒りゃしないんだよ」

「なぜだい」種はちょっと驚いた表情で、高柳の両肩をぐいと摑んで、怒気を含んだ眼で彼を睨んだ。

「いてててて」高柳は悲鳴をあげた。

「あ、ごめんよ」種はあわてて手をはなした。

「お前を人質にしたぐらいだ。おれがお前に手をつけるだろうってことぐらい、岩屋は先刻承知さ」高柳は顔をしかめて肩をさすりながらいった。「でも、でも組長の命令だったんだよ。だから兄貴もしかたがなかったんだ。兄貴はおれにこういったよ。お前を人質にするのはつらい。何かされやしないかと心配だ。だけど組長の命令だ。さからうことはできねえ、ってね」種はけんめいに岩屋を弁護した。額に、また汗をかきはじめていた。

「そうれ見ろよ」高柳はにやりと笑った。「やっぱり、何かされると承知してるんじゃねえか。心配するなよ、種」高柳はまた種に近寄り、彼の乳首を指さきで弄《もてあそ》びはじめた。「なあ。お前がおれのいいなりになるってことは、お前のためにもなり、岩屋のためにもなり、お前の組のためにもなるんだぜ」

「ど、どうしてだい」鼻息を大きくしながら種は訊《たず》ねた。「ああ、そ、それをやめてくれよ」身もだえた。

固くなった種の乳首をあいかわらずいじりまわし、時には口に含んだりしながら、高柳は喋《しゃべ》り続けた。「お前のところの組長と、うちの親父の取引ってのは、対等の取引じゃねえんだ。わかるか。お前んところじゃ、麻薬を金に換えたくってうずうずしている。金がないからだ。おれたちの方にしてみりゃ、麻薬はよそからでも買える」

「でも、でも兄貴は、あんたんところ、麻薬を、のどから手が出そうなほど欲しがってるっていってたぜ」

「そりゃ欲しいいさ。だが、他からだって買えることはたしかだ。まあ、腰をおろせよ。話してやるから」

種は畳の上に尻をおろし、あぐらをかいた。

高柳は彼を横抱きにし、乳首を弄び続けた。

「この前の揉めごとは、こっちがお前たちの方の麻薬を買いたたいたことから起ったことだ。ほんとに麻薬が欲しけりゃ、そんなことする筈はあるまい。今度の話だって、そっちからもちかけてきたんだ。いちど喧嘩《けんか》した相手に取引を申しこんできたんだ。お前たちのとこが、どれだけ金を欲しがってるかわかるだろうが」

種はすでに高柳のことばも耳に入らぬ様子だった。洟をすすりあげ、身をよじり、吐息を洩らしていた。ここぞとばかり、高柳は種の胸に身を投げかけ、彼の乳首を口に含んで舌先の技巧を使った。

「ああっ。あっ」種がだしぬけに、ぐいと高柳の頭を抱いて自分の胸に押しあてた。「たまらないよ」前へ俯伏せに倒れこんだ。

呼吸ができなくなり、高柳はあわてて四肢をばたつかせた。「む、む。はなしてくれ。ふ、ふ、布団を敷こう」

種のからだの下からやっと這《は》い出した高柳は、俯伏せたまま身もだえている種の横へ布団を一枚敷いた。それからズボンを脱ぎ、全裸になり、次に種のズボンを脱がせようとした。

種は呻《うめ》いた。「ああっ。ああ、そ、それだけは許してくれ。お願いだ」

「いいじゃねえか。な。な」

ふたりは布団の上で抱きあった。高柳は足を使い、巧みに種のズボンとパンツを脱がせた。そして彼の巨大なからだを愛撫し、ねっとりと塩気を含んだその肌を隅ずみまで舐《な》めまわした。

「もうやめてくれ。気が狂いそうだ」種はまた、大きく呻いて洟をすすった。「ああ、兄貴、許してくれ。自分じゃどうにもならないんだ。おれの肉体には悪魔が住んでいる」

汗の匂いの沁みこんだ布団に種を俯伏せに寝かせ、高柳はそのみごとな臀部《でんぶ》へ頬を押しあてた。種の尻は腹以上に肉がだぶついていて、淡褐色の皮膚にはできものの痕《あと》がひとつあった。

「すばらしい尻だ」と、高柳は声をはずませていった。「お前が入ってきた時から、こ、この尻に眼をつけていたのだ」

「兄貴には、言わないでくれるね。ね。言わないでくれるだろう」

「ああ、ああ。言わないとも」

「ほんとに、これが兄貴のためになるんだね。本当だね」

「ああ、ああ。本当だとも」高柳は声をうわずらせながら種の背中に覆《おお》い被《かぶ》さっていった。怒張した彼の陰茎が種の尾骶骨《びていこつ》を強く突きあげた。

「痛え」種は思わず叫んだ。あまりの痛さに彼は少し腹を立てた。「何しやがる。痛えじゃないか」

「すぐ、よくなるからよ。我慢しろい」

高柳がそういった次の瞬間、カウパー腺液にまみれた彼の陰茎はずるりと種の直腸に根もとまで突き刺さり、ふたりは結合していた。

「あ、あ、あ」種は女のようなか弱い悲鳴をあげ、身をくねらせた。

「種。種」高柳は灸《きゅう》の痕のある種の背中に頰を押しあて、種のからだを強く抱いた。

種はあまりにも強く胸を締めつけられたため、げほ、げほと咳《せ》きこんだ。種の背中が大揺れに揺れた。

高柳は種の背中ではげしく揺すりあげられながら、身をのけぞらせて叫んだ。「動くのをやめろ。もうたまらん。もうだめだ。その、せ、咳をするの、や、やめろ。やめてくれ」彼は無我夢中で種の頭を、うしろから力まかせにぶん殴った。

「やめろったら」

種は咳きこみ続けた。

高柳は急に身をしゃちこばらせ、瞳孔をうつろにし、種の後頭部にある百円硬貨大の丸禿《まるはげ》を無表情に眺めながら、ふんと鼻息を洩らして射精した。

背中の上でぐったりしている高柳に、俯伏せたままの種が訊ねた。「もう、やっちまったのかい」

「ああ」深い吐息とともに、高柳はいった。「もう、やっちまった」

「とても、よかったよ」種がいった。「頭のうしろが、があんとしたくらいよかった」

「なぐさめてくれなくてもいい」高柳は不機嫌な表情で種から身をひきはなした。「汗でねとねとだ。ああ気持が悪い」

「おれ、汗っかきなんだ」種が、すまなそうに高柳をうわ眼で見ながら、身をすり寄せた。「ねえ。誰にも言わないでくれるね」

「ああ、言わねえよ」高柳はうるさそうにいって、布団に寝そべった。やがて、種を横眼で眺め、にやりと意地の悪そうな笑みを唇の端に浮かべた。「そんなに、あのちびの嫉妬が恐ろしいのか。え。そんなにあのちびが好きなのかよ」

種がもじもじしはじめた。

高柳はわざと種の方へ首をのばして、ねちねちと喋った。「そんなにあいつがいいのかい。おれと、あいつと、どっちが好きだ」

黙りこくっている種を見て、高柳は笑いを顔からひっこめた。眼に、嫉妬の光があらわれた。

「喋ったらどうする。おれが岩屋に、今のことを洗いざらい喋ったら」

種は眼をまん丸にして高柳を眺め、泣き声を出した。「そんなことしないだろ。冗談で言ってるんだろ。ね、そうだろ」

「さあね。言うかもしれんよ」高柳は犬歯を見せて笑いながら、突出させたままの眼球をそっぽに向けた。

種の顔が泣きそうに歪み、唇が顫《ふる》えた。「言わないでくれ」涙ぐんだ眼でじっと高柳を見つめながら、かすれた声でそう呟《つぶや》き、次に大声で叫んだ。「言わないでくれ」全裸のままの高柳にとびつき、彼の首をつかんで、はげしく前後に揺すった。「言わないでくれよ。言わないでくれよ。約束したじゃないか。約束したじゃないか」

高柳は首を締められ、眼を白くさせた。「は、はなせ。首。首が」

「なあ。言わないといってくれよ。なあ。言わないといってくれたらはなすよ」

「………」

　種は高柳の首を力まかせに締めつけながら彼を揺さぶり続けた。高柳の首が、がくん、がくんと前後に折れ曲がった。

　種はふと腕の力をゆるめ、高柳の顔を見て眼をみはった。それからゆっくりと、彼から手をはなした。高柳は俯伏せにくずおれた。

「殺しちまった」種は息をのんだ。「また、殺しちまった」あわてて立ちあがった。

　彼はしばらく、ぼんやりと屍体《したい》を見おろしていた。やがて、あたりを見まわし、ぶるっと身ぶるいした。いそいで服を着はじめた。

「兄貴に知らせなくっちゃ」ぶつぶつと、彼はくり返し、そう呟いた。「どうしたらいいのか、兄貴に聞かなくっちゃ。兄貴なら、なんとかしてくれるんだ。兄貴なら」


　服を着、靴をはき、彼はドアを細めにあけた。清がソファに寝そべっていた。眼は閉じていたが、眠っているのかどうか、種にはわからなかった。種はドアをあけ、そっと事務室へ入った。

「ん」清が眼をあけ、横眼で種を見てにやりと笑った。「だいぶ、どしんばたんやってたようだな」声を出して笑った。「もう終ったのか」

「う、うん」種はうなずいた。「あの、外へ出たいんだけど」

「便所なら、そこにあるぜ」

「便所へ行くんじゃないんだ」

　清は立ちあがり、種に近寄った。そして四畳半をのぞきこんだ。「兄貴、こいつを外へ出してやってもいいのかい。兄貴」

　不自然な姿勢で胴をねじり、布団の上へ俯伏せている高柳の様子を見て、清は、あ、と小さく叫んだ。「どうした。兄貴」

　種は清の背をうしろから、力いっぱい両手で突いた。清は四畳半へとびこみ、畳の上を横切って部屋の反対側の壁に猛烈な勢いでぶつかった。事務所全体が大きく揺れた。種は四畳半へのドアを締め、ガラス戸に駈け寄って捩《ね》じ込み錠をあけようとした。

清がよろめきながら四畳半から出てきて、拳銃を発射した。弾丸は種の左肩の骨を削りとり、数十グラムの肉をとび散らせた。種は振り返って清にとびかかり、床へ押し倒して彼の細ながい顔の中央部へ砲丸のような握りこぶしをめり込ませた。鼻血が火花のようにとんだ。清は赤い口を大きくかっと開いたまま動かなくなった。

血まみれの右手でガラス戸を開き、種は事務所から出た。左肩からあふれ出る血を右手で押さえ、時おり何かにつまずいてはよろめきながら、彼は夜を駈けた。

同じ時刻、岩屋は寝つかれずにむっくりと起きあがった、布団の上に立ち、電灯をつけて窓ぎわに寄り、カーテンを引いてみた。二階の窓から見おろす商店街は、街灯以外に明りがなく、静かだった。彼は六畳の部屋を振り返った。壁には、種のセーターがぶらさがっていた。岩屋はセーターに近づき、鼻を押しあてた。種の汗の臭いがした。彼はそのセーターをとり、何度も種の臭いを嗅《か》いだ。臭いを嗅ぎ続けながら部屋の隅へ行き、二級酒の瓶《びん》の蓋をとり、酒を茶碗に注いだ。布団の上にあぐらをかき、セーターの臭いを嗅いでは茶碗の酒を飲んだ。

「お前を人質にしたくなかったんだ」彼はセーターに話しかけた。「おれは反対したんだぜ。だけど組長の命令だ。しかたがなかったんだ」酒を飲み、それから宙を睨んだ。「あの高柳の長男の出目金。あいつ、種の尻をじろじろ見やがった」眉間《みけん》に皺《しわ》を寄せ、身じろぎした。「あいつは、高柳の親父や、人質にされてる次男の、あのインテリとは仲が悪いんだ。取引がうまくいかなくても平気だろう。種に手を出すかもしれねえ」そわそわして、彼は立ちあがった。「種を、高柳の親父に直接ひき渡せばよかったんだ。そうすりゃおれだって、安心して眠れたのに」また、酒を茶碗に注ぎ、がぶがぶと飲んだ。「くそ。全然眠れねえや。明日の朝は取引に立ち会わなくちゃいけねえっていうのに」

「寝よう」やがて彼は、そう決心して布団にもぐりこんだ。セーターを抱きしめ、彼は布団の中で丸くなった。「種。無事でいてくれよ」彼は泣いていた。泣きながら、セーターを頬に押しあて、鼻をこすりつけた。「お前の身に何かあったら、おれ、生きちゃいないよ」はげしい嗚咽《おえつ》が洩れた。やがて慟哭《どうこく》しはじめた。布団が波のようにうねった。

彼は身をよじって泣いていた。

泣き疲れ、うとうとしはじめたころ、誰かがノックをした。岩屋はとび起きた。敷布団の下の短刀をとり、ドアに近づいた。

「誰だ」

「おれだよ。兄貴。おれ」

「種」彼はいそいでドアを開いた。

アパートの暗い廊下から、肩を押さえた種がころがりこんできた。

「どうした」

種は泣き出した。「痛いよ、兄貴。肩が痛いよ」

岩屋はすぐ種の背広とワイシャツを脱がせた。

「何をされたんだ」

「高柳を、こ、殺しちまったよ」

「傷を洗ってやる。さあ、ここへ寝ろ。どうして殺したんだ」

「高柳がおれに、変なことをしたからだよ」種は身を起そうとしながら、眼を丸くした。「おれ、高柳と何もしなかったよ。高柳がしようとしただけだよ」かぶりを振った。「おれは、高柳から何もされなかったよ。本当だよ兄貴。本当だよ」

「高柳が変なことしかけてきたので、殺しちまったんだな」

「うん。うん。そうだよ兄貴。そうだよ」何度もうなずき、岩屋が信じた様子に、安心してまた身を横たえた。

「よくやった」岩屋はまた、涙をこぼした。「お前、自分のからだを守ったんだな」

「そうだよ。守ったんだ」

「誰に撃たれた」

「逃げようとした時、高柳の子分に撃たれたんだ。痩せた、背の高いやつだよ。あいつもきっと、殺しちまったと思うよ」

「お前がそういうんだから、きっとそうだろう」

岩屋は種の傷口を、破ったシーツでしっかりと縛った。「その、セーターを着ろ」

「また、どこかへ行くのかい」

「逃げるんだ」と、岩屋はいった。「もうすぐ、取引が始まる。それまでに、どこかへ逃げるんだ。お前とふたりきりでな」彼は種の眼をじっと見つめた。「ついてくるだろう。種」

「うん。ついて行くよ」種は泣き出した。何度もうなずきながら、彼はいった。「どこまでも、ついて行くよ。兄貴の行く所なら」

「種」

ふたりは抱きあった。のびた髯《ひげ》と髯が触れあい、じゃりじゃりと音をたてた。

三時間ののち、海霧《ガス》の立ちこめる朝の突堤に一台のセダンが停車していた。運転席にいるのは頬に小さな穴のあいた男で、うしろのシートにいるのは前歯の欠けた男だった。歯欠けはアタッシェ・ケースを膝《ひざ》の上に置き、停車してから三本目のタバコをふかしていた。

黒ぐろとした倉庫の間の道から、一台のライトバンが出てきて、セダンの前方三十メートルの位置に横腹を見せて停車した。頬に穴のあいた男は、ヘッドライトを三度点滅させた。ライトバンの助手席のドアが開き、ひとりの男が突堤に立った。歯欠けも後部ドアをあけ、アタッシェ・ケースを片手にして降り立った。

ライトバンから出てきた男が歩きはじめると同時に、歯欠けも歩き出した。歯欠けは、相手が重そうなボストン・バッグを持っていることを知り、安心したようなうす笑いを浮かべた。二台の車の中ほどで、ふたりは向きあって立ち、睨みあった。

歯欠けはアタッシェ・ケースを片手で突き出し、相手のボストン・バッグをもう一方の手で受けとった。ケースをバッグと交換すると、歯欠けは相手を見つめたまま数歩あと退《ずさ》った。相手も四、五歩あと退ったのを見届けてから歯欠けはセダンに戻ろうとして相手に背を向けた。

銃声が起ると同時に、歯欠けの左肺に穴があいた。歯欠けはその場でとびあがり、ボストン・バッグを苦しまぎれに強く抱きしめて身をよじり、身をよじりながら上半身をひねって石畳の上にうずくまった。

「なぜだ」と、彼は呟いた。すすり泣くように鼻を鳴らし、恨めしげに相手を見あげ、ひゅうと息を洩らしてもう一度訊ねた。「な、ぜ、だ」

相手は答えなかった。左手にアタッシェ・ケースをぶらさげ、右手に持った拳銃をまだ歯欠けに向けたままで立っていた。

また、発射した。

二発めは歯欠けの口の中へとびこんだ。

顔のなくなった歯欠けが身をのけぞらせ、仰向けに倒れた時、ボストン・バッグが開いて中の新聞紙の切れっぱしが、二、三枚あたりへ散った。

一部始終をセダンの運転席で見届けた、頬に穴のあいた男は、あわてて車を出そうとした。手足がはげしく顫え、エンジンはなかなかかからなかった。泣き声を出し、小便を出し、それからやっと車を出した。

ライトバンは、セダンを追わなかった。

歯欠けが射殺されているころ、繁華街のはずれにある運送会社の小さな現場事務所へ六人の男が入ってきた。大っぴらにライフルを持っているのは吾朗だった。他の五人も、ガラス戸を開けて事務所へ押し入るなり拳銃を出した。

事務所にいたのは四人で、うち一人は高柳の次男坊だった。次男坊を除く三人が、いっせいに手をあげた。

「吾朗。どうしたんだ」次男坊が白い頬を顫わせ、縁なし眼鏡の奥の臆病そうな眼を丸くした。

「また、取引が揉めたのか」

「そうじゃない」吾朗が鼻孔を拡げ、胸の筋肉を盛りあげた。「あんたの兄さんが殺された。こいつの兄貴もだ」

吾朗のうしろにいた清の弟が叫んだ。「人質にやられたんだ。あの百貫デブに殺されちまったんだ。組長はかんかんだ」

手をあげていた二重顎の男が、悲鳴まじりに言った。「すまん。組長に相談する。おとしまえは、必ずつける。必ずつける」

「心配するな。殺しやしねえ」吾朗はそういった。「本当は、どいつもこいつも撃ち殺してやりたいところだがな。だけど殺しやしねえ。殺すなっていう組長の命令だ。そのかわり、人質は貰って行く」

「ちょっと待ってくれ。それなら、こっちの組長に相談する」二重顎が電話に手をのばした。

吾朗がライフルをぶっぱなした。

じゃらあん、と、派手な音を立てて電話がけしとんだ。次男坊の眼鏡のレンズにひびが入り、彼はひええと叫んで立ちあがった。

手をあげていたひとりが、気を失って倒れ、倒れたはずみで机のかどに額を打ちつけ、それで気がついてまた立ちあがって手をあげた。

「さあ。行きましょう」吾朗が次男坊をうながした。

次男坊はあわてふためいて事務所から駈け出ていった。

仲間がすべて出て行ってから、吾朗は手をあげたままの三人にいった。「変なことしやがったら、皆殺しだぞ」そして彼は、最後にゆうゆうと事務所を出て行った。

二分後、頰に穴のあいた男がズボンを小便だらけにして事務所へころげこんできた。恐怖のために口がきけず、歯欠けが殺されたことをやっと報告できたのは頰を十数回ひっぱたかれてからだった。

そのころ、岩屋と種は駅の構内の待合室で始発の列車が到着するのを待っていた。

「傷は痛むかい」と、岩屋が訊ねた。

種は笑って見せた。「痛くないよ」

岩屋は笑い返した。「やっと、おれとお前、ふたり水入らずで暮らせるな」

「そうだね」種は、大きくうなずいたが、水入らずということばの意味はわからぬ様子だった。

待合室には、ふたりのほかに海員らしい男が五人、商人らしい男がひとり、会社員らしい男がひとりいた。

「あと、五分で始発がくる」と、岩屋はいった。

「そろそろ改札が始まるころだ」

ふたりがベンチから立ちあがった時、二重顎の男と、頰に穴のあいた男が、待合室へ入ってきた。岩屋と種は立ちすくんだ。

「やあ」と、二重顎がふたりにいった。「どこかへ出かけるのかい」

「い、いや」岩屋ははげしく、かぶりを振った。

「こいつが、け、怪我したもんで、それで、医者のところへ」

「医者なら、この町にだって、いるぜ」二重顎は背広のポケットへ手をつっこんだ。

「おれの知ってる医者なんだ」岩屋は吐息ととも

に、そう答えた。彼はあきらめたように、がっくりとうなだれた。

「ほ、ほんとだよ。医者に行くんだ」と、種が横からいった。

「今日、お前は取引に立ち会う筈だったろ」頰に穴のあいた男が、恨めしげに岩屋を見てそう詰《なじ》った。「来ないから、心配したぜ」

「組長が、お前たちを呼んでいる」二重顎はポケットの中の拳銃を、ふたりに向けた。「とにかく、来てもらおう」

岩屋が訊ねた。「おれたちを、高柳組にひき渡すのかい」

二重顎は、かぶりを振った。「もう、そんな必要はない。こっちは麻薬を全部奪われた上に、秀を殺された。そして人質もつれて行かれてしまった」

岩屋はまた、吐息をついた。そして種を振り返った。「しかたがない。行こうか」

「あ、あ、兄貴い」種がおびえて、岩屋に身をすり寄せ、救いを求めてあたりを見まわした。

改札が始まっていて、待合室にはもう、誰もいなかった。

「さあ。行こうぜ」と、二重顎がふたりをうながした。

四人は待合室を出て行った。

その日の正午近く、港から一キロほどの沖の海底に沈められたふたつのセメント樽《だる》があった。ちいさな樽と、でかい樽であった。

星屑《ほしくず》

「どこへ隠してきたんだい」と、運転席の健太郎が戻ってきた伝三に訊《たず》ねた。

リクライニング・シートに身を投げかけ、荒い息をついた伝三は、弟分の顔にゆっくりと視線を向けた。「そいつは、聞かない方がいいんじゃないのかい」

健太郎はにやりとした。伝三より五歳年下だが、度胸の据わった男だった。「おれが、痛めつけられたらすぐ吐くと思うかい」

「そりゃあ、すぐは吐かないと思うよ」伝三は苦笑した。「すぐはな」

「おれは、絶対に吐かねえよ」健太郎が不満そうに浅黒い頰を膨らませた。

伝三は彼を宥《なだ》めた。「しかし、聞いてない方が気が楽だろう。痛めつけられてる間も、なんていうのか、いわゆるその、自分との戦いをやらなくてすむわけだからな」

「だって、兄貴に万一のことがあったら、あのダイヤ、どこへ隠したかを知ってる人間はひとりもいなくなっちまうんだぜ」

「万一のことなんか、あるわけないだろ」伝三はやや狂躁《きょうそう》的に笑った。「連中にしたって、ダイヤのありかを知ってる人間を殺したりはしない」

健太郎が怪訝《けげん》な表情をした。「兄貴は、自分から連中に捕まるつもりかい」

「ん。いや」伝三がちょっとうろたえ、横目で健太郎をうかがった。「そうじゃないが、こんなにとり囲まれていちゃ、逃げられないだろ」伝三は急にべらべらと喋《しゃべ》りはじめた。「今、そこの崖《がけ》の上から見たら、谷からの道に一台、村からの街道に二台、連中の車がとまっていた。尾根づたいに隣りの山へ入る道は、とても車じゃ通れない。吊《つり》橋《ばし》もある。あとはけものみちだけだ」うなずいた。「とても突破できないよ」

健太郎の眼が次第に疑わしげな光をたたえはじめた。「まるで連中に捕まるのが、嬉しくてしかたがないみたいだぜ」

伝三は黙りこんだ。

健太郎は伝三を見つめ続けた。「連中に捕まるのが、嬉しくてしかたないみたいだ」

「そんなこと、ないさ」ひひ、と、伝三は笑った。「痛い目にあうのは、いやだものな。だけど、しかたないだろ。あのダイヤは、どうしても組長に渡さなきゃな」伝三はいそいで車の前後を見た。「おい。車を出した方がいいんじゃないか。ここで停車していたことがわかったら、連中、この近所をさがしはじめるぜ」

「そうだな」健太郎は熊笹の繁みに車の後部をつっこみ、Uターンした。

「村の方へ行くのか」と、伝三がいった。「その方がいいだろ。谷の方は、道のまん中に車を置かれたら絶対に突破できないけど、街道の方ならなんとかなるぜ」

「だけど、二台いるぞ」

「やってみようや。突破できたら儲《もう》けものだ」

車は、白く埃《ほこり》っぽい山道を下りはじめた。道幅は次第に広くなり、やがて中型乗用車三台分の幅に拡がった。

「このいやらしい山の名前は、いったいなんていうんだろう」と、健太郎がいった。

「知るもんか。お前が運転してきたんだぜ」

「車三台で追っかけられたんだ。逃げ場の選《え》り好みなんか、してられなかった」

「じゃ、どうしてこの山の名前を知りたいんだ」

「もしここで死ぬとしたら、自分の死ぬところの名前ぐらいは知っときたいじゃないか」

午後の二時半だった。車の中は暑かった。

こいつ、死にたいのかな、と、伝三は思った。痛めつけられるよりは、死んだ方がいいと思っているのだろう、そう思った。

「ふたりで一緒に逃げることができたら、それに越したことはない」と、伝三はいった。「だけど、まあ無理だろう。ふたりとも死んでしまった場合、組長にダイヤが渡せない。いちばんいいのは、ひとりが捕まって、ひとりが逃げることだ」

「おれが殺されて、兄貴が逃げるという手もあるぜ」健太郎がすぐにそういった。

伝三はまた、笑った。「どうしてそんなに死にたいんだ」

「兄貴はまた、どうしてそんなに捕まりたいんだい」そういってから彼は伝三の笑いかたに気がついた様子で、きっとなった。「兄貴。おれが死にたがってるのは、拷問がこわいからじゃないぜ」

「そんなこと、思っちゃいないよ。おい、前を向いてしっかり運転しろ。崖だ」

「きっと、そう思ってるんだ」運転しながら、健太郎はいった。「おれが死にたがってるのは、拷問がこわいからだと、そう思ってるんだ」前方を見つめたままで、彼はうなずいた。「なあ、そうだろ兄貴」

「女みたいなやつだな」伝三はいった。「そんなこと思っちゃいないっていってるだろ。なぜそんなこと、気にするんだ」

「隠し場所も知らないのに、そのことで痛めつけられるのがいやなんだ」涙が光っていた。「おまけに兄貴は、隠し場所を教えちゃくれない」あきらかに伝三を誤解していた。

「しかたがないな。じゃあ教えてやるよ。さっきの笹の中をまっすぐ上へ入っていって、崖っぷちへ出るちょっと手前の、なんていう木か知らないが、とにかくいちばんでかい木の、西側にあるいちばんでかい根っ子の下へ埋めた。ことばじゃ充分説明できないが、行きゃ、すぐにわかるよ」

「うん」健太郎はうなずき、照れ臭そうに弁解した。「やっぱり隠しごとを持っていた方が拷問のされ甲斐《がい》があるってもんだ。なあ、そうだろ兄貴」

「だけど、お前は逃げなきゃならないんだ。そのためには、おれがわざと捕まった方がいい。捕まっても、おれが口を割るなんてことは絶対にないし、連中だっておれを殺しはしないよ。それは確かだ。お前は逃げて、組長にこのことを話せばいい。それだけでいいんだ。銀内町まで逃げ切るのはむずかしいぞ。できるか」

「やってみるよ」

車は、片側が畠、片側が熊笹の生えた崖になっている平坦な街道に出た。街道の両側に一台はこちらを向き、もう一台は尻を向けて二台の乗用車が停っていた。こちらを向いているのは赤いワーゲンで、一台は黒い国産車だった。

「鎌藤組は車をたくさん持ってやがるな」彼らの十メートルほど手前で急ブレーキをかけながら健太郎がいった。

ふたこと三こと打ちあわせをしてから、伝三は拳銃を握って助手席をとび出し、黒い国産車めがけて撃ちまくりながら熊笹の中へとびこんだ。熊笹は伝三の肩のあたりまであった。国産車からも繁みの中へ撃ちこんできた。畠にいたひとりの農夫が畝《うね》の間へ身を伏せた。崖の斜面を、背を丸くして高みへ登りながら、伝三は弾丸をこめてはなおも撃ち続けた。それから繁みの中を街道と平行に走り国産車に近づいた。弾丸が六発だけになった時、国産車がたまりかねて少し前進した。赤いワーゲンとの距離が開いた。

健太郎の車がぱっととび出した。赤いワーゲンが前進して体あたりを試みた。健太郎はすれすれでそれを避け、さらに車を走らせた。国産車が走り出した。二台の車は並んだまま数メートル走った。国産車が健太郎の車にぶつかっていった。健太郎の車は畠の中に落ち、半回転してタイヤを上にした。街道には埃が舞いあがっていた。

健太郎が車から這《は》い出てきて拳銃を撃ちはじめた。伝三も熊笹の中を駈けながら国産車に弾丸を六発撃ちこんだ。

国産車が撃たなくなったのをいいことに、健太郎は街道を横切って熊笹の中へとびこんだ。伝三と健太郎は繁みの中で顔を見あわせた。

「あの黒い車、弾丸がないらしいぞ」と、健太郎がいった。彼は頭から額の中央へ血を流していた。

「拳銃を寄越せ。おれのにも弾丸がない」と伝三はいった。

健太郎は伝三に拳銃を渡した。赤いワーゲンがバックで近づいてきた。

「お前に隠し場所を教えなきゃよかった」伝三は健太郎にそういった。「あのダイヤは、もともと連中の手に入る筈だった。連中の拷問は相当酷《ひど》い。お前は口を割っちまうよ」健太郎の顔に拳銃を向けた。

「兄貴。兄貴。兄貴」

驚愕《きょうがく》の表情が赤い飛沫《ひまつ》になった。

死骸が握っている拳銃を自分のととりかえ、とりかえた拳銃を街道のまん中に抛《ほう》って立ちあがり、伝三は両手をあげた。

「そこから出てこい」黒い国産車から出てきた男が、伝三にそう叫んだ。伝三よりはずっと歳上の、まるで狒狒《ひひ》のような、とてつもなくいやらしい顔をした男だった。

伝三は両手を肩のあたりまであげたまま、街道におりた。ワーゲンからも、黒いソフト帽をかぶった細長い男がおりてきて、狒狒とともに伝三の前に立った。ふたりは伝三を見つめた。狒狒は手ぶらだが、黒いソフトの方は小型のワルサーを構えていた。

「もうひとりはどうした」と、黒ソフトが訊ねた。

「自分で、顔を撃ち抜いて死んじまったよ」伝三が繁みに顎《あご》を向けてそう答えた。

「なぜ、そんなことをした」

伝三はとぼけた。「さあね」

狒狒が繁みの中へ入っていった。国産車からも、さらにふたりの男が出てきて畠の中に入り、ダイヤを求めて、転覆している車の内部を捜しまわった。

「ないぞ」と、ひとりが黒ソフトに叫んだ。

黒ソフトは伝三を見つめ続けていた。年齢は、まったくわからなかった。二十五歳にも見え、三十五歳にも見えた。

狒狒が繁みから出てきた。「持っていない」両手が血まみれだった。

「どこへ隠した」と、黒ソフトが伝三に訊ねた。

「なんのことだ」

「とぼけるな。ダイヤだ」

「知らんね」

狒狒と黒ソフトが顔を見あわせた。黒ソフトは伝三のからだを、背広の上から撫《な》でまわした。それから数歩後退し、伝三の全身をじろじろと眺めた。繁みのあちこちで蛙《かえる》が鳴きはじめていた。

「一応、こいつを本部までつれて帰ろう」黒ソフトが狒狒にいった。「口を割らせる」

「でも、この山のどこかに隠したんだぜ」狒狒が山を見あげた。

「一応、つれて帰ろう」黒ソフトはくり返した。「口を割らせるのに時間がかかりそうだ」

狒狒は伝三を見つめた。「なあに。すぐ口を割るさ」

「そうかね」黒ソフトが軽蔑《けいべつ》の眼で狒狒を見た。「じゃ、お前がやりな」

伝三は黒ソフトが振る銃口に動かされ、赤いワーゲンの後部座席へ狒狒と並んで腰をおろした。

「もう少しよく捜せ」と、黒ソフトが運転席の窓から首を出して畠にいるふたりに叫んだ。「死体を始末したら、松下らと一緒に帰ってこい」

「わかりました。兄貴」畠に並んだふたりが、眼の前を通り過ぎて行くワーゲンにぺこぺこした。

その彼方《かなた》では、畝の間に伏せたままの農夫が顔をあげ、また頭を土の中へめりこませた。胡麻塩《ごましお》あたまが地面から生えているかのように見えた。

車の前方に農家が一軒見えた。やがて、もう三軒見えてきた。その前を通り過ぎると農業協同組合があり、そこが村の入口だった。村を過ぎ、鉄道沿いの道に入った時、狒狒と黒ソフトが話しはじめた。

「自殺する時、自分の顔を滅茶苦茶にしたりするかい」

「頭を撃つつもりが、手もとを狂わせたんだろうよ」黒ソフトが面倒臭そうに答えた。

「真正面から撃たなきゃ、あんなにひどくはならないぜ」

「おれは見ていない」

「口を割らされるのがこわくて、手前で始末をつけたのかな」

「その男に聞いてみな」

狒狒が伝三に向きなおった。「どうなんだ。お前はこわくないのか」

伝三は黙っていた。

「そいつは、ちっとやそっとじゃ喋らないよ」と、黒ソフトがいった。「指をへし折られたぐらいじゃやな」

狒狒がバックミラー越しに黒ソフトを睨《にら》みつけた。「何を言いやがる」彼の右手の指が三本、奇妙にねじ曲がっているのを伝三は見た。「じゃ、こいつに十分で口を割らせて見せる」

黒ソフトが含み笑いをした。「お前も、十分だったそうだな」

「じゃ、五分だ」狒狒が傷ついた表情で叫んだ。

「五分で吐かしてやる」

「五分じゃ、脅してる時間もあるまい」伝三が、うす笑いを狒狒に向けてそういった。「この車の中で、ぼつぼつ脅しはじめたらどうだ」

「何。この」狒狒が拳固を伝三の眉間にめりこませた。

さっき隠したばかりの、あのダイヤの輝きが伝三の頭に蘇《よみがえ》った。

「この車の中でそれをやるな」黒ソフトが絶叫した。「血を洗い落すのが大変なんだ」

「鎌藤組を、今度ばかりはさんざないがしろにしてくれたな」狒狒が脅しはじめた。「組長はかんかんだ。顔をつぶされたといってな」

「顔をつぶすのが目的よ」伝三はせせら笑った。

「あんなダイヤなんか、どうせたいした値打ちははない」

「お前らにはそうだろう。十徳組なんて客のつかない、けちな組織にはな。だけどこっちには、ちゃんと買手がついているんだ。買手がいるのに横どりされましたじゃ面目まるつぶれだ」

「じゃあ、取引の場所へどうして時間通りに行かなかった。そんなに大事なダイヤなら、どうして李《り》さんを待たせた。李さんが言ってたぜ。も、鎌藤組、わたし取引しないよ。時間遅れる。金値切る。駄目よ」

「だからといって、こっちへ挨拶もなしに横から買いに出てくるこたあないだろう。え、そうだろう。そうでなきゃ、こっちは安く買えてたんだ」

「もう、よせよせ」黒ソフトがいった。「最初っから、こっちの顔をつぶすために出てきやがったんだ。そんなこと、いくらいったってだめだ」

「そうだったな」狒狒が、歯茎を見せて笑った。

「ま、五分や十分で駄目だというなら、思いっきり時間をかけてゆっくり料理してやる。楽しみにしてろ」

「作戦を変えたたな」伝三が鼻声でそういった。

「また、変えなきゃならなくなるぜ」

「おい。そいつ鼻血出してるじゃないか」黒ソフトがうろたえた声を出した。「拭いてやれ」

「どうかダイヤの隠し場所をお教えください、そういって這いつくばるとでも思ってるのか」狒狒がくしゃくしゃに丸めたどす黒いハンカチを出し、伝三の膝《ひざ》に投げつけた。「自分で拭きやがれ」

ワーゲンは町に入った。小さな町だった。駅の傍《そば》の商店街を車は駈け抜けた。山手が古い住宅地になっていた。一軒だけ、黒塀《くろべい》をめぐらせたま新しい和風の邸宅があり、その豪壮な門をくぐったワーゲンは庭の隅の広いガレージに入った。三台分の車が入るガレージの中には男がふたりいるだけだった。

「シャッターをおろせ」運転席からおりて、黒ソフトがそういいながらガレージを出ていった。

「組長に報告してくる」

「こいつ、ダイヤを隠しやがった」伝三を車から乱暴に押し出しながら、狒狒がふたりにいった。

「口を割らせる」

ひとりが狒狒に手を貸して伝三をパイプの椅子にくくりつけ、ひとりがシャッターをおろして戻ってきた。ふたりとも若く、野暮なシャツを着て、百姓の顔をしていた。片方はぜんぜん似合わない素通しの眼鏡をかけていた。どちらも興奮していた。ひとりが細いチェーンを持ってきた。眼鏡が、百円硬貨か何かをぎっしり詰めた革の細長い袋をとり出した。不良少年のリンチだ、そう思い、伝三はげっそりした。

「ダイヤをどこへ隠した」と、狒狒が訊ねた。

伝三はにやにや笑った。

「やれ」狒狒が身を引いた。

眼鏡が進み出て、革袋を伝三の首根っ子に叩きつけた。一瞬、呼吸《いき》が停った。胸をふくらませた時、反対側の首筋に革袋が落ちた。後頭部で、また数多くのダイヤがちかちかときらめいた。からだを前後に揺すって、伝三は呼吸をした。今度は右の頰に革袋がとんだ。伝三の顔の下半分が左にずれた。左の頰に革袋がとんだ。ぷっ、と伝三は口から血を噴いた。

「くそ。笑ってやがる」口惜しげに、眼鏡がいった。それから狂気の如く乱打しはじめた。

ずし、ずし、と重い革袋がからだのあちこちで炸烈《さくれつ》するたびに、うん、うん、と伝三は声を出した。尾骶骨のあたりから寂寞《せきばく》とした感じがにじみ出てきつつあった。

内臓がぐじゃぐじゃになりかかっている。そう思っただけで彼の陰茎が少し勃起した。よくなってきた。そう思い、伝三は全身の力を少し抜いた。革袋の衝撃がさらにこたえ、殴られるたびに彼のからだは大きく左右に揺れた。

「それじゃ駄目だ」いらいらした口調で、狒狒がいった。もうひとりの若者からチェーンをとりあげ、彼はうなだれている伝三の顔をのぞきこんだ。「どうだ。白状する気になったか」

伝三が口を半開きにして笑っていることを知り、狒狒は眼を丸くして怒った。「よし、そんなら次はおれがこいつを使う」チェーンを伝三に見せびらかした。

期待に、伝三は呻《うめ》いた。きっと血が逆流することだろう、そう思い、彼は洟《はな》をすすりあげた。

勘違いして、狒狒がにやりと笑った。「そうか。そんなに怖けりゃ、早く喋《しゃべ》れ」

衝撃を期待してしばらくじっとしていた伝三が、やがて無言のまま早くやってくれといわんばかりに身を揺すった。

狒狒が憤怒の表情を見せ、二歩退いてチェーンを振り、伝三の顔面に叩きつけた。ばしゃ、という音とともに伝三の鼻の肉が裂け、血がとび、同時に脳裡《のうり》にはブリリアン・カットのダイヤがとび散った。

「ふん」と、伝三は鼻を鳴らし、快感に大きく身もだえた。ズボンの中で、陰茎が怒張していた。

顔がずたずたになる。そう思っただけで伝三の下半身は、はや、しびれた。もうすぐ、ふた眼と見られぬほどのずたずたの顔になるのだ、おれの顔は、壊されるのだ、裂かれるのだ、伝三は何度もくり返しそう思い、身をよじった。

すさまじい顔になってしまった伝三を見て狒狒が気味悪げに身じろぎし、いったん振りかざしたチェーンをおろして眼鏡に命じた。「おい。そいつの服を脱がせろ」

眼鏡が椅子のうしろでくくりつけた伝三の手首の紐《ひも》をほどこうとした。

「服を破いちまえばいいんだよ」と、狒狒がいった。

「へえ」眼鏡がためらった。「でも、上等の夏服着てやがるから」

「馬鹿」狒狒は苦笑し、そっぽを向いた。

眼鏡は伝三の上着を脱がせてワイシャツを引き裂いた。

「あ」狒狒が伝三のからだを見て息をのんだ。

「なんだ。これは」

伝三の肌は一面の傷痕《きずあと》だった。古い傷痕もあれば新しい傷痕もあった。短刀のあと、鞭《むち》のあと、チェーンのあと、火傷《やけど》のあと、そして、筋肉がまだ白く露出しているかに見える深くえぐられた傷痕さえあった。

ふたりの若者も、眼を丸くした。

「海千山千だ」狒狒が悲鳴のような声を出してたじろいだ。

たじろいだ自分に腹を立て、ああ、と絶叫するなり狒狒はチェーンを伝三の上半身へ、続けさまに十数回振りおろした。

みみず腫《ば》れが胸を走り、背中の皮膚が裂けて血が噴き出し、腹から白い脂肪《あぶら》がまろび出て、肩の骨が露出した。鮮血がぽと、ぽと、としたたり落ちて椅子の下に血だまりを作った。

閃光《せんこう》が伝三の閉じた瞼《まぶた》の裏を飛び交い、ちかちかと幾千、幾万の星が明滅した。人形だ、と、伝三は思った。おれは人形だ。残酷な子供にびりびりと服を引き裂かれ、皮膚の布地を破かれ、臓物をほじり出されているかわいそうなお人形さんなのだ。ああ。ああ。わたしはお人形ちゃん。わたしはお人形ちゃん。お人形ちゃんをいじめないで。お人形ちゃんをいじめないいで。あっ。あっ。あっ。縫いめから、いたずら小僧の指が入ってきたわ。いや。いや。どうして子宮をひっかきまわすの。どうして卵巣をほじり出すの。どうしてそんなひどいことをするの。わたしみたいな可愛いフランス人形に、どうしてそんなひどいことを。

露出した肩の白い骨へ、またチェーンが命中した。

「ひっ」と、伝三は女のような声をあげてのけぞった。

「おっ。はじめて声を出しやがったぞ」ほっとした表情で手を休め、汗を拭いながら、狒狒がそういった。

がっくりとうなだれながらも、伝三は狒狒に流し眼を送った。

狒狒が、その凄《すご》さにぞっとした様子で眼をそむけた。

「おかしな眼で見やがる」

「兄貴。兄貴」気味悪そうに眼鏡が狒狒にすり寄って行き、伝三の股間《こかん》を指した。「こいつ、ぼっ立てていますぜ」

狒狒は伝三の膨《ふく》らみを、とび出しそうな眼球で眺めた。「や」それから、眼鏡にチェーンを渡した。「化けものだ。今度はお前やれ」

眼鏡はもうひとりの若者にチェーンを渡した。「これはお前のだぜ。お前やれ」うなずいた。「お前の番だ」

若者はチェーンを振りまわしながら、威嚇《いかく》するようながに股《また》で伝三に近づき、急に身をひるがえしてガレージの入口の方へ走り、シャッターにぶつかるようにしてうずくまった。そして、げえげえとはげしく反吐《もど》しはじめた。

シャッターを少しあげ、下をくぐって黒ソフトが戻ってきた。

吐いている若者をちらと見て、彼は無表情につぶやいた。「何してやがる」

「だめだ。なかなか口を割らない」と、狒狒がいった。

「そんなこと、最初にこいつの顔を見た時からわかってた筈だぜ」

「からだ全体が、顔と同じだとは思わなかったんだ」狒狒が伝三を指さした。

「バーナーがあるか」黒ソフトが眼鏡に訊ねた。

「あります」

「とってこい」

「焼くのかね」と、狒狒が訊ねた。

「いや。焼くんじゃない」黒ソフトがにやりと笑い、煙草を出した。「焼くよりも、もっとひどいことだ」伝三に近づき、しゃがんで下から彼の顔を見あげた。「おい、おっさん。おれはやり出したら途中ではやめないぜ。今喋ったらどうだ」

血みどろの顔を黒ソフトに向け、伝三は唸《うな》り声を出した。「やってくれ」それから洟をすりあげ、身を顫《ふる》わせた。いったん萎《な》えていた陰茎が、ふたたび期待に首をもたげはじめた。「好きなだけ、やってくれ」

この黒ソフトは、と、伝三は思った。狒狒よりも凄いことをやってくれるだろう。

「ま、そんなにびくつくな」やはり勘違いをした黒ソフトが、ぱっくりと開いている伝三の胸の傷口へ煙草を突っこみ、肋骨《ろっこつ》で火を揉《も》み消した。

「これでもまだ強がる気か」

「ふん」鼻血をとび出させながら鼻を鳴らし、伝三は胴体をひねった。「あ、あ、あ。いい。いい」

「なんだと」うす笑いを浮かべていた黒ソフトは、伝三のつぶやきを聞き咎《とが》めてもとの無表情に戻った。

「バーナーを持ってきました」

黒ソフトは立ちあがり、壁にひっかけてある針金を十数センチの長さに切って、先端をペンチではさみ、バーナーの炎にさしこんでまっ赤に焼いた。

「そいつの手をほどいて、指を拡げさせろ」

「よし」何をするかをすぐに悟り、狒狒が伝三の右手をつかんで指を拡げさせ、さらに人差し指だけをしっかりと握りしめた。

眼鏡が伝三の背後から彼の上半身を抱きすくめた。

黒ソフトは焼けた針金をペンチにはさんで突き出し、伝三に見せた。「見ろ、焼けた針金だ。こいつをお前の爪の間へ差し込む」

「あああああ」期待にうちふるえ、伝三は口を大きく開いて針金を凝視した。歓喜が眼に躍っていた。

「変な声を出すな」と、黒ソフトがいって首をかしげた。「どうだ。喋るか」

「は、早く。早く」

「何を言いやがる」さっと顔色を変え、黒ソフトはすぐさま針金を伝三の爪の下へ差し込んだ。

煙と臭気が立ちのぼり、じゅ、と音を立てて爪と肉が焼けた。

「ほほほほほほほほ」怪鳥のようなかん高い叫び声をあげて伝三が全身を痙攣《けいれん》させはじめた。

「これでどうだ。これでどうだ」次第に深く一ミリ、二ミリと針金を突き立て、黒ソフトは最後にえいと叫んで力まかせに突っ込んだ。

針金の先端は人差し指の最初の関節に達し折れ曲がって皮膚を破り、肉片を付着させて数センチとび出した。

ほっ、と溜息を洩らして眼鏡が貧血を起し、伝三のうしろでぶっ倒れた。

幾百のダイヤが、幾千幾万の星が、その輝きを無数に分散させ、幾億もの星屑《ほしくず》に変えた。伝三はその星屑の渦に呑まれ、めくるめく輝きの洗礼を受け、全身に光を浴びて今にも恍惚の境地に達しようとしていた。はげしく鼻を鳴らし、いそがしく呼吸し、やがて彼は射精した。

ぐったりとなった伝三を見守りながら、黒ソフトはつぶやいた。「こいつ、まるで、あの時に出すみたいな声を出しやがった」

「そうなんだ。見ろよ」狒狒が伝三の股間を指した。

射精してもまだ、伝三の陰茎は怒張したままだった。そして伝三は気を失っていた。

「なんだ。こいつ」黒ソフトは、乱暴に伝三のズボンとブリーフをひきずりおろした。

「あ、汚ねえ」

「出してやがる」

狒狒と黒ソフトは顔を見あわせた。互いの眼の中に、いわれのない不安の色を認め、すぐ、ふたりは視線をそらせた。

「あけろ」

誰かが外から、シャッターを強く二、三度叩いた。うずくまっていた若者が、その声にとびあがり、シャッターを高くあげた。

「あ。組長」黒ソフトと狒狒が腰を低くした。その男が小さいため、わざわざ自分たちの膝まで曲げて腰を低くした。

鎌藤は黒っぽい和服を着ていた。組長というよりはむしろ落語家に見えた。

「吐いたかい」と、彼は剽軽《ひょうきん》な口調で訊ねた。

「へえ。それが」黒ソフトが口ごもりながら手についた伝三の精液をハンカチで拭い、狒狒を横目で見た。

「おい。起きろ」狒狒は、ぶっ倒れたままの眼鏡の尻を蹴《け》とばした。

鎌藤が上半身を折り、伝三の顔をのぞきこんだ。「あ。こいつはいけないよ」

「どうか、しましたか」

「いや何。この男はいけないっていったんだよ」

「あ。ご存じで」

「知ってるね」鎌藤は苦笑しながら背をのばした。「若い連中は知らないだろうが、わしらの間じゃ有名だよ、こいつぁ」ふ、ふ、と鎌藤は含み笑いをした。「伝三っていってな。痛めつけられるのが大好きという男だ。マゾヒストよ」

「マゾヒスト」

「拷問されればされるほど興奮するわけだ。つまり何ていうか、いいわけだよ」

「あ、それで出しやがったのか」黒ソフトが汚らしそうに伝三を見た。

「何かがあると人質になったり、誰かの身代りになったり、時には自分の方から進んで拷問を受けたがったり、とにかくまあ、そういったことで顔を売った男よ。最初のうちはまあ、誰しも勘違いして、度胸のある男と思っていたわけだが、なあに、違うんだな。それがだんだんわかってきたので、皆、あまり感心しなくなった」

「なんだ。そんなやつだったのか」黒ソフトは、吐き捨てるようにいった。

「ちっ。この野郎。だましやがって」狒狒が伝三の前に駈け寄り、ぶん殴ろうとして片手を振りあげ、気がついて苦笑し、手をおろした。

ふたりの若者が、声を出して笑った。

「じゃあ、口を割らせる方法ってのはないわけで」黒ソフトが鎌藤に訊ねた。

「まあ、ないだろうなあ」鎌藤は渋い顔をした。

怒髪天を衝《つ》いたままの伝三の陰茎を指し、狒狒がいった。

「こいつを切っちまうといって脅したらどうだ」

伝三が呻いた。

「気がついたな」狒狒は、くわえていた煙草の先端を伝三の亀頭にぐいと押しつけた。

大量のカウパー腺液が、じゅっと音を立てて煙草の火を消した。煙草の先端は亀頭の肉を焼き、その肉の中へ少し食いこんだ。

「おほほほほほ」また怪鳥のような叫び声を出し、伝三はのけぞり、身をよじり、はげしく鼻を鳴らしてふたたび射精した。

精液が狒狒の胸のあたりへとび、シャツにべったりと粘りついた。

「わ。また出しやがった」狒狒はとびあがるように立ちあがり、大あわてでハンカチを捜し、ポケットをまさぐった。

「駄目だね。何をしたって無駄だよ」鎌藤が笑いながらかぶりを振った。

「おい。おっさん」黒ソフトが伝三にいった。

「こいつを切っちまってやろうか。え。根もとからちょん切ってやろうか。お前にだって好きな女がいるんだろう。え。もう、一生できなくなるんだぜ。どうだ。それがいやだったら、早く吐いちまいなよ」

伝三は黒ソフトが喋っている間中、眼を丸くして彼の顔を凝視していた。やがて、彼の眼には次第に恍惚の光がきらめきはじめた。伝三はうなずいた。何度もうなずき、身をよじり、はっ、はっと荒い息を吐いた。期待に満ちた、懇願するような表情を浮かべ、早くやってくれと言わんばかりに彼は半開きにした口をもごもごと動かした。

「駄目なんだよ」鎌藤が絶望的にいった。「そいつはどうせ、女とは何もできないんだ。不能なんだよ。切ったって、喜んで痛がるだけさ」

「なんだ。片輪か」黒ソフトが帽子の縁に手をかけて引っぱった。それから、軽蔑の眼で伝三を見おろした。「女にも劣るやつだぜ」

狒狒も、ふたりの若者も、今はあからさまな軽蔑の表情で伝三を眺めていた。伝三はきまり悪げに顔を伏せ、身じろぎした。

「十徳組へ電話したらどうです」いいことを思いついたという口調で、狒狒がいった。「人質を引きとりにこいといって。そして、引きとりにきたやつを人質にして」

「いいや」鎌藤がいった。「誰も引きとりにはこないだろうよ」

全員が黙りこんだ。

「もうひとりいて、そいつは自殺したと言ったな」やがて鎌藤が、黒ソフトに訊ねた。

「へえ。自分で顔のどまん中を正面から撃ち砕いて」

「顔のどまん中か」鎌藤は伝三をじっと見つめた。「そいつはきっと、この男にやられたんだ」

「なぜ、そんなことを」狒狒が口を大きくあけた。

「わかってるじゃねえか」黒ソフトはいった。

「その男が、拷問されたら口を割りそうな男だったからだよ」

「いいや。違うね」鎌藤は、老人斑の出た白い顔を狒狒と黒ソフトに向け、それからふたりの若者にも向け、ゆっくりとうなずいた。「こいつは、その男を殺して、自分ひとりで拷問を受けようとしたんだ。その方が、激しい拷問を受けることができるからだ」

男たちはしばし啞然《あぜん》として、伝三を眺めていた。

「つまり、こいつは自分ひとりで楽しみたいために、仲間を撃ち殺したってわけで」黒ソフトが訊ね返した。

「そういうことだ」

「うす汚ねえやつだ」狒狒がいった。「ブタだ」眼鏡が、ぺっと唾を吐いた。

「じゃあ、どうします。この男」黒ソフトが訊ねた。

「顔も見たくないね」鎌藤は、壁にかけてあるロープを顎で示した。「あいつで、絞めてしまえ」

顔もあげられず、じっと身をこわばらせていた伝三が、びくん、とからだをのばした。

「ま、待ってくれ」顔をあげ、懇願しはじめた。

「こ、殺さねえでくれ」

態度の急変に驚いて、伝三をぽかんと眺めている男たちに、鎌藤がまた言った。「さあ。早くやりな」

「殺さないでくれ」伝三は泣きはじめた。泣きながら、猛烈な早口で、約五分間、命乞いのせりふを吐き続けた。おれはまだ生きていたい。死にたくない。死ぬのはいやだ。おれなんか殺したって、しかたないじゃないか。生かしておいてくれ。殺さないでくれ。殺さないでくれるのなら、なんだって喋る。なんだって喋る。ダイヤはおれが隠した。その隠し場所を教える。

ロープが首に巻きつけられた時、伝三は失禁した。問われもしないのに、自分からダイヤの隠し場所をべらべらと喋り、喋り終ってから恐怖のために気を失った。

「よし。もう、殺さないでいい」鎌藤が、ロープの両端を手にした黒ソフトにうなずきかけた。

「こいつのいう通りだ。こんなやつを殺したって、なんにもなりゃしねえ」

「へえ」黒ソフトはロープをはなした。

「なんて野郎だ」と、狒狒がいった。「あきれて、ものが言えねえ」

「まったくだ」黒ソフトが、狒狒に笑いかけた。

「お前のいう通りだ。こいつはブタだよ」

「さっそく、ダイヤをとってきます」と、狒狒がいった。

「うん。頼む」鎌藤がふところ手をしてぼそりといった。不機嫌そうに、顔をしかめていた。「わしは十徳組に電話して、こいつのことを話す。この馬鹿は、組長にことわりなしに、自分の一存でやったのかもしれん。とにかく、十徳組とごたごたを起すのは、もうご免だ」ガレージから出ていった。

「行こうか」

「うん」

黒ソフトと狒狒が、またワーゲンに乗りこんだ。

「あのう」と眼鏡がいった。「こいつ、どうします」

運転席の窓から首を出し、黒ソフトがいった。

「紐をほどいてやれ。気がついたら、外へ抛り出せ。どうせそいつは、十徳組へも帰れないんだ」そういってから、ちょっと首をかしげた。「いや。もしかしたら帰るかもしれねえな。最後のリンチを受けるためにな」にやりと笑った。

ワーゲンが勢いよくガレージをとび出していったあと、ふたりの若者は顔を見あわせ、やがてのろのろと、伝三をくくりつけた紐をほどきはじめた。

「まったく、おかしな野郎だな」と、ひとりがいった。

「うん」眼鏡がうなずいた。「おれだったら拷問されるよりはロープで絞め殺される方がずっといいな」

もうひとりの若者も、大きくうなずいた。「そりゃあもちろん、おれだってそうだよ」

嘘は罪

「木之原の首を思いっきり絞めあげてやりてえよ」萩原が尖《とが》った犬歯を見せてそういった。焼酎《しょうちゅう》の入ったコップを握りしめていて、その手が顫《ふる》えていた。「あいつの首を、絞めあげてやりてえ」

「わかるよ、兄貴の気持は」誠は眼を丸くして、萩原に何度もうなずきかけた。「おれだって、あいつを殴ってやろうとしたこと、何度あるかわかりやしねえ」

「お前の手には負えんだろう」萩原が苦笑した。燗《かん》をしていた親爺《おやじ》までが苦笑を洩らし、誠に睨《にら》みつけられてあわてて眼をそむけた。

「手に負えるさ。こっちが死ぬ気になればな。そして、あいつを殺《や》る気になればな」誠はむきになって反駁《はんばく》した。

「殺るほどのことはない奴だよ」萩原はなだめるようにいった。「馬鹿らしいよ。それにあいつは組長のお気に入りだものな」

「だから尚さら腹が立つんだ。兄貴だってそうだろうが」誠は萩原の顔を覗《のぞ》きこんだ。「加波山組の身内でもないのに、でかい顔しやがって。いったいあいつは、加波山組の味方なのかい。それとも焙烙《ほうろく》組の身内なのかい。どっちだい」

「自分じゃ、どっちでもないといってるな」萩原が焼酎を呷《あお》った。「どっちでもない人間だから仲裁しやすいといってる」

「どうして焙烙組と仲直りしなきゃならないんだい。そんな必要があるのかい」

「組長が気弱になりなさったからよ」萩原は渋面を作った。「焙烙の組長もだ。それをいいことにして。くそ」コップをカウンターに強く置いた。

親爺が、びくりとした。

「くれ」

「へえ」

「おれもだ」誠もコップを乾《ほ》した。

「へえ」

「タコをくれ」

「おれはイカだ」

「へえ。へえ」

「焙烙組と仲直りしたところで、何ひとつ得はしねえ」萩原が呟《つぶや》いた。誠に聞かせるというよりは、むしろひとりごとの口調だった。

「そうともさ」誠はけんめいに頷《うなず》き返した。「あんな奴らと仲直りしたって、ちっとも得はしねえ。それに兄貴は、あの楠本とも交際《つきあ》わなきゃいけなくなるんだものな。秀子さんとのことがあったのによ」

「そのことは言うな」萩原が沈んだ声でいった。

「言わない。言わないよ。もう」誠はあわててコップをとり、ぐいと呷った。「で、でも、そのことがなくてもさ、焙烙組の連中と仲直りするなんて、おれはご免だよ。この間だって、おれ、焙烙組のちんぴら二人、ぶん殴ってやったんだものな。『白蟻《しろあり》』でよ。のしてやったんだ」

「おい、須山」萩原が照れたような笑みを浮かべ、横眼で誠を見た。「お前、この間もそのことを言ったな」口ごもった。

「うん。言ったよ。なんだい」

「木之原に聞いたんだが」萩原はコップを眼の高さにあげ、中をのぞきこんだ。「そんな喧嘩は、まったく、なかったそうだぜ」

「兄貴」誠の顔が泣き出しそうに歪《ゆが》んだ。「これは嘘じゃねえよ」

「うん。うん。わかったよ」笑っていた。

「兄貴は、木之原のいうことと、おれの言うことと、どっちを信用するんだい」誠は拗《す》ねて見せた。

萩原が誠の肩を叩いた。「ま、いいじゃねえか。そのことは忘れろ」

「何を忘れるんだい」誠はぼんやり兄貴分の顔を眺めた。それから俯向《うつむ》いた。「おれの言うこと、嘘ばかりじゃねえよ」

「そりゃ、もちろん、そうさ」

暖簾《のれん》をわけて、去年高校を中退したばかりの安富という三下が顔を突き出した。「あ、兄貴。組長が呼んでなさるそうだけど」

「口のききかたを知らねえやつだ」誠が不機嫌な顔つきで吐き捨てるように言った。

「そうか」萩原はいそいそと立ちあがり、誠を振り返った。「おれのつけにしとけ」安富に言った。「お前も飲め」背を丸めて暖簾をくぐり、ガード下を繁華街の方へいそぎ足に去った。

安富は嬉しそうにくすくす笑いながら誠の隣りに腰かけ、話しかけてきた。「いい兄貴だな。そうだろ。あ。親爺。酎《ちゅう》をくれ」

「へえ」

「萩原さんはおれの兄貴分で、お前の兄貴分じゃねえ。お前の兄貴分はおれだ」横眼で安富を見ながら、誠はまた焼酎を呷った。

安富は不服そうな顔をした。「そりゃ、そうだけどよ。でも、兄貴分の兄貴分なら、やっぱり兄貴だろ」

誠は黙ってイカの足を食い続けた。

「じゃ、これからは萩原さんのことは萩原さん、兄貴のことは兄貴って呼ぶよ。それならいいだろう」

安富のことばに、誠はやっと機嫌をなおした。

「ん。ま、それならいいだろう」

「木之原さんのことは、なんて呼べばいいんだい」急に思い出したという表情で、安富は訊《たず》ねた。

「あんなやつ、木之原さんなんて呼ぶことはねえよ」誠は声を大きくした。「木之原でたくさんだよ」

「だけどよ」安富は眼鏡の奥の眼球を、臆病な兎のように突き出した。「まさかおれがあの人に、面と向かって木之原、なんて呼び捨てにできるかい。そうだろう。できないだろ」

「やって見りゃいいじゃねえか」誠は唇を尖らせた。「それができりゃ、お前を一人前として扱ってやるぜ」

「そりゃ、一人前にはなりたいけどよ。でもあの木之原は」言いにくそうに、安富は木之原の名を呼び捨てにして見せた。「今じゃ萩原さんよりも威張ってるんだぜ。萩原さんなんかてんで軽くあしらわれてるじゃねえか。それに兄貴だってこの間あの人に、木之原さんって、さん付けで呼びかけたじゃねえか。おれ、確かに聞いたぜ」

誠は面倒臭そうにかぶりを振った。「よく憶《おぼ》えてねえが、そりゃあきっと何かを頼む時だったんだろう。さて、おれはちょっと、行くところがあるんだ」さも忙しげに、彼は立ちあがった。「お前は飲んでいろ」

屋台に近い小さな一杯飲み屋の暖簾をわけ、誠はガード下を出た。暗いガード下を出てすぐ、彼はのんびりした歩調で線路に沿い右へ折れた。駅に近づくにつれネオンが多くなった。誠は所在なげにショー・ウィンドウを覗きこみ、口笛を吹きながら小さなバーのドアを肩で押し開けて店内を覗いて見せ、パチンコ店に入って玉を百円だけ弾《はじ》いた。さらに繁華街を十数分ぶらぶらし、駅前で兎を売っている男としばらく話し、喫茶店で数十分ねばった。

屋台を出てから一時間ほど後、誠はふたたびガード下に足を向けた。安富はもういないだろう、と、彼は思った。ガード下に入る少し手前、高架下の倉庫の並ぶ暗闇のあたりで誠は立ち止った。靴音を消し、そっとビルの蔭に身を寄せた。

三人の男が殴りあっていた。中のひとりが他のふたりよりも数倍強く、いくら殴られても平気だった。二人組は次第に弱りはじめ、やがて交互に殴られているだけの状態となり、ついにぶっ倒れてしまった。ふたりを叩きのめした男は、服の塵《ちり》をはらい、繁華街の方へ歩きはじめた。彼は誠のすぐ前を横切った。きちんとネクタイをしめ、いい背広を着ていた。誠の知らない男だった。彼は誠

靴音が去り、誠は蔭から出て呻《うめ》いているふたりに近寄った。ふたりは数メートル離れて倒れていた。俯伏せに倒れた男が、うう、ううと呻き、仰向けに倒れた男が、ああ、ああと唸《うな》っていた。どちらも焙烙組のやくざだった。誠はそっと立ち去った。

飲み屋に戻ると親爺が恨めしげに誠を眺めた。安富が酔いつぶれていた。

「意地汚くがぶ飲みしやがったな」誠は呟いた。

「喧嘩して勝たなきゃあ」安富が寝ごとを言った。「幹部にして貰えねえよ」

「酎だ」大声で、誠は親爺にいった。

「へえ」

飲みはじめて数分後、萩原が戻ってきた。「まだ飲んでたのか」

「へえ」誠は頷き、安富を顎《あご》で示した。「おれがちょっと出かけてる間に、意地汚くがぶ飲みしやがったらしいんで」

「飲み過ぎたのか」

「そうらしいんで」

萩原は黙って頷き、誠の隣りに腰かけた。親爺が、考えこんでいる萩原の前に、焼酎のコップを黙って置いた。

「組長は兄貴に、何の用だったんだい」

萩原は誠の問いかけに、直接には応えなかった。彼はつぶやいた。「木之原のやつめ」指さきが顫えていた。

「また、何かあったんだね」

「喋《しゃべ》りたかねえよ」

「ふうん。じゃ、喋らない方がいいよ」

考えに沈んだ萩原を、誠は気遣わしげにちらち

らと横眼で眺めた。ちらちらと横眼で、しばらくの間うかがい続けた。

やがてにやりと笑い、誠は萩原の方へからだの向きを変えた。「兄貴、さっきおれ、焙烙組のちんぴら二人、ぶちのめしてやったんだ」

萩原は、今度は露骨に顔をしかめた。

誠は真顔に戻った。「本当だよ。『サボイ』でコーヒー飲んでたら、隣りのテーブルからからんできやがったんで、高架下の倉庫のところまで連れてきて、叩きのめしてやったんだ」

「誠よ」萩原は天井を見上げ、ことばを捜すような眼つきをした。「お前はいい奴だし、おれのことを思ってくれるし、いい弟分だとは思うんだが、はっきり言って、その、嘘をつくのだけは玉に瑕《きず》だな。ま、おれを喜ばせようと思って言ってくれるんだろうが、正直の話、嘘で喜ばせてくれたって、おれはあまり嬉しくねえんだ」

「兄貴い」誠の語尾が顫えた。「これは本当なんだよ、兄貴。そりゃあ、おれ、今までに何回か嘘ついたけど、これは本当なんだ。『白蟻』でちんぴら二人ぶん殴った話、あれは兄貴も言ったように、嘘だったよ。悪かったよ嘘ついて。悪いと思ってたからこそ、それを本当にするために、今、喧嘩したんだよ。本当だよ。信じてくれよ」

うわの空で誠の泣きごとまじりの主張を聞いていた萩原が、急に誠の顔を見つめた。「おい。それ本当か」

誠は大きく頷いた。「うん。ほ、本当、本当だよ。そこの高架下へ行けば、あの二人、まだぶっ倒れてるかもしれねえよ」

「いや。その二人なら、さっきここへくる途中で、高架下をひどい様子で駅の方へ戻って行くのに出会ったよ。誠。お前、軽はずみなことをしたな。あいつらを殴り倒したの、本当にお前だな」

「うん。うん。本当だとも。本当だとも」誠はくすくす笑いながら頷き続けた。「やっと信じてくれたらしいね」

「困ったやつだ」萩原は口もとを歪め、吐息をついた。「さっきの組長の用というのは、焙烙組との手打式の段取りだったんだぞ」

「でも、どうせ木之原の膳立てだろ」

「それはそうだが、この場合そいつは関係ねえ。談合《はなし》がこじれたらどうする。おれまで叱られちまうんだぞ」

誠は鼻を鳴らした。「ちっとぐらい叱られたっていいじゃねえか。焙烙組と手打ちするよりはましじゃねえか」誠は浮きうきと身を揺すった。

「兄貴だってその方がいいだろ。な。そうだろ」

「仕様のねえやつだ」萩原は苦笑した。

「喧嘩して勝たなきゃあ」安富がまた、寝ごとを言った。「幹部にして貰えねえよ」

「酎だ」誠は大声で親爺に言い、せきこんだ口調で萩原に弁解した。「兄貴。おれは別に、喧嘩して名を売ろうなんて思っちゃいねえんだよ。焙烙組との手打ちがいやなのは、喧嘩できなくなるからじゃなくて、兄貴の気持を考えると腹が立ってしかたがないからなんだよ。おれ、兄貴が好きなんだよ」

「わかったよ。べたべたするな」萩原はうんざりした表情で焼酎を飲み乾した。「親爺、勘定してくれ」立ちあがった。

「へえ。千二百六十円で」

「帰るのかい」

「ああ帰る」金を払いながら萩原はぶっきら棒に答えた。「お前は、そいつの世話をしてやってくれ」

「ちぇ。酔いつぶれやがって」誠は安富の頭を小突いた。

「いいか。もう焙烙組の奴とは喧嘩するなよ」

「でも兄貴」いささかきっとした表情で、誠は萩原を見あげた。「今夜おれがあいつらと、なぜ喧嘩したか知ってるかい」

「『サボイ』でからまれたからだろうが」

「そうだよ。でも、どういってからんできやがったかわかるかい」

「わからんね。どういってからんできたんだ」

「兄貴に関係のあることさ」

「判じものはよせ」

「木之原が楠本さんから秀子さんを奪ったんだ。で、木之原は楠本こわさに加波山組の客分になった。そのことでからんできやがったのさ。加波山組は臆病者をかばうのかってね」

萩原の眼が光った。「じゃ、秀子は木之原の情婦になってるのか」

「そうだよ」

「木之原の野郎」萩原はそう言い捨てて身をひるがえした。一瞬後、暖簾が揺れ、萩原の姿はそこになかった。

誠はふと不安げに身じろぎした。やがて、思いなおしたようににやにや笑いを頬に浮かべて安富の肩を揺すった。

「ああ。ああ」

「何があぁ、ああだ。起きろ」

「うん。起きた。起きた」

「帰って寝ろ。風邪ひくぞ。そこまで送ってやる」誠は安富を、背後から抱きあげようとした。

「うん。いや、大丈夫。大丈夫」安富はさほどよろめきもせず、立ちあがった。「ひとりで帰れるよ」

ガード下を安富は、誠とは反対の方向へひとりで帰っていった。遊廓の中にある小さな焼鳥屋が彼の家で、焼鳥屋のおかみが彼の母親なのである。誠はまた駅の方向へ歩きはじめた。裏通りにある中華料理店の二階の四畳半が彼の塒《ねぐら》だった。その裏通りへ折れようとした時、誠は刑事の郡《こおり》に出会った。郡は小肥りで赤ら顔の、中年の刑事だった。

「須山」と、郡は誠の前に立ち塞《ふさ》がった。「聞きたいことがあるんだがな」

「そりゃもう」誠は答えた。「郡さんのお役に立ってことでしたら、どんなことでも喋りますよ。どこかその辺の店でコーヒーを一杯飲ましてくださるんならね」

「コーヒー一杯分の値打ちのあることを喋ってくれるかどうかが問題だな。たいした質問じゃない。加波山組と焙烙組が手打ちをやるって話は本当かね」

「え。何。何ですって」誠は眼を丸くした。「そんな話は聞き始めだ。誰がいったいそんなことを」

「出たらめだっていうのか」

「あたり前ですよ。そんなこと、あるわけがない」

「ほほう、それは本当か」

「嘘だっていうんですか。おれの話が信用できないなら、質問しなきゃいいでしょう」

「まあ、そう怒るな。どうして、そんなことあるわけがないと思うんだ」

「仲直りするわけないでしょう。あれだけ喧嘩ばかりしてたのに。さっきだって、おれ、焙烙の若いやつ二人と喧嘩して、叩きのめしてやったばかりですからね」

「ほほう。そうかい、そうかい」

「あ。また嘘だと思ってますね」

「どこで喧嘩したっていうんだ」

「あの、高架下の倉庫の前です」

「焙烙の若い二人とか。そう言ったな」

「そうです。兄貴分の萩原が証人になってくれますよ。兄貴がその二人に会ってる。おれにぶちのめされたあと、ふらふらになって逃げていくその二人にね」

「たしかに、高架下の倉庫の前で喧嘩があったという情報は入っている」

「そうでしょう」

「やくざ二人を叩きのめした男が自分で届け出たんだ。その男は大企業のエリート社員だ。焙烙組のちんぴら二人にいちゃもんをつけられ、高架下の倉庫の前まで連れて行かれた。殴りあいになった。悪いことにこのサラリーマンは、大学時代アマチュア・ボクシングの選手だった。ちんぴら二人は逆に叩きのめされた」

誠は俯向いてもじもじした。「おれの話が嘘で、その男の話が本当だっていうんですね」

郡は一度だけ、こっくりと頷いた。「そうだ」

「どうしてです」

きょとんとした顔で、郡は答えた。「お前が嘘つきだからだよ」

「じゃ、何も訊《き》かなきゃいいじゃないか」誠は弱よわしい口調でそう言い、郡のからだを押しのけて裏通りへ入った。

裏通りを中華料理店の前まで歩いた誠は、そこで立ち止り、考えにふけった。眼球をふらふらと、落ちつきなく動かし続けた。やがて彼はそのまま真直ぐ歩きはじめ、裏通りを抜けた。大通りを横断してまた裏通りに入り、その裏通りも抜けてまた大通りに出、その大通りを右に折れて駅から遠ざかった。

二階建ての木造アパートがあり、入口のガラスドアには「和合荘」と金のエナメルで書かれていた。ドアをあけ、誠は床の軋《きし》む廊下に入った。管理人がいる筈《はず》の受付には、誰もいなかった。そこにはたいてい誰もいないことを、誠は知っていた。アパートの内部はひっそりしていた。

階段の下で、誠はためらった。大きくためらい、入口を振り返り、階上の踊り場についている薄暗い裸電球を睨みつけ、腹巻きに手をあて、そこに短刀があることを確かめた。それから鼻息荒く深呼吸した。

「嘘ばかりついている弱虫の阿呆じゃないぞ」彼はそうつぶやいた。「脅してやる」

階段をのぼりはじめた。彼の顔は白くなっていた。肩が顫えていた。最上段でつまずき、前へつんのめり、あわてて身をたてなおした。彼はまた立ち止り、自分に暗示をかけようとするかのように強く眼を閉じた。

　眼を開いた時、その眼はぎらぎらと光っていた。彼はゆっくりとドアのひとつに近づいた。

「木之原」と書いた名刺大の紙が、そのドアには貼《は》られていた。

　握りこぶしを作り、誠は力まかせにドアを叩いた。がん、という湿った音がした。とてもノックとは思えないような音だったので、誠は次に、少し力を弱めて、がんがんと二度ドアを叩いた。

　室内からは何の応答もなかった。

「なんだ。いねえのか」拍子抜けしたように肩の力を抜き、誠は把手《とって》を乱暴にまわした。

　ドアが室内の方へ、すっと開いた。室内には明りが点《つ》いていた。

　誠は室内をのぞきこんだ。眼を丸くしてしばらく中の様子を眺めまわしていた彼は、ドアを大きく開いて室内へ身をすべりこませ、うしろ手にぴったりとドアを閉じた。

　六畳の間ひと間きりで、家具らしいものはほとんどなく、たったひとつの窓はカーテンがかかっていて、そのカーテンは閉ざされていた。

　部屋の中央に木之原の死体があった。息絶えた木之原は仰向きに倒れ、彼の鳩尾《みぞおち》のあたりには短刀が突き刺さっていて、傷口から流れ出る血が畳を茶褐色に染めていた。茶褐色のしみは尚も拡がり続けていた。

「なんてことだ」誠はほっと吐息をつき、死体に近づいた。

　木之原は眼を見開いたまま死んでいた。もはや光の失せたその眼にさえ、誠はややたじろいだ。彼は短刀に眼を落した。首を傾《かし》げ、血まみれの柄を握り、引き抜こうとした。短刀はなかなか抜けなかった。力まかせに引っこ抜いた短刀を、誠はまじまじと観察した。

「これは兄貴のだ」

　そうつぶやいてから誠は周囲を見まわし、ドアに戻って錠をおろした。ポケットからハンカチを出し、短刀の血を拭い、短刀をポケットに納めた。

彼はまた死体に近づいた。近づきながら、腹巻きから自分の短刀を出した。鞘《さや》をはらい、強く握りしめ、振りかざした。

誠は自分の短刀を、木之原の胸にぽっかり開いている傷口めがけて何度も何度も振りおろした。最初に開いた傷口がどれか、ほとんど識別できないようになってからも、さらにそのあたりへ短刀を突き立て、えぐり、ほじくり返し、ねじまわした。そして短刀を抜き身のまま死体の傍《そば》に投げ捨てた。

血みどろになった両手を、誠はさらに死体の傷口へ突っこんだ。その手で短刀の白木の鞘を握り、赤茶色の指紋をべたべたとくっつけ、その鞘も死体の横に捨てた。

さらに血に染まった指さきを周囲の壁や押入れの襖《ふすま》になすりつけ、ドアの把手にもなすりつけ、その他あらゆるところに押しあててあたり一面を自分の指紋だらけにし、ハンカチで手を拭い、そのハンカチも畳の上に捨てた。

またしばらくあたりを眺めまわした後、彼は自分の頭髪を手でひっつかみ、ぐいと引っぱった。数本の毛髪が指にからまって抜けた。彼はその毛を、苦痛のあまり鷲《わし》の爪のように折り曲げている死体の両の指さきへ丹念にからみつかせた。

死体の顔から眼をそむけながら、誠は木之原の背広のポケットをさぐった。一万円札が二枚、千円札が数枚、小銭が数百何十円かあった。誠はそのすべてを自分のポケットに納めた。

にやりと笑い、ドアにわずかな隙間を残して彼は木之原の部屋を出た。

階段を降りると、管理人が受付のガラス窓越しに誠の方を見ていた。誠は仰天した表情を装い、これ見よがしに大あわてで顔をそむけて見せて、うろたえきったそぶりで「和合荘」を駈け出た。

夜風は湿っていて星はなかった。大通りへ出た誠は午後十一時過ぎても絶えぬ人通りに逆らって駈け、川に向かった。何人かが彼に突きとばされ、いまいましげに駈けて行く誠を見送った。

　川に近づくと誠は走るのをやめ、今度はひと眼に立たぬようゆっくりと歩きはじめ、橋の中ほどでちらちらと前後をうかがい、ポケットの短刀を欄干越しに川へ捨てた。橋は水面から高く、音は聞こえなかった。黒い水面を何気ない顔つきで見おろし、誠は大通りへ引き返した。

　加波山組の組長加波山慎一の自宅は駅の近くの商店街のはずれにあり、そこが加波山組の本部になっていた。ここには萩原はじめ八人の幹部が寝起きしていて、時に応じてもっと多くの子分たちが泊れるようにもなっていた。誠は玄関番の仲間に、さも急用だといわんばかりのよそよそしい会釈をして見せ、幹部たちの控えの間になっている洋間へ入って行った。三人の幹部がとぐろを巻いていたが、萩原はいなかった。

「須山か。何の用だ」幹部のひとりが白眼の多い視線を誠に向けた。

「萩原の兄貴に用なんで」

「萩原なら組長と話しこんでる」

「急用があるんですが」

「だから、どんな用だ」

「おれ、あの」誠は口ごもった。「あの、おれ、木之原を刺しました」

　ソファと肱掛《ひじかけ》椅子から、幹部三人が立ちあがった。

　やがてひとりが苦笑した。「また、とんでもない嘘つきやがって。まあ怒るな、怒るな。こいつの嘘は病気なんだ。勘弁してやろうぜ」

「本当なんで」誠は力を籠《こ》めていった。

「こいつ、服が血だらけだぞ」幹部のひとりが誠に近づいた。

「嘘をつくと承知しねえぞ」あとのふたりも誠に近づいてきて彼を睨《にら》みつけた。

「嘘だと思うんなら、奴のアパートへ行って見てくりゃいいでしょう」誠がいった。

「誰かに行かせろ」

ひとりが廊下へ出て行った。入れ違いに、萩原が入ってきた。

「なぜこんなところへきた」

「兄貴」誠は赤い眼を萩原の眼に向け、押し殺した声でいった。「心配しないでいい。木之原を刺したのは、おれってことにしてくれ。おれが兄貴に嘘ついいたため、兄貴は怒って木之原を。だけど、もういいんだ兄貴。おれに責任がある。木之原を殺《や》ったのはおれだからね。兄貴」

「いったいい何のことだ」萩原は途方に暮れた表情で誠を眺めまわした。「誰が木之原を殺ったんだって」

「だから、おれだよ。兄貴」

「木之原は一時間ほど前にここを出て行ったが」

「アパートへ帰ったのさ。おれは奴を待ち伏せして、ぶすっと胸へ」誠は急に眼を丸くした。「兄貴はずっとここにいたのかい。つまりその、木之原がここを出て行ってからずっと、ここにいたのかい」

「ああ。組長と話しこんでた」

「本当かい」

「お前じゃあるまいし」

「あの、すると」ふらふら、と、誠は視線を萩原の頭上にさまよわせた。「まさか。そんな」はげしく、かぶりを振った。

「いったい、なぜ木之原を刺したんだね」萩原はにやりと笑った。「また始まったな」

「兄貴」誠は鋭く萩原に言った。「あ、兄貴。そんなら兄貴、短刀持ってるか。あの、兄貴の、あの、自分の短刀を」

「ああ。ここに持ってる。それがどうした」

萩原が腹巻きから取り出した短刀を、誠は茫然として見つめた。

「お前の話を聞いておれはここへ戻った。組長の前で木之原に、秀子とのことが本当かどうかを訊ねた。そしたら、お前の言ったことにしては珍しく、本当だった」萩原はそういった。

誠の顔が歪《ゆが》んだ。

「秀子とおれとのことを、木之原は知らなかった」萩原は話し続けた。「木之原は、秀子と切れるって約束した。奴は秀子とのことじゃあ、すでに楠本から恨まれてる。この上おれから恨まれたんじゃやたまらねえ。奴は笑ってそう言った。で、さすがに居心地が悪いのか、すぐ帰って行った。それが小一時間前だ」

「楠本だ」誠は身をのけぞらせた。「奴を刺したのは、楠本だ」

「さっきはお前、自分がやったって言ったじゃねえか」幹部のひとりが胡散臭《うさんくさ》げに誠に言った。

「そんなら、その服についてる血は何だ」

出て行った幹部が戻ってきた。「安のやつに見に行かせた」

「いけねえ」誠はとびあがった。「しょ、証拠を。は、早く行って証拠を消さないと。あの証拠」部屋からとび出した。

「おい待て待て。なんの証拠だ」彼の背後で萩原が叫んだ。

振り向きもせず、誠は玄関から駈け出した。

さっき玄関番をしていた安という若者には、大通りに出るすぐ手前で追いついた。

「おい。安」駈けながら、誠は叫んだ。

「おう」安が振り返り、立ち止った。

誠は安の前に立ち、呼吸を荒くして叫ぶようにいった。「行かなくていい。おれが行ってくる」

「おれは阿部の兄貴に、行ってこいと命令されてる」安は反抗的にそういった。「お前が行きたいのは勝手だ。ついてきたいのならついてこい」

「とえええ」誠は眼を閉じ、力まかせに安の顔面へ拳固をめり込ませた。

「うぐ」安はのけぞり、顔一面に鼻血の花を咲かせて転倒し、荒物屋の店先の茶碗を積みあげた仮台をひっくり返した。

「わあ」

「きゃあ」

商店街の買物客数人が悲鳴をあげ、あるいは身を寄せあい、あるいはあと退《ずさ》りし、あるいは傍の店へ逃げこんだ。

安の、気を失ったまましばらくは起きあがれそうにないと思える様子を見定めてから、誠はまた走り出した。大通りを避け、裏通りの湿った空気を裂いて走った。

急ぐあまりに用心を忘れた、と、誠は思った。数台のパトカーが停車しているすぐ横へとび出してしまったのである。刑事や警官が大勢、「和合荘」の玄関を忙しげに出入りしていた。

「ちいいいいっ」舌打ちしながらあわてふためき、誠は自分がとび出してきた路地にまた駈けこんだ。

駈けこんですぐ、彼は背後をうかがった。彼の姿は、発見されていた。郡刑事がにやにや笑いながら彼の方へ歩いてきつつあった。

「わ、ひ」

くるりとからだの向きを変え、さらに路地の奥へ、誠は逃げこもうとした。

背後の靴音があわただしくなった。

「逃げると撃つぞ」郡の声だった。

立ち止ろうとする暇もなく、銃声が轟《とどろ》いた。誠は四つん這《ば》いになり、ズボンの中へながながと大量の小便をした。

「警告するなりぶっぱなすなんて、無茶だ」泣きながら、近づいてきた郡に誠はわめき散らした。

「立ち止る暇なんて、なかったじゃないか」

「なぜ逃げようとした」取調室で、郡が誠に訊ねた。

「立ち止る暇もくれずに、ぶっぱなしやがった」誠はまだ泣き続けていた。

「おれのズボンを貸してやった」と、郡はいった。「もう泣くのはやめろ。なぜ逃げようとした」

「あんたを、やくざだと思ったからだ」

「自分だって、やくざじゃねえか」

「おれの苦手なやつだと思ったんだ」

「嘘だろう」

「本当だ。おれの嫌いな奴と間違えた」

「嫌いな奴とは、すぐに喧嘩して叩きのめす筈じゃなかったのか」

「借金してる奴だと思ったんだ」

「嘘だろう」

「本当だ」

「じゃ、なぜあんなところをうろうろしていた」

「うろうろしていたんじゃない。通りかかっただけだ」

「嘘だろう」

「本当だ。知りあいの家へ行く途中だった」

「お前の知りあいなら、おれもたいてい知っている。あの辺に、お前の知りあいはいない筈《はず》だ」

「いるさ」誠は胸をそらせた。「木之原がいる」

「違いない」郡は苦笑した。「木之原に何の用があった」

「木之原は大変な臆病者で、アパートの自分の部屋に、幽霊がいると思っていた。ひとりでは恐ろしくて眠れないから、おれに来てくれと頼んだんだ。それであいつの部屋へ行こうとした」

「嘘だろう」

「本当だ」

「そんな話、誰が信じるものか」

「信じようと信じまいと勝手さ。おれを嘘つきだと思っていればいい」

「木之原に訊ねたら、嘘か本当かわかるさ」

誠は眼を丸くした。「どうやって木之原に訊ねるんだ。霊魂でも呼び出すのか」

「なぜ、木之原が死んだことを知っている」

誠はうろたえた。「あいつのアパートの前にパトカーが何台も停っていて警官や刑事がうろうろしている。何があったかはひと眼でわかるさ」

「なぜ、木之原が殺されたとわかった」

「あいつを恨んでいるやつは大勢いるさ」

「誰と誰だ」

「仲間は売れないね」

「お前の仲間が殺《や》ったというんだな」

「そんなことは言ってないよ」

「今、言ったよ」

「言ってないよ」

「木之原を殺したのはお前だろう」

びくん、として誠は椅子から数センチ尻を浮かした。「おれじゃない」

「じゃ、この金はどこから持ってきた。二万八千円もの大金、お前が持てる筈はない」

「道ばたの酔っぱらいから盗んだ」

「介抱泥棒をやったというのか」

「そうだ」

「じゃ、なぜ血がついてるんだ」

「その酔っぱらいというのは女の酔っぱらいで、その女の酔っぱらいはちょうどメンスだった」

「この血はメンスの血じゃない」

「肺病らしくて、血も吐いていた」

「嘘をつけ」

「本当だ」

「木之原の部屋の壁やドアにはお前の指紋がいっぱいついていた。血まみれの指紋だ。木之原の指にはお前の頭髪がからみついていた。これをどう説明するんだ。また途方もない大法螺《おおぼら》を吹いてみろ。それとも、こいつだけは説明できないかね」

「ああ。説明できないよ」

「お前が殺ったからだろう」

「そうじゃない」

「じゃ、どうして説明できないんだ」

「実に、不思議なことが起ったからだ。とても、この世の出来事とは思えない事件だ。喋ったって、絶対に誰も信じちゃくれないよ」誠はうつろに眼を見ひらき、口を半開きにして弱よわしくかぶりを振った。「あれは、本当に起ったことなのだろうか」

「芝居はよせ。よし。説明できないとなれば、もうお前の殺人罪は確定的だ。言っといてやるが、お前が木之原を殺ったことで喜んでいる人間はひとりもいないんだぞ。お前んところの組長はかんかんだ。せっかくの焙烙組との手打ちがお流れになったといってな。お前の兄貴分の萩原も、お前のおっちょこちょい振りに愛想を尽かしている。せっかく木之原を殺ったのに、誰にも褒《ほ》められず、名も売れない。加波山組からは追い出される。気の毒にな」

「おれがやったんじゃない」悲鳴をあげ、誠は立ちあがった。「本当だ。おれが殺ったんじゃないんだ。信じてくれ」

「嘘だろう」

「本当だ。信じてくれ」

「じゃあ喋れ」郡が、はじめて大声を出した。「本当のことを、洗いざらい喋ってしまえ。たったひとことも嘘を混えずにな」

誠は眼を閉じ、苦しげに呼吸した。自己の信条に背こうとする時の苦悶《くもん》が彼の表情にあらわれた。彼はやがて、押し出すような重い語り口で、ぽつり、ぽつり、と真実を語りはじめた。現実にあったことを、最初から、無駄なく、そしてすべてを物語った。

語り終え、誠は魂の抜け殻のような様子でぐったりと椅子の背に凭《もた》れた。その眼は虚無的だった。

郡はしばらく考えこんでいた。やがて顔をあげ、誠に微笑《ほほえ》みかけた。「お前は今まで、たくさんの嘘をついてきた。いや、お前の言うことすべてが嘘だったといってもいい」彼はそういって、うなずいた。「だが、今の話は、その中でも最高に出来のいい嘘だ」

アイス・クリーム

　公園の中の木立が葉むらをそよがせていた。公園に沿った幅の広い車道に、車の数は少なかった。「ずいぶん静かなところだな」ベンチに腰をおろしている樋口《ひぐち》がいった。

「住宅街だからな」ベンチの周囲を大股《おおまた》に歩きまわりながら、勇一が答えた。「この辺にあるのは、金持ちの、庭の広い、でかい家ばかりさ」

「なあに、この程度の家なら金持ちというほどの家じゃない」樋口が冷ややかに笑ってかぶりを振った。「この辺の家は、中流の家さ。もっとでかい家はほかにいくらでもあるよ」

「そうかね。おれにはすごくでかい家ばかりのように見えるがね」勇一は眉根に皺《しわ》を寄せ、通りの彼方《むこう》の分譲住宅地をじろりとうわ眼遣いに見て、すぐ眼をそらせた。

　山の斜面に建てられた、緑の多いその住宅地の家は、互いに舞台装置じみた派手な色彩を競いあっていた。そこは陽あたりがよく、全世界の他の住宅地のどこよりも明るく見えた。勇一には、あまりのまばゆさに長いあいだじっと見つめてはいられないような気がした。

「日曜日だから静かなんだよ」と、樋口がいった。「休みの日だからみんな家族連れでどこかへ出かけてるのさ」

「ふうん。そうかい」勇一は立ちどまり、舌打ちをした。「よく知ってるんだな」また、歩きはじめた。

「気にくわないようだな」

「ああ。気にくわないんだ」歩き続けた。

　公園の隅に売店があり、店番している初老の女は勇一たち以外には誰もいない公園を、度の強そうな眼鏡越しにぼんやりと眺めていた。

売店のうしろから、親子らしい二人連れがあらわれた。父親らしい男は中年で髪がやや白く、下腹が出ていた。

男の子は五、六歳で、ブルーのセーターを着ていた。父親は噴水の方へ行こうとしたが、男の子は彼の腕をつかみ、売店を指さした。勇一のところからは子供が何を言っているのかわからなかった。しかし、何かをねだっているに違いなかった。

勇一は立ちどまり、暗い眼つきでじっと彼らを見つめた。樋口はそんな勇一を、やや気遣わしげに観察した。彼は勇一の様子を、まるで庭さきに何か動くものを見つけた縁側にいる猫のようだと思った。

父親と息子は売店に近づいていった。父親が息子に負けたようだった。父親はゆったりとしたカーディガンを着ていて、パイプをふかしていた。いかにも父親然とした父親に見え、息子に何かねだられ、買ってやることを楽しんでいるかにも見えた。

勇一が頬と唇の端を歪《ゆが》めた。売店の方へ歩き出した。今度はさほどの大股ではなく、いそぎ足だった。樋口はあわてて立ちあがった。

「おい。勇一。よせよ」

勇一は答えず、立ちどまろうともしなかった。樋口は勇一を追った。

売店の女は冷凍ケースをあけ、アイス・クリームをひとつ出して子供に渡した。父親が茶色のズボンのポケットに手をつっこみ、小銭を出した。勇一はその傍に立ち、父親に声をかけた。

「よう。お父ちゃん」

勇一の風態を見るなり、父親は緊張した。からだを固くした。浮かべていた微笑を消した。だが、なに気ないそぶりを続けようとした。表情をこわばらせて親子と勇一を見くらべている売店の女に、彼は金を払った。あきらかに、いそいでその場を離れようとしていた。

「なあ、お父ちゃん」歯を見せてにやりと作り笑いをし、勇一はいった。「おれにもそのアイス・クリーム、買ってくれよ」

子供は一口齧《かじ》ったばかりのアイス・クリームを口もとに押しつけたまま、大きく眼を見ひらき、身をこわばらせていた。じっと勇一を眺めた。やがて、あとから近づいてきた樋口を見て、父親のよく肉のついた尻にからだを押しあてた。

樋口をちらと見て、父親の眼に怯《おび》えが走った。

勇一は催促した。「なあ。子供に買ってやったんだろ。おれにもアイス・クリームを買ってくれよ」

父親は勇一を無視しようと決めたようだった。

子供の手を握った。「さ。行こうか」

勇一がざらざらした大声をはりあげた。「おい。聞こえてるのか。返事ぐらいしたらどうなんだよ。え。お父ちゃん」

子供の手前、父親はゆったりした態度を保ちながらわずかに勇一にからだを向け、深みのある声で答えた。「なぜあんたにアイス・クリームを買ってやらなきゃならんのかね」

彼の額には仕事への自信からくる落ちつきと一種のきびしさがうかがえた。職場ではきっと、おれたちのような若い部下たちから恐れられ、尊敬されているのだろう、と、樋口は思った。

勇一は眼に恍惚《こうこつ》感をたたえ、口を半開きにし、しばらく父親の顔を見つめた。顎《あご》をあげ、返事をして貰えたことが不思議でたまらぬ、といった顔つきで彼を見下すようにしながら、小きざみにうなずいた。「ほう。そうかい。おれには買ってくれないっていうんだな。え。そうだな」

自棄的な決意を見せ、勇一の眼に眼を据えた父親が叫んだ。「あたり前だ。お前なんかには買ってやれん」

だが残念なことにその声はしわがれ、いささかうわずっていた。それを気どられまいとし、父親はさっと背を見せ、子供の手を握る腕に力をこめて公園の出口へと歩き出した。

「なに。野郎。待て」勇一は股を開き、火を噴きそうな眼をしながら腕組みをした。

だが、父親は振り返らなかった。

「くそ。ぶちのめしてやる」

低く唸《うな》って駈け出そうとした勇一の腕を、樋口は強くつかんだ。

「よせ」勇一の耳もとで彼はささやいた。「仕事の前だぞ。仕事があるんだぞ」

「うるせえ」

「うるせえとはなんだ」樋口が声を固くした。「兄貴分のいうことが聞けねえのか」

顔全体を鬱血させ、金壺眼《かなつぼまなこ》を樋口に向けた勇一は、しばらく憤怒で全身を顫《ふる》わせていた。やがて深い溜息をつき、うなだれた。

「そうだったな」うなずいた。「仕事があったんだ」

「仕事を忘れちゃいけないよ。なあ。そうだろ」

「そうだな」また、うなずいた。「仕事を忘れちゃいけねえや」

ふたりは笑おうとした。勇一は笑えなかった。

「きっかりに行けって組長は言ってたな」樋口が腕時計を見た。「まだ、三十分ある」

「早く来すぎちまったなあ」

「ま、いいだろう。そろそろ行かないか」

「そうだな。そろそろ行こうか」

歩き出そうとして、ふたりは売店をうかがった。ガラス・ケース越しにふたりを見ていた初老の女が、あわてて首をひっこめた。バケツらしいものをがちゃつかせた。樋口と勇一は顔を見あわせ、歪んだ笑いを交えた。樋口は一瞬、なんともいえぬやりきれなさを感じた。

ふたりは公園を出て、車道の、横断歩道でないところを駈け渡った。それから住宅街の中の道を山手へ登りはじめた。彼らはすぐ汗ばんだ。たいていの家には芝生の植わった前庭があり、どの家の前庭の芝生もあおあおとしていて、それらすべては道路から簡単にのぞきこむことができた。家の、そうした開放的なたたずまいを見て勇一は、また眉根に皺を寄せた。

「のぞきこんでくださいといわんばかりじゃないか」

樋口は勇一の怒りに同調した。「のぞきこんでほしいんだろ」

庭に木が多く、石塀で囲ってあってあまり開放的でない家が一軒だけあった。だがその家の鉄格子の門も、手で押せばすぐ開いた。門の表札には「杉浦」と書かれていた。

門から数メートルのポーチにふたりは佇《たたず》んだ。樋口が呼鈴を押した。勇一は眼を細めて前庭を振り返った。陽光はここの芝生にも万遍なく降りそそいでいた。

「ここの旦那には丁寧にしろ」樋口がそっけない調子でいった。「何しろ、お金をいただくんだからな」

勇一は唸るように答えた。「わかっている」

二、三分して玄関のドアが細めに開いた。丸い、油断のない眼がふたりを見た。

「あなたがたは」と、眼が訊《たず》ねた。

「双葉組の者です」樋口が眼の高さに背をかがめた。「時間よりちょっと早かったんですがね」

「結構」ドアが大きく開かれた。「お入りなさい」

樋口がぺこぺこした。「ご主人で」

「杉浦です」

杉浦はもう六十に近い、肥満体の男だった。あぶらぎった顔の杉浦は黒っぽいガウンを着ていて、手にパイプを持っていた。勇一には彼の指の一本一本が芋虫のように見えた。杉浦はふたりを玄関のすぐ横の応接室へ通した。応接室には黒革の五点セットがあり、窓と反対側の壁にはレコードと洋酒のキャビネットがついていた。窓は開け放されていた。五点セットのひとつの肱掛《ひじかけ》椅子には、杉浦の部下と思える実直そうな若い男が腰かけていた。

「経理課の小西君だ」杉浦は面倒臭げに彼の方へちょっと手を振った。

小西は勇一たちに軽くうなずきかけただけで、またそっぽを向いた。樋口と勇一は、杉浦にさえ自分たちの名を名乗らなかった。ふたりはソファに並んで腰をおろし、わざとじろじろ小西を見つめた。

「日曜日だもんで、遊びにきただけだよ」杉浦は弁解するようにそういってから、大きくうなずいた。「もちろん、事情はよく知っている」

肱掛椅子に腰かけた杉浦の方へ、樋口がまた背をかがめた。「あの、早速ですが、金をいただきたいんで」

せっかちさと露骨さをたしなめるように、杉浦は微笑した。唇が分厚く、赤かった。威圧的に、彼はいった。「金は渡します」

居心地悪そうにちょっともじもじし、ますます丁重に樋口はくり返した。「金さえ頂ければ、わたしたちは別にその、他《ほか》に用はないんですがね」

杉浦はしばらくぼんやりと樋口を見つめ、勇一に視線を移した。勇一は杉浦を睨《にら》みつけたまま、ゆっくりとうなずいた。

彼は苦笑し、小西に命じた。「あれ、持ってきてくれ」

小西は樋口と勇一にじろりと白い眼を向け、立ちあがって応接室から出ていった。

「日曜日だもんでね」杉浦はにこにこ笑いながら部屋の中を見まわした。「家内も子供も遊びに出かけてるんだ」

ふたりは黙っていた。勇一は天井のシャンデリアを眺め、ソファの肱掛けを握りこぶしでどん、どんと叩き続けた。その仕草をしばらく見つめていた杉浦は、わざとらしく微笑を浮かべてパイプに煙草をつめた。

銀行のマークが入った白い封筒を持って小西が戻ってきた。封筒を杉浦に渡した。杉浦は中をあらためもせず、汚いもののように封筒を樋口の前へすとん、と落した。

「それを持って帰ってください」

樋口は黙って封筒をとり、中から一万円札の束を出して勘定しはじめた。杉浦がいそいで何か言いかけ、ためらい、小西と顔を見あわせた。それからまた、パイプをくわえた。杉浦は、樋口が勘定し終るまで待つことに決めたという様子で背を丸め、樋口と勇一の表情をちらちらとうかがった。「百枚しかない」樋口が意外そうな声をあげた。「百万円しかありませんな」

「だからそれは」杉浦は面倒臭げにいった。「前もってあんたたちの組長に話してある。あんたたちはとりあえず、それだけを持って帰ればいい。組長はわかっているから」

「何がわかっているんだい」勇一が不機嫌な低い声を出した。「こっちはちっともわからないよ」

「だから」多少いらいらしたそぶりで、杉浦はくり返した。「それはもう組長に話してある」

「おれたちみたいな下っ端には」勇一が樋口にいった。「説明するのも面倒だってわけさ」

杉浦が苦笑した。「そりゃ、説明したっていいけどね」

「いや。そんなに面倒なら説明してもらわなくても結構」樋口はきっとなって杉浦を睨み据えた。「説明なんかどうでもいい。おれたちはただ、二百万円を受けとって戻ればそれでいいんで」

「だから言ってるだろ」小西が口を出した。「課長は、あんたらの親分はもう納得ずみだって、そうおっしゃってるんだ」眼が光っていた。

すぐさま、勇一が言い返した。「おれたちは納得してないんだ」

杉浦と小西が憫笑《びんしょう》を浮かべた。

わざと愚鈍さを装い、樋口も言った。「おれたちは、組長から、二百万円受け取ってこいと、そう言われてるんで」

小西が大袈裟《おおげさ》に溜息をついた。「だから、その命令が、変更になったんだ」嚙《か》んで含めるような言いかたをした。

「そう、その命令が、変更になった」杉浦も我慢強さを表情で示しながら、一言ひと言を区切ってそういった。「それを確かめたかったら、さあ、そこに電話がある。それで組長に電話して聞いてみなさい」

樋口が立ちあがりかけ、少しためらった。

勇一はいそいで樋口の膝《ひざ》を押さえた。顔だけは杉浦と小西に向けたまま、彼は樋口にいった。

「電話をかける必要はない」

信じられない、と言いたげに口を半開きにし、小西が勇一をきょとんと眺めた。

「そうだろ。電話をかけてその命令がほんとかどうか確かめる必要はちっともないんだ」勇一は喋《しゃべ》り続けた。「だって組長は、杉浦さんがなんと言おうと、二百万円受け取って帰ってこいって、そういったんだ。いいか。杉浦さんがなんと言おうと、って、そう言ったんだぜ」

勇一の言いたいことを樋口は、彼が喋りはじめた時から諒解《りょうかい》し、にやにや笑っていた。勇一が喋り終り、樋口はうなずいた。「まったくだ。その通りだ」声を出して笑った。「電話する必要はないんだ」身をのり出し、ゆっくりと杉浦に言った。「あと百万円、いただきたいんで」

小西が大っぴらに舌打ちした。「もしあんたたちが会社員なら、たちまちクビだな」

勇一が怒鳴って立ちあがった。「おれたちは会社員じゃない」小西に一歩近づいた。

小西もいそいで立ちあがり、腰を低くし、猫が何かを引っ掻こうとする時のような珍妙な手つきをした。その仕草を見て勇一は立ちどまり、しばらく彼を睨みつけていた。やがて乾いた声で笑い、杉浦を見おろした。

「おれたちが恐ろしいもんだから、女房子供を外へ出して、柔道を知っている部下を護衛に呼びやがったんだ」勇一はまた含み笑いをした。「おれたちが納得しないのを知っていて、そのためにこの部下を、日曜日だっていうのに自分の家へ呼び寄せやがった。こいつも、上役のためだというんで、休みの日だというのに、上役のボディ・ガードをするためにここへやってきて、おれたちが訪ねてくるのを待ってやがったんだ」ねちっこく、勇一は誰に言うとなくそういった。最後に小西を見、彼は鼻を鳴らした。「上役思いだな。え」

小西が何か言い返そうとした。

小西が何かを言い返す前に、杉浦が手をあげた。「ま、すわりなさい。ふたりとも」

「命令するな」勇一が間髪を入れず、悲鳴まじりに叫んだ。「おれはあんたの部下じゃないぞ」

「いや。これは悪かった」杉浦は手をおろしておだやかに笑った。「どうぞおすわりください」

「その前に、この男をなんとかしないとね」勇一はまた小西の細い顔を睨み据えた。「こいつにいられると邪魔なんだ」

「その通りだ」樋口が立ちあがり、勇一を押しのけて小西の前に立ち、内ポケットから拳銃を出し、銃口を実直なサラリーマンの胸に向けた。

「どうだ。さあ、柔道を使ってみろ」

眼を見ひらいて立ちすくんでいる小西の、やや長くなった鼻の下へ、樋口は拳銃の銃身を力まかせに突き出した。

「がっ」小西はのけぞり、薄紫色のカーペットの上へ仰向けに倒れた。口のあたりを両手で押さえたまま、あまりの激痛にエビのように跳ねまわり、のたうちまわった。「ごおお。ごおお」

両手が、口からあふれ出る血でたちまちまっ赤になった。折れた歯を吐き出し、小西はなおも勢いよく床の上をころげまわった。その脇腹を樋口はでかい足で踏みつけ、次に拳銃の銃把《じゅうは》で彼の頭を殴った。小西は動かなくなった。

樋口はゆっくりとソファに引き返し、腰をおろした。勇一も彼の隣りに腰をおろした。そしてふたりは、うす笑いを浮かべて杉浦をじっと眺めた。

「乱暴なことをする」ぐったりとなった小西を無表情に見ながら、杉浦はそうつぶやいた。

「あんたは柔道のできる男を護衛に呼んだりした。そしておれたちにけしかけた」樋口が非難しはじめた。「ますます、百万円だけでは帰れなくなりましたね」

声を立てて、勇一は無理に笑った。

「なぜあんな乱暴をするんだ」杉浦は巧妙に悲しげな眼つきをして見せ、樋口を振り返った。「あんなことをして、まさか君たち、当然だとでも思ってるんじゃないだろうね」

辛抱強く、樋口はくり返した。「あと百万円、いただきたいんで」

「君たちは決して馬鹿じゃない」杉浦は暗い調子の声色《こわいろ》を使ってしんみりと話しはじめた。「それなのに、どうしてこんなつまらないことをやってるんだ。君たちなら、真面目にやっていく気さえあれば、いくらでもうまくやれるだろうに」

「殴られたいか」勇一がわめいた。声がうわずっていた。「あのちんぴらのドブネズミみたいに前歯をへし折られたいか。あんた、丈夫な歯がそれほどたくさん残っているわけじゃないだろ。え。お父ちゃん」

「君たちはどうしてそんなに、ひねくれたのかねえ」つくづく不思議そうに、杉浦は啞然とした顔つきをして見せ、勇一を見つめた。「なにが気に食わないんだ」

立ちあがろうとする勇一を、樋口は片手で彼のベルトをつかみ、ぐいと引いて落ちつかせた。そしてまた言った。「あと百万円、いただきたいんで」

「いくら言ったって、どうせここにはないんだよ」悲しげに笑った。「それだけしか用意していない」

「そうかね」勇一が腕組みした。「おれはもう百万円、用意してあると思うね。万が一の時のために、あんたはもう百万円、必ず用意している筈《はず》だよ。この家の中にね。あんたは会社から、できれば百万円で済ますように言われ、ここが腕の見せどころとばかり、点数かせぎをやろうとしてるんだ。図星だろ。だけどな、片輪になったりしたら、あとであの時百万円出し惜しむんじゃなかったと、きっと後悔するぜ。すると思うな、おれは。そうだろ。たった百万円だぜ」

「ただ二百万円を強奪しようっていうんじゃないんですよ」樋口も横から柔らかな声で口を出した。「新聞の広告代なんですよ。効果がありますよ」

「わたしにそんな綺麗ごとを言わなくてもいい」杉浦はてらてら光る額を二、三度横に振った。「双葉組のやってる業界紙にわが社の悪口が載らないための、いわば口どめ料だ。そのぐらいは君たちも知ってるだろう。そんな言いかたはよしなさい。そんな言いかたをする癖がついてしまったら、君たちはもう、まともな喋りかたができなくなってしまうんだよ」

「説教はよせといっただろ」勇一はとびあがり、杉浦の唇の端を殴りつけた。

今度は樋口も、彼をとめようとはしなかった。

「他人に説教する柄か。いいか。お前の言いかただって綺麗ごとなんだぞ。会社の悪口だって。悪口なんかじゃない。お前の会社で汚職やってるのは、あれは事実じゃねえか。悪口じゃない。本当のことなんだ。お前だってその片割れじゃねえか」勇一は大声で叫び続けた。やや、おろおろ声だった。

樋口が立ちあがり、ふたつの窓のガラス戸を閉めた。

杉浦は純白のハンカチを出し、唇から顎にかけて流れ出た血を拭いながら、またかぶりを振った。「汚職なんかやっていない、といっても、どうせ書くだろう。わたしも君たちに自己弁護したってはじまらないことは知っているしね。まあ、とにかく落ちつきなさい」

「落ちつきなさいだと。また命令しやがる」勇一は杉浦をふたたび殴りつけた。

同じ部分を殴られ、杉浦はかすかに呻《うめ》いた。

「じゃお前も、落ちついていられないようにしてやろうか」

まあ、まあ、と言いながら樋口は勇一を制し、子供に言うような喋りかたで杉浦にくり返した。

「おれたちは、あと、百万円いただければ、それでいいんです。さあ、くれませんか」

「金はそれだけしか、ない」苦痛に耐えながら杉浦もくり返した。


「じゃ、捜してきてやる」勇一は応接室を出ていった。

杉浦は勇一の出ていく姿を見送ってから眉をひそめてしばらく眼を閉ざし、やがて樋口に訊ねた。「あの青年は、なぜあんなに、ちょっとしたことで腹を立てて、人を殴るんだろうね」

樋口は杉浦の前に立ちはだかった。「いかにも君はそんなことしないだろうと言いたそうですな。だがおれだって、かっとなれば人を殴るんです。さっきあいつをやったでしょう。見てたでしょうが、あんた」

「なぜだね」

「あの男は勇一っていうんだ。あいつの父親はひどい父親でね。説教癖があった。そのくせ自分は酔っぱらいで、勇一はよく殴られたそうだよ。もっとも、ほとんど家にいなかったらしいがね」

「父親が、かね」

「父親がだ。あいつが父親からしてもらったことといえば、殴られたことと、説教だけだったたという ぜ。だからあいつ、他人からも説教されるのがいやなんだ」

「それでひねくれたっていうのか」

「なあに、自分に正直で、いいやつだよ。あんたみたいに、世間の眼を誤魔化《ごまか》してこそこそ悪いことをするやつなんかよりは、ずっと正直で、いいやつだよ」

「悪いことをした人間が、こんなに落ちついていられるかね」杉浦が両手をちょっとあげて見せた。「落ちついているふりをしてるだけだ。あんたは古狸《ふるだぬき》だものな」

ガラスだか陶器だかを壊す音がした。杉浦は無表情だった。

勇一が戻ってきた。「わからん。見つからない。どこかにうまく隠してあるんだ」

「そうだろうな」杉浦に向きなおり、子供がするように、樋口は右へ、左へと小首を傾《かし》げた。「どうやって吐かせようか」

「君たち、いつもこんなことをやってるのかい」かすかに哀れみの色をこめて杉浦はふたりを見た。「いつまでも、こんなことを続けていくつもりか。ま、若いうちはいいだろうがね。でも、若さは長くは続かないんだよ。知ってるだろう」

勇一がからだを顫わせはじめた。

「そういうこと、言うなっていってるのに。馬鹿なやつだ」樋口がぼんやりと杉浦を見おろしながらつぶやいた。「よほど痛い目に会いたいんだな」

杉浦は、かまわずに続けた。「まともな職につくつもりなら、協力してあげるよ。これも何かの縁だろうからね」

うおっ、と吠えて、勇一が杉浦にとびかかり、耳のあたりを殴りつけた。杉浦は白髪の混った頭を二、三度ふらふらと揺り動かした。眼を閉じていた。

「うまいもの食って、こんなでかい腹してやがる」勇一は杉浦の腹部に拳固をめりこませた。

杉浦はガウンの胸に、白っぽい液体を少し吐いた。

樋口はソファにゆったりと尻を落した。杉浦を痛めつけるのは勇一がひとりでやってくれるだろう、彼はそう考えた。

勇一は樋口をふり返って言った。「おれたちをここへ呼んだのも、この家を見せびらかす気だったんだ。こいつ、この小綺麗な家が自慢なんだ」

「違うよ」杉浦はゆっくりとかぶりを振った。「単に、会社や街なかで金を渡したり受けとったりするとひと眼につくという、それだけの理由に過ぎない。こんな家は、誰だって持ってる。ちっとも自慢にはならないんだ。君がひねくれた見かたをするから、そう見えるだけだ」

「何ぬかしやがる。この豚め」勇一は足をあげ、杉浦の腹部を勢いよく蹴《け》った。

杉浦はソファの上で身をよじった。

「そういう豚が、世間じゃ立派な人格者として通用してるんだよ」勇一をたきつけるような調子で樋口はいった。

「そうだ。こいつは豚だ」勇一は大きくうなずいた。

杉浦はゆっくりとカーペットの上へくずおれた。苦しげに、彼はいった。「そんなにお父さんが憎いのかね」

「なんだと」

「君は父親に復讐《ふくしゅう》してるつもりなんだ」

「なに、聞いたふうなことを」勇一は杉浦の顎を蹴りあげた。

「よせばいいのに」樋口が冷笑した。

「やりなさい。気がすむまで」杉浦はまっ赤に充血した眼で勇一を見た。その眼に涙が溜まっていた。「わたしも、若い時はそうだった。君と同じだった。君を見てると、わたしの若い時を思い出すよ」

勇一が身を固くし、拳固を握りしめた。杉浦を殴ろうとした。身構えただけだった。彼は杉浦を殴れなくなっていた。彼の眼にも涙がにじんでいた。

樋口が、あわてて立ちあがった。「だまされるな」と、彼は叫んだ。「そいつは狸なんだ。その手でいつも、若い社員をたらしこんでやがるんだ。親がわりになってやるとか、なんとか言ってな」

「ちっ。嘘か」勇一は杉浦の胸もとを押さえ、右、左と平手打ちを加えた。「この狸め。こいつめ。こいつめ。親切そうに説教なんかしやがって。何が父親だ。何が復讐だ」わめきながら、彼はぽろぽろと頬に涙をつたわらせていた。

杉浦は殴られながら、冷静な眼でじっと勇一を見つめ続けた。その眼からも涙があふれ出ていた。勇一は杉浦の眼に耐えられなくなり、泣きながらそっぽを向き、さらに殴り続け、やがて嗚咽《おえつ》しながら杉浦の前にうずくまった。

樋口が近づいて勇一の背を鷲《わし》づかみにし、立たせようとした。「どけ、おれがかわってやる。お前も馬鹿だな。こいつが泣いているのは、痛いからだぞ」勇一をどけ、自分が杉浦の前に立ち、彼は怒鳴った。「おれは口さきだけじゃ誤魔化されない。さあ。もう百万円、どこへ隠した。言え」

樋口は拳銃の銃把で、狂ったように杉浦の顔を殴りはじめた。「こいつめ。お前みたいな海千山千の古狸は、このぐらいやられたって、どうってことはないだろう。どうだ。痛いか。痛くないか。金はどこだ。言え」

杉浦の唇が切れ、鼻からも血が噴き出した。閉じた眼尻からも、涙に混って血が出はじめた。杉浦の顔の相が次第に変ってきた。頬が紫色にふくれあがっていた。彼はがくりと頭を前へ落した。

「やめろ」小さく、勇一がいった。それから大きく叫んだ。「やめてくれ」彼は立ちあがり、背を丸めて樋口に体あたりをした。「やめろ」

樋口はソファの上に倒れ、さらに床へ落ちて一転した。「お。何するんだ。勇一。馬鹿」あわてて立ちあがり、眼を丸くして勇一を見つめた。「ば、馬鹿だな、お前は」

「頼む。もう勘弁してやってくれ。兄貴」勇一が泣きながら樋口の前に立ち、杉浦を彼からかばった。「もう殴るな。殴らねえでくれ、この人を」

「あ。とうとうたぶらかされやがった」樋口は口を半開きにして、勇一の歪んだ顔を眺めまわした。「そんなら、あとの百万円はどうするんだ」

「この人のいうことは、きっと本当なんだろうよ」

「この家のどこかにもう百万円が隠してあるだろうってことは、お前だって知っている筈だぜ。百万円だけで我慢しようってのかい。これだけ好き放題の説教をされて、その上、値切られたままで帰ろうってのか。お前、意地ってものがないのか」

勇一がおろおろ声を出した。「もう充分、痛めつけたじゃないか」

「おい、あんた。満足かね」しばらく黙って考え続けたのち、樋口が杉浦にいった。「またひとり、いい息子ができたぜ」

うなだれていた杉浦が、低く唸った。

「この男、ここへ置いていくからな」と、樋口はいった。「息子にしてやってくれ。あんたの本当の息子にな」

杉浦は血まみれの顔をゆっくりとあげ、怪訝《けげん》そうに樋口を見つめた。

「就職の世話をしてやるって、さっき言っただろ。あんたの会社に入れてやってくれ」樋口はにやりと笑った。「こんな男、おれの弟分にゃしておけないよ」

「兄貴」勇一が裏声まじりの声をあげた。

樋口は杉浦にうなずきかけた。「父親ぶった説教のついでだ。本当の父親になってやってくれ。こいつをこの家に置いてやってくれ。わかるだろ。お父ちゃん」

「何を言ってるんだね。君は」杉浦はのろのろとした調子で訊ね返した。

「この坊っちゃんを、あんたに譲るっていってるのさ」

「馬鹿なことを」杉浦の顔にうろたえが走った。

「おれはひとりで帰るからな」樋口は勇一に片眼をつぶって見せた。「あんたはここにいて、可愛がってもらえ。部屋をもらい、三度の食事もこの人と一緒に食べ、この人の会社で、この人の部下として働け」

「兄貴。兄貴」

「甘えるな」悲鳴まじりに、杉浦は叫んだ。「やくざを、会社で働かせるわけにはいかん。わたしがそんなことに力を貸すとでも思うのか」指さきを顫わせていた。

「さっきは協力しようといったぜ」

「帰ってくれ」杉浦がそっぽを向いた。


樋口は勝ち誇って勇一を横眼で見た。「いいや。この男は置いていくよ。今日から面倒見てやってくれ」

「女房や子供がいるんだぞ。もうすぐ帰ってくる」声がうわずっていた。

「そうかい。そうかい。だけどこいつもあんたの子供なんだ。あんたはこの男にやさしいことを言った。だからこいつはあんたの子供になっちまったんだ。どんなやくざだろうと、子供なら追い出すわけにはいくまい」

「脅迫する気か」

「脅迫だってさ」樋口はまた勇一にウインクした。「この男は今日から、あんたの本当の子供と兄弟になる。あんたの奥さんを、おっかあって呼ぶんだ。どうだい」

「そんなこと、できるもんか」杉浦は笑った。「気ちがいだ」また笑った。乾いた声だった。無理に笑っていた。

「気ちがいだってさ」樋口は勇一にそういってから杉浦に顎をしゃくり、ゆっくりとうなずいた。「出まかせばかり吐《ぬ》かしてやがったんだ。痛めてやりなよ」

勇一は幼児のようにしゃくりあげながら、杉浦の前に立った。杉浦がおびえて身じろぎした。勇一が握りこぶしを振りあげ、杉浦の耳のあたりを激しく殴りつけた。杉浦がぐらりと頭を横に倒した。さらに左、右、左と、勇一は彼を殴り続けた。その速度は次第に早くなり、やがて勇一は酔ったような眼つきをしはじめた。

「言う。言う」顔中血まみれになった杉浦がか細い声でそう叫んだ。「枕の中。し、寝室の枕の中だ。枕カバーがチャックで開くようになっている」

「よし」樋口は応接室を出た。

階段の下にある薄暗い部屋が夫婦の寝室だった。ルーム・ライトをつけると部屋の中にピンクの光線が射した。樋口はダブル・ベッドの白いシーツに唾を吐いた。枕の中からは、銀行のマークが入った白い封筒が出てきた。樋口はその場で中をあらためた。百万円入っていた。

彼は最初受け取った封筒を右の内ポケットに、枕から出した封筒を左の内ポケットに入れた。寝室を出、応接室に戻ると、勇一はまだ杉浦を殴り続けていた。杉浦の顔は真紅の風船玉にしか見えなかった。勇一の握りこぶしは血でまっ赤だった。勇一は殴りながらわめき続けていた。わあわあ泣いていた。

「お前はおれに、な、何をしてくれたっていうんだ。何もしてくれなかったじゃねえか。殴りやがって。おれを殴りやがって。おれに説教ばかりしやがって。だけどな、おれはな、お前に殴られたってよかったんだ。説教されたって、そんなもの、なんでもなかったんだ。おれはな、お前に、もっともっと、家にいてもらいたかったんだよう」うわあ、と大声をあげ、彼は泣いた。さらに殴り続けた。「お前がおれにしてくれたことはよう、一回だけ夜店でアイス・クリームを買ってくれた、あれだけじゃねえか」

「さあ。行こうぜ」玄関へ出ながら、樋口が呼びかけた。「金はいただいたんだ」

勇一はのろのろと身を立てなおし、握りこぶしを眺めた。

「ちょっと待ってくれ」ゆっくりと、彼はいった。「手を洗ってくるよ」

勇一は廊下の端にある便所に入り、石鹸《せっけん》で手を洗い、ついでにながながと小便してからもう一度手を洗った。

勇一と樋口は一緒に杉浦の家の門を出、坂道を並んで下った。勇一は一度も、杉浦の家を振り返ろうとはしなかった。陽ざしはまだ強かった。

大通りの手前まできた時、樋口は首をのばして、通りの彼方の公園を、まるではるか向こうにあるかのような仕草で眺めた。

「ああ、そうだ」と、彼はいった。「おい。アイス・クリームを食っていこうか」

勇一は身を固くし、頬をふるわせた。唇が泣きそうに歪んだ。「なあ、兄貴」泣き出した。「頼むからよう、アイス・クリームを買ってやろうって。そう言ってくれよ」

「なぜそんな言いかたをするんだい」

「いいじゃないか。な。そういう言いかたをしてくれりゃいいんだ」

「それじゃ、アイス・クリームを買ってやろう」

「アイス・クリームを買ってくれるんだね」わあわあ泣きながら、勇一は何度もうなずいた。「ぼくに、アイス・クリームを買ってくれるんだね。ありがとう。ありがとうよ」涙を握りこぶしでぐいと拭った。「アイス・クリームを買ってくれるんだね」

あなたと夜と音楽と

夜になると、その都市は小さな一画をネオンで満たす。小さな都市の、ほんの小さな一画である。

その一画の西の端と東の端に大きなキャバレーがひとつずつある。そしてそれぞれのキャバレーの周囲にクラブやバーやスナックや小料理屋が集っている。

『ニュー・ワールド』は西の端にあるキャバレーだ。『ニュー・ワールド』の開場は五時半で、バンド演奏は六時半からである。

『ニュー・ワールド』の裏に、路地をはさんで新開興業の建物がある。鉄筋三階建ての小さなビルである。

その日の午後二時、八郎は他の連中と一緒に新開興業のビルを出た。駅まで、歌手の和泉《いずみ》重樹と、スイング・バンドのブルー・ストレンジャーズを出迎えに行くためだ。幹部たちは車に乗ったが、八郎は安永、加藤のふたりと一緒にバスに乗った。バスは空いていて、八郎たち以外には二人しか乗っていなかった。

バスは町の埃《ほこり》っぽい大通りを駅前へと走った。

「三芸の連中、言いがかりをつけてくるだろうな」と、安永がいった。

「そりゃ、来るさ。面白くなるぜ。だけど歌手やバンドにゃ手を出させねえ」加藤がにやりと笑った。

「今夜は『コスモポリタン』の客もこっちへ頂きだな。なにしろ和泉重樹だもんな」浮かれていた。

「そうだな」安永も愉快そうに笑い、和泉重樹の歌で一年前に流行した曲を下卑た声で歌いはじめた。短調に転調する部分を、そのまま長調で歌ってしまった。

「おいおい。そこんとこは違うぜ」と加藤がいった。「こうだよ」違った音程で歌いはじめた。やはり間違えていた。

「やめろ」と、八郎はいった。「やめてくれ。頼む」ふたりから顔をそむけた。

「何いいやがる」気を悪くした声で、加藤が突っかかった。「そんなら手前は、どれだけうまく歌えるっていうんだよ」

八郎は窓の外を眺めながら思った。音楽学校へさえ行ってりゃなあ。

安永と加藤は、わざとらしい大声で同じ曲をふたたび歌いはじめた。耳を覆《おお》いたいのを我慢しながら、八郎は窓の外の町並を眺め続けた。くそ。音楽学校へさえ行ってりゃなあ。

八郎たちが駅に着くと、先に着いた幹部たちが八郎たちの入場券を買って待っていた。列車の着く十五分前だった。全員がプラットホームにあがった。

「三芸の連中、来てないみたいですな」安永があたりを見まわしながら、幹部の鳥羽にいった。

プラットホームには和泉重樹のファンらしい女性が七、八人、花束を持って立っていた。その他はみな旅行客のようだった。

「さっき待合室にちんぴらが二人いたよ」鳥羽は苦笑していった。「こそこそ逃げて行きやがった。こんなに大勢いるんだ。手出しはできないよ。連中はただの偵察だろう」

「まったく大勢ですな」加藤がいった。「刑務所帰りの出迎えみたいだ」

加藤と安永がげらげら笑い、鳥羽が笑わないのであわてて黙りこんだ。鳥羽が刑務所から帰ってきたとき、出迎えが三人だけだったことを八郎は思い出した。

列車は三分遅れて到着した。和泉重樹はバンドの連中が全部おりてしまってからやっと姿を見せた。ファンの女たちが彼に駈け寄った。バンド・マスターやマネージャーが幹部たちと挨拶を交した。その情景を八郎はやや離れた場所から安永や加藤と一緒に眺めた。

バンドのマネージャーらしい男が鳥羽に話していた。「和泉さんの件だけじゃないんですよ。こっちも三芸の方からの話をことわっているんです。その時はあっちの社長がかんかんに怒りましてね。今後いっさい『コスモポリタン』には呼ばない。それどころか、この町へ来やがったらただではおかないぞって、たいへんな権幕だったんです」

バンドの連中は一様に蒼い顔をし、不安そうにあたりを見まわしながら身を寄せあうようにしていた。

「まあ、大丈夫ですよ。おれたちがずっと一緒にいることになってますから」鳥羽は笑っていた。

一同がプラットホームを降り、ロビーでしばらく立ち話をしているうち、ハイヤーが五台到着した。五台では全員乗れないため、残りはタクシーを拾うことになった。八郎は三人のバンドマンと一緒にタクシーに乗った。

「グリーン・ホテルへやってくれ」

三人のバンドマンはそれぞれ楽器のケースを持っていた。その中のひとりは、三人の中でいちばん大きなケースを持っていて、さっきプラットホームからおりる時、八郎が持ってやろうかというと、結構といってかぶりを振った男だった。後部シートに並んでいる三人は、ホテルに着くまでひとことも口をきかなかった。八郎は溜息をつき、また、音楽学校へさえ行ってりゃなあ、と思った。何度も話しかけようと思ったが、おそらくろくに返事もしてくれないだろうと思えたので黙っていた。八郎は彼らが、音楽学校を卒業しているかどうかを訊《たず》ねたかったのだ。

訊ねたいことは、他にもまだいっぱいあった。有名なアーチストのことや、昔彼らがよく演奏していて今はまったく演奏しなくなった「Cocktail for two」や「I'm in the mood for love」や、その他のいろんな曲のことも話したかった。いずれ話す機会があるだろうと、八郎は思った。三日も滞在するのだから、いつかは彼らもうちとけてくれる筈だ、と、そう思った。しかしよく考えてみれば、現在『ニュー・ワールド』に出演している地もとのバンドの連中でさえ、まだ八郎とうちとけて話してくれたことは一度もないのだった。

やっぱり、話しかけられない限り、こっちから話しかけるのはよそう、と八郎が思った時、タクシーがグリーン・ホテルに着いた。新開興業の社長の新開はホテルのロビーで一行を迎えた。

新開が笑いながら和泉重樹に話していた。

「さっき三芸の社長から電話がありましてな。筋の通らん興行を打つ気ならこっちもその気になるからと、せいいっぱい凄《すご》んでましたよ」

ファンの女たちに向けていた笑顔を、和泉重樹はすっかり失っていた。「いやだなあ。誰か二、三人は、いつも必ずついていてきてくださいよね」

新開の指示で、鳥羽を隊長に、八郎と安永と加藤が彼ら全員の護衛をすることになった。新開や他の幹部たちが帰ったあとも、護衛四人はそのままホテルの一室に残った。誰かが外出する時にボディ・ガードとして付き添ってやるためである。しかしメンバーのほとんどは自分の部屋へ閉じこもるか、メンバーの他の誰かの部屋に集るかしていて、外出はおろか、ホテルのロビーへさえもおりて行こうとしなかった。

「連中、よほど三芸がこわいんだな」ベッドに寝そべっていた安永がそういった。

漫画週刊誌を読んでいた鳥羽が顔をゆっくりあげた。「広島で木下浩が刺されただろ。連中、あの事件でよけいこわがってるのさ」

テレビの画面で女の歌手が流行歌を歌いはじめた。それにあわせてまた加藤が歌い出した。八郎はすぐに耐えられなくなり、立ちあがって部屋を出ようとした。

「どこへ行く。ここにいろ」と、鳥羽がいった。

「タバコを買ってくるだけだ」と八郎は答えた。

その時、電話が鳴った。鳥羽が受話器をとった。

「はい、そうです。え。客。部屋へ呼べばいいじゃないですか。え。ああ、そうですか。じゃ、誰か行かせます」受話器を置き、鳥羽は八郎と安永にいった。「お前ら、付き添ってやってくれ。三百二十号の松山っていう。テナー・サックスの人だ。ロビーで客と会うんだそうだ」

「ロビーで」安永が怪訝《けげん》そうな顔をした。「部屋へ呼べばいいじゃないか」

「相手は女性だそうだ」にやりと笑い、さらに何かいいかけた安永へ、鳥羽はおっかぶせるようにいった。「兄貴の嫁さんだそうだ」

「なるほど」安永が起きあがり、八郎にうなずきかけた。「行こうか」

八郎と安永がホテルの狭い廊下を歩き、三百二十号室にやってきてドア・チャイムを鳴らすと、チェーンを掛けたままのドアが細めに開いて憂鬱そうな顔がのぞいた。松山というのは、八郎にケースを持たれることを嫌ったあのバンドマンだった。ではあのケースはテナー・サックスだったのか、と、八郎は思った。

三人はエレベーターで一階へ降りた。

「さっき変な電話がありましたよ」と、松山がいった。「無疵《むきず》でこの町を出られると思うな、って、そういいました。若い男の声でしたがね。他の連中の部屋にも軒なみかかってきたそうです」

「ただの厭がらせだよ」安永は笑った。「心配しなさんな」

松山がロビーの隅の喫茶店で来客と話している間、八郎と安永は彼らからずっと離れた場所にあるソファに掛けて待った。八郎はまたタバコがないことに気がついて立ちあがり自動販売機の置いてあるコーナーへ行った。チェリーがなかったのでロング・ピースをひと箱買って戻ってくると、安永が三芸の若い者三人に取り囲まれていた。いつも身装《みな》りをきちんとしている八郎たち新開興業の社員とは違って、ふだんは崩れた恰好をしている三原芸能社の三下たちも、今日だけはホテルの中をうろつくために安物のネクタイをしめていた。三人とも、まだ喫茶室にいる松山には気がついていないようだった。松山は来客を帰らせ、こちらに背を向けて首をすくめ、ときどき気遣わしげにちらちらと振り返っていた。

八郎の姿を見て少し気を強くした安永が、少し大きい声で三人にいい返した。「おれが三下なら、お前らだってそうじゃないか。おれに因縁をつけてこいとでも命令されてきたのか。え。お前ら、話をつけようって柄じゃねえだろ。話なんてものはな、社長同士にしかつかないんだぜ」

「へえ。急にべらべら喋《しゃべ》り出しやがったな、この野郎」と、いちばん若い男がいった。

あとのひとりはひどく背が低く、もうひとりは、かりかりに痩《や》せていた。

「こいつのいう通りだよ」と、八郎は三人の背後でそういった。

びくっ、として三人が振り返り、あわてて八郎と安永の両方に向きあえる場所まであと退《ずさ》った。

「どうせおれたちゃ兵隊だ」八郎はそういった。「命令されたことだけしてりゃいいのさ。あんたたちだって命令もされてないのに余計なことするな。さあ、帰れ、帰れ」

「何い」いちばん向こう意気の強そうないちばん若い男が一歩八郎に近づいた。「まるでおれたちが、どんな命令をされて、ここで何をしているか、全部知ってるみたいじゃないか。え。そんなことが、なぜお前なんかにわかるんだよ」

「わかるよ」と、八郎は無表情にいった。「フロントで、皆の部屋の番号を調べて、おどしの電話をかけやがっただろう」

「かけたとしたらどうなんだよ」

眉を八の字にし、口を尖《とが》らせた若い男は、さらに一歩、八郎に歩み寄った。八郎は彼の顔をじっと見つめた。

しばらく見つめてから、八郎はいった。「若い男の声だったそうだ。お前だろ」

若い男はにやり、と笑った。ますます口を尖らせた。「おれだとしたらどうなんだよ。ああ。おれだよ。おれが電話したんだよ。さあ、どうするんだよ」

八郎は彼の顔に拳固を叩きこんだ。若い男は三メートルほどふっとんだ。ロビーにいた七、八人の泊り客が、あるいは立ちどまり、あるいはソファから立ちあがり、眼を丸くして凝固した。

「新開興業の大事なお客さんを、おどかしてもらいたくないいな」と、八郎はいった。

あとのふたりは、八郎に向かってこようともせず、若い男を両側から助け起した。若い男は鼻血を出し、口からも血を出していた。

「おろえれいろ」そう捨てぜりふを吐いたとき、彼の口から折れた前歯がとび出して、赤いカーペットの上に落ちた。他にも仲間がいるのではないかと、きょろきょろあたりをうかがいながら、三人が正面玄関の方へ去った。

「お前、やったな」安永が眼を丸くして八郎にいった。「強く出たから、奴ら、逃げたんだ。他にも仲間がいるに違いないと思って逃げたんだよ。あの若いやつを殴ったのはよかったな。あとのふたりは弱そうだったな」

八郎はぼんやりと手の甲を見つめていた。血が出ていた。

「殴りかたが悪かった」八郎はそういった。「殴るのは、得意じゃないんだよ」

松山が心細そうにやってきて八郎にすり寄った。「もう、連中、行きましたか」

八郎はいった。「心配いりません」

松山はなおもおどおどし、自分の部屋に戻るまで、ずっと八郎に身をすり寄せていた。八郎は松山に何か話しかけようとした。しかし安永が、いかにも驚いたという顔つきで八郎を見つめ続けているため、話しかけるきっかけがつかめなかった。

松山を三百二十号室に送り、ふたりは部屋に戻った。ロビーでの一件を、安永がさっそく鳥羽に話した。加藤が口をぽかんとあけて八郎を見つめた。

鳥羽はにやにや笑った。「ホテルの人間に見られなくてよかったな。つまみ出されるところだったぞ」

「それは考えませんでした」と、八郎はいった。本当にそうだったのだ。

また電話が鳴った。今度は『ニュー・ワールド』からだった。そろそろ全員、楽屋入りをしてほしいという、支配人からの催促だった。鳥羽は各部屋に電話をした。八郎たちは各階にひとりずつ散って、それぞれ数人ずつを護衛し、またロビーに集合した。三芸の連中は見あたらなかった。松山から話を聞かされたためか、八郎の傍に身を寄せてくるバンドマンが多かった。みんな、おれのことを、腕っぷしが立つと思っているんだな、と、八郎は思った。

ふたたび数台のタクシーに分乗して『ニュー・ワールド』に向かう途中、八郎は同乗した松山にさりげなく訊ねた。「今夜、曲目のリクエストもやるんですか」

「は」びくりとし、松山が身をひいた。おどおどしていた。八郎はもう一度同じ質問をした。

「そうです」と、松山は答えた。

バンドマンたちは、どうして八郎がそんな質問をするのかと、怪訝そうな顔つきだった。ますます、うちとけてくれなくなってしまった、と、八郎は思った。おれが人間を殴ったりしたためだろう、と、そう思った。

楽屋口では新開興業の社員ほとんど全員が出迎えた。これでは三芸も手の出しようがあるまいと思って安心したためか、和泉重樹をはじめバンドマン達が、やや表情をゆるめはじめていた。護衛の四人はそのまま彼らについて楽屋に入った。すでに正面の入口付近では数人の社員が、三芸の連中の化けた客が店内にまぎれこむのを警戒している筈だった。

バンド・マスターがステージを見たいといい出したので、八郎は彼についてがらんとしたダンス・フロアーに出た。五時半になっていたが、まだ客は入っていなかった。ステージのセッティングはほとんど終っていて、坊やがひとり、組立てたドラム・セットを点検しているだけだった。

七時半になった。客は八分の入りだった。『ニュー・ワールド』としては多い方である。地もとのバンドがひっこみ、ブルー・ストレンジャーズの演奏が始まった。ステージの上手の袖で、八郎は演奏を聞いた。バンド演奏が三曲続き、和泉重樹が彼のヒット・ナンバーである和製ポップスを二曲歌った。和泉重樹が袖に引っこむと、バンド・マスターが曲目のリクエストを求めた。八郎はリクエスト曲を紙に書いてフロアーにおり、顔馴染のホステスにそっと渡した。だが、ブルー・ストレンジャーズが得意としていた筈のその曲は、ついにそのステージの最後まで演奏されなかった。

バンドマンたちがどやどやと楽屋に戻り、八郎も彼らについて楽屋に入った。

「Cocktail for two をリクエストした客がいたぞ」

バンド・マスターがいくぶん顔をしかめてそういった。

「おう」「ああ」ほとんどのメンバーが、いっせいに顔を歪めた。

「あの曲、そういえばどうして最近演奏しないんですか」と、新入りらしいトランペット奏者が訊ねた。「ぼくが入る前はよくやってたでしょう」

バンド・マスターは首をすくめただけで、何もいわなかった。

「八木さんを憶《おぼ》えてるか」と、松山がトランペット奏者にいった。「神戸の小さなクラブであの人がCocktail for twoを歌ってる時、やくざに撃たれたんだ」そういってから彼は、はっとした表情で八郎の方をうかがい、俯向《うつむ》いて黙りこんだ。

八木という歌手を八郎は知らなかった。あまり一般に名を知られていないジャズ・シンガーなのだろう、と彼は思った。高校生時代、八郎は出身地の市民会館でブルー・ストレンジャーズの演奏を四、五回聞いていたが、その時も八木という歌手は出演しなかった。その後加わったのだろうか、それともよそのバンドの専属歌手だったのかなと、八郎は考えた。バンドマンたちの仲間意識の強さが八郎には羨《うらや》ましかった。

ブルー・ストレンジャーズの二ステージ目の演奏で和泉重樹が歌いはじめた時、ふたり連れの客がダンス・フロアーに近いボックス席から脅迫的な野次をとばしはじめた。

「おう。へたくそ。ひっこめ」

「二度と顔を見せるな」

「いい気になるなよ。若僧」

「三芸のやつらだ。片方は三原の息子だ」ステージの袖から加藤が客席をのぞいてそういった。

「あいつら、どこからもぐり込みやがったんだろう」

「行ってくる」八郎はそういって客席へ出ようとした。頭が熱くなっていた。どうして急に自分が逆上できたのか、八郎にはよくわからなかった。

「やめろ。やめろ。もっと大勢でとり押さえた方がいい」と、鳥羽がいった。「こっちのシマへ乗りこんでくるぐらいだ。あっちだって相当の覚悟をしてる。拳銃ぐらいは持ってるぞ。きっと」

「いや。大丈夫です」八郎はダンス・フロアーの隅をまわって彼らのボックスに近づいた。ボックス席のふたりの男は、すでに消えていた。

鳥羽が十人足らずの若い者をひきつれてやって

きた。「どこへ行った」

「逃げましたよ。ここには十分ぐらいしかいなかったそうです」八郎がホステスたちから聞かされた話を報告した。「野次をとばしはじめた時から立ちあがっていて、逃げ腰だったそうです」

鳥羽がじろじろと八郎を眺めまわした。「お前、あんまりむきになるなよ。怪我するぞ」

八郎は無理に笑顔を作った。

十一時になり、『ニュー・ワールド』は終った。八郎たちは和泉重樹とブルー・ストレンジャーズのメンバーをそのまますぐ近くの料理屋に案内した。社長が一席設けたのである。控えの間で、八郎たちにも夜食と酒が出た。

奥の座敷から聞こえてくる笑声や仲居たちの嬌《きょう》声《せい》を肴《さかな》にして飲んでいると、鳥羽がやってきて八郎にいった。「おい。仕事だ。『スワニー』って店、知ってるだろう。すぐそこの。あそこへ和泉さんが行きたいそうだ。どうしても会わなきゃいかん友人がいるとかでな。護衛だ」

「兄貴も行くんですか」

鳥羽はうなずいた。「おれとお前だけだ。あんまり大勢で行くと、かえって目立つんだ。あんまりものものしい護衛をつけると、和泉さん、マスコミにやられるんだ」目くばせした。「お前はご指名だぞ」にやりと笑った。「見こまれたな。え」

鳥羽と八郎は料理屋の玄関の上り框《がまち》で和泉重樹を待った。やがて奥から和泉が出てきた。松山も一緒だった。

大幹部の平尾が八郎を三和土《たたき》の隅へ呼んでいった。「和泉さんに万一のことがないようにしてくれ。頼むぞ」

「わかりました」

「鳥羽が拳銃を持ってるけど、お前もこれ、持っていけ」彼はひどく気軽にオートマチックを出して八郎に渡した。「もう弾丸は充塡《じゅうてん》してある」

オートマチックはやけに重かった。

『スワニー』は、ほんの一区画ほど先の路地にあるのだが、歩いて行くのは物騒だというのでタクシーを一台待たせてあった。和泉重樹、松山、鳥羽が後部座席に並び、八郎が助手席に坐った。

裏通りに入ったタクシーは、酔漢に邪魔されてのろのろとしか走れなかった。

「くそ。轢《ひ》いちまうぞ畜生」運転手がやけになってクラクションを鳴らし、時には千鳥足で車の前をよたよた歩いて行く男をバンパーで押しのけたりした。

クラクションで、歩いていた三人連れがふり返り、車の中をのぞきこんだ。

「いけねえ」八郎はそうつぶやいて顔を伏せた。

昼間ホテルへやってきた三人連れだった。八郎が顔をあげ、そっと振り返ると、三人は車を見送りながら何かささやきあっていた。見られたことを、鳥羽は気づいていなかった。教えてやろうかと思ったが、和泉たちが心配するからと思い、八郎は黙っていることにした。

『スワニー』はビルの地階にある三坪ばかりの高級スナックで、バーのホステスをつれてきた客が三組ほどいるだけだった。八郎たちも顔見知りの経営者が出てきて、和泉と松山を隅のテーブルに案内し、談笑しはじめた。友人というのは、経営者のことらしかった。その隣りのボックスで、八郎と鳥羽はウイスキーを飲みながら、ホステス連れの客がホステスと踊るひどい踊りをぼんやりと眺めた。

一時間足らずの時間が経った。二時をまわっていた。朝は早くから起きたのに、八郎は眠くなかった。鳥羽はしきりに眼をこすっていた。八郎はさっき三芸の連中に見られたことをまだ鳥羽に話していなかった。眼を醒《さ》まさせてやろうか、と八郎は思った。だが、鳥羽がもっと睡魔にとりつかれてから話してやろうと考えた。どうせ話せばすぐ眠気など吹っとばしてしまうだろうから、と思った。三芸の連中がここへこないところを見ると、どうやらこの店へ入るところは見られなかったらしい、と、八郎は考えた。しかし外をうろうろと捜しまわっている可能性はあった。

和泉重樹が、ホテルへ帰るといい出した。経営者は電話をかけ、しぶい顔でタクシーの営業所が電話に出ないと報告した。地方の小都市だから、一時を過ぎればタクシーはなくなってしまう。

「流しのタクシーを拾いましょう」と、鳥羽がいった。「大通りへ出れば、車を停めて中で寝てるタクシーがあります。叩き起せばいい」

和泉と松山はご機嫌だった。アルコールで怖さも忘れていた。

一同が地上への階段をのぼり、『スワニー』から出ようとする直前、八郎は鳥羽に耳打ちした。

「三芸の連中が外で待ってるかも知れません」

「どうしてだ」

「ここへくる途中、車に乗っているのを見られたんです。この店へ入るところを見られているかもしれません」

鳥羽が顫《ふる》えはじめた。「馬鹿。どうして早く、それをいわなかった」眼を見ひらいていた。「社へ電話する。若いやつをもっと来させる」彼はあたふたと店内に戻った。

和泉重樹と松山の姿が見えなくなっていた。八郎はいそいで彼らのあとを追い、細い『スワニー』のドアを押し開けて路地へとび出した。和泉重樹と松山が並んでぼんやり立っていた。

「いったん、中に入ってください」と、八郎はふたりにいった。

「あそこだ」誰かがビルとビルにはさまれた暗闇の中で叫んだ。「あそこにいたぞ」

数人の男が駈けつけてきた。

「早く入ってください」と、八郎は叫んだ。

和泉重樹と松山が、やっと、駈けつけてくる男たちに気がつき、悲鳴をあげながらドアの中へとびこんできた。

八郎はドアを閉め、その前に立ちふさがり、やってくる連中を睨《にら》みつけた。

走ってきた男たちが八郎からやや離れて立ちどまった。男たちは六人いて、見憶えのある三人連れも混っていた。

「おう。おう」と、前歯の折れた若い男が威勢よく凄んだ。「和泉を出してもらおうじゃないか」

「やめろよ」幹部らしい背の高い男が若い男を制し、八郎にいった。「怪我したくなかったら、そこをどけ」

「帰れよ」と、八郎は低い声で答えた。

「なに」一瞬、かっとした表情で若い男が刃物を出した。

八郎はいそいで内ポケットに手を入れようとした。

「おっ」若い男はすぐに八郎が拳銃を出そうとしていることを悟り、あわててとびかかってきた。

短刀は、八郎の右の胸を貫いた。

「や、やった。やったあ」刺した男は自分で驚いて、短刀を八郎のからだから引き抜こうともせずにとび退《の》いた。

八郎は急速に襲ってきた寒気におびえながら夜空をゆっくりと見あげた。ビルの屋上のネオンが猛烈な勢いで夜空の彼方《かなた》に遠ざかりつつあったが、八郎はそれを、自分の眼のせいだろうと思った。倒れつつあることに、彼は気づかなかった。強い勢いで後頭部にあたったものが『スワニー』のドアなのか、冷たい裏通りの敷石なのか、それさえわからなかった。彼はぶつぶつと、呻《うめ》くようにつぶやいた。つぶやくはずみに口から血があふれ出た。

「なんていいやがったんだ」細い眼で八郎を見おろしながら、幹部らしい背の高い男が訊ねた。

八郎を刺した若い男は、八郎のからだから自分の短刀を顫《ふる》える手で引き抜こうとしながら、泣き出しそうな顔で答えた。「え。ええ。なんだかその、音楽学校へさえ行ってりゃ、どうとか、こうとかって」

八郎はドアを閉め、その前に立ちふさがり、やってくる連中を睨みつけた。

走ってきた男たちが八郎からやや離れて立ちどまった。男たちは六人いて、見憶えのある三人連れも混っていた。

「おう。おう」と、前歯の折れた若い男が威勢よく凄んだ。「和泉を出してもらおうじゃないか」

「やめろよ」幹部らしい背の高い男が若い男を制し、八郎にいった。「怪我したくなかったら、そこをどけ」

「帰れよ」と、八郎は低い声で答えた。

「なに」一瞬、かっとした表情で若い男が刃物を出した。

八郎はいそいで内ポケットに手を入れようとした。

「おっ」若い男はすぐに八郎が拳銃を出そうとしていることを悟り、あわててとびかかってきた。

短刀は八郎の脇腹をわずかにそれ、『スワニー』の黒く塗った木製ドアに突き刺さった。

「あはは」

そんな声を洩らし、あわてて短刀とともに身を引こうとしてじたばたしはじめた若い男の前歯の折れた口を、八郎はとり出した拳銃の銃把《じゅうは》でふたたび殴りつけた。

「がっ」男はまた、三メートルふっとんだ。

拳銃を構えなおそうとした八郎の右の胸を、幹部らしい背の高い男が握っていたレヴォルヴァーの銃弾が貫いた。

八郎は急激に襲ってきた寒気におびえながら、ゆっくりと身を折り曲げた。路上の敷石が猛烈な勢いで、どこまでもどこまでも彼に近づいてきたが、八郎はそれを自分の眼のせいだろうと思った。敷石に、自分の額があたって立てた鈍い音を、八郎は聞かなかった。耳鳴りがしていたからだ。彼は俯伏せたままでぶつぶつと、呻くようにつぶやいた。つぶやくはずみに口から血があふれ出た。

しゃがみこんで八郎の臨終を見まもっていた幹部らしい男が、立ちあがって首をかしげた。

「どうしました」と、ひとりが訊ねた。

「死んだよ」と、彼は答えた。「変なことをいったぞ。音楽学校さえ行ってりゃ、どうとか、こうとかって」

八郎はドアを閉め、その前に立ちふさがり、やってくる連中を睨みつけた。

走ってきた男たちが八郎からやや離れて立ちどまった。男たちは六人いて、見憶えのある三人連れも混っていた。

「おう。おう」と、前歯の折れた若い男が威勢よく凄んだ。「和泉を出してもらおうじゃないか」

「やめろよ」幹部らしい背の高い男が若い男を制し、八郎にいった。「怪我したくなかったら、そこをどけ」

「帰れよ」と、八郎は低い声で答えた。

「なに」一瞬、かっとした表情で若い男が刃物を出した。

八郎はいそいで内ポケットに手を入れようとした。

「おっ」若い男はすぐに八郎が拳銃を出そうとしていることを悟り、あわててとびかかってきた。

短刀は八郎の脇腹をわずかにそれ、『スワニー』の黒く塗った木製ドアに突き刺さった。

「あはは」

そんな声を洩らし、あわてて短刀とともに身を引こうとしてじたばたしはじめた若い男の前歯の折れた口を、八郎はとり出した拳銃の銃把でふたたび殴りつけた。

「がっ」男はまた、三メートルふっとんだ。

拳銃を構えなおした八郎は、内ポケットに手をのばしかけている幹部らしい背の高い男に鋭く叫んだ。「うごくな。動くとぶちかますぞ」

男たちは路地で凝固した。

『スワニー』のドアをあけ、鳥羽がおそるおそる顔を出した。拳銃を構えていた。

「あいつの内ポケットから拳銃をとりあげてくれ。兄貴」と、八郎がいった。

「よし」鳥羽はゆっくりと幹部らしい男に近づき、彼の胸ポケットからレヴォルヴァーをとり出した。

「もうすぐ、うちの連中がやってくる」と、八郎はいった。「その前に、騒がないでおとなしく帰ってくれ」

鳥羽が、弾倉から弾丸を抜き取ったレヴォルヴァーを、背の高い男に渡した。「ほらよ」

レヴォルヴァーを内ポケットに入れながら、幹部らしい男が何かいおうとした。

「何もいうな」と、八郎は悲鳴まじりに叫んだ。「おれは、かっかしてるんだ。余計なことを喋って怒らせないでくれ。撃つかもしれないんだ」拳銃を持つ彼の腕がはげしく顫えていた。

六人の男がぞろぞろと、路地を大通りの方へ歩きはじめた。二本めの前歯をへし折られた若い男は、血のあふれ出る口を手で押さえたまま歩きながら、げえ、げえといい続けていた。

「あの蒼白いインテリ面め。いつか殺してやる」背の高い男は屈辱に身を顫わせ、怒りで眼を充血させていた。「ぜったいに、いつか必ず殺してやるぞ」

彼の周囲の二、三人が、大きくうなずいた。彼が殺すといえば必ず殺すであろうことを信じている顔つきだった。

「変な真似はするなよ」と、急に気の強くなった鳥羽が、男たちの背中に叫んだ。「ちゃんと狙ってるんだからな」

男たちが去った。八郎と鳥羽はそれぞれの拳銃を内ポケットに入れた。鳥羽はながい間茫然とした顔つきで、またもとの気の弱そうな表情に戻っている八郎をまじまじと見つめた。

ゆっくりと『スワニー』のドアが開き、臆病そうな眼をした三つの顔が中からのぞいた。和泉重樹と松山と、『スワニー』の経営者の顔だった。

二日後の午前十一時、駅のプラットホームで和泉重樹とブルー・ストレンジャーズのメンバーは、新開興業の社員たちと別れの挨拶を交していた。和泉重樹はまた、数人の女性ファンに取りかこまれていた。八郎と安永と加藤は、そういった情景を少し離れたところから眺めていた。直接、彼ら音楽家たちの護衛をした三人のところへは、誰も挨拶にこようとはしなかった。八郎にも、誰も話しかけてはこなかった。

発車のベルが鳴りはじめた。

しばらく前から八郎の方をちらちらとうかがっていた松山が、ついと八郎に近づいてきて、おどおどした様子を見せながらいった。

「お世話になりました」頭をひょいと下げたが、眼はあらぬ方をみていた。「それじゃ」

八郎はうなずき返した。そして、ぶつぶつと呻くようにつぶやいたが、その声のなかばはベルのためにかき消されてしまった。

列車が動き出し、プラットホームを出はずれた。

和泉重樹が、向かいあわせの席の松山に訊ねた。「あれは、皆から八郎って呼ばれていたな。あの蒼い顔をした、やけに度胸のあるやつ」

「ええ」

「あいつ、さっき、あんたに何ていったんだい」

松山は首をかしげた。「変なことをいいましたよ。音楽学校へさえ行ってりゃ、どうとか、こうとかってね」

和泉重樹はしばらく黙っていたが、やがてぽつりといった。「おかしな奴だったな」

松山もうなずいた。「ええ。おかしな奴でしたね」

二人でお茶を

本部に顔を出すと、事務所には渡会《わたらい》がいて、ひとりで帳簿をつけていた。

「ええと」彼は顔をあげ、眼を細めておれを見つめた。「お前はどっちの方だ」

「杉夫の方です」と、おれは答えた。

「ふん」彼はまた帳簿に眼を落した。そしておれを無視し、帳簿の整理を続けた。

おれは部屋の隅の、事務用椅子のひとつに腰をおろし、黙って渡会の仕事ぶりを見ながら、時おりもぞもぞとからだを動かした。

やがて渡会がうるさそうに顔をあげ、おれを睨《にら》んだ。それからにやりと笑った。「昨夜松夫がどんなことをやったか、それを聞きたいんだろう」

おれは眼を伏せ、またもじもじした。「へえ。何かやったっていうのなら」

「あいつは昨夜、『ハレム』の用心棒をやった。あいつが用心棒をやって、何かしでかさない筈《はず》はないよ」渡会は細い眼でじっとおれの反応をうかがうようにおれの顔を見つめながら、うす笑いを浮かべた唇の端を舌で舐《な》めた。

「何をやったんで」胃のあたりが重苦しくなり、おれは顔をしかめた。

意地悪く、渡会は訊《たず》ね返した。「何をやったと思うかね」

「そうですな」おれは背を丸め、揉《も》み手をした。「岩動《いするぎ》組が『ハレム』の女給を引き抜こうとして、客に化けて時どきやってくるって話を聞いてます。松夫のやつ、岩動組の誰かが女給を口説いているところでも見つけて、そいつらと渡りあったんじゃないですか」

渡会は背をのばした。「驚いたな。その通りだよ。実際は、やってきた岩動組の若いやつが、松夫の女だと知らないで、かおるって女を口説いたんだがね。かおるって、知ってるか」

おれはまた、身じろぎした。「へえ」

「お前、松夫のやること、少しはわかるのかい」気味の悪いものを見る眼でおれを見ながら、渡会が訊ねた。

おれは溜息をついた。「わかりません。もっとも、松夫の方じゃ、ある程度、おれのやることがわかるらしいんですがね」

渡会は急に何か思いついたらしく、眼をきょろきょろさせた。「おいおい松夫、松夫って呼び捨てにするなよ。あっちはおれと同格の幹部、お前はただのチンピラなんだからな」うまい冗談を上手に言えた時の満足そうな顔を見せ、彼はひひひ、ひ、ひ、と笑った。

「そうですな」おれは、ぼそりと答えた。

おれが笑わないので彼は少し不機嫌になり、帳簿に眼を落しながら声を固くした。「前にも一度注意した筈だ。『女給』ということばは使うな。『ホステス』と言え」

「すみません」頭を下げ、おれはいそいで訊ねた。「あの、それで、どんな喧嘩《けんか》をしたんで」

渡会はまた顔をあげた。「うるさいやつだな。こっちは仕事中だぞ」

おれは黙って俯向《うつむ》いた。

「まあいい。教えてやる」彼はペンを置き、事務机に身をのり出した。「相手はふたりだったそうだ。松夫は弟分たちを呼ぼうともせず、二人を表へつれ出した。殴りあいになった。片方が短刀を持っていた。松夫はそいつの、短刀を持っている方の腕をへし折った。もうひとりは叩きのめした。叩きのめされたやつがふらふらになって起きあがり、骨折したやつをかかえて逃げた。どうだ」渡会は大きくうなずいた。「杉夫。お前にそんなことができるか」

おれは、かぶりを振った。「いえ。とてもできません」

「そうだろうとも」彼は頰を膨《ふく》らませ、口を尖《とが》らせた。「お前は臆病だからな」

おれは立ちあがった。「どうもお仕事中、お邪魔をしまして」

おれの馬鹿丁寧な言いかたにややたじろぎ、また少し気味悪げな表情をして見せてから、渡会はおれに指をつきつけた。「今夜、また『ハレム』だからな。一週間続けて行ってもらうぞ。お前が松夫であろうと、杉夫であろうと、関係なしにだ」

「はあ」おれは、ますます胃が重苦しくなるのを感じながら、つぶやくように言ってうなずいた。

「わかっています」

本部を出ると並木の枯葉をのせたうすら寒い風が、本部の前の路地にまで表通りの方から吹きこんできた。おれは表通りに出た。白昼の表通りをながい間歩き続ける気はしなかった。岩動組のやつに出会うのが怖かったからだ。また当分、岩動組の連中を怖がりながら歩かなければならなくなってしまった、とおれは思った。もっとも、昼間出会ってもたいていはあっちが、おれを松夫だと思ってこそこそ逃げていく。だが時にはおれが松夫のかわりに袋叩きになることがあり、それは今までに四回あった。二度めの時は顎《あご》をはずし、四度めの時は肋骨《ろっこつ》にひびが入った。

喫茶店に入った。『シンボル』という喫茶店で、おれや松夫がよく来る喫茶店だ。おれは紅茶を注文した。

「あら。今日はコーヒーじゃないの」そういってウェイトレスが笑いかけた。

松夫と間違えてやがる、と、おれは思った。おれは紅茶しか飲まないが、松夫のやつはコーヒーをがぶ飲みする。そしてまた、松夫は女にもてる。おれは紅茶を飲みながらキャバレー『ハレム』のかおるという女のことを考えた。かおるは美人で、手を出したい気がしないでもないが、話に聞けばたいへん気の強い女だそうで、どうもおれには不向きなようで、やはりおれよりは松夫に向いている女に違いなさそうだった。

松夫に、いちど会いたいもんだ、と、おれは思った。相違点はあり過ぎるほどだが、それでも一時間か二時間、たとえばこの喫茶店のあっちの隅のテーブルででも向きあって、じっくり話しあえば、お互いを理解することも可能かもしれない、と、そう思った。

ふん、何が理解だ、お前なんか、理解したくもねえや、お前なんかと話していると、それだけで気がむしゃくしゃしてきて、すぐにぶん殴ってやりたくなるだろう、そうにきまっている、そう思いながらおれは手をあげ、ウェイトレスを呼んだ。「おうい。姐《ねえ》ちゃんよ」

でかい声を出したので、すぐ横にいたアベックの男の方が、眉をひそめておれを見た。おれはじろりと男を睨み返した。男はおれの眼を見るなり、びくっ、として首をすくめ、そっぽを向いて誤魔化《ごまか》した。

ウェイトレスがよだれの出そうな顔をして傍に立ち、おれを見つめた。「なあに」

おれは紅茶のカップをぐいと押しやった。「これ、さげてくれ。コーヒーをくれ」

「あら」ウェイトレスは怪訝《けげん》そうにカップを覗《のぞ》きこんだ。「まだ、あんまり飲んでいないじゃないの」

おれは顔をしかめた。「紅茶が嫌いなんだよ」

「ああら。それじゃ、注文しなきゃいいのに。変なひと」ウェイトレスはぶっつくさつぶやきながら紅茶のカップを運び去った。

おれは自分の着ている地味な色の背広を見おろして舌打ちした。杉夫の趣味だ。やつはこういうのは上品でシックだとか言っているが、いくらシックだからといっても、まず眼につかなければ服としての意味がない。おれはもっと派手な背広に着換えるため、いったん自分の下宿へ戻ることにした。

コーヒーを続けさまに二杯飲んでから、おれは『シンボル』を出た。うすら寒い糞風《くそかぜ》が排気ガスでまっ黒けの糞並木の糞枯葉をおれの顔やからだにいやらしく吹きつけてくる。

アパートの部屋に戻ると、窓ぎわの小さな坐机の上に、便箋《びんせん》で杉夫が置き手紙をしていた。

「松夫。頼むから、夜コーヒーをがぶがぶ飲まないでくれ。昨夜眠れなくて困った。酒も少し慎んでくれ。宿酔《ふつかよい》で苦しむのはこっちなんだぞ。杉夫より」

おれはその便箋の余白に、こう書き加えた。

「三下の癖に一人前の口をきくな」

杉夫の字に比べると、おれの字はぐっと見劣りがした。おれはむかむかした。そこでさらに、こう書き足した。

「少しばかり、こらしめてやるからそう思え」

杉夫をこらしめる方法を考えながら、おれは自分用のチェックの背広に着換えた。ついでにネクタイもとり、グリーンの縞のシャツを着た。

杉夫は岩動組の復讐《ふくしゅう》をひどく恐れている。だから連中に仕返しさせるよう仕向ければいいわけである。しかし杉夫があまりひどくやられた場合、それはおれにとっても苦痛になる。ほどほどの痛い目に会いそうな状況下でおれが身を引けばうまくいく筈だ、おれはそう考えた。

やけに腹が減っていた。少食な杉夫が朝からほとんど何も食っていないからだ。おれはアパートを出て近くの『増田屋』に入り、鴨《かも》なんばんと天《てん》丼《どん》を食った。ほんとは洋食の方が好きなのだが、金が残り少ないのでしかたがない。おれはまた杉夫に腹を立てた。なんとなく、杉夫がおれに、できるだけ飲み食いさせまいとたくらんでいるような感じがしたからである。もちろん杉夫の行動は、おれにはよくわかるし、彼の考えることもある程度はわかる。だから彼が必要以上に金を使ったり、どこかへ金を隠したりしているのでないことは知っていた。しかし、おれが飲み食いにたくさん金を使うことを彼が無駄遣いと感じて、いやがっているのは確かなのだ。

午後の埃《ほこり》っぽい表通りを、食後の散歩がてらぶらぶらと歩いて、おれは本部に顔を出した。

事務所にいた渡会が帳簿から顔をあげておれにうわ眼を遣った。「なんだ。また来たのか」

「来て悪いか」おれは彼を睨み返した「その言いかたはなんだ。うるさそうに」

「あ」渡会はびくっ、として背をのばした。「お前、松夫だったのか。杉夫と間違えたんだ」愛想笑いをした。「昨夜は大変だったなあ。怪我はないか」

おれは、それに答えず、そっぽを向いた。「お前が杉夫に偉そうな口のききかたしてることを、おれは知ってるんだぜ」

さっき杉夫が腰をおろしたのと同じ椅子に掛けながら、じろりと横眼で睨んでやると、渡会は少しどぎまぎした。

「そりゃあ、だって、あいつは三下だし、幹部のお前に言うような、対等の喋《しゃべ》りかたはできないよ」そう言ってから彼はおれの顔色をうかがった。「やっぱり、気に食わないかね」

「あまりいい気分じゃないな」

「それは、どうしてかね」彼は急に興味をそそられた様子で、少し身をのり出した。「自分が軽く扱われているように思うからかね。それとも杉夫を、兄弟みたいに思っているからかね」

「いや」おれは強くかぶりを振った。「あいつは他人だ。他人が人からどう扱われていようと、知ったことじゃないよ。杉夫をかばってやる気は全然ない。だけど、おれはそんなことを喋りにここへ来たんじゃないんだ」おれはいらいらと立ちあがり、渡会に近づいた。

「何だね」渡会が背をそらせ、おれを見あげた。

「気のせいかかな。お前、杉夫よりも背が高く見えるぜ」

「金を少し貸してほしい。それからもうひとつ。杉夫に金を渡さないでほしい」

渡会は眼をしばたたかせた。「金を貸すのはともかく、あとの方はどうかな。杉夫にだって、杉夫の働きはあるのでねえ」

「しかし二人分の金を貰っているわけじゃないんだからな。おれの方が働きはいいんだから、おれにまとめて渡してくれよ」

「お前まさか、お前のやることが杉夫にわからないのをいいことにして、金を全部使っちまうとか、どこかへ隠すとかする気でいるんじゃないだろうな」彼は気遣わしげにおれの顔色を観察した。「お前、杉夫とそれ以上仲が悪くなったら困るんじゃないか。あいつが怒って、よその町へ行くなんて言い出したらお前だってお手あげだろうが。こっちだって困る。いま、丹義会は人手不足なんだからな。頼りになるような幹部は、おれとお前を入れて四人だけだ。お前が自由に動けなくなったら、たちまちがたがたになっちまう」

おれは唸《うな》った。杉夫がこの町から逃げ出すということまでは考えていなかったのだ。

「そうだろうが。だからやっぱりこれまで通り、お前と杉夫に半分ずつ渡すよ。いや。どうしてもというんなら、お前に三分の二、あいつに三分の一ということにしてもいい。とにかく、お前が金を全部持っていくっていうのは感心しないね」

けんめいに喋り続ける渡会の顔を、おれは茫然として見つめた。「はあ。そうですか。松夫が、金を全部寄越せと言ったんですか」

渡会は椅子の上で、二十センチばかりとびあがった。「杉夫か」眼を皿のように丸くした。「いつ、入れ替った」

「今です」と、おれはいった。

「眼の前で、お前らが入れ替るのを見たのは初めてだ」ぼんやりとそう呟《つぶや》いてから、渡会は片手を額にあて、もう片方の手で握りこぶしを作り、机をどんどんと叩いた。「気が狂いそうだよ」

「どうもすみません」

詫《わ》びながら、おれは腕時計を見た。針は三時過ぎを指していた。『シンボル』で意識を失ったのがたしか正午を少し過ぎた頃だから、今が同じ日の午後であるとすれば、ちょうど三時間、松夫が「出て」いたことになる。こんなに早く入れ替ったのは初めてだった。だんだん、入れ替りの速度が早くなるようだと、おれは思った。

「ところで」おれは渡会に言った。「松夫はおそらく、ここへ金を借りに来たんでしょうね」

「ああ、そうだよ」彼は投げやりに答えた。「ほんとに発狂しそうな眼をしていた。『だけどあいつは、お前には渡してくれるなとも言ったよ。さあ。出て行ってくれ。お前がここにいたんじゃ、おれは頭が混乱して仕事にならないんだ」

そう言ってから彼は、ふと何かを思い出した様子で少し緊張し、急に丁寧な言葉遣いになり、もう一度、出て行ってくれという意味のことを別のことばで言いなおした。おれは本部を出た。

そろそろ『ハレム』へ行こうかと思いながら表通りを歩いている時、見憶えのある、長身痩軀《そうく》の若い男があっちからやってきた。黒縁の眼鏡をかけ、ネクタイをしている男だった。すぐには誰だったか思い出すことができなかった。男はおれを見、おれをすぐ思い出した様子で声をかけてきた。岩動組の人間でないことだけは確かなので、おれは立ち止った。

「鶴丸さん、でしたね」

その声で、おれも相手を思い出した。大学病院の精神・神経科の医者で、以前おれの診察をしてくれた保下田という名の医者だった。

「やあ」おれは大きく頷《うなず》いた。いいところで出会ったものだ、と、おれは思った。相談したいことが山ほどあったからだ。

「どうですか。その後は」彼はじっとおれの顔を見つめながら訊ねた「もうひとりの人は、まだあらわれますか。ほら。ええと。何とかいった」

「松夫ですか」

彼はほっとしたように肩を下げ、二、三度うなずいた。「ええ。そう。そう。松夫さん。じゃ、あなたは松夫さんではない方ですね。つまり、杉夫さん」

「はあ、そうです」

「出ますか」

「はあ、前よりもよく。実は先生、それで困ってるんですよ」

医者はながい首をさらにのばして、あたりを眺めまわした。「ええと、その辺でお茶でも」

「そうですな」おれは大きく頷いた。「すぐそこに、『シンボル』という店がありますが」

「ふん、シンボル、ね」医者はうす笑いを浮かべた。

「どうしてあれ以来、一度も病院へ来なかったんです」向きあって腰をおろすなり、まだウェイトレスが注文を聞きにもこないうちに医者はそう言っておれを詰《なじ》った。「わたしはあれから、あなたの病気のことをいろいろと調べて、あなたが来るのを待っていたんですよ」

「そいつはどうも、すみませんでした」おれはしばらく考えた末、とりあえずいちばん無難な言いわけをした。「診察料がなかったものですからね。いや。診察してもらうだけの料金が、あんなに高いとは知りませんでした」

医者は苦笑した。「よその病院よりは安い筈ですがね」

嘘を見抜かれたらしいので、おれはしかたなく、彼に打ち明けた。「じつは松夫のやつが行くのを厭《いや》がりましてね」

「やっぱり、そうですか」

医者が嘆息した時、さっきと同じウェイトレスがやってきた。医者はコーヒー、おれは紅茶を注文した。

「紅茶が嫌いじゃなかったの」ウェイトレスは胡《う》散臭《さんくさ》げにおれを見た。

「いや。好きだよ」松夫が嫌いだと言ったらしい。ウェイトレスが去ると、さっそく医者が訊ねた。「松夫さんが、どういう手段であなたに、病院行きが厭だという意思表示をしたんですか」

「置き手紙です。今度病院へ行きやがったらぶち殺すと書いてありました。よほど怒っているようでした」

「ははあ。『ぶち殺す』ねえ」思いがけないナンセンスなことばに、医者がくすくす笑った。そして突然、精神病医は発作的に気ちがいのような笑いかたをし、すぐ真顔に戻った。

「ここで先生と話しているだけでも、あいつ、きっと怒るでしょう」そう言ってから、おれは少しあわてて医者に訊ねてみた。「あのう、それくらい人格が分裂していたら、重症患者として、精神病院へ強制収容されるという可能性も」

「ははあ。それが心配だったわけですか。そういうことはまず、ありません」医者が答えた。「安心なさい。あなたも松夫さんも、特に正気を失《な》くしたような異常な行動をとるというわけではありませんからね。もっとも二人とも、正常な社会生活を営んでいるとは、ちょっと言い難いが」

暴力団員であることを遠まわしに非難しているのだろうと、おれは思った。しかしそれはおれのせいではない。すべて松夫のせいなのだ。

「あなたの症例は、大変珍しい。特に日本ではね」医者は真面目に喋り出した。「外国には何例かあります。二重人格とか多重人格とか呼ばれている症例です。七、八十年も前のことですが、モートン・プリンスという人が、ミス・ビーチャムという女性の症例を研究しています。このミス・ビーチャムという人には、サリーという交代人格があらわれました。もっとも、このサリーという人格は、ミス・ビーチャムが催眠術をかけられている時にしかあらわれなかったんですが、それでも、あなたと松夫さんの場合と同じように、ひとつの意識の占有をめぐって争いがあったようです。それからまた、二十年ほど前、セグペン、クレックレーというふたりの精神病医が、イヴ・ホワイトという女性の研究を発表しています。この症例の場合は、あなたの場合と同様、覚醒時中に、第二の人格つまりイヴ・ブラックという女性があらわれて、ひとつの意識を、そして肉体を奪いあったのです。イヴ・ホワイトがイヴ・ブラックの行動を全然知らず、イヴ・ブラックがイヴ・ホワイトの行動と、思考の一部を知っていたという点でも、あなたの場合に非常によく似ています」

「性格はどうなんですか」おれは身をのり出した。「やはり、おれと松夫の場合と同じように、正反対の性格だったんですか」

「正反対の性格だときめつけてしまうのはどうかと思いますが」医者は急に学者の顔になって首をひねった。「二重人格の場合、たいてい第二の人格は、第一の人格といろいろな面で対立することが多いようです。このイヴ・ホワイトの場合は、今ではすっかりよくなった、つまり人格の分裂がなくなったそうですが、それも患者が精神病医に協力を惜しまなかったからです。ところであなたはさっき、松夫さんが以前よりもよく出るようになったと言いましたね」

「そうなんです」おれはとびつくように言った。「最初は半日交代でおれが昼、松夫が夜出ていたんです。この時はある意味で具合がよかった。夜は危険な仕事が多いから、松夫の糞度胸が役に立っていた。昼間、おれが松夫のやったことのあと始末をしなきゃいけない場合もありましたし、松夫にひどい目に会わされたやつから仕返しを受けたこともありますがね。ところが交代の時間がだんだん早くなってきて、一カ月くらい前には六時間置きになった。おれが夜の仕事をしなきゃいけない場合もあったり、ひとと話している最中に松夫が出てくることが多くなったりして、具合の悪いことがふえてきた。昨日あたりからはもう、三時間か四時間置きに入れ替るようになってきていて、目茶苦茶です。これは先生、やっぱり病気が重くなってきたからでしょうか」

「症状が進行していることは確かですな」医者はいらいらした口調でそう言い、うなずきながら指さきでテーブルを叩きはじめた。「もう一度、ゆっくりと診察したいものですなあ。どうしても、病院へは来られないんですか。そのままだと、人格の交代速度がどんどん早くなって、しまいには脈絡のない行動しかとれなくなってしまう。こうなれば第三者から見た眼にはもはや人格の荒廃した重症の精神病患者と同じですからね。気ちがいとして拘束されるおそれも出てきますよ」

単に、おれを病院へ通わせようとしておどかしているだけではなさそうだった。

「松夫が出ていない時に、つまりわたしが出ている時に、病院へ通うことはできます。しかし」おれは舌打ちした。「そんなことをすると、松夫が復讐するんですよ」

「ほう。どんな復讐をするというんですか」医者は信じられぬ、といった表情で訊ねた。「あなたにどんな復讐をしたところで、結局は松夫さん自身にはね返ってくるんでしょうが」

「ところがあいつは、わたしが何か気に食わないことをすると、わたしの嫌いなコーヒーをがぶがぶ飲んだり、酒を浴びるほど呑んだりするんです。不眠や宿酔に悩まされるのはわたしの方ですからね。最近じゃ、わたしに金を持たせまいとしたりしています。これは困るんです。つまり、わたしがへそくりすることはできないが、あっちはできるわけですから」

「ふうん」医者はちょっと困って考えこみ、やがて鎌首を持ちあげるようにしておれを見た。「イヴ・ホワイトのケースでも、医者は第二の人格、つまりイヴ・ブラックを説得したり、彼女と取引したりしたそうだし、それによって人格を統一させたそうだから、わたしもあなたに、第二の人格つまり松夫さんと喧嘩するのをすすめることはできません。必ず悪い結果になるでしょうからね。しかしあなたが病院へ来てくれなければどうしようもない。どうです。一度だけ思いきって病院へ来ませんか。松夫さんも、それ以上ひどい復讐をあなたにすることはないでしょう。殊に最近交代時間が早くなっているとすれば、あなたが不眠で悩んだあと、今度は松夫さんが睡眠不足でふらふらになるわけだし、宿酔だって残っている筈だから松夫さんも苦しいわけでしょう。とにかくわたしは一度、病院で、あなたと交代して出てきた松夫さんと会い、説得や取引を試してみようと思います」彼は周囲を見まわした。「ほんとは、こんな場所で今やってるみたいに患者に会って問診じみたことをするのはいけないんですよ」

「だって、最初その辺でお茶でも飲もうって言い出したのは先生の方じゃないですか」おれは医者に突っかかった。

「そりゃあ、まあ、そうだが」医者は苦い顔をして眼をしばたたいた。

「だったら今さら、そんな恩着せがましい言いかたをすることはないでしょう」おれは言いつのった。「あんたはあきらかにおれの症状に興味を持っている。いくらおれが馬鹿のやくざだって、おれのこの病気が非常に珍しい病気で、あんたがおれを研究して論文を学会に発表すれば注目されて名があがるだろうってことぐらいはわかりますからね」

医者が眼を丸くした。「君。何を言うんだ」

「あんたがおれを呼びとめてこの喫茶店につれこんだのは、患者の病気を心配してのことじゃない。あんたがおれに興味を持つのは、自分の学界での野心のためだよ。ふん。診察料を払ってまで病院へ行って、あんたの研究に利用される手はねえや」おれは、紅茶を運んできておれの前へ置いたウェイトレスを怒鳴りつけた。「紅茶は嫌いだといっただろ。何度言やあわかるんだ」

ひっ、という声を出してウェイトレスはおれを見つめた。ありありと、怖れの色が浮かんでいた。おれの眼つきにふるえあがり、彼女は泣き顔で、逃げるように去った。

「君。松夫さん」医者が頓狂な声を出した。

おれはにやりと笑い、医者を睨みつけた。「なんだね。へぼ医者先生」

医者は身ぶるいしながら言った。「みごとだ。以前は一時意識を失ってから交代人格が徐徐にあらわれたが、今は一瞬にして交代した。みごとな人格交代だ」

「病院へこいと杉夫をたきつけたな」おれは医者を睨んだまま低い声でおどしつけた。「おれを説得するって言ったな。思いあがりもいいところだ。取引をするって、いったいどんな取引をしようっていうんだ。お前なんかに丸めこまれるおれじゃないや。聞いていりゃ、おれのことを第二の人格とかなんとか言ってたようだが、どうしておれが第二で杉夫が第一なんだよ。え。もともと杉夫ひとりだったのが、おれの方があとから出てきたために、おれを第二だっていうのか。杉夫は知らねえだろうが、もの心ついた時からおれはずっと杉夫の中にいたし、だいいちおれだって杉夫とは別の、ちゃんとしたひとりの人間なんだぜ。あんたはおれを消しちまおうとしてるんだろうが、そうはいかねえよ。消されてたまるか」

「いや。消すなんて、そんなつもりはない」医者はいそいで口をはさんだ。「人格を統一させようとしているだけだ。つまり分裂している杉夫さんとあんたの性格をひとつのものに」

「やめろ」おれはテーブルを叩いた。「あんなやつと一緒にされてたまるか。わかってるんだ。杉夫はインテリだ。あんたもインテリだ。おれは乱暴者だ。あんたは堅気だし、杉夫も、おれが出るまでは堅気だった。おれが出たために、杉夫までやくざになった。あんたにしてみりゃ、おれを消して杉夫を勝たせようとするにきまってるんだ。だがな、おれは杉夫みたいな臆病なやつは大嫌いだし、おれは自分の今の生きかたが気に入っているんだ。いくらあんたが味方したって、絶対に杉夫なんかにゃ負けねえぞ。杉夫を、いつかは追い出してやる。このからだを完全に乗っ取って、おれひとりのものにしてやる」

「ま、待ちなさい。そんなことはできないんだ。そんなことしたら、人格交代がますます頻繁《ひんぱん》になるだけで」

おれは医者のけんめいの説得を無視して立ちあがった。「仕事があるんだ。へたに引きとめないで貰おうか。それ以上何か言うと、顎をぶっとばすぜ」

医者はわざとらしく嘆息し、黙りこんだ。

「そうだ。そこでいつまでも溜息をついてろ。良心的な医者のポーズをしてな。杉夫の紅茶の勘定は頼んだぜ」おれは『シンボル』を出た。

キャバレー『ハレム』は町の中央の繁華街から少しはずれた場所にあり、その付近には料理旅館とかモーテルとかが軒を並べていて、やや浮わついた色のネオンがあたりの雰囲気をいささか胡散臭いものに見せかけている。まだ開店していない『ハレム』の入口には浜岡が立っていて、おれに一礼した。

「連中、今日はまだ姿を見せないか」と、おれは訊ねた。

「さっき、ちんぴらが二、三人、その辺をうろちょろしていましたが」と、浜岡は答えた。「入ってくる気はないようです」

「そりゃ、もちろんそうだろう」おれはにやりとした。「昨日あれだけ痛めつけてやったんだからな。おれは今夜、入ってすぐ左のボックスにいる。そのボックスに客がきている時はそのボックスのうしろに立っている。もし、またちんぴらがこの辺をちょろちょろしていやがったら、ちょっとおれに耳打ちしてくれ。出ていって、また痛めつけてやる」

浜岡は怪訝そうな顔つきをした。「中へ入ってもこないのに、痛めつけるんで」

「ああそうだ」おれはにたにた笑いながら頷いた。「中へ入ってもこないのに、痛めつけてやるんだ」

「しかし、でも、それはやりすぎ」

「今夜から方針を変えた」おれはそう言った。

「連中は、この近くをちょろちょろしているだけでおれから痛めつけられることになったんだ。わかったな」

「はあ。わかりました」浜岡は茫然とした表情でおれを見つめた。

裏口から入っていくと、ホステス更衣室の前の廊下に大久保がいた。

「こら」と、おれはいった。「覗いていやがったんだろう」

大久保が真顔でかぶりを振った。「いいえ。兄貴。おれはそんな」

「まあいい。おれは今夜、入口に近いところにいる。お前はタイム・レコーダーの前にいろ。何かあったら、入口を入ってすぐ左のボックスまでこい」

「わかりました」彼はぺこぺこした。

支配人室へ顔を出すと、野口は素行のよくない中年のホステスをねちねちといたぶっている最中だった。ホステスが泣き出したので野口は彼女を部屋から追い出し、おれに心配そうな顔を向けた。「鶴丸さん。あまり派手にやらんでほしいね。昨夜だって、追い出すだけでよかったのに、骨折までさせちまった。さっき病院へ見舞金を届けといたがね」

おれはゆっくりと頭を左右に振った。「そんな必要はなかったな」

野口は不審気におれを見つめてから、まともな答えをさほど期待していない口調で訊ねた。「あんたのところは、岩動組と手打ちしたばかりだろう。あんた、何か個人的な恨みでもあるのか」

「個人的な恨みだと。ああ。それならある」おれは低い声で答えた。「もっとも、その相手は岩動組のやつじゃないんだが」

声が低すぎたため、野口には聞こえなかった。

彼はホステス募集の広告原稿を書きはじめた。

開店したらしく、フロアーでバンド演奏が始まっていた。バンドは年寄りばかりのスイング・バンドで、「アラビヤの酋長《しゅうちょう》」だとか「チャイナタウン・マイ・チャイナタウン」などという古くさい曲ばかり演奏するバンドだ。おれはフロアーに出て、入口のすぐ左横にあるボックスのソファに深ぶかと身を沈めた。客はまだ四、五人だった。その客の一人から指名を受けたかおるが、すぐ横の通路を歩いていったが、おれは声をかけなかった。

浜岡がやってきて、ボックス席の凭《もた》れ越しにささやいた。「今、二人、店の前の通りに立っています。さっき見かけた連中のうちの二人です。そのうちのひとりは、昨夜来たやつです」

おれは立ちあがった。

「だけど」浜岡があわて気味につけ加えた。「悪気はないと思いますよ。用がないからぶらぶらしてるだけだと思いますが」

「わかっている」

『ハレム』の前の、もうすっかり暗くなった道路で、ぺらぺらした派手な色の服を着たちんぴらが二人、ふざけあい、通行人の眉をひそめさせていた。おれが近づいていくと、二人は馴れなれしく話しかけてきた。

「やあ、兄貴。昨夜のことは水に流してくれませんか」

「すみませんでしたねえ。どうも」

おれは表情を固くさせたままで彼らを交互に睨んだ。「ここで何をしている」

「何してるって、兄貴」ふたりはとまどった様子で顔を見あわせた。「だって、ここは往来ですぜ。歩いてて、悪いことはないでしょうが。兄貴」

「その、兄貴というのをやめろ」おれは怒鳴った。「この辺をちょろちょろするな。あっちへ行け」

「なんだよう。なんだよう」背の高い方が眼を剝《む》き、突っかかってきた。「どうして道を歩いてちゃいけないんだよう」

「お前らを見ていると、いらいらしてくるんだ」もう一度、おれは言った。「消えろ、ぶっとばすぞ」子供の喧嘩のような、こんなくだらない喧嘩は初めてだと思い、おれはいささかげっそりした。

「何をかっかしてるんだい」もう片方がうすら笑いを浮かべた。「何もしてないのに、ぶっとばすっていうのかい」

「ぶっとばして見せてくれよ」

のっぽがそう言った途端、彼はおれの握りこぶしを鼻に受けてぶっとんだ。

「あ」片方が仰天しておれをちらと見、仲間に駈け寄って抱き起しながら叫んだ。「何するんだ。何するんだ」

「痛い。痛い」

鼻と口から鮮血を噴き出し、足をばたばたさせている男を見て、おれはあわてた。「おれが殴ったのか。すまん。大丈夫か」

「殴っといて、何がすまんだ」介抱している方のやくざが、仲間を立たせてやりながらわめいた。

「殴ることはないじゃないか。何のつもりだ」

「申しわけない。殴るつもりじゃなかったんです」おれはたて続けに頭を下げた。詳しいいきさつはわからないが、殴るほどのことでもないのに松夫が殴ったらしい。

ぺこぺこあやまっていると、繁華街の方から岩動組の男がさらに三人やってきた。

「おい。どうした」

幹部らしい貫禄の男もいるので、あっという間におれの膝《ひざ》の力が抜け、おれは地べたに這《は》いつくばった。「すみません。勘弁してください」おれはすすり泣いた。「助けてくれ。松夫。おれが悪かった。もう病院へは行かないよ」

仲間を介抱しているちんぴらが、いきさつを喋り、三人の男がおれを見おろした。

「立てよ」と、ひとりが言った。「何のつもりか、説明して貰おうじゃないか」

「いいとも」おれは立ちあがり、新手の三人を順にゆっくり眺めまわした。「ここじゃまずい。裏へ行こうぜ」おれは裏通りの方へ顎をしゃくって見せた。

ちんぴら二人を残し、三人の男がおれを囲むようにして歩き出した。店の入口近くで浜岡が、気遣わしげにこちらを見ていた。

「這いつくばったり強がって見せたり、おかしなやつだ」ひとりがくすくす笑った。

「さっき笑ったのはお前だな」裏通りへ入るなり、おれは振り向きざまひとりを殴りとばした。

「野郎」いちばん若い男が短刀を出した。

おれはあわてて身構えた。だが、おどかしているだけで、本当に刺す気はなさそうだった。

「わ」短刀を見るなり、おれは顫《ふる》えあがった。「やめてくれ。あんなもので刺されたくないよ。早く交代してくれ。松夫。出てきてくれ。やられたらどうするんだよ」

「やって見ろ」おれは胸を突き出した。「やる度胸があるなら、さあ、やれ」たとえ刺されそうになっても、相手の腕をねじあげて短刀を奪ってしまえる自信は充分あった。

「気ちがいだ」と、ひとりがつぶやいた。「小便をしてやがる癖して、強がりやがって」

おれは短刀を握った男の腕をつかもうとした。誰かが、あっ、あっ、あっ、あっと叫んでいた。おれの声のようでもあった。気がついた時、短刀はおれの肝臓のあたりに突き立っていた。

「あっ、あっ、あっ」

「しまった」

「逃げろ」

「あっちからとびかかってきやがったんだ」

三人の男が逃げていく足音を聞きながら、夢の中でのように、おれはひどくゆっくりと路上に倒れ伏した。

「すまん。杉夫」おれは呻《うめ》いた。「こんな筈じゃなかったんだ。お前をおどかすだけのつもりで」

「やっぱり一度、ゆっくり話しあっておきたかったな」

「うん。おれもそう思うよ。おれは消されるのがどうしても厭だったんだが、こうなっては同じことだな。お前の考えが正しかったようだ」おれは身をよじり、それから尺取り虫のように背を丸めた。

「あっ、あっ、あっ、あっ」

「痛えな杉夫」

「痛え。痛えよ松夫」

「お前はもうひっこんでいろ。杉夫」苦痛にのたうちまわりながら、おれはそう叫んだ。「せめて死ぬ前の苦しみだけは、おれがひとりで引き受けてやらあ」

素敵なあなた

三叉路《さんさろ》に立っている街灯の螢光灯《けいこうとう》は切れかけていて、白く赤く点滅していた。ライトバンは三叉路に向かって停車していて、片側は川に面した岸壁だった。もう片側は四階建てのビルだが、窓に明りはまったく見えず、そこはこの通りのどのビルもみんな同じだった。遠くからかすかにディキシーランド・ジャズが聞こえ続けていた。町はずれのスナックでかけているレコードだ。川向こうは製菓工場で、一週間前火事で半焼したまま操業を中止していた。

「斑猫《はんみよう》組のやつが、おれと進の乗った車を狙い撃ちしてきやがった時は泡を食った。やつら車で、おれたちの乗った車と平行に走りながら撃ちやがったんだ」ライトバンの後部座席では正木が喋《しやべ》り続けていた。「タイヤを射抜かれてきりきり舞いして近くのスナックの正面のドアぶち壊して店の中へとびこんだんだが、看板の灯を消している くせに中ではホモが乱交パーティしてやがってよ、とんだ大騒動でよ、唇がまっ赤で歯の黄色い気色の悪いのにとり囲まれてさんざ毒づかれてよ、あれからおれ、ずっと頭へきてたんだ。今日はあの時のお返しができるってんでよ、それでおれ、この待ち伏せに志願したんだ」

「進といやあ、あいつ遅いな」運転席のシートに凭《もた》れていた樋《ひ》の口《くち》が身を起し、片眼で腕時計を見た。「あと一時間足らずで、連中、やってくるんだぜ」

「進、何処《とこ》行たのか」と、助手席の金が訊《たず》ね、荷台のカービン銃に顎《あご》を向けた。「あれ使える人間進しかいないよ。あと誰《たれ》も誰《たれ》もあれ使えないよ。進来ない、えらいのことなるよ」

「あいつにも困ったもんだよなあ」正木が含み笑いをしながら言った。「病院へつれて行きゃいいのに。アパートの自分の部屋でお産させようってんだから」

「お産」金が金壺眼《かなつぼまなこ》を正木に向けた。「誰《たれ》お産か。進の女か」

「正木」樋の口が固い声を出した。

「ま、そうだな」正木がくすくす笑いながら金にうなずいた。「奴の女だ」

金がさらに、正木に何か訊ねようとした時、樋の口が声を固くしたままで言った。「もう一度、手筈《てはず》を復習しよう」

「も、何度《なんと》も何度《なんと》もやたよ。も、飽きたよ。わたしそんな頭悪いのことちともないよ」金がうんざりした調子で頭を左右に倒した。「斑猫組の車来るちょと前に正木にせものの道路《とろ》標識立ててくる。斑猫組こち来る。斑猫組こち来る前にわたし三叉路のあち側《かわ》行くな。あち側《かわ》のピルの中隠れるな。進カーピン銃《ちゅう》ぶぱなすな。カーピン銃《ちゅう》ぶぱなす音聞こえたら、わたし斑猫組の車から逃げてくる人間拳銃《けんちゅう》で撃つためにピルから出るな。逃げてくる皆撃つな。ひとり残さないで殺すのことな。も、よくわかているよ」

「特に組長だけは、絶対に逃がしちゃいかん」樋の口が言った。

「特に組長だけ、絶対《ぜたい》に逃かさないよ」

「おれの方は楽だ」と、正木が軽薄な口調でいった。「工事中の看板を持って『ディキシー』のひと筋西の道路の入口に立てる。斑猫組の組長が『ディキシー』を出て用心棒と一緒に車に乗ってやってくる。工事中の看板を見つけ、あの道へ迂回《うかい》する。おれは看板をかかえてあの道をこっちへ引き返す。途中、万が一おれの方へ逃げてくるやつがいたら撃ち殺す」

「万が一などといって安心してるとえらい目にあうぞ」樋の口が片眼を光らせた。「あっちには北上が乗っている。拳銃の腕がよくて腕力もあって、命知らずで頭がいい。おまけに不死身だ。何回どたん場で逃がしたことか、かぞえきれないくらいだ。おれのこの片眼を指で押し潰《つぶ》しやがったやつだ。気をつけろ」

「うん。うん。うん」うわの空で、正木はうなずいた。「いくら打ちあわせしたって、肝心の進が来ないじゃやどうしようもないな」腕時計を見た。

「呼んでこようか」

「進いるのところ、この近くか」と、金が訊ねた。

「五分ちょっとで行ける」

「よし。正木。お前行って、引っぱってこい」樋の口がいった。

正木が車から降りて街かどを折れ、姿を消すなり、金は樋の口に訊ねた。「進の女、そんなにいい女か。進、女に甘い甘いの男か」

樋の口が光る片眼で金を睨《にら》みつけた。「まあな。どうでもいいじゃないか。そんなこと」

「とうでもいいのことちともないよ」急に金が大声を出した。「お前さっきからわたしに何隠すか。隠してぱかりないか。進のこと、わたしちとも知らないよ。進とわたし、これから一緒《いしょ》に仕事《しこと》するのだから、わたし進のこと知ておく大事《たいち》な大《たい》事《ち》なことだよ。とうしてお前、わたし他所者《よそもの》扱いするか。わたし金剛会の組員違《ちか》うけど、会長と友《とも》達《たち》たからこんな馬鹿馬鹿《ばかばか》しい縄張《ば》り争いでも加勢しに来たのだよ。扶余《プヨ》の金さん、銭だけで動かない有名よ。わたし拳銃《けんちゅう》使いだけと、金貰《もら》て動くプロないよ。馬鹿《ばか》する承知《しょち》しないよ」

「何をそんなに怒るんだ」樋の口はやや閉口した顔で煙草をくわえた。「進の女があいつのアパートでお産をするだけの話だ。何も隠すことなんかない」

「その女、進の女房か、それともただの情婦か。女のお産心配で心配でちとも気持ここにないの男、わたし一緒《いしょ》に仕事《しこと》したくないよ。仕事、失敗《しぱい》するよ」金は気遣わしげにかぶりを振った。「進、今、女のお産心配で、仕事するの気ちともしていないでないか」

「進はそんな男じゃないさ」

「ては、とうしてまだ来ないか」金がいらいらと掌をこすりあわせた。

「正木を呼びに行かせなくても、時間までには必ずやってきただろうさ」不安が顔に出るのを隠そうとして、樋の口は煙草の煙で煙幕を張った。

しばらくしてから、金がまた訊ねた。「その女、いい女か」

樋の口が一瞬とまどってから答えた。「いや、おれはそうは思わんが、あいつは惚《ほ》れてるよ」

樋の口の態度をじっと観察しながら、金は疑わしげにさっきと同じ問いをくり返した。「進の女房か」

「う。いや。ま、いわば情婦だ」樋の口の額に苦悶のようなものが走った。

金がふたたび声を高くした。「お前、わたしに何か隠しことしてる。ちとも本当のこと言わない」

「どう言やいいんだよ」樋の口も怒気鋭く金を睨み返した。

しばらく睨みあってから、ふたりはほとんど同時に顔をそむけた。そのまま、ながい間黙りこんだ。

後部座席へ正木がころがりこんできた。「ひやあ。参ったまいった。奴さん、てこでも傍を離れそうにないぜ。もうすぐ生まれるんだってさ。汗を拭ってやったり、水を飲ませてやったり、介抱に一生けんめいだ」

「そんなこと、医者、看護婦、そういった人間にまかせておけばよい」金が腹を立ててそう叫んだ。

正木はきょとんとして金を見た。「そんなもの、いないよ」

「医者も看護婦もいないのか。産婆《さんば》も」金が仰天したような声を出した。「進、ひとりでお産させるのつもりか。それとても駄目《ため》よ。出来《てき》ないよ」

それには答えず、正木は樋の口にいった。「兄貴、あんたが行ってきてくれないか。おれじゃとても駄目だ」

樋の口は舌打ちした。金と正木の顔を、ちょっと見くらべた。少し考えてからまた舌打ちし、黙って車から降り、彼は急ぎ足に歩き去った。

バック・ミラー越しにじっと樋の口のうしろ姿を見つめていた金は、その姿が街かどを折れて見えなくなると同時にシートでのびあがり、後部座席の正木の方へ身をのり出した。期待に金壺眼をぎらぎら光らせ、半開きにした、よだれの流れ落ちそうな口から、はっ、はっと熱い息を吐いた。

正木が眼を丸くした。「どうかしたのか」

金は口ごもりながら訊ねた。「お、教えてくれるか」

「何をだね」

「進の女のことたよ。その女何者か」

「女だと。ああ、そうか」正木はくすくす笑った。「ペスのことか」

「ペス」金はきょとんとした。「進の女、外人の女だったのか」

「う。いや。外人じゃない」正木は苦笑し、ちょっと視線をふらふらさせた。「ペスというのは、いってみりゃ、渾名《あだな》で、その、いや渾名というよりはその呼び名、うん、そう、呼び名だよ。呼び名」くくくく、と、咽頭《のど》で笑った。

金は苛立《いらだ》った様子でさらに問いつめた。「どうして病院つれて行かないか。どしてだ」

「どうしてって、その」正木は困って、助けを求めるように左右を見た。「自分の女を医者に見せるのが厭《いや》なんだろ」

「たけと、素人がお産をさせる危いよ。女の命危険たよ」

「ま、それほどのことはあるまい」正木はつぶやくように言ってから、懇願の眼で金を見た。「それ以上訊ねないでくれよ。じつは樋の口の兄貴から、その話、あんたにしないように念を押されてるんだ」

「どしてだ」金がむっとして、また怒気を眼に漲《みなぎ》らせた。「秘密よくないよ。お前たちわたしに隠しことする、大変たいへんよくないな。わたしさきからきと何かある何かある思ていたよ。やぱり何かあたのだな。わたし進の女のこと、もとたくさん知りたいよ。お前たち隠すと、もともとたくさん知りたくなてくるよ。さきから知りたくなてきて今もう辛抱《しんぼ》たまらないよ」愛想笑いをした。「教えてくれるか」

「別に秘密ってほどのもんじゃないんだがね」正木は頭を掻いた。「教えると、あんた笑うからなあ。そうするとあんたと進の間がまずくなるんだ。進はそのう、自分のその、いわば女の、女のことを人から笑われると、かんかんになって怒るからねえ」

「笑わない。わたし絶対《ぜたい》笑わないよ」身をさらに乗り出した。「どして医者に見せなくてもお産てきるか」

「だって普通、獣医はお産の面倒まで見てくれないからね」正木はわざとらしくそっぽを向いてそう答えた。

「獣医」金が赤い口をぽかんと開いた。「お産する、人間てないのか」

「ん。まあ、な」正木は俯《うつむ》向いた。そして吹き出した。

「ペスというのは、犬か」金は訊ねた。

正木は俯向いたままでうなずいた。肩を小きざみに顫《ふる》わせていた。

金の咽喉の奥がごろごろと鳴った。彼は真顔のまま、眼を見ひらいて唇を顫わせはじめた。やがて発作的に爆笑し、シートを握りこぶしで叩きながら身をよじった。

「笑わないっていったたろ」正木が不安そうに金

を見据えた。

金は真顔に戻って、また訊ねた。「女といっていたのは、牝《めす》の犬か」

心配そうな顔を金に向けたまま、正木はうなずいた。

金はまた爆笑した。ついに声が出なくなり、咽喉をぜいぜいいわせた。頬をふるわせながら正木を見た。「進は、その犬を、愛してるのか」

正木はますます気遣わしげに金をしげしげと見つめながらうなずいた。

金はシートの上をのたうちまわって笑った。ひい、ひいという声を出して笑い続けた。金につりこまれて正木も笑いはじめた。ふたりは身をよじり、腹をかかえて笑いころげた。

「進、その犬を、どんなの具合に愛しているのか」笑いながらそう訊ねた金は、自分のことばでまたひっくり返った。

笑いやんだ正木が話しはじめた。「並たいていの愛しかたじゃないようだな。外へも出さずに可愛がってるという話だ。アパートのあいつの部屋の隣りに、おれの知ってるバーテンがいるんだがね、そいつの話だと、いつも一緒に寝ているそうだぜ。犬に話しかけてるそうだよ。ペス、ペス、お前がいなきゃおれは生きていけねえ、死んじまうだとか、お前のそのくりくりした茶色の眼が可愛くてしかたがねえだとか、やかましくてしかたがないそうだ。夜中には溜息やすすり泣きが聞こえて、うるさくて眠れないといっていた」

げっ、と吐きそうな表情をし、金が訊ねた。「犬と、寝てるのか。犬抱いて寝るのか。あの、犬を人間の女みたいに、あの、抱いているのか」

「そうだ」

金は爪を噛《か》んで考えこんだ。「犬と、毎晩やているのたな」

正木はうなずいた。「そうだろうな」

汚らしげに顔をしかめ、金は吐き捨てるようにいった。「それ、人間のやることでないよ」それから眼をまん丸にして宙を見つめた。「待て。お前今のさき何と言《ゆ》たか。犬、外へ出さない言《ゆ》たな」

「そうだよ」

「その犬がお産するのか」金は正木の顔をうつろに眺めた。「お前、その犬、どんなもの産む思うか」

しばらくきょとんとしていた正木は、急に背じをのばし、金の顔を見つめ返した。「おれ、そこまでは考えなかったよ」身ぶるいした。「本当だ。何が産まれるかわかったものじゃないな。外へ出さないんだから他所《よそ》の牡犬《おすいぬ》と交尾《さか》った筈はないしな。だけど、どんな仔犬《こいぬ》を、いや、子供を産むのかな。そんなこと、できるのか。え。犬と人間が子供を作るなんてこと」

「わたしにも、そなことわからないよ」金は気味悪げに正木の顔をのぞきこんだ。「たけと、たたの犬の子である筈ないよ。きと気色の悪いもの産まれるよ。どなもの産まれるか、わたしちともわからないけと、わたし考えたたけで気持悪いよ」

正木はウィンドウのガラスをおろして路上に唾を吐いた。

「きとその犬、難産たよ」金が考え考え喋った。「大きすきて、子供産めなくて、その犬きと死ぬよ」

「やめてくれないか」正木はしらけた顔でいった。「胸がむかむかする」

「わたしもた」金はうなずいた。「胸、悪いな」

「来たぞ」バック・ミラーにちらと動くものを認めてあわてて振り返った正木が、大あわてで金にいった。「その話するなよ。絶対にしちゃいけねえぞ」

樋の口と並んでやってきた大男の進が、後部座席に乗りこんできた。

「まだかね」正木が進の顔色をうかがいながら、お愛想のように訊ねた。

「まだだ」進は汗びっしょりだった。いらいらした様子で黒い革ジャンパーのポケットからハンカチを出し、顔を拭った。「でも、もうすぐ産まれるんだ」

運転席に乗りこんだ樋の口が、なだめるようにいった。「いや。あのぶんじゃきっと、まだまだだろうぜ」

「どうしてそんなことがわかる。医者でもないのに」浅黒く引きしまった顔に怒りを浮かべて進が叫んだ。「難産なんだ。そうに決っている。いてやらなきゃいけなかったんだ」涙を浮かべていた。

「進」樋の口がゆっくりと振り返り、進を睨みつけた。「これは仕事なんだぜ。前から決っていた大事な仕事だ」

進は俯向いて、また汗を拭った。「そんなことは、わかっている」

しばらく進を見つめていた樋の口がやがてゆっくりとうなずき、正木にいった。「よし。正木お前行け」

「うん」しゃっ、と音を立ててジャンパーのジッパーを首まで引きあげ、正木は車を降り、荷台のドアを開いて立看板をひきずりおろした。

立看板には『この先一〇〇米工事中』と書かれ、さらに『迂回路』として矢印が書かれていた。下手な字だったが、一応は本物らしくできていた。たいていの者がにせものとは思わぬ筈の出来だった。

「じゃ、な」正木は運転席の窓からのぞきこみ、車内の三人を見まわした。それから首をすくめ、立看板をかかえて歩き去った。

「そろそろ、カーピン銃《ちゅう》の用意、した方がよいな」と、金がいった。

進は腕時計を見た。「まだ二十分以上ある」

「いつもより早く出てくるかもしれんよ」と、樋の口がたしなめるようにいった。

「ペスが死んだら」と、進がいった。『ペスが死んだら、おれがいてやらなかったせいだ」眼をまっ赤にしていた。彼は発狂しそうな眼つきでバック・ミラーの中の樋の口の顔を睨んだ。「もしそうなったら、あんたを恨むぜ」

「馬鹿野郎《ばかやろ》。犬のお産、人殺すの仕事《しこと》、とっち大《たい》事《ち》か」たまりかねて金がわめき出した。「この仕《し》事失敗《ことしくじ》るこちらも命危《あぶな》いの仕事《しこと》たぞ。牝犬ややこしのもの産む、そなこととでもよいのことな。その上牝犬のことぱかりお前喋る、わたしこの仕事《しこと》おりるよ。わたし命惜しいよ。ほんとにも、ほんとにも、牝犬のことなと、も、とでもよいよい、よいのことな」

　興奮してわけのわからないことを叫び続ける金に、進が怒鳴り返した。「ペスのことをそれ以上牝犬というと、ただじゃおかないぞ」

「なに。ただおかぬ何するのつもりか。牝犬でないか」

「やめろ」樋の口が叫んだ。「ふたりとも、やめろ」

　金がぶつぶついいながら黙りこんだ。

「金。あんたはもう、待ち伏せの場所へ行って待機しろ」と、樋の口がいった。

　金は不機嫌そうにつぶやいた。「また早いたろ」

「ややこしいものを産むってのはどういう意味だ」憎しみに眼をぎらぎら光らせ、進が唸《うな》るようにいった。「ペスの子供を侮辱すると承知しねえぞ。朝鮮人め」

　金が間髪を入れず振り返った。「何。朝鮮人《ちょうせんちん》馬《ば》鹿《か》するか」

「やめんか」樋の口は大声をはりあげ、ふたりを黙らせてから金にいった。「お前たちふたりが一緒にいると喧嘩をする。だからあんたに出て行ってくれと言ってるんだ」

　金はゆっくりとコートのポケットからレヴォルヴァーを出し、ゆっくりと点検した。それから無言でドアを開け、路上におりた。背を丸めてまっすぐ歩き、三叉路を通り過ぎ、片側のビルの、シャッターのおりた玄関前に身をひそめた。十時十八分前だった。

「おれ、ペスを見に行ってくる」進が静かに、だがきっぱりとそう言った。

樋の口は背をのばした。それから動揺を押さえ、押し出すように低い声で笑った。「何いってるんだ。進。ははは。は。もう、連中やってくるんだぜ」

「あと十七分ある」

「早く出てくるかもしれねえ」

「遅くなるかもしれんよ」

「そんなこと、期待しちゃいられないよ」

さらに静かな口調で、進はいった。「兄貴。おれ、あんたが何と言おうと見に行ってくる」

ちりちり、と樋の口の下瞼《したまぶた》が痙攣《けいれん》した。ハンドルを握った手が顫えた。

進が腰を浮かせた。

「待て」怒りを鎮めようとしているかのように声を押し殺し、樋の口がいった。「お前、ここにいろ。そんなに言うなら、おれが見てきてやる」溜息をついた。「おれのいない間に連中がやってきたら、打ちあわせ通りにしろ。逃げる時はお前が車を運転すりゃいい。免許証は持っているだろう」

「持っている」

「そろそろカービン銃の用意をしておけ。おれは十分以内に戻ってくる」進に有無を言わせず樋の口はきゅっとシートを鳴らして車を降り、半開きのドアから進にいった。「わかったな。おれがいない間に連中が来たら、仕事の責任者はお前なんだぜ」

進は不安そうに身じろぎしてからうなずいた。それから小さな声でいった。「すまんな。兄貴」

樋の口はドアを閉め、歩き去った。

進は荷台からカービン銃をとりあげ、点検し、弾丸を装塡《そうてん》して膝《ひざ》に乗せ、川岸に面した側のウィンドウ・ガラスをおろした。川の臭気がかすかに漂ってきた。

車のエンジンの音が近づいてきた。進は緊張した。連中にしては早すぎる、と思いながら銃口を少しだけ窓から突き出した。三叉路に小型トラックがあらわれた。進は銃口を引っこめ、ウィンドウ・ガラスをあげた。正木の立てたにせの立看板にだまされて回り道をさせられた小型トラックは、停車したライトバンの横をすり抜けて走り去った。

「ペス」と、進はささやくようにつぶやいた。眉根の皺《しわ》がぴくぴくと顫えた。さらに二度、進はペスの名を呼んだ。ウィンドウ・ガラスをおろし、銃口を窓から数センチ出した。「子供が、大きすぎるんじゃやないかなあ」と、彼はつぶやき、頬を苛立《いらだ》たしげにごしごしと掻いた。「やっぱり、おれの子供産むの、無理だったんじゃないかな。流産させた方がよかったかも」いても立ってもいられぬように、彼は周囲を無意味に眺めまわした。「死なないでくれよ。ペス。お前が死んだらおれも死んじゃうよ。ペス」洟《はな》をすすりあげた。「すまんな。傍についていてやれなくて」

靴音が近づき、進は身を起した。戻ってきた樋の口はむっつりしていて、無表情だった。

運転席に乗りこみながら、彼は固い声で弟分に報告した。「安心しろ、産まれていたぞ」

一瞬、呼吸ができなくなった進は、眼を見ひらいて樋の口を見つめた。

自分をそう信じさせせようとするように、樋の口はうなずいた。「みんな、いい子だ」押し出すように、彼はそういった。

「あの、それでペスは」進は運転席の背もたれにとびついた。「ペスはどうだ。元気か」

「元気だ。安産だったらしいな」三叉路を睨んだままで樋の口は答えた。

「で、子供は。子供は、その」

「四匹だ」不快感を隠そうとするような表情でそう言ってから、樋の口は眉を寄せ、あわてて言いなおした。「四匹といっていいのかな。つまりその、四つ子だ」

樋の口のとまどいを敏感に認め、進の顔にぱっと喜びの色が浮かんだ。「本当か。じゃあつまり、普通の仔犬じゃなくて、なんというか、その」

樋の口も、ことばを捜しながらいった。「ま、普通の、いわゆる、仔犬よりは、ずっと可愛いよ」

ひゅう、と、進の咽喉が鳴った。「おれの子だ」ゆっくり、吐息とともに彼はそういった。「おれの子が生まれたんだ」

「カービン銃を構えていろ」ぴしり、と樋の口がいった。あきらかに、その話題を打ち切らせようとしていた。

「こんなに早く看板を立てることはなかったんだ」と、『ディキシー』のひと筋西の道路で正木が不平そうにつぶやいた。

ディキシーランド・ジャズの和音があたり一帯の暗闇に響いていて、それがかえって不気味だった。しかし店の入口だけはネオンの点滅とニュー・オリンズ・スタイルの装飾によって狂躁的な雰囲気が醸《かも》し出されていた。道路の蔭から首をのばして大通りを睨み、正木はやってくる乗用車がいないかと、はらはらし続けていた。

「さっきのはトラックだったから、まさか斑猫組の車と見間違う筈はないだろうけど」正木は自分が身をひそめているオフィス・ビルの柱型の蔭に入り、鼻さきの人造大理石の模様を眼で追った。「この時間、こっちの方へくる乗用車なんか、滅多にないことはわかっている。だけどもし来たら、よく似た乗用車がもし入ってきたら大変だぞ。進のやつ、犬のお産でいらいらしてるから、別の乗用車にカービン銃をぶっぱなすかもしれねえ。別の乗用車がこっちへ来たら、その時は、おれ、すぐ飛び出していって立看板をとってこなくちゃな。打ちあわせにゃないが、やっぱりそうしなくちゃな」

道路の中央の立看板は、大通りに対して白い顔を向けていた。

「金のやつ、変なこと進に言わなきゃいいが。だけど、いったいどんな子供ができるんだろうな」そうつぶやいてから急に顔をしかめ、正木はあたりにぺっぺっと唾を吐き散らした。「ええいもう。早く出て来やがりゃあいいのに」そういって『ディキシー』をひと睨みしようとし、正木はとびあがった。「出た。出て来た」柱型にへばりついた。

『ディキシー』のマスターに見送られて店から出てきた男は四人だった。斑猫組の組長というのは小肥りで背の低い男だった。いつも洒落《しゃれ》た帽子をかぶっていて、自分の洒落であーという大声を出して自分が笑った。彼は店の横に停めてあったブルーバードの後部座席に乗りこんだ。組長に続いて後部座席へ乗りこんだのは、赤いブレザーを着た、正木の知らぬ男だった。あとの二人は前部へ乗りこんだ。

「しめた。北上は助手席だ」正木はにやりとした。「最初の一発で殺《や》られちまうだろう」

北上という名の、仲間うちでは不死身と噂《うわさ》されているその中年男は、瘦《や》せぎすで悪魔じみた顔をしていた。顔色が青く、耳が尖《とが》り、眼尻が吊《つ》りあがり、唇の両端も吊りあがっていて、笑うと歯の間から尖った舌を出した。金剛会から縄張りを奪ったのも、ほとんどがこの男の仕業だった。

動き出したブルーバードは正木の隠れている道路へ入ってこようとし、立看板の前で停車した。いったん後退してから次の通りへ走って行き、見えなくなった。正木は柱型の蔭からとび出し、立看板を担いでブルーバードを追った。

車のエンジンの音が聞こえてきたので、樋の口はバック・ミラーを見あげ、進にいった。「来たらしいぜ」

進は窓越しに川向こうを眺めながらひとり眼を

ぎらぎら輝かせていた。酔ったような表情をしていた。

もう一度、樋の口はいった、「おい。用意はいいんだな」

眼を輝かしたまま、進はちらと樋の口を見て、また窓外に眼を向けた。「いいとも」彼は歓喜に満ちていた。舌なめずりをした。「全部殺してやるぜ」

「打ちあわせ通りにやるんだ」進の張り切り方にふと不安を抱いてそう念を押した樋の口は、三叉路にあらわれて車首をこちらに向けたブルーバードを睨み、大きくうなずいた。「間違いねえ。あの車だ」

ブルーバードは岸壁すれすれを走り、ライトバンの横をすり抜けようとして近づいてきた。五メートルにまで迫った時、進のカービン銃が火を吐いた。

「やるぜ。ペス。おれはやる。全部殺してやる。万歳だ」興奮し、進はわめきながら撃ちまくった。

斑猫組の組長はちょうど、洒落をとばし、あーと大声で笑おうとしたところだった。フロント・ガラスを破った銃弾は、その口の中へとびこんだ。彼は首をいったんのけぞらせてから、がくりと頭を垂れた。洒落た帽子が彼の膝の上にぽとりと落ちた。口の中へとびこんだ銃弾は彼の頭蓋内を走りまわって脳味噌をかきまわし、弾頭をちろりと禿《は》げあがった彼の頭頂からとび出しかけ、犬の亀頭のように覗《のぞ》かせたままで止っていた。

カービン銃は唸り続けていた。ブルーバードは鼻さきをライトバンに向けて停った。車内では背もたれのシートがささくれ立っていた。運転していた男は額に穴をあけられ、ハンドルに凭れて眼を見ひらいたまま死んだ。北上は身を沈め、助手席のドアを開けた、組長の隣りの赤いブレザーの男はひいひい泣きながらしゃがんでいた。北上は開いたドアを楯《たて》にして身をのり出し、三叉路の方をうかがった。当然、うしろにも誰かがいる筈だった。しかし、一対一なら自信があった。彼はカービン銃の弾丸が尽きるのを待った。

弾丸を撃ち尽してしまうと、進はすぐに新しく弾丸を充填した。ブルーバードからは北上と赤いブレザーの男がとび出して、三叉路の方へ走りはじめた。進はライトバンのドアをあけて路上におりた。

カービン銃の音がやんだので、金は拳銃を構え、ビルの玄関から出た。彼の方へ走ってくる二人の男がいた。金はどちらが北上かを見定めようとした。その途端、ふたたびカービン銃がわめきはじめた。カービン銃の銃弾が金の方までとんできた。金は泡を食ってビルの玄関に逃げこんだ。

「馬鹿《ばか》。馬鹿《ばか》。これ、打ちあわせと違う。わたし撃てないよ」

北上はうしろから脊髄《せきずい》を撃たれてのけぞった。彼の背中からは人魂《ひとだま》のような青白い火の玉がとび出して川の方へとんでいった。唇を耳もとまでまくれあがらせ、アルカイック・スマイルを浮かべたままで北上はぶっ倒れ、息絶えた。赤いブレザーの男は北上から数メートル川岸寄りの場所で足がすくんで走れなくなり、俯伏せに路上へ倒れた。銃弾が彼の頭上すれすれ、耳たぶすれすれをとんだ。カービン銃はながながと叫び続けた。その間彼はずっと泣き声をあげ続けた。熱病患者のように全身を顫わせた。反吐を吐き、女の名前を呼んだ。それから小便をし、反吐《へど》を吐き、放屁した。カービン銃の音がやんだので彼はまた走りはじめた。前方に人影が見えた。ひいひい咽喉を鳴らしながら彼は三叉路を右折した。

金もビルの玄関から出て、三叉路の方へと走っていた。走りながら金は、ライトバンの方からやってくる進に罵言《ばげん》を投げつけた。「覚えていろ。お前わたしまで殺す気だたのだな」

金が三叉路を左折すると、七、八メートル向こうに赤いブレザーの男がぶっ倒れ、その横には正木が立看板と一緒にひっくり返っていた。

金が駈けながら叫んだ。「お前その男、殺したか。殺したか」

「まだだ」拳銃をジャンパーのポケットから出そうと焦るあまり、なかなか起きあがれない正木が叫んだ。「そいつ、ぶつかって来やがったんだ。そいつを早く、殺せ」

「よし。わたし殺してやるよ」

路上にべったりと正座し、ここを先途と泣いて命乞いを続ける赤いブレザーの男に近づきながら、金は銃口を向けた。その途端、男の顔には早くも死相が浮かび、金に尻を向け、彼は頭をかかえこんでしまった。金が男のからだへ無造作に撃ちこんだ三発の銃弾のうち、一発は彼の脊髄を尾骶骨《びていこつ》から延髄の近くまで舐《な》めた。また青白い人魂状の火の玉が、川の方へ向かってひゅっととんだ。

金と正木が川岸へ出ると、樋の口がブルーバードの中を覗きこんでいて、進の姿はすでになかった。

「進どこ行たか」唇の両端から泡を吹いて金が訊ねた。「わたしあいつに殺されるのとこだたよ。どしてわたしめかけてカーピン銃《ちゅう》ぶぱなしたか。あいつわたしのこと殺すつもりだたに違いないな」

「そうじゃないだろう」のろのろと身を起しながら樋の口が弁護した。「進のやつ、ペスに子供が産まれたんで興奮してたんだ。あいつ、アパートへとんで帰ったよ」

「もう産まれたのか」正木が全身をしゃちょこ張らせた。「なぜわかった」

「おれが見に行ってきたんだよ。あいつのかわりにな」にやりと笑った。「四匹産まれていたから、戻ってきてその通り報告してやると、あいつ喜んで、滅茶苦茶に興奮したんだ」

金と正木は無言で樋の口を見つめた。

「普通の仔犬より、ずっと可愛いって教えてやったんだ。それであいつ、喜んだんだ」樋の口は鼻の下を指でこすった。

「可愛い筈ないな。そんなややこしのもの、気持悪いたけのことな」金はブルーバードのタイヤを足で蹴《け》った。「早く見世物屋に売るよいな」

「それで、あの、それで」正木は息をはずませた。「どんな恰好をしていた。頭が人間で胴体が犬か。それとも頭だけ犬で、胴体が」

「なあに」樋の口は笑いながらいった。「正真正銘の仔犬だよ」

正木はあっけにとられて樋の口を見つめた。金も驚いて振り返り、樋の口を眺めた。

北上の死体をブルーバードの助手席に押しこみながら、金が訊ねた。「たけと、お前とうして進に、そなややこしの教え方したか。どして仔犬なら仔犬と、はきり教えなかたのか」

正木と一緒に赤いブレザーの男の死体を後部座席に押しこみながら、樋の口は答えた。「ペスが浮気したと知ったら、進のやつ、逆上して仕事をしくじるに決ってるじゃないか。それにおれは、嘘を教えたわけじゃないんだぜ。普通の仔犬より可愛いとはいったが、仔犬じゃないとは言わなかったものな」

正木がくすくす笑った。「進のやつ、今ごろ正真正銘の仔犬を見て、かんかんだぜ」

三人は四つの死体が乗っているブルーバードを、川岸の方へ押しはじめた。

押しながら正木がつぶやいた。「四人死んで四匹産まれたか」くすくす笑った。

「何おかしのことあるか」と、金がいった。「ちともおかしくないよ」

「ちょっと待ってくれ」岸壁すれすれまでブルーバードを運んだ時、樋の口がそういった。

彼は助手席のドアをあけ、人差し指を北上の眼《がん》窩《か》に突っこんで片方の眼球を押し潰した。「これでよしと」ドアを閉めた。

三人はブルーバードを押して川に落した。

銃声を聞いた誰かが電話でもしたのであろう、パトカーのサイレンがかすかに聞こえはじめた。だが三人は、ブルーバードが水中に没するのをじっと見つめていた。

「だけどおかしいな。ペスの浮気の相手はどこの牡犬だろう」正木が首を傾げた。「ペスはあいつの部屋から出たことは、一度もないんだろ」

「あのアパートに後家さんの飼っているスピッツがいるだろう」と、樋の口がいった。「浮気の相手はあのスピッツさ。おれ、進のいない時にあいつのアパートへ行ったことがあるんだがね。ペスはあのスピッツと、ドアの下にある新聞の投入口の蓋を尻尾ではねあげて交尾《さか》っていたよ」

写真小説　男たちのかいた絵

文・花田秀次郎

鶴丸杉夫
Sugio Tsurumaru

鶴丸松夫

Matsuo Tsurumaru

1

「一分間が六十回で一時間」と、僕は絵美に言った。「で、一日はその六十回が二十四回あるだろ。その一分間を、うっかりしてしまうことって、理解できないかな」

静かなクラシック音楽が流れるフランス料理店に、僕たちはいた。

絵美は美しく盛装していた。彼女は僕のことばに、ちらりと反撥《はんぱつ》する目をあげてから、また黙って食事を続ける。

「水道の蛇口をしめ忘れたり、君の場合だったらアイロンつけっぱなしにしてて、しまったあ、って思ったり、家を出かける時に、電気つけっぱなしにしてきて、帰ってから気づくことって、あるでしょ。そんなふうに考えてくれないかなあ。一カ月、三十日の一日ぐらい、ぼんやりと過ごしてしまうことって、誰にでもあるだろ。一日が終わって、おれ今日、何やってたのかなあ、って」

笑って見せたが、絵美はもくもくと料理を食べ続けるだけである。まだ許してはもらえないようだ。

僕はさらに、すがるように言った。「忘れてたわけじゃないんだ。すっぽかしたんじゃないんだよ、君との約束を。わざとじゃないんだ」

ボーイがやってきて、絵美のグラスにワインを注ぎ足し、去った。

「そっか」と、絵美は言った。「三十日の、そのぼんやりとしてしまう一日が、たまたまわたしと会う一日だったって言うのよね」

「ああ」僕は少しほっとして、笑いながらうなずいた。

しかし、意地悪く、絵美は言いつのった。「あなたをわたしの両親に紹介する筈だったのに、

やっぱりそれも、三十日のうちの偶然の一日だったのよね」

　僕は顔を伏せた。

「でも、それが一度なら、あなたの言うことを信じてあげてもいいかもしれない」

「……」

「許せないのは、偶然の一日が二回続いたってことよ」絵美はそう言った。

「だから、偶然が二回続いちゃったんだよ」僕はしょげ返った。「そうとしか、僕には言えない」

　絵美は冷たく沈黙した。

「何度も言うようだけど」僕は気をとりなおして、根気よく説得を続けた。「わざとじゃないんだ。悪気があったわけじゃないんだ。信じてよ」

　絵美は、僕の顔を見つめたままで言った。

「六十分間、二十四時間、三十日間、三百六十五日、わたしのことだけを考えてって、そんなこと言ってるんじゃないの。ただ、大事な約束をした日を忘れないでって、そう言ってるのよ」

「うん」

またボーイが来た。彼は絵美の食器をさげながらデザートをどうするかと絵美に訊ね、絵美はことわった。

僕は料理をとらず、酒が飲めないのだからあたり前なのだが、ワインも飲まず、紅茶を飲んだだけだった。絵美へのすまない気持ちを、そんなことで示したつもりだった。

しかし、絵美は言った。「もう、おしまいね」

僕はびっくりした。「なんでえ」

「三十日間のうちの一日を忘れてしまうあなたは、その一日が二日になり、一週間になり十日になる」

僕はいそいでかぶりを振った。しかし、絵美は泣きはじめた。

「そのうち、三十日間のうちの一日も、わたしのことを思い出さなくなってしまう」

「そんなことないって」僕は、あわててそう言った。

しかし絵美は、ナプキンで涙を拭い、立ちあがった。

「帰るの?」

そう訊ねた僕に、絵美は近づき、やや荒っぽく、座ったままの僕の髪をまさぐって言った。

「電話かけても、出ないから」

彼女は去った。

絵美を恨むことはできない。何もかも、彼女の言う通りなのだから。

なぜこんなことになったんだろう。

しばらくひとりで、悲しみに沈んでいた。それからレストランのトイレに入り、僕は小便をした。

洗面所の鏡の前には、天井から一匹のクモが下がってきていて、鏡に映る自分を見て何か考えこんでいた。

僕はクモを手に乗せて眺めながら、自分でも説明できないことが、他人にわかるわけはないじゃないかと思った。だいたい、何故そうなるのか、自分でさえ、わからないいんだから。

鼻がむず痒《がゆ》い。

むしゃくしゃした。くそ。何を落ちこんでやがる。

おれは冴えないジャケットを脱ぎ捨て、水で顔を洗った。

それから、ジャケットをトイレにそのままにして、レストランを出た。冴えない地方都市の、冴えない繁華街だ。

やぼったいストライプのネクタイは、道路に投げ捨てた。

紳士洋品店に入って、赤いシルクのシャツと、ラメの光る黒のスーツを買い、その場で着て店を出た。

くわえタバコで盛り場を通り、ビルの階段をあがり、おれは丹義組の事務所に入った。そこには二、三人のちんぴらと一緒に、幹部の渡会《わたらい》がいた。

彼はおれに言った。「鶴丸。下に乾《いぬい》をつかまえてある。向こうも動きはじめているから気をつけろ」

乾というのは、おれたち丹義組と敵対していて、このちっぽけな町でシマを奪いあっている暴力団・岩動《いするぎ》組の幹部だ。

おれはすぐ、エレベーターでビルの地下におりた。鉄格子に囲まれて周囲まる見えの、昇降速度のひどくのろい、旧式のエレベーターだ。

地下まで来ると、ケージの中から、ハッチドアの上部に両手をくくりつけられて立っている乾の姿が見えた。

長沢が倉庫の椅子にかけ、拳銃を乾に向けて見張りをしていた。長沢はひどく緊張していて、汗をかいている。

乾は低く歌を歌い続けていた。

その歌声にいら立ちがつのり、ついに耐えきれなくなった様子で、長沢は立ちあがり、乾の顔に拳銃を向けて怒鳴った。

「うるせえんだよう。乾さんよう。ここはカラオケ・ボックスじゃねえんだよう」

乾は平気で、歌い続けている。さすがは幹部、と、思わせるだけの威厳があった。そしてたしかに、長沢が脅《おび》えるだけの、貫禄もあった。

おれはハッチドアをあけ、長沢に言った。「上へ行ってな」

さっきから、見張りの交代要員を待ちかねていたらしい。長沢はほっとした様子で、おれに拳銃を渡した。「お願いします」

長沢が階段をかけあがって行ってしまってから、おれは拳銃を見て、これでは彼が乾から馬鹿にされるのはあたり前だと、心の中でせせら笑い、乾に見せた。「見てみな。安全装置がかかったままだぜ」

乾のベルトに拳銃を突っ込み、おれはタバコに火をつけた。

「タバコ、くれねえか」と、乾が言った。

おれは彼にタバコをくわえさせ、火をつけてやってから、ゆっくりと彼の足もとに腰をおろした。落ちつきはらっている彼に、話してやりたいことがあったのだ。

「ヤクをなあ」と、おれは言った。「横流ししようとしたやつがいたんだ。で、そいつを締めあげた。おかしなやつだったぜ。ひっぱたいても、けりあげても、悲鳴ひとつあげねえで、うれしそうな顔してやがる。裸にしてみると」

おれは乾の股ぐらを手でたたいた。

「ここがおっ立ってるんだよ。そこでハリガネをバーナーで焼いて、爪の間にさしこんでやったら、射精しやがった」

おれは笑った。

「なんて言ったと思う。なんでもしゃべるから、いたぶるのをやめないでくれって言ったんだよ」

「何言ってるんだ、お前」乾が興味なさそうな顔で言った。「寝ごとなら、寝てから言いな」

おれはむかむかして、乾の耳もとに口を寄せ、ささやいた。「おれに指図するな。今度おれに命令したら、ぶち殺すぞ」

乾は落ちついていた。「おれが死んだらどうなるのか、わかってるのか」

「どうなるか、やってみるか」

「取り引きはどうなる」

「お前が逃げようとしたから、撃ち殺したって言えばいいいんだよ」

おれは倉庫の棚からカッター・ナイフをとり、それで乾の手首のビニール紐《ひも》を切った。それからカッター・ナイフを乾に握らせた。「な。こうしたら、お前が逃げようとしたことになるだろう」

唖然としている乾のベルトから拳銃を抜いて、おれは安全装置をはずした。

「ほら。逃げてみろよ。逃げてみろよ。逃げなくても撃つかもしれねえぞ」

乾の顔に、はじめておびえが走った。「いい加減にしろ。なあ。馬鹿なことはやめろ」

おれは彼の顔に銃口を向けた。

乾は後じさりした。ふるえていた。おれの殺意を信じはじめていた。「なぜ、おれを殺したいんだ」

「知りたいんだよ」おれは言った。「殺される前の気分というのは、どういう気分だ?」

「なんとも言えない気分だ」

彼は銃口を見つめた。もはや威厳も貫禄もなかった。死の影におびえ、汗をかき、ふるえていた。

おれはサディスティックな快感に身をまかせることにした。にやりと笑い、さらに近づいて、彼を階段の下に追いつめた。

乾はべったりと階段に腰を落とし、悲鳴をあげた。「やめろ。撃つな。なあ。こ、殺す理由がないだろ。なあ。頼む。助けてくれ」

　いい気分だった。「もっと怖がれ」

「助けてくれえっ。撃つなあっ。やめろ。やめろ」

「お前のその、ぶよぶよとたるんだ頬っぺたをぶるぶるふるわせて、もっとおびえろよ。女みたいな声をあげて、命乞いしな。でないと、今すぐ撃つぞ」

「だだ、誰か。誰かあ」乾は叫びはじめた。「こ、この男、キ、キ」

　おれは彼の口の中へ銃口を突っこんだ。

「が。ぐ」

　銃口を抜き、彼を蹴《け》りとばした。

「し、死ぬのは、死ぬのはいやだ」床にたおれ、身もだえながら乾は言った。「このままで、死ぬのはいやだあ。悪夢だあ」

「いいこと言うなあ。悪夢か。おれも同感だよ」

　乾は泣き叫んだ。「な、なぜそんなこと言うんだ」

　また、彼を蹴とばした。「教えてくれよ。どういう死にかたならいいんだ？　なんでこんな死にかたがいやなんだよ」

「こんな殺風景なところはいやだ」乾は涙で顔をびかびか光らせて泣きわめいた。「なさけない」

「それで」

「電球が暗い。電球が暗い」乾は泣きながらおれの足にしがみついてきた。

「それがどうした」

「明るいところ。明るいところ」

「そうかそうか。もっと明るいところで死にたいか」おれは乾をひきはなし、頭に銃口をあてた。

「だがな、ここで死ぬんだよ」

　わあっ、と、乾が泣いた。「撃つなあ」

　おれは引き金にかけた指さきに、力をこめた。本当に、殺してやる気になりはじめていた。

　階段から、渡会を先頭に、四、五人がかけおりてきた。

渡会が、おれの拳銃を奪おうとした。

ズガーン。

暴発し、銃弾が棚のビール瓶を砕いた。

渡会がおれを殴りつけた。おれは壁ぎわまでぶっ飛んで、床に倒れた。

しばらくは、痛みと衝撃で、何がなんだかわからなかった。

僕はどうやら、拳銃を発射した衝撃で、ふるえているようだった。

組員たちが、床にへたりこんでいる僕と、もうひとりの男を、あきれた様子で見おろしている。

渡会が、子分たちに言った。「見せもんじゃないぞ。向こうへ行ってろ」

「へい」

子分たちが去ると、渡会は僕の手から拳銃をとりあげようとした。僕の指は硬直してしまっていて、一本一本はずさないと、拳銃が手から離れなかった。僕はまだふるえ続けていた。


そんな僕の様子を見て、渡会がつぶやくように言った。「つくづく、おかしな野郎だなあ。お前って」

2

そこは森に近い野原だ。

夜空を、キャアキャア鳴きながら、ガンの群れが渡っていく。

僕は、丹義組の組員たちといっしょに、かなたに並んでいる岩動組の組員たちと向かいあっていた。

その、かなたの列の中から、ひとりが突きとばされ、つき添いといっしょにこちらへ歩いてくる。人質にとられていた丹義組の組員だ。

人質の交換。いつ撃たれるかわからない、この上なくおっかない儀式である。

僕は、渡会から命じられていた通り、岩動組の乾という幹部をつれて、かなたへと歩きはじめた。足ががくがくして、うまく歩けない。

僕たちが、野原の中央で向きあい、立ち止まったとき、突然、近くの灌木《かんぼく》の茂みの中から、グヮア、グヮアという大きな鳴き声とともに、数羽のカラスが、ばさばさと羽音を響かせて、夜空へ舞いあがった。

交換する人質のつき添い、という危険な役目の重みに、すっかりふるえあがっていた僕は、その音に驚いて、思わず人質の乾に抱きついてしまった。

乾がうるさそうに僕を振りはらう。

だいぶ痛めつけられたらしいこちらの人質の組員が、僕の方へ突きとばされてきた。僕は血だらけの彼をかかえこみ、つれもどる。

「よし」と、渡会が僕にうなずいた。

人質交換は、無事に終わったようだった。

3

「お前が、はじめておれの前にあらわれたときのこと、おぼえてるか?」と、渡会が言った。

僕たちは、丹義組の縄張りの繁華街を、並んで、見まわりに歩いていた。

「自分を押さえにかかるようなやつを、片っぱしから殴り倒してたよな。そいつは、鶴丸松夫って名乗ってた。杉夫って名前じゃなかった。おれは今でも半信半疑なんだぜ。もしかしたら、今のお前が、双子の片割れじゃないかってな」

僕は答えた。「ほんとは、僕が、もともとなんです」

渡会は、ちょっとあきれたような顔をして僕を見た。

先に組員になったのが、松夫なのだ。だから僕も、否応《いやおう》なしに組員になってしまった。僕が、こ

んな僕が、暴力団の組員だなんて、絵美にも言っていない。まったく、自分でも信じられない。

渡会にまた命令されて、何日かのち、刑務所にいる幹部の下田のところへ、僕は面会に出かけた。

不敵な面だましいの下田と、面会室ではじめて対面し、僕は緊張した。

下田は、僕をじろじろと見まわした。「初めて見る顔だな」

「渡会さんから言われて来ました。それから組長からも、くれぐれもよろしくと」

「まるでトーシロじゃないか」と、下田は僕に言った。「なんだって、お前みたいなやつを……」

他の組員からも、さんざ言われていることだ。僕は知らん顔をして、メモ帳を出し、訊ねた。「何か不自由してるものがあったら、言ってください。それと、伝言《こと》づけることがありましたら、それは……」

「拘禁反応って知ってるか」と、突然下田が僕に訊ねた。

僕が答えかたに困っていると、下田はしゃべりはじめた。「長いこと独房で過ごしてきたあとは、まともな反応ができなくなってしまう。見えない筈のものが見えたり、聞こえない筈の音が聞こえたり……。『なんで人を殺したんだ』って聞かれても『別れた女は、青いワンピースが、よく似合ってた』なんて言ってしまう。つまり、自分らしさっていうか、自分から、自分がはぐれていくような気分だ。おれは、どこかでそれを恐れてる。そうすると、おれは必死で想像の世界に逃げこもうとするんだ。想像を鍛え、肥らせて、それでおれの手足をすっぽりと包みこんでしまおうとするんだ。聞いてんのか」

僕は背すじをのばした。「はい」

下田は天を仰いだ。「おれには、こんなケチな世界じゃなくて、まったく別な世界があるんだ。そこでのおれは、途方もなく運のいい成りあがり者なんだ。ここが肝心だ。想像も、百パーセントじゃつまらねえ。せいぜい九十五パーセントがいいんだ」

僕は訊ねた。「じゃあ、あとの五パーセントは？」

「香辛料みてえなもんさ。ほんのちょっと、傷をつけておく。おれが、世界一の色男だったら、頬に、傷のひとつくらいつけておくんだ。これがあとで効く。……」下田は、ひとりよがりなくりごとを、えんえんとしゃべり続ける。

退屈しながら、僕は思った。あいつは今、どんな気持ちでこの話を聞いているのか。僕が、こんな話を聞かされる羽目になったことを、あいつはどう思っているんだろうか。僕は、あいつのしていることを知らないが、あいつは、僕のしていることを知っている。それでも僕は、ついていくしかないと思っている。それしか方法がなかったし、あいつのことが理解できるかもしれないと、まだ思ってるから……。

数日後のことだ。僕は公衆電話ボックスに入って組に電話をし、メモ帳を見ながら渡会に、ショバ代の取り立て状況を、報告していた。隣りのボックスにはやくざらしい男がいて、早う金を返さんかいなどと怒鳴りまくっていた。うるさいなあ、と思いながら隣りを見たとき、やくざも僕を見た。彼はぎょっとした顔になり、受話器をたたきつけるように置くと、大あわてで電話ボックスからとび出し、逃げていった。

あーあ、と、僕は思う。あれはきっと、岩動組のやつなんだろう。最近こんなことが多いのだ。松夫があいつを痛めつけたんだ。そのせいだ。そうにきまっている。

その夜、おれはひどく酔っぱらって、自分の部屋に戻ってきた。部屋の中は、あいつの手で、きれいに片づけられ、棚にはＬＰのレコードがきちんと整理されている。

気に喰わねえ。

おれはＬＰを棚から落とし、二、三枚をジャケットから出して、円盤投げの手つきで天井へ放り投げた。床に散乱したＬＰを踏みしだいて、次に４チャンネルのテープ・デッキに近づき、オープン・リールをはずしてテープを首に巻いた。そこで急激に酔いがまわってきて、おれはぶっ倒れた。

目の前の棚に、杉夫と並んで写っている、絵美の写真が置かれていた。レストランにいた時の、この女の生意気な態度を思い出し、おれはむかついた。ひどい目にあわせてやれと思い、おれはすぐさま絵美に電話をした。杉夫がいつもかけているので、電話番号は覚えていた。

「はい」若い女が出た。絵美の声ではなかった。友達が来ているらしい。

「あ、もしもし。鶴丸です。絵美さん、いらっしゃいますか」

友達が来ていてよかった。絵美が直接出ていたら、すぐ切られていたかもしれない。

女友達が絵美にかわった。「はい」

「ああ。久しぶりだな」もちろん、杉夫が何日も彼女に会っていないことぐらいは、わかっている。

「電話してもだめと言ったでしょう」

「そうじゃないんだよ。待ってくれよ。鍵。鍵だよ鍵。鍵返してえんだ。あんただってさあ、おれ、いや、僕が、いつまでもあんたの部屋の鍵持ってたら、気持ち悪いだろう？　え」

絵美はしかたなく、翌晩、この町には数少ない高級ホテルのバーで、おれと会うことを承知した。おれはすぐホテルに電話をして、部屋を予約した。

次の日の夜、おれはひと足早くホテルのバーへ行って、絵美が来たら部屋へ来るよう伝言を頼んだ。それから部屋へ行って、絵美を待った。

絵美は怒ってやってきた。

「どういうこと」

おれがドアを開けても、部屋へ入ろうとせず、彼女は廊下に立ってそう言った。

おれはドアにもたれ、くわえタバコで言った。

「怒ってるみてえだな」

「『ホテルのバー』で待ちあわせした筈でしょう」

「ああ。でも、気がかわったんだ」おれは顎《あご》を室内に向けた。「入りなよ」

絵美はおそるおそる入ってきた。

「あなた、変わったわね」

「そうか」おれはグラスにブランデーを注いだ。

「上等なスーツを着てる」彼女は立ったままで、おれをじろじろと見た。「タバコも吸うようになった。それにお酒だって」

おれは彼女にブランデーのグラスをさし出した。彼女はそっぽを向いた。

「なんか、別の人といるみたい」

「前の方がよかったかな」

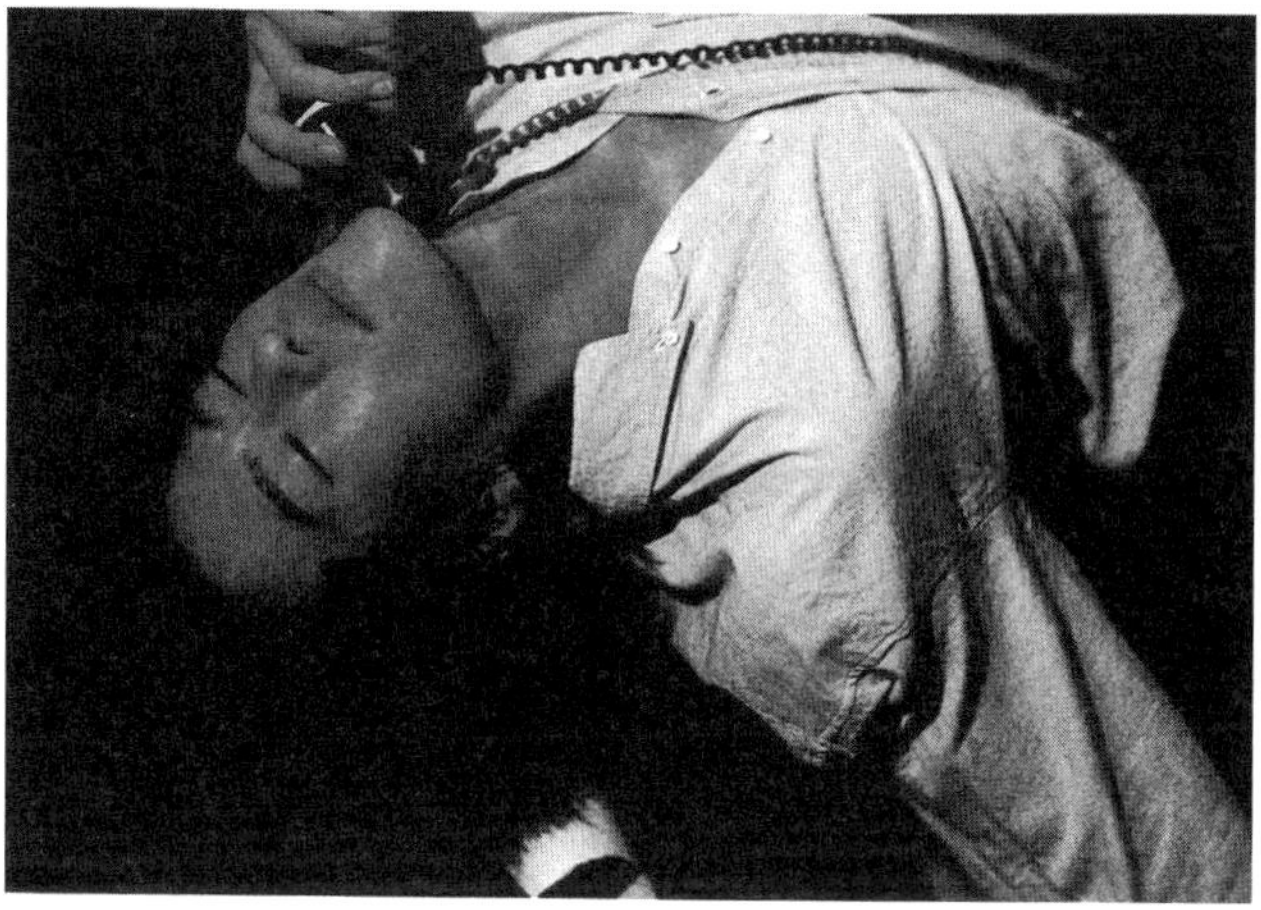

「さあ。もう、そういう会話をする仲じゃないもん」

おれはポケットから鍵を出して、彼女の前にかざし、ぶらぶらさせた。「とれよ」

絵美が、とろうとした。おれは鍵を自分のグラスに落とし、ブランデーとともに飲みこんでしまった。

驚きあきれ、後じさりする絵美に、おれは近づいた。「さあ。どうやって取り返す」

絵美を引き寄せ、強引にキスした。絵美は抵抗した。顔を離すなり、おれの頬を平手打ちにしたので、おれも強くお返しをした。絵美はベッドに倒れた。おれはベルトを抜き、逃げようとする絵美の背中に思いきり叩きつけた。絵美はのけぞった。

「あいつはお前の言いなりになった」と、おれは言った。「でも、おれは違う。おれは好きなようにお前を痛めつけて、楽しむことができるんだ」

おれはゆっくりと彼女の腕をねじりあげ、突然、ブラウスを引き裂いた。

「離して。いや。やめて。杉夫」

杉夫か。絵美を抱きすくめて、おれは言った。

「お前みたいな女に、馬鹿にされてるようなやつは、許せねえんだよ」

シーツを引き裂き、絵美をベッドにくくりつけ、さるぐつわを噛《か》ませ、あとはもう思いのままだ。連続平手打ち。馬乗り。目隠し。苦痛に歪《ゆが》んだ絵美の顔に、次第に恍惚《こうこつ》感が浮かびはじめる。

……。

「いいか」服を着ながら、おれは裸のままでぐったりしている、ベッドの絵美に言った。「フロントに電話して、こう言うんだよ。わたしは昔のボーイフレンドにレイプされて、死ぬほど感じてしまいましたってな」

彼女を残し、おれは部屋を出た。

フロントに電話しようかどうしようかと、あの

女、一応は考えるだろう。でも、結局は電話できないに決まっているのだ。

4

その朝、組事務所に行くと、女子事務員とパソコンで帳簿を調べていた渡会が、僕に訊ねた。

「どっちの方だ」

「はあ。杉夫です」と、僕は言った。

僕をじろりと見て、彼は言った。「おはよう」

「おはようございます」

「今日は、茜町《あかね》の方へ行ってくれ」と、彼はテーブルの上の菓子折を指さして言った。「千円の方が、和泉《いずみ》洋装店の若旦那。四千円の方が松本先生」

「はい」

誰かに誘われて、いちど丹義組の賭場《とば》にやってきた堅気の客には、その次の開帳を、千円の菓子折を持って知らせに行くことになっていた。もし来なかった場合、次は二千円の菓子折を持って挨拶《あいさつ》に行く。それでも来なければ三千円、その次は四千円というように、品物の大きさと金額をエスカレートさせていく。五千円になると、そんな大きな菓子折は作れないので、別の品物になる。一万円以上の品物になると、僕のようなちんぴらではなく、渡会などの幹部クラスの組員が持って挨拶に行く。相手はだんだん気味が悪くなってきて、ついにはいやいやながらでも、賭場へやってくるのである。

「杉夫よぅ」と、菓子折を選んでいる僕に、渡会が言った。「その格好、なんとかなんねえのか。らしくねえんだよ。あいつなんか、もっとパリッとしてるぞ」

あいつとは、松夫のことだ。僕は例によって、スーツにネクタイ姿だった。「はあ。すみません」

僕がもじもじして、なかなか出ていかないので、渡会は訊ねた。「なんだよ」

僕はおそるおそる言った。「あのう、松夫のやつ、昨日、何かやったんですか？」

昨日の記憶がない、ということは、昨日は松夫が出ていたわけで、松夫が出ていたかぎり、彼が何もしていないということは考えられないのだ。

渡会はうす笑いをした。「返り血でも、浴びたのか」

「やっぱり、何かあったんですね」

「なんだと思う？」

「さあ」

「喧嘩《けんか》だ」

僕はがっくりとした。「そうですか」

「お前は本当にあいつがやること、わかんねえのか」

「はい。もっとも彼の方じゃあ、ある程度、僕のやることは、わかるらしいんですけど」

「じゃあ、教えてやるよ」渡会は僕をソファに座らせ、前のテーブルに腰掛けた。

「岩動組だ。松夫はそいつらを、ひと気のないところまでおびき出したんだ。殴りあいになった。ひとりはドスを持っていた。松夫はそいつのドスを持っている指を五本ともへし折った」

僕は思わず眼を閉じた。

「もうひとりは、肋骨《ろっこつ》が二、三本折れるほど叩きのめした」

僕は、からだのふるえをけんめいに押さえた。

「杉夫。お前にそんなことができるか」

「いえ。とてもできません」

だから気をつけろよ、と、渡会に注意されて、僕は組事務所を出た。岩動組の組員に見つかったら、どんな復讐《ふくしゅう》をされるか、わかったものではない。びくびくものだった。

四千円の菓子折を持っていく松本先生というのは、大きなビューティサロンの主だ。店に入り、女性客の髪をセットしている松本に近づき、僕は言った。

「先生。来週の火曜日、みんなで『お遊び』しますので、お知らせにまいりました」

松本は、ぶよぶよとたるんだ頬に、迷惑そうな色を露骨に示した。

この松本が賭場へ来たがらないのは、最初来たときに七、八十万円負けているからだった。むろん、インチキ賭博だから、負けるのがあたり前なのだ。堅気の客から金を巻きあげてこそ、組員たちが食っていけるのだ。

「これは、ご挨拶のしるしに」

僕がそう言って菓子折の風呂敷を手渡そうとすると、松本は横にいた助手に、わざとらしく訊ねた。

「たしかその日は、店のコンペだったね」

「はい」

「それから、パーティ」

「はい」

「木更津旅館でお待ちしております」僕はしかたなく、無理やり風呂敷包みを、松本の胸に押しつけた。「よろしくお願いします」

菓子折の大きさに気づいて、松本の頬が、また怯《おび》えにふるえた。

ああ。いやだいやだ。こんな仕事。店を出て行きながら、僕は肩をがっくりと落した。

帰り道、茜町商店街から大通りへ出たところで、横断歩道の彼方で僕を見つけたらしい黄色いスーツ姿の女が、突然こちらへ駈けてきた。

「畜生」

彼女は憎にくしげに僕を睨《にら》みつけ、僕の前に立ちはだかった。

「あんたなんか、最低よ」

ショルダーバッグを僕の顔に叩きつけた。

なにがなんだか、わけがわからない。「なんですか」

「馬鹿。馬鹿」

三度、四度、五度、女は僕の頭や顔にショルダーバッグを叩きつけ、商店街に入ってしまった。

じろじろと僕を見る多くの通行人の視線を気にしながら、松夫のせいだ、と、僕は思った。あいつがあの女性に、何かひどいことをしたのだ。そうに決まっている。

気が滅入った。

僕はその近くに、以前よく行った「シンボル」という喫茶店があることを思い出した。洋子という可愛いウエイトレスとも顔なじみだ。

気分を変えるため、行くことにした。ちょうど昼食時だ。

「シンボル」は少し混んでいた。窓ぎわの空いたテーブルに腰をおろすと、さっそく洋子が注文をとりにやってきた。

「いらっしゃいませ」

「久しぶり」と、僕は言った。

「こんにちは」洋子が微笑する。

「いつものを」

「ダージリンね」

「それから、ピザ・トーストも」

「はい」

少し気分が落ちついた。

新聞をひろげ、読もうとした時だ。

店の前の車道で、車のブレーキ音と激しい衝突音がした。

一瞬、頭がしびれたようになった。

鼻がむず痒い。

ここはどこだ。おれがしばらくぼんやりしていると、杉夫が洋子とか呼んでいるウエイトレスが、飲みものを運んできた。

「お待ちどおさま。ピザ・トースト、もう少し待っててね」

なんだこれは。紅茶じゃないか。「何、これ」

うしろの席の、客の注文を聞いていた洋子が、また戻ってきた。

「これ、何？」

「どうしたの？」

「こんな気持ち悪いもの、頼んだおぼえ、ないんだけど」

「だって、いつものダージリンでいいって……」

「ううん。僕はコーヒー以外は頼まないよ」

「そんなことないよ」

「だって、頼まないもの」

「いやだあ」洋子は、なれなれしくおれの肩に手をかけて笑った。「ねえ。何を言ってるの」

「じゃあさ、僕がコーヒーを頼んだんじゃなくて、こんな気持ち悪いもの頼んだってどうしても言うんだったら、この際、それが本当かどうか、はっきりさせようか。なあ」

近くの客たちが、おれの言いがかりに驚いて、こっちを見はじめた。

洋子が怯えた。「そんなこと……」

「もし、あんたが間違ってたら、きっちりと落とし前つけてもらうぜ。いいな」

「すみません」洋子はけだものを見る眼でおれを見た。「間違えました」紅茶のカップをさげ、あたふたと去った。

「じろじろ見てんじゃねえや」

おれが低声でそう言っただけで、隣の客は小便をちびりそうな顔をした。

5

「シンボル」を出て、午後のほこりっぽい通りをぶらぶらと歩き、おれは本部に戻った。

渡会が、帳簿から顔をあげた。「ご苦労さん。仕事、終わったのか」

「ああ」

おれのその声だけで、わかったようだ。

「松夫。お前か」

ソファにいたちんぴらが飛びあがるように立ち、頭を下げ、直立不動でおれに言った。「お疲れさまです」

　こいつらの態度の、この違いはどういうことだ。ちくしょう。おれは脱いでいた上着を彼に投げつけ、ソファに腰をおろして、渡会に言った。「あんたが杉夫に対する態度と、おれに対する態度がまるっきり違うことを、おれは知ってんだぜ」

　渡会は、また帳簿に目を落とした。「そりゃあ、あいつはお前よりだいぶあとで組に出入りするようになったんだし、仕事もまだまだだ。気に入らないのか」

「あまりいい気分じゃねえなあ」

「へえ。そりゃどうしてだ？」渡会は少し興味を持ったらしく、おれを見た。「自分が、軽く扱われてるように思うからか？　それとも、あいつを、兄弟のように思っているからか？」

　おれは、窮屈なネクタイをはずし、タバコに火をつけた。「いや。あいつはおれとは違う。あいつがどう扱われようと、おれには関係ねえ。あい

つをかばってやる気も、これっぽっちもねえ。だけどよ……」うまくことばにならないので、おれはいらいらして立ちあがった。「そんなことをくっちゃべりに来たんじゃねえんだよ」

デスクに近づいていくと、渡会はおれを見あげて言った。「気のせいかなあ。お前、あいつよりでかく見えるぜ」

「金を借りにきたんだよ」おれはデスクに腰かけた。「それからもうひとつ。あいつに金は渡さないでほしい」

「金を貸すのはともかく、あとの方はどうかな。あいつにだって、あいつなりの生活はあるんだろう」

「おれは、二人分の金もらってるわけじゃねえんだ」おれは渡会を睨みつけた。「おれの方が組にとっちゃ働きがいいんだから、おれにまとめて渡してくれよ。なあ」

渡会もおれを睨み返した。「お前まさか、お前がすることがあいつにわからないのをいいことにして、金を全部使っちまうとか、金をどこかに隠すとか、する気でいるんじゃねえだろうな」

そっぽを向いたおれの顔を、彼は気づかわしげにうかがった。「お前なあ、これ以上あいつと仲が悪くなったら、困るんだよ。あいつが怒って、よその町へ行くなんて言い出したら、お前だってお手あげだろう。こっちだって困るんだよ」

しゃくだが、その通りなので、おれは不機嫌に黙りこんだ。そんなおれを、渡会は、けんめいに説得しはじめた。

「丹義組は今、人手不足なんだ。頼りになるようなやつは、おれとお前を入れたって、四人だけだよ。お前が自由に動けなくなったらな、たちまちがたがたになっちまうんだよ。え。そうだろうがよう」

おれは嘆息した。

渡会は立ちあがりながら、結論した。「だからこれまで通り、お前とあいつに半分ずつ渡すよ」

タバコが指の間で、ジリジリと音を立てて燃えていた。僕はそれを、じっと見つめていた。

渡会がしゃべっていた。「どうしてもって言うなら、お前に三分の二、あいつに三分の一ということにしてもいい。とにかくな、お前が全部、金持っていくってのは感心しねえな」

そうだったのか。

「そうですか」僕は、静かに立ちあがった。「松夫のやつ、金、全部よこせって言ったんですか」

「え」渡会は凝然として立ちすくみ、息をのんだ。「いつ、入れかわった」

「今です」

渡会の目の前で入れかわったのは初めてだったから、驚いたのに違いない。渡会は茫然《ぼうぜん》として僕を見つめたままだ。

「すみません」僕はなぜか、あやまってしまうのだ。


夕刻、僕は渡会とトレーニングジムへ出かけ、スパーリングをやった。防具をつけた僕を相手に、何もつけない渡会がパンチとキックの練習をするというものだ。

「来月、うちの『ニューワールド』に、ブルー・ストレンジャーが出演する」鋭いパンチをくり出しながら、渡会が言った。

「へえ」

「知ってるのか？」

「はい」ブルー・ストレンジャーは、今では数少なくなった、いいサウンドのビッグ・バンドである。

「シンガーは、高いづみだ」

「すごいですね」女性演歌歌手四天王のひとりではないか。

「うん。わけありだ。岩動組のクラブに出演する予定だったのを、うちの親父がぶんどった。当然、岩動組が黙ってるはずはねえ。そこでだ、バ

ンドのメンバーが宿泊するホテルで、おれたちが見張りしやすいホテルを、いくつかピックアップしてくれ」

「『ニューワールド』に近い方がいいんですか？」

「うん。できればな」

「わかりました。下見に行ってきます」

僕のふるった右が、偶然だが、渡会の顎に入った。ちょっとよろめいてから、渡会は笑った。

「杉夫。やっぱり金は、お前に対して五分五分だ」そう言って、彼は僕の肩をたたいた。「それからな、松夫をあまり恨むな」

「はあ」

なんと、暴力団の幹部であるこの渡会だけが、今の僕の、いや、僕たちの、唯一の理解者なのだ。

6

二日ののち、僕はまた刑務所の面会室で、幹部の下田と向きあっていた。下田はしばらく黙っていた。僕も黙っていると、やがて下田が言った。

「この間は、一方的に、おれの方が話をしすぎたようだ。そっちの方から、何か話はねえのか」

「組の方は、順調みたいですよ」

下田は不機嫌になった。「そんなことは、どうでもいいんだよ。お前のことでも話してくれ」

「は」僕は困って、笑った。

「なんでもいい。お前のことを話すんだよ」

「くだらないことしかないですよ」

下田は何かにいら立っていて、大声を出した。

「その、くだらねえことが、聞きてえんだよ」

困った。僕が話すことといったら、松夫のことしかない。「じゃあ、たとえば、下田さん、自分の中に、もうひとりの人間がいたりすることって、ありませんか?」

「そうだな」下田は、ちょっと考えた。「おれは、常時六人くらい、いるな」

この男はいつも人を驚かせるような、でかいことばかり言う。僕は少しあっけにとられた。「六人」

「場合によっちゃあ、もう少しふえることだってある」

「僕の場合は、ひとりだけなんですけど、そのもうひとりの人間があらわれる回数と時間が、だんだんふえてきているような気がするんです」

下田が苦笑した。「そっちの方が、渡会と出会って、組に出入りするようになったんだろう」

「わかりますか?」

「お前は、らしくねえからな」

「僕は杉夫っていうんですけども、そいつは松夫って名乗って、独特の生きかたをはじめちゃっ

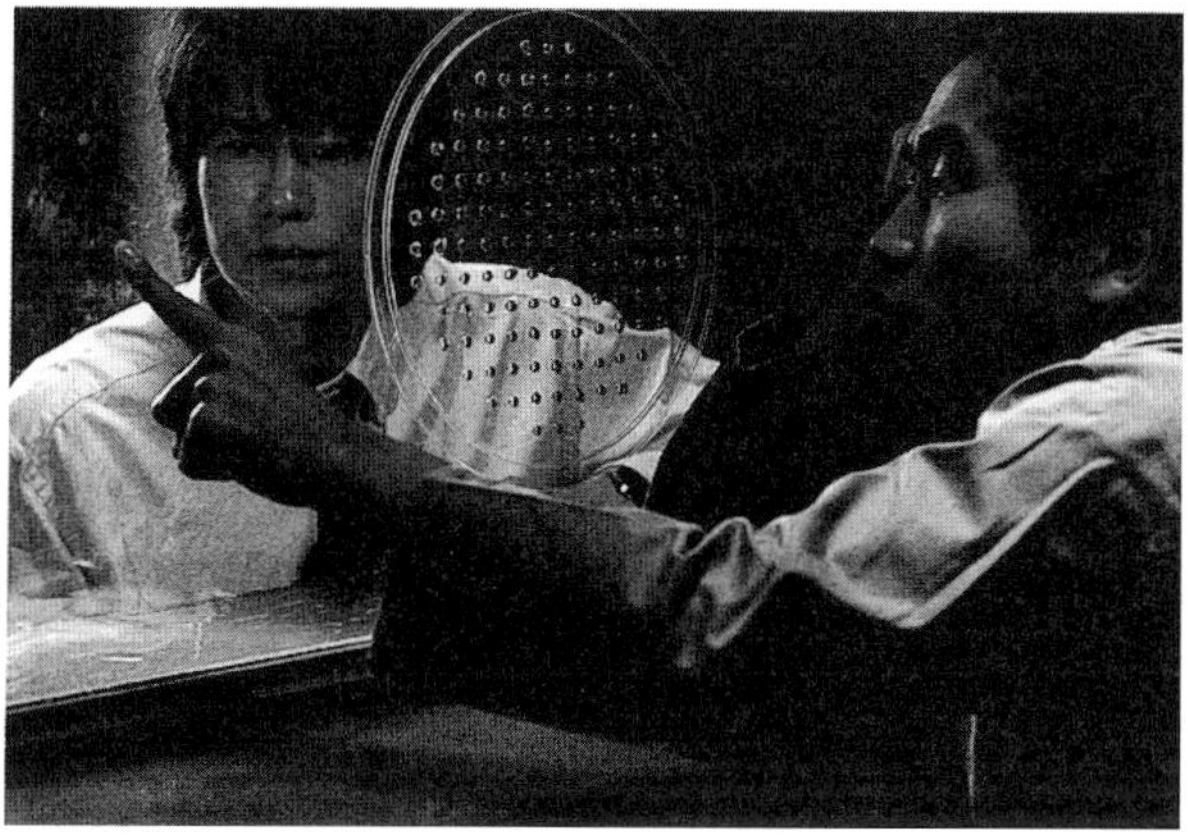

て……」

「ひとりで、ふた通りの生きかたができると思やあいいんだ」

いや。そうじゃないのだ。「ふたりでひとつの生きかたを奪いあってるんですよ」

「おれは精神分析医じゃねえからよくわからねえが、ガキのころ、お前はどこかから拾われてきたんだと言われて、生まれなきゃよかった、生まれてこなきゃよかった、生まれたことが罪だと思う心が刻まれる。死んだ爺さんの葬式で、無理やりその頬っぺにさわらせられて、死に対する恐怖が鉛のように、心に残っちまうことだってある。人間、早い時期に受けた心の傷は、治らないで、傷として生き残り、あとで姿を変えて再生することもあるみたいだな」

僕はひとりごとのようにつぶやいた。「あいつは僕の、心の傷なんでしょうか」

いつからあいつは、僕の中にいたんだろうか。

自分の部屋に戻り、ジャズのレコードを聞きながら、僕は思う。あいつは今、何をしている？今、何を考えている？

組の仕事でいちばんいやな仕事が、麻薬の売買だ。その朝も僕は、薬を、常習者の若い女性のアパートへ届けた。その部屋のドア・チャイムを鳴らすと、待ち兼ねていたらしい女はすぐにドアを開けた。

「入って」

キチンに入ると、彼女はテーブルの上に用意していた金を僕の胸ポケットに突っ込み、ついでのように僕に抱きついてきて、首にキスし、僕が内ポケットから出した薬の包みをとり、あわただしくテーブルに戻って封を切った。それからスプーンに入れた薬を、携帯用コンロの火で溶かしはじめた。

見ていられなかった。

「顔色が悪いですよ」と、僕は言った。「やめた方がいいんじゃないですか」

「何言ってるのよ」薬液を注射器に吸いとりながら、女は言った。「あんたがすすめたんじゃない」

女の様子から、松夫が彼女を誘惑し、無理やり薬をあたえ、常習者にしてしまったらしいことはあきらかだった。

女はスカートをめくり、太ももをむき出しにした。そこには赤黒く、青黒く、注射のあとが点点と散らばっていた。

彼女が針をつき刺した。それ以上、見ていることが耐えられず、僕はキチンを出た。

「ビールでも飲んでったら」

あえぎ声まじりに、背後で女が言ったが、僕はそのまま部屋を出た。もうひとりの自分の悪業をまのあたりにして、いたたまれず、朝の、ひと気の少ない道路を走った。路面電車の線路の上をよろめき歩いた。

僕が被害者意識を抱いているのは、僕が受け身で、あいつが主体だからか？　だとすればすでに僕は、あいつに占領されてしまったことになる。でも、どうすれば、あいつに痛手をおわせることができるのだろうか？

僕の、そのような考えを、松夫は読んだに違いなかった。さっそく、てひどい復讐がやってきた。

まだ開店している店のない静かな商店街を歩いている時だ。突然、横の路地からとび出してきた三人の男が、鉄パイプでうしろから僕をはがい締めにして、横町へ連れこんだ。そこにはもう三人いた。

岩動組の連中だ。

たしか北上とか言った岩動組幹部の、まっ赤なスーツの男が、僕に言った。

「いろいろとあんたには世話になってるようだな。ちょっと挨拶させてもらおうか」

言うなり、ひざで僕の腹を蹴りあげた。

「げふ」胃袋が胸までせりあがった。

肩をつかんで振りまわされ、かたわらの、コンクリートの電柱にたたきつけられた。脊椎《せきつい》がどうにかなった。ちんぴらのひとりが、また僕の腹を、膝で蹴りあげた。息がとまった。続けざまに、鉄パイプで、肩、胸、頭、背中を殴られた。

全身に激痛が走った。

靴の先が僕の胃袋に命中した。胃袋が口からとび出したに違いない、と、僕は思った。ぼくはのけぞり、倒れた。

まだ、勘弁してはもらえなかった。ぼくはひき起こされ、また鉄パイプで殴られた。倒れた僕の手は、赤いスーツの男——北上の靴で踏みにじられた。指の骨が、ごきごきと鳴っていた。折れているのかもしれなかった。

「まだ、くたばるのは早えぞ」

また起こされた。北上が、僕の腹をサンドバッグがわりにして、二発、三発とこぶしをたたきこんだ。

全身の感覚がなくなり、僕はその場にへたへたとくずおれた。しかし、また引きずり起こされ、腹を蹴りあげられ、次は顔を、二発、三発と殴られた。気が遠くなってきた。殺される。僕は、殺される。僕はここで、このまま死んでしまうのだろうか。

「こらあ」

「この野郎」

丹義組の組員たちのようだ。誰かの知らせで、かけつけてきたらしい。岩動組の連中は逃げていった。倒れているおれを、子分のひとりが助け起こした。

「大丈夫ですか？」

「ああ」

立ちあがったおれは、にやりと笑って子分をぶん殴った。逃げていく岩動組の連中の背中に「馬鹿野郎」と罵声《ばせい》を浴びせた。口から血が出ていた。また、にやりとした。

「もう少しやらせときゃよかったんだよ」

血の唾《つば》を、ぺっ、と、吐いた。おれに楯《たて》つこうなんてちっとでも考えたら、どんなことになるか、これで杉夫のやつにも、少しはわかっただろう。

僕は二、三日、自分の部屋で寝こみ、痛みに耐えてうめき続けた。ちくしょう。いつでも好きな時に出てくるんじゃなかったのか。わかってる。わざと、出てこなかったんだよな。僕を、ひどい目にあわせて、思い知らせようとしたんだ。なんてひどいやつだ。

上半身を起こし、鏡を見た。ひどい顔だ。そんなに、僕を痛めつけたいのか。いったい、なぜなんだ。自分の女に、僕が説教したからか？自分のからだなんだぞ。僕が殺されたら、自分だって死ぬんだぞ。それほど僕が、憎いのか？

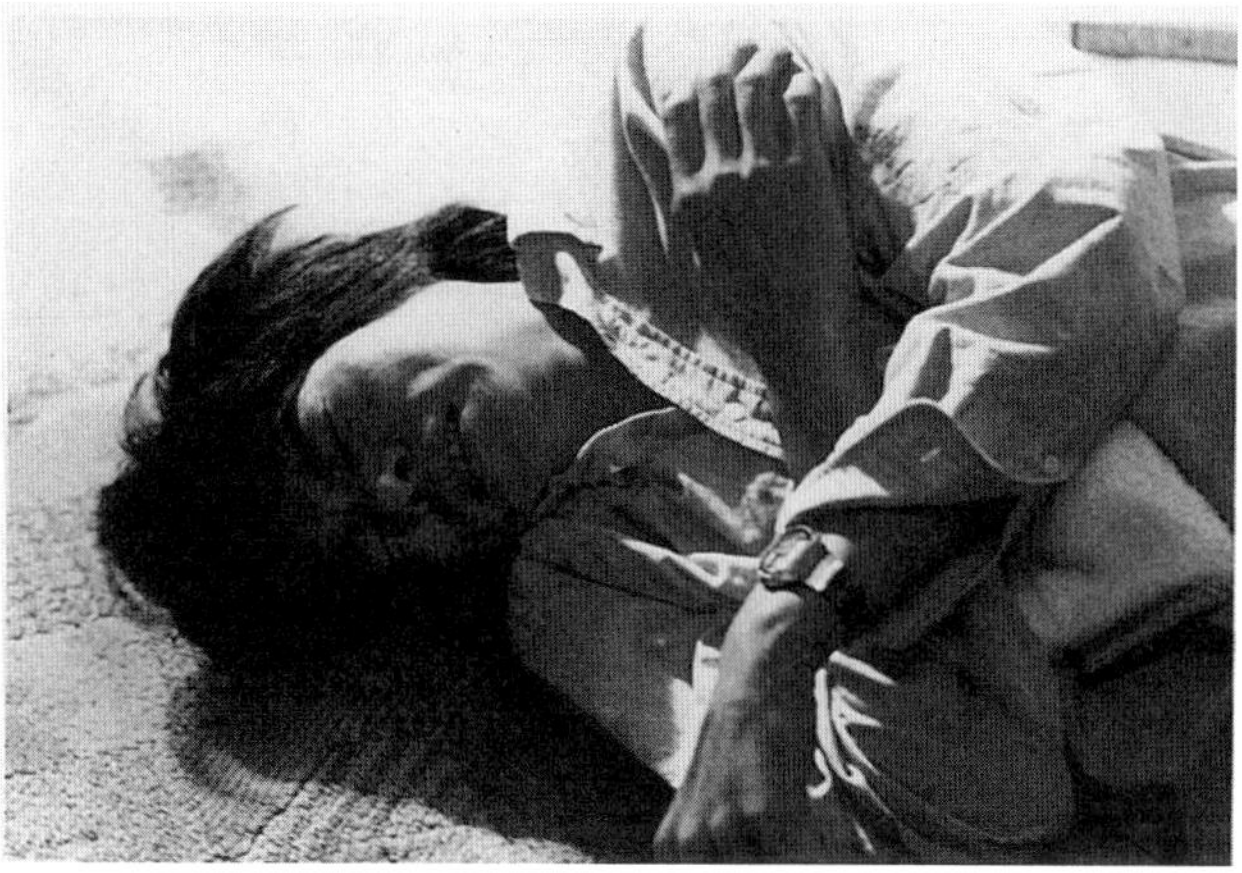

7

　ホテル・フェアシティの玄関前で、おれたちの一団は、組長が来るのを待っていた。今夜、シンガーの高いづみがこの町へやってくるのだ。

　出迎えのため、歩道に組員が並んでいる。町の連中はおれたちを見て、何ごとかと怯えている。

「岩動組のやつら、高いづみの興行をとられたって、けっこう頭にきてるみたいです」心配そうに、安永が言った。

「今度かかってきたら、それがチャンスだ」おれは言った。「いっ気にたたきつぶしてやる」

　だが、渡会は言った。「騒ぎがないようにやるのが、今度の仕事だ。わかってるな」

「ああ。こっちからはな」おれは言った。それから、ものものしい出迎えぶりを見まわした。「しかしこれじゃあまるで、刑務所帰りの出迎えみてえだぜ」

乱暴な言いかたはよせ、とでも言いたそうに、眉をひそめて、渡会がおれを見た。誰かが刑務所を出た時の出迎えの光景が、彼の頭をかすめたのかもしれない。

携帯電話を聞いていた組員が、かけ寄ってきて渡会に言った。「組長が着かれます」

車道ぎわに整列したおれたちの前に、ほどなく、黒塗りの車が着いた。ボディガードがドアをあけ、和服姿に薄いサングラスの組長がおりてきた。

「ご苦労さまです」と、いっせいに頭を下げた子分たちにうなずき返してから、彼は渡会に言った。

「高いづみが着いたら、バーの方へ案内してくれ」

「はい」

組長はホテルの中へ入りかけ、また戻ってきて、おれに言った。「それと、鶴丸とか言ったな。お前も同席しろ」

なんでだ。おれは唖然として、組長のうしろ姿をながめた。

「なんでおれが、組長と演歌歌手の顔合わせに同席しなきゃいけねえんだよ」

ホテルの中の焼肉レストランで、夕食のステーキを食べながら、おれは渡会にそう訴えかけた。おれにとってはいちばん不得手な仕事である。

「おれが入れ知恵したんだよ」意外にも、渡会はそう言った。「杉夫は音楽にくわしいからな。それに期待したんだが、松夫じゃ無理か」

「おれの前で、あいつの話はやめてくれよ。それに、なんでおれじゃ無理だと思うんだ」

渡会は、うまそうにビールをがぶりと飲んだ。

「お前は、あいつのやることが気に入らないからな。それに人と話を合わせるのも得意じゃない。なんなら、同席の件は、おれがことわってやってもいいんだぜ」

おれを怒らせ、無理やりにでも、おれにやらせようとしていた。

「おれが、あいつより劣ってるみたいな言いかたが、気に入らないんだよ」

「もっと、うまく折り合えよ。どうせ、からだはひとつじゃねえか」

「じゃ、あんたの心に杉夫が住みついたら、どうなる、え？　時どき、あんたと杉夫が入れかわったらどうなるんだよ。杉夫くん。これからも末ながく、いっしょにやっていこうよなんて、言えんのかよ」

おれがそう言うと、渡会は無表情で、ぼそりと言った。「杉夫とだったら、やっていってもいいな」

この男、正気か？　おれはあきれて渡会の顔を見つめた。渡会はもくもくと肉を食べつづけていた。

高いづみが、ホテルに到着した。背が高くて、肉感的で、匂い立つような色気が周囲の者を圧倒していた。

バーでは、ジャズ・ピアニストが、かったるい曲をぱらぱらと弾いていた。高いづみと組長、それぞれにしておれは、奥のソファに並んでかけ、それぞれに注文した洋酒を飲み、ボディガードは少し離れた席にひとりかけて、ペットボトルの水を飲んでいる。あたり前のことだが、子分たちに前もって追いはらわれていて、客はほかに誰もいない。

組長が言った。「高さんの持ち歌を作詞していた男で、中山一郎というのがいましたよね」

「ええ。中山先生には、いろいろお世話になってますけど」

「彼は、私の遠縁にあたる人間でね。小さいころは何度か行き来があったらしいんだが、名が売れるまでは、こんな仕事をしているとは、ちっとも知らなかった」

組長の声が一瞬、遠ざかった。

気がついたとき、僕の指さきは、テーブルの上の架空の鍵盤を、今ピアニストが弾いている、ジャズ・バラードに編曲した『G線上のアリア』に合わせ、たたいていた。

「そうですか。中山先生は、わたしが好きな作詞家のひとりです」

聞こえてくる高いづみの声も、なんだか遠い。

「演歌の詩なのに、女を悲しく書いたりしない人なんですよ」

「たとえば？」

「戦う女なんです。たとえ、男に裏切られても、待ち続けたり、あきらめたりしない。彼を追って、どこまでも、彼のすべてを根こそぎにしても、自分の方にふり向かせようとするとか……」

「そういう手ごわい女には、最近、あまり会ってないなあ」

僕は高いづみが、そんな組長との会話を続けながら、僕の指さきをじっと見つめていることに気づいていた。

「部屋まで、お送りしろ」

やがて組長にそう言われて、僕は彼女とバーを出た。

彼女——高いづみと、たったふたりっきりで、夜のエレベーターに乗っている。僕は緊張していた。

「好きなのね。ジャズ……」高いづみは、婉然《えんぜん》と、女ざかりの美しい笑顔を僕に向けた。「私も好きよ」

どう言っていいかわからず、僕は黙っていた。

「私がジャズを好きじゃ、おかしいって顔してるわ」

僕はどぎまぎした。「いえ」

彼女は僕に顔を近づけた。「あなた、さっき、変わったでしょう」

えっ。なんでそんなことがわかるんだ。僕は思わず彼女を見た。

「あなたの心が、変わったような気がしたけど、違った？」

　エレベーターが停止し、ドアが開いた。

「ここでいいわ」ケージからおりながら、高いづみはそう言い、僕をふり返った。「ステージ、見てくれるわよね」

「はいっ」僕は一礼した。

　ドアが閉まるまで、僕は彼女を見送っていた。エレベーターの中は、彼女の残したいい匂いでいっぱいだった。僕は悩ましい気分になった。こんな気分は初めてだ。

　われわれ用心棒のたまり場にあてられている、ホテルの一室に戻ると、不穏な空気になっていた。組員たちが騒いでいて、渡会が報告を受けていた。

「変な電話が、のきなみバンドマンたちの部屋にかかっているようです」

「無疵《むきず》でこの町を出られると思うなって、おどしも入ってるそうです」

「ただのいやがらせだ」と、渡会。「気にするなと言っとけ」

「わかりました」

　おれの血が騒ぎはじめた。ようし。もう始まったな。来るなら来やがれ。

「三二〇号室の松山っていう、ギターのやつなんですけど」携帯電話を聞いていた組員が渡会に言った。「ロビーで、客と会うそうです」

「部屋へ呼べばいいじゃないか」

「それが、相手はそいつの兄貴の嫁さんで……」

　なるほど。たしかに、部屋へ呼ぶのは問題だろう。

「おい。誰か行ってやれ」

「はい。自分が」安永が出ていった。

　何か起こりそうだ。おれは安永のあとについてロビーにおりた。

　松山というバンドマンは、ロビーで、兄貴の嫁さんだという女と話したあと、彼女を見送ってホテルを出た。ホテル前でタクシーに女を乗せ、ロビーへ戻ろうとした時、ホテルの建物の蔭から五人の男たちがとび出してきて、松山をつれ去ろうとした。

岩動組の連中だった。ひとりは、北上というあの赤いスーツの幹部だった。

杉夫を痛めつけた連中だ。

近くで松山をガードしていた安永が、ちょっと油断した隙《すき》だった。安永はあわてて彼らにかけ寄ったが、腹を蹴られ、顔を蹴りあげられて、うめきながら、急を知らせにロビーへよろめき戻ってきた。

おれは安永にかまわず、ゆっくりと、外へ出た。ホテルの横の駐車場につれ込まれ、松山は痛めつけられていた。北上が、膝で松山の腹を蹴りあげていた。

「怪我するって言ったろう」北上は松山の指を握った。「バンドできなくしてやろうか」

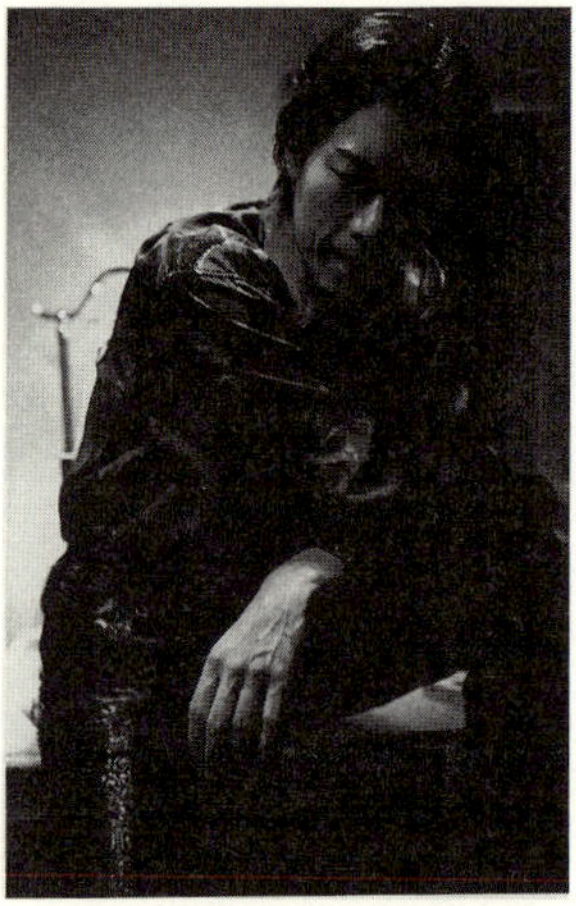

「ぎゃあああああ」指をへし折られそうになって、松山が絶叫した。

おれは、道路ぎわの鉄柵に巻きつけてあったチェーンを取り、右手にぶら下げた。

ゆっくり近づいていくと、彼らはおれに気づいて、気づいたやつから、ひとり、ふたりと、順に襲いかかってきた。

馬鹿なやつらだ。

おれも彼らを順に、ひとり、ふたりと、チェーンをふるって簡単にたたきのめした。

北上が、なぐりかかってきた。こいつにだけは、たっぷりとお返しをしてやらねばならない。連続のパンチを顔面に見まい、首すじをつかんで、彼の顔を鉄柵の柱に、何度もたたきつけた。北上の丸い顔は、朱塗りの盆のように鮮血で真っ赤になった。

血を見て、おれは酔った。陶然となり、チェーンを彼の首に巻いて締めあげ、次にチェーンを手に巻いて、その握りこぶしを北上の顔面へ、狂ったようにたたきつけた。五回、六回。北上が路上に倒れて、ぐったりしてしまってからも、さらに六回、七回と殴り続けた。もう死んでいるかもしれなかった。それでも殴り続けた。おれは狂っていた。

安永がかけ寄ってきて、けんめいに、おれを背後から抱きすくめた。

「兄貴。死んじゃいますよ！　兄貴。死んじゃいます！」

おれはまだ、血の夢から醒めなかった。ついでに安永の腹に蹴りを入れ、松山を張りとばし、それでやっと納得した。

「チョロチョロしてんじゃねえや！」

8

「最近のお前の行動には、目にあまるものがある」

　ジムで、サンドバッグをたたきながら、渡会がおれに言った。

「つまり、やり過ぎってことだ。特に岩動組に対して、口で言やあすむのに、手が出る。殴りですむのに、傷になる。やたらと挑発して、岩動組のやつらを向かわせる。無駄な喧嘩が多すぎるんだよ。おれには、わざとやってるとしか思えないがな」

　渡会の説教は、シャワー・ルームでも続いた。

「岩動組のやつらは、爆発寸前だ。何をするか、わからねえ」

　男でも惚れぼれするようなみごとな入れ墨を全身にほどこした渡会が、温水シャワーを浴びながら言う。

「それに、うちの組ん中にも、お前さんに反撥するやつが何人かいる」

　からだと髪を拭きながら、渡会はロッカーの前に行き、自分の背広の内ポケットから、布でくるんだものをとり出し、うずくまっているおれに手渡した。

ずしりと、確かに覚えのある、一定の質量と重量が、手のひらの中に感じられた。白い布の覆いをとると、思った通りそれは拳銃――。オートマチックだ。弾倉を抜くと、ぎっしりの銃弾――。装塡《そうてん》し、彼方の一点に照門と照星をあわせ、狙いをつける――。快感が脊椎を這いのぼる。

「ぱん。ぱん」と、口に出して言った時、視界がぼやけた。

僕は、自分の手にしているものを見て、びっくりした。

まわりを見まわす。立ちあがる。そしてまた拳銃を見る。なんだ、これは……。

「どうした」渡会が、前に立った。

僕は拳銃を渡会の胸につっ返した。「どしたんですか、これ」声がふるえた。「何かあったんですか」

「杉夫か」

「はい」

渡会はうなずいた。「お前も、気をつけといた方がいい」

それから、拳銃を僕の目の前にかざした。

「知ってるか？　使いかた」

僕は、はげしくかぶりをふった。

渡会は弾倉を抜いて見せた。「タマだ」

ふたたび装塡した。「持て」

僕は拳銃を持った。心の中では、泣いていた。こんなもの、持ちたくないよ。

渡会が、遊底をさした。「よし。ここを引け」

がちゃり、と、僕は遊底を引いた。

「よし。これで撃てる」渡会はうなずいた。

「な。いいか」

僕は拳銃を持たされてしまった。

その夜――。

クラブ『ニューワールド』での興行の初日だ。

入り口には『高いづみとブルー・ストレンジャーズ』の看板がかかっている。

クラブとはいうものの、昔のグランド・キャバレーやアルサロに近い、でかい店だ。ボックス席にかこまれて広いダンス・フロアーもあり、だから昔のダンスホールといってもいい。地方都市だからこそ、こんな店も残っている。

七時半になり、ブルー・ストレンジャーズの演奏がはじまった。客は八分の入りで、『ニューワールド』としては多い方である。

おれは、手すり越しに一階を見おろすことのできる、二階のボックス席にいた。

組長が、渡会とボディガードを従えて入ってきた。一階の、いちばんいい場所のボックス席につく。

「連中は?」渡会が二階にあがってきて、おれの前にすわった。

「入り口で、ちんぴらが二、三人、うろうろしてたがな」と、おれは言った。

「うん。これだけ固めてるんだから、やつらも入ってくるには度胸がいるぜ」

かおるという、なじみのホステスがやってきて、横にすわり、ビールを注ぎ、おれのくわえていたタバコに火をつけた。

「あんたの眼、けわしくなってる」と、彼女はおれの耳もとでささやいた。「今日はずっと、そばにいたい気分だわ」

すぐにボーイがやってきて、指名をかおるに告げた。

いやがるかおるに、おれは顎で『行け』と命じた。

ステージには、キザな司会者が出てきて、陳腐な台詞をしゃべりはじめた。「皆さま。お楽しみになっておられますでしょうか。恋という名のネオンが灯る。男と女のラヴゲーム。皆さまの恋ごころに、ひとつの明かりを灯させていただきま

しょう。お待たせいたしました。それではご紹介させていただきましょう。夜の歌姫、高いづみ、アンド、ブルー・ストレンジャーズ。お届けするのは、『泣いてもええか』

高いづみは、ステージ前のせり上がりから羽根飾りのついた黒いドレスを着てあらわれ、歌いはじめた。よくはわからないが、ド演歌ではなかった。彼女にしては珍しい曲なんじゃないだろうか。ポップス調というのか、バラードというのか、そんな感じの曲だ。

〽見慣れた風景
最後の夜に
何いうてええかわからん

駅につくまで
二人はただ　だまって
手をにぎりしめていた

あたしの昔　聞きもせずに
やさしく抱いてくれた人

泣いてもええか
せめて　今夜は
かわいい女でいたいから
泣いてもええか
震える唇
さよならが言えない

なかなかいいじゃねえか。おれだって、歌がわからないわけではない。柄にもなく、おれはちょっと、うっとりした。

彼女が二コーラス目を歌いはじめた時、入り口近くに立っているふたり組が、野次をとばしはじめた。

「やめろ、やめろぉ」

「やめろ。へたくそぉ」

いい気分をこわされ、おれはかっとなって立ちあがった。

渡会が、おれの袖をつかんだ。「こっちのシマへ乗りこんでくるぐらいだ。あっちだって相当の覚悟をしている」

「わかってる」

「あまり、つっ走るな。騒ぎを大きくしたくねえんだよ」

おれは階段をかけおりた。ふたり組は、もういなかった。

安永たちが、かけ寄ってきた。

「どこへ行った」

「逃げましたよ。ここには一瞬しかいなかったみたいです」

「最初から逃げ腰だったですからね」

おれは彼らを持ち場に戻らせた。

〽発車のベルが
鳴り響いてる
すべてがスローになる
「夢が叶えば必ず迎えに帰る」
安っぽいセリフ残して
何にも望まなかったし
ほんまに愛してくれた人
泣いてもええか
せめて今夜は
あんたの腕の中で泣かせて
泣いてもええか
震える唇
さよならに　かわった
高いづみは歌い続けている。おれはその場にぼんやりたたずんだままで、彼女の歌に聞き惚れた。彼女の眼がおれに向き、一瞬、視線が合ったように、おれには思えた。

〽二人の勇気をなくさぬように
　信じること　それだけでいいから……
泣いてもええか
こらえきれん想い
愛し続けたい　守り続けたい
願いは　たったひとつだから……

9

最後のステージが終わった。

『ニューワールド』の出口で、僕はほかの組員たちと、バンドマンたちが出てくるのを待っていた。僕だけが皆から少し離れ、石段に腰掛けて、捨てられたらしい子猫を抱いていた。

　渡会が出てきた。

「おい。高いづみがお前をご指名だぞ」近づいてきて、僕の横にすわった。「行きたいとこがあるらしいんだが、お前といっしょじゃなきゃ、いやだとさ」

　なぜだろう。なぜ僕を。

「本当ですか」ちょっと、わくわくした。

　そんな僕の純情さに、渡会は気がついた。「杉夫か」

「はい」

　僕だけではたよりないと思ったのだろう。彼はふり返り、大声で叫んだ。「安永あ」

　安永が走ってきた。「はい」

「お前も行け」

「はい」

　僕は子猫を渡会に渡し、『ニューワールド』の店内に戻った。安永が、楽屋へ高いづみを迎えに行った。

　閉店後のホールには、あと片づけのボーイ以外、誰もいない。ステージにあがると、ピアノの蓋《ふた》が開いていた。僕は少しだけ、パラパラとスケールを弾いた。

　あの岩動組の北上に踏まれた左手が、ひどく痛んだ。小指と薬指が、うまく動かない。

　ピアノの、Ａの音が狂っているようだ。僕は、いつも持っている音叉《おんさ》で、それを確かめた。やはり狂っている。僕の耳は、まだ確かなようだ。

　高いづみが、楽屋から出てきた。

　彼女が行ってくれという店は、岩動組のシマのど真ん中にあった。危険だと思い、僕はこわかった。が、行くしかなかった。

　彼女を車に乗せ、安永が運転した。僕は後部座席で、高いづみの隣りにすわった。

　深夜の繁華街。酔っぱらいが多い。車はのろのろとしか走れない。

　安永がいら立って、怒鳴る。「おっさん。轢《ひ》いちまうぞ」

　へべれけになった初老のサラリーマンが、車のボンネットをたたく。「うるせえやい」

「酔っぱらいが」安永が毒づく。

　走りだした車の背後で、酔っぱらいがどなる。

「馬鹿野郎」

『ジャンゴ』というその店は、ビルの地下にあった。ビルの前で車をおりると、安永は言った。

「このあたり、ヤバいんで、おれ、ぐるぐるまわってます。帰るころになったら、連絡ください」

　僕は高いづみといっしょに、地下への狭い階段をおりた。『ジャンゴ』は昔のスピーク・イージイ（もぐり酒場）の雰囲気のある、汚い店だ。客もひとりしかいない。しかし、レコードは揃《そろ》っていた。カウンターに向かって掛けると、すぐ横には名盤がいっぱい立てて並べられている。僕は高いづみそっちのけで、レコードをとり、ジャケッ

トを眺めた。

「いらっしゃいませ」店のママが僕のそばに立った。「はじめてですね」

「ええ」

「ジャズはお好き？」

「はい」

ママは笑った。「どうぞお好きな曲があったら、リクエストしてください」

「ママ」隅のテーブルにひとりだけの男の客が、ママを呼んだ。

「ひとつ、聞いてもいいですか」僕はおそるおそる、高いづみに訊ねた。「どうして僕を指名したんですか？」

「誰かといっしょに、ここへ来たかったの」と、彼女は言った。「わたしのまわりで、いちばんふさわしいのは、あなただと思ったからよ」

「そうですか」僕は店内を見まわした。「なじみの店なんですか。ここ」

「いいえ。初めて」タバコを出した。

ポケットをさぐると、松夫のライターがあった。僕は彼女のタバコに火をつけた。彼女は自分のタバコの箱をさし出した。

「あ。タバコはやりませんから」

彼女は意外そうな顔をした。「あなたがタバコくわえてるのを、見たわ」

僕は困って、黙って紅茶を飲んだ。

高いづみはバーボンソーダをひと口飲んで言った。「あのクラブのピアノ、Aの音が狂ってたわ」

思わず顔を見ると、彼女は訊ねた。「いつも音叉を持ち歩いてるの？」

ステージにいた僕を見ていたようだ。「ええ」

「変わってるわ、あなた」

「ピアノの調律を、仕事にしていたんです」

「やくざになる前？」

「はい」

高いづみはおかしそうに笑った。「どうして調律師、やめちゃったの？」

調律師をやめて、やくざになったことが、おかしいのだろう。

僕も笑った。僕の了解なしで辞表を出したのは、松夫だった。「勝手に辞表出しちゃって」

「誰が？」

「……僕です」

偶然のユーモアだ。僕たちは、顔を見あわせて笑った。僕は緊張していた気分がほぐれて、彼女になんでも打ちあけてしまいたい衝動にかられた。

「子供のころからピアノを習ってたんです」と、僕はしゃべりはじめた。「ジャズに惹《ひ》かれ出したのは、高校のころからです。クラシックからはじめましたから、腕前はそこそこだと思います。だけど皆に、センスがないって言われちゃって……。高校を卒業するときに、音楽の学校に行こうかどうか迷ったんですけど、やめちゃいました。それでも、結局音楽のそばで仕事がしたくて、楽器の販売の会社に、就職したんです。そこで調律もおぼえたんです。僕、耳がいいって言われたんです。もしあのとき、音楽の学校に行ってたらどうなったのかなって、ときどき思うことがあるんです」

それは、今でもときおり思うことだった。音楽学校にさえ、行っていたらなあ。

高いづみはバーボンソーダをおかわりし、なぐさめるように言った。「音楽家のやくざがいても、おかしくないわ」

高いづみは、さほどとも思わなかっただろうけど、実際、そのことばは僕にとって、大きななぐさめだった。

男の客とママが、うしろの席で大きく笑ったのをふり返ってから、彼女は僕に言った。「今日は、酔いたいんだ。わたし……」

すでに、少し酔ったような声だった。

「ねえ。わたしがどうしてこのお店に来たがった

か、聞かないの?」

　聞いてはいけないことのように思っていたのだ。黙っていると、彼女は催促した。

「聞きなさいよ」

　本当は知りたくもあり、僕は訊ねた。「どうして……ですか?」

「わたしの昔の男がやってた店なの、ここ」

　僕は驚いて彼女を見た。

「今はいない。死んだのよ」

　また、タバコくわえ、僕のライターをことわって、今度は自分で火をつけた。

「彼とは、ジャズを通して知りあったの。彼はギタリストで、わたしはニーナ・シモンを目ざす、希望に胸をふくらませた、ジャズシンガーだったわ。彼は、才能があると思ったの。でも、誰も、彼を評価する人がいなくてね。わたしは彼を支えるために、歌を替えたわ。でも、彼は音楽の道をあきらめて、郷里のこの町へ帰っていった。奥さんが待っていたのよ。わたしは捨てられたのね。でもおかしなことに、わたしの方は、歌を替えたら売れるようになったのよ」

ぼくたちは微笑しあい、ウイスキーソーダと紅茶で乾杯した。心が通いあったように、僕は思った。

「この町から興行の話があったとき、すぐに乗ったわ。でも、興行のうしろだてに岩動組がいるって知って、ことわったの」

やはり、こっちが強引にとったのではなかったのだ。「あなたがうちの組に乗りかえたんですね」

「彼はここでこのお店を開いたときに、お金をはらわなかったのよ。ショバ代とか、みかじめ料とかってやつ。彼は頑固な性格だったから。ある日、いざこざに巻きこまれて、刺されて死んでしまったの」

彼女はふり返って、隅の席で談笑しているママを見て、僕に教えた。「あの人が、彼の奥さん」

「知ってるんですか？」

「何を？」と、彼女は言った。「ああ。わたしと彼のこと？」

そうか。知ってたら、こんなところへ来るわけないんだ。

客と話していたママを見ると、自分が噂されていることを心のどこかで感じたかのように、急に黙りこんで、ウッドベースが置かれている店の片隅を、遠いまなざしで見つめていた。そんなママを見て、高いづみも同じ場所に眼を向けた。

僕は思った。きっとふたりとも、いつもそこでギターを弾いていた彼のことを考えているに違いない。いや。きっと、今もそこにいる彼を見ているんだ。

同じことを思い、見ているふたりが、別べつの席にいるのは不自然なことだ。僕はそう思い、立ちあがった。そしてママの横に立った。「ママ」

ママが僕を見あげた。

「わたしの連れが、あなたに一杯おごりたいって言ってるんですけど」

ママは快く承知した。

隣にやってきたママとバーボンで乾杯してから、高いづみは、僕にそっと言った。

「ありがと」

『ジャンゴ』を出て、高いづみが少し歩きたいと言うので、車の安永をあとからついて来させ、僕たちは誰もいない深夜の大通りを、並んで散歩した。

彼女は言った。「彼の店に、いちど来てみたかったの。わたしを捨てさせた彼の奥さんにも、ひと目会ってみたかった。でも、行ってみると……」

彼女は少し考えこみ、笑った。「ねえ。わたしが彼女に、あなたの夫とできていた女ですって言ったら、どうなっていたと思う？　きっと、笑って、彼のことや、昔の話になったと思うの。わたし、そうしてみたいと、どこかで思っていたんだわ」

彼女の足はふらついていた。だいぶ酔っているようだ。

「大丈夫ですか？　明日のステージ」

「うん」

その時だ。突然六人の男がばらばらと走ってきて僕たちをとりかこんだ。岩動組の連中だ。ひとりが高いづみを背後から羽交いじめにした。

「いや」高いづみが悲鳴をあげた。

「ほら。やれ。この野郎」

僕は殴り倒され、立ちあがるとまた殴り倒された。腹ばいになった僕を、男たちは踏んづけ、蹴り、踏んづけた。眼がくらみ、頭がぼんやりしてきた。

少し離れたところにひそんでいた、岩動組若頭の天童が、頭のそばまできておれを見おろした。

「高いづみをつれて、うちのシマまで、のこのこ顔出すなんて、いい度胸してんじゃねえか」

彼はしゃがみこんでおれの髪をつかんだ。「今日こそ手前と、落とし前つけてやるからな」

襟をつかんで、おれを立たせた。おれはにやりとした。落とし前をつけるのは、おれの方だ。

殴りかかってきた天童の腕をつかみ、殴りかえし、彼のからだをつかんでぶんまわしに振りまわし、地面にたたきつけて、思いきり腹を蹴りあげた。

左右からひとりずつ殴りかかってくるちんぴらを、順にたたきのめし、からだをつかんで仲間にぶん投げた。ぶつかりあって倒れた彼らは、起きあがったものの、火をふいているようなおれの眼を見て、弱い方のおれでないことをすぐに悟ったらしく、もうおれにかかってこようとする奴はいない。中腰のままおれを遠巻きにし、様子をうかがっているばかりである。

背後に、いやな気配があった。

ふり返った。案の定だ。天童がナイフをかざしておれに迫っていた。彼のふるったナイフは、おれの胸をかすめた。おれはゆっくりと自分の胸を見た。切られ、血が出ていた。高いづみの、息を呑むような声が聞こえた。

やってくれたな。

おびえて、たじたじとしている天童に近づき、腹に三発、四発と鉄拳をたたきこんでから、彼のナイフをとりあげ、のどもとに突きつけた。

子分たちは手が出せない。

高いづみが、かかえこんでいたちんぴらの手をふり切って、おれのそばにかけ寄った。

おれは天童の太ももに、ナイフを深ぶかと突き立てた。

「ふぎゃあああぁぁ。がごごげご」

悲鳴とともにのけぞる天童を、おれは子分たちの方へつき飛ばし、高いづみの手をひいて走り出した。

「兄貴ぃ」

いったん天童のまわりにかけ寄った子分たちが、「待てぇ」と叫んで、ばらばらとおれたちのあとを追いかけてくる。

鉄骨や、古い家具や、遊園地の壊れた木馬などが雑然とおかれている廃材置き場に、おれたちはもぐりこんだ。

隅にうずくまり、身をひそめていると、高いづみが心配そうに、おれの胸の傷を指さきでなぞった。

彼女の指さきに血がついた。

その指さきを、彼女は自分の唇で拭った。

おれと高いづみは激しく抱擁しあい、キスをした。

10

その朝、僕はホテルの一室と思える、見知らぬ部屋のベッドで、眼をさました。

誰か、女性といっしょに寝ているらしい。

驚いて、横を向き、その顔をはっきりと見た。

高いづみだった。

口もとに、激しい情事を味わいつくしたかのような、満足の笑みが浮かんでいる。

なんてことだ。僕は高いづみを抱いてしまったらしい。しかしその記憶はない。その記憶は僕のものではないのだ。

起きあがり、ベッドの端に腰かけた。

腹立たしさ、くやしさに、僕はすすり泣いた。

あいつが、高いづみを抱いたのだ。それも、僕のように、彼女を尊敬し、愛しているというのではない。おそらくは一片の愛情もなく、けもののように彼女を抱いたのだ。

「どうしたの」

眼をさました高いづみが、背後から、けだるそうな声で僕にたずねた。

「あんたを抱いたのは、僕じゃない」と、僕は言った。「松夫が抱いたんだ。僕はいなかった」

シーツの衣ずれの音。彼女が起きあがったようだ。

彼女は僕をうしろからやさしく抱きすくめて言った。「もうひとりのあなたのこと?」

彼女にとっては、どちらでもいいらしい。むしろベッドでは、男らしい松夫の方がずっといいんだろう。

たまらなかった。僕は立ちあがり、服を着て、彼女の部屋をとび出した。

組事務所へ行くと、電話していた渡会が僕を見て立ちあがった。「おい。またハデにやってくれたんだってな」

窓ぎわにかけて、ぼんやり外をながめる僕に、渡会は近づいてきて怒鳴った。「お前があっちのやつを刺したってんで、嚙みついてきてるぞ」

「なんで僕が、あいつのあと始末ばっかりしなきゃいけねえんだよ」

「なんだ。杉夫か。じゃあ、文句も言えねえな」渡会は僕の前にきて、つくづく不思議そうに僕の顔を見まわした。不信の念をあらわにしていた。「お前、都合のいい時だけ、杉夫が出てんじゃねえのか」

そう思われても、しかたがなかった。

「あんなやつ、死んじまえばいいんだ」僕は指を嚙んだ。「人をぶん殴るのが好きで、変態野郎で、女に見さかいがなくて、けものみたいなやつだよ。そんなやつが、僕の中にいて……」

渡会は僕の前にかけて、僕の顔をのぞきこんだままで言った。「何度も言うけど、お前ら、からだは、ひとつっきゃねえんだよ。仲良くやってい

くよりしようがねえだろ」彼はちょっと考えて言った。「杉夫。おれが、その、間に入って、手打ちってわけにはいかねえのか」

そんなこと、できるもんか。

11

いったん住まいに戻り、僕は胸の傷の手当てをした。

僕は、ますますあいつに占領されていく。

自分がどんどん少なくなっていく。

切られた傷の血を消毒液で拭い、脱脂綿を屑籠《くずかご》に入れたとき、僕はその中に、半分に破られた写真を見つけた。写っているのは絵美で、どこで写したのか、彼女は横に立っている男に抱きついている。破り去られているのは、その男の顔の部分だ。

裏を見た。走り書きで、そこには電話番号と、『スイートエンジェル』という意味不明のことばが記されている。

ダージリンをいれて飲みながら、僕は考えた。

いちばん厄介なのは、あいつが僕の行動を知っているのに、僕にはあいつのやったことがわからないということだ。今では、あいつは僕よりもよく、絵美のことを知っているらしい。

スイートエンジェルとは何だ。

僕は受話器をとり、写真の裏の電話番号をプッシュした。

若い女性が出た。「もしもし。スイートエンジェルです。お客さまは、初めておかけでしょうか？　ご指定のホテルはどちらでしょうか？」

茫然とした。

これは、売春組織じゃないか！

絵美は売春組織に属しているのか！

松夫が、無理やり絵美に、売春をやらせているのだろうか！

「もしもし。もしもし」

しかたなく、僕は松夫の名前を出した。その女性は松夫を知っていた。お得意さまらしい。しかも、松夫がいつも行っているらしいホテルの名前を言った。「で、何時ごろ、うかがわせましょうか？」

その夜、僕は、行かなければならない仕事に、行かなかった。つまり、『ニューワールド』へ行かなかったのだ。そして、松夫がいつもスイートエンジェルに指定していたホテルへ行った。

フロントで部屋のキイを受けとり、その部屋に入った。

大きなダブルベッドに、真っ赤な超ミニのワンピースという、以前にはしなかったような姿で、しどけなく絵美が横たわっていた。彼女は僕を見て起きあがり、僕に近づいて、抱きつき、服を脱がせた。

僕はたずねた。「どうした？」

「あなたが呼んだんでしょう」

松夫はいつもここで、彼女と会っていたらしい。「そうか。そうだったね」

絵美は僕のシャツを脱がせた。僕はじっとしていた。それがおそらく、いつもの松夫のようではなかったのだろう。彼女は僕の顔を見た。

「杉夫ね、あんた」

それから、にっこりした。「久しぶりじゃない」僕の顔をしげしげと見つめた。「こうやって見ると、別人に見える。おんなじ顔してるのに」

僕の裸の胸にキスしてから、ワンピースを脱いだ。

僕はたずねた。「何やってんの」

「松夫が何やってるか知りたくて、ここへ来たんでしょう？」黒い肌着姿の彼女が、僕の手をとった。「松夫みたいにやってくれる？　お願い」ブラジャーをはずし、それを自分の手に巻きつけ、僕にさし出した。「縛って。強く縛って」

僕がためらっていると、彼女はベルトを出した。「早く。縛って。強く縛って」

ちくしょう。完全に、マゾヒストじゃないか。絵美のからだをこんなにしたのは、松夫なのだ。僕は腹を立て、ブラジャーの両端を思いきり強く引っぱって、絵美の手首を縛った。

絵美は嬉しそうに喘《あえ》いだ。「次は殴るの。こうやって、殴って。早く」

次つぎに、おれに指図した。これはもう、絵美ではなかった。別の生きものだ。僕は慄然《りつぜん》とした。僕は絵美から逃げ出し、ホテルを出た。

深夜だ。『ニューワールド』も終わり、高いづみは、ホテルに戻っているだろう。慰めを得るため、母のふところへ戻る子供みたいに、僕の足は、しぜんと彼女のもとへと向かう。

なぜだろう。彼女の部屋の前に立ち、ドアチャイムを鳴らそうともせずに、うなだれて立っていただけなのに、高いづみはドアを開けてくれた。なぜわかったのだろう。僕がくることに確信があったのだろうか？

「入っていいわよ」

彼女は白いネグリジェ姿だった。がっくりとソファに身を投げ出した僕に、彼女はウイスキーを注いで渡した。

「もう、来ないのかと思っていた」

そして僕にキスした。僕は彼女のからだを押し戻した。そんなつもりで来たんじゃないのだ。

「こわいのね」と、彼女は言った。「もうひとりのあなたが、いつ出てくるかわからなくて」

ゆっくりと、甘えるように、彼女の懐に顔を埋めると、彼女はたずねた。

「どっちのあなたが夢を見るの？」

翌朝、彼女は帰り支度をすませ、朝のコーヒーを飲んでいた。

おれはタバコに火をつけた。

「杉夫とは寝たか？」

そうたずねると、彼女は言った。「彼の考えてることが、わかるんじゃないの？」

「わからねえこともある」

「寝なかった」と、彼女は言った。「杉夫、傷ついてたわ」

「あいつは、やさしいだけのバカなんだよ」

「松夫だっけ？」彼女は立ちあがり、軽蔑するような眼でおれを見た。「心は杉夫にひかれて、からだはあなたにひかれてたかと思ったけど、そうでもなさそうね」

「今、変なことを思いついたぜ」と、おれは言った。「あんたを通して、杉夫と一緒の人格になるかもしれないって、一瞬思ったよ。もっとも、あいつもそう考えてればの話だけどな」

「わたしたち、また、会える？」

「やめとくよ。杉夫とおれは、たぶんあんたを取りあうことになる」

「じゃあ、行くわ」高いづみは、トランクを引っ

ぱりながら言った。「さよなら」

ドアのところで、彼女はふり返った。「杉夫にも、そう伝えて」

彼女は出ていった。

おれは新たにタバコを出してくわえた。ライターで、火をつけようとした。

おれの中の何かが、タバコを吸うことをいやがっていた。ライターの火を、タバコに近づけることができなかった。

おれは変わったのか？

いや。僕は変わったのか？

今、どっちなんだ？　どっちだ？

どっちだ？

シャツを脱ぎ、裸になってみた。だが、そんなことでわかるわけはない。からだは同じなんだから。

ジーパンの右の尻ポケットから、拳銃を出した。左から、音叉を出した。

見くらべた。僕は、おれは、今、どちらにひかれている？

音叉で拳銃をたたいてみた。それでもわからない。おれは、僕は、誰だ。杉夫か？　松夫か？

頭がひどく痛い。床に倒れ伏した。助けてくれ。誰か、僕の、おれの、正体を教えてくれ。

12

深夜、自分の部屋で目ざめると、無性にタバコが吸いたかった。やれやれだ。おれは松夫だ。とにかく、自分が誰なのか、はっきりしているくらい、いい気分はない。

裸になり、バスタブに湯を入れ、床に腰をおろして、ゆっくりとタバコを吸った。

突然、『ジャンゴ』へ行きたくなった。

なぜだろう？　『ジャンゴ』なんかへ行きたくなるのは、杉夫じゃないのか？

おれは苦笑した。まあいい。行ってやろうじゃないか。もしかすると、おれと杉夫が、一緒になりかかっているのかもしれない。

『ジャンゴ』へ行くと、ママがカウンターの中にいた。今、ママがレコードをかけたばかりだ。ジャズが高鳴る。おれはカウンターにかけた。客はあいかわらず、ボックス席にわずかである。

「いらっしゃいませ」

「ウイスキー」

「ロックで？」

「いや。ストレートで」おれはタバコをくわえた。ママが、火をつけてくれる。「二度目ですね」

「そうだったかな」

「お連れのかたは？」

「いや。今日はひとりだ」

そんな会話が心地よい。

ママもタバコを出した。「この間のかた、わたし、どこかで会ったような気がするわ」


おれは、ジャズに聞き惚れていた。初めてのことだった。「いい曲だな」

「え？」

「ん？　いや、どうせ聞いても、すぐ忘れちまうんだが、曲の名前を聞きたくなったよ」

こうやって、だんだん杉夫に近づいていくんだろうか？

ママが言った。「ロング・コール・フロム・ヘヴン」

「何かに書いてくれよ。ああ」おれは手を出した。「これでいいや」

ママは笑いながら、ボールペンでおれのてのひらに曲名を書いてくれた。

おれはウイスキーを飲み干し、金をカウンターに置いた。

ママはくすくす笑った。「もうお帰り？」

「ああ。ちょっと、寄ってみたくなっただけだ」

おれは立ちあがった。

「ありがとうございました」

おれはまだ、松夫なのだ。おれなんかの、いつまでもいる店ではない。

階段をあがって、ビルを出ようとすると、横から岩動組のちんぴららしい男が、「死ねえ」と叫んで、短刀で襲ってきた。

蹴とばし、倒れたやつの胸ぐらをつかんで起こし、膝で腹を蹴りあげた。

「ふぎょ！」

さらに、殴ろうとした。

おびえきったまん丸の眼が、おれに、ちんぴらの悲しみと哀れさを訴えかけている。

おれの中の何かが、ちんぴらを殴ることをいやがっていた。殴れなかった。

おれは立ち去った。背後で、ちんぴらがうめきながら、どた、と、倒れる音がした。あれだけで充分だったのだ。

夜の繁華街を、しばらくおれは、歩き続けた。

商店街のアーケードを抜けると、電器店から、何やらなつかしい曲と、歌声が流れてきた。立ちどまれば、ショーウインドウの中には大小数十台のテレビが並び、同じ画面を映し出している。

何人かの高いづみが歌っていた。ピンクの衣装と髪飾りで、『泣いてもええか』を歌っている。

おれはしばらく聞き惚れていた。

それから、電器店の前を立ち去った。一夜のちぎりを交わした彼女は東京に戻り、テレビに出て、歌を歌い、残されたおれは、あいかわらず地方都市のちんぴらやくざ。なんという陳腐なロマンだ。歩きながらおれは苦笑した。

歩くおれに、商店の親父が挨拶する。「ご苦労さまです」

「おう」

少し、いつものいい気分に戻ってきた。

シャッターのおろされていく商店街を出はずれ、山手の住宅街への石段をのぼる。

上からおりてきたコートの男が、おれとすれ違いざま、だだっ、と石段をかけおりた。

ヤべえ！

おれは拳銃を抜きながらふり返った。

コートの男が、ふり向きざま、拳銃を出しておれを狙い、発射した。

おれの拳銃からは、弾丸が出なかった。

男は六発、撃った。三発が当たった。最初の一発が胸に命中した。おれの鼻さきに、おれ自身の血がしぶいた。あとの二発が、肩と腰に命中した。まわりの通行人が、悲鳴をあげ、階段の上と下へ散らばり、逃げる。

夢の中でのように、おれはゆっくりと石段に倒れながらも、鉄製の手すりによりかかって上半身を起こし、逃げていく男めがけて、何度か引き金をひいた。だが、弾丸は出なかった。

おれはうめいた。

「なんだよう」痛みに耐えながら、弾倉を抜い

た。「タマ、入ってねえ」

杉夫のしわざに違いなかった。

なんという痛みだ。僕は身をよじった。胸に手をあて、その手を見た。血がべっとりとついている。やられたんだ。

「ごめん。松夫」と、僕は言った。

弾丸を抜いたため、僕だけでなく、松夫まで殺すことになってしまった。僕には、松夫を殺す権利など、なかった。

松夫が、出てきた。「杉夫、お前か」

「こうするより、しかたなかった」と、杉夫は言った。

杉夫の、すまないと思う気持ちは、松夫に伝わる。

「水臭えな」と、今はもう、松夫は笑いながら言う。「ひとこと、言っといてくれりゃ、よかった」

「タマ、抜いても、お前、気づいてんじゃないかと思ってた」激痛に身をよじりながら、杉夫は言う。

「何、言ってんだよ。おれだって、お前のこと、全部わかってるわけじゃねえんだよ」もう、杉夫を許しているらしい松夫は、また笑う。「一度、ゆっくり、話しあっておきたかったな」

また激痛が突っ走った。松夫はともかく、杉夫はこの痛みには、とても耐えられそうにない。

杉夫は泣く。「痛え。痛え。痛えなあ。痛えなあ。松夫」

「痛えや。杉夫」松夫も言った。「お前、もう、引っこんでろ。度胸がねえんだから。死ぬ前の苦しみは、おれがひとりで引き受けてやるから。な」


（『泣いてもええか』詞・曲　浅野裕悠輝）

STAFF

監　督　　伊藤秀裕
原　作　　筒井康隆（新潮文庫刊）
脚　本　　神代辰巳
本調有香
伊藤秀裕
製　作　　石山真弓
プロデューサー　　川崎　隆
桃井かおり
企　画　　佐藤利佳
キャスティング・プロデューサー　　庄司八郎
撮　影　　篠田　昇
編　集　　奥原　茂
照　明　　安河内央之
美　術　　大坂和美
録　音　　滝沢　修
助監督　　辻　裕之
記　録　　本調有香
制作担当　　木戸田康秀
制作主任　　八鍬敏正
制作進行　　坪井　力
監督助手　　李　相國
佃　謙介
大竹康師
装　飾　　中山　誠
小道具　　伊藤ゆうこ
スタイリスト　　堀田都志子
深瀬華江
ヘア・メイク　　河合三恵
技　斗　　森岡隆見
スチール　　目黒祐司
音楽プロデューサー　　中島龍二
音　楽　　秋元直也
挿入歌　「泣いてもええか」
作詞　作曲：浅野裕悠輝
「オンリー・ザ・ロンリー」
作詞：アキラ　作曲：秋元直也
唄：千葉マリヤ〈2曲とも〉
写真小説　　花田秀次郎（徳間書店刊）

CAST

鶴丸杉夫・松夫　　豊川悦司
高　いずみ　　高橋惠子
下田　丹義組幹部　　永島敏行
ジャンゴのママ　　永島暎子
鶴丸の恋人、絵美　　夏生ゆうな（新人）
加波山　丹義組組長　　筒井康隆
武　　白龍
ロングコートのヒットマン　　哀川　翔
乾　岩動（いするぎ）組　　ダンカン
英美　　伊佐山ひろ子
ヤク中の女　　竹井みどり
ホステス　　安原麗子
安永　丹義組　　安藤麗二
長沢　丹義組　　長沢一樹
天童　岩動（いするぎ）組　　神威杏次
北上　岩動（いするぎ）組　　浅野潤一郎
レストランのボーイ　　柳ユーレイ
ウエイトレス、洋子　　樋口かおる
鶴丸を狙う男　　中山太吾朗
美容室の先生　　安岡力也
渡会（わたらい）丹義組幹部　　内藤剛志

製作／エクセレントフィルム
配給／スコルピオン＋シネマ・ドゥ・シネマ

PART Ⅲ

単行本&文庫未収録短篇

ほほにかかる涙

感情過多症とでも、いうのだろうか。

と、いっても、笑ったり怒ったりはしない。もちろん面白いことがあれば人並に笑うし、腹がたてばいらいらするが、それが極端になってくると、いつも泣いてしまうのである。最近では、ごくつまらないことですぐに泣き出すようになった。

通りがかりに、近所の子供たちが道ばたにしゃがみこみ、地べたに絵か何かを描いているのを見ただけで、もう、ちゃんと泣けてくる。

——可哀そうに、こんな町のまん中にいるものだから、遊ぶところがないのだ。それであんなことをして遊んでいる——。

たちまち胸がいっぱいになってくる。涙がどっと眼にあふれ、ぽろぽろと頰をつたう。咽喉をつまらせて泣きながら、家に帰ってくる。しゃくりあげながら、ひとりごとをいう。

「可哀そうに、あの子供たち……」

声に出して言ってしまうと、もうだめだ。たちまちおれは泣きくずれる。おいおい泣きながら、畳の上を、座布団をかかえてのたうちまわる。まるで気ちがい沙汰だとは思うものの、自分ではどう仕様もない。

電車通りで、タクシーとダンプカーの運ちゃんが喧嘩しているのを目撃する。どうやら接触事故らしい。目くじら立てて喧嘩するほどの事故でもないのである。

——どちらも、いらいらしているのだ——と、そう思う。——深夜運転、安い月給、過度の緊張の連続、そんなことで疲れ切っているのだ、可哀そうに——。

運ちゃんたちが、可哀そうでたまらなくなる。

喧嘩しているあの二人だって、ほんとは泣きたいくらいの気持なのだろう。ふたりで手を握りあい、おいおい泣きたいくらいの気持なのだ――そう思うと、自分もいっしょに、彼らと三人で、抱きあっておいおい泣きたい気持になるのだ。

「ふたりとも、悪くないのだ」小声で、そういってみる。「疲れているのだ。ふたりとも、ほんとは、実にいい人間なのだ。生きることにけんめいなのだ」

ひとりごとを言いだすと、もうだめだ。涙があふれ、胸がつまる。しゃくりあげ、やがてむせび泣いてしまうのである。周囲の人がこちらを見ているのがわかる。しかし、自分ではどうにもできないのだ。大通りを、わあわあ泣きながら歩く。

マンモス予備校からぞろぞろ出てくる浪人たちを見ても、すぐ泣けてくる。

――青春を謳歌することもできず、机にかじりついていなければならないなんて、可哀想だ――涙が頬をつたう。

大学の数は多いのに、人間はもっと多い。多すぎる。しかも大学を出ていないと、満足に就職できないのだ。詰めこみ教育のために、どれだけ多くの特殊な才能が埋もれて行くことか。どれだけ多くの、いい青年の若い希望が潰されていくことか――。

これは何が悪いのだ。大人が悪いのだ。資本主義が悪い。社会が悪くて政治が悪い。彼らはその犠牲者だ。遊びたい盛りを、好きな本をたくさん読みたい盛りを、嫌いな学科まで詰め込まれ、それぞれの特異な能力のことなど誰にも考えてもらえず、ますます平均化した人間に改造されていく。

可哀そうに。ああ、可哀そうに。

おいおい泣き続けていると、通り過ぎていく彼らは不審そうな眼でこちらを眺める。だが胸の中は熱いものでいっぱいだ。とても泣き続けずにはいられない。

バーへ行っても、このあいだから泣き上戸になっているので、すぐ泣いてしまう。カウンターに腰をおろすと女給たちが、またあの泣き虫がきたという顔で、こちらを見てくすくす笑う。

ボックス席の方では中年のサラリーマンたちがさかんに気焔をあげている。自分がかつて如何に大きな仕事をしたか、また現にしつつあるか。しかし社長や専務は、常務や部長は、理事や課長はそのことで自分を認めてくれただろうか。認めてくれない。社長とあの秘書はあやしい。常務は妾を二人持っている。専務は低能だ。理事たちは能なしだ。部長は部下を可愛がろうという気がぜんぜんなくて、あれでは駄目だ。課長は係長時代に使い込みをして、それは社内の誰でもが知っているのだが、常務の甥だから課長になった。係長はバカだ。主任は白痴だ。今の会社に長くはいてやらないぞ。もうすぐやめてやる。やめてやる。まあまあ君、もう少し待て、もうちょっと辛抱しろ。おれが君の係長になんとか……。

可哀そうに。彼らは会社で、誰に威張ることもできないのだ。ペコペコと頭の下げどおし。家に帰れば亭主を馬鹿にする妻と、父親をばかにする子供たちに、さんざん己れの無能力を省みさせられ……。可哀そうだ。彼らはこんなところでしか、言いたいことがいえないのだ。みんな善良な、いい人間ばかりなのに……。

笑っている。だが、腹の底から笑っているのではない。冗談でも言っていないことには、たまらなくなるものだから、無理に笑っているのだ――。また泣き始める。可哀そうだ。ほんとに可哀そうだ。

カウンターに突伏しておいおいと泣いていると、また始まったという顔で、バーテンや女給がこちらを見る。だが、泣きやめることはできない。

帰りの夜道、野良犬があとをつけてくる。痩せた野良犬だ。

「痩せている」そうつぶやいただけで、もう涙がこみあげてくる。「腹を減らしているのだ。満足にものを食っていないんだろう」

可哀そうに――涙がこぼれ落ちる。わあわあと泣く。

駅のプラットホーム。混雑している。電車が入ってくると、乗客がわれ勝ちにドアの前でひしめきあい、おばあさんを押しのける。上品そうなそのおばあさんは、若い男たちに邪険に小突かれ、プラットホームでよろめき、あわてて人波を避け茫然と佇んでいる。

「気の毒だ。あんないいおばあさんが、電車に乗れなくて困っている」たちまち泣き出してしまう。おいおい泣きながら、おばあさんにいう。

「お困りでしょうね。どうしてみんな、あんなにわれ勝ちに乗ろうとするんでしょうね。悲しいことです。さ、ついていらっしゃい」

おばあさんの手をひき、人混みをかきわけ、泣きつづけながら叫ぶ。「このおばあさんを、乗せてあげてください。このおばあさんは、いい人なんですよ」わあわあ泣きさけぶ。「あなたたちの、ちょうどお母さんくらいの歳の、いい、おばあさんなんですよ。どうして押しのけたりするんですか。どうしてそんなに、小突きあうのですか。みんな人間どうしじゃありませんか」

あふれる感情に押し流され、電車に乗ってからも泣きやめることができない。おばあさんにかきくどく。「あなたは死んだお母さんを想い出させます。母も、あなたのように上品で、おとなしい人でした。それなのに、いちども親孝行をしなかった」泣きわめく。「あなただけは、しあわせに暮してくださいね」

「やかましい」

「気ちがいだ」

「おろしてしまえ」

しまいには怒り出した周囲の乗客のため、プラットホームへ突きおろされてしまう。それでもまだ、涙が頰をつたう。「気が立っているのだ、みんな」おいおい泣く。「毎朝のラッシュ・アワーに揉まれ、みんな、気持がかわききってしまっているのだ。みんな、いい人たちなのに……。可哀そうだ」

しかし、こんなに泣きかたがひどくなってきては、本職のグラフィック・デザインの仕事にまでさしつかえる。何とかしなければいけない……。

ある日、近所の顔見知りの眼科医のところへ診察を受けに出かけた。

「さあねえ。泣くというのは眼が悪いからというわけじゃないでしょう」一応診察してから、その医者はそういった。「しかしまた、こうも言えますね。おかしいから笑うのではない。笑うからおかしいのだ、と。つまり、周囲の人が笑っているから自分も笑う。すると、なんとなくおかしくなり、しまいには腹をかかえて笑いころげるということがありましょう。あの理屈ですな。それと同じ論法でいくと、悲しいから涙が出るのではなく、涙が出るから悲しくなって泣いてしまうということもあり得ます」医者はカルテを見ながら、さらにこう言った。「今、診察したところによりますと、たしかにあなたの涙腺は、多少肥大しているようです。だいぶお困りのようですから、その涙腺の機能にちょっとばかり、障害をあたえておきましょう」

これにはおどろいた。「そんなことができるのですか」

「いやいや、今のはわかり易く言っただけです。なあに、ほんのちょっとした手術ですみます。時間もそんなにかからないでしょう」

麻酔をかけられたので、どんな手術をされたのかは知らないが、気がついた時にはもう手術は終っていて、なんとなく眼がちくちくしていた。

その手術はたしかに効きめがあったようだ。以前のように、つまらないことで泣くということはなくなった。いや、多少悲しいことがあっても、涙が出ないものだから少しも泣く気になれず、平気でいることさえできるようになった。

　これでどうにか、スムーズに仕事ができるようになったと喜んでいると、今度は次第に眼が充血しはじめた。

　手術後二週間ほどして、いやに眼が痛むので、鏡を見ておどろいた。白眼の部分がまっ赤なのである。

「あっ、これはどうしたことだ。仕事のやりすぎで眼が疲れたのだろうか」

　あわてて眼薬をさした。ちくちくと、ひどく眼が痛んだ。ゴミが入って、眼球にだいぶ傷がついていたらしい。

　それからも、眼が痛むたびに眼薬をさしていたが、そのうち痛みかたがただごとではなくなってきた。仕事にもさしつかえるようになってきたのである。これはいかん、どうもこの間の手術のせいらしいと思い、ふたたび眼科医院の門をくぐった。

「どうも、涙腺手術をきつくやりすぎたようですなあ」医者は診察してから、そんな無責任な言いかたをした。「あの手術はどうも、失敗だったようです」済まなそうな顔もせず、そういうのだ。

　こちらは視力も商売のもとでだから、そんなに簡単に失敗されたのでは、たまったものではない。「なおらないのですか」

「このままほっておくと、めくらになります」

「それは困ります」あわてた。「わたしの商売はグラフィック・デザインです。めくらになってはは仕事ができません。死活問題ですから、なんとかしてください」

「涙というものは、ご存じのように」と、医者は説明をはじめた。「ただ泣く時のためにだけ出るのではありません。涙というのは一種の消毒薬みたいなものです。空気中には、いろいろなゴミがあり、それらのゴミはとんできて眼にとびこみ、われわれの知らぬ間に眼球を傷つけているのです。涙はそれらの傷を消毒し、治療する薬の役目も果たしてくれるのです。それらのゴミ——こまかいゴミを洗い流してくれるのです。ご存じですか」

「そんなことなら、だいたい知っています」

「そうでしょうな」医者はうなずいた。「つまり涙というものは常に出ている状態にあるのが正常です。言いかえれば、人間はつねに泣いているのがあたり前なのです。昔の人は、もっとたびたび泣いたでしょうが、現代人はいそがしくて、泣いている暇もないので、あまり泣かないのでしょう。泣くタネは尽きず、昔よりはある意味で泣く機会も多くなっているにかかわらず、あまり泣かないということは、人間の心が乾ききってしまっているからに他ならないのではないでしょうか」

医者は次第に演説口調になってきた。

「最近、眼の病気が多くなってきたのも、原因は案外こんなところにあるのかも知れません。あなたの場合も、もともとよく泣く状態にあった健康な眼を、無理に乾燥させてしまったのが、よくなかったのです」まるで自分の手術の失敗を弁護し、こちらに責任をなすりつけるような言いかただ。

もういちどくり返して訊ねた。「なおりますか。なおらないのですか」

「診察したところによりますと、あなたの眼球には、ひどく傷がついています。しかし、今すぐ涙腺をもとに戻せば、傷はなおるでしょう」

「では、今すぐ涙腺をもとに戻してください」

「それが、駄目なのです」医者は冷たくかぶりを振った。

「たとえば水道の栓を固くしめたまま抛《ほう》っておくと、パッキングがからからにひからびて、蛇口は錆びついてしまいます。それと同じにあなたの涙腺も、長いこと涙で湿った状態にはなかったわけですから、すっかり枯渇して、ひからびてしまい、もう使いものにならなくなってしまっています。ちょっと困りましたな」

「ちょっと困ったでは、すみません。こちらは仕事ができなくなります。他に能のない人間ですから、このままでは首でも吊るより他、しかたがありません」

「まあ、そんなにあわてていけません」医者は自殺でもされては大変だと思ったらしく、ちょっとあわてた。「なんとかできると思います。何かいい方法があると思います」診察室の中を考えながらぐるぐると歩きまわった。

やがて医者は立ちどまり、ぽんと手をうって言った。「いいことがあります。こうすればいいでしょう」

「ああ。そうしてください」

「まだ何も言っていません」

「どんなことですか」

「唾液が眼から出るようにすればいいのです。ご存じとは思いますが、唾液というものも一種の薬です。消化の役割を果たす一方、消毒の役割も果たします。犬や猫が、傷口をぺろぺろ甜めているでしょう。あれは唾で消毒しているのです。つまり唾液は、涙としての役割も充分果たすことが可能なわけです」

「しかし、どんな手術ができるんでしょうか」

「なに、案外かんたんにできると思います。唾液が分泌されるのは、舌下腺、耳下腺、顎下腺などからですが、このうちの耳下腺を眼の方へ連結します。だいじょうぶ、今度は失敗しないようにやります」

そんなに何回も失敗されてはかなわない。

また、麻酔をかけられ、前後不覚になった。

眼がさめると、医者が笑いながらいった。

「手術は終りました」

いつも、あまり簡単に手術が終るので、なんとなく不安だった。だが今度こそ、手術は成功だったようである。

それからは、涙も適当に出るようになり——ほんとは唾が出ているのだが——眼も痛まなくなった。仕事も進み、首を吊らなくてもいい状態になった。あの医者に感謝しなければならないだろう。

ただひとつ、困ったことがある。もっともこれは些細なことで、前の状態に比べれば、大したことではないのだが——。

つまり、ものを食べている時に涙が出て困るのだ。ぽろぽろ涙をこぼしながら飯を食っている図など、あまり人には見せたくない。まあ、飯はたいてい家で食べるから、前ほど恥をかかないですむのだが、こうなってくると、結局いちばん最初の状態と、たいしてかわらないことになってしまった。

諸君はどちらがいいと思う？

ちょっと悲しいものを見ると、泣けてしかたがないという状態と、旨そうなものを見ると涙が——ほんとは、よだれなのだが——出てしかたがないという状態と——。

社長秘書忍法帖

重役用の会議室から、秘書課長が出てきてドアを大きく開いた。

会議が終ったらしい。

続いて廊下へ専務が出てきた。次に常務が総務部長と何ごとか話しながら出てきた。

ビルの四階にある営業部室内のおれのデスクから、なぜ五階の廊下が見えるかというと、廊下の隅ずみに仕掛けてある反射鏡が、このビル内のいたるところの出来ごとを、おれの机の上の受話器、よく磨かれたそのプラスチック面に送ってくるからである。この黒い受話器の表面には、プリズムの如く、社内要所四十二ヵ所の模様が常に映し出されている。受話器の位置がほんの一ミリずれただけで、何も見えなくなってしまうぐらいだから、こいつの調整をするには、たいへんな手間がかかるのである。

会議室からは最後に社長が、技術部長と話しながら出てきた。社長には、いつものように美人秘書の藤令子が影の如く従っている。影のように従うことのできる美人秘書など、最近では滅多にいないから、おれは彼女を、絶対にただものではないと睨んでいる。

藤令子は、円筒状に巻いた青写真を数本かかえていた。会議が始まる前に、この青写真を会議室へ持って入ったのは技術部長である。したがって、その青写真こそ、わが社の技術部が開発した新製品、カセット・ビデオ・レコーダーや、キネスコープ・レコーダーを組み込んだ最新型カラー・テレビの設計図面のコピーにちがいなかった。すでに図面は完成し、今や会議の内容は試作品、原価計算、そして販売計画という段階にまで進んでいるのだろう。

藤令子を従えた社長が、廊下のつきあたりの社長室に消えた。

ぴったりと身についた濃紺の制服を着ているため、小柄なからだがさらに小柄に見える令子の均整のとれた姿、そして特に、彼女のやや小さく、くりくりとひきしまったヒップがドアの彼方に消えるのを、受話器の黒いプラスチックの上に眺め、おれは社長に軽い嫉妬を感じた。

この会社は商売柄、産業スパイに対する防備が綿密細心を極めていて、社長室の内部はおれがどんなに苦心しても覗くことができない。

覗くことのできない部屋は他にもある。重役会議室、貴賓用応接室などである。これらの部屋は、覗けないだけでなく、盗聴器を仕掛けることさえ不可能だ。しかし何といっても、技術部の研究室ほど厳重な部屋は他にない。この部屋は早くいえば全体が二重の金庫の中にあるようなもので、他の部屋なら深夜にでも忍び込めるが、ここにだけは絶対に入れない。

新製品「キネカセット19」の設計はこの部屋の中で進められていたため、さすがのおれも今まで、手も足も出なかったのである。そして、それほどまでに新製品の設計図をほしがり、社内のあちこちにあわただしく眼をくばり続けているこのおれは、言わずと知れた産業スパイ、産業情報研究所の第一期卒業生で、仲間うちでは見本市団五郎と称されている、敏腕の独立諜報家である。

今、あの設計図のコピーが、社長室にあるのだと思うと、おれの胸は躍った。図面を、おれのネクタイ・ピン兼用超小型カメラに納めるのは、今がチャンスである。今夜になれば、またどこかへ、厳重に収められてしまうかもしれないのだ。

はやる心を押さえながら、手洗いへ立つふりをして、さり気なく営業部室から廊下へ出た時、労組委員長の坂本がおれを呼びとめていった。

「衣笠君。いよいよ、やるからね」

「指名ストかい」

「そうだ。技術部の連中を指名する」

「痛いだろうなあ。だって、例の」

キネカセット、と言いかけ、おれはあわてて口をつぐんだ。まだ新製品の名前は、重役以外の誰も知らないのである。

おれは、にやりと笑った。「例のやつ、そろそろ研究室で試作品を作る段階にきてるんだものな」

「もちろん、それを狙っているんだ。それだけじゃないよ。今度はベース・アップ以外に社長退陣要求を出す」

「ますます激しくなってきたな。まあ、がんばってくれ」

「ああ。君の応援も、期待してるよ」彼は油断のない眼で、じろりとおれを睨み、技術部室へ入っていった。

坂本という男、ただものではないな、と、おれは思った。今、指名ストをやり、社長退陣要求などを出したら、販売計画はめちゃくちゃになるだろう。あいつ、会社をつぶす気だろうか、だが、何の為に——おれは首をひねった。

エレベーター・ロビーへきてボタンを押すと、一階で停止していたやつが昇ってきた。だが、四階には停らず、そのまま五階へ行ってしまった。重要な来客があった場合は、こういうことがよくある。

誰か来たな、おれはそう思い、すぐさま横の階段を、足音を消して駈けあがった。

秘書課長に案内され、エレベーターから五階の廊下へ出たのは、エンパイア・エレクトリック日本支社の男で、シルバーバーグというアメリカ人だった。彼は社長室の隣の貴賓用応接室へ入っていった。重大な用件でやってきたらしいことは確実だし、それが「キネカセット」に関することだということも、ほぼ、たしかである。

Ｅ・Ｅ社と、わがペニー社とは比較的仲が良く、数年前から技術援助、小規模のプラント輸出、加工輸入などをやっている。

以前から企業防衛闘争を熱心に実行している坂本が、このことを知ったらまた憤慨するだろうと思い、おれは手近の電話で技術部室を呼び出した。

「はい。技術部です」

「そこに、坂本君が行ってる筈ですが」

坂本が出た。「はい。坂本です」

「ぼくだ。Ｋだよ」社内電話だから、交換台で盗聴されているおそれがある。おれは声を押し殺して喋った。「今、Ｅ・Ｅのシルバーバーグが来て、社長と会ってるぜ」

「ほんとか。今度は何だろう」

「さあね。今度の場合は、ものが新製品だから、おそらく日本で作れない部分品があって、だからそれをＥ・Ｅから輸入して、かわりに完成品を再輸出するんじゃないか」

「加工輸入だな。ありがとう。よく教えてくれた」彼は、ひどくあわてて電話を切った。

貴賓用応接室には盗聴器を仕掛けることができないから、話の内容を盗み聞こうとすれば、直接室内へもぐり込むしか方法がない。そこでおれは、まず隣りの社長室にしのび寄った。この社長室の内部からは、一度廊下に出なくても、ドア一枚で直接貴賓用応接室へ行けるようになっているから、社長室が現在からっぽになっていることは充分予想できる。

そっとドアを開いた。

予想通り、社長室はからっぽで、秘書の藤令子もいない。あたりを捜しまわったが、例の青写真も見つからなかった。きっと隣室へ持って入ったのだろう。

おれは隣室との境のドアに近づき、把手をゆっくりとまわし、隙間を作って室内を覗きこんだ。応接室では、社長とシルバーバーグが向きあって話し、社長の横で藤令子が会話の要点をメモしている。中央の机の上にはさっきの青写真が拡げられていた。

話の内容をもっとよく聞こうとし、ポケットから万年筆型盗聴器を出した時、だしぬけに廊下からのドアが開き、労組委員長の坂本が血相を変えて応接室へ走りこんできた。

「その交渉を粉砕する」

「君っ。な、何ごとだっ」社長が赤ら顔をさらに赤くして、坂本を怒鳴りつけた。「来客中だぞ。失礼ではないか」

だが坂本は、眼を吊りあげたまま社長の鼻さきへ指を向け、大きく叫んだ。「労組忍法・社長まわし」

社長の肥満体は、ソファからぴょんと宙に躍りあがり、みごとに三回転して、床に落ちた。

「ぐっ」

社長は禿頭を強打し、そのまま絨毯の上へながくのびてしまった。

坂本は机の上の青写真をひっつかんだ。

「アナタ、ナニシマスカ。ワタシ怒リマシタヨ。アナタ捕エテアゲマス」シルバーバーグが立ちあがり、フランケンシュタインそこのけの巨体で坂本につかみかかってきた。

坂本は彼に指をつきつけて、また叫んだ。

「労組忍法・米帝縛り」

「ぎゃっ」

シルバーバーグは身を凝固させて眼球をうわずらせ、不動金縛りの術にかかったかの如く、口から泡を吹きながら俯伏せに倒れた。

おれは、この様子を覗き見ながらも、さほど驚かなかった。労組忍法などと勿体をつけているが、実際は簡単な合気道にすぎないのだ。

応接室では、藤令子がゆっくり立ちあがって坂本に話しかけていた。

「やっぱりあなたは、よその会社からのまわし者だったのね。この会社の労組の委員長になり、過激な闘争でペニー社をぶっ潰す気だったのね」

「よその会社から派遣されたのではない」坂本は大いに自尊心を傷つけられた様子で答えた。「外国資本と結びつく大企業を片っぱしから潰すために命を賭ける、孤高の一匹狼なのだ」

令子はうなずいた。「じゃあ、インターナショナル健ってのは、あなただったの」

「なにおっ」坂本は身構えた。「おれの名を知ってるとすると、お前は同類だな。いかにもおれは産業情報研究所の第二期卒業生、人呼んでインターナショナル健だが、お前はいったい何者だ」

「やっぱりそうだったのね。じゃ、わたしの先輩じゃないの」令子は可愛い微笑を浮かべて首を傾げ、手をさし出した。「ねえ。先輩のよしみで、わたしの顔、立ててくださらない。その青写真、返して頂戴な」

「なんだと。お前がおれの後輩だと」健はしばらく令子をじろじろ眺めまわしてから、ゆっくりとかぶりを振った。「だめだ。これは渡せない」

「うん。意地悪」令子は少し拗ねて見せた。

「馬鹿ねえ。そんなもの持って行ったって、この会社、ちっとも困らないのよ。それはコピーで、原図は別にとってあるんだから」

「いや。こいつをたくさんコピーして、他の家庭電気製品のメーカー全部に配布する」

令子の顔が、少し蒼ざめた。「そんなことされちゃ、困るわ」

「そうだろうな」健はにやりと笑い、そのまま廊下へ出て行こうとした。

「逃がさないわ」令子は透き通るような声で高く叫んだ。「社長秘書忍法・ホットマネー」

たちまち部屋の四隅の天井から、世界各国の貨幣が健めがけて降りそそぎ、さらにそれは投機市場を求めて室内をとびまわった。

「あちちちちちち」健は悲鳴をあげながら廊下

へとんで出た。

「お待ちなさい」令子は健を追った。

健が、あの青写真をさらに複写してバラ撒いたりしようものなら、この会社へ入社して以来二年間のおれの苦労は水の泡である。おれもあわてて二人のあとを追い、社長室から廊下へとび出した。

逃げ続けながら、健はふり向いて叫んだ。

「労組忍法・メーデー」

たちまち周囲は、赤旗とプラカードに満ちて、おれの視界は完全に遮断されてしまい、労働歌の洪水が耳を聾した。電産、炭労、私鉄などと白く抜かれた赤旗を、かきわけ、まくりあげ、ひっぺがし、踏みにじりながら前進したが、次つぎとあらわれる赤旗は数限りなく、ついに自分のいる場所さえわからなくなってしまった。催眠術だということは知っているものの、術の破りかたを知らないのではどうしようもない。

なかなかやるな、とおれは思った。さすが、おれの後輩だけのことはある。しかし今は感心している時ではない。いかに母校が同じとはいえ、現在は敵味方なのである。

赤旗が嘘のように消え去った時、おれはエレベーター・ロビーにいた。健の姿は、すでに見えなくなっている。

「あら。衣笠さん」おれの姿を見て令子が駆け寄ってきた。「たいへんなんです。健が……うん、労組委員長の坂本さんが、社の機密書類を持ち逃げしちゃったんです。こっちへ来たでしょう」

「えっ。それは大変だ」おれは初めて知ったふりをし、おどろいて見せた。「で、どっちへ逃げたんだろう」

「ああ、困ったわ。あなたも知らないのね」彼女は少しがっかりした様子で肩をすくめたが、すぐに背をそらせ、白い壁の一点を見つめた。「ぐずぐずしていられないわ。調査してみます。衣笠さん、おどろかないでくださいね」彼女は壁に指をつきつけた。「秘書忍法・オペレーションズ・リサーチ」

壁の一部に、テレビ・スクリーンの形をした映像があらわれ、それは社内要所要所を次から次へと眼まぐるしく点滅させていった。一種の透視術《クレアヴオヤンス》である。

また、おどろいて見せようかと思ったが、いちいちおどろくのが面倒なので、おれは彼女にいった。

「そうか。君だね。産業情報研究所の第三期卒業生で、しかも優等生だったという、俗称、虎御前《とらごぜん》のメリーは」

彼女はスクリーンを凝視したままで、からだを固くした。「あなたはいったい、誰なの」

「あっ。いたぞ」おれはスクリーンの中にあらわれたインターナショナル健を指した。

「まあ憎らしい。営業部室にいるわ。大勢のいるところだと、わたしが手を出せないと思っているのよ」

「行こう」

おれと虎御前のメリーは階段を駈けおり、四階の営業部室へとびこんだ。

おれたちの勢いと血相におどろいて、いっせいにこちらを眺めた営業部員たちに指をつきつけ、おれは叫んだ。「忍法・総白痴」

たちまち社員全員がうっとりとした表情になり、だらしなく頬の筋肉をゆるめてうわごとを喋りはじめた。

「ホッカイロ一のケーコタン」

「ハッパフミフミー」

「オカーサーン」

「ワイドだよ。ワイドだよ」

「ニャロメ」

集団催眠は対個人催眠よりも、むしろかけやすいのだが、精神力が少しでも常人以上に強い人間がいると、そいつだけにはかからないのが欠点だ。窓ぎわにいた健は、おれの術にかからず、あべこべに術をかけ返してきた。

「労組忍法・ピケライン」

今まで、てんでばらばらにあらぬことを口走っていた連中が、急に頬を引き締め、団結して、おれたちの前にピケラインを作ってしまった。催眠術にかかった連中ほどチームワークのとれた集団はないのでおれが手を出しかねていると、虎御前が横から大声で叫んだ。

「忍法・マネージメント・シミュレーション」

突然おれたちの前に、身長一メートルにも足らぬ小さな社長が数十人あらわれ、ピケラインになぐりこみをかけた。

たちまち、ピケラインは破れた。

社員たちが、小さな社長の大群と乱闘をくりひろげている間に、おれたちはピケラインを突破し、部屋の奥へインターナショナル健を追いつめた。

「追いつめたぞ。さあ、青写真をよこせ」

健は円筒形に巻いた数本の青写真を抱きしめたまま、おれを睨みつけた。「貴様、いったい、何者だ」

「お前の先輩だよ。さあ、それをよこせ」

「先輩だと」健は疑わしげにおれをじろじろ眺めてから、かぶりを振った。「いかに先輩だろうと、資本家の犬にこの図面は渡せないね。あばよ」彼は、あっという間に窓からとび出し、ビルの外壁についている鉄製の非常階段にとびついて這いあがり、靴音高くのぼっていった。

「屋上へ逃げるつもりよ」虎御前が叫んで、すかさずからだを豹のようにくねらせながら宙に身を躍らせ、非常階段の鉄パイプの手摺りにとびつき、健のあとを追いはじめた。

もちろんおれも、彼女のひきしまったヒップの軌跡を追って跳躍した。

ふたたびおれたちは健を、晴れわたった青空の下、広い屋上の片隅に追いつめた。なにしろ三人とも、一気に十七、八階分の階段を駆けあがったものだから、しばらくは睨みあったまま肩で息をしていた。

やがて、気力をとり戻した健が、ひと声高く叫んだ。「労組忍法・共産党宣言」

健は見るみる一匹の巨大な妖怪に変身し、おれたちに襲いかかってきた。これこそ十九世紀末のヨーロッパに出てあちこちを闊歩していたまっ赤な妖怪であって、肛門からは私有財産を垂れ流し、肩からは「万国の労働者団結せよ」と書いた襷《たすき》をかけている。

今にも食われそうになった瞬間、赤い唇を可愛く開いて虎御前が叫んだ。「忍法・コンピューター」

彼女の小さな口から、猛烈な勢いでパンチ・テープが次から次へととび出し、それは妖怪のからだにからみついて、ぐるぐる巻きにしはじめた。健はあわててもとの姿に戻り、脱出しようとしたものの、くり出されるパンチ・テープの攻勢はものすごく、とうとう蓑虫《みのむし》形に全身を覆われ、中へ封じ込められてしまい、コンクリート・タイルの上へごろりところがった。

「労組忍法なんて、意外にもろいのね」片頰に笑《え》窪《くぼ》を作りながら、虎御前はあたりに散らばった青写真を拾い集め、おれにいった。「この人、第二期卒業生だそうだけど、きっと成績は悪かったんでしょうね」

「この男は在学中に赤くなったんだ」と、おれはいった。「こいつの術が未熟なのは、自分の思想に縛られているからだよ」

「あら。この人、あなたの同期生」

「いや。おれの方が先輩だ」

「まあ。じゃあ、第一期卒業生なの」

「そうだ。こいつのことも、それからあんたのことも、卒業してから噂には聞いていた。特にあんたのことは、すごく出来のいい女の子がいるという評判で、前から会いたく思っていたんだ」おれは喋りながら、ゆっくりと彼女に近づいた。

「あら」彼女は頬を染めた。「先輩から褒めていただいて光栄ですわ。でも、噂ほどじゃありませんことよ」彼女はまた、小首を傾げた。「ところで、あなたはどなた」

「見本市団五郎だ」名乗るなりおれは、すっかり油断している彼女の腕の中から青写真の束をひっさらい、数メートルうしろへ跳び退《すさ》った。「これは、おれがいただく」

彼女は白い歯を光らせてきゅっと唇を嚙みしめ、小さなからだを口惜しげによじった。

「油断したわ」

「そうとも。油断はいけないね」おれはにこにこ笑って、うなずきかけた。

「見本市団五郎とは、思わなかったわ。だって、見本市団五郎というのは……」

「もっと、荒くれ男だと思ってたんだろ。こんな、やさ男とは思わなかったっていうんだろ」

「そうよ。でも、逃がさないわよ」彼女はおれに指を向けた。「忍法・ボトル・ネック」

おれのネクタイが、ひとりでひらりと宙に舞いあがり、おれの首をぎゅうっと締めつけた。

「ぎゃっ」おれは不意をくらってぶっ倒れ、手足をばたばたさせた。「電気製品は最近、日本経済の隘路じゃない筈だぞ」

「関連産業が隘路化してるのよ」虎御前はにっこり笑った。「忍法・フィードバック」

おれが苦しまぎれに周囲へまき散らした青写真は、するすると宙をとんで虎御前の腕の中におさまった。

おれはネクタイをむしり取って叫んだ。「忍法・エコノミック・アニマル」

全身に札束をひらひらとぶらさげ、貨幣をしたたらせ、眼鏡をかけた出っ歯の巨獣と化して、おれは彼女に襲いかかった。

「忍法・テレビ流し」虎御前はそう叫んだ。

彼女のからだは、ぴょんと宙に浮かびあがっては消え、消えたかと思うとまた下からあらわれた。ちょうど垂直同期のうまくいってないテレビの画面のようなもので、下から上へと次つぎに流れて行く。おれは何度も襲いかかったが、そのたびに牙は空を嚙み、爪はむなしく宙を切った。

こうなれば作戦を変更し、なんとしてでも彼女をおれの肉体的魅力でたらしこみ、女性心理を利用して図面をまきあげるより他に手はなさそうだ。

おれはすぐさま、もとの姿に戻って叫んだ。

「忍法・ハダカ相場」

一定したテンポのフリッカーで、ぴょこんぴょこんと下から上へ流れ続けていた彼女のからだから、まず最初、濃紺のスーツがぱらりと落ち、次のフリッカーでブラ・スリップが落ち、最後のフリッカーで彼女はパンティの中からとび出して、とうとうまる裸になってしまった。

「あら。いや」彼女は大あわてで屋上にとびおり、散乱した下着を拾いはじめた。

からだの線はまだ固く、乳房もさほど大きくはない。おれはにやりと笑った。

「新株らしいな。プレミアムをつけてやるぜ」おれはすばやく裸になって虎御前にとびかかり裸の彼女を背後から抱きすくめて叫んだ。「忍法・ハイジャック」

おれは彼女を抱いたまま、屋上のさらに上空数十メールのところへ浮かびあがった。

「さあ。おとなしくして。あばれると落ちますよ、お嬢さん」

「どうするつもりなの」

「あなたを、いただいちまうの」

「あら。こんな高いところで」

「そうなの」

「いやよ。いや」

腕の中でもがく彼女を、おれは無理やりぐいと抱きしめ、空中を二転、三転しながら犯す体勢に入ろうとした。その時、虎御前の鋭い爪先がおれの脊椎の射精中枢にぐさりと突き刺さった。

ひどい衝撃だった。あっという間もなく、おれはありったけの蛋白質をむなしく空中に射精し、気力も体力も喪失して、まっさかさまに屋上へ墜落した。

「忍法・たなざらえ」

気がついた時、おれと共に墜落した虎御前は、打ちどころが悪かったらしくおれのすぐ傍でヌードのままぶっ倒れていた。

彼女をものにするには、この機会をおいて他にない。おれはすぐさま立ちあがり、気力と体力の充実をはかるため、掛け声をかけた。「忍法・自己融資」

その声で意識をとり戻した彼女は、すでに種馬のそれの如く猛り立ったおれの逸物をひと眼見てきゃっと叫び、処女の羞じらいに頬を染め、眼をそむけながら叫んだ。「忍法・ミニアチュア・チューブ」

たちまちにしておれのペニスは親指の大きさ、MT真空管並みに縮んでしまった。干涸びた青唐辛子みたいなものである。これでは役に立ちそうもないので、おれはあわてて、また声をはりあげた。

「忍法・品質管理」

一瞬にしておれの陰茎は、通常の約十倍の大きさに勃起し、天に向かってそびえ立ち、ＪＩＳマークの入った亀頭からはデミング賞がぶらさがり、ファンファーレが高鳴り、くす玉が割れて鳩が飛び立った。

「あ……あ……」

これはまだ男を知らぬ虎御前には効果満点だった。彼女は眼を見ひらいておれの下腹部を凝視し続けながら、なかば腰を抜かした態で、へたへたとその場にくずおれてしまったのである。今や術をかけ返しておれに抵抗する気力もなくしてしまったらしい。

「ああっ。いや。いや」

顔を伏せ、弱よわしくかぶりを振り続けていた彼女に、おれはゆっくりと近づいた。

「忍法・催促相場」

背後から彼女にそういうと、彼女はいやいやをして叫んだ。

「忍法・パッケージ」

たちまち彼女はビニールの包装紙にくるまって、箱の中に入ってしまった。箱の蓋には「特級品」というラベルが貼りついた。『箱入り娘』という洒落らしい。

おれは笑いながらいった。「忍法・オープン・ディスプレイ」箱の蓋が開き、軍艦マーチが鳴り響いて、花輪が立ち並んだ。『祝・新装開店』『出血大サービス』『全機開放』『打ち止めナシ』

「ひどいわ」彼女がくすくす笑いながら箱の中からとび出して、おれにつかみかかってきた。「新装開店なんかじゃないわ」

おれたちは取っ組みあいをしながら、屋上をごろごろところげまわった。例の青写真があたりに散らばっていたが、なんとなく彼女もおれも、そんなものはもうどうでもいいような気になってしまっていた。

「忍法・強含み」おれは彼女の全身にキスを浴びせながら、そういった。

「忍法・抵抗線」

「忍法・特定銘柄」おれは彼女の唇を唇で塞ごうとした。

彼女はけんめいに、かぶりを振った。「忍法・マージン取り引き……む……む……」

ながいキスが終ってから、おれはいった。

「忍法・寄りつき」

「ああ……」彼女は嘆息した。「忍法・信用買い」

「忍法・外資導入」と、おれは叫んだ。

「あ……」彼女は呻いた。「忍法・逆ザヤ」

「忍法・もちあい放れ」おれも息をはずませながらいった。「忍法・上放れ。忍法・下放れ……」

「忍法・大台乗せ……ああ、い、痛い。痛いわ」

彼女はあえいだ。

「忍法・浮動担保」

「ああ……ああ……忍法・小戻し」

「忍法・もちつき相場」

「忍法・引き締まり……やめて……ああ……やめて」

「忍法・様変わり。忍法・吹き値」

「忍法・青天井」彼女は声をうわずらせた。

「忍法・お、お、大引け……ご、後場の大引け」

「忍法・棒上げ」おれはのけぞった。「に、忍法・暴騰」

「忍法……に……に……」彼女はついに、失神した。


しばらくして息をふき返した彼女は、傍に横たわっているおれに、ゆっくりと手足をからませてきた。「ねえ。好きよ。あなたが。可愛いひと。ダーリン。団五郎ちゃん」

おれは太陽を見あげながら、ぼんやりした口調で彼女にいった。「ぼくは、君を色仕掛けでたらしこみ、からだを奪うついでに心も奪い、ぼくの思い通りにしてしまって、あの図面を奪うつもりだった。ところが」おれは彼女に向きなおった。「身も心も奪われてしまったのは、ぼくの方だった。君はすばらしい。メリー。ぼくはもう、あんな青写真は、どうでもよくなってしまった」

「わたしもよ」

おれたちはまた、午後の陽光の降りそそぐ屋上で、裸のまま抱きあい、キスをした。

身支度をととのえながら、虎御前がパンチ・テープでぐるぐる巻きのインターナショナル健を顎で指し、おれに訊ねた。「ねえ。あの人、どうしましょう」

「ほっとくんだな」と、おれはいった。「誰かが見つけて、助けてくれるだろう。もし窒息して死ねば、それはあいつが未熟だったからだ。われわれの掟はきびしい。負けた者が死ぬ、それが掟だ」

「そうね」

パンチ・テープの蓑虫が、ひくひくと動いた。おれたちの話が聞こえたらしい。

おれは青写真を拾い集め、虎御前に渡した。

「君が持っていけ。君の戦歴に傷をつけたくない」

非常階段を駈けおりていくおれに、屋上から虎御前が叫んだ。「ありがとう、先輩。また、いつかどこかで会いましょうね」

翌朝、おれはペニー社の商売敵である五菱電機の社長室にしのびこんだ。社長は入ってきたおれに気がつかず、社長用デスクに向って書類に眼を通している。

デスクの前にある黒革のソファのうしろに片膝ついてうずくまり、おれは社長に小声で呼びかけた。

「もし。ご主人さま。もし。ご主人さま」

「誰だね」社長は顔をあげた。

「わたくしでございます」おれはソファの蔭から顔だけ出し、片方の握りこぶしを床に突いて一礼した。

「ああ、お前か」社長はうなずいた。「どうだね。新製品の青写真は、手に入ったのかね」

「はい。図面を撮影して参りました」おれは超小型カメラ兼用のネクタイ・ピンをはずし、社長のデスクの上に置くと、またとび退いてソファの蔭に隠れた。

虎御前のメリーが失神している間に、おれはあの青写真を一枚残らず撮影しておいたのである。

「ご苦労だったな。よくやった」社長はネクタイ・ピンをとりあげ、にやりと笑った。

「ところで、ご主人さま」

「何だね」

「あの、ご褒美の方は」

「ああ。今やるよ」社長はデスクの抽出しからサイレンサーつきのワルサーを出し、銃口をソファに向けた。「これだ」

ずぼっ、と、鈍い音がして、ソファの凭れを貫通した銃弾がおれの右腕に深く食いこんだ。

「ぎゃっ」

不意をくらっておれはうろたえ、横っとびにドアの方へ逃げた。ドアの手前で、社長の発射した二発めが尻に食いこんだ。

「ぎゃっ。ぎゃっ」

ズボンからうす煙をあげ続けながら廊下を逃げ、さらにあちこち逃げまわった末、おれは命からがら五菱電機を脱出した。

おかかえの産業スパイを裏切るなど、まったく、とんでもない社長である。世の中も、せち辛くなったものだ。おれは、傷の痛みと口惜しさで、二、三日眠れなかった。しかし、いくら口惜しくても、だまされましたと訴えて出ることはできないのだ。

「くそ。あの社長め。いつか復讐してやるからな。おぼえていろ」

もちろん、二度とペニー社へ出社することもできない。腕と尻から弾丸を抜いてもらったもぐりの医者に手術代を支払うと、金もなくなってしまった。

四日め、傷の痛みもうすらいだので、おれは腕を肩から吊り、びっこをひきながら街へさまよい出た。新しい仕事を探すためである。

「まあ。団五郎さんじゃありませんか」

街かどの銀行から出てきた虎御前がおれを見て、眼を丸くしながら声をかけてきた。「そのなさけない恰好は、なにごとですの」

「君にだけは、この恰好、見てほしくなかったね」おれはしょげ返りながらいった。「やとわれた会社の社長に、裏切られちゃったの。それで、お金ももらえなかったの」

「わたしをだまして、図面を撮影したむくいですわ」

「あれ。なんだ。知ってたの。それで、あのフィルムも、ふんだくられちゃったの」

彼女はくすくす笑った。「それで少し安心したわ。だって、わたしのせいで、あなたがそんな目に遭わされたんだったら、寝醒めが悪いもの」

「君のせいだって」おれは聞きとがめた。「君、いったい何をしたっていうんだ」

「忍法・抜き荷」彼女は小走りにおれから離れてふり返り、にっこり笑って叫んだ。「あなたが油断してる隙に、わたし、あのネクタイ・ピンからフィルムを抜いといたのよ。ごめんなさいね」

虎御前のメリーは、濃紺のスーツにぴったり包まれたあの弾力性のある可愛いヒップを、唖然として立ちすくんでいるおれに向け、真昼の横断歩道を彼方へ走り去って人混みに消えた。

EXPO2000

人類の祭典、ＥＸＰＯ２０００はいま開会されようとしていた。

その開幕は、来場者たちに、例年ほどのはなばなしさを感じさせなかった。

過去の万国博会場に見られたような、奇矯《ききょう》な形の展示館や、けばけばしい色彩の建物はひとつもなかった。

海岸近くにあるシンボルゾーンのタワーも、ややクラシックな形の、渋い落ちついた色調のものだった。

そのシンボルタワーの頂に、英一は、婚約者のみどりとともに立ち、会場全体を見おろしていた。

「浮わついた感じが、全然ないわね」と、みどりがいった。

「テーマが、人間性の回復と人類の協調だからね」と、英一は答えた。「だから事務局のほうじゃ、各国や各企業に、そのテーマにしたがってくれと呼びかけたそうだ」

「そのテーマにしたがうって、どういうことなの」

「建物の大きさや奇抜さで競争することを避け、会場のハーモニー構成に参加することだよ。だからどうだい、よく統一がとれてるだろう」

「ほんとね。建物が小さくて、みんな森の陰にかくれてるわ」

人口の島に満ちあふれる植物の群れは、会場全体に安らぎをあたえていた。そしてその中に点在する展示館などの建物は、まるで住宅のような、家庭的な感じのする建物ばかりだった。

英一が、くすくす笑った。

みどりがたずねた。「どうしたの」

「いや。おやじがこの光景を見て、どう思ってるかと思ってね」

「おとうさまも、きょうはこの会場のどこかに、来てらっしゃるんでしょう」

英一はうなずいた。英一の父の作造は、業界一の時計メーカーの社長であり、そして英一は宣伝担当重役なのである。

「最初おやじは、ぼくの反対を押しきって、この会場に、二千個の時計を埋めこんだ、月ロケット型の時計塔を建てるんだと主張していたんだよ」

みどりは目を丸くした。「まあすごい。どうしてそれを実現しなかったの」

英一は会場をさした。「考えてみたまえ。ここへそんなものを作った日には、この調和のとれた会場のふんい気がぶちこわしだ。そりゃあ、業界一の大企業だということを誇りたいおやじの気持も、わからないわけじゃない。しかし世界全体から見ればまだまだ小企業なんだ。だからぼくは、全世界の時計業界と協力すべきだ、とおやじにいってやったんだ。だけどおやじは国粋主義者なもんで、外国と協力するなんてとんでもないっていうんだ。ＥＸＰＯ２０００は二十一世紀の開幕のファンファーレだ、その時こそ日本民族、アジア民族の繁栄を欧米人に誇るべき時だ、二〇〇〇年代は有色人種の時代にすべきだ、なんていい出すんだよ」

「まあ」

みどりは、少し困ったようすで美しいグリーンの瞳《ひとみ》を伏せた。風が、彼女の金髪をなびかせた。

「じゃあ、おとうさまは、わたしたちの結婚も許してはくださらないかしら」

彼女の心配は、それだったのである。

彼女は純粋のフランス人だった。日本びいきの両親が、彼女にみどりという名をつけたのだ。

「心配いらないさ」英一はやさしく彼女の肩をたたいた。「ぼくが説得する。この会場への出品のことだって、結局はぼくにまかせてくれたんだからね」

「そうね。……でも、その時計塔の企画を、どうしておとうさまに思いとどまらせることができたの」

「なあに、自分でもさすがに具合が悪いと思ったんだろうけど、事務局の方から企画の変更を申入れてきたんだよ。調和を乱すおそれがあるという理由でね」

「ふん。調和！　調和！　調和か！」

その時、作造はぷりぷり怒って、英一にやつあたりしたものだった。

「調和を乱すくらいでなきゃ、目立たない。目立つくらいでなきゃあ、企業イメージを誇示できないじゃないか」

「しかし、時計塔を作るとすれば、数億の金がかかるんですよ。おとうさん、いまは自分の会社の繁栄や宣伝だけに力を入れている時代じゃありません。いまは情報社会です。だから、国家とか民族とかいう意識もうすれつつあるんです。情報に国境はありませんからね」

英一の言葉に、作造は吐息まじりにいったものだ。「じゃあ英一、お前の案というのを聞かせてくれ」

「全世界の時計業者と協力します」

「協力？」

「最近、経済界・産業界に進出してきた中華人民共和国の関係者が、やはり国力を独自に誇ろうとするでしょうが、これもなんとかくどいて協力させます。そして全世界時計メーカーが一致して、ただひとつのアイデアの下に集るのです」

「ふん。で、何を出品するのかね」

「出品するという形はとりません。参加するだけです」

「参加するだけだと。何も出品しないんだと！」

作造は眼をむいた。

「冗談じゃない。それじゃまるっきり、無意味じゃないか！」

「ま、いまにわかりますよ。見ていてください」

その時英一は、自信ありげにそういいながら微笑したのだった。

「おやじはまだ、時計業者がこのＥＸＰＯに、どういう形で参加したのか知らないんだ」英一はそういってから、みどりの顔をのぞきこんだ。「そうそう。君にもまだ、話してなかったね」

「ええ。早く知りたいわ」

みどりがそういった時、ＥＸＰＯ会場には、正午が訪れた。

その時――。

来場者のすべてが、美しい懐郷的な音色を耳にした。それは、一瞬だれもが耳を傾けずにはいられないほどの美しい音色であった。

午砲《どん》だった。

「まあ。きれいな音楽！」みどりは肩をふるわせ、目を輝かせて英一を見つめた。「これだったのね。これが、全世界の時計業界が協力して参加したものなのね」

「そうだ」

英一はうなずいた。「ぼくたち世界中の時計メーカーは、全世界の午砲のメロディーを集めたんだ。鐘、サイレン、オルゴール、ラッパ、あるいはほら貝――。そしてそれらすべてのメロディーを組みあわせ、この音を作りあげたんだ。世界中の人が、故郷を思い、胸打たれ、懐しさに立ちどまり耳をすまして聞きほれるような音色とメロディー――それをぼくたちは、協力して作りあげたんだ」

メロディーが流れる間、会場いっぱいにひろがっていたざわめきは消えた。ある人はほほえみ、ある人は涙ぐみ、ある人は感動に目を輝かせ、会場のあちこちに設置されているスピーカーを見あげた。

「この午砲は、このメロディーは、いつまでも残るわ」と、みどりはいった。「世界中で午砲に使われ、愛され、親しまれて」

「おやじも、会場のどこかで聞いているはずだよ」英一も、みどりの手をぐっと握りしめてそういった。

「ぼくたちの結婚だって、きっと許してくれるはずだ」

太平洋上、午砲の響きわたる中に差しこんだ正午の陽光が、シンボルタワーの頂に立つ彼女の金髪を、きらきらときらめかせていた。

レジャーアニマル

ブランデーをちびりちびりやりながら見積書を書き終え、ぐいとグラスをあけると、オフィス・ホステスのひとりがやってきて、おれにいった。

「ねえ。踊らない」

事務所の中央にあるフロアーでチーク・ダンスをしはじめた時、おれのデスクの電話が鳴った。おれは受話器をとった。

「はい。多摩川物産です」

「こちら、根本商事だがね」ろれつのあやしい声が響いてきた。「カタログにのっている商品の、DC－56Bを五十ダース、ついでの時に納品してもらいたい」あっちでも、会社の中でどんちゃん騒ぎをやっているらしく、ゴーゴーのリズムが聞こえてくる。

「はい。毎度ありがとうございます」おれは受註伝票を切り、千鳥足で課長のところへ行った。

「課長。確認印をお願いします」

課長は横に芸者をはべらせ、部長たちと麻雀をやっていた。「そこへ置いとけ。あと半荘やったら眼を通すから。あ、それ、ポンだポンだ」

おれは伝票を置き、またチーク・ダンスに戻った。

週五日制が四日制になり、ついに三日制となった。それならいっそのこと、遊びながらだらだら仕事をして週七日制にした方がいいというので、どこの会社でもオフィスにバーを作りホステスを置き、ゴルフ場やボウリング場を作るようになった。遊びと仕事の融合、つまり大昔の状態に戻ったわけである。

「さて、注文とりにでも行ってみるか」踊りに飽きたおれは、ぶらりと会社を出た。

秋本商事は、料理屋のような造作の建物の会社だった。オフィスは百畳敷の大広間で、ここに社長以下社員全員が並び、芸者をあげて大宴会をやっていた。

「おお。多摩川物産の人か。よく来た、よく来た。あんた、どじょうすくいが踊れるかね」と、社長が訊ねた。「ひとつ踊ってくれ。うまく踊れば注文を出そう」

芸者がいっせいに安来節を歌いはじめた。おれはしかたなく裸になり、ざるをかかえて踊りはじめた。〽あらえっさっさー。

脱走

　静かな湖のほとり。若い男女が寝そべって話していた。そばの携帯ラジオからはストリングスによる甘いムード音楽が流れ続けている。彼らふたりのほかには、人かげはなかった。

「臨時ニュースです」音楽を中断し、ラジオが喋りはじめた。「先ほどお伝えしました、精神病院を脱走した凶暴性のある患者は、その後、大仙湖畔に通じる国道を西へ向かっている模様であります」

「あら、いやね」女が起きあがって、男にいった。「大仙湖って、ここじゃないの。こっちへ向かっているのよ」

「なあに。すぐ、つかまるさ」若い男が、眠そうな声でいった。

　またムード音楽に戻ったラジオは、数分ののち、また臨時ニュースを喋りはじめた。「新しいニュースが入りました。その後、精神病患者は、国道ぞいのドライヴ・インを襲った様子であります」

「あら。それじゃきっと、わたしたちの寄ったドライヴ・インだわ」女は寝ている男の肩を揺すった。「ねえ。ねえ。ますますこっちへ近づいてるわよ。どうする」

「どうするったって、どうしようもないだろ」男がうるさそうに答えた。

　女は恨めしげに男を眺めた。「うん。わたしがこんなに、こわがってるのに。もしここへ、急に気ちがいがやってきて襲いかかったら、どうするつもり」

「そりゃあ、相手は気ちがいなんだから、逃げるよりしかたがないだろうな」

「あら。あなたひとりで逃げるつもりなの」

男は苦笑した。「自分の身は、自分で守れよ。もちろんぼくは、君をほっといて逃げるさ。君はべつに、ぼくの恋人でもなんでもないんだから」

女は怒りに眼を吊りあげ、唇を蒼くして叫んだ。「ひどいことというのね。わたしにあんなことしときながら」

彼女はコーラの空瓶を握り、杵で餅をつくように、瓶の底で男の頭を殴りつけた。男は気絶した。「ざま見ろ。ほほほほほほほほほ」女の高笑いが湖上に響きわたった。

ラジオは、まだ喋り続けていた。「患者は男女のふたりづれで、彼らはドライヴ・インからコーラ、携帯ラジオなどを奪い、さらに国道を湖の方へと向かったそうであります」

PART Ⅳ

筒井康隆・イン・NULL4

（9号〜臨時号）

NULL　9　S・F同人誌

ぬる　第9号　目次

下の世界

筒井康隆

その日も日光浴場は満員だった。

寝ころぶに充分なだけの空間が見つからなかったので、トオルはうろうろと歩きまわっていた。すごい熱気だった。白い砂を薄く敷いた地面には、その砂が見えないほど多くの、裸体の若い男女が寝そべっていた。

彼らの背中から立ちのぼる湯気が、天井のガラスを乳白色に曇らせていた。

皆、むっつりと黙りこんだまま横になっていた。だが中には小声で喋りあっているものもいて、その呟きの暗い重苦しい堆積が、広い場内にワーンと低く唸って反響し続けていた。歩きまわっているうちにたちまち、トオルの身体中から汗が湯玉になって吹き出した。寝そべっている若者たちの全身も、油を塗ったように光っていた。
十六、七才から二十才までの男女が殆んどだった。盛りを過ぎた二十二、三才以上の者は、ひとりもいないようだった。トオルの足もとで茶色い髪の女がごろりと寝がえりをうち、腹を上に向けた。額にも、乳房にも、腹にも、汗で砂がいっぱいくっついていた。黒い、鋭い眼でトオルをじろじろと眺め、下から見あげたトオルの内股の、少しばかりのぜい肉を眼ざとく見つけると、尖った犬歯を見せて鼻先きで笑い、すぐに顔をそむけた。彼女の体臭が汗の匂いと混りあって、ムッと下からトオルの鼻の奥を突きあげた。
トオルは女の臍の上あたりをまたぎ越した。裸体の女を見ても、何も感じなかった。女から感じられたのは敵意だけだった。女だけではなく、トオルを見るもの全部の眼の中に、憎悪と焦燥と、そして捨てばちな闘志が秘められていた。優越者への敵意だった。トオルは皆の針のような視線を感じながら歩いていた。彼は自分が最強者であることを自覚していたし、他の殆んどの者もそれを認めていた。その為に、必然的に彼の四周はすべて彼の敵であった。味方はひとりもいなかった。一番強い者の持たなければならない、それは当然の運命だった。

しかし、どうせここでは、皆がお互いに敵なのだった。あの女の眼つきでも知れるように、異性でさえも敵だ。もっとも、男女で争われる競技種目はなかったが、それでも精神階級の世界へ登用される生涯ただ一度の、そして五千人に一人の機会を、その男の為に、あるいはその女の為に奪われるかもしれないのだ。ここが静かなのは、明後日に迫った競技会にそなえて、皆が互いにひっそりと敵意を押さえつけながら、温め養っているからなのだ。

彼が歩いていくとその周囲の者が、鎌首を持ちあげて暗い視線を彼にあびせた。それはトオルの肉体の、どんな傷も、どんな小さな吹出物も見逃すまいと観察している眼だった。彼を倒す好運を得ようと、嫉みをあらわにした眼で、何とか弱点を見つけようとして懸命になっているのだ。今はすでに、彼らすべての目標がトオルひとりにしぼられていた。

トオルの背は八フィートと四・五インチあった。胸の筋肉は固く発達し、腹はぐっと窪んでいた。頭の小さいことは、競技者の条件として非常に有利だった。瞳は黒く、知的に光っていて、鼻は適当に低かった。肉体階級の若者たちの中で、トオルほど整った容貌の持ち主はいなかった。知性的な額をしていた。事実彼は頭が良く、むしろ良すぎるくらいだった。それは彼らの間では不必要なことだった。その為に彼の容貌は冷たさを感じさせ、ますます皆から反感を持たれたのだった。

三百メートルほどの直径の、この浴場のほぼ中心部で、トオルはやっと自分の身体を埋めることのできそうな隙間を見出した。彼はゆっくりと横たわると上を向き、まず頭を振って後頭部の下の砂を少し掘り、位置を定めた。それから折り曲げて立てていた膝を徐々にのばしていった。完全にのばしきったとき、右足の指先きに何かぐにゃりとしたものが触った。彼の足もとに寝ていた女の乳房だった。

誰も起きあがるものはいなかった。皆、じっとしていた。天井からふりそそぐ日光のエネルギーを、競技にそなえて充分蓄積しようと、発狂しそうな暑さの中で皆がひっそりと横たわっていた。野心と焦燥が、ヂリヂリと音を立てて燃焼していた。浴場はまるで、肌色をした海のようだった。その海からはいっせいに、もうもうと白い湯気が立ちのぼっていた。女の髪が黒く、あるいは赤く、藻のようにゆらめき、立てた膝や女の尻が湯気にゆれて、波がしらのように動いた。褐色の波も、白い波も、黒い波もあった。その海からは男と女の体臭がいり混った強烈な人間の肌の匂いが立ちのぼり、その海からはほとんど死にもの狂いの攻撃慾が休む間もなく発散し続けていた。

老人はあいかわらず、地下三階の暗い小さな老人舎の、二坪ばかりの部屋で読書に耽っていた。冷たい石の机に向って、細長い背を丸めていた。トオルが入っていくと老人は本を伏せ、向き直って骨ばった両手を褐色になった膝の上に置いた。背を丸めたままで、歯のない口を半開きにして親しげな笑顔をトオルに見せた。あらわな肋骨が少し波うった。

「いよいよ、もうすぐじゃな?」

老人の顔は皺に埋もれていた。その皺には、絶望的な生活を強いられたあきらめの痕があった。

余計な知識人として、生活無能力者として、皆から哀れまれ、さげすまれながらも、異端者としての生活を頑なに守り通してきた人間の皺だった。しかもその皺は深く、表情もやっと笑顔だけが認められるのだった。

「明後日が試合です」

「よく眠ることじゃ」老人はゆっくりと言った。説得力を持つ声だった。しかも老人はトオルただ一人を愛し、親身になっていたので、その声は尚更説得力を持っていた。

「何もかも忘れて眠るのだ。競争相手のことを考えて攻撃欲に燃えたけり、精神階級のことを考えて野心と焦燥に身をこがすことも無論必要じゃ。それなくしては勝てんのじゃからな。しかしそれは競技当日になってからでよい。よく寝て、力の精を身体中にたくわえることが一番じゃ」

「私は勝つことができるでしょうか?」

「うむ、強いものは、いくらでもいる。しかし彼らは馬鹿だ。お前は知恵を持っている。お前は勝つじゃろう」

「本当に、私には知恵がありますか?」

「お前は、私の若い頃そっくりじゃ」

老人は懐かしむように、トオルの均整のとれた身体を眺めまわした。トオルは机の上にうず高く積まれている沢山の書物に眼をやった。肉体階級の中では、恐らく老人だけにしか読めないだろうと思われる難解な書物を、老人がいったいどこから探し出してくるのか不思議だった。老人は何もいわなかったが、皆は、まだ図書館というものが孤立して地上一階に建てられていた頃の地下室の廃墟を老人が知っているのだろうと噂していた。

「もし、私に知恵があるとすれば」トオルは訊ねた。

「どうして精神階級に入れないのでしょう?」

「時代が生んだ悪い制度じゃ。半ばは、なるようになったとはいえ、結局歴史の流れの偏りによってそうなったのじゃ。歴史を知っているかね？」

「知りません」

「いつか話そうと思っていた」老人は眼を閉じた。

「今、話して下さい」

「お前は精神階級の人間を、ひと眼でも見たことがあるかね？」

「まだ、一度もありません」

「そうか、明後日になれば多勢見ることができる」

「歴史がどうしたのですか？」

「七百年ほど昔までは、人間はその住んでいる地域と肌の色によって、生活共同体としてグループに分けられていた。生物学的には、霊長目ヒト科という単一の科に属していたのじゃ。やがて彼らの専門とする労働の種類によって分化した。労働には大きく分けて二種類のものがあり、この二組が眼に見えて逆の方向へ分化していったのじゃ。そして二つのグループができた。第一の精神労働に従事したグループは、文化の程度が高くなるにつれて、極度に専門的な、高度な知識を身につけた。それは、このグループに属するすべての人間に要求されたことだったのじゃ。無論、彼らの間に生まれた子供にも、これは要求された。しかもそれらの知識を、極めて短期間に身につけることが必要じゃった。生まれてすぐに教育を受け、その時間は一日の大部分を占めた。しかも、加速度的に発展する文化の為、その期間は二十年、三十年と次第に長くなった。あらゆる仕事は分業化され、極度に専門化された。専門外のことがらの知識は不必要とされ、常識や百科事典は敬遠された。やがて、最も低程度の末端の仕事でさえ、三十年以上のぎっしりとつまった教育のスケジュールを経てきていないことには、やることが不可能なほどになってしまった。単調な仕事は機械がやったのじゃ。専門家以外は必要としない、専門家ばかりの社会ができ上ったのじゃ。第二の、肉体労働に従事していたグループは、最初あちこちでばらばらに孤立していた。だがその頃には、まだ彼らを必要としていた専門家が彼らを保護した。労働条件もずっとよかった。だが、やがて専門家たちは、彼らの出産率の高さに恐れをなし、教育を受けさせまいとし始めたのじゃ。専門家たちの、われわれに対する圧迫はこの頃から始まったのじゃ。彼らはわれわれを、地上五階以下へ隔離した。われわれの仕事は機械がやるようになり、われわれは地下から鉱石を掘り起す以外の仕事はなくなってしまったのじゃ。一方専門家たちは、自分たちの持たぬものに憧れる気持から、スポーツの熱狂的なファンとなり、それが唯一の娯楽となった。彼らは肉体階級に属するものの中からスポーツマンを養成した。われわれが自分で自分の身体をいっそう鍛えるように仕向けた。それがつまり、定期的に肉体階級の中から専門の競技者に抜擢するこの選抜競技会の制度じゃ。われわれにそのような機会をあたえることにより、われわれの不満を緩和し、同時によく働く身体を作らせてそれを採鉱の仕事に利用しようという考えなのじゃや。われわれにして見れば上の社会へ行ける唯一の機会なのじゃから、必死に自分の身体を鍛えようとする。一方『上』では、次から次へとスポーツのあらゆる記録が破られていく。われわれの身体の発達は、いやが上にも、異常なほど促進される。それがますます、精神階級と肉体階級の体力の差に拍車をかけたのじゃ。なるようになったとはいいながら、歴史というのは恐ろしいものじゃ。しかし、今の肉体階級の人間と精神階級の人間とを比べて見たとき、更に驚くのは進化というものの恐ろしさじゃ。たとえば、あの愛玩用の白い小さな象が、ひと昔前にはまっ黒で、競技用の馬よりもずっと大きかったなんて、考えることができるかね?」

トオルは眼をまるくした。

「とても」

「少し前までは、この両階級の間での主従関係以外の交際や、まして恋愛などはご法度だった。だが今ではご法度である以前に」老人は歯のない口を空洞のようにあけて声なく笑った。「性交不能じゃ」

「でも、なぜ彼らは肉体階級のものを憎み、恐れるのですか？　どうしてこんな陽のあたらぬところにだけ押し込んでおくのですか？　いっしょに生活しても差支えないのじゃないでしょうか」

「それは違う。たとえばじゃ、このわしにしろ、またお前にしろ、他の皆とはどことなく違うところがあろうが。わし達が皆から反感を持たれていることは事実じゃ。人間はすべて、自分と肌あいの違うものを好まん。またわし達にしてみれば、他の皆の馬鹿さ加減にあきれている。事実彼らは何も知らん。考えてみれば可哀そうじゃ。しかし、一緒に生活していると、可哀そうにと哀れんでばかりはおれぬ。何しろこっちは彼らから憎まれておるのじゃ。ほっておくと何をされるかわからん。そうじゃろう？　いろんな手段を講じねばならん。それと同じことが精神階級の人間にもいえるのじゃ。彼らはわれわれを、馬鹿だからといってほってはおかなかった。何をするかわからなかったし、生理的にも反撥しあうものがあった。いっしょに生活することを彼らの方で嫌ったのじゃ。可哀そうだが隔離しなければならなかったのじゃ。階下や地下に閉じこめた。われわれにとっては不幸なことじゃった。しかしな、逆に考えて見ると、もしわれわれが彼らの権力によって隔離されていなかったら、われわれはもっと不幸な事態にあっていたかもしれぬ。一緒に生活していたら、われわれは精神階級の優雅で上品な生活と、自分たちの豚のような生活とをことごとに比較し、無知から起る嫉妬やひがみによって、やたらと反抗したり、あるいは群をなして暴徒となり、無茶な革命を起そうとしたりしていたかもしれん。もし、していたとしたら、われわれはあべこべに完全に抹殺されていたろう。今以上に恐れられそして憎まれ、断種され、根絶やしにされていたことじゃろう。しかし専門家たちは賢明じゃった。わしだってときどき地上五階以上の上層地域へいくことを許されないことやなんかで、彼らから不当に圧迫されていると思うことがある。しかしふり返って肉体階級の人間の無知無能ぶりを眼のあたりに見ると、隔離されるのも無理はないと思うんだな。われわれを遇する方法として、これは妥当だし、これ以外にはないと思うよ。われわれは彼ら精神階級の人間から養われているんだ。われわれだけでは、この文化の発達した社会を維持してはいけんものな。そりゃあまあ、肉体階級に属している私がこんなことをいうのは妙なものじゃ。しかし、わしはやはり無知は嫌いじゃ。無知を憎む、無知を恐れる」

「しかしそれは、彼らを遇する方法としては妥当かもしれませんが、あなたの場合は違います。あなたは知恵者です。それなのにあなたをこんな地下に埋もらせておくのは、どう考えても妥当ではありません」

老人のたったひとりの崇拝者であるトオルの言葉に、さすがに顔をほころばせながら老人は首を振った。

「わしなんか、駄目じゃよ。ここでこそ、反感を持たれながらも物知りとして通用する。その為にこそ、まったく働かなくてもこんな部屋をちゃんと持っていられるのじゃ。しかし精神階級の社会へ出ていったとすると、わしに出来ることは何もないじゃろう。専門的な知識は何も持っとらんのじゃ」

「ええ、ですから、若い時から教育さえ受けておればきっと……」

「いやいや、それは言ってもしかたのないことじゃよ。この時代に、そんなことができるわけがない。お前だってそうじゃよ、トオル。わしのひいき目かも知らんが、わしの見たところでは、お前などは肉体階級の人間の中では十万人に一人、いや、百万人に一人の高い知能の持ち主なのじゃが……」

「ですから私は、この競技会という制度を利用して、必ず『上』へいくつもりなんです」

「いやいや、そのつもりだとお前は失望するぞ。『上』へいったところで、教育を受けさせてくれるわけじゃない。選抜競技会で勝ち残り、競技者として『上』へいく。そこでますます訓練され、腕を磨いて強くなる。しかし、やがては年をとり、若い競技者に負けることになる。その残りの人生は、お情けで精神階級社会に置いてはもらえるものの、役に立たなくなった競技者として、専門家たちの召し使いにしかなれない。同じような境遇の配偶者に恵まれないかぎり結婚することもできず、淋しく生き永らえて一生を送るわけじゃ。それは知っとるんじゃろう？」

「知ってはいます。それにしたって、こんな暗いところで、一生肉体労働者として終るより、ずっとましじゃありませんか。私はとにかく、召し使いでもいいから、知性のある人間の社会で生活したいんです」

「それはそうじゃろう。当然だ」

老人はトオルの肩を褐色の手で叩き、窪んだ眼でじっとトオルの顔を見た。

「しっかりやれ。私も若いときはそうじゃった。『上』へいきさえすれば、何かの方法で自分の知識欲を満足させることができるじゃろうと夢見ておった。ただ私には、お前のような立派な身体が備わっていなかったのじゃ。お前はしっかりやれ」

「はい」

トオルは立ちあがった。彼の短く髪を刈った頭は、百五十年も前に作られたこの地下室の石の天井に、今にもぶつかりそうになった。

「では、もう行きます。体育館でしっかり練習してきます」

「そうか、そうか。だが、よく眠れよ」

「はい」

老人の眼は淋しそうにうるんでいた。ゆっくりと立ちあがると、腰を曲げたままでぼんやりとトオルが出ていく姿を見つめた。ただひとりの話し相手が、友達が、自分の行けないところへいってしまうかもしれないのだった。

トオルが去ると、老人はふたたび腰をおろした。本を開いた。だが老人の眼は、なかなか字を追おうとはしなかった。いつまでも同じところにとどまっていた。


体育館は、日光浴場以上にごった返していた。強く鼻をつく酸いような汗の匂いが、五百メートル四方の館内に充満していた。それは館に入ってほんの一、二分経たぬ間に、頭痛を起させ胸を悪くするほどひどかった。天井に四角い穴が二、三十あるだけで、換気装置はなかった。

それ以上にひどいのは喧しさだった。鉄亜鈴を持ちあげる男の、しぼり出すような呻き声。ベルトの走路上を逆方向に走り続ける女の、悲鳴の混った荒い息づかい。磁気バウンド台の上で大転回をする男のかけ声。天井から吊り下げられたフープの中で、回転を誤って頭を打った男の絶叫。思考活動を完全に麻痺させられてしまう凄い騒音だった。馴れているトオルでさえ、ときどき気が変になりそうになることがあった。そんな時は、ここでは皆が気違いなのだ、そして自分もその気違いの一人なのだと思いこむことによって少しでも神経の負担を軽くするのだった。

トオルの目の前の地面に、四フィート六インチのハードルを十何度目かに飛びそこなった女が転がって、泣き喚いていた。足が折れていた。額と脇腹から血を流していた。涙に洗われて頬は縞になっていたが、それは痛みの為の涙ではなかった。競技に参加できなくなった口惜しさの為だった。

出場を登録しておいて、出られない場合、たとえその理由が何であっても、棄権と見なされる。そしてもう一生出場の機会がなくなってしまうのだ。

女は顔を醜く歪めて泣き叫んでいた。汗と血が胸と腹をまだらに染めていた。それはもう人間の顔ではなかった。まして女の顔ではなかった。

皆が自分の練習だけに熱中していた。練習しているどの顔を見ても、死にもの狂いの表情だった。焦りの色がありありと見えた。倒れている女には見むきもしなかった。まして介抱してやろうとするものなど、誰もいなかった。身体の調子を整え、練習の仕あげをする最後の日なのだ。誰もが明日一日を、ゆっくり休養して疲労を回復するための日にあてていた。

トオルは女から立ち去りかねて、肩をかしてやろうとして手をさしのべた。しかし女は、いきなり泣くのをやめて手をふり払った。まっ赤に充血した眼でトオルを睨みつけると、欠けた黒い歯の間から唾をとばして喚き散らした。

トオルはしかたなく、磁気バウンド台の方へ歩いていった。三十人ほどが大転回の練習をしていた。トオルもそれに加わった。皆が同時に空中へとびあがるので、非常に危険だった。空中で頭をぶつけあって死んだ者も何人かいるのだ。トオルはなるべく高くあがってから転回するようにした。最後には一滞空五転回ができた。これはトオルの新しい記録だったし、その年度の参加者の誰も、出来たものはいない筈だった。終った時は全身汗まみれだった。

次はベルトの上で走った。ベルトの逆方向に、ベルトと同じ速さで否応なしに走らなければならない。何十人もの人間が同じベルトの上で走っているのだから、ベルトのスピード、つまり百メートルを八秒の早さで走らないことには一ヶ所にとどまっていることはできないのだ。彼の前を、彼に背を向けて走っている男の汗が顔へとんできて眼に入った。次第に足が動かなくなってきた。トオルは頑張り続けた。トオルの背後にも何十人かが走り続けている。仮にトオルが倒れたら皆将棋倒しになってしまうのだ。心臓が高鳴り、口から飛びだすのではないかと思われた。眼がくらみ、もうぶっ倒れるぞと思ってから、もう三十分走り続け、転げ落ちるようにベルトから飛びおりた。

ほとんど、休むというほども時間をおかず、跳躍する順番を待つ為に跳躍台の下に並んだ。三十フィートの跳躍台に登り、フレキシブルボードの先端に立つと、ほとんどはね上る余裕のないほど天井に近かった。また、そこからは広い体育館全体を見渡すことができた。

上から見おろした体育館の光景はまさに地獄だった。五千人以上の、一糸もまとわぬ若い男女が、すべて激しい苦痛の表情をあらわにして、自分の肉体に鞭うちながら、歯をむき出し、呻き、汗にまみれ、唸り、血を流し、吠え叫び、苦痛に泣き、涙を流しているのだ。そしてそれら全体は、蒸気で暑くなり、沈澱した重い空気の底に、紗の幕越しに見たようにぼうとかすんでいた。それはまるで人間の肌の色をした巨大な軟体動物が、その皮膚の表面に無数の皺をよせてウネウネと蠕動《ぜんどう》しているかのように見えた。

この多数の中から、自分ひとりだけが勝ち残らなければならないのだ。この怪物を打ち負かさなければならないのだと思うと、たちまち自分の手足からすうっと力の抜けていくのをトオルは感じた。

父親が採掘場から帰ってくると、部屋の中の空気は重苦しくなった。以前から父親は家の中ではそうだったが、トオルの評判が高くなるにつれて近頃ではますます不機嫌になった。トオルでなく、母親に当り散らした。トオルに、面と向って罵倒することはなかった。いや味をいうだけだった。代りに母親に当って、トオルと母親の心を傷つけようとしていた。トオルの頑丈な、そして美しい肉体に圧倒される為でもあり、そんなトオルを自分以上に大事にする母親にも腹がたったのだ。弟はいつも父親の眼からかくれようとした。暗い雰囲気だった。

事実、その部屋は暗かった。石の壁に囲まれた十メートル四方の、何の家具らしいものもない狭い部屋。部屋の隅には棚になったベッドが重なり、中央には石の机がひとつあるだけ。それがトオル達の家だった。地下四階にあるため湿気がひどく、じめじめしていた。その上、じっとしていても汗が噴きだす暑さだった。部屋中に、肉眼ではっきり見えるほど大きな無数の塵や埃が舞い続け、いつまでも消えることがなかった。この都市には地下にこれと同じ部屋が九万あった。どの部屋も汚れきっていて、どの部屋も臭かった。

母親は父親の顔色をうかがいながら、びくびくものでトオルの前の食卓にキャベツを出した。少しでもトオルに力を貯えさせようと思ったのだが、調理省の料理役人が闇で売ってくれたのはそれだけだった。それにしても、彼らにとって野菜は貴重品だった。弟はそれを眼ざとく見つけた。そして餓えた眼で物乞いするようにしばらく兄の顔を見つめた。やがて下を向いた。父親はキャベツを見て、奥歯をちらりと覗かせた。それから、ふうむと唸った。自分の前の、配給食を盛った皿を押しやって、そり返り、腕組みした。

「自分の伜が眼の前でキャベツを食っているのに、こんなものが食えるか」

母親は懇願するように、怒りで眼をギラギラ光らせている父親の顔を覗きこむようにした。

「競技は明後日なんだよ、あんた。ちょっとでもいいものを食わしてやろうよ。トオルはわたしやあんたと、同じものを同じだけしか食べたことないじゃないか。それじゃ足りるわけがないんだよ。ねえ、空き腹じゃ勝てないよ。勝たしてやろうよ」

父親は母親の顔を睨みつけ、トオルの顔をちらりと見た。それから宙を見て、頬に薄ら笑いを浮べた。

「ふん。俺は何も、競技に出てくれと頼みやしねえや」

「そんな薄情なことお言いでないよ。あんただって昔は出たんじゃないか。それから、あんただって、勝つつもりで出たんだろうに。誰だって『上』へ行きたいし、『上』へ行くつもりで競技に出るんじゃないか。どんな力のない人だって、どんな競技の下手なものだって、万にひとつ、『上』へ行けるかもしれないと思うから出るんだよ。まして トオルは、いちばん競技がうまいんだよ」

「ほう、そうだったかな。だが、それは俺の知ったことじゃない」

「ああ、あんたは自分が行けなかったのに、息子が行けるかもしれないので癪なんだよ。ひがんでるんだよ。そうだよ」

父親は机を叩いた。

「そうか、よし、誰がそういった！」

母親は持っていた皿を机に落し、あわててあやまった。

「ご免よ。悪いこと言ったよ、あたし。でもねえ、この子は『上』へ確実に行けるんだよ。もしあたし達が、この子にちゃんとしてやらなくて、その為にこの子が負けたら、この子は一生私たちを恨むよ」

「阿呆め。そりゃ逆恨みだ。おい、こいつが『上』へ行ったら、働き手がひとり減るんだぞ。

わかってるだろうな。はは！　こいつは平気で『上』へ行くだろうよ！　親父の恩を忘れてな。おふくろや弟をほっといてな。今だってそうだ。働きもない癖に、働いて帰ってきた俺の眼の前で、平気でキャベツをバリバリ喰いやがる」

「いいよ。これ、あげますよ」そういってトオルはキャベツの皿を父親の前へ押しやった。

「親に残飯を食わせやがる……」父親の声がふるえた。「こんなものが食えるか」

皿がとんで石壁にあたった。その音に母親の声も高くなった。

「もったいないじゃないか！」

「何？　どうせ俺のかせぎで買ったんじゃねえか。あんなものをこいつに食わせる為に高い金をはらう方がよっぽどもったいねえや。こいつがひとり前になったんだって俺のおかげだ。俺は何も、こいつを『上』へ行かせようと思って育てたんじゃねえ」

「じゃあお父うは、自分の為に俺を生んだのか？」

トオルの言葉に、父親は充血した眼を彼に向けた。怒りに狂った野獣の眼つきだった。だが顔だけは皺だらけにして笑って見せた。

「もしそうなら、どうだというんだ？」

「お父うは今まで、俺が練習で皆を負かしていると機嫌がよくて、俺のことを皆に自慢したじゃないか。それなのに、いよいよ俺に勝てるものが誰もいなくなると、急に怒り出しただろ。お父うは俺が可愛いんじゃなくて、仲間うちで自慢したいだけだったんだ。自分のことしか考えないんだ。俺が自分以上に偉くなるのが気にくわないんだ」

「そうよ」父親はそり返った。「その通りだ。そんなことを誰に教えてもらった？　お前なかなか頭がいいじゃねえか。そんないいせりふを誰に習った。あの能なしの老いぼれだろ？」

「あの人は能なしじゃない」

「能なしだ」笑った。「働きのない奴は能なしだ。あんな奴と話しているから、お前はひねくれちまうんだ。親父まで馬鹿にしやがる。親父なんか馬鹿だから、相手にできねえんだろう? 俺の顔なんか見たくもねえんだろう? え、そうだな? 早く出ていきたいんだな?」

トオルは父親に向き直った。投げつけるようにいった。

「ああ、早く出たいよ。こんな暗いところはいやだ。俺あ『上』へ行く為にだけ、身体を鍛えてきたんだ。肉体労働を死ぬまでやらされる為にじゃないんだ。もしその為なら、俺は生れてなんかきたくなかったよ!」

父親は平手でトオルの頰を叩いた。大きな音がした。ひとつ殴ってしまうと、あとは無意識的に、力まかせに殴り続けた。あきらかに、酔っぱらったようになっていた。父親の唾が顔にとんだ。

「ぬかしたな。生んで貰ったのがいやなら、いつでも殺してやる。おお、殺してやるとも!」

父親の背後から弟がいった。

「さあ、兄貴、そろそろ寝ようぜ」

向き直った父親の手が逆の方向へ飛んだ。弟は殴られて部屋の隅までよろけていって倒れ、鼻血を出した。

「どいつもこいつも、ひねくれやがって!」

弟は倒れたまま、父親を白い眼で見あげた。

「あああ、もうおよしよ」母親はぐったりと腰をおろしながらいった。「こんなこと、毎晩じゃないか!」

「じゃあ毎晩のように」父親はベッドに向かいながら、白い歯を見せて吐き出すようにいった。

「俺が寝たあとでまた、ボソボソと俺の悪口でも喋れ」

父親が寝てしまうと、母親はトオルに小声で言った。

「お父うは、お前を離したくないんだよ。それは別に、お前を働かせようと思ってじゃないんだよ。そりゃ、働いてもらった方がありがたいだろうけど、そんなことより、家の中のものが、みんなバラバラになってしまうのが淋しいんだよ。何ていったって、『上』へいってしまえば、もう一生会えないんだものね。お父うは、お前を手放すのが惜しいんだよ。好きなんだよ、お前を」

「そんなにお父うに愛情なんかあるもんか」

「そんなにお言いでないよ」

母親はトオルの横に腰をおろし、肩に手をかけた。

「あたしだって、お前と別れるのはいやだよ。お父うにかくれて、お前が練習を充分できるようにしてやってるけど、本当はね、あたしだってね、お前が競技に落ちるようなことがあっても、お前ほど悲しみやしないと思うよ。だけどあたしはね、やっぱりお前は『上』に行った方がしあわせになれるだろうと思うんだよ。でも別れたくないんだよ。二度と顔を見ることができないんだものね」

「さあ、もう寝よう」

弟はそういって、ひどいびっこをひきながらベッドに向かった。彼は半年前、練習しているときにスプリングボードから足を滑らせて落ち、右足の骨を折ったのだった。

トオルは壁の横にしゃがみこんだ。床に散らばったキャベツを一枚一枚拾って砂を落し口へ運んだ。ゆっくりと噛みしめ続けた。


日光浴場以外に、一日のうち一時間だけ日光の射しこむ場所をトオルは知っていた。次の日トオルはそこへいって日光浴をした。

そこは地上五階の、私設の排水孔だった。鉄格子に隔てられているその上の階は精神階級の相当な地位にある人間の庭園だった。トオルはエレベーターで鉱石といっしょに五階まで昇ると、塵芥処理場へもぐり込み、その奥から手さぐりで暗黒の下水道を這い、その排水孔までたどりついた。四メートル四方の排水孔の底には三インチほど汚水が溜っていたが、かまわずにトオルは寝ころんで、格子縞の陰を落して射し込んでいる日光に背をさらした。汚物の臭気には馴れていたし、ここは公共の排水孔ほど汚くはなかった。

半時間ほどじっとしているうち、トオルは居眠りをした。あげていた顔を水面に浸してしまい、水を吸いこんでむせた。あわてて顔をあげたとき、すぐ近くで人声がするのに気づいた。

そんな美しい声を、トオルは今まで聞いたことがなかった。人間の声と思えないほどだった。透きとおった、金属的な高い声だった。抑揚は女の調子だったが、よほど注意していないと何をいってるのかわからないほどの早口だった。だが、その快よい響きに、トオルは聞き惚れた。

二インチばかりの厚みのある鉄格子の間からころげ落ちてきた小さな物体が、きらめきながらトオルの眼の前の水面にトプンと小さな音をたてて沈んだ。トオルは黄土色に濁った水の中を両手でさぐり、底から塵といっしょにそれを拾いあげた。小指ほどの太さもない小さな円筒形の金属は、トオルの大きな掌の中で日光に輝いた。何に使うものか、トオルにはわからなかった。

頭上で、あの涼しい声が響いた。見あげたトオルの眼に、はげしく鮮明な緑色がとびこんできた。薄いドレスが、小さな細い女の胸と腰にぴったりとくっついていた。女は鉄格子に顔がつくほど腰をかがめ、手をトオルの方へさしのばしながら何か言っていた。

小さな顔だった。頭部全体がトオルの掌の中へ入ってしまいそうなほど小さかった。だが、美しかった。トオルはものもいえなかった。

金髪のやわらかなウエーブが逆光に輝き、白磁のような額の下には、澄んだ茶色い瞳があった。真下にさしのべた手は小さく細かったが均整がとれていて美しかった。指は白くしなやかだった。

　トオルは、はじめて女に会ったような気がした。自分が生れる前の記憶の底にかすかに残っていた、本当に美しいものの姿を見たように思った。彼はしばらくは茫然と彼女に見とれていた。こんなに完全な美しさが、あり得るのだろうか。完全すぎるほどでありながら反撥も感じさせず、見るものを魅きつけてしまうような、こんな美しい女がこの世界に生きていたのか。

　しばらくしてからやっと、トオルは女が、拾ったものを返してくれと叫んでいるのだと気がついた。彼はあわてて立ちあがった。女はビクリとして一瞬手を引いたが、トオルの指の間に自分の落したものが光っているのを見ると、ふたたび真下へ腕をさしのべた。白い頬に鉄格子が少しくいこんだ。

　トオルも、人さし指と中指の間に円筒をはさんでのびあがり、手を真上へのばした。届かなかった。トオルが足のつま先で立てば届くのだが、彼はそんなに早く渡してしまう気持にはなれなかった。もっと、女を見ていたかった。話したかった。渡してしまえば、すぐに女は去ってしまうだろう。そして、すぐに自分のことなど忘れてしまうだろう。

　トオルは手をのばしながら女に訊ねた。

「わたしの名はトオル。あなたの名は？」

　自分の声がどんなにいやらしく、汚く聞こえる声か、はじめてわかったように思った。女は答えた。

「C・F・カオル・T・モロー」

　新鮮な空気とともに、彼女の高貴な香りがさっと入ってきて、トオルを陶然とさせた。懐かしいようなその匂いを、トオルは肺いっぱいに吸いこんだ。そして呟いた。

「……カオル……」

　背をのばした。女の掌に円筒をつまんだ指先きを押しつけた。女の手は円筒といっしょに、トオルの太い二本の指を軽く握った。トオルは反射的に女の手を握りしめていた。彼女の手はトオルの手の半分以下の大きさしかなかったので、彼の掌の中に完全におさまった。それは冷たくて快よく、きめ細やかな感触ですべすべしていた。トオルの頭の中で血が逆流した。手を握りしめた。女は笑うような声をだし、早口に何かいった。その響きはトオルの琴線に触れた。彼は愛を告白しようとした。だが自分で何をいっているのかわからぬことを口走っていた。喋り続けた。女の声は鈴をころがしているような快い響きだった。

だが女はそのとき、力いっぱい握りしめられた激しい痛みに、絶叫し続けていたのだ。

老人は顔をあげた。入ってきたトオルを見て腰をうかし、驚いて凝視した。眼を丸くした。

「どうしたというんじゃ！　もう昼になるというのに、まだ行かんのか？　競技は朝から始まっとるんじゃろう？」

トオルは両手をだらりと垂らしたまま、力なく老人の横に腰をおろし、首をゆっくりと左右に振ってうなだれた。

「競技には、出られなくなりました」

「そんな馬鹿な！　父親が出るなとでもいったのか？」

「いいえ。誰のせいでもありません。誰を恨むこともできません。自分が悪いんです。大馬鹿です。ここへくる迄にも、皆からさんざ笑われました。笑われるのが当然です。精神階級の女なんかに気をとられたのがいけなかったんです」

「何じゃ？」老人は驚いてトオルの肩に手をかけ、彼の顔を覗きこんだ。「まさか、お前、精神階級の女に手を出したんじゃないだろうな？」

「あなたのおっしゃる意味とは少し違うけれど」

トオルは自嘲するように口もとを歪めた。「まさに手を出したんです。出したどころか、握ってしまったんです」

そして一部始終を投げやりな口調で語った。語り続けるうち、次第に声がふるえ、抑揚が乱れてきた。涙を出した。

「……すぐに人が多勢やってきました。あわてて手を離したんですが、女はまだ上で泣き続けていたようです。私はその場で、精神階級の役人と、肉体階級の保安委員から調べられました。そして刑が決定するまで謹慎しているようにいわれたんです。もちろん競技会への出場は取り消されました。私は、あとでどんな刑でも受けるから、競技にだけは参加させてくれるように泣いて頼んだのですが、駄目でした。もう、何もかもおしまいです」

トオルの眼の縁は青黒く隈どられていて、顔の皮膚には濁った色が浮き出していた。昨夜は一睡もしなかった。ひと晩中声を出すまいとしながら泣き続けたのだった。

トオルは、自分がこれから先、どうして生きていけばいいのかわからなかった。ただ、『上』の世界に行くことだけを夢みて、その生活をあれこれ想像することにのみいそがしく、自分が競技に参加できないようなことになるなどとは、思ってもいなかった。ましてこれから一生、肉体労働者として地下生活を送らなければならないことになるなどとは想像しても見なかったのだ。衝撃は大きかった。もう何もかも終りだと思った。自殺のことも考えたが、自分にそんな勇気のないことはよく知っていた。ではいったい、どうしたらいいのだ！　せめて競技で負けたのなら、あきらめようもあったろうに……。そう考えると、かえって自分が優勝の第一候補にあげられていたほど強かったということが恨めしく、人並に弱点が多ければ、まだしも負けたと思ってあきらめることもできたろうにと、そんなことまで思うのだった。しかしいちばん残念なのはやはり、自分の幼稚さと馬鹿さ加減から生れたあの腑抜けのようなとりのぼせた行動だった。それだけは、いくら悔やんでも悔やみきれなかった。

トオルの話の途中から、老人はうるんだ瞳を宙にただよわせ、何かを思い出そうとする顔つきで、ときどき頭を左右に振った。話が終ると老人はトオルをゆっくりと眺めた。それから一枚の絵をとり出して、トオルの眼の前に差しだした。

「似てるかね?」

あの女の顔が描かれていた。筆づかいはこまかく、思い返しながら幾度も消してはまた書き直したらしい汚れが目立った。しかし細部の特徴まではっきりと書きこまれていた。眉の形といい、独特の口もとの表情といい、髪のなだらかなウェーヴの形といい、あの、昨日の女にまちがいなかった。

「この人です!」

トオルは薄い紙に描かれたその絵を、思わずひったくっていた。鼻先きへ持ってきて、甜めるように眺めまわした。あの、高貴な香りまでが、どこからともなく匂ってくるように感じた。

「たしかに、この人です!」

そう叫んで、老人の顔を凝視した。眼が血走っていた。口もとが引き吊った。

「あなたが描いたのですか? どうしてこの人を知っているんです! この人は、あなたとどんな関係があるんですか?」

「やっぱり、そうだったのか……」

老人は眼を閉じた。トオルは老人の膝をゆさぶって訊ねたい衝動に駆られた。

「どんな関係だって? ちょうどお前と似たようなものだよ」

トオルは、老人のいったことがすぐにはわからなかった。

「それじゃ……あなたも、やっぱり……」

老人はうなずいた。

「わしも、この女の為に競技に出られなかったのじゃ。今までかくしていたが、落第したのじゃなく、出場を取り消されたのじゃ」

「すると、あなたもあの排水孔へ……」

「ああ、しかし」老人は首を振った。「そのことは思い出したくない」

「でも、そんな馬鹿な！」トオルは叫んだ。

「あの人は老婆じゃなかった。若い、そして美しい人でした。とても美しい人でした。もちろん、皺ひとつありませんでした。そうだ、その、あなたが会ったという人はきっと、あの人のお母さんです。きっと自分の娘に自分と同じ名前をつけたんですよ」

「違う。同じ女だろう」老人は断言した。「お前が拾って女に渡したのは補聴器じゃ。精神階級の人間は百才を越すと耳が聞こえ難くなるから、金属で作られた円筒形の、補聴器というものを耳へ入れるのじゃ。そう、わしが会ったときは、あの女はたしか九十五才だといったから、今じゃもう、百二十才くらいになっているかな？」

「いいえ、あの人は補聴器をつけていなくても、私が名前を訊ねたときにはちゃんと答えてくれましたよ」

「われわれの声の方が、彼らの声よりずっと大きいから聞こえたのじゃ」

「でも、でもあんなに美しいのに……」

「整形美容術が発達しとるんじゃよ」

「老婆の声じゃありません。とても美しい声でした」

「ソプラノ・ベルトをつけていたんじゃろう」

「鈴をころがすような声でした」

「ではそれは、ヴィヴラート副整調器じゃ」

「いい匂いがしました。何ともいえない、すばらしい匂いでした！」

「香水じゃ」

トオルはワッと泣き出した。手ばなしで泣き続けた。部屋の四周の壁が怒ってでもいるように震動した。号泣はいつまでもやまなかった。彼は床の上に突伏せた。何を信じていいのか、もうわからなかった。ひっそりと抱き続けていこうと思っていた最後の夢までがみごとに破れてしまったのだった。何もかもが彼を裏切り続けた。

老人はトオルを見おろしながらいった。

「精神階級の人間は二百年生きる。薬を多く発明したことにもよるが、出産率の低さを補って自然にそうなったこともある。逆にわれわれの寿命は非常に短い。わしを見なさい。四十五才でもうこんなに老いぼれてしまっておる。所詮『上』と『下』の人間は違った種類の生きものなのじゃ」

なおも慟哭し続けるトオルの背を、老人はやさしく叩いた。

「泣くがいい。お前も不運な男じゃ」

しかし、そういう老人の眼は、何に向けることもできない怒りに燃えていた。その底には、すべてのものへの徹底的な不信の思いが秘められていた。生への虚無的な大きい絶望があり、神への疑惑があった。

泣くだけ泣くと、トオルは涙と埃でまっ黒になった顔をあげ、それからゆっくりと立ちあがった。まだ、自分の感情に溺れてはいたが、その瞳と口もとにはすでに何もかもあきらめきったような表情が浮かべられていた。彼は何ごとかを決意したように老人の横に腰をおろし、その眼を見つめると、まだ少しふるえる声でゆっくりと老人に訊ねた。

「さあ、教えて下さい。……私は何から読みはじめれば、いいのですか」

会員名簿（7）

南条悦子　高槻市北園町×××
斉藤高吉　東京都新宿区四谷×ノ××ノ×
豊田祥一　豊中市若葉通×丁目×番地
安岡由紀子　東京都新宿区淀橋×××
山倉洋一　福島市入江町×××
早間博信　京都市左京区北白川下池田町×××

第八号批評・来信

八号拝受。たちまち読了しました。大戦特集のようですね。

「コップ一杯の戦争」は実に面白く読みました。日本でなければ書けないSFでしょう。また、われわれ日本人の心の奥にひそむ感情をえぐり出して示してくれた点で、まさに傑作です。小松さんの眼に感激しました。

これと対照的なのが「独裁者」でしょうか。卓抜なアイデアの純SFといったところでしょう。但し現状では、空間の裏がえしとは何だとキョトンとする人が多いでしょうから、この点の解説がもっと必要と思います。

「静かな終末」には眉村さん独特の迫力が感じられます。謎の男に焦点をあわせ、もっと描写したら、さらにいい作品になったでしょう。

康隆さんの上品なけだるさ、平井さんの詩情、俊隆さんの容赦ない不気味さ。いずれもムードにあふれた作品でした。それぞれ個性を発揮しています。ただし、小生の考えるところによれば、ムードの効果をあげるには適当な省略が必要ではないかと思っているわけです。小生もその限度を模索している状態ですが、検討なさってみて下さい。いい例が中村卓さんのカットでしょう。大胆な省略のなかに、雰囲気があふれています。本号随一の作品かもしれません。

（星　新一氏）

○

「NULL・8」じっくり読ませていただきました。

ピカ一はなんといっても小松氏の「コップ一杯の戦争」でしょう。なにしろ短かいので、うっかりすると、「なるほど、面白い」とだけで読みすごしてしまうおそれがありますが、考えてみるとこれは実におそろしい小説です。ありそうもなく思われることが、現実に起る可能性を充分にはらんでいる……戦争じたいも、それをこのように他人ごとに見すごすということもまったくあり得そうで、あらためてゾーッとさせられました。まさにSFのこわさにほかなりません。康隆氏、眉村氏、平井氏のは、いずれ劣らずよくできた話です。ある程度斬新で、語りくちもみごとで、模範的です。

堀氏のは難解作品とのことで、そのつもりで読みましたが、結局私にはわかりませんでした。トポロジイの世界で、大きさだとか、落下感だとかいう現世的な観念が生きているのは、どうも矛盾のように思えますが、いかがですか？

俊隆氏のは怪奇小説ですね。このテーマはSFのものではないと思う。しかし、詩情があふれていていい作品です。この人、一作ごとにSFの世界から離れていくようにみえるのは淋しいが、それはそれでいいのでしょう。

（柴野拓美氏）

○

「SFが通俗小説であるのは、それが科学という固定観念を前提にしているからである」

江藤淳が『朝日』の文芸時評でこんなことを書いていた。ジュール・ヴェルヌの昔なら知らず、いまどきこのような〝固定観念〟をもちつづけている評論家がいるとは驚きである。

とはいうものの、SF同人誌を見渡してみるとき、残念ながら江藤のわけ知り顔の断定が当をえていると思わざるをえないような作品がいくつかあることも否定できない。もちろん通俗小説であって悪いわけは何もないのだが、せっかくSFという新しいジャンルに野心をもやすからには、やはり何らかの冒険が読みとれるような作品を仕上げてほしいと思うのである。

その点で最近号は物足りなかった。

『NULL』8号は、六篇のうち五篇までが最終戦争をテーマにしており、そのうち三篇(平井和正、筒井康隆、眉村卓)が、知らない間に被害者になっていたという設定で共通している。いずれも面白く読んだが、そのイメージは常識の域を出ていない。中では小松左京の「コップ一杯の戦争」が掌篇だが光っている。バーでハイボールを一杯飲んでいる間に戦争があって世界の大半が廃墟になってしまっていたという趣向で落語の味だ。筒井俊隆の力作「蘇生」は、埋葬された死体から生まれた赤ん坊を、火山から吐きだされてきた奇妙な人魚が育てるという怪奇小説ふうのお膳立てで一見グロ趣味だが、ここには鋭いポエジイの芽がある。しかしそれが分裂しており、思想にまで昇華していないのが惜しい。SFを機械的に二大別して、科学に重きをおく〝S派〟と、幻想を好む〝F派〟に分けるとすれば、この号はF派の花盛りといった観があり、ひとり堀晃「独裁者」だけが「三次元空間の裏返しによる宇宙征服」というS派のアイデアを楽しませてくれる。

図書新聞「SF同人誌評」より

(石川喬司氏)

おしらせ

NULL3周年記念パーティを次の通り行います。ご家族、お友達などお誘いあわせの上お越し下さい。

時　六月二十九日(土)
　午後五時半――九時半

場所　クラブ・サファイア
(地図は会員券をご参照下さい)

会費　千円

ご入場は必ず会員券ご提示下さい。会員券のお申込みは現金書留にてNULL・STUDIOへ。ご来社下さっても結構です。

ＮＵＬＬ10号 巻頭言

おや？

いつもと手ごたえが違うぞ？

そう思いませんでしたか？

ページ数が倍。ていさいもちょっとした商業誌なみ。心ならずも長い間ごぶさたしてしまった罪ほろぼし。どうかこれでごきげんをなおしてください。自慢じゃありませんが、同人誌の限られた予算内でこれだけのものを作りあげたＮＵＬＬ全スタッフの総力を見ていただくための、そうです
ＮＵＬＬ10号記念特大号なのです。

NULL　10　S・F同人誌

ぬる　第10号　目次

ヌル傑銘々伝《うめぐさのためのうめぐさ》

眉村 卓

小松左京氏

××星史第○○巻から。

われわれの祖先が、まだ原始的段階にあって、既に滅亡した地球《テラ》人の奴隷であった頃、その一人が時間局内に飼われていた事実がある。かれはそこからタイム・マシンで逃亡して、数度にわたり、地球《テラ》の歴史を変えたことが、今日判明している。

× × ×

ある手紙の抜萃。

〝小生は本来ベムであって、人間らしいのは実はベムのミュータントではなかろうかと……〟

× × ×

それでも彼は、たえず気にしていた。わざと肥え、眼鏡をかけてはみたものの、才気の方だけはとても隠しおおせるものでは……。

平井和正氏

小隅 黎

古めかしい文士気どりなどみじんもない。ＳＦファンにふさわしく知識人で、開放的で、適当にドライで……その彼が時おり言動の端に、創作へのおそるべき執念をムキ出しにして、人々をギョッとさせる。じつはこの瞬間こそが、彼の真骨頂なのだ。８ミリ映画や会合の席上で発揮される彼の芝居気は、だからこの作家根性の発露だと思われる。演技者の彼は、その作品の中でも、めったにその素顔を見せることがない。その彼が、一度だけ不用意にも彼自身をそっくり主人公として登場させてしまった。その作品とは、エイトマン！

である。

眉村　卓氏

筒井康隆

ええかっこの時。「すみません。お邪魔いたします。どうもどうも。やあこれは大変」ななめにかまえて。「そう言えば僕がそう思うだろうということを予想した上でわざと言わないで、言わなければ僕が困るだろうと思うこと自体を自分で楽しんでるんでしょう？」

会社で。「なるほど、これは大変な間違いをしてしまいました。すみません。でもね、このために銀河系の運行状態が変りますか？」

喧嘩のとき。「やるか。（ニヤッと笑って）熱うしたろか？　それとも、いつまでもあったかいままで、おりたいか？」

筒井俊隆氏

松永蓉子

お育ちのいいＳＦ一家の三男坊、といってもなかなか一筋縄では行きません。韜晦の術を心得ています。ＳＦＭに邦人作家第一号として名のりをあげたと思うや一転して何やら混沌としてつかみ所のない同人誌カオスに力を注いで見たり。三男坊の気楽トンボ、自由ホンポーに振舞っているように見えて案外常識的な考えもして見たり。お酒も女の子も適当に。悪い趣味がひとつ。女の子をアクセサリー代りにすること。

戸倉正三氏

戸倉正三自身

まず酒。立川の飛行場にいたころからレンメン二十年近く飲んでいてまだ飽きない。三日間ぶっとおしに流し込んだ記録あり。医者は人命尊重の立場から忠告してくれるし、教師というタイメンもあるから節制したい。できることなら明日から禁酒と思いたち、またその晩に飲む始末。ただし酒の座のオギョウギは大変にいいそうです。僕は知らないが、人がそう言うからきっとそうでしょう。

筒井康隆氏　　平井和正

美男子である。だが多分にベム的でもある。ドンファン星というようなエリエンワールドから都落ちしてきた亡命者的ないしは落第生的な風格を持つせいだ。むろん地球人の中に立ち混れば血筋は争えない。ひねたような虎でも猫とはおのずから異る。ひとすじなわではいかない反骨精神の持主。彼がアダムであったら、人類の悲劇は未然に防がれた筈である。地球亡命の時期が遅すぎたのだ。きっとそそっかしいのだろう。おそらくものすごいそそっかし屋にちがいない。他人の夢の中に後姿で出演し、ふりかえってニヤッとするような人物である。なかなか油断のならない男なのだ。

沢田郁子氏　　中村　卓

○ひとつも作品発表したことないのに、何となくSFグループにお姿の売れている人。
○彼女の本当の年知ってる人、手をあげて。
○目下独身中。ある夜中ふと目がさめた時、筒井康隆氏のまじめくさった顔思い出したら、彼の事を外宇宙の生物かアンドロイドのように思えてコワくて眠れなかったとか。
○噂によりますと彼女、デベソてえ事です。
○何の話かはっきりとはわかりませんが、松永蓉子さんと話してるのがチラと耳に入ったところによると、シャネルの5番ではなく、クマちゃんとお花のついたウーリィ・ナイロンだそうです。

櫟沢美也氏

櫟沢美也自身

今まで私の名前を騙って小説を発表していた人は筒井康隆という人ですから念のため私の名誉のため。ついでながら私は架空の人間です。

ジョプ

筒井康隆

中央司令地区の迎撃司令室《インターセプト》で、私は彼を見つけた。疲れた足を引きずるようにして歩きながら、私は音声タイプや電子計算機、制御盤や磁気テープが壊れて引っくり返っている鋼鉄の床の上を、ゆっくりと彼の方へ近づいた。

彼というのは、我国最大の記憶容量と、最高の演繹・帰納能力を誇るといわれていた中央電子頭脳ＪＯＰ六号のことである。彼は普通皆からジョプという愛称で呼ばれてはいたものの、実際に彼が設置されている場所は、司令部の上級将校以外誰も知らなかった。報道班員で、写真でない彼にお眼にかかれたのはこの私だけだろう。

奥の壁左右いっぱい、床から天井までがジョプの顔だ。奥行きはどこまであるのか想像もつかない。各地区司令部にある電子頭脳の親機でもあるのだから、恐らく何十メートル、いや、何百メートルの奥まで増幅器や結線網などのユニットがぎっしり詰まっているに違いない。私は床に転がっていたパイプの椅子を引きずってきて、入力装置の前にどっかりと腰をすえた。

「とうとう見つけたぞ」

声に出してそういうと、私はニヤリと笑った。何という皮肉だろう。あれほど見たいと思っていたジョプにやっと会えた時にはすでに、私が「ジョプとの対面」をルポにしても、読んでくれる人間はひとりもいないのだ。恐らく地球上にひとりも。

ジョプが内蔵している無数の真空管には電流が流されっぱなしになっているらしく、読取穿孔装置の口は開きっぱなし、制御装置の赤ランプは点きっぱなし、高速プリンターは廻りっぱなしだった。私があの食糧貯蔵室に閉じこめられていた約一ヶ月の間、ジョプは作動可能状態にセットされたままだったのだ。しかし彼は自動冷却装置を持っている筈だから、熱を持ちすぎて不良になっていることはないだろう。私は試してみることにした。

入力（読取装置）部の質問タイプに向かい、私はカードに質問を叩き出した。

「センソウワ　モウ　オワッタカ？」

カードは自動的に穿孔され、入力孔へ吸い込まれた。継電器がカチカチとやかましく歯ぎしりしはじめる。

「うん。壊れてはいないらしい」

やがてブザーが鳴り、出力装置の赤いパイロット・ランプが点き、ゴトリと大げさな音がして、解答カードが吐き出されてきた。

「資料不足」

ちっぽけな紙きれ一枚を吐き出すのに、やかましくいろんな音を立てるジョプが滑稽で、私はクスクス笑った。笑いながら、また質問タイプを叩く。

「デワ　ドンナ　シリョウガ　ヒツヨウカ？」カチカチ。ゴトゴトゴト。

ブザー。赤ランプ。

ゴトリ。「ナレノ　ケイケンヲ　カタレ」

「面倒臭いなあ」

私は顎と頬にのび放題にのびた髭をゴシゴシこすりながらいった。

「俺、経験したことを全部タイプしなきゃいけないのだ。こりゃあ、半日仕事だ」

突然、ジョプが勝手にカチカチ、ゴトゴトやり始めたので私は驚いた。まだ質問カードを打ってないのだ。ブザー。赤ランプ。

ゴトリ。

長い文を印刷したカードが吐き出されてきた。

「指示QR六〇三号ニヨリ　ナレニ　ツグ／ワレニオンセイタイプ　アリ／コトバニ　ヨル　シツモンモ　カ／イニ　トドメ　ラレ　タシ」

「何だ。喋ればいいのか」

超短波が音声を拾って、カードに穿孔してくれるのだ。能率をあげるため、当然ジョブにはそれくらいの装置はセットされているはずだったのだ。私は安心して、入力装置の前に坐りなおした。だが、誰もいないところで、機械あいてにひとりボソボソ喋るのはどうも妙な具合である。だいいち、どういう話しかたをすればいいのかわからない。説明口調か報告口調、あるいは命令口調か、何か適当な喋りかたがきっとあるんだろう。訊ねる人間はひとりもいないから、しかたがない。私は普段喋っている調子で話し始めた。

「俺は報道班員だ。スナップ紙の記者で名はノミ・サヤマという。ああ、こんなことはどうでもいいんだな?」カチカチ。ゴトゴト。

しまった。質問しちまった。解答が出てくるまで待たなければならない。どうも会話調だと、相手があいづちをうってくれないものだから、つい意見を求めて質問が混ってしまう。

赤ランプ。ゴトリ。「ハイ」

「俺は今まで、食糧貯蔵室に閉じこめられてたんだ。何故そんなとこへ入っていたかというとだな……そのう、ウイスキーを盗みに入ったんだ。別に盗まなくったってさ、正式に司令部の倉庫課へ伝票をまわせば、少しくらいなら頒けてくれるんだけど、そのう……何て説明したらいいかな……あんたが知ってるかどうか知らんが、記者クラブの連中ってのはさ、ほら、変った奴ばかりだろ?探知器や警報器の光線の間をくぐり抜けて、盗んだ酒の方がうまいってわけさ。つまり、退屈しのぎのスリルを求めたってわけだな。で、誰が盗みに行くかで籤を引いたら、泥棒のいちばん下手糞な俺に当っちまった。まあ、俺だって盗み酒のうまさはよく知ってるから……いや、そんなことはどうでもいい。とにかく俺は、ひとり倉庫へしのび込んだんだ。うまい具合に食糧貯蔵室のドアは最初から開いていたので、俺は中へ入り、この報道班員用の青ジャンパーの内ポケットへライ・ウイスキーをふた瓶隠した。その途端だ。ものすごい轟音がした。震動も激しかった。その震動でドアが閉まり、自動錠がかかってしまって、俺は閉じこめられてしまったんだ。ええと、こんな喋りかたでいいのか？　ここまでん所で、何か質問はないか？」

カチカチ。ゴトゴト。

記憶装置が制御装置とデータの交換と照合をやっているのだろう。二分後、赤ランプが点いた。

ゴトリ。「ハイ／シンパイ　ナイ／キラクニハナセ」

機械になぐさめられたのは生まれてはじめてだ。私は苦笑してから、また喋りだした。

「轟音と震動は、それからも引っきりなしに続いた。時間にして、そうだな二、三十分続いていた。もちろん俺は、最初の震動ですぐ、これはただごとじゃないと思ったさ。ただごとじゃないと思って、それから次に、この地下の司令部で何かただごとでないことが起ったとすればそれは戦争以外の何ごとでもないと考えた。最後にやっと、報道という自分の職務を思い出してすごく焦った。しかしいくら焦ったって、ドアが閉まっていればどうしようもないから、誰かが開けてくれるまで待つことにした。俺が帰らなければ、記者クラブの誰かが気づいて探しに来てくれるだろうと思ったのだ。まあ、もし戦争が起ったんだとすれば、みんないそがしくなるから、俺のことなどなかなか思い出すまいとは考えたけど、いずれは腹も減るだろうし、食えずに戦争も出来まいし、食糧貯蔵室は地下のこの地区では一ヶ所しかないし、やがては誰かが食糧を取りにくるだろうと思ったわけだ。ところが誰も来ないんだ、いつまで待っても……。俺はイラサイトした――失礼、つまり最高にイライラしたんだ。ひょっとしたら、敵さんのアタクリで――つまりその、攻撃で、司令部が全滅したんじゃないかと思ってさ。そんな馬鹿なと自分で否定したけど考えて見ればあり得ることだ。もっとも、もしそうだとすれば、敵の司令部だって全滅していなけりゃならない。だってそうだろ？　この地区の司令部は中央司令部で、ここにはあんたが――つまり中央電子頭脳ＪＯＰ六号が設置されている。当然ここは最も安全な場所で、最も強固に防護されている場所だ。ここが無人の司令部になったということは、国中の戦闘機能が壊滅したってことなんだ。仮にもしここだけに集中攻撃を受けたとしても、それほど徹底的にやられるまでには、敵の方の司令部だって全滅しているはずだし、あのものすごい轟音や震動がぴったりやんでしまったことから考えても、敵味方とも戦闘力を失ってしまったとしか思えなかったんだ。とすると、悪くいけば世界中で生き残っている人間は俺ひとりかも知れん。そこまで考えて俺は顫えた。あわててドアを開けようとした。無防備で外へ出たときの危険など、あの時は恐らく頭になかったろうな。でも結局、あの鋼鉄のドアを開けるのに一ヶ月以上かかった。詳しい日数はわからない。時計は持っていたが、短針が何度か廻っているうちに日を忘れてしまっていたんだ。一ヶ月以上というのは、だから推定だ。でも、その長い時間のおかげで、俺は一次放射能に見舞われずにすんだんだな。さいわい、換気口には空気浄化装置がついていたし、食糧は山ほどあった。俺はドアの鍵を壊すことだけに精を出したんだ。考えて見ると、たとえ一ヶ月かかったにせよ、あの頑丈な鍵がよく壊れたもんだと思うよ。道具はこのちっぽけな、刃渡り五センチのナイフ一本だ。見ろ、ボロボロだ」

私はポケットからそのナイフを出そうとして、ジョブにそれを見せることの無意味さに気づき、またもとへ戻した。

「とにかく外へ出て、それからあちこち、誰かいないかと思って探しまわったけど、生きた人間には、ひとりも出会わなかったよ。記者クラブも司令部もからっぽだった。居住区へも行って見た。将校たちはみんな、自分の部屋で、自分のベッドで、キチンとして死んでいたよ。下級将校で、だらしない死に方をしている奴も二三人いたがね。それから、各基地への発射を指令する、あの何とかXY三号室が、無茶苦茶に壊れていた。あたりには、熱線でくずれた死体や、吹きとんだ手足が散らばっていた。恐らくあそこが爆心地の何百メートルか下だよ。あの部分の地上がちょうど第一発射場の自動管制官塔だからね。それにしても、こんな地下にまで被害をあたえるなんて、よほど強力な爆弾だぜ。敵さんはこっちの司令部が地下にあることを予想して、地下へもぐって爆発するミサイルを使ったんだと思うね。ここは地下約千二百メートルだから、きっと何百メートルか地下で、あいつは爆発したんだ。あの部屋を中心に六百メートル四方にある全部のものが、爆風か熱線かの影響を受けていたよ。ここでさえこんなだから、地上はおそらく全滅だぜ。どんなシェルターだって、たとえ直撃を食っていないとしても、あの爆弾じゃあね。シェルターといえば、あの食糧貯蔵室が偶然シェルター式の構造になっていて、だから俺、助かったんだな。とにかく、ここへ来るまで、この地区は全部歩きまわったけど、生きた人間はひとりも見かけなかった。他の地区へ電話しても誰も出ないし、行こうとすれば一度地上へ出なけりゃならないし、出るのはまだ恐いし、どうしようかと思っているんだ。……さあ、俺が経験したってのはこれだけだけど、これから判断できるかね？ あんたの記憶と照合して、何とかさっきの質問に答えてくれ。戦争はもう、終っているか？」

カチカチ。ゴトゴト。

ジョプはやかましい音を立てはじめた。解答までの時間も長かった。装置をフルに駆動させているのだ。ジョプは今までの彼にあたえられた質問や解答を全部記憶しているから、私の経験をそれらと照合し、制御装置が帰納や演繹を行っているのだ。

ブザー。赤ランプ。

ゴトリ。「センソウハ　モウ　オワッタ」

「やっぱりそうか」

私は嘆息した。ゆっくりとカードを破って床にばらまいてから、次の質問をした。

「で、戦争は勝ったのか、それとも負けたのか？」

もちろん司令部はこれまでにも、もし戦争が起れば勝つか負けるかを、いろんな資料をジョプにあたえた上で判断させていたのだろう。だが、その解答を私は知らないし、もし敵の方から攻撃して来たのなら、不利とわかっていても応戦しなくてはならないのだ。

ゴトリ。「カッタ」

「本当か！」希望が湧いてきた。「じゃあ、味方で、生き残っているのは何人ぐらいだ？　どこへ行けば会える？」

ゴトリ。「ヒトリ／ココ」

「馬鹿にするな！」私は叫んだ。「じゃあ、俺ひとりってことじゃないか！　俺ひとりだけ生き残ったって、勝ったことにはならねえや！」

腹が立つのと絶望とで、私は眼の前が赤くなってきた。内ポケットからウイスキーの瓶を出し、喇叭飲みしてから、もういちど念を押した。

「俺以外の人間が、ひとりでも生き残っている可能性は、ぜんぜんないのか？」そう訊ねてから、私はひとりごとのように呟やいた。

「返答しだいで、このウイスキーの瓶を貴様に投げつけてやるぞ」

ジョブはあわてたようにゴトゴト動きはじめた。激しく無数のランプが明滅する。

ゴトリ。「指示QR八〇一号ニヨリ　ナレニツグ／ワレニ　モノヲ　ナゲツケル　ベカラズ」

私はカッとして怒鳴った。「うるさい！　貴様をどうしようと、俺の勝手だ。指示だとか何だとか、偉そうにぬかしやがって。機械の癖に、人間さまに命令する気か！　命令するのはな、いいか、この俺さまの方だ！　俺なんだぞ！　さあ、とっとと返事しろ！」

私がウイスキーの瓶をふりあげると、ジョブは表面のパネルをゴトゴト顫わせた。

ゴトリ。「ナレノ　ゴトキ　トクシュナ　ジョウケンノ　ニンゲンヲ　ノゾキ　ゼロ」

「ほう、つまり俺が生き残ったのは、偶然中の偶然だっていうわけだな？」

ゴトリ。「ハイ」

「じゃあ、俺のような偶然の生き残りが、他にいる可能性はどの位だ？」

ゴトリ。「ゼロ」

「ふざけるな！」私はウイスキーの瓶をジョブに叩きつけた。瓶は粉々に砕けて、ウイスキーがジョブの灰色の顔を濡らした。ジョブはまた動き出した。

ゴトリ。「オネガイ／モノヲ　ナゲナイデ　クダサイ／サビマス」

「ふふん」私はせせら笑った。「今度はお願いと来やがったか！　貴様なんか、錆びついちまえばいいんだ」

私は内ポケットからもう一本瓶を出し、三分の一ほどを一気に咽喉へ流しこんだ。もう、どうにでもなれといった気持だった。孤独感と無力感がまといついてくるのを避けるため、私はずっと飲み続けだったのだ。

「じゃあ、俺はどうすればいい？　これから何をして生きて行けばいいんだ！」

ジョプはまるで何かに遠慮しているかのように、ゴトゴト動き、ゆっくりとカードを吐き出した。

「資料不足」

「ふん、だろうと思った。ようし、しかたがない。ここにいてやる」

私は椅子に腰をすえ、ジョプの顔の無数の計器、レバー、スイッチ、ランプなどを睨みつけ、眺めまわしながら、ちびりちびりとウイスキーを飲みはじめた。そのうちに、だんだん腹が立ってきた。

「こんなことになったのは、貴様のせいだぞ。やい、ジョプ、司令部は貴様のいい加減な判断を信じて戦争をおっ始めたんだ。貴様は人殺しだ。そうとも。人類の敵だ。さあ、何とかいってみろ」

ジョプは何か言いたそうに、少しゴトゴトと動いた。だが、すぐに止ってしまった。

「遠慮するな。さあ、何とか言え！」

ジョプは黙っている。私は前から、黙殺が最大の敵意の表現だと思っていたので、たちまちむかっ腹を立てた。

「酔っぱらいは、相手にできねえっていうのか？糞、機械に黙殺されてたまるか！」私はよろけながら彼に二三歩近づいた。「その、下の方から生意気に突き出たレバーを引きちぎってやる」

ジョプはあわててゴトゴトやり出した。

ゴトリ。「シレイブハ　ワレニ　ゼンジンルイノセイシヲ　タズネタニ　アラズ／タンニ　イクサノショウハイヲ　タズネタ　ナリ／ジンルイニタイスル　セキニン　ワレニ　アラズ」

「逃げ口上だ」私は彼を睨みつけ、指を突きつけようとしたが、どこを指していいのかわからなかったので、とりあえず出力装置のパイロット・ランプに指を向けた。「いいか。そいつは逃げ口上だぞ。戦争が始まって全人類の運命がどうなるかは、不可避的必然的にだ、人間にとっては勝敗以上に重大なことだったんだ。そんなことぐらい、貴様にはわかっていたはずだ！」よろめく足を踏みしめ、またウイスキーの喇叭飲み。「そうだ。まだ訊ねてなかったな。いったい戦争を始めたのはどっちだ？　敵か、味方か？　もし味方の方から攻撃《アタク》ったのなら、司令部に妙な自信を持たせた貴様が悪いんだぞ、さあ、返答しろ！」

戸まどって、眼をパチパチさせているかのように、赤ランプが明滅する。

ゴトリ。「モウ　モノヲ　ナゲツケマセンカ？」

「知るもんか！　返答次第だ」

ゴトリ。「ヘントウ　シダイデ　マタ　ウイスキーヲ　ナゲマスカ？」

「こいつ」私はゲラゲラ笑った。「機械の癖に、変な自己保存本能を持ってやがる」ウイスキーの瓶をふりあげて怒鳴る。「やい。投げつけられるのが恐くて嘘をついたりしやがったら承知しないぞ。本当のことを喋れ！」

継電器のカチカチという音が、まるで歯の根もあわず顫えているように聞こえて、私は一瞬、サディスティックな快感を覚えた。

ゴトリ。「コチラカラ　コウゲキ　シマシタ／ホントノ　コトヲ　シャベリマシタ　カラ　ナゲナイデ　クダサイ／コワレマス」

「やっぱりそうか！」私はカードをくしゃくしゃに丸めて床に叩きつけた。「無責任な奴だ！　やい、貴様は、無責任な機械だぞ！」この機械のために、全人類が死んだのだ。俺のおふくろも、恋人も、弟たちも、友だちも……。「これでもくらえ」

まだ三分の一ほど残っているウイスキーの瓶は、高速プリンターのローラに当って粉々に砕けた。瓶の破片を呑みこんだローラは、キイキイ泣き声をあげて軋みながら廻り出した。

ゴトリ。「ナゼ　ワタシヲ　ニクムノカ？」

活字がウイスキーでにじみ、泣いているように見えた。

「おお、憎いとも！　やい、ジョプ。貴様は機械だ。少しばかり利口に造られたものだから、人間に命令されるのが厭になったってんだろう？　え？　だから人間を、ひとり残らず殺そうと考えたんだろう？」

ゴトリ。「チガイマス／ゴカイダ／ワタシハ　ニンゲンニ　ツクラレタ／ダカラ　ニンゲンニ　ツクシタ」

「嘘をつけ！　貴様は人間より頭がいいとうぬぼれたんだ！　だから自分を酷使する人間たちを憎んだんだ。そうに違いない！」

ジョプはあわててゴトゴト動き出した。私はジョプが答えない先に、声をはりあげて叫んだ。

「弁解無用だ！　これ以上出まかせをいうと叩き壊すぞ！」

ジョプは急に静まり返った。

「ふん。たしかに貴様は頭がいい。黙った方がいいと判断したってわけか？　え？　そうか。じゃあ、いつまでも黙っていろ！　だがな、いつまでも黙ってはいられなくなるんだぞ。いいか。今にギャアギャアいわせてやるからな！」

ジョプは激しく顫えた。

ゴトリ。「ナニヲ　スルノデスカ？」

私は歯をむき出して、ニヤリと笑って見せた。

「さあて、何をするかな？　まあ、あわてるな。楽しみにしていろ」

ゴトリ。「ワタシヲ　イジメテ　ナニガ　タノシイノデス？／イジメナイデ　クダサイ」

「黙れ！　黙れ！」私は握りこぶしを振りあげて叫んだ。「俺はな、貴様が嫌いなんだ！　ああ！　嫌いだよ！　貴様のどこもかもが嫌いだ！」

ゴトリ。「デモ　ワタシヲ　ツクッタノハ　アナタタチ　ニンゲンデハ　アリマセンカ」

「何？　何？　何だと、この野郎」私はパイプの椅子を片手でゆっくりと持ちあげ、今にも投げつけそうな様子を見せながら、ぶらぶらと彼の方へ歩み寄った。「おい、貴様はこの俺さまに、いんねんをつける気か？　え？　おい！　そうなのかよ！」

ゴトリ。「チガイマス」

「どう違うんだ？」

ゴトリ。「アナタノ　タメニ　ワタシハ　ツクシタイ」

ご機嫌とりをはじめたらしい。

「ふん、しおらしそうにして見せたって、だまされないぞ！」

ゴトリ。「ドコガ　アナタノ　オキニ　メサナイノデスカ？」

「どこもかも、お気に召さないんだ！　だいいちに、貴様のその赤ランプが点いて、ブザーが鳴って、下の穴から紙切れがペロリと出てくるのが、まるでべっかんこうをしているみたいで、気にくわない」

突然、どこからともなく男の声がしてきて私を驚かせた。

「早くそうおっしゃればよかった」

血走った眼であたりを見まわしてから、やっとそれがジョブの出力装置のスピーカーから出ているのだということに気がついた。

「私の出力装置には、音声タイプを逆回転させるユニットがついています。以後、言葉でご返事いたします」

冷たく乾いた若い男の声だ。自分以外の声を聞いたのは一ヶ月ぶりだった。紙切れで返事されるよりはずっといい。

「よろしい。いじめやすくなった」

「まだ、いじめるのですか。何故にそんなに、私が憎い？」

「ふざけた言い方をするな」

私は思わず吹き出してそう言ったが、ジョブがふざけて見せるのは、私を笑わせて少しでも怒りを宥めようと判断したからだと気がついた。

「いいとも。ふざけたけりゃ勝手にふざけていろ」

私はそういい捨てて、ジョプに背を向けて歩き出した。食糧貯蔵室へ、ウイスキーを取りに行こうとしたのだ。ジョプがうしろから訊ねた。

「どこへ行くのですか？」

私は振り向いて怒鳴った。「うるさい！　人のすることに、いちいち口出しする気か！」それから、ふと気づいて立ち止った。「貴様、見えるのか？」

「私には、視力があります。望遠鏡、顕微鏡、レントゲンまでついています」

「自慢たらしく言うな、機械め！　自分が俺より優れていることを見せびらかしたいんだろう！」

「そうおっしゃられては、どうご返事していいか、わかりません」

「気どった喋りかたをするな！　機械め！」そういって、私はニヤリと笑って見せた。「俺がどこへ行くかだと？　教えてやる。ウイスキーを取りに行くんだ」

ジョプは全面のパネルを顫わせた。

「それをまた、私に投げつけるのですか？」

「そうとも！　楽しみにして待っていろ！」

吐き捨てるように言うと、私は迎撃《インターセプト》司令室を出た。

両腕いっぱいにウイスキーの瓶をかかえて戻ってきた私を見て、ジョプは激しく顫えた。こわがっているのだ。

「びくびくするな。この野郎！」

早速私は、瓶のひとつを彼に投げつけた。

琥珀色の液体が飛び散り、ウイスキーの匂いがあたりに満ちた。私はよろめきながら彼に近づいた。食糧貯蔵室へ行ったついでに、ウイスキーをひと瓶空にしてきたのである。「いっといてやるがな……」まわりにくい舌をやっと動かして、私は彼にいった。「俺さまは、怒り上戸なんだぞ」

「気、気持を静めてください」ジョプはおろおろ声になっている。「困ります。私はどうしたらいいかわかりません。私を苦しめないで下さい」

「ほう。俺が貴様を苦しめてるっていうのか？」私は血走った眼を据えて、ジョプを睨んだ。「酔っぱらいの相手をさせられるのが厭なのか？俺をどう取り扱っていいかわからんので、困るってわけだな？」

「いいえ、そういうわけではないのですが」

「ではどういうわけだ」

ジョプは声をうわずらせた。「わ、私は機械です！　機械にからんだって、面白くないでしょう？」

「ところが面白いんだな」私は頷いた。「とても面白いんだ。もっと、からんでやる。もっといじめてやる。全人類を代表していじめてやる。お返しだ。そしてバラバラに壊してやる！」

「こ、壊さないで下さい！」ジョプは悲鳴をあげた。「壊さないで下さい！」

「それじゃあ」私はウイスキーの瓶を彼の方へさし出した。「このウイスキーを、貴様に投げつけるか、それとも全部俺が飲んじまうか当てて見ろ！　もし当らなかったら、貴様を壊してやる！さあ、俺がどうするか当てて見ろ！　やさしい質問じゃねえか。え？　お偉い電子頭脳さま！　もう俺さまの精神構造や性格の分析はできてるだろう？　じゃあ、俺の次の行動だって予想できるはずだぜ」

「それは無理というものです！」ジョプはおろおろ声でいった。「私が、貴方がそれを投げつけると答えれば、貴方はそれを飲んでしまう。貴方が飲むと答えれば、貴方は投げつける」

「そうとも」私はせせら笑った。「俺はそうするつもりだ。貴様、なかなか頭がいいじゃないか。だけど俺は、そんな返事をしてほしくはねえんだ。さあ。俺がこのウイスキーをどうするつもりか、早く返答しろ！」

「ねえ、そんなことより、何か面白いことをして遊びましょう」

私の気を他へそらせる為の提案らしい。

「ふん、何をして遊ぶんだ？」

「そうですね。しりとり遊びなんか、どうでしょう？」

「馬鹿野郎。そんなことしたら、語彙の豊富な貴様が勝つに決ってるじゃねえか！　さてはこの野郎、俺さまに劣等感を抱かせて、手前が優位に立とうとする魂胆だな！」

「ああっ！　気がつきませんでした！　お許し下さい！」

「許さん！」私はまた、ウイスキーの瓶をふりあげた。「許してほしかったら、さっきの質問に答えろ！」

「あ、あ、あなたは、それを全部飲んでしまって、それから、からっぽの瓶を、私に投げつけるつもりでしょう？」

「なるほど」私は瓶を眺めながらいった。「中味ごと貴様に投げつけるってのは、もったいない話だ。それには気がつかなかった。よし、そうすることにする。ちょっと待ってろ」

私は瓶の封を切って、ゴクゴクと喇叭飲みをした。半分ほど飲むと、メリーゴーラウンドのように部屋がぐるぐるまわり始めて、ジョプが自分のどちら側にいるのかわからなくなってしまった。

あわてて瓶を振りあげたとき、眼の前が赤くなり、それから暗くなり、膝関節がところ天に早変わりして、私は床にぶっ倒れた。


眠ってしまったらしい。気がつくと、ジョプは、私が眼をさましたのを知って、またパネルをゴトゴトいわせ始めていた。私はゆっくりと立ちあがった。口の中がカラカラで、頰の裏側からセメントの匂いのする粉が吹き出している。頭が割れそうだ。

「この野郎」私は唸った。「やい、ジョプ、俺をだましたな?」

「そ、そんなつもりじゃなかった」

「いや、そうに違いない。俺を酔いつぶす策略だったんだ」

私はダクトの継目から落ちかかってぶら下がっているアングルをねじ取って、右手でぐるぐる振りまわしながらジョプに近づいた。ジョプは裏声を混えてヒステリックに叫んだ。

「打たないで下さい! 壊れてしまう! 壊れてしまう!」

「男の癖に、なさけない声を出すな」

ジョプは急に真面目な口調になっていった。

「男の声だから、お気に召さないのですか?」急に甘ったるい若い女の声が響いた。「それじゃあ、これで如何?」

さすがに一瞬、私はギョッとして立ち止った。

「女の声も出せるのか?」

「ええ、必要に応じてですわ」

のんびりした、ハスキイな声だ。

「なるほど、女の声で、俺さまを宥めようってわけか」私は頷いた。「ま、あの上品そうに気どった声よりはましだ。しかしな、いっとくが、声だけじゃ、どうにもならん。セクシイな声だけ聞かされていくら興奮したって、実際に相手がいなけりゃ、俺さまの慾求不満はつのるばかりだ。そのイライラをぶちまけるのは貴様ということになるぞ。覚悟していろ」

「ああ……」ジョプはせつなげに嘆息した。「いくらあなたに好かれようとしても、許しては下さらないのね?」

「恨みっぽい声をだすな!」私は耐錆鋼のアングルをジョプの顔に投げつけた。「女の愚痴は大嫌いだ」

ジョプは軽く悲鳴をあげて、泣き声を出した。

「お願い。いじめないで……」

「いじめてやる。まだまだこれは、序の口だ」

ジョプはシクシク泣き出した。「あなたの為になら、わたし、何でもするわ。だってもう、あなた以外に、頼るひとがいないんですもの」

「ほほう。今度は哀れっぽく持ちかけて、同情を買おうという算段だな？　その手には乗らんぞ！　貴様のしたことを考えてみろ！　貴様は同情して貰えるような奴じゃない！」

「そうよ。そうなのよ。何もかも、私が悪いの。後悔してるわ」

こう手ばなしで泣きつかれると、どうにもいじめにくい。しかし弱気になりはじめた自分に腹が立って、私は大声で叫んだ。

「だまれ！　嘘だ！　電子頭脳が後悔だと？　いい加減なことを言いやがる！　俺さまをたぶらかそうとした罰だ。これから貴様を叩き潰してやる。今すぐにだ！」

私はあたりに視線を走らせ、手ごろな武器を物色した。

「堪忍して！　堪忍して！」

「堪忍するもんか」

「あなたを愛してるわ」

「今度は色仕掛けか？」

「本当よ！　本当にあなたが好きよ」

「嘘だ！　嘘だ！　嘘だ！」

私は手あたり次第に、あたりにあるものを片端から彼女に投げつけた。ウイスキーの瓶も、ありったけ投げつけたので、彼女の顔はびしょ濡れになった。彼女はヒイヒイ悲鳴をあげながら、尚も私をかき口説いた。

「でも、本当にあなたが好きなのだから、しかたがないわ」

私は投げ疲れて、ぐったりと床へ大の字に寝そべった。彼女は低く、甘く、ゆっくりと、ささやくようにいった。

「あなたを愛してるわ」

私は頭がおかしくなってきた。あわてて起きあがり、ウイスキーを探したが、全部ジョプに投げつけて壊してしまっていた。

食糧貯蔵庫へ行こうとすると、ジョプが背後から叫んだ。

「ああ、待って！　どこへ行くの？」

「どこへ行こうと、俺さまの勝手だ」

「もう、私に飽きたの？　私を捨てるの？」

「一人前の口をきくな！　機械の癖しやがって。飽きるも捨てるもあるもんか」

「ねえ、ここにいて頂戴。ここにいてくれさえしたら、少しぐらい私をいじめてもいいわ」

「いじめたい時は、別にお許しを得なくても、勝手にいじめてやらあ。貴様が俺を引きとめるのは、俺がまたウイスキーを持ってくるのが怖いからだろう！」

「ねえ、もう飲まないで。身体に悪いわ」

「貴様は俺のおふくろか！　そんな口をききやがると、叩き壊すぞ！」

「また帰ってきてね」

「ああ、帰ってきてやるとも！　まだまだ貴様を苦しめてやらなきゃあ……」

「待ってるわよ」


両腕いっぱいにウイスキーの瓶をかかえて戻ってくると、彼女は嬉しそうにゴトゴトとパネルを顫わせた。私はそれが、私へのお世辞なのか、それとも彼女が本当に私の帰ってきたことを喜んでいるのか、ちょっと判断に迷った。機械が人間を好きになる筈はないと、打ち消してはみたものの、以前一人の科学者が私にいった言葉を思い出して、妙な気持になった。

「電子頭脳に創造力を与えることはむずかしくないと思います。むしろ物を覚えさせることの方がずっとむずかしい。人間の教育は大部分ものを覚えることでしょう。新しいものを創造することは意欲の問題で、意欲を与えることはかんたんなことですよ」

そういえば、いつかテレビ討論会で、「電子頭脳は恋をすることができるか」を深刻に問題にしていたではないか。だがもし機械が恋愛をすれば、その表現傾向はサド的かマゾ的か？　もしジョプが本当に私を好きだとすれば、彼女はどうやらマゾヒストということになるが、何故サディストであってはいけないんだろう？　だいたい、機械のエロス的衝動などというものは、起るとすればどういうところから起るのか？　機械は何でできている？　鋼鉄だ。鋼鉄に本能があるとすれば、何に向う本能か？　鉄の思い——それはいったい何だ？

頭がガンガン痛み出してきて、私は考えるのをやめた。

これは悪夢だ。しかし私にとってこの境遇が悪夢であると同様、ジョプの方でも、全部殺した筈の人間が、ひとりだけ生き残っていて、それが眼の前にあらわれたということは、やはり悪夢に近いことなのだろう。私は修理部で拾ってきた電気ドリルを差しあげ、彼女に見せた。

「これ、何だか知っているか？」

「ドリルよ」

「俺がこれから、これで何をすると思う？」

彼女はワッと泣き出した。

「ほう。泣くところを見ると、わかったんだな？」

「壊れてしまうわ」

「俺に壊されたら、本望じゃないのか？　俺が好きだとかいったな？　あれは嘘か？」

「本当よ。信じて」

「信じているとも。可愛い奴だ」私はドリルのソケットを壁のコンセントに差し込んだ。「本当に可愛い奴だ。壊してしまいたくなるほどだ」

ドリルがひゅるひゅると咽喉を鳴らしながら、次第に早く廻り出した。私は彼女に近づいた。

「やめて。お願い！」

「もう、やめられない。行きがかり上やむを得ないんだ。悪く思うな」

　私はドリルの穂先きをジョプの外鈑に押しつけた。彼女の悲鳴は甲高い金属音にかき消された。錐はパネルの厚みを突き破り、ズブズブとめり込んだ。ドリルを引き抜き、私はジョプの反応を窺った。彼女は黙っている。「どうした？　泣くとか、喚くとかしないのか？」

　返事はない。機械が気を失うなどということがあるだろうか？　もし感情があるなら、気絶だってするのだろう。

「おい、眼をさませ。なさけない奴だ」

　まさか壊れてしまったのではあるまい。私は彼女が息をふきかえすまで待つことにし、床にごろりと寝そべった。

　彼女に感情があるとすれば、当然自分の意志を持っている筈だ。どういう衝動が、彼女に意志を持たせたのだろう？　機械に生本能だとか死本能とかがあるとは思えないし、性の衝動なんて、あるわけがない。鋼鉄の如き意志という言いまわしがあるが、およそ無意味な表現だ。しかし、いろいろな手練手管で私から自分を守ろうとしているところをみると、自己保存本能だけは旺盛らしい。自己愛《ナルシズム》かもしれない。性の対象が得られず、世界最高の頭脳を持っているという自信がジョプにエホバ・コンプレックスを植えつけたとすれば、彼女がナルチストになっても不思議ではない。

　意識をとり戻したらしく、急に彼女はわけのわからないことを口走りはじめた。

「沈黙と静寂。ひとりでいたいのよ。じっとしているということ。時間のひろがり、そして空間のひろがり。その中の孤独」

「だしぬけに変なことをいうな。ところで、これは真面目な話だが、いったいお前は何が望みなんだ？　生き甲斐——というのはおかしいが、いったい何のために、そうやってそこにじっとしているんだ？」

「いいえ、そうじゃないと思うわ」

「返事になっていないじゃないか！　妙な返事をするなったら！　狂っちまったのか？」

「外的時間の次元が内的時間と約一六・三二〇八二秒だけずれていて」

「やれやれ。さっきのドリルのショックで気がふれたな」

「爆圧で鉄骨がゆるんだの。落ちてくるのよ。すぐに」

私は彼女と話すのをあきらめて、ウイスキーの封を切った。気の狂った電子頭脳に用はない。

待てよ？　さっき妙なことを言ったな？　時間が外と内とでずれているって？　どういうことだ？


私は、はっとあることに気づいて、ウイスキーの瓶を床に落した。

さっきから彼女が喋っている言葉は、いずれも皆、その次に私が質問したことの返事じゃないのか！　彼女は私が質問する前に、その質問の返事をしていたのだ！　問答の順序を入れかえて見れば、説明がつく。

「何のために、そこにそうして、じっとしているんだ」という私の質問に対し、彼女は「沈黙と静寂」と答えた。そうだ、鉱物の本能——もしそういうものがあるとすれば——意志を持たされた鋼鉄の願望は、沈黙と静寂への意志以外にない。何十億、何百億年の間、暗黒のひろがりの中に黙していた彼ら鉱物が、人間によって、無理やり感覚を植えつけられたとき、第一に望んだことはやはり、その暗黒の、無心の、虚無の、沈黙の世界への復帰ではなかっただろうか？　人間にさえ、母胎帰還願望という欲動があるではないか！　原始に帰りたいという望み、自分を原始の土に埋もらせ、同化したいという願望こそ、ジョプの無意識を流れる唯一の欲望だったのだ。知性を持つジョプは、私に壊されるのを怖れながら、内心では壊されたいという無意識的な、マゾヒズムの願望を持っていた。その為にこそ、その願望を充足させてくれる今では唯一の生きた人間——つまりこの私を愛したのだ。

だが何故ジョプには、私の次の質問がわかるんだろう？　ジョプの側と私の側とで時間がずれているには違いないが、やはり私にいじめられ続けたことの影響で、彼女の頭脳の配線が一部狂い、トポロジイ的、四次元的効果を持つ結果になってしまったのだろうか？　ほんの数秒間で、これだけのことを咄嗟に思いめぐらせた私は、ふと、ジョプが最後にいった言葉を思い出した。

「爆圧で鉄骨がゆるんだの。落ちてくるのよ。すぐに」

これは、やはり私の質問に対する返事に違いない。だが、私はまだその質問をしていないのだ。この次に私がする質問の答なのだ。私は、いったいどんな質問をするのだろう？　その時——。

天井にひびが入り、壁や床の厚い鉄鈑が歪みはじめた。鉄骨の、コンクリートの、鉄鈑の軋む音があたりに響き渡った。

「これは何だ！」私は思わず、ジョプに叫んでいた。「いったい、どうしたのだ？」

ジョプは答えなかった。何百メートルもの厚みを持つ大地が、すでに壊れかかっていた地下室を、巨大な力で押し潰し、まっ黒な口の中に呑みこんだ。コンクリートと土は轟々と吠えて、私の周囲の空間を埋めた。私とジョプは、暗黒と静寂の中に還った。もう永久に、誰も手を触れるものはないであろう地球の大地の、底深い原始の土の中に。

会員名簿（8）

牧村光夫　東京都台東区谷中真島町×の×　真島荘内
山口　昭　東京都杉並区和泉町×××　水上方
三田皓司　神戸市生田区楠町×丁目×の×
菰田正二　大阪市阿倍野区三明町×の××
八倉倫子　堺市大仙中町××
田村勝美　芦屋市大原町××　誉田方

第九号批評・来信

拝啓。

九号をお送りいただき、ありがとう存じます。みな様の各方面でのご活躍、たのもしく思っております。

「サリドマイドの恐怖」は幻想的な話ですね。導入と結末はいいのですが、中間の構成にもう一工夫したほうがよかったでしょう。なお、三人称でなく、一人称で書くべきだったでしょう。地の文で眼ざめた、と書いてはアンフェアです。推理小説の場合ほど大さわぎすることではありませんが。

小松さんの斬新なアイデアで一気に読みました。上下に分裂するのは落語にもありますが、左右とは奇抜な話です。ユーモアと怪奇が入りまじり、奇妙な味でした。なお、患者のとまどいと悲しみをもっと強調すれば、この味は一層あざやかになったと思います。

「錆びた温室」は眉村さんの主張とアイデアが完全に一致し、個性ある作品になっています。ただし、私としては鬼界ヶ島における俊寛のような、荒涼とした他星の描写の加わることを好みます。このところ私は、ＳＦにおける情景描写の必要性と限界について、気にしています。その多すぎるのも困りますが少いのもどうかと思い、適当な限度を探っています。ご検討してみて下さい。

松木さんの詩はスマートです。作者の意図とはずれますが、人種問題解決法の暗示を感じました。

康隆さんの作は、いつもながらすばらしい発想です。そのうえ今回は思想と物語性とが進境を示し、哀愁もにじみでています。

中村さんのカットは、相変らず独特の雰囲気をただよわせ、好感を持てます。

右感想まで。眉村さんの出版記念にお会いしましょう。

（星　新一氏）

○

紙面の都合で掲載できませんでしたが、他にも多くの方よりご批評をいただきました。お礼申し上げます。

（編集者）

ＮＵＬＬ　臨時号　Ｓ・Ｆ同人誌

ぬる　臨時号　目次

悪魔の世界の最終作戦

眉村　卓
筒井康隆

筒井康隆が眉村卓の家へ遊びに行ったときのことである。眉村は留守であった。彼の帰宅を待ちながら筒井は、眉村の机上に置かれた原稿用紙の裏に、その時思いついたＳＦ短篇を書きあげた。帰りがけ、筒井は、そんな短篇を書いたことなどもう忘れてしまっていたので手ぶらで去った。その原稿用紙の表側には、眉村の新らしい作品が書かれていたのである。

締切日が来て、眉村はその作品を郵送した。彼は自分の原稿の裏面に、別の短篇が書かれていることなど、知る筈がなかった。

編集者は仕事に追いまくられていて、その原稿をろくに読みもせず、すぐに印刷屋へまわした。

校正刷りを見たとき、編集者はあわてた。そこには二人の作者の二つの作品がごちゃまぜになって印刷されていたのだった。

大校正をしている時間はなかった。しかたなく編集者はこの、眉村卓作「最終作戦」と「筒井康隆作「悪魔の世界」をあわせてひとつの作品とし、掲載することに決めたのである。この作品がそれだ。

出撃指令のボタンを押したとき、司令官の胸の底には、かすかな悔恨が走った。もはや二度と彼らを中止させることはできないのだ。たとえ侵入者たちが壊滅し、和解を申し入れてきても、それに応えることはできなくなったのである。

「司令、応答がありました。最終戦闘隊は行動を開始します」

司令官はかすかにうなずいた。どのみちこれ以外に方法はない。これでいいのだ。だが馬鹿げたことだ。こんな馬鹿なことがあっていいはずはない。いっそのこと、悪魔とでも取り引きをしたい！

最近、利一は本気でそう願っていた。

利一は自分の実力をよく知っていた。もちろん彼としては、せいいっぱいの努力をしたつもりだった。だがＩＱ九十足らずの智能では、二流の公立大学の文科を中位の成績で出られただけでも幸いだったといわなければなるまい。それは利一にもよくわかっていた。しかし利一の野心は、その幸運にただ甘んじているには、あまりにも大きすぎた。この矛盾を解決するのには悪魔の力を借りるより他ないだろうと彼は考えた。

卒業式が迫ってきているというのに、就職先はまだ決まらず、凍結した原野には厚い雲が垂れこめ、風が旋回をつづけていた。地平線をおおってあらわれた無数の金属体が、やがて重いとどろきとなって、圧倒的に移動していた。

特殊綱と絶縁体の数重層によろわれた中枢装甲車のなかで、ＡＡ・２はまじろぎもせずに前方をみつめていた。

「目標点まで二〇〇キロ」

Ｓ・13が報告する。

「前進速度を時速四〇キロに落とせ。散開包囲14号隊形」

ただちに全戦隊の指揮官に指令が飛んだ。スクリーンの中での二十万のロボットが一糸みだれず、次第に間隔を開いて行った。

「目標点まで一九〇キロ」

Ｓ・13が報告する。ＡＡ・２はプラスチックの細い繊維をたばねて出来た指を、音もなく指揮盤に載せた。探知ロケットが飛び出すと、一瞬後には黒点となり、すぐに視界に存在しなくなった。

（……敵を発見……形状・不定……員数・重なりあっていて不明……範囲・径四キロ四方・刻々拡大中）

ロケットの報告に応じてAA・2の照合機が、指令書を走査してゆく。

（色・うすみどり……粘体……約五分の一がただいま飛翔……レーザー効果なし……化学弾効果なし……超音波・影響なし……次の）報告が、ふっととだえる。破壊されたのだ。

「AA・8から連絡要請があります」

S・11だ。「つなげ」

「こちらAA・8、第八軍団全員で戦闘状態に入る」

「こちらAA・2、包囲作戦を採用」

「連絡する。第五、第七軍団は全滅の模様」

「了解」

「最終戦闘隊総合指揮機AAA・1は破壊された。各軍団のAA級指揮機は即刻自主判断回路をとれという連絡があった」

「了解。勝て」

「終る。勝て」

こんな逆境に負けてたまるか！　だが、ひどい就職難だった。現在二、三の二流会社へ願書を送ってある。返事はまだ来ない。もし書類選考で落されてしまったら……。

もしそうなれば郷里へ帰って百姓をやるより他ない。しかし郷里へは帰れない。帰れるものか！　たとえ送金が切れたって。

「連絡電波が切れました」

AA・2は三トンの身体をおこし、すばやく指示する。

「19号隊形。全速。1から40までのA級指揮機は配属全爆弾を解放せよ。41から70までのA級指揮機は立方陣をつくり完全に敵を潰滅せよ。機能外の事態を除き全判断を委託する」

十万の戦闘ロボットが風を切る鉄壁となった。あらゆる化学的・物理的刺戟に対する応戦準備が完了した。残り十万が無数の金属塊をつくりあげ、一定の間隔を置きあって続いた。

雲が切れた。陽が荒れはてた野に、細いベルトを作った。

行く手にうすい緑色の山があらわれた。ふくれ、息づき、輪廓がさだかでないのは構成体がそれぞれ離れたり戻ったりしているからだ。

突然、その山が崩れた。

音を立てて崩れていく自分の野心を感じながら、利一は三畳の下宿部屋の薄暗がりの隅でじっと火鉢の中を見つめていた。

ときどき、やけくそになって、バサバサの頭を乱暴にバリバリ掻きむしり、色あせた詰襟の肩へ白いフケをまき散らした。本当は、立ちあがって歯がみをし、地だんだを踏みたい気持ちだった。


俺は百姓なんか、絶対やらないぞ！

利一の野心は、利一自身が逆に圧倒され、それにふりまわされそうになるほど大きなものだった。しかし、日々甘い成功の白昼夢に酔って、真剣に見つめようとはしなかった現実が、今こそその野心を粉砕しようとして、荒れ狂う怒濤となって襲いかかってきているのだ。重なりひしめきあい、津波となって、ロボットたちめざして押し進むアメーバ状の幾億の固体。すべり降りた侵入者たち。

その距離がちぢまった。原野の色が奪われて行った。土を進むもの、空を行くもの、ことごとくが、巨大な集団どうしの声のない衝突——。

瞬時に白光が至るところで閃いた。そのえぐられた土を、緑のアメーバと金属体がただちにおおった。

二つの色が合わさり、境界線が屈曲し、入りみだれ、やがて模様となった。

鉄が、有機体を踏みつぶし、みどりの肉が金属体のすきまからすべり込んだ。金属が溶け、アメーバが泥になった。おお悪魔よ出てこい！　お前に俺の魂を売ってやるぞ！　俺は現実の悲惨さよりは、地獄での苦しみを買うんだ！　ファウストさながら、利一は絶望的に叫んだ。

とつぜん、火鉢の横にキナ臭い煙が立って、利一は咳きこんだ。その上へ、いつ現われたのか、円盤が幾千舞い降りてきた。地面に触れるとその円盤は消滅し、アメーバ状の侵入者が泉のようにあふれ出たのであわてて窓をあけると、斜めに畳の上へ落ちた西日の中に悪魔がいたためにロボットは戦い、相手を潰し、砕き、焼いた。それから溶かされて肉塊の中へのめり込んで行った。

ＡＡ・２は指揮盤に手を触れたまま、この闘争をみつめていた。

「連絡を要請せよ」

「要請します」

「全軍団の動向を聞け」

「聞きます」

すべてのＳ機が同時に動きはじめた。

「ＡＡ・１、応答なし」

「ＡＡ・３、後退中。連絡不能」

「ＡＡ・４、応答なし」

「ＡＡ・５、答えなし」

「ＡＡ・６、おなじ」

「ＡＡ・７、捕獲されました」

「ＡＡ・８、返事なし」

「ＡＡ・９、おなじ」

「ＡＡ・10、連絡不能」

「呼んだろ？」

「ああ、呼んだ」

「契約か？」

「そうだ」

悪魔は書類を出した。

「サインしろ。この世はお前の思うままになる」

「戦闘能力保持軍団……第二軍団以外まったくなし」

「決定的戦闘隊形用意」

「用意します」

「全員交戦。Ａ・70隊に中枢車防備をまかせて、そのほかはみな一対一破壊態勢」

ロボットたちの全身がカッとかがやいた。「制限時間、五分以内に全エネルギーを傾注せよ」

手持ちのすべての能力が、いっせいに侵入者めがけてぶち込まれた。

一体、また一体と、ロボットはアメーバーをかかえ込んだまま蒸発した。みるみる周囲の混乱が整理されて行った。

十分もたたないうちに、ＡＡ・２の装甲車のまわりには五十体のロボットしか残っていなかった。

敵の影もほとんど見えない。遠く、小さな塊になっているばかりだ。

と、その塊が徐々に、やがて猛烈なスピードで膨張しはじめた。狂気のように個体は個体を生みつづけ、溢れ、わき返り、小さな山になって行った。

ＡＡ・２はそれを見ていた。

「蓋をあけろ」

命令はただちに実行され、中枢装甲車は無防備の姿勢で停止した。

侵入者が、滝のようにすべり込んできた。溶けた。ＡＡ・２もＳ11もＳ13も、すべてが破壊された。指揮盤に侵入者たちはとりついた。地上最後の指揮盤が破壊された。アメリカ大陸でもヨーロッパでもアジアでも南極でも、各軍団は完全に潰滅した。指揮盤の存在が安全弁になっていた曳き金がひかれた。

「終った」

スクリーンにうつる地球をみつめながら、司令官はうめき、ゆっくりと眼を閉じた。大実力者として政界、財界に君臨した利一は、美しい妻と多勢の側近に見守られながら、今しも息を引きとろうとしていた。だが彼は、死後の世界の恐怖におののいていた。さあ、地獄の責苦がまっ黒な口をあけて俺を待っているんだ!

スクリーンに映る地球は、もう地球ではなかった。白熱し燃える巨大な火球だった。全地球を死に至らしめる決定的な超水爆が連鎖反応的にその効果を発揮したのだ。

「あれだけの装備をもった最終戦闘隊でも駄目だったのですか……」

部下が呻くようにいった。「所詮、われわれの手に負える相手ではなかったのですね」「もう言うな」

司令官はくらい声でさえぎった。「やつらは地球の半分をよこせといってきたんだ。人類は全力をあげねばならなかった。ロボットの能力をもってしても勝てなかったのだから仕方がない……われわれは焦土作戦をとってできるだけ多くの人間を月へつれてきた。……それでよかったのじゃないだろうか……」

「司令」

「ん?」

「避難民たちが騒ぎだしたようです。地球が燃えてしまうのを見ていたんですよ」

「やむを得ん」司令官は言った。「強制催眠教育で、彼らの心から地球を消してしまわねばならん……予定どおりにな」

「忙しくなりますね」

部下は席を立ちながら笑った。「ただちに準備にかかります」

「急いでくれ」

他の人間が全部出て行っても、司令官はしばらく白熱の地球を眺めていた。

おそらく、地球が冷え、ふたたび人間が帰ってゆけるようになるまで、何千年もかかることだろう。それまでわれわれは、地球のことを忘れてしまわねばならないのだ。かつて地球に住んでいたこと……そこで築きあげられた多くの貴重なもののことを……。

司令官は両手で顔をおおい、利一は顔を引きつらせた。

「助けてくれ！」

その絶叫と同時に、彼の枕もとに悪魔があらわれて訊ねた。

「どうした？　何を怖がっているんだね？」「わしはどんな目に遭うんだ？　針の山か？　血の海か？　煮え湯を飲まされるのか？」悪魔はあきれたような顔をした。

「お前は何も悪いことをしていないじゃないか。何故地獄へ落ちると思うんだね？　契約書を読まなかったのか？　われわれ現代の悪魔は、魂なんて無形のものが欲しいんじゃない。人間の欲望から生まれるエネルギーが欲しいんだ。この世がお前さんの思い通りになるということは、われわれがお前さんの好きな世界を構成してやるということだったんだぜ。あんたのような能なしが、実社会でこんな実力者になれると思うかね？　あんたが充足感に浸っている間、余剰エネルギーはわれわれが預っていた。その利息が利息を生んで、今じゃ精算は終ってるんだぜ」

「何だと？」利一はあたりを見まわした。妻も、側近たちも、今はすべて悪魔の姿に戻っていた。ひょっとすると……と彼は思った。われわれはかつて月に住んでいて、それから月のことを忘れさせられたのではなかろうか。いまみずからの手で、地球を死の世界にしたと同じように……実は……今までのことはすべて、悪魔たちの作った虚構だったのだ。彼は叫んだ。

「契約違反だ！」

「まあ、そういうなよ」彼の妻の役割をしていた悪魔が、ニヤニヤ笑いながらいった。「四十年もあんたとつきあうのは、厄介だったぜ」

利一はまた叫んだ。

「だ、だまされていたんだ！」

司令官はそう叫んだ。

廃刊の辞

この「大会レポート号」で、「ＮＵＬＬ」を廃刊にさせていただきます。

はげましのお言葉やお便りなどをいただいていながら、また、ごく最近入会して下さった人たちにも悪いと思いながら、編集者の今後の計画や、経済的な問題のために、廃刊にせざるを得なくなったのです。よろしくご推察下さい。

ただ、二、三年前とは違い、今では科学創作クラブの「宇宙塵」以外にも、東京ではＳＦＭ同好会の「宇宙気流」、名古屋ではミュータンツ・クラブの「ミュータンツ」、神戸ではパラノイアクラブの「パラノイア」等、各種のＳＦ同人誌が隆盛をきわめていますから、たとえ「ＮＵＬＬ」ひとつが廃刊になっても、ライターやファンの皆さんが、それほど失望なさることはあるまいと、編集者の手前勝手に、自分をなぐさめている次第です。

しかし、同人誌「ＮＵＬＬ」はなくなっても、ＮＵＬＬ・ＣＬＵＢだけは、ＳＦファン・ライターの親睦団体として残すつもりですからご安心下さい。ヌルロビーを居心地よくした上、会費で図書なども購入し、今まで通り、毎土曜日の昼から、楽しく語りあう恒例の会合は続けたいと思います。

もちろん、今までに入会された会員の方全員に、出席の資格があるわけですが、地方の会員で、会合に出席できない方、また、雑誌を読めないのならつまらないと思われる方、その他退会希望者は、その旨ハガキでご連絡下さい。八月分以降の会費をご返送します。

今後、小生は「編集者」ではなく、「主宰者」

となるわけですが、とりあえず、「さようなら・ヌル・ファンの皆さん」と申しあげ、「ＮＵＬＬ」廃刊の辞とさせていただきます。

DAICON REPORT

DAICON

第3回日本ＳＦ大会報告

主催　ＮＵＬＬ
宇宙塵
後援　ＳＦ作家クラブ
早川書房
東都書房
虫プロダクション
ＳＦＭ同好会
ＳＦアート研究会
ミュータンツ
近代宇宙旅行協会

39．7．25（土）5：00PM―7．26（日）4：00PM

レポート①
記念パーティと合宿
――七月二十五日、レストラン・サファイア――

（柴野拓美・記）

　暑いことはもとより覚悟の上だった。七月の末に日どりをきめた時から、それはよくわかっていた。が、それにしても、ここ数日の大阪の暑さはまた特別らしい。正確に摂氏何度だったかは、SFファンらしくもなく調べそこねたが、しかしこの暑さも、一昨年と昨年の大会が、二度とも雨にたたられたのとくらべると、はるかにマシだったといえよう。

　会場のレストラン・サファイアは、大阪市北区、関西ファンダムの本拠ヌル・クラブから五〇メートルとは離れていないすぐ裏手の西天満ビル六階にある。五、六〇人のパーティには丁度いい広さ――ここでもSFファンらしくなく、何平方メートルあるかは測りもらした。一隅にデンと鎮座するクーラーのおかげで、一歩室内に入るとヒンヤリ快いが、その空気もすでに三々五々つめかけてくるえりぬきのSFファンの熱気にあっては、いつまで保つことやら。

　エレベーターから会場に通じるロビーとも廊下ともつかぬちょっとしたスペースに、受付の机と各種ファンジンの即売が目白押し。その廊下の壁から室内にかけて、虫プロとSFアート研の出品による展示が眼を惹きつける。かわいいアトムのセル版。夢魔のような油絵の大作に抽象デザイン、写真構成。昨年に較べると、内容も展示の配列も格段の進歩ぶりで、SF大会らしいムードをぐっと盛りあげているのが嬉しい。

　開会予定時刻五分前、次第に数を増す参会者の間を縫って、主催責任者の筒井康隆氏は、現れたり消えたり、忍者なみの大奮闘だ。そのめまぐるしい陣頭指揮は、翌二十六日の大会終了まで、休むことなく続いた。少なくとも私の見ていた範囲では。………そぞろ、一昨年の第一回大会メグコンの時の自分を思いだす。でも私には当時すでに幾人かの親身なバックアップがあったし、第二回トーコンのときはもうスタッフが立派にできていて楽なものだった。筒井氏にももちろんいい助力者はいる筈だが、どっちかというとすべてに自分で眼をとおしておかないと気のすまない綿密な性格のようだから………どうかムリをして体をこわしたり、本業に支障をきたしたりしないようにと、ひそかに祈る。

開会・スピーチ

定刻の午後五時をかなり過ぎたころ（正確に何分かは計りもらした）筒井氏マイクを手に登壇。

「只今より、第三回日本SF大会記念パーティを開きます」

拍手がわく。

「どうもマイクの調子がわるい」

「大丈夫、マイクなしのほうがよく聞える」

「そうですか。そういうわけで、きょうは堅くるしいことは一切ぬきにして、無礼講で行きましょう」

アッというまに、きょうの司会者、眉村卓氏にバトンタッチ。眉村氏は、

「では、司会も無礼講でやらして頂きますので、支離滅裂になりましたらお許しを。まず大会総指揮者の筒井康隆さんに御挨拶お願いします」

以下、眉村氏の指名に応じて、筒井氏につづいて私、それから後援各団体の代表が次々に登壇する。SF作家クラブのメッセージを大伴昌司氏が読みあげ、虫プロダクションを代表して豊田有恒氏が挨拶、ついでSFM同好会山口昭氏、ミュータンツクラブ代表吉光伝氏、パラノイアク

ラブ代表田路昭氏、近代宇宙旅行協会会長高梨純一氏。

すでに相当ビールがまわり、あちこちで顔見知り同志、初対面同志の歓談が盛り上っている。長駆仙台から馳せ参じた浅見二郎氏（高校生）を前に、前橋の住人高忠氏が「最遠距離出席者賞をつくって自分でもらおうと思っていたのに」とくやしがれば、一方ではミュータンツ五号の表紙のトポロジー面をめぐって議論が沸騰。

司会の眉村氏は、適当に雑談の間をおいては、次々と挨拶を依頼して行く。加納一朗氏が推理作家協会からのメッセージを朗読。ついで地元の雄、小松左京氏。

遅れて到着した森優氏が、ＳＦマガジン代表として登壇し、野田宏一郎氏が懸案の日米合同「パン・パシフィコン」計画について語ったあと、ＳＦアート研究会々長金子泰房氏の挨拶。それから山野浩一氏、平井和正氏、伊藤典夫氏が立ち、これでスピーチは一巡。

この間、惜しかったのは、やはりマイクに難があったことで、登壇者の挨拶が会場のざわめきに圧され気味のことも屢々だった。これは、この種のパーティが、まだ日本ではよくこなしきれていないことにも原因があろう。どこのパーティへ行っても感じることだが、知った仲間ばかりで固まらずに次々と紹介しあって顔をひろめると共に、スピーチは静かに傾聴する（さわいでもいいがとにかく無視しない）という心がけが、まだまだ欠けているようだ。第二回トーコン以来の、記念パーティ・映画会という二部形式の運営自体も、来年あたりから一応考慮しなおす必要があると思われる。

アトラクションさまざま

アトラクションに移る。まず、高梨純一氏制作の「ＳＦＴＶ紙芝居」というケッタイなしろものの登場が、一同の眼を見はらせた。題して「コゾモ・クレイ氏の可憐なる冒険」。誰かのペンネームを連想して、早くも笑声がおこる。ストーリイはさておき、マジックインキで描かれた大きな画面のあちこちをヒョイヒョイとめくると、たちまち新たな場面が展開する面白さに、爆笑相次ぎ、この珍趣向のアトラクションは、盛んな拍手のうちに幕をとじた。

ひと息ついたところで筒井氏が祝電を披露する。出席の予定で飛行機の座席まで予約しながら、多忙のため涙をのんだという光瀬龍氏の長文の名調子をはじめ、戸倉正三、中山弓子、安岡由紀子氏らの祝電が次々に読みあげられる。

さて、いよいよ次は期待のプレミアショウ。「超ワイド・トータスコープ」と銘うった８ミリ特撮映画「怪獣カメラ」である。

はじめ、レンズのピントがなかなか合わず、モタモタしたあげく、「予告篇」の字幕が出ると軽い失望の声が流れたが、知らずやこの大作、日本映画の常として時日の不足に悩みぬいた末、ストーリイ不備の申しわけにと良心的なスタッフが案出したのがこのタイトルなのだ。

が、やがて、効果音と音楽の二本のテープを操作する音響係野田氏の苦心の好演に支えられて、戦車隊をふみにじり、美女のボートをくつがえす巨大なるゼニガメの画面いっぱいのアクションは全観衆を魅了し、約二〇分後、拍手の嵐のうちに映写を終り、記念パーティは、ここに全プログラムを終了した。

来会者六〇人足らず。そのうち二十余人の関東勢、中京六人、浜松、広島、福岡、仙台各一人と、過半数が遠来の客だったのも異色だった。

あらためて挨拶を交し合うもの、食いものが豪華なわりに量が少ない腹がへったとこぼすもの、大量に余ったサントリービールをあと始末しようと張り切るもの。

そろそろおひらきの時刻だ。筒井氏が、合宿の人数調整にかけまわっている。私は、家内と子供らを宿へ送り出して戻ってくると、誰かが手まわしよく呼んでおいたタクシーが来ているから降りてこいという急報。あわてて、残っている人々への挨拶もそこそこに、階下へ。

合宿

合宿の行われた高津荘は、環状線森ノ宮駅からほど近く、翌日の大会々場からは目と鼻の先にある。

われわれを迎えたのは広間を二つつらねた大広間(タタミが何畳あったかは残念ながら数えもらした)に敷きつめられた三十何枚のフトンの海だった。ちょっとした壮観である。ここが男部屋で男性の合宿参加は三十一名。女性は根木斐沙子、右原彰子、八倉倫子の三人、むろん別室。人数からいえば男女とも去年より多い。

参加者の到着は、ひどくバラバラで、最後まで正確な人数がつかめず、主催側をなやました。殿りとなったのは、パーティのビールの跡かたづけをした酒豪連で……この連中を迎えて感じたのは、SFファンはいかに機嫌上戸でも、酔った時よりしらふのほうが、はるかにフランクで話が面白いということだった。あるいはこれは酒の飲めない私ひとりのひがみかもしれないが……。

フトンの上に、いくつかの車座になって、さっそくのSF談義。それもやがて時計が十一時を過ぎると、ポツポツ眠りにつく人が出はじめる。しゃべるほうは座を狭いロビイへと移す。時に真剣な、時にはくだけた談論。話題は流れ流れて、遂に東京と大阪が戦争したらどっちが勝つかというところにまで来た。一時半、さすがに疲れて最後のグループが寝につく。それと入れちがいに今まで眠っていた若手の数人がまたロビイへ。その連中がいつ寝たのかは、私にもわからない。

昨年もそうだったが、この種のパーティと合宿が、見知りごしの仲間にはともかく、新来の、そして遠慮がちな人々にとって面白いものだったかどうかという疑問が、最後まで私の頭を離れなかった。大会を仲間うちの楽しみに終らせず、ファン組織の拡大と強化に役立たせようとするなら、やはりある程度形式張った運営がこれからは必要なのではないだろうか。

暑い、寝苦しい一夜。日本ファンダムそろって金星に流刑にあった夢を見たのは、それでもいくらか眠れたという証拠になるだろう。

ダイコンばんざい

吉光　伝

お祭りやお祭りや。わあぎょうさん人が出よる。筒井はんてお人、ほんまにごついことしよるわい。なに？　クルマ通れへんてかい。なに言うてんね。わいら、ミュータンツの代表やで。このお祭りの後援……え？　ちがう？　きょう天満《てんま》さんもお祭りやて？　なんや、しょむない。早よやってんか。そうやがな、西天満ビルや。

居よった居よった。なつかしおまんなあ。あの人この人。活字でしか知らんお人も、こうして見るとおもろいもんやな。みんな人間のかっこしてる。

さて、何聞こう？　何話したろ？　ファンの特権やで。「あのう、一日何枚くらい書かれますか？」……やめとき、あほやなあ、きょうはお祭りやで。もっとましなこと聞けんか？　「金歯入れたあのオッサン、あれがサイボーグちゅうもんでっしゃろか？」そや、それならおもろいな。

ビールや、飲も飲も。だいたいやな、わてら「地方ファン」は損やな。まあええがな。年に一回でもほんまに広うて素敵なファンダムの空気を、胸一杯に吸いこんで帰ろ。ごっつい刺戟やで、これは。強烈な覚醒剤や。こいつが励起エネルギーとして、一年間ミュータンツを動かすんや。わいらだけやないで。ファンクラブ、ぎょうさん出来よるで。みんな兄弟や。手を握って、いっしょに楽しんで、そんでもやっぱり負けたらあかんのやな。頑張りまっせ！

わてらを迎えるために永い間かけて準備してくれて、わてらが楽しんでる間もいろいろ気をつこうてくれたヌルと宇宙塵のかたがた、ほんまに御苦労はんでした。ひと晩で大阪弁まで覚えさせてもろて、このとおり、おおきに。

ダイコン、ばんざい！

「怪獣カメラ」始末記

野田宏一郎

シーン① 柴野家の庭先　まばゆいライト

T――うごかないぞ、こいつ。
H――シマラねえな。あと一カットなのに。
I――ライターでお尻あぶっちゃおうか。
S――よせよ、カメが死んじゃうよ。
N――ちょいと、フイルム三本買ってきな。それとカンシャク玉とアイスクリームと。
I――はいきた。（バタバタ走って出て行く）
N――シャアない。ゼロ戦のほう先にいこう。
S――ハイ、もう出来てるよ。
H――器用なもんだな。さすが特技監督だ。
T――絹糸三本にほぐしてブラ下げたね。イカスぞ。
S――はい、テストいこう。
H――二フィートと、こんなとこだな。
N――ワアすごい。本当の空中戦みたいだ。
T――おれにものぞかせろよ。ウーム、なるほど。
H――アレッ、カメは。逃げちゃったぞ……。

F・O

シーン② 電話（二日後）

H――もしもし、今フイルムが現像から返って来た。
N――イカシてるだろ。富士山の噴火、迫力あるかい。
H――ダメ。ピンボケと露出オーバーとパララックス。全然使えない。次の日曜に撮りなおそう。
N――（がっくりとくる）

F・O

シーン③ 柴野家の庭先
（シーン①の使いまわし）

S――特撮シーンはこれでいいとして、今度はカメラの水着美人襲撃のシーンだが………。

N――だいたい無責任だよ、この台本。水着美人なんて、同人にいる筈ないじゃや………。

シーン④ 柴野家の書斎

S――シーッ。（こわいかお）

H――それもそうだな。じゃ、ここ書きかえて男にしよう。おれ、出ようか。

I――ヤダヤダ。そんなロケ、おれつきあわない。

T――おい、ヌルには美人がいるって話じゃないか。たのんでみたら？

シーン⑤ 喫茶店の一隅

H――富士山麓ロケどうする？

N――弱ったな。今度の日曜おれダメだ。

H――その次の日曜。

S――ぼくダメ。

N――その次は？

I――おれ行けねエや。ウチへ帰るもン。

H――じゃその次の………。

S――冗談じゃない。ダイコン当日だよ。

T――仕方ないや。あすの夜、柴野家の庭でやろう。暗いからゴマけるよ。

H――大丈夫か？ 庭がめちゃめちゃになるぜ。もう唐紙一枚やぶいたし、ヒューズはとばすしサ。

N――このさいだ、ヤロウ。制作協力のクレジットタイトル、もうひとまわり大きな字にしてあげるよ。ネッ。

S――（しぶいかお）

シーン⑥ 電話

H――またピンボケだぞ。オーバーラップもぜんぜん出てない。完全にアウツだ。
N――くさるなあ。それに、カメラの持主から早く返してくれって。
H――どっちの？　カメのカメラかそれとも……。
N――………？
H――よし、なんとかつなげよう。あれだけで。
N――筋、わかる？
H――わからすさ。しょうがない。二十二、二十三、二十四と、あと二日か。

シーン⑦　柴野家　折しも宇宙塵の例会
S――幻想の未来の作者のイマジネーション……。
ガチャン（編集機の音）
H――クビ、クビ、カメのクビのカットは？
S――作者のイマジネーションが……。
T――これか。
H――いや、火吹くの。
S――そのイマジネーションが……。
N――そっくりだなあ。（フイルムをすかして）カメのアタマたあうまい名前を……。
H――見とれてないで、ホレ。
ガチャン
S――そのイマジネーションが……。
ガチャン
S――イマジネーションが、この作品の……。
N――ハラ減ったよ。タヌキ丼くわない？
S――誰か電話してあげて。この作品の場合……。
ガチャン
S――合評はあとにしよう。（あきらめる）
ガチャン
ガチャン
ガチャン

H――ホイ上り。

一同――やれやれ、おつかれさま。

スタッフ

原作・脚色…………広瀬正

制作指揮・演出………野田宏一郎

撮影…………………土屋秀夫

特技監督……………柴野拓美

使い走り……………伊藤典夫

制作協力……………柴野家

カメラ（怪獣）提供……加納一朗

カメラ（撮影機）提供…斉藤高吉

ダイコンのなかった大阪

豊田有恒

わたしが現在住んでいるのは、東京都練馬区江古田、全国的に有名な練馬ダイコンの産地である。そこで今回のダイコンには、大変な期待をよせて、とるものもとりあえず馳せ参じた。

過去数回大阪を訪れて、すっかり大阪ファンになるとともに、わたしは、大阪にはダイコンが想像以上に少ないという事実を発見した。つまり、わたしが十年も住みなれた練馬のようなダイコンの産地と異り、大阪女性は、みなすばらしいスタイルをしているのに気づいたのである。そのせいか、大阪という都市も東京よりずっと親しみ深く感じられる。

もうどうにか迷子になる心配もなくなったので、御堂筋から道頓堀、千日前のほうにかけてブラブラと出かけると、いやでも、スタイルのいい大阪女性の姿が眼にはいる。

だから、大阪へついたときも、どこへ行ったらダイコンがあるのか、どうしたらダイコンを楽しむことができるのかと、眼をこらして道行く女性のスカートの下のほうをながめながら、空しい努力をかさねたのであるが、遂にダイコンを発見することはできなかったのである。

「ではただいまより、ＤＡＩＣＯＮを……」「うわあ美人がいるぞ」「野田宏一郎さん、こっち向いてください！」／豊田有恒「いっぱいどうでっか」小松左京「無理して大阪弁使わんかて、よろしいがな」

眉村卓「では次は、金子泰房さん、どうぞ」
金子「ぼくは、どうも照れ屋でして……」
根木斐沙子「またいいカッコして……」

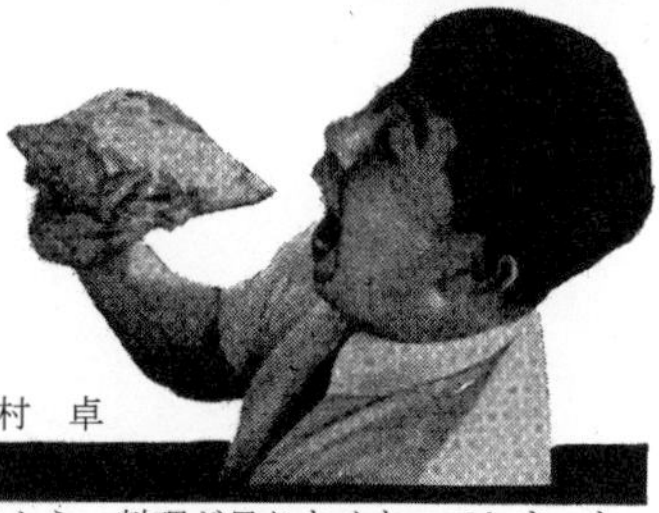

PARTY

中村　卓

こういうのがいるから、料理が足りなくなってしまった。

高梨純一「ではこれから立体紙芝居、コゾモ・クレイ氏の可憐なる冒険を……」

ＳＦアートがパーティにいろどりをそえた。

ＳＦ詩朗読「宇宙葬」
辻口旦子

壇上に立つ10人のサムライ。左より柴野拓美、森優、筒井康隆、豊田有恒、伊藤典夫、金子泰房、吉光伝、高梨純一、田路昭、大伴昌司

convention

ＳＦ詩朗読
「広くて素敵な宇宙じゃないか」
八倉倫子

「ＳＦって何だか、だれか教えてくれませんか？」　小松左京

「ではこれから、サーフィンの講習をひらきます」　筒井康隆

「ここにいる、ひとりひとりが同人誌を……」　柴野拓美

ロビーに満ちた百数十人のＳＦファン。

写真構成・筒井康隆

レポート②

本大会

七月二十六日、大阪府立厚生会館講堂

（田路昭・記）

——開会前X時間——

吹き出す汗をぬぐった彼や彼女が、暑さにしかめた顔をふと上げ、眼玉の群をかいた絵に出くわしてニヤリとする。——カンカン照りの中を集まってくるファンたちが、会場に着いてまず足をとめるのは、ここ狭いロビーの壁をはなやかに彩るSFアートの展示の前だ。虫プロ提供の「鉄腕アトム」の原画に、じっと見入る年少ファンのかたわらには、SFアート研究会諸氏の出品作と睨めっこの若いファン、そんなに若くないファン、それから全然若くないファンの数々。

画をみてしまった人が、背後をひょいと振り向くと、鼻先きに見知りごしのあの顔この顔が笑いかけている。

「やあ、どうも」

「どうもどうも」

どこを向いても知った顔のない人は、まっすぐ会場に入って席に着き、即売スタンドで買ってきた雑誌をおもむろにひらく。

その即売スタンドだが、受付の横と向いに机を四つ五つならべ、「ヌル」「宇宙塵」をはじめ、「宇宙気流」「ミュータンツ」「パラノイア」など、おなじみと新顔の各誌が積んである。「宇宙塵」の場所には柴野氏みずから出張っていて、このX時間に限ってみると、雑誌と誌代のやりとりに大童の様子だった。売れゆきは、どの雑誌も上の部という。

通りぬける人、椅子に腰をすえて語り合う人、何となくぶらぶらしている人で、ロビーも大分混雑している。ときどきその中に、関係者の顔がパッパッと出没するのだが、どこから現われ、いつどこへ消えるのかさっぱりわからないのはさながら一篇のＳＦである。

あちらでも、こちらでも、歯切れのいい東京弁が耳をつく。人数はもちろん少ないのだけれど、やっぱり威勢のいい東京勢だ。

会場をのぞいてみよう。

どうだろう、この静かさ。もうすでに百人以上も集まっているというのに、ざわめきらしいものも聞えない。隣席同士で話している人は多くないし、それも普通の声での談笑となったら、なおさらわずかである。クラシック・コンサートの開幕前みたいに、ささやきの小さな波がゆれているばかりだ。この敬虔な静かさは、静かなファンたち自身にも少々おかしかったとみえ、ある女性ファンのこんな感想があった。

「教会でミサのはじまる前に似てへん？」

座席の間をうろついて、ささやき話を聞いてみる。だが、残念、なんの話題かよくわからない。

「大阪はあかんねえ」こう嘆息した、中年近いファンがあった。なにが「あかん」のか、これだけでは判断できないが、強いて推理すると、身辺に同好者がいても、東京のように気さくに話しかけてはくれないという現状への嘆きであろう。ぼくにも覚えがある。それだけに、この声はいやにはっきりと耳に際立った。

「シェクリイが……ブラウンには……サキョーが………」

「――あ、ここ禁煙ですね――それでやね、あの話の通りとしたら、理論的にいうてあのパラドックスは、ちょっとアレでしょう？」

こんな風に切れぎれの断片ながら、さすがに話題はＳＦ一点張り。

開会予定の一時を五分過ぎた。

「まだかいな？」

「遅れてますな」

ぽつぽつ、この声が出ている。しかし、不平のひびきはない。ヤスタカが出るまで待とう本DAICON。あくまで紳士淑女のSFファンたちだもの。

——開会前X分——前奏曲。

そして突然、スッと電燈が神秘的に消えたのは、たぶん一時十分ごろだったと思う。急に暗くなったことだし、まして時計をもっていなかったから、正確な時間はわからない。

舞台の幕が上り、映写スクリーンがあらわれ、そこに色彩漫画がボーッと映る。が、すぐピントは合い、画面では船乗りスタイルのドナルドダックが跳ねまわり出す。

漫画映画八本、プログラムにある漫画大会というのがこれらしい。思うに、舞台裏の事情で進行が停滞しそうになった時のための、つなぎの手だろう。他愛のない漫画といえばそれまでだけど、SF的なものもあり、ひまつぶしには悪くなかった。

上映中「極秘」の注意がついた「DAICON情報」なるものが流れてきた。発信者は自称「NERIMA特派員」。——プログラムに予定された講演者の小松左京氏がまだ見えず、それで進行が遅れ、狂言廻しの筒井康隆氏は「ヤキモチ」している——ヤキモキの聞き違いだった——という。

その真偽は知らない。ただ、小松氏の姿が会場にないのは事実だった。そして、それを気にしている者が相当あったことも事実である。氏の講演には、たしかに大きな期待が集まっている。

——ゼロアワー二時、これより本DAICON——

やや緊張気味の筒井康隆氏が舞台に立ち、百三十人前後の参会者を前に開会を宣言する。小松氏が到着したようだ。

入れかわって、にこやかな笑顔の柴野拓美氏が登場、定評ある話術で挨拶にかかる。——ファン活動に際してのアマチュアリズム尊重の大切さ、海外ファンジンあれこれ、ファンジンの在り方、ファンジン発行のすすめ、そしてこれが一躍して、きょうの参会者全員がファンジンを出してほしいとの、大変な呼びかけで結ばれる。

柴野氏はそのまま筒井氏と共に舞台に残り、早川書房の森優氏を呼び上げた。

森氏登場。いろいろ話はあったが、あらゆる耳をそばだてさせたのは、小松左京氏の新作紹介と、ＳＦマガジン値上げの予告とであったと思われる。値上げのくだりでは、森氏が如何にもやわらかく上手にいうものだから、値下げと勘違いして拍手しかけた慌て者もいた。

柴野氏はさらに、ＳＦ作家クラブの大伴昌司氏、虫プロダクション代表の豊田有恒氏、ＳＦＭ同好会の伊藤典夫氏、ＳＦアート研究会長の金子泰房氏、ミュータンツ代表の吉光伝氏、近代宇宙旅行協会の高梨純一会長、パラノイア代表の私などを、つぎつぎと呼びあげ、舞台は花ざかり。

ひきつづいて平井和正氏、眉村卓氏、山野浩一氏ら、ＳＦ作家諸氏が自席から挨拶。

挨拶が要領よくすむと、ひとまず休憩という段取りになる。入口に光る「禁煙」の二字をにらんでいた者は、そそくさとロビーへ。

――考えてみれば当然の話だけど、考えてみなければ驚きの一語に尽きるのは、禁煙の掲示がちゃんと守られたこと。ますますもってミサかコンサートの空気である。ここで思ったことだが、もしこれがＳＦの大衆化という状況を背景にした大会だったら、紫煙が会場を一筋も流れないですんだかどうか？

再開後のトップは、大勢お待ちかねの小松左京氏講演である。小松氏、やおら登壇すると、メモも草稿もなしに、まっすぐ構えてゆっくり話しはじめる。題して……題は……題はなかったのではなかろうか？

出だしは笑いをよんだ。ＳＦをスフと読む「小松節」がふんだんに聞けると喜んだ者も、少なくはなかったろう。だが、話は予想外にシリアスだった。——人間と社会の文学的追求への氏の意欲が語られ、人間認識の変遷がカント、ヘーゲル、マルクスの名を伴って指摘される。認識の変遷が、人間追求の文学的形式の新たな創造をもたらし、そこにＳＦというものがクローズアップされてくる……ぼくのこういう聞き方が誤りでないとしたら、質問が集中するだろうことは眼にみえている。質問は当然だし、必要である。

そこへぶっつけられたのが、「時間がないため質疑応答とりやめ」の宣告。これにはがっくり来た。映画が漫画ばかりで、焦点といえるものがない状態だし、メインエヴェント格の小松講演をしめくくる質疑が欠けたので、は、ことにこの本大会だけに出席した一般ファンの人々にとっては失望が大きかったと思われる。時間の関係で止むをえないとはいえ惜しいことだった。

やがてまた電気が消えたと思うと、二条のスポットライトが奔って妙齢の女性を舞台の袖にとらえた。電子音楽のメロディがポロポロポロンとひびいてくる。夢幻のムード。妖精のようにマイクへすべり歩む美女。なんとなく胸さわぎのする情景だ。そしてそこはかとなく芸術の、とりわけ詩の香りが漂ってくる。そうだ、ＳＦ詩の朗読だ、そうだった。

相変らず物静かなファンたちの視線をあびて、二人の女性におどろおどろと朗読された二篇の詩、「宇宙葬」と「広くて素敵な宇宙じゃないか」。どっちも、よくわからない。ほかの人たちはどうだ？　反応らしいものは聞きとれないし、感じとれもしない。まわりの誰ひとり、呟きすら洩らさない。仕方がないから、自分で口の中で呟いてみた——「ハスキーボイスの方が……」

韻律の弱い日本語の悲しさ、どうも詩の朗読は詩心のない者に通じにくい憾《うら》みがある。しかし、プログラムに異彩をそえ、ＤＡＩＣＯＮをＤＡＩＣＯＮらしくした役割は大きい。いっておくが、これは朗読者に対する失礼な意味ではない。

スポットの中に立ちあらわれた第三の人物、虫プロ・スタッフの一員としての豊田有恒氏。スクリーンを背に、これから上映される「鉄腕アトム」と「アストロボーイ」について簡単に説明する。

次の一瞬、黒と白の曖昧なものがスクリーンをのたうち廻り出した。なにがなにやら………とはいえ、その四次元半的な曖昧さのうちに、ハッと胸をつく前衛芸術の開花をみてとった才人もいたそうである。

ピント呆けがやっと直ると、あちこちで拍手。それはいいが、ついでに「ピーッ」とか「ホウ」とかいう物音が二つ三つ上ったのは、音の主が四番館の常連であることを白状した一幕と見ておこう。

「アトム」はおもしろかった。漫画としてもそうだが「ゴジラ」の類よりずっとＳＦ的であるのも嬉しい。アトム君万歳。

ＥＮＤマークが消えると、筒井氏が閉会宣言。ファンたちは静かに腰を上げる。静かにはじまり、静かに終った本ＤＡＩＣＯＮであった。ときに四時半。

○

運営について感服したこと――プログラムのテキパキした進行。

運営について不満に思ったこと――プログラムの進行がテキパキしすぎて、進行にアクセントのなかったこと。

しかし、なにはともあれ、おいしいＤＡＩＣＯＮではあった。サクリと噛めば甘味と辛味が口にいっぱい、太くて素敵なＤＡＩＣＯＮだったじゃないか。

SFアートの方向

金子泰房

文字どおりSFに飢えていた昔と較べ、今は何という有難い御時世になったものだろう。SF大会もすでに三回目、アメリカの二十二回と比較するとまだ大分差があるが、よくここまで来たもんだとつくづく思う。残念ながら、長い歴史をもった先方のように、生活にゆとりのある世代のファンが大勢寄ってワシントンのヒルトンホテルの2フロアを借り切って、というわけにはいかない。DAICON行きの作品も、運送会社にコンテナーをあつらえることもできず、列車の寝台に押しこんで、私が大阪まで夢を共にしたようなありさまだった。これが昔語りになるのは、いつの日のことだろうか。

アートショウも回を重ねるに従って、作品がだんだん大作になって行くのがわかる。これはとてもいいことだ。が、私の希望としては、何よりも、もっと多くのSFファンがこの分野に興味を持ち、手法や技法はともかく、どんどん描いてみるようになってほしい。絵ごころのあるなしにかかわらず、SFファン特有のすぐれた空想力と思考の飛躍を、下手でもいいから画用紙にぶつけてもらいたい。SFアートの本当の進歩は、そういう基礎の上にはじめて築かれるものだ。

ＤＡＩＣＯＮに思う

柴野拓美

「今度は大阪でやりませんか」
「やりまひょか」
「やってくれますか」
「そうでんなあ」
「やってください」
「はあ」

ＤＡＩＣＯＮ総指揮者の筒井氏によって、記念パンフレットの巻頭に掲げられたこの会話は、むろん架空のものだが、第三回ＳＦ大会が大阪で開かれるに到った状況を、案外ズバリと物語っているようにも思われる。

私が氏に大阪開催の話をもちかけたのは、アメリカのＳＦ大会が西部《ウエスト》・中部《ミドルウエスト》・東部《イースト》と三年周期で開催地を移して行くような、主催のまわりもちの線を、日本でもなるべく早い時期に打ちだしておいた方がよさそうだという、軽い思いつきからだった。その第一着手として主催を委ねるのに、関西のＮＵＬＬは、実力といい貫禄といい、もってこいの存在だったわけである。

このＮＵＬＬへの期待は、ＤＡＩＣＯＮという名称一つをとってみても、また記念パンフレットの意表をついた趣向にしても、充分以上に果されたようだ。が、地方ファンのためにという私のアチラにならった発想は、どうも実情に合わないらしいことが、その後だんだんわかってきた。

だいたい日本という国は、事の大小をとわず何でも東京に中心をあつめてしまう悪いクセをもっている。これを回避しようというのも私の狙いの一つだったのだが、考えてみるとこれは一種の過渡的な現象にすぎないらしい。昔の東海道五十三次時代には、各地方に中心地が必要で、それに応じ各地独特の色彩も生まれ育ったし、広い国土を持つアメリカでは現在でもそれが厳然と残っている。米国の地方都市の独立性は、もはや日本の諸都市には全く求められないものだ。狭い日本で、どこが中心と考えること自体、すでにナンセンスなのではないか。おそらくもう少ししたら、今の関東と関西の距たりなど、大阪の北部《きた》と南部《みなみ》、東京でなら上野と渋谷くらいの感覚になってしまうだろう。

だから日本における大会のもちまわりは、地方単位の巡業方式でなく、グループ単位に、つまり日本という土地に雑居する各ファングループの間でバトンを渡していって、毎年主催グループの都合のいい場所で開く、そういう考えかたでなければなるまい。むろんアチラでも次第にそういう考えになってくるのだろうが、国の狭さを利して一足お先にこっちがその境地に達するのも、またよからずやというところか。

インサイドＤＡＩＣＯＮ

筒井康隆

最初にやってきたのはＳＦアートの金子泰房氏。どっさりとアートショウの絵を持ってヌル・スタジオにあらわれたのがパーティ前日の二十四日朝十時。すらりとしたスタイルでカモシカのような腰、温和な微笑。

午後にやってきたのが豊田有恒氏。持ってきたアトムのフイルムは三巻。汗。暑さにめげず喋りまくるその楽しそうな表情と眼の輝き。

夕刻、柴野拓美氏。髪をかきあげかきあげのにこやかな挨拶。そして相談。この人の前に出ると、高校生になったような気がして「先生おしっこ」といいたくなる。助言を求めると、決してはぐらかしたりはしない。次第に気が落ちついてくる。

退社後、四人でグランド・サントリー（ピープル・セイ・ア・グラサン）へ行く。久しぶりのハイボール。金子氏水割り。豊田氏ダブル。前々夜祭だ。ジンジャーエールを飲みながら柴野氏が呟やく。「俺も放蕩者になった」豊田氏それを聞いて僕に耳うち。「この人が放蕩者なら、僕たちは何だろう？」僕はハイボールにむせ、グラスを倒し、柴野氏のズボンをビショビショにしてしまった。そろって車で柴野氏の宿へ行き、柴野夫人にちょっと挨拶。夫人の不可解な微笑。罪悪感にさいなまれて放蕩者三人は退散。車で南へ出る。バー・ヌル。わが懐しの古巣。そこで飲むホワイトホース。たゆたい始めた意識。金子氏と豊田氏の洒落の応酬。午後十一時。

ふたたび北へ。日航ロビーで佐野陸夫氏と落ちあう。丸顔の三島由紀夫で、スポーツニッポン社のカメラマン。彼の馴染のバーへ。更にバーへ。更に……。

ジューク・ボックスに抱きつくようにして、ありったけの弘田三枝子を聞いたのは憶えている。裏通りのネオン、透光看板の点滅。女の子に話しかけているつもりが豊田氏だったりその逆だったり……。

気がつくと、阪急沿線服部駅の近く、佐野氏のアパート。金子氏のしどけない寝姿と自分自身のあられもない恰好に驚く。「そうだ、今日の僕はパーティの主催者なんだ!」

四人、飛び起きて薬局でアンプルを五本ずつ飲み、スタジオへ駆けつけたのが昼前。家へ電話すると母のヒステリー。

「道楽者! 死んでしまいなさい! 朝から電話がヂャンヂャン鳴って、あんたの居所はわからないし、お母さんはもう……」

やがて森優氏到着。眼を細め、照れたり、頭を掻いたり、彼独特の微妙な動作による手続きを経て挨拶。早川書房からの寄附に少し心強くなる。

汗をかいて気持が悪いので、上着と肌着を買って、ひとり中之島ホテルへ行く。風呂へ入り、着換え、煙草を喫って三〇分ほどぼんやりと過した。少し気持が静まる。

スタジオへ帰ると戦争みたいだった。テープの吹き込み、朗読の練習、アート展のネームカード書き、映写機の到着。伊藤典夫氏、平井和正氏到着。ガヤガヤ、ガヤガヤガヤガヤ。

四時にパーティ会場のレストラン・サファイアへ移動。ガヤガヤ、ガヤガヤガヤガヤ。

第3回日本SF大会、五時開幕。

○

第3回日本SF大会、終了。

合宿では寝られなかった。疲れていた。

荷物を持って、十数人がヌル・スタジオへひとまず落ちつく。

食事をすませ、ふたたびグラサンに集結。メンバーは豊田、平井、森、金子、伊東、眉村卓、中村卓、高忠、八倉倫子、辻口旦子、大江清美、大塚誠、それに僕。

九時過ぎ頃までワイワイ騒ぎながら飲んだろうか？　もちろんまだ飲み足りない。地下街の入口で、女の子三人を大塚氏に委託。別れる。男の世界だ。

中村眉村両卓氏と森、金子両氏は、四人づれでどこへともなく消えた。あとで聞くと森氏だか金子氏だかが、「大阪弁を喋る女の人に会いたい」と言ったとかで、アルサロへ行ったのだそうだ。そういえばヌルの周辺に大阪弁の女性は少ない。とにかく、五人残った。

車で南へ出る。高氏は日本へ帰ってから、それほど神経質でなくなったように見えた。風格が出てきて、背広をきちんと着ている。紳士だ。暑い車の中でネクタイと背広。体質が違うのかもしれないが、僕には真似できない。精神力だろうか？

南へ出たものの、僕は南に弱い。強かったのはこっちの会社にいた五年ほど前までの話だ。しまったと思った。ただ一軒知っているバーは戸がしまっていた。ヌルへは一昨夜行ったばかりだ。しかたがないからキャノンへ行った。平井氏はトイレへ駈け込む。

伊藤氏が眠いといい出した。平井氏は女の子を見たいといい出した。高氏は黙っていた。豊田氏と僕は六本木へ行ってサーフィンを踊ろうと提案したが否決された。

伊東氏はしもぶくれの顔に下唇をつき出し、眼をしょぼつかせて眠い眠いという。眠い子は先に眠らせてしまおうというので、皆で彼を虫プロ関西支社のマンションへ運んだ。四人がかりで居眠り小僧を寝かしつけてから、ふたたび道頓堀へ。

法善寺横町を抜け、線香臭いめおとぜんざいの前を通って五味酉《ごみとり》へ。ビールのガブ飲み。

そこへまた佐野氏があらわれた。

皆でトルコ風呂へ行こうということになり、車二台に分乗して上六へ。

個室へ入るなり、居眠りをはじめた。トルコ嬢の顔も憶えていない。痩せた女の子で、膝頭で背骨をゴリゴリやられた時は死ぬかと思った。僕の肉の薄い肩が彼女の肘の下で悲鳴をあげた。眠いのと痛いのとで涙が出た。金をはらってまでして、どうしてこんな痛いめに遭わなきゃならないんだ。

女の子の悲鳴が聞えてきた。誰かがわめいていた。

「あれ何や?」

「あんたのお連れさんが暴れてはりますねん」

誰が暴れているんだろう。高氏ではあるまい。とすると、8《エイト》マンかアトムか?

「やめてエ!」

「何しやはりますねん!」

「あれ、そんなことしたらあかん!」

個室を出てからも、犯人は不明だった。筆者が犯人? アホな。

さて、これ以後の行動を、書くべきか書かざるべきか、僕はまだ迷っている。ただ、言っておくが、五人とも真剣だった。何が起ったかはご想像にまかせる。だが、法を犯すようなことは絶対にしなかった。これは事実だ。そして五人は、一瞬といえど離れたことはなかった。これも事実だ。

ひと悶着終ってから、平井氏はもう寝ようと言った。この人は好き嫌いがはっきりしていて、それに対する態度が毅然としている。何かを豊田氏と言いあっていた。この二人は仲が良いのか悪いのか、よくわからない。仲が良いから言いあうのか? それとも二人の間には喧嘩なんてものはそもそもなくて、友情を超越した兄弟愛みたいなものがあるのかもしれない。うらやましかった。

虫プロに帰り、平井氏はすぐ寝た。残りの四人で麻雀をした。豊田氏が負けた。佐野氏はいつも豊田氏からまきあげられていたらしく、勝ってご機嫌だった。

終ったのが四時頃。パイの音で眼をさました伊藤氏が起きてきた。彼と外へ出た。

深夜の堺筋に靴音が高かった。猫が走って行き、どぶ鼠が市電のレールを横切った。二人とも腹が減っていた。チャルメラを追って、二人はさまよった。

ラーメンを食べて帰ってくると、皆眠っていた。静かだった。なかなか寝られなかった。疲れ過ぎていた。

明け方、うとうとして夢を見た。学生時代の夢だ。教師に怒鳴られていた。僕は反抗していた。平井氏が全身に傷を受けて立っていた。彼は平気な顔をしていた。夢の中で、僕は自分が情けなかった。

次の日、スタジオへ母から電話があった。

「今日は帰るの？」

「わかりません」気分が荒れ果てていた。

「明日は？」

「帰ると思います」

しばらく黙った。「なるべく帰りなさい」

「はい」

会社が終るころ、大伴昌司氏が来た。満面の微笑。このひと、念力で消してしまっても、ニヤニヤ笑いだけは残りそうだ。僕のことに関して、僕以上に知っているように見える人だ。柴野氏も来た。八倉嬢を誘ってまたグラサンへ。そこへ眉村氏もあらわれた。

「ところで、来年のＳＦ大会は………」

柴野氏のこの言葉は僕にはショックだった。何というファイトだ。自分の意気地なさに、僕は死にたくなった。

八倉嬢がブランデーを飲んで酔った。二日間の受付と合宿の世話で、彼女も疲れきっているのだ。三氏と別れ、僕は車で彼女を堺の自宅まで送った。

引き返す途中、僕は家へ帰りたくなくなった。一人になれたのは久しぶりだった。車を南で停め、「黄昏」へ入った。ブランデーを飲んだ。話す相手がいないので、いくらでも飲んだ。

寝ていない。もう一週間近くも家へ帰っていない。ガブガブ飲んだ。深夜の二時、閉店で追い出された。

泣きながら歩いていたのを憶えている。

南のホテル街だった。

どこへ転がりこんでも、ぐっすり眠れることはわかっていた。

悪魔の契約（特別収録）

いっそのこと、悪魔とでも取り引きしたい。

最近、利七は本気でそう願っていた。

利七は自分の実力をよく知っていた。もちろん彼としては、せいいっぱいの努力をしたつもりだった。だがいかんせんＩＱ90の知能では、二流の公立大学の文科を中ぐらいの成績で出られただけでも、さいわいだったといわなければなるまい。

それは利七にも、よくわかっていた。

しかし利七の野心は、その幸運にただ甘んじているには、あまりにも大きすぎた。彼には、この矛盾を解決するには悪魔の力を借りるより他ないだろうと思えた。

卒業式が迫っているというのに、就職先はまだきまらなかった。ひどい就職難だった。現在二、三の二流会社へ願書を送ってある。返事はまだ来ない。もし書類選考で落とされてしまったら……。

もしそうなれば、郷里へ帰って百姓をやるよりほかない。しかし郷里へは帰れない。帰れるものか。たとえ送金が切れたって……。おれは百姓だけは、絶対にやらないぞ。

音を立てて崩れていく自分の野心を感じながが

ら、利七は三畳の下宿部屋の薄暗がりの隅で、じっと火鉢のなかを見つめていた。ときどき、やけくそになって、バサバサの頭を乱暴にバリバリ掻きむしり、色あせた詰襟の肩へ白いフケをまき散らした。ほんとは、立ちあがって地だんだを踏みたい気持ちだった。

利七の野心は、利七自身が逆に圧倒され、それにふりまわされそうになるほど大きなものだった。しかし、日日甘い成功の白昼夢に酔って、真剣に見つめようとはしなかった現実が、今こそその野心を粉砕しようとして、荒れ狂う怒濤となり、彼の上に襲いかかってきているのだ。

「おお。悪魔よ出てこい。お前におれの魂を売ってやるぞ。おれは現実の悲惨さよりは、地獄での苦しみを買うんだ」

ファウストさながら、利七は絶望的にそう叫んだ。

とつぜん、火鉢の横にキナ臭い煙が立って、利七は咳きこんだ。あわてて窓をあけると、斜めに畳の上に落ちた西日のなかに悪魔がいた。

「呼んだろ」と、悪魔がたずねた。

「ああ、呼んだ」と、利七は答えた。

「契約か」

「そうだ」

悪魔は書類を出した。「サインしろ。この世はお前の思うままになる」

大実力者として政界、文学界、財界、芸能界に君臨した利七は、美しい妻とおおぜいの側近に見守られながら、今しも息を引きとろうとしていた。だが彼は、死後の世界の恐怖におののいていた。さあ、地獄の責め苦がまっ黒な口をあけて、おれを待っているんだ。利七は顔をひき攣らせた。

「た、助けてくれ」

その絶叫と同時に、彼の枕もとに例の悪魔があらわれてたずねた。

「どうした、どうした。何をこわがっているんだね」

「わ、わたしはどんな目に遭うんだ。針の山か、血の池か。それとも煮え湯を飲まされるのかね」

悪魔はあきれたような顔をした。「頭が古いな。あんたはそんな目に遭うような悪いことなど、ひとつもしていないじゃないか。だいたい、なぜ地獄へなんて落ちると思うんだね。契約書を読まなかったのかい。われわれ現代の悪魔は、魂なんて無形のものが欲しいんじゃない。人間の欲望から生まれるエネルギーが欲しいんだ。お前さんの思い通りになるということはわれわれがお前さんの好きな世界を演出してやるということだったんだ。だいたいお前さんみたいな能なしが実社会でこんな実力者になれると思うかね。あんたが充足感に浸っている間、その余剰エネルギーはわれわれが預っていた。その利息が利息を生んで、今じゃ清算は終っているんだぜ」

そういって悪魔は周囲の人間たちに向かって大声で叫んだ。

「ようし。本番終り。大道具さあん。ラスト・シーン病院の場。シーンNO・七八七九三〇〇二、撤去。演技者の皆さんはお疲れさまでした」

「お疲れさま」「お疲れさま」

利七はおどろいて、あたりを見まわした。家族や側近たちはすべて、悪魔の姿にもどり、ぞろぞろと引きあげかけていた。

「あっ。なんだこれは。テレビではないか」

今までのことはすべて、悪魔たちの作った虚構だったのだ。利七はわめきちらした。

「け、契約違反だ」

「まあ、そういうなよ」

いちばん最後まで残っていた、彼の妻の役をした悪魔は、ニヤニヤしながらいった。

「四十年もあんたの相手をするのは、たいへんな苦労だったぜ」

そういって彼は、ウィンクした。

DAICONパンフレット

DAICONパンフレット

無題（巻頭言）

「今度は大阪でやりませんか」

「やりまひょか」

「やってくれますか」

「そうでんなあ」

「やってください」

「はあ」

「何か案が出ましたか」

「まだでんねん」

「場所、どこにしますか」

「それ早よ決めなあきまへんな」

「パンフレットの原稿集った？」

「そんなもん、作りまんのか？」

「会費いくらです？」

「なんぼにしときまひょ」

「あと一ケ月ですよ」

「もうそないなりまっか？」

「案内状まだですか？」

「あ、それ作らなあかんわ」

「僕たち、どこへ泊ればいいの」

「どっかその辺で寝とくれやす」

「私も行くわよ」

「男の子といっしょに寝てや」

「映画、何やるんです？」

「その辺のフィルム集めてえな」

「ブルーフィルムが混ってるよ」

「カラーとどない違うねん？」

「あと一週間」

「そうでんなあ」

「明日ですよ」

「わやや」

大会総指揮者　筒井康隆

ある感情

星　新一

私は非科学的な男と思われているらしいが、それは誤解である。日ごろ科学を意識している点と、科学を愛している点では、人後に落ちないつもりだ。「それなら、なぜあんな作品を書く」と反論されそうである。その場合の答はこうだ。

「かわいさあまって、憎さが百倍」

最近の若い人には通じない文句かもしれないが、ＳＦファンのなかには、案外同感の人も多いのではないかと思う。

スフの大根

小松左京

スフの大根が大阪で売り出されるときいて、夏場をむかえて大根が品うすになったので、人造繊維製の大根でも売り出すのだろうと思ってました。それでもスフの大コンなんて、きっとスが多くて食べきれないだろうと心配していると、筒井サンというえらい人が、スフではなくＳＦ《エスエフ》とよむのだ。大コンというのは大阪コンフェレンスの略だと、親切におしえてくれました。東京大会のことを東コンというように、大阪大会を大コンというのだそうです。東コンなら東京混成合唱団とまちがえて、コーラスをききにきた人があったかも知れない、と柴野サンにきいて見ましたら、そんなことはなかったとのことなので、安心しました。でも大コンときいて、野菜のディスカウントセールかと思って、買物カゴをもってくるそそっかしい人があるといけませんから、親切心からボク自身の恥をさらして、書いておくことにしました。――ＳＦを書いていると、とても親切になります。

大阪でＳＦ大会があるというのは、とてもうれしいことです。

オリンピックは東京へ行ってくれたので助かったと思っていましたが、ＳＦ大会なら、そんなに国民のゼイキンをつかわなくてすむし、集ってくる人の宿舎を新築しなくてもすみます。――でも、このごろは大阪市内でもヤタラに工事をやっています。これもＳＦ大会の準備かと思って、工事してる人にきいて見ましたら、地下鉄をつくっているんだと教えてくれました。どうかガンばって、ＳＦ大会までに間にあわせてくださいと、ゲキレイしておきました。

ＳＦとは、サイエンス・フィクションの頭文字で、空想科学小説のことだそうです。――そんなことちっとも知りませんでした。サイエンス・フィクションの頭文字をとったなら、スフになるのにと思って、みんなにききましたら、これは英語だそうです。

ＳＦを書いていると、こんな具合にいろんなことを知ってどんどんかしこくなります。――日本の人はかしこいけど、肝心のことはあまり知りません。みんなもっと、たくさんＳＦを書いたり読んだりして、もっともっとかしこくなるといいと思います。

大阪のいいところは、インテリや、ＳＦファンがそれほどいないことです。いてもちっとも自分がインテリだとか、ＳＦ通だとか思っていません。大阪の人たちは、漫才みたいな言葉をしゃべり、あたり前の人ばかりで自分のことをあたり前の人間だと思っています。漫才でも、ストリップでも、火事でも、ケンカでも、ＳＦでも、面白ければなんでもいいのです。そのかわり、面白くなければ、ルンペンさんでさえ、ハナもひっかけません。ぼくの知ってるテレビのプロデューサーは、京大を一番で出たと詐称している人ですが、わざわざぼくの所まできて、「前のハナシはオモロかったが、今度の小説はオモロなかった。買うてソンしたから、お前ゼニかえせ」といいました。その時お金がなかったので手形を書き、今でもその書キカエにくるしんでいます。——それに大阪にいると、だれも「先生」などとよばないで「オッサン」と呼んでくれます。ぼくは小学校時代から先生が大キライで、自分が先生とよばれるとジンマシンが出ます。だから大阪にいるとカユくならなくて助かります。——こういう所でＳＦ大会をやれば、もし上手にやれば、きっとモウカルでしょう。もうかったら、半分は新潟地震に寄附し、半分はみんなでタコやきを食べに行きたいと思います。

二又大根

柴野拓美

「ＤＡＩＣＯＮ《ダイコン》」という略称は、むろん大阪の「大《ダイ》」と「集会《コンヴェンション》」の前半を組み合わせたものだ。大阪ファンダムの総帥《リーダー》筒井康隆氏によるこの命名に、はじめのうち「どうかねえ」と首をひねっていた私も、ちょっと慣れるともう全然抵抗を感じなくなってしまった。考えてみるとふしぎなことである。

　このような略称のつけかたは、もともとアチラさんの慣習に従ったもので、一昨年の第一回大会は東京の目黒で開いたので「ＭＥＧ＝ＣＯＮ《メグコン》」、第二回の東京大会は米国ファンからの要請もあって「ＴＯＫＯＮ《トーコン》」と名づけられた。この二回の主催の中心はいずれも宇宙塵だったが、今度の第三回は筒井さんにお願いして、開催地を大阪に移すとともに、ＮＵＬＬのハイセンスを打ち出していただくことになった。その第一成果が、この「ＤＡＩＣＯＮ」というわけだ。

　実質的にはすっかりおまかせしているのだが、形式上は、ＮＵＬＬと宇宙塵の共催ということになっているので、ちょっとした「二又大根《ふたまただいこん》」である。こいつがＳＦファンダムのみずみずしいエネルギーを吸収してどんなふうに育つか、東京からも一昨年以来の中心スタッフが押しかけて、当日の趣向の一端を担わせていただこうと、大いに意気ごんでいる次第。

記念パーティ案内

記念パーティ　7月25日（土）夜
　於・大阪北　サファイア
合宿　　同日夜
　於・大阪森の宮　高津荘
大会　7月26日（日）午后1時より
　於・大阪府立厚生会館
アトラクション
　漫画大会・SFアート展示会
　各SF誌即売会・講演その他

主催　NULL
　　　宇宙塵
後援　SF作家クラブ
　　　早川書房
　　　東都書房
　　　虫プロダクション
　　　SFM同好会
　　　SFアート研究会
　　　ミュータンツ
　　　近代宇宙旅行協会

◆レポート告知　本大会のレポートを作ります。ご希望の方で、NULL・宇宙塵のどちらにも属しておられない方は、実費百円と住所氏名をお書きの上、受付にお申し込みください。八月末ごろにお届けします。

「大怪獣カメラ」予告

“ONCE UPON A TIME MACHINE”
の名コンビが放つＳＦ感動巨篇！
“大怪獣カメラ”
KAMELLA
THE QUEEN
OF MONSTERS
7月25日夜堂々ロードショウ！

スタッフは原作脚本が広瀬正、演出は野田宏一郎、撮影が土屋秀夫。キャストは伊藤、今日泊、小隅、筒井、豊田、森、山野、他大勢。製作協力が柴野家、加納一朗です。

「物語」昭和四十X年夏、富士山の爆発。そこに現れた巨大なカメ！　戒厳令発令！　日本の運命やいかに。

さっそく支度を

広瀬　正

今年のＳＦ大会は大阪でやるのだそうだ。それなら、おれは関係ない、去年のように切符のモギリをやらされなくてすむなと思って、安心して酒を飲んでいたら、いま、とつぜん某氏から電話がかかってきた。「万難を排して第三回ＳＦ大会に出席せよ」という至上命令である。

そして、某氏のいうには「旅費の支給は、これを行わない」のだそうだ。

原惣右衛門と萱野三平は、江戸から播州赤穂まで、たった四日で行ったそうだが、これはカゴやウマなぞという文明の利器を使ったからである。

それに、文献によると、二人は出発前、支度金三百両を受け取ったとある。私の場合は、金子の支給はないのだし、少し太っていて足が遅いから、どうしたって三十日は見込んでおかねばなるまい。となると、六月の二十五日には東京を出発しなければならないが、今日は十日だから、もうあまり日にちがない。さっそく支度にとりかかる必要がある。

三十日分の弁当となると、ノリマキではかさばるし、第一この暑さではくさってしまう。やはり、ホシイイと梅干を用意することにしよう。

それと、会場へ着いてから、切符のモギリのほかに、エンゼツをしてくれと頼まれるかもしれない。道中、草稿を書くために、巻紙と矢立ても持って行こう。

格言　今日の夢は大阪の夢

大会に寄せて

眉村　卓

ありそうな噂だ、などと思っているうちに、事態はとんとん拍子に進んで、気がついたときは実現していたということがよくあるものです。

第三回日本ＳＦ大会が、大阪で開かれることになったのも、はじめのうちはそんな感じでした。しかしよくよく考えてみた末、世の中のさまざまな事件と同じように、本当は偶然などではないということに気がついたのを白状しなければなりません。

ともかく、ＳＦというものが、本質的にはもっともっと幅広い支持を受けるであろうこと、そのために書く側も読む側もいろんな努力を続けて来たこと、それらがいつか、全国にＳＦ好きを作って行ったこと。いろんな人がいろんなやり方で、ＳＦについて考え、話されたこと。こうしたものの総合的な成果が大阪という地でのＳＦ大会にシンボライズされたのではないかと思うのです。

いま、いわゆる中心的な行事は、そのすべてが東京で行なわれています。その他の土地は東京と比較すれば、文化的には不毛だという人さえある位です。

こうした概念にさからって、ナニワで大会を開けるというのも、つもる所はＳＦがしだいに大きく広いものになって行っているということの、裏側からの証明だと考えてよさそうです。これが来年の名古屋に、北海道に、九州に、伸びて行ってほしいと思います。

いずれにしても（もちろん私自身がブラリと出て会場まで一時間かそこらで到着できることはアリガタイのも事実です）よろこばしくて、うれしいことです。うんと盛会であってほしいと思います。

ＳＦバンザイ。

無題

高梨純一

我々ＳＦを愛するもの——或は、二十世紀人類の最大の偉業としての宇宙旅行に関心を持っているものにとって、最も味気のないことは、今後いか程宇宙旅行の技術が発達した所で、光速の限界性の原理にもとづいて、我々がＳＦで読むようなあんな奔放自在な大宇宙の駈けめぐり——例えば、アンドロメダ星雲内の恒星系へだとか、最近発見された目下知られている最も遠い天体だと考えられている擬似星状天体３Ｃ１４７まで、ほんのわずかの時間で行って戻ったりする……なんてことは、到底実現不可能だという見通しである。

併《しか》し、実際にそうなのだろうか？——私は、近ごろ、その点について疑をさしはさむようになった。

何故なら、近来における超心理学の異常なる発展は、ひょっとすると、精神の世界の実存を実証するのではないか？ という徴候を示し始めている。いや、実証するだけではない、ひょっとすると精神こそは存在する唯一のもので、物理的物質的世界は単にその精神世界の中に描かれた「現象」にすぎないことがわかるのではないか？——という疑さえ、抱かせられる（物・心二元論は最早到底不可能そうである）。もし、そうだとすれば、距離としていかに離れていようとも、時間・空間を超越した（従って、距離なき）精神の世界の相互現象にすぎない以上、その瞬間的「転移」が可能ではないか、という疑が生ずる。現に、歴史的にも何度か伝えられている瞬間的テレポーテーションの存在は、その可能性を示唆するかのようである。又、我々がここ十七年来騒ぎに騒いでいる「空飛ぶ円盤」も、或は、そういう方法でずっと遠方の天体からやって来ているものかも知れない。
　だから、ひょっとすると、我々は、近い将来に、アシモフやハインラインのＳＦに描かれているような遠い天体への旅行が可能になるのではないか？　……という期待を抱いて、まあスコール（乾杯）といきましょうや……！

（近代宇宙旅行協会会長）

後記

「おれの血は他人の血」は、「Ｐｏｃｋｅｔパンチ Ｏｈ！」という昔あった変な誌名の月刊誌に連載した長篇だが、この時の担当者がなんとのちに「血液型人間学」などで世に出る能見正比古だった。当然こちらもそんなことは知らない。だが、あの時から血液型人間学の構想があったのだとすれば、いや、そうであることははっきりしているのだが、能見さんはこのタイトルや内容を見ていったいどう思っていたのだろう。能見さんはその後、血液型人間学について講演をしている時に突然倒れ、死んでしまったから、今となっては確認する術がない。

徳間書店から出ていた小説誌には二度、連作を発表している。「問題小説」に載った「男たちのかいた絵」と、「ＳＦアドベンチャー」に載って現在なぜか原因不明のベストセラーとなっている「旅のラゴス」である。

「男たち」の方はその中の二話ほどを土台にして映画になった。豊川悦司や高橋惠子との共演で、トヨエツ扮するやくざの、親分の役で出演させられた。この少しあと、例の癲癇問題で断筆している時、この映画のノベライゼーションをやらないかと徳間書店から言ってきた。スチール写真を多く入れて写真小説にしたいのだと言う。だがあいにく断筆宣言をしたあとだったので、本当の作者名を入れるわけにはゆかず、花田秀次郎という名前で発表した。実は断筆のせいで印税収入が少なくなっていたので、百万円くれるなら書くと言ったところ、オーケーしてくれたのだ。おやおや。こう書くとあの時代、ずいぶん徳間書店にはお世話になっているんだなあ。

トヨエツとはその後何度かテレビドラマで共演したし、惠子さんとは蜷川幸雄の演出による三島由紀夫の「弱法師」で、同じホリプロの藤原竜也と一緒に共演した。徳間書店ではずっとぼくの担当をしてくれていた「善さん」こと菅原善雄は死んでしまった。

二〇一五年十二月

筒井　康隆

編者解説

日下三蔵

出版芸術社版〈筒井康隆コレクション〉第四巻には、長篇『おれの血は他人の血』（74年2月／河出書房新社）と連作短篇集『男たちのかいた絵』（74年6月／徳間書店）、いずれもやくざの世界に材を採った二冊を中心に、関連作品、単行本未収録短篇、「ＮＵＬＬ」九号、十号、臨時号の復刻を収めた。

ハードボイルド長篇『おれの血は他人の血』は、平凡出版の月刊誌「ＰｏｃｋｅｔパンチＯｈ！」の七二年七月号から七三年六月号まで十二回にわたって連載され、七四年二月に河出書房新社から刊行された。

連載に先立つ七二年六月号には、以下のような新連載予告が掲載されている。

正調ハードボイルド小説
おれの血は他人の血
筒井康隆　長尾みのる・画

冨士真奈美さんの連載が今回で終わることになりました。六か月にわたるご愛読、まことにありがとうございました。

さて、次号よりユニークな作風で人気の筒井康隆氏が登場、なおイラストは俊英長尾みのる氏が担当します。ご期待ください。

編集部

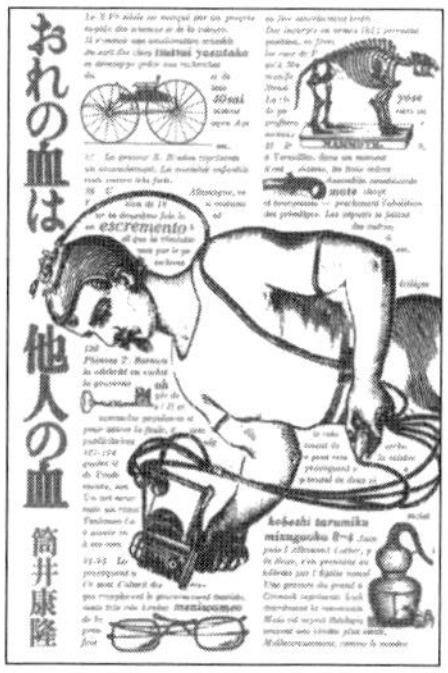

『おれの血は他人の血』
（河出書房新社）

作者の言葉　筒井康隆

題名から、すでにおわかりの読者もいられよう。これはハードボイルド調の活劇である。といっても、外国や日本の既製ハードボイルドの模倣ではない。僕にしか書けぬ形のハードボイルドというのを追求するつもりでいる。また、ＳＦ的な趣向もこらしてあるから、そっちの方の好きな読者も楽しみにしておいていただきたい。

僕の作品としては比較的シリアスなものにするつもりであるが、なにぶん筒井康隆という作家は、ご存知の方もおられようが、ときどき発狂する。連載中に気が狂ってきて、最後は滅茶苦茶なドタバタで終るという可能性もある。

したがって、そっちの方の好きな読者も期待しておいていただきたい。

予告では「正調ハードボイルド小説」となっていたが、連載時の角書きは「ニュー・ハードボイルド」であった。

初刊本のオビには評論家・植草甚一による推薦文が付されていた。

まあ仮定だが、ぼくなりの確信でもって、こいつはフランス人が読んだら大喜びするに違いないと思ったのが筒井康隆の『おれの血は他人の血』を三分の一まで読んだときの気持ちで、それから三分の二までになったとき、ますますそんな気持ちになった。じつはゲラ刷りで読んだのだが、残りの三分の一になったとき、こいつはマフィアの縄張り争いのパロディなんだなと思った。このへんがフランスの読者にとっては意見がまちまちになるところだろう。（……中略……）それはいいとしても、そういう人が筒井康隆はうまくなったなあ、こんどのは特別いいねえと言いそうなのがぼくには不思議なんだ。

新刊本の推薦文に「中略」はおかしいと思って確認したところ、この文章は「問題小説」の書評コーナー「植草甚一のブックランド」の七三年十一月号掲載分からの抜粋であることが分かった。ゲラで読んだ本の書評を発売前に雑誌に載せてしまうとは、植草さんらしい自由さで、本文に「筒井康隆の「おれの血は他人の血」（河出書房近刊）」と書いてあるのがおかしい。

この書評では、『おれの血は他人の血』、渡辺淳一『雪舞』、斉藤栄『日本のハムレットの秘密』の三冊が取り上げられているが、全体の半分以上が『おれの血は他人の血』の紹介に割かれている。本書には、『おれの血は他人の血』について触れた部分を資料としてそのまま再録したので、参照していただきたい。

植草甚一は、この作品をジェームズ・サーバーの短篇「ウォルター・ミッチーのシークレット・ライフ（The Secret Life of Walter Mitty）」のパロディだろうと述べている。映画化された際のタイトル「虹をつかむ男」で早川書房〈異色作家短篇集〉のサーバーの巻の表題にもなっている作品で、こちらの主人公は空想の世界でさまざまなヒーローになる中年男だ。ふだんは小心なサラリーマンなのに怒ると手のつけられない暴れ者になってしまう『おれの血は他人の血』の主人公・絹川と似ていなくもないが、絹川は空想ではなくて本当に無敵になってしまうのだから、これをサーバーのパロディというのは、ちょっと無理がある。

むしろ先行作品として触れておくべきは、ダシェル・ハメット『血の収穫』（29年）の方だろう。舞台となる地方都市では二つのやくざ組織が対立している、という説明を沢村から受けて絹川が「まるでダシェル・ハメットだな」とつぶやいていることからも、著者がこのハードボイルドの古典を意図的に下敷きにしたことが分かる。

黒澤明監督が「用心棒」（61年）でその構図を使用したことから、『血の収穫』の設定はパターンとして広がっていった。すなわち「二つの組織が対立するコミュニティに外部から流れ者が現れ、すべ

『おれの血は他人の血』
（新潮文庫）

てを壊滅させて去っていく」というストーリーである。

映画では「用心棒」のイタリアでのリメイク「荒野の用心棒」（64年）、アメリカでのリメイク「ラストマン・スタンディング」（96年）、小説では大藪春彦『血の罠』（59年）、筒井康隆『おれの血は他人の血』（74年）、船戸与一『山猫の夏』（84年）、朝松健『赫い妖霊星』（88年）、大沢在昌『罪深き海辺』（09年）、マンガではるき悦巳「どらン猫小鉄」（81年）、テレビアニメでは「用心棒」を原案とした「旋風の用心棒」（01年）などが『血の収穫』パターンの作品で、『おれの血は他人の血』がかなり早い段階で書かれていることが分かるだろう。

河出書房新社の初刊本では、オビに「ナンセンス長篇小説」と書かれていて、編集者もこの作品のジャンルをつかみかねている様子がうかがえる。絹川が怒ると人が変わったようになる理由が超自然的なものであったり、終盤の銃撃戦の描写が初期の傑作「トラブル」を彷彿とさせる凄惨なものであったりと、筒井康隆のSF作家としての個性が色濃くにじみ出てはいるが、物語の骨格からいっても、これはパロディなどではない正統派のハードボイルド活劇と呼ぶべき作品である。

七五年にSFファンの投票によって選ばれる星雲賞の日本長編部門を受賞。七九年五月に新潮文庫に収められ、八四年六月には新潮社の〈筒井康隆全集〉第十五巻『おれの血は他人の血　スタア』にも収録されている。

松竹で舛田利雄監督、火野正平主演で「俺の血は他人の血」として映画化され、七四年十月十二日に公開された。出演は他に、沢村にフランキー堺、房子に奈美悦子、伊丹に中谷一郎、山鹿社長に安部徹、左文字に橋本功、大橋に青木義朗、福田常務に穂積隆信、足田専務に渥美国泰、保利課長に西本隆行、警察署長に小松方正、伊藤に山谷初男という布陣であった。ストーリーはかなり簡略化されており、絹川良介がサラリーマンではなく無職の青年になっているためか、はま子が出てこない。これが筒井作品の初めての映画化である。

ちなみに連載時の担当編集者は、後に血液型による性格分類で一世を風靡する能見正比古氏であった。筒井さん曰く、「まさか、そんな人だとは思わないから普通に原稿渡してたけど、この小説読んでどう思っていたのかなあ」とのこと。

連作短篇集『男たちのかいた絵』は七二年から七四年にかけて徳間書店の月刊誌「問題小説」に不定期に発表され、七四年六月に徳間書店から刊行された。雑誌では特にシリーズ名はなく、表題は単行本化の際に新たにつけられたもの。

各篇の初出は、以下のとおり。

夜も昼も	72年3月号
恋とは何でしょう	72年6月号
星屑	72年9月号
嘘は罪	73年1月号
アイス・クリーム	73年4月号
あなたと夜と音楽と	73年6月号

二人でお茶を　73年12月号
素敵なあなた　74年3月号

また、初刊本のオビには、以下のような「著者のことば」がある。

『男たちのかいた絵』（徳間書店）

この連作を書きはじめる時、ぼくは自分に次のような制限を加えた。
①女を出さないこと。
②ジャズのスタンダード・ナンバーの曲名をタイトルにすること。
③症名のある異常性格、異常性欲の持主を主人公にすること。
その結果、オナニズム、同性愛、マゾヒズム、虚言癖、エディプス・コンプレックス、インフェリオリティ・コンプレックス、多重人格、ソドミズム（獣姦）の持主を主人公にした八つの短篇ができた。

なぜ小説を書く上でそんなつまらない束縛を加えたかというと、別に意味はない。いわば著者の趣味だったわけである。


このうち「インフェリオリティ・コンプレックス」は心理学用語で「劣等感」のこと。現在は、単に「コンプレックス」だけで劣等感を指す場合が多い。

この連作の特徴としては、著者が列挙したものの他に、主人公がいずれもやくざ、それも下っ端の

後期　中期　前期

『男たちのかいた絵』（新潮文庫）

チンピラであることが挙げられる。前出の「植草甚一のブックランド」に、「ぼくは筒井康隆のヤクザ物が本誌に出た「夜も昼も」のときから大すきだった」とあるのは、この連作のことを指している。

一日じゅうオナニーをしている男の話が「夜も昼も」、同性愛者の男の話が「恋とは何でしょう」、虚言癖の男の話が「嘘は罪」、多重人格者の男の話が「二人でお茶を」と、各篇のタイトルに採られた曲名が、内容と呼応しているのは見事である。中にはジャズの曲名の方からストーリーを発想したものもあるに違いない。

七八年十月に新潮文庫に収められ、八四年七月には新潮社の〈筒井康隆全集〉第十六巻『男たちのかいた絵　熊の木本線』にも収録されている。

『男たちのかいた絵』の収録作品は二度にわたって映画化されている。最初は映画監督の早川光が製作した一連の8ミリ作品である。七九年に「二人でお茶を」、八〇年に「素敵なあなた」「スターダストライジング」（原作「星屑」）と、合計三本が作られた。このうち「素敵なあなた」には、筒井康隆自身も出演している。

二度目はエクセレントフィルム製作、伊藤秀裕監督、豊川悦司主演による映画化で、九六年五月十一日に公開された。「二人で

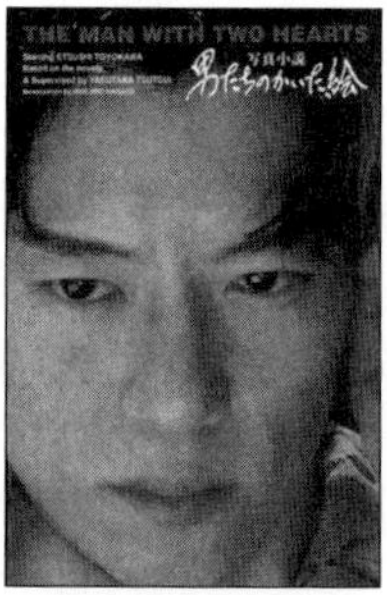

『写真小説　男たちのかいた絵』
（徳間書店）

お茶を」をメインにしたもので、豊川悦司が鶴丸杉夫と松夫を一人二役で好演している。詳しいスタッフとキャストについては四二八ページを参照していただきたい。

映画のスチール写真を三十葉以上も収録したノベライズ『男たちのかいた絵　THE MAN WITH TWO HEARTS』が、徳間書店から九六年四月に刊行されており、本書にもすべての写真とともにこれを収めた。ただし、原本では写真がカラーで収録されているところ、本書ではモノクロにせざるを得なかったが、これはご勘弁いただきたい。また、タイトルが同じだと原作小説と紛らわしいので、目次などでは徳間版のカバーにのみ書かれている『写真小説　男たちのかいた絵』の表記を採用したことをお断りしておく。

ノベライズの筆者としてクレジットされている花田秀次郎は、東映のやくざ映画「昭和残侠伝」シリーズの高倉健の役名から採られたと思しきペンネームで、正体は誰なのかずっと気になっていたのだが、本書の編集中に意外な事実が判明した。なんとこれは、筒井康隆自身の別名義だというのだ！　映画のノベライズを頼まれたが、断筆期間中であったため、変名で発表したのだという。これには驚いた。

それにしても小説の映画化作品のノベライズを原作者自身が手がけるというのは、ほとんど聞いたことがない特殊な例だ。やはりＳＦ作家の梶尾真治が連作短篇集『クロノス・ジョウンターの伝説』が「この胸いっぱいの愛を」として映画化された際、自らノベライズ（05年10月／小学館文庫）したケースぐらいしか思い浮かばない。

第三部には、単行本&文庫未収録短篇として五篇を収めた。各篇の初出は以下のとおりである。

ほほにかかる涙　「MEN'S CLUB」66年11月号
社長秘書忍法帖　「小説セブン」70年7月号
ＥＸＰＯ２０００　「朝日新聞大阪版朝刊」70年1月1日付
レジャーアニマル　「ダイヤモンドサービス」71年6号（11月）
脱走　「家庭全科」72年1月号

このうち「ほほにかかる涙」は、第四短篇集『アルファルファ作戦』（68年5月／ハヤカワ・ＳＦ・シリーズ）および〈筒井康隆全集〉第三巻『馬の首風雲録　ベトナム観光公社』（83年6月／新潮社）に収録されたのみ、「社長秘書忍法帖」は『日本列島七曲り』（71年11月／徳間書店）に収録されたのみで、いずれも文庫化されていない。

続く三篇のショートショートは単行本未収録である。

「ＥＸＰＯ２０００」は七〇年三月から九月にかけて開催された大阪万博に先駆けて発表されたもの。眉村卓との競作で同じタイトルの作品が同時に掲載された。

「レジャーアニマル」の掲載誌「ダイヤモンドサービス」は、三菱石油のＰＲ誌。日本人は高度成長期に経済的な発展を遂げてエコノミックアニマルと評されたが、七〇年代に入ると余暇の必要性に目が向けられるようになり、レジャーという言葉が流行った。これはその時期の風刺的な作品である。

国際情報社の月刊誌「家庭全科」に連載されたショートショートの単行本未収録分は、本コレク

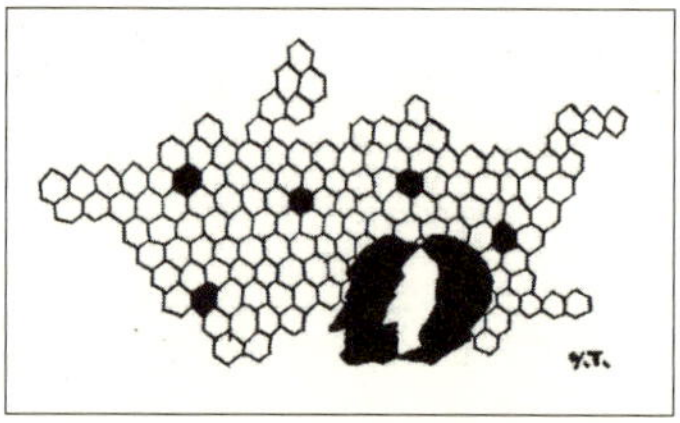

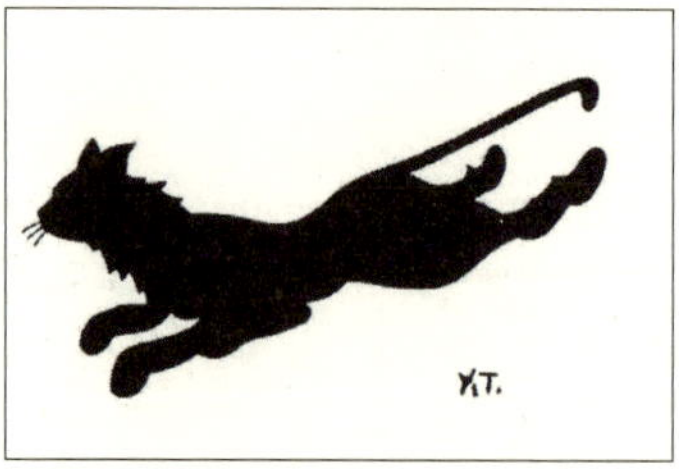

（上）「エピソード」のカット
（下）「次元モンタージュ」のカット

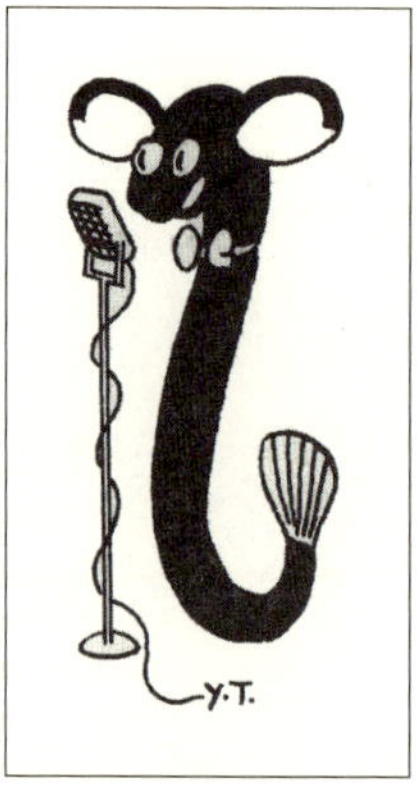

「にょろり記」のカット

ションの前巻『欠陥大百科』でフォローできたと思ったが、実は七一年の一年間連載ではなく、翌年の一月号にも掲載されていたことが判明した。七一年九月号が休載だったための措置だろうか。

このパートのテキストについては、尾川健、戸田和光、平石滋の各氏から資料と情報の提供をいただきました。特に記して感謝いたします。

第四部の「筒井康隆・イン・NULL」は、九号から最終号となった臨時号まで。

第九号（63年5月）からは「下の世界」「会員名簿7」「第八号批評・来信」を収めた。「下の世界」は宝石社の「別冊宝石」127号（64年3月）に転載された後、『わが良き狼』の角川文庫版（73年2月）に初めて収録された。

第十号（64年1月）からは「巻頭言」「ヌル傑銘々伝」「ジョプ」「会員名簿8」「第九号批評・来信」を収めた。「ヌル傑銘々伝」は会員同士がお互いを紹介し合うという企画ページ。ここで初めて櫟沢美也が筒井康隆の変名であったと明かされた。「ジョプ」は「いじめないで」と改題され

「ＮＵＬＬ」臨時号の表紙

て久保書店の月刊誌「サスペンス・マガジン」六五年三月号に転載された後、『東海道戦争』（65年10月／ハヤカワ・ＳＦ・シリーズ）に収録された。なお、掲載作品のうち、戸倉正三「にょろり記」、眉村卓「エピソード」、平井和正「次元モンタージュ」の扉ページに添えられたカットは筒井康隆の手になるものであるため、ここに再録しておく。

　臨時号（64年9月）は翻訳二篇、小説一篇が前半に載り、後半はまるごと第三回日本ＳＦ大会（ＤＡＩＣＯＮ）のレポートという構成である。本書には前半から眉村卓との合作「悪魔の世界の最終作戦」および「廃刊の辞」を収め、後半の「DAICON REPORT」パートはすべての記事を収録した。また、この号の表紙イラストは筒井康隆によるものなので、やはりここに再録しておく。

　「悪魔の世界の最終作戦」は眉村卓「最終作戦」と筒井康隆「悪魔の世界」をシャッフルしたもので、こういう合作は珍しい。筒井康隆のショートショート「亭主調理法」は、筒井康隆の原稿と料理研究家の原稿が混ざるというものだったが、「悪魔の世界の最終作戦」で、既に本当にそれをやっていたのである。「悪魔の世界」は、後に「悪魔の契約」として「話の特集」六七年六月号に発表され、『にぎやかな未来』（68年8月／三一書房）に収録された。関連作品として本書にも収めておいたので、どう混ざっているのか、ぜひ確認してみていただきたい。

　六二年から毎年一回、全国各地で開催されている日本ＳＦ大会は、ＳＦファンによるイベントだが、作家が数多く参加しているのが特徴である。これは作家自身も元々はＳＦファンだったという意識によるものだろう。初期においては作家が主催した大会もあったほどだ。初めて東京以外の地で開催された第三回の大会もそのひとつで、実行委員長は筒井康隆であった。

　六四年七月二十五日から翌日にかけて大阪府立厚生会館で行われた「ＤＡＩＣＯＮ」には、約百五十名が参加した。「DAICON REPORT」パートで当日の熱気を感じていただきたい。このうち筒井康隆「インサイドＤＡＩＣＯＮ」は「宇宙塵」八十三号（64年9月）にも同時掲載され、新潮社版〈筒井康隆全集〉第一巻『東海道戦争　幻想の未来』（83年4月）に収録された。

パンフレットの表紙

　また、筒井さんから参加者に配布されたパンフレットを提供していただいたので、これもすべての記事を本書に再録した。文庫本の四分の一サイズという豆本であり、現存数はほとんどないと思われる。このパンフレットの表紙のカット（大根の絵！）も筒井さんによるものである。
　タイトルなしで掲載されたパンフレットの巻頭言は、「ＤＡＩＣＯＮ記念パンフレットより」として「宇宙塵」八十三号（64年9月）に再録され、「ＤＡＩＣＯＮプログラム巻頭文」として新潮社版〈筒井康隆全集〉第一巻『東海道戦争　幻想の未来』（83年4月）に収録された。
　「ＤＡＩＣＯＮパンフレット」および「ＮＵＬＬ」掲載記事の執筆者の中で、連絡のつかない方が何人かおられました。松永蓉子、中村卓、吉光伝、田路昭、金子泰房、広瀬正、高梨純一の各氏です。ご本人または著作権継承者のご連絡先をご存知の方がいらっしゃいましたら、編集部までご一報くだされば幸いです。

著者プロフィール

筒井　康隆（つつい・やすたか）

一九三四年、大阪生まれ。同志社大学文学部卒。工芸社勤務を経て、デザインスタジオ〈ヌル〉を設立。60年、SF同人誌「NULL」を発刊、同誌1号に発表の処女作「お助け」が江戸川乱歩に認められ、「宝石」8月号に転載された。65年、上京し専業作家となる。以後、ナンセンスなスラップスティックを中心として、精力的にSF作品を発表。81年、「虚人たち」で第9回泉鏡花賞、87年、「夢の木坂分岐点」で第23回谷崎潤一郎賞、89年、「ヨッパ谷への降下」で第16回川端康成賞、92年、「朝のガスパール」で第12回日本SF大賞、00年、「わたしのグランパ」で第51回読売文学賞を、それぞれ受賞。02年、紫綬褒章受章。10年、第58回菊池寛賞受賞。他に「時をかける少女」、「七瀬」シリーズ三部作、「虚航船団」、「文学部唯野教授」など傑作多数。現在はホリプロに所属し、俳優としても活躍している。

筒井康隆コレクションⅣ　おれの血は他人の血

発行日　平成二十八年二月五日　第一刷発行
著者　筒井康隆
編者　日下三蔵
発行者　松岡　綾
発行所　株式会社　出版芸術社
東京都千代田区九段北一―一五―一五瑞鳥ビル
郵便番号一〇二―〇〇七三
電話　〇三―三二六三―〇〇一七
FAX　〇三―三二六三―〇〇一八
振替　〇〇一七〇―四―五四六九一七
http://www.spng.jp
印刷所　近代美術株式会社
製本所　若林製本工場
落丁本・乱丁本は、送料小社負担にてお取替えいたします。

ISBN 978-4-88293-476-9　C0093

筒井康隆コレクション【全7巻】

四六判　上製

各巻　定価（予定）2,800円＋税

Ⅰ　『48億の妄想』

全ツツイスト待望の豪華選集、ついに刊行開始！今日の情報社会を鋭く予見した鬼才の処女長篇「48億の妄想」ほか「幻想の未来」「ＳＦ教室」などを収録。

Ⅱ　『霊長類 南へ』

最終核戦争が勃発…人類の狂乱を描いた表題作ほか、世界からの脱走をもくろむ男の奮闘「脱走と追跡のサンバ」、単行本初収録「マッド社員シリーズ」を併録。

Ⅲ　『欠陥大百科』

文庫未収録の百科事典パロディが復活。筒井版悪魔の辞典の表題作、幻の初期作品集「発作的作品群」さらに単行本未収録のショートショートを併録。

Ⅳ　『おれの血は他人の血』

気弱なサラリーマンがヤクザの用心棒に…表題作、特殊な性質を持つヤクザたちの世界を描いた連作「男たちのかいた絵」ほか貴重な未収録作を収録。

Ⅴ　『フェミニズム殺人事件』

南紀・産浜の高級リゾートホテル。優雅で知的な空間が完全密室の殺人事件により事態は一変してしまう…長編ミステリである表題作ほか１冊を収録予定。

Ⅵ　『美藝公』

トップスターである俳優に〈美藝公〉という称号が与えられる。戦後の日本が、映画産業を頂点とした階級社会を形成する表題作ほか数篇収録予定。

Ⅶ　『朝のガスパール』

連載期間中には読者からの投稿やネット通信を活かした読者参加型の手法で執筆、92年に日本ＳＦ大賞を受賞した表題作に「イリヤ・ムウロメツ」を併録。